続

於于野譚

Ou-Yatan

柳夢寅

梅山秀幸［訳］

作品社

本書を読まれる方へ

梅山秀幸

二〇〇六年に刊行した『於于野譚』は全五百二十二話のうち二百三十話だけを選んで収録したものであった。その間の事情はこの巻末の解説に記した。今回、『続於于野譚』として、残りの二百九十二話を収録する。野譚文学の嚆矢である『於于野譚』の全訳が完成し、すでに刊行した『渓西野譚』(二〇一六)、『青邱野譚』(二〇一八)とともに三大野譚がそろうことになる。

著者の柳夢寅は、一五五九年生まれ。科挙に及第して顕官を歴任したが、豊臣秀吉による朝鮮出兵の惨禍を経験している。当時、王は北方に逃れ、王室の維持をはかって、世子の光海君は別行動をとったが、夢寅は光海君に随行した。暴君とされる光海君との関係も悪くなかったと思われるが、その政権の半ばころには隠退。その時期にこの著作はなったかと思われる。光海君は失脚するが、その後、夢寅は謀反を企てたかどで処刑される。波乱の人生を生きて、朝鮮の社会を見る目は透徹し、関心は多岐にわたる。そこに野譚文学の創造の契機があったかと思われる。

本訳書では、日本の読者にはなじみのないと思われる人物・事がらについて、各話の末尾に注釈をほどこした。干支による暦年、あるいは中国の年号、その他ごく簡単なものについては、本文の中で( )を用いて西暦などを補足した。各話のタイトルは訳者が付したものである。また巻末に付録解説として、「朝鮮の科挙および官僚制度」、「朝鮮の伝統家屋」、「朝鮮時代の結婚」、「妓生」、「葬送儀礼」、「親族呼称」について簡単な説明を加えて、読者の理解の便をはかった。

朝鮮半島地図

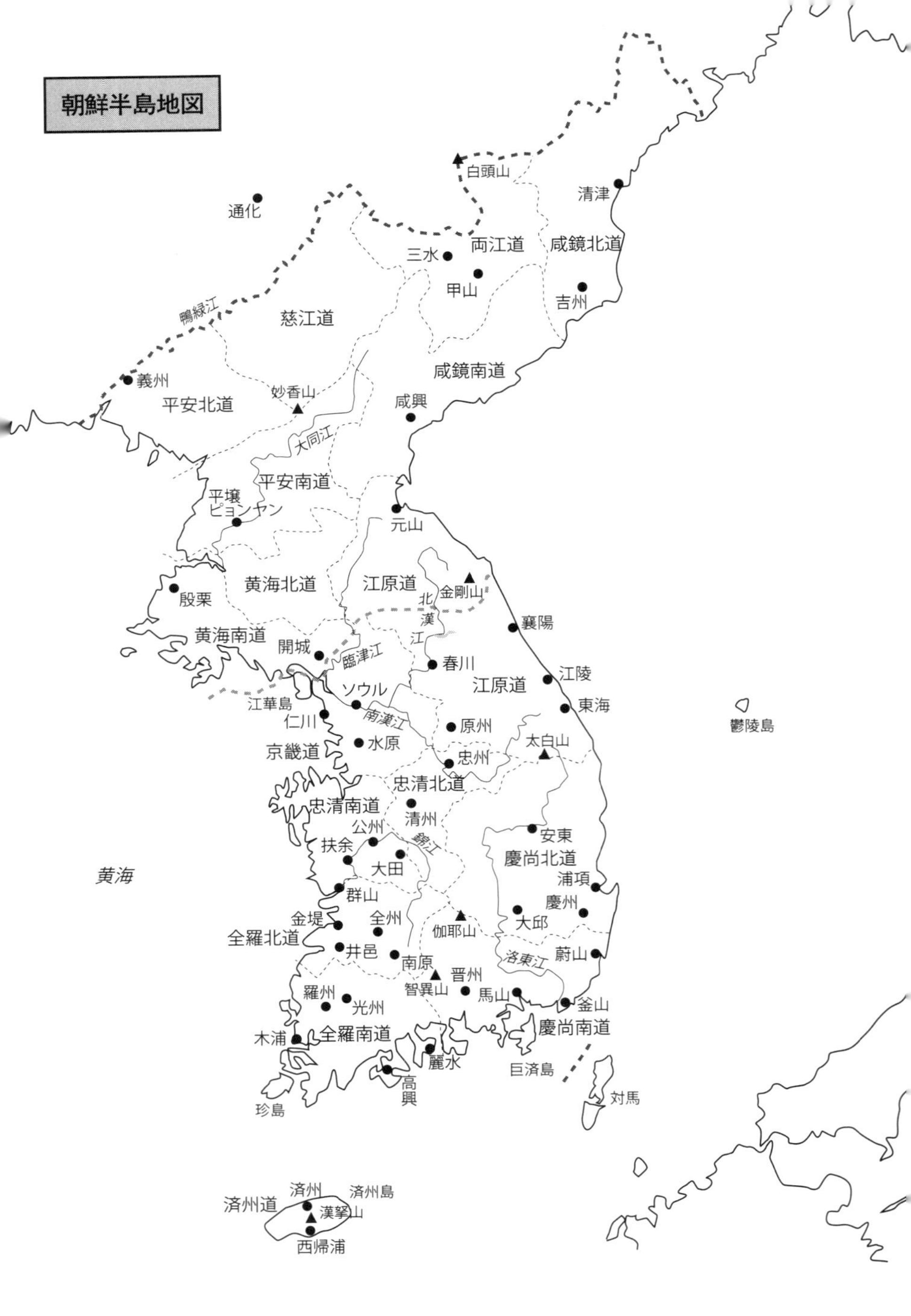

白頭山
清津
通化
三水
両江道
咸鏡北道
甲山
吉州
鴨緑江
慈江道
咸鏡南道
義州
妙香山
平安北道
咸興
大同江
平安南道
平壌
ピョンヤン
元山
黄海北道
江原道
金剛山
殷栗
北
漢
江
襄陽
黄海南道
開城
臨津江
春川
江原道
江陵
ソウル
江華島
東海
仁川
南漢江
原州
鬱陵島
水原
太白山
京畿道
忠州
忠清北道
忠清南道
清州
公州
錦江
安東
扶余
大田
慶尚北道
黄海
群山
浦項
慶州
全州
金堤
大邱
伽耶山
全羅北道
井邑
南原
蔚山
洛東江
晋州
智異山
羅州
光州
馬山
釜山
木浦
全羅南道
慶尚南道
麗水
巨済島
高
興
対馬
珍島
済州
済州島
済州道
漢拏山
西帰浦

高麗王系譜

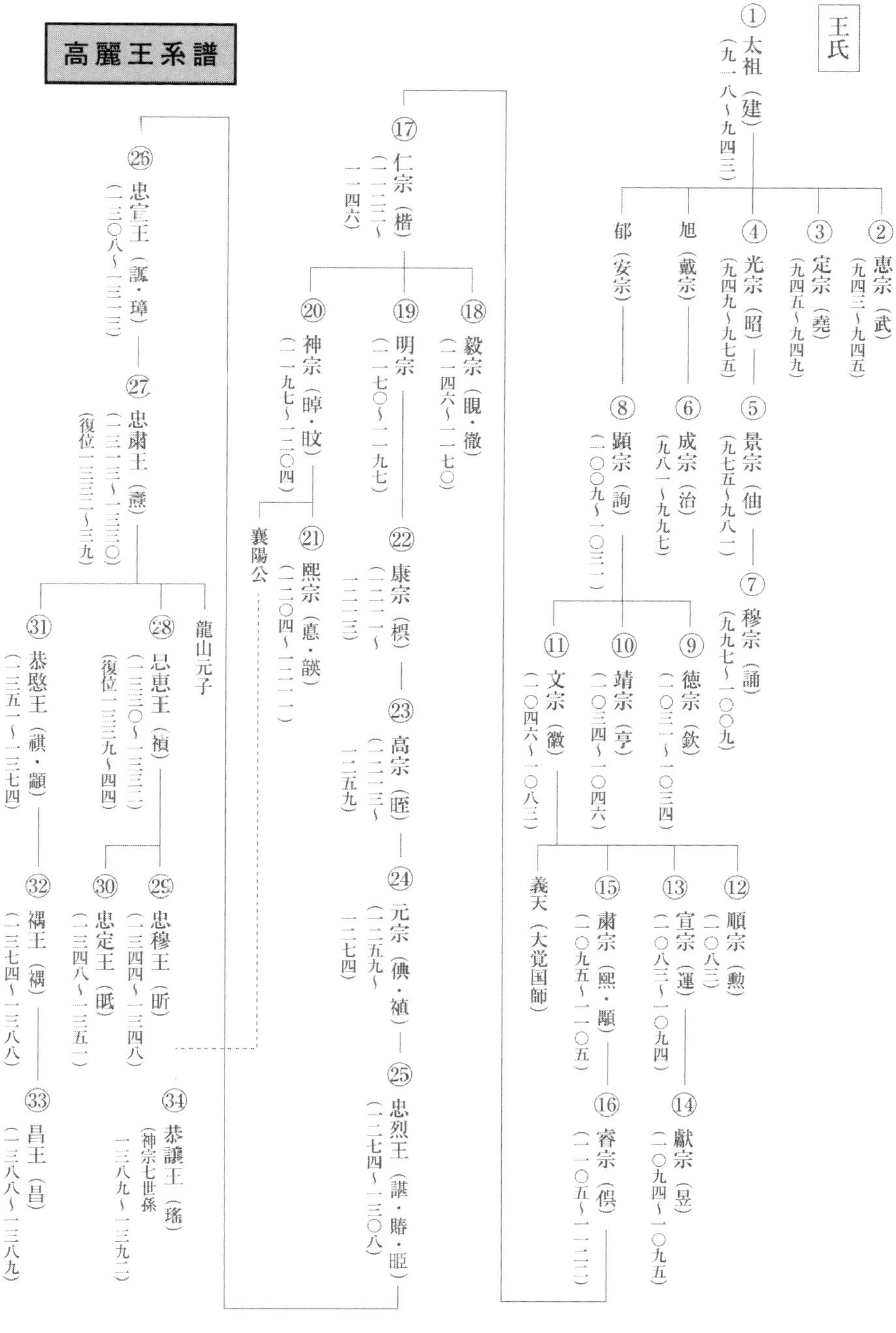
王氏
① 太祖（建）（九一八～九四三）
② 恵宗（武）（九四三～九四五）
③ 定宗（堯）（九四五～九四九）
④ 光宗（昭）（九四九～九七五）
旭（戴宗）
郁（安宗）
⑤ 景宗（伷）（九七五～九八一）
⑥ 成宗（治）（九八一～九九七）
⑦ 穆宗（誦）（九九七～一〇〇九）
⑧ 顕宗（詢）（一〇〇九～一〇三一）
⑨ 徳宗（欽）（一〇三一～一〇三四）
⑩ 靖宗（亨）（一〇三四～一〇四六）
⑪ 文宗（徽）（一〇四六～一〇八三）
⑫ 順宗（勲）（一〇八三）
⑬ 宣宗（運）（一〇八三～一〇九四）
⑭ 献宗（昱）（一〇九四～一〇九五）
⑮ 粛宗（熙・顒）（一〇九五～一一〇五）
⑯ 睿宗（俁）（一一〇五～一一二二）
義天（大覚国師）
⑰ 仁宗（楷）（一一二二～一一四六）
⑱ 毅宗（晛・徹）（一一四六～一一七〇）
⑲ 明宗（晧）（一一七〇～一一九七）
⑳ 神宗（晫・旼）（一一九七～一二〇四）
㉑ 熙宗（悳・韺）（一二〇四～一二一一）
襄陽公
㉒ 康宗（祦）（一二一一～一二一三）
㉓ 高宗（皞）（一二一三～一二五九）
㉔ 元宗（倎・禃）（一二五九～一二七四）
㉕ 忠烈王（諶・賰・昛）（一二七四～一三〇八）
㉖ 忠宣王（謜・璋）（一三〇八～一三一三）
㉗ 忠粛王（燾）（一三一三～一三三〇）（復位一三三二～一三三九）
龍山元子
㉘ 忠恵王（禎）（一三三〇～一三三二）（復位一三三九～一三四四）
㉙ 忠穆王（昕）（一三四四～一三四八）
㉚ 忠定王（㫝）（一三四八～一三五一）
㉛ 恭愍王（祺・顓）（一三五一～一三七四）
㉜ 禑王（禑）（一三七四～一三八八）
㉝ 昌王（昌）（一三八八～一三八九）
㉞ 恭譲王（瑤）（神宗七世孫）（一三八九～一三九二）

李氏

- ①太祖（成桂）（一三九二～九八）
  - ＝神懿王后韓氏
    - 鎮安大君（芳雨）
    - ②定宗（芳果・曔）（一三九八～一四〇〇）＝定安王后金氏
    - 益安大君（芳毅）
    - 懐安大君（芳幹）
    - ③太宗（芳遠）（一四〇〇～一八）＝元敬王后閔氏
      - 譲寧大君（禔）
      - 孝寧大君（補）
      - ④世宗（祹）（一四一八～五〇）＝昭憲王后沈氏
        - ⑤文宗（珦）（一四五〇～五二）＝顕徳王后権氏
          - ⑥端宗（弘暐）（一四五二～五五）＝定順王后宋氏
        - ⑦世祖（首陽大君瑈）（一四五五～六八）＝貞熹王后尹氏
          - 徳宗（崇・暲＝追尊）＝昭恵王后韓氏
            - 月山大君（婷）
            - ⑨成宗（娎）（一四六九～九四）
              - ＝恭恵王后韓氏
              - ＝廃妃尹氏
                - ⑩燕山君（㦕）（一四九四～一五〇六）＝慎氏
              - ＝貞顕王后尹氏
                - ⑪中宗（懌）（一五〇六～四四）
                  - ＝章恵王后尹氏
                    - ⑫仁宗（峼）（一五四四～四五）
                  - ＝文定王后尹氏
                    - ⑬明宗（峘）（一五四五～六七）
                  - ＝昌嬪安氏
                    - 徳興大院君（岹）
                      - ⑭宣祖（昖）（一五六七～一六〇八）
                        - ＝仁嬪金氏
                          - 元宗（琈）＝仁献王后具氏
                        - ＝恭嬪金氏
                          - ⑮光海君（琿）（一六〇八～二三）
                          - 臨海君（珒）
                        - ＝仁穆王后金氏
                          - 永昌大君（㼁）
          - ⑧睿宗（平甫・晄）（一四六八～六九）
            - ＝章順王后韓氏
              - 仁城大君（糞）
            - ＝安順王后韓氏
              - 斉安大君（琄）
        - 安平大君（瑢）
        - 臨瀛大君（璆）
        - 広平大君（璵）
        - 錦城大君（瑜）
        - 平原大君（琳）
        - 永膺大君（琰）
      - 誠寧大君（種）
    - 徳安大君（芳衍）
  - ＝神徳王后康氏
    - 撫安大君（芳蕃）
    - 宣安大君（芳碩）

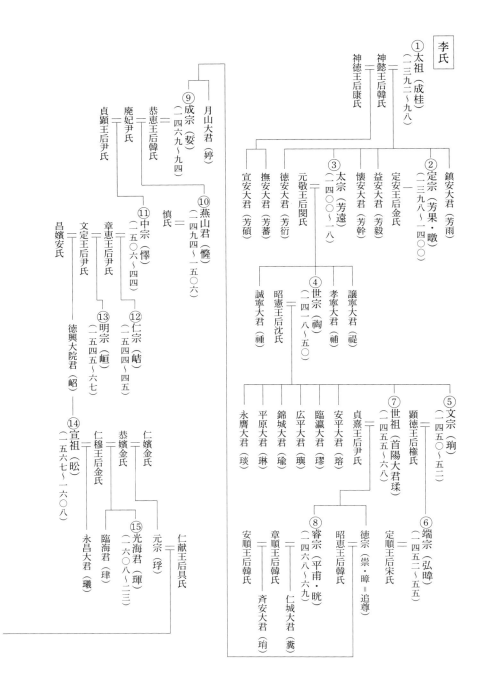

朝鮮王朝系譜

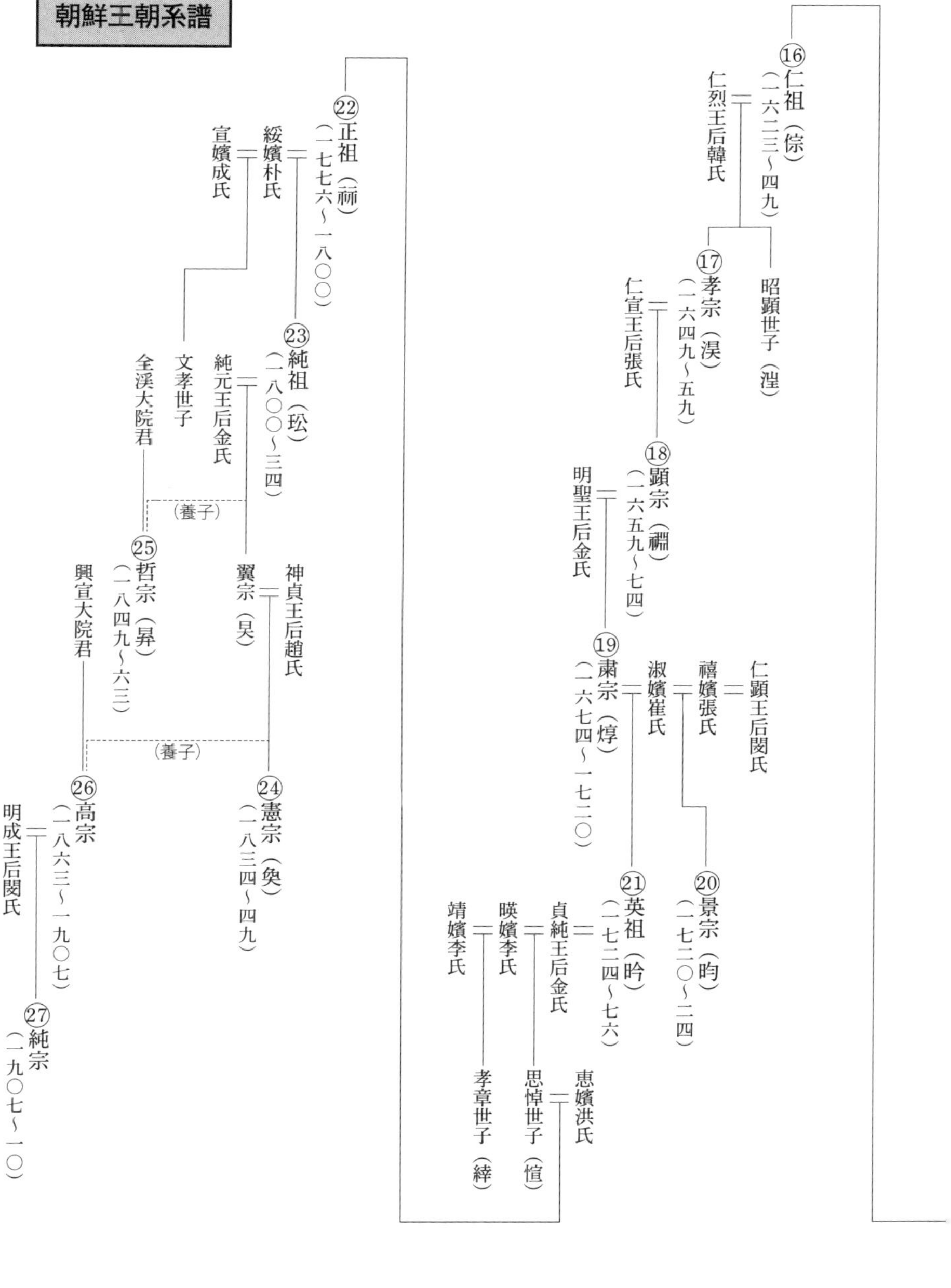

⑯仁祖（倧）（一六二三～四九）
仁烈王后韓氏
⑰孝宗（淏）（一六四九～五九）
昭顕世子（溰）
仁宣王后張氏
⑱顕宗（棩）（一六五九～七四）
明聖王后金氏
⑲粛宗（焞）（一六七四～一七二〇）
淑嬪崔氏
禧嬪張氏
仁顕王后閔氏
⑳景宗（昀）（一七二〇～二四）
㉑英祖（昑）（一七二四～七六）
貞純王后金氏
暎嬪李氏
靖嬪李氏
恵嬪洪氏
思悼世子（愃）
孝章世子（縡）
㉒正祖（祘）（一七七六～一八〇〇）
綏嬪朴氏
宣嬪成氏
㉓純祖（玜）（一八〇〇～三四）
純元王后金氏
文孝世子
全渓大院君
（養子）
㉕哲宗（昪）（一八四九～六三）
翼宗（旲）
神貞王后趙氏
興宣大院君
（養子）
㉔憲宗（奐）（一八三四～四九）
㉖高宗（一八六三～一九〇七）
明成王后閔氏
㉗純宗（一九〇七～一〇）

目次◉続 於于野譚

巻の一 人倫篇 *21*

巻の二 宗教篇 *75*

仙道

僧侶

巫覡

夢

霊魂

鬼神

俗忌

風水

天命

巻の三　学芸篇　171

文芸

識鑑

衣食

教養

音楽

書画

医薬

技芸

郵便はがき

料金受取人払郵便

麹町支店承認

9089

差出有効期間
2020年10月
14日まで

切手を貼らずに
お出しください

102-8790

102

［受取人］
東京都千代田区
飯田橋2—7—4

株式会社 作品社
営業部読者係　行

【書籍ご購入お申し込み欄】

お問い合わせ　作品社営業部
TEL 03（3262）9753／FAX 03（3262）9757

小社へ直接ご注文の場合は、このはがきでお申し込み下さい。宅急便でご自宅までお届けいたします。送料は冊数に関係なく300円（ただしご購入の金額が1500円以上の場合は無料）、手数料は一律230円です。お申し込みから一週間前後で宅配いたします。書籍代金（税込）、送料、手数料は、お届け時にお支払い下さい。

書名	定価　　円	冊
書名	定価　　円	冊
書名	定価　　円	冊
お名前	TEL（　　）	
ご住所 〒		

フリガナ
お名前

男・女　　　歳

ご住所
〒

Ｅメール
アドレス

ご職業

ご購入図書名

●本書をお求めになった書店名

●ご購読の新聞・雑誌名

●本書を何でお知りになりましたか。

イ　店頭で

ロ　友人・知人の推薦

ハ　広告をみて（　　　　）

ニ　書評・紹介記事をみて（　　　　）

ホ　その他（　　　　）

●本書についてのご感想をお聞かせください。

ご購入ありがとうございました。このカードによる皆様のご意見は、今後の出版の貴重な資料として生かしていきたいと存じます。また、ご記入いただいたご住所、Ｅメールアドレスに、小社の出版物のご案内をさしあげることがあります。上記以外の目的で、お客様の個人情報を使用することはありません。

占候

卜筮

博奕

巻の四 社会篇

科挙

驕虐

欲心

禍殃

生活苦

盗賊

諧謔

巻の五 万物篇

天地

草木

人類

禽獣

續 於于野譚

亡くなられた梅原猛先生に

［カヴァー・扉の装画］

金帆沫 画

本書は、2016年度、韓国文学翻訳院の翻訳・出版助成を受けて出版されたものである。

巻の一　人倫篇

孝烈

第一話……片目の李忠綽

李忠綽《イジュンチャク》▼1は孝行息子である。家は貧しかったが、親に真心でもって仕えた。司馬試に合格して、毎日、成均館に通い、円点▼2が三百にもなった。

ある日、雨が降った。木靴を履いて、わら縄できつく縛って歩いた。すると向こうから兵曹佐郎の友人がやって来た。友人は馬から下り、二人は酒幕に入って酒を飲みながら、四方山話に花を咲かせた。夕刻になっても、いっかな雨はやまない。道はぬかるんで、わら縄は湿って切れてしまった。忠綽が友人に鞍をつけた馬を借りたいと申し出たところ、友人はこれを承諾して、密かに奴僕に命じて先払いをさせることにした。李忠綽は裸足のまま馬にまたがって去った。奴僕は声を出して先払いをして、馬をまっすぐに導いて行った。忠綽は自分が裸足であることなど無頓着で、泮宮（成均館の別称）に直に馬を乗りつけたから、泮宮の友人たちは大笑いしたものであったが、忠綽は意に介することがなく、傍若無人であった。

文科に及第した後、母親が死んだ。忠綽は昼夜に嘆き悲しんで、泣き暮らしたものだから、そのせいで、片方の目を失明してしまった。すでに高位に上っても、卑賤であったころのことをよく語り、つねに父母のことを懐かしんで涙を流さないということはなかった。これを見て、心を動かさない者はいなかった。承旨というのは王さまのお側に仕える官職で、片目の人が就くということは昔からなかったことであったが、忠綽は親への孝行ゆえに失明したこととて、ひとり承旨になった。

▼1【李忠綽】一五二一～一五七七。字は君貞、号は拙庵・洛浜。本貫は全州。世宗の第四子の臨瀛大君璆の子孫。一五五九年、庭試乙科に及第して、要職を歴任したが、僧の普雨の罪状を論難して、逆に流罪になった。また乙巳士禍（第三九話注3および第二一九話注1参照）のさいに小尹派の李芑・鄭順朋・林百齢などの保翼功臣号を削奪することを上訴した。

▼2【円点】成均館の儒生の出席点数。成均館および四学では学生たちの出席状況を点検するために食堂に出入りするときに帳簿に記録させた。朝と夕に食堂に入れば円点一点とし、三百点になれば大科を受験する資格を得た。

第二話……虎を鏑矢で射た沃野監

沃野監《オクヤカム》▼1というのは王族の方であった。玉渓守《オクケス》や雲川令《ウンジョンリョン》とともに、興仁門（東大門）の外に居宅をかまえ、狩猟を事としていた。

ある日、沃野監が王族の方々と連れ立って、黄色い狩猟犬を連れ、鷹を肘に乗せ、網を積みこんで、遠方の山に狩猟に出かけた。沃野監の父親も同行して、さて、網を山や谷にしかけ、犬を林に放つとき、沃野監は峰の上にいて、その父親は谷底にいた。その時、大きな虎が忽然と谷底に現れ、恐ろしい声を上げて吼え、飛びかかろうとした。父親はすっかり魂消《たまげ》て、倒れ込んでしまったが、ちょうど虎の後ろ足がしかけた網にひっかかった。虎は飛び跳ねて、父親に飛びかかろうとするものの、爪と牙がわずか数尺とどかない。虎は前に進んだり、退いたりする。

沃野監は峰の上から、その緊急事態を見ていた。弓矢を手にして、大声を上げて、山を駆け下り、虎の前に立った。すぐに矢筒を探って矢を抜いたが、誤って鏃のない大きな鏑矢を射てしまった。鏑矢は虎の額に当たって、タックという音を立てて地面に落ちた。虎もまた谷底に顚倒したから、沃野監は急いで父親を背負って、その場を退散した。たまたま狩猟に同行した人々も、死を免れることができたのだった。

虎の額を見ると、鏑が陥没して、一尺ほどのところにある。思うに、虎の頭蓋骨は堅牢だから、鏑だけが深く入って、柄は折れてしまったのであろう。この話しを聞いた朝廷では、沃野都正に昇進させ、その孝行ぶりを褒め称えた。

▼1【監】「監」は朝鮮時代の王族に関する事務を担当する宗親府の正六品の官職。以下の玉渓守の「守」と雲川令の「令」も宗親府の官職で、王族である李氏が任じられる。末端の王族を救済する意味を持つ。高麗時代の制度を継承しつつ、世宗のときに「卿」・「尹」・「令」・「監」・「長」などの官職を置き、一四六六年、官制改革により、「守」・「副守」などが登場した。ちなみに沃野監について、『朝鮮実録』明宗元年（一五四六）四月に、父母の喪にもかかわらず、沃野監が妓生を集めて酒を飲んだので告身三等を削る云々の記事が見え、また同じく六年（一五五一）三月には、沃野監凡崐が罪を犯したので義禁府に下した、利城君の家に出入りしては、その妻と通じていたという記事がある。

第三話……わが家には孝子はいらない

父母を亡くして三年の喪[1]のあいだ、粗末な御飯を食べ、水だけを飲むことは、礼経に書かれている。わが国の喪礼はひとえにこの礼文にしたがっている。昔から、三年の喪にあって、粥だけをすすり、哀痛して、痩せ衰えても、けっして死ぬことがないのは、多く『三綱行実』[2]や『孝子伝』[3]に例として見える。おおよそ、孝子が悲しむ情は真心から出て、噴き出した火が五臓を焼いて、まるで大病の人のようであっても、飲食を絶って月を重ねたところで死なない。むしろ、その熱によって生き延びることができるのである。ところが、わが国土は水陸が交わるところであり、その民俗は貴賤の別なく、魚と肉とで腹を満たしている。特にソウルと八道の都会には滋味が多くあって、一般の人びとが栄養を摂るのに、中国の民などがはるかに及ぶところではない。平素、そのように豪華な生活に慣れていると、一朝、喪に服すことになって、礼にのっとって一すくいの米で口を糊することになる。それで、三年もたたないうちに、死んでしまう者が多い。『三綱行実』を細かく読むと、わが国の人で粥をすするだけで喪を全うすることができたというのは、多くは山野の辺鄙なところに住んでいたソンビたちであり、ソウルに住んでいた人ではきわめて稀である。

相国の洪暹《ホンソム》▼4の老母は九十歳を越えていた。洪暹は食事の度に、けっして美味いものを食べることなく、よく言っていたものである。

「親が年老いたなら、子たるもの、淡白なものを口にするのを習いにするのがいい」

母親が死んで、喪をなんとか終えて、その後しばらくして、洪暹も死んだ。

柳克新《ユククシン》▼5は夢鶴《モンハク》▼6の息子である。服喪に当たって、三年のあいだ、粥だけをすすった。そうして、言っていた。

「私の気力の盛んなること、他の者に倍していて、また酒色に傷んでもいない。私のこの健康でもって、三年の喪を礼の通りに終えることができないようなら、天下に礼の通りに喪を行なうことのできる者はまずいないであろう」

しかしながら、喪をほぼ終えるころになって、死んでしまった。

私の亡くなった父上は、小祥（一周忌）の前には野菜も果実も召し上がらなかった。小祥がすんで後、痩せ衰えて初めて、野菜を召し上がった。私の甥の崔衎《チェヒョン》▼7は気質の弱い人間であるが、母親の喪にあたって、毎日、水っぽい粥数合で腹を満たした。三ヶ月ほど経って、身体が衰弱して、とうとう死んでしまった。このようなことを見ると、いったい誰が孝子ではないということができるだろう。性質の強弱によって、その区別が生じるのである。相国の鄭光弼《チョンクァンピル》▼8が言ったことがある。

「わが家には孝子はいらない」

その時、居合せた大勢の人たちには鄭光弼のことばは野鄙で、聖賢に対して罪を得るもののように思われた。これは人の子たる者にとっては聞くに忍びないことばではあるが、人の親たる者にとってはうなずけることばである。私は甥の崔衎の死を目の当たりに見て、子孫たちのためにこの記録を残す。

▼1【三年の喪】たとえば『礼記』の「三年問」に「三年の喪とは何ぞや。曰く、……三年は情に称えて文を立つ。至痛の極を為むるゆえんなり。斬衰には苴杖し、倚廬に居り、粥を食い、苫に寝ね、塊を枕とするは、至痛の飾と為す所以なり」とあり、あるいは「間伝」に「父母の喪には、既に殯すれば粥を食う、朝に一溢米、莫に一溢米。斉衰の喪には、疏食水飲して、菜果を食わず。大功の喪には、醯醤を食わず。小功緦麻、醴酒を飲まず。此れ哀の飲食に発れたる者なり」とある。

▼2【三綱行実】『三綱行実図』とも。中国と韓国の書籍から君臣・父子・夫婦の三綱において模範となるべき忠臣・孝子・烈女を集めて編集した書物。一四三一年、集賢殿副提学の偰循などが王命によって作った。それぞれに絵を加えた。

▼3【『孝子伝』】『孝行録』のことを言うか。高麗時代に権溥とその息子の権準が編集し、後に権近が注釈をほどこした。それに絵を加えて、さらに増補したものがすでに高麗末には刊行されたが、一四二八年には偰循などの手で改訂されて刊行された。

▼4【洪暹】一五〇四～一五八五。宣祖のときの名臣。字は退之、号は忍斎。本貫は南陽。領議政の彦弼の子。一五三一年、文科に及第、大司憲となった。一五三五年、金安老の誣告で興陽県に帰郷したが、三年で赦された。後に芸文館・弘文館の大提学を経て、領議政にまで至った。文章にたくみで、経書に明るかった。

▼5【柳克新】『朝鮮実録』宣祖修正十五年（一五八二）六月に進士の柳克新は夢鶴の子で、放恣の行ないがあり、群れをなしては、酒を飲み、歌曲を作っては世の中を諷刺している、大抵は恵まれた家の子弟であるという記事がある。己丑の年（一五八九）、克新は死んだとある。

▼6【夢鶴】柳夢鶴。反逆者として処刑された李夢鶴（第一五六話注4参照）とまぎらわしい。『朝鮮実録』宣祖六年（一五七三）十二月に礼賓寺参奉の柳夢鶴の名前が見える。宣祖八年（一五七五）正月、工曹佐郎の柳夢鶴が罷免された記事が見える。同じく十六年（一五八三）十二月、襄陽府使の柳夢鶴が辞職を願ったが、差し止められた旨の記事がある。遡って、『宣祖修正実録』宣祖六年七月、李珥（栗国）を直提学に任じたところ、李珥は辞退して故郷に帰ることを願った。執義の李夢鶴が李珥に、官を辞して故郷で悠々自適の生活をすれば快適には違いないが、みながそれを求めたら、いったい誰が国家を支えるのかと問いただし

た旨の記事がある。
▼7【崔衍】この話にある以上のことは未詳。
▼8【鄭光弼】一四六二～一五三八。中宗のときの大臣。字は士勳、号は守天。本貫は東萊。一四九二年、進士に合格し、同年の文科に及第して、玉堂に入った。一五〇四年、燕山君に抗疏して帰陽、中宗反正（一五〇六年、乱政に陥った燕山君を追いやって中宗を擁立したクーデタ）の後に呼び戻され、領議政にまで至った。一五一九年、己卯士禍（第一二話およびその注参照）で罷免されたものの、復帰、一五三七年には金安老の讒訴で流罪になったが、安老の失脚で免罪になった。

忠義

第四話……禑は辛吨の子か

わが国の名のある臣下で、鄭夢周《チョンモンジュ》▼1の右に出る者はいない。高麗王家の王氏のために、また国のために命を捨てたのは、彼が平素から学徳を積んでいたからである。もし、禑《ウ》▼2がほんとうに辛吨《シンドン》▼3の息子であれば、鄭夢周の忠誠でもって、どうして頭を垂れて、臣下となるようなことがあったろう。初め夢周は、禑は恭《コン》愍王《ミンワン》の子であるとして仕えたが、辛吨の息子と称するようになったから、これを誅したのであった。王氏の禑ではなく、辛氏の禑を殺したのである。

父親と子どもの間のことは、他人にはうかがい知ることができない。この禑が辛氏なのか、王氏なのか、夢周もまたわからなかったのではないか。ある者が禑は辛氏だといい、一時的な誤った風説が出回って、歴史家までもがその誤謬を踏襲したのではないか。夢周がためらいながら、汲々として生き延びたのも、また宋の文天祥[4]が死に臨んで、冷静であったのとどう違うことであろうか。孟子が言っているではないか。

「『書経』[5]をみな信ずるのであれば、『書経』がないのにしかない」

と。

▼1【鄭夢周】一三三七〜一三九二。高麗末期の文臣。字は達可、号は圃隠、本貫は迎日。一三六〇年、三場で続けて壮元で及第した。要職を歴任して、対明関係の修好に功績があり、倭寇の取り締まりを求めて来日したこともある。一三八九年には大提学となり、高麗王朝を支えようと尽力したが、李成桂を王に推戴しようという動きの中で、成桂の息子の李芳遠（後の太宗）の手の者によって殺された。性理学に明るく、五部学堂・郷校を設置して儒学の振興に努めた。

▼2【禑】一三六四〜一三八八。高麗三十二代の王。在位は一三七四〜一三八八。初名は牟尼奴、辛旽の婢妾の般若の所生であると『高麗史』は記録するが、これは朝鮮建国を正当化するための創作だと考えられる。恭愍王の養子あるいは所生として江寧大君に封じられ、恭愍王の殺害を受けて、わずか十歳で擁立されたが、政権を握った李成桂によって江華島に追われ、後に江陵に移されて殺害された。

▼3【辛旽】?〜一三七一。高麗末の僧。母は寺婢。幼時から僧となり、やがて王宮に出入りするようになった。恭愍王の信任を得て、王朝に山積した宿弊を改革するように尽力したが、反発を招き、水原に流され、殺された。高麗三十二代の禑王（辛禑）は辛旽の子だとも言う。

▼4【文天祥】一二三六〜一二八二。南宋末の忠臣。恭帝のときに元軍が侵入するや、一二七五年、任地から兵を率いて上京し、後に捉えられて大都（北京）に護送され、投降を拒否して処刑された。その獄中で「正気歌」を作った。

▼5【『書経』をみな信ずるのであれば……】「尽信書、則不如無書」（『孟子』尽心篇）。孟子によれば、殷周革命はやすやすと遂げられたものでなければならなかった。ところが、『書経』の武成篇には血みどろの凄

惨な戦のありさまが書かれている。そこで、孟子は『書経』をすべて信用してはならないと強引なことを述べたことになる。

第五話……文天祥は模範たりうるか

文天祥という人物は忠誠心と義烈において立派であるが、その知略において周倒ではない。その用兵ぶりを見ると、軽率である上に頑迷で、随処で失敗していることがわかる。たとえ、宋室が天下の三分の一、二を得たとしても、回復する才能があったかどうか疑わしい。いわんや崖山の危急▼1を万分の一でも救うことができたろうか。宋が滅んだ後、北京の獄につながれて六年の長きに至ったが、どうしてその間に死なかったのであろうか。古人が言っている。

「悲憤慷慨して死ぬのはたやすいが、従容として死んでいくのは難しい」

私が見るところ、文天祥が従容として死んだというのは当たらない。むしろ、生を貪っているように思われる。忠臣として国家のために死んだ模範と言うのには、どうも心もとない。

▼1【崖山の危急】崖山は広東省新会県の南側の海の近くにある。宋と元の決戦地であり、ここで敗れたことにより、宋は滅びた。文天祥もまた捕虜となった。

第六話……金時習の人となり

金時習《キムシスプ》▼1は五歳のとき、すでに文章をよく書いた。世宗大王《セジョンデワン》▼2は宮廷に呼んで引見したいと思われたが、世間の耳目を驚かせることを恐れ、承政院において試験を行なうことにして、「三角山」を題としてお与えになった。時習は絶句一首を作った。

　三角山の聳える峰が空を貫き、
　登って眺めれば、北斗星にも牽牛星にも手が届く。
　山岳はいたずらに大空に雲雨をもたらすのではなく、
　よく王家をして万世を安寧たらしめる。
　（三角高峰貫太清　登臨可摘斗牛星
　非徒岳宙興雲雨　能使王家万世寧）

大王はこの才能を面白いとは思われたものの、手放しにはお喜びにはならなかった。かならずしもよき臣下とはならない気配をお感じになったからである。大王は百匹の緋緞を褒美として与え、それを持って家に帰るようお命じになった。金時習は百匹の緋緞をさっと伸ばして、端っこを結びつけ、一端だけを腰に巻きつけて、拝辞して退出した。百匹の緋緞は時習に引きずられて行った。大王はこれをいっそうおもしろいと思われた。

その後、世祖[3]が即位するや、抗議して出仕しない意志を表した。剃髪しつつも髯をたくわえて、詩を作った。

　剃髪したのは俗世を逃れる気概、
　髯をたくわえるのは丈夫の心意気。
　（剃髪逃塵世　存髯表丈夫）

思うに、古にも、剃髪しても鬚を残した者は一、二人にとどまらない。金時習は五歳のときに文章をよくしたことをもって、みずから五歳《オセ》と号した。これは、しかし朝鮮語では「傲世《オセ》（世に傲る）」と同じ音である。

時習は性格が軽率で鋭利ではあったが、他人を容納する雅量には欠けているところがあった。当時の世相として政争の禍難を避けることが難しかったから、みずから僧侶の姿を取ることによって、世間を欺いたのである。多くの僧侶たちが時習を尊敬していて、彼を慕う者たちが市場の賑わいを呈したものだった。しかし、時習本人は彼らを嫌っていた。

一時、春川の史呑草庵にいたときのこと、一人の僧侶が金時習を慕って、百里の道をものともせず、やって来た。時習ははなはだ歓待するふりをした。飲食をととのえ、窓の外の階段に座らせて食べさせた。自身は窓の上に両足を投げ出して座り、足で土ぼこりを僧侶の方にかけながら、食事した。僧侶が、

「わが師よ、これはいったいなんの真似でしょうか」

と言いながら、土ぼこりを避けて、食べ続けようとしたが、再三再四、時習の悪ふざけは止まなかった。僧侶は怒って、食事をせずに、帰って行った。

また、ある月夜のこと、三角山の僧伽寺の北側の岩の上に登って、寺の僧を呼んだ。僧は、

「あれは五歳の声だ」

と言って、あわてて靴をあべこべに履いて、行ってみると、はたして金時習であった。互いに時候の挨拶を交わしたところで、時習は袖の中から死んだ魚一匹を取り出して、その僧に食べないかと進めた。僧はもちろんことわったが、時習はしつこくこれを進めた。僧は怒って立ち去った。

また、聞いたところによると、ソウルの円覚寺▼4で無遮大会▼5があったとき、その風聞を聞いて、朝鮮八道から一万にもなろうとする僧侶たちが集まって来た。時習もまた出かけた。袈裟を着て、道場に入ったが、しばらくして便所に落ちてしまった。そして、そこで焼いた鶏の腿を握ってぱくついているではないか。僧侶たちが大いに驚いて、これを追い出してしまった。時習の行動はこのように奇怪だった。

思うに、金時習は、心の中で、自身に近づこうとする人間を嫌って、これを害して遠ざけ、また仏教が左道[6]を崇拝するのを軽蔑しようとして、自分の立場を明らかにしようとしたのである。時習がたとえ世間を忘れて遠ざかったとしても、人間のことに興味がなかったわけではあるまい。彼の著作である『梅月堂集』はみな手ずから書いたものである。それが相国の奇自献《キチャホン》[7]のところにあるが、筆跡ははなはだ古風である。蘇斎《ソチェ》・盧守慎《ノスシン》[8]はこれを慕って、臨書した人物であるが、これを見ると、時習はやはり死んだ後の名声に意を用いなかったわけではないのである。

▼1【金時習】一四三五～一四九三。いわゆる世祖の王位簒奪に反対して仕官しなかった「生六臣」の一人。字は悦卿、号は梅月堂・東峰、本貫は江陵。五歳の時にすでに『中庸』・『大学』に通じ神童と呼ばれた。一四五五年、首陽大君（＝世祖）が端宗を追って王位に就いたので、門を閉じて三日のあいだ慟哭し、世間を悲観して僧となった。各地を放浪して世間の虚無をなげきながら、詩文を作った。四十七歳のとき、安氏の娘と結婚して、儒者たちと会うときには仏教の話をしなかった。妻を亡くした後、再び娶らず、鴻山の無量寺で死んだ。『金鰲新話』・『梅月堂集』がある。

▼2【世宗大王】一三九七～一四五〇。朝鮮四代の王。在位一四一八～一四五〇。諱は祹。太宗の第三王子。人となりは聡明で、自身も学問にはげむとともに、学問を奨励して集賢殿を設置、国内の優秀な人材を集めて講論させ、さらには編纂事業にも力を入れて、多くの書物を刊行した。ハングルの制定もこの王の事績であり、水時計・渾天儀も発明されて、朝鮮ルネッサンスの立役者とも言うべき文化的な英雄と言える。日本に対しては、歳遣船を許可し、三浦を開港するなど懐柔策を行なった。

▼3【世祖】一四一七～一四六五。李朝七代の王。在位一四五五～一四六八。諱は瑈。世宗の第二王子、首陽大君。兄の文宗が死んでその子の端宗が即位すると、その保護に当たった皇甫仁および金宗瑞を殺し、さらにはライバルであった安平大君を排除して、実権を握り、ついには端宗を廃して、みずから王となった。北方の経営に努めて成功をおさめ、編纂事業にも努めた。果断な政治力を見せたが、王位簒奪の仕方が問題とされて、世祖に処刑された「死六臣」、また世祖には仕えようとはしなかった「生六臣」は朝鮮史上のヒーローとなる。金時習も「生六臣」の一人。

▼4【円覚寺】世祖のとき、現在のソウル特別市鍾路区鍾路二街のタプゴル公園の地に建てられた寺。世祖十一年（一四六五）に完成し、付近の人家二百余戸を壊して、その場所に青瓦を八万用いて法堂を造り、五万金もの銅鍾を鋳造、美術的な価値のはなはだ高い舎利塔を建てた。現在はこの塔だけが残っている。

▼5【無遮大会】貴賤上下の区別なく一切平等に財施と法施を行なう法会。

▼6【左道】ここでは著者の柳夢寅が信奉する儒教の教理に背くすべての邪教を言う。

▼7【奇自献】一五六二～一六二四。宣祖のときの文臣。初名は自靖、字は士靖、号は晩全。本貫は幸州。一五九〇年、文科に及第して、右議政に至った。光海君のとき、ふたたび右議政になったが、大妃の流配に対して極諫した罪で流された。特赦があったが、政界に意を失い、東海のほとりで生活した。仁祖反正（訳者解説参照）によって呼び戻されたが応じず、李适の乱が起こると、内応したという讒訴を受けて三十七名とともに処刑された。

▼8【盧守慎】一五一五～一五九〇。宣祖のときの名臣。字は寡悔、号は蘇斎・伊斎。岳父の李延慶に学んで、二十歳で博士に選ばれた。一五四三年、文科に及第、初試・会試・殿試のすべてに壮元（首席のこと）であった。李退渓とともに読書堂に選ばれ、退渓とは学問を通して親交があった。仁宗が即位すると司諫院正言になったが、仁宗が死ぬと一六四五年には乙巳士禍（第三九話および第二一九話注1参照）が起こって罷免された。その後、珍島に流されて二十年にも及ぶ流謫生活を送ったが、宣祖の即位に伴って復帰し、大提学・右議政を経て、一五八五年には領議政にまで昇った。一五八九年には獄事にかかわり、また流配されるところだったが、王命で罷免されるだけで済んだ。

第七話……勇者の申汝価

間良▼1の申汝価《シンヨカ》▼2は興陽の人であった。

万暦（明の皇帝神宗の年号）の己未の年（一六一九）、明国の朝廷はヌルハチ▼3を征伐しようとして、朝鮮の兵士を徴集した。申汝価は嫡兄に代わって出征した。宝城の任興国《イムフンクク》▼4とともに強弓を引いて、一人で百人に当たる選抜隊に選ばれた。オランケ（女真族の蔑称）の土地に入って、六、七の部落を殲滅したが、伏兵に遭った。明の将軍である提督の劉綎[5]と遊撃将軍の喬一琦[6]、朝鮮の副将である宣川郡守の金応河《キムウンハ》[7]などは力を尽くして戦って、死んでしまった。都元帥の姜弘立《カンホンリプ》[8]と副元帥の金景瑞《キムギョンソ》[9]は八千の兵馬とともにオランケに降伏した。

　オランケの風俗では、降伏を受け入れれば、かならず、万軍の洟水と唾とを一つの甕に入れて、降伏した兵士たちに飲ませた。申汝価は姜弘立の軍に属していた。オランケが降伏した兵士たちを点検して、一寸の刀も持たせずに、犬か羊かのように追い回した。黒竜江に至ったが、江は深くて広い。浅瀬ですら、肩が沈むほどである。申汝価はこの江を渡れば、いっそう故国に帰るのが困難になると考えて、同行の者と謀って、大声を張り上げた。

「男児たるもの、死を恐れて、一度この江を渡ってしまえば最後、身を夷狄として終えることになる。どうだ、誰か私とともに引返す者はいないか」

　そうして、馬を躍らせ、包囲を破って、突破した。十五人ほどの者たちがこれに従ったが、すべて追いつかれて殺された。ただ申汝価と任興国だけが逃げおおせた。険しい山谷をたどり、山林を抜けて、ある場所に至った。深い谷があって、両側の断崖を数丈隔てている。汝価は鞭を馬に当てて、これを跳躍した。興国の方は同じようにしたものの、馬の後ろ足の蹄が届かずに、崖に落ちるところを、興国ひとり身を躍らせて崖をよじり、甲を脱いで、やっとのことで上に上がることができた。追撃する者たちも奮戦して追いすがったが、数尺及ばずに、二人は幸いに難を逃れた。

　二人の内の一人は馬に乗り、もう一人は歩いて、西南の方角に進むこと数日、山藪の中に宿ることになった。夜になって、犬の吠える声が十里ほどのかなたに聞える。汝価が言った。

「私が聞いた話しでは、オランケの犬は人を見て、追いかけながら吠えるが、中原の犬は吠えても門外に出るということはないそうだ。私が行って、試してみて、食糧を求めて来よう」

　汝価が村の外に至ると、犬が門の中で吠え立てる。そこで、中国語でもって、

「いい子だ、いい子だ」

と呼んだ。村には男子がいず、いるのは婦人ばかりだった。呼んで集めると、やって来て、壺に入れた飲料水と乾物をくれた。ようやくわが国の昌城にたどりついた。陣将の李梃男《イチョンナム》が軽快な騎兵十一名を選抜して、ふたたび黒竜江方面を偵察するように命令した。だが、朝鮮の兵士たちを見ることはできなかった。帰路にオランケに遭って七人が帰って来ず、四人だけが復命した。

明の軍隊がオランケの部落を攻撃したとき、男女老少に関わりなく、これを殺した。小児もみな腕を交叉させ、瞑目して、縮こまって座りながら、刃を受けた。絶世の美女がいて盛装をして胡床に腰を掛けている。汝価は剣を振り上げること三度、しかし三度とも振り下ろせない。汝価は婦人に手で触れた。婦人は着物の裏で汝価の手を握り、彼が連れて行こうとするのに任せた。その時、明の兵士が剣を抜いてこれを切った。

▼1【間良】虎班の出身でまだ武科に及第しない者。また軍術・武芸にたくみな人物を言う。

▼2【申汝価】この話にある以上のことは未詳。

▼3【ヌルハチ】一五五九〜一六二六。清の太祖。在位は一六一六〜一六二六。姓は愛新覚羅。中国東北部、建州女直の一首長から起こり、女直諸部を征服して汗位につき、国号を後金と称した。サルフの戦で明を破り、遼東、さらに遼西に進出、寧遠城の攻撃で負傷して死亡した。

▼4【任興国】この話にある以上のことは未詳。

▼5【劉綎】明の人。字は省吾。人となりは勇敢で劉大刀と称された。播酋の揚応竜を蕩平して、左都督に進み、楊鎬と遼東に出て戦死した。

▼6【喬一琦】明、上海の人。字は伯圭。万暦の武挙。劉綎とともに清兵を阿布達哩岡で防いだが敗れ、滴水崖に身を投じて死んだ。

▼7【金応河】一五八〇〜一六一九。光海君の時代の武将。字は景義、謚号は忠武、本貫は安東。十四歳のときに父母に死に別れ、二十五歳のときに武科に及第して、兵曹判書の朴承宗に選ばれて宣伝官になった。北

方防備に当たるようになり、一六一八年に建州衛で反乱がおこると、明は朝鮮に兵の派遣を要請したので、金応河は姜弘立の部下として江をわたり、明の将軍の劉綎とともに征伐に当たった。明軍の軽率な動きで敗戦、応河は奮戦したがついに戦死した。

▼8【姜弘立】一五六〇〜一六二七。朝鮮中期の将軍。字は君信、号は耐村。本貫は晋州。一五九七年、文科に及第した。明が後金を討つために朝鮮に援兵を請うと、五道都元帥として二万の兵を率いて出陣したが、敗戦して、興京に捕虜となって行った。出兵を断ることはできないものの、もともと明の敗北を予測しての、光海君と謀っての筋書きだったとされる。一六二七年の丁卯の胡乱（新興の後金（清）が親明政策を取る朝鮮に侵入してきた事件）のときは後金の軍を先導してやって来て、後金の使者として和議を勧めた。乱の後、糾弾され、断食して死んだ。

▼9【金景瑞】一五六四〜一六二四。字は聖甫、初名は応瑞、諡号は襄毅、本貫は金海。武科出身として壬辰倭乱（第三一話注10参照）に際してたびたび大きな手柄を立て、特に平壌の勝利に貢献した。乱後、捕盗大将となり、後金が起こると、明からの要請で、姜弘立の副元帥として出陣した。明が敗れると、姜弘立は降伏したので、景瑞は敵陣の内情を書きとどめる日記を書き記し、それを朝廷に送ろうとした。それが発覚して殺された。

徳義

第八話……髯がさまになっていた

相国の尚震《サンチン》▼1という人物は、人となりが寛大で、度量が広く、平生、決して人の悪口を言わなかった。

ある人がいて、一方の足が短かった。客がそのことを指摘したとき、尚震が言った。

「客人はどうして、一方の足の短いことを言って、もう一方の足の長いことをおっしゃらないのか」

当世の人々はこれをけだし名言であると称賛した。二相[2]であった呉祥《オサン》[3]が若かったとき、詩を作った。

伏羲の時の麗しい風俗が一掃され、
ただ春風が酒の盃の間だけにある。
（羲皇楽俗今如掃　只在春風盃酒間）

震はこれを見て、嘆息して言った。

「私は早くから呉祥は大成する人物であると思っていたが、どうしてそのことばがこうも薄っぺらなのだろうか」

そうして、筆で改めた。

伏羲の時の麗しい風俗は今なお残り、
春風が酒の盃の間を吹き抜けるのを見る。
（羲皇楽俗今猶在　看取春風盃酒間）

四文字を変えるだけで、その気象が隔絶したものとなった。おおよそ呉祥の名声も官職も尚震に一歩後れを取るのは当然だったのである。

震が議政府に行って、丞相を選んで帰って来た。孫娘の婿である李済臣《イチェシン》[4]が、

「今日選ばれた丞相というのは、誰でしょうか」

と尋ねたが、震は黙然として答えなかった。済臣がふたたび、

「沈通源《シムトンウォン》▼5がきっと選ばれた人間の中に入っていると聞いたのですが、事実でしょうか」

と尋ねると、震は、

「どうもそのようだな。その人物は髯がさまになっていた」

と言った。

震は十七歳のときには、文章が書けなかった。かつて僧伽寺で読書していて、手の指を濡らして、僧侶の寝床の油紙の上に文字を書いていた。一人のソンビが色を正して叱りつけた。

「この小童は汚らしい。どうして口中の唾でもって人の寝るところに書きつけるのか」

震は大いに恥じ、かつ怒り、かつ恨んだ。男児たるもの文字がわからないようでは、世間に立ってゆけない。そこを打っちゃって、すたすたと歩いて帰って来た。足の豆がつぶれて、靴の中は血だらけになった。その後、力学して、十二科の取才試に進んで、遂には文科の高い関門を突破したのであった。性格は寛裕であったが、進取の気質に富んでいた。権奸に対しては容赦なく攻撃して、付和雷同することもなかった。清流の論議を重視したので、丞相の地位に上ったのも、そのためであった。けだし、「髯がさまになっていた」と答えたのは、済臣の真っ正直さを憚ったのである。

▼1【尚震】一四九三～一五六四。字は起夫、号は泛虚斎・松峴、本貫は木川。早く孤児となり、勉学を嫌ったが、後に奮起して、一五一九年には文科に及第した。弘文館副提学・京畿道観察使・刑曹判書などを歴任して、一五四九年には領議政になった。十五年ものあいだ大臣の地位にあって不偏不党を貫いた。外貌は愚鈍に見えたが、大きな度量を持ち、人への気配りを絶やさなかった。

▼2【二相】次席の大臣という意味で、左賛成あるいは右賛成を指す。

▼3【呉祥】一五一二～一五七三。文臣。字は祥之、号は負暄堂。金安国の門人。一五三一年、進士試に合格、一五三四年、謁聖文科に丙科で及第、献納を経て羅州牧使となり、清白吏となった。冬至使として明に行き、慶尚道観察使となったが、病気で辞職した。その後、北辺が騒乱状態になると、文武を兼ねた適格者として平安道観察使となって功を立て、兵・吏・礼・刑曹の判書を経て大司憲に至った。文章にも優れていた。

▼4【李済臣】一五三六～一五八四。字は夢応、号は清江、本貫は全義。幼いころから英敏で、七歳で詩を作って人びとを驚かせた。一五五八年、生員となり、一五六四年には式年文科に及第して官途についた。宣祖が即位すると、礼曹正郎として『明宗実録』の編纂に参与した。一五八二年には咸鏡北道兵馬節度使となったが、一五八三年、女真族の尼湯介が侵犯して来て、慶源・阿山・安原などが陥落すると、その責任を問われて流配され、そこで死んだ。詩文に優れ、書は行・草・篆・隷すべてに巧みだった。

▼5【沈通源】一四九九～?。文臣。一五三七年、別試文科に及第、直提学、左・右承旨、慶尚道観察使などを経て左議政に昇った。王の外戚として尹元衡などとともに権力を乱用、賄賂を受け取って、弾劾されて辞職、一五六七年には官職を削奪された。

第九話……漢の高祖の先見の明

漢の高祖[1]は聖人の資質を備えていた。ほぼ呂公[2]の観相の法を継承していて、それに術数を交えて人事を斟酌し、百の内に一つも間違わなかった。

呉広と陳勝[3]が東南で蜂起するのを予見していて、また呉王の劉濞[4]が五十年後には乱を起こすこともわかっていたが、それが成功しないことまでわかっていたので、そのままにしておいた。呂氏[5]が朝廷を牛耳るようになって乱れる日が来ることも知って、太子を廃そうと考えた。また呂氏がその親族を王に封ずるだろうこともわかっていたので、大勢の臣下とともに、白馬を殺して、誓約したのだった。

「劉氏以外に王となる者があれば、天下はこれを攻撃する」

呂氏には人材がいず、帝位を簒奪することはできないこともわかっていたから、太子を変えるまでには至らなかった。王陵[6]が剛直なるがゆえに亡びることを知り、周勃[7]が劉氏を安泰に補佐することを知り、また陳平[8]が一人では任務を担当することができないのを知っていたために、丞相の制度を置いて、後事を託すようにした。呂氏どもが乱を起こしたならば、呂須[9]の夫である樊噲[10]が勇敢な人物であることを知っていたために、陳平に樊噲を切らせ、その代わりに周勃を当てた。また、自分の死んだ後のことを呂氏に遺言したものの、呂氏の策謀はすべて封じてあった。呂氏はそのことに気が付かずに、遺言をひたすら守って、終には一家が危殆に瀕するのを自覚しなかった。

呂氏が、王陵、陳平、周勃の後には、誰が宰相となるのかと、尋ねたとき、それはあなたのかかわるところではないと、答えた。これは呂氏の寿命をよく知っていて、それが陳平や周勃が宰相を務めた後までまっとうできるものではないことがわかっていたからである。劉氏の天下が安泰に保全されれば、呂氏が滅んだ後のことなど、特に策を弄するまでもないと思ったのである。

たとえ聖人の智慧でもってしても、それに術数を交えなければ、未来の歳月を実現することは難しい。また、術数の妙を熟知していても、人事に明るくなければ、天下の将帥と宰相の人材を見極めることは難しい。いわゆる不可測の神髄とも言うべきであろうか。

見るところ、商山四皓▼11に太子の保護を依頼して、戚夫人▼12を召して楚の舞をさせ、みずから楚の歌を歌って、心を傷めたのは、呂氏が後に戚夫人母子に残忍なことをするのを、知っていたからである。悲しい歌で永遠の別れをしたのは、項羽が虞姫▼13と離別したのとまったく同じである。大計を考えて、小患を軽んじる、聖帝でなければ、どうしてそのようなことができようか。実に偉大ではないか。

▼1【漢の高祖】漢を建国した劉邦のこと。

▼2【呂公】高祖の后の呂后の父である呂文。観相の術に長けていて、劉邦がまだ若かったとき、彼を見て将来名を成す人物であることを知って、娘を嫁がせた。

▼3【呉広と陳勝】二人ともに秦の人。賦役者の引率をしていて大雨に遭い、期日に目的地に到着できないのを知り、罰を受けることを恐れて、秦に叛旗を翻した。それが導火線になって各地に反乱軍が起こり、秦はついに滅びることになる。

▼4【劉濞】漢の人。高祖の兄の仲の子。呉王に封じられたが、廃されようとすると、反乱を起こした。周亜夫の攻撃を受けて、東越に逃亡し、そこで死んだ。

▼5【呂氏】高祖の后の呂雉。高祖の天下の平定を助けて、恵帝を産んだ。恵帝が死ぬと、他の夫人の産んだ少帝を立て、八年の間、みずからが執権した。親族である四人の呂氏を王に封じ、そのことが後に呂氏の乱のきっかけになって、呂一族はついには滅び去った。

▼6【王陵】漢の人。高祖が立つと数千の兵を率いて来て、これを助けた。高祖が項羽と戦うことになって、項羽が王陵の母を人質に取ると、母親は息子に意志をまっとうさせるために自殺し、項羽はそれを煮た。官職は右丞相に至った。呂后が政治を牛耳り、親族を王に封じるようになると、嫌って官職を離れた。

▼7【周勃】漢の人。高祖にしたがって軍を起こし、絳侯に封じられた。呂氏が政権を握って、漢の皇室の劉氏が危機に陥ると、軍を率いて帰って来て、呂氏を討ち、漢の皇室を保全し、文帝のときは右丞相になった。

▼8【陳平】漢の人。当初は項羽についたが、後に漢の高祖の側についた。しばしば奇策を出して、高祖の危急を救うことがあった。高祖の臨終のとき、呂后が後を任せるべき人物を尋ねると、高祖は蕭何、曹参と挙げ、次には「王陵がよい。陵は愚直だが、陳平がこれを助けよう。陳平は智はあまりあるものの、独力では務めに任じ難い。勃は重厚で文才に乏しい」と評した。

▼9【呂須】呂后の妹。婦人でありながら、臨光侯に任じられた。

▼10【樊噲】漢の人。当初は狗を捕獲するのを仕事とし、高祖とともに山中に隠遁した。陳勝が乱を起こすと、高祖とともに兵を起こした。項羽が沛公（高祖）を招いた鴻門の会では、范増が沛公を殺そうとすると、一人中に入り込んでこれを救った。官職は左丞相に至った。高祖末年、樊噲が呂后におもねったとして、陳平にこれを亡きものにするよう命令が下ったが、陳平はこれを長安に押送して時間を稼ぎ、高祖の死によって、釈放された。

▼11【商山四皓】秦の始皇帝のときの乱を避けて、陝西省の商山に隠れ住んだ四人の隠士。すでに頭髪も髭も真っ白だったので「四皓」という。高祖は寵姫の戚夫人の子の如意を立てようとしたが、そのとき、この四人が太子にしたがい、太子の人柄をほめたたえたので、高祖は翻意したという。

▼12【戚夫人】高祖の寵姫。呂后はこれをはげしく憎み、高祖の死後、子の趙王如意を毒殺し、戚夫人の手足を切って、目をくりぬき、耳も口も不自由にして、便所の中に置いて「人豚」と名付けたという。

▼13【虞姫】楚王の項羽の寵姫。項羽が垓下で四面楚歌に陥ったときともにいて、項羽は、「虞や、虞や、爾をいかんせん」と問いかけ、それに対して虞姫は「大王すでに意気尽く。賤妾なんぞ生きん」と答えた。項

羽は泣き、みなもらい泣きして顔を上げる者はいなかったという。

隠遁

第一〇話……隠遁の君子　洪裕孫

洪裕孫《ホンユソン》[1]は隠遁の君子である。世俗を軽んじ、その振る舞いはすこぶる高尚で、栄利にはまったく無頓着であった。南秋江《ナムジュカン》[2]と親しく、好んで山水の中で遊んだ。

ある日、親しく付き合っていた著名な宰相の屋敷を訪問した。宰相はこれを歓待して、錦の衾と刺繍をほどこした褥で寝させた。朝になって、辞去した後、見ると、その衾と褥の中に小便をしていた。ある時には、高い崖の上に上って小便をしたが、その小便が長く縄のようになって崖の下まで垂れた。子供たちが集まって、これを感嘆して見ている。裕孫は小便を縮めたり延ばしたりして見せた。南秋江が金剛山に遊覧するというはなしを聞くと、自分が先んじて行って遊覧した。そして、高木によじ登って、絶壁に詩を書きつけた。

　檀君《ダンクン》[3]を戊辰の年に産んで、
　眼で箕子《キチャ》[4]を見て、馬韓[5]に号令した。
　留まって永郎《ヨンラン》[6]と竜宮で遊び、

たまたま酒盃に誘われて、人界に留まった。

（生先檀帝戊辰歳、眼及箕主号馬韓
留与永郎遊水府、偶牽春酒滞人間）

この詩を書き終わった後、その樹木を根から抜いて捨てた。後にやって来た秋江は遙かにその詩を望み見て、みずからは上ることが出来ないのを悟って、なんとも奇妙に思い、仙人の詩であるかのように考えた。その詩は秋江の『楓岳録』に載っている。

▼1【洪裕孫】一四三一～一五二九。学者。字は余慶。号は篠叢・狂真子、順致の息子。金宗直の門人。家は清貧であったが、性格は放達で、何ごとにも拘束されなかった。南陽の太守は彼が詩に巧みであるのを見て、賦役を免じたという。世祖の王位簒奪の後、世俗の栄華を捨て、南孝温・李徳・李貞温・趙自知などと集って竹林七賢を自称、老子・荘子の学問を議論し、詩酒で歳月を送った。七十六歳で初めて結婚して男子をもうけた。

▼2【南秋江】南孝温。一四五四～一四九二。生六臣の一人。字は伯恭、号は秋江、杏雨、諡号は文貞。本貫は宜寧。金宗直の門人。幼くして世祖の即位に反対して死んだ死六臣の忠誠を見て、一四八一年には文宗の后である権氏の陵である昭陵を復する上訴をして、狂人と言われた。その後、官職につくことを望まず、各地を遊覧して過ごして死んだ。

▼3【檀君】朝鮮の始祖神で、名前は王倹。帝釈桓因の子の桓雄が熊女と結婚して生まれた。檀君は建国して、はじめは平壌に都したが、後に阿斯達に遷都して、千五百年のあいだ朝鮮を治めたとされる。箕子が朝鮮にやって来ると隠棲して、阿斯達の山神になった。

▼4【箕子】殷の貴族であったが、紂王にうとんぜられ、殷が滅びると、新たな周に仕えるのをよしとせず、朝鮮半島に亡命して箕氏朝鮮を建国したという、伝承的・説話的人物。

▼5【馬韓】古代、現在の韓半島には三韓、すなわち西方に馬韓五十余国、東方に辰韓十二国、辰韓に雑居して弁辰十二国があったとされる。馬韓はそのうち最大であった。

▼6【永郎】新羅の孝昭王（六九二～七〇二）のときの花郎で、花郎の中の「四仙」の一人とされる。金剛山に遊覧して、高麗・朝鮮の文人たちでその足跡を思慕してたどる者が多かった。

第一一話……風流な李之蕃・山海の親子

李之蕃《イチボン》▼1は高潔なソンビである。明宗《ミョンジョン》▼2のとき、出仕して、司評となった。その当時、尹元衡《ユンウォンヒョン》▼3が権勢をほしいままにして、道理に合わない訴訟事を行なおうとしていたので、官を棄てて、故郷に帰った。庵を丹陽江のほとりに結んで、精神を修養した。居所には明るい光がさしこんだ。いろいろな人が飲食を持って来たが、すべて辞退して、受け取らなかった。

家には青牛が一頭いた。二つの角の間が八、九尺もあった。いつもその牛にまたがって、江のほとりを逍遙した。ある日、雪が満山に降り積もったとき、青牛に乗って、山の頂きに至り、雪景色を堪能した。それに従う者とてなく、ただ牛飼いの童一人が牛を追って付いて来た。之蕃はあまりの美しい景色に、童子を振り返って言った。

「お前も、この景色を楽しんでいるか」

すると、童子が言った。

「わたくしはただ寒いだけで、楽しむどころじゃございませんよ」

之蕃の息子の李山海《イサンヘ》▼4は名門の人間であったから、これを惜しんだ人びとが父親の之蕃のことを慮って、丹陽郡守に任命した。彼は江を挟んで峰が相対しているのを見て、飛翔する神仙の遊びをしようと考えた。百姓たちに葛で縄をなわせて、両の峰にかけさせ、さらに鶴の形の籠を作って、その中に座った。それを葛縄に懸けて、二つの峰の間を往き来したが、まるで飛んでいるかのようで、百姓たちは神仙ではないかと考えた。しばらくして、山海はその官を棄てた。崔公▼5がその任務に代わりに就いた。崔公の息子の男秀▼6

が郡の役所の倉の中に入って見ると、何もない倉の中にただ葛縄だけが置いてあった。

私の父上▼7は李之蕃公とたいへん仲が良かった。相国の李山海はいつも私に「世交▼8」と言った。

▼1【李之蕃】?～一五七五。明宗のときの学者。字は馨伯、号は省菴、本貫は韓山。父母に孝行を尽くし、天文地理に精通していた。仁宗のとき門閥によって出仕したが、仁宗は一目見て「白衣宰相」だと言った。明宗のとき、掌隷院司評となったが、当時は尹元衡が国権を握っていたので、丹陽の亀潭に退いて歳月を過ごした。

▼2【明宗】一五三四～一五六七。朝鮮十三代の王。在位一五四五～一五六七。諱は峘。慶源大君に封じられ、兄の仁宗が早世すると、十二歳で即位したが、母親の文定王后が垂簾聴政を行ない、政治の実権は母后とその弟の尹元衡が握った。

▼3【尹元衡】?～一五六五。明宗のときの権臣。字は彦平、本貫は坡平。坡山府院君・之任の子で、中宗の継妃である文定王后の弟。一五三三年、文科に及第、性格は放恣かつ陰険で、文定王后が慶源大君を産むと、これを王にするために画策した。それが成ると、乙巳士禍を起こし、敵対者の大尹派を除去して、みずからの小尹派の勝利に導き、文定王后とともに政治を専断した。一五六五年、文定王后が死ぬと、彼も官職を削奪されて隠居したものの、殺された。

▼4【李山海】一五三九～一六〇九。字は汝受、号は鵝渓・終南睡翁、本貫は韓山。父は之蕃。叔父の之菡（第三三話および同話注1参照）のもとで学んだ。一五五八年、進士となり、一五六一年、式年文科に及第して、要職を経て、吏・礼・兵曹の判書を歴任した。東人が南人・北人に別れると、北人の領袖として政権を掌握し、西人を排除して、東人（北人）の執権を確固たるものとしたものの、一五九二年には倭賊の侵略を許したとして弾劾を受けた。北人が分裂すると、大北の領袖となり、領議政となった。文章に優れ、書画も巧みだった。

▼5【崔公】崔岦のことではないかと思われる。崔岦は、一五三九～一六一二。字は立之、号は簡易・東皐。李退渓の門人。壬辰倭乱のとき、外交文書作成の第一人者であった。しばしば明に使節として行き、明の学者たちから名文章家と称賛された。彼の文章、車天輅の詩、そして漢濩の書を「松都三絶」と人びとは称えた。

▼6【男秀】この話にある以上のことは未詳。
▼7【私の父上】柳樘。忠寛の子で、進士となり、参奉を務めた。後に吏曹判書を贈られている。
▼8【世交】世々、代々の交際をする間柄。

第一二話……金浄と南袞

冲庵《ジュンアム》・金浄《キムチョン》▼1がまだ官職につかなかったころのこと、すでに詩作で名が高く、その志操と節義においても尋常ではなかったから、ソンビの仲間で彼を敬慕する者が多かった。

南袞《ナムコン》▼2の文章とその節義は当時の人々に劣っていたわけではなかったが、ソンビたちはこれを賤しんで、みな小人だと言っていた。袞が直提学となったとき、金浄はまだ一介のソンビであった。友人の家で二人が会ったとき、浄は大酔して、吐いて、座布団に臥したまま、袞を見ても、挨拶をしなかった。主人が彼を足で蹴って起こすと、ようやく乱れた髪のまま座り直して、袞を睨みつけながら、言った。

「いったい、何者が来て、この私の眠りを覚ましたのだ」

袞は礼儀を失わずに、言った。

「ソンビ殿の名声はかねがねうかがいながらも、書物の中の人物であるかのごとく考えて、一度お会いしたいとは思いながら、機会を得ませんでした。ところが、今の今、幸いにも、お会いすることができました。今日、わたくしは輞川図▼3の障子を新たに手に入れましたが、ソンビ殿の風流な詩篇をいただいて、この障子の上を飾りたいと思います」

奴僕に命じて、障子を取りにやらせ、それを浄の前に進めた。浄は酔ったまま、墨を磨り、筆をさっと振って、いささかも躊躇せず、また深く考えることもせずに、詩を作った。

江南に楽しい場所があって、
夜には夢の中でも散策する。
杏花村で酒を買おうと出かけ、
しかとこの橋を通り過ぎる。
（江南有楽地、夜裡夢逍遥。
自買花村酒、分明過此橋）

これは思うに、ある人物が酒壺をかついで、橋を渡る姿が描かれていたものであろう。袞は二、三度この詩を口ずさんで、称賛した後、どこか恥ずかしがるようにして、出て行った。

当時、「己卯諸賢」[4]と称せられた賢人たちみなが、静庵《ジョンアム》・趙光祖《チョクァンジョ》[5]を奉じ、賢人たちすべてが彼に従うことになった。袞もまた名望と節義でもって進んで親しもうとしたのだが、ソンビたちはみなまず彼の正しくないところを見て、会えば必ず彼を咎めるようなことをことばで言い、あるいは顔色に出した。袞はその情誼も礼も尽くして、従おうとしたものの、受け入れられなかったから、心はいつも怏々として楽しまなかった。そこで、とうとう、虚妄なことを構え、でっち上げて、沈貞《シムジョン》[6]とともに緋緞の道袍（道士の着る服）を着て神武門から入って、変事を上疏した。そのために、すべての賢人たちが法の網に一網打尽にされたのであった。袞は若干の羨望に堪えることができずに、こうした無惨なことをしでかしてしまった。平生なんら過失を犯さなかったのに、このことは唯一、どんな毒蛾のような人間でも犯してはならないことであった。

年老いるにしたがって、常にこのことを後悔して、いつもひとり座って、ぶつぶつとつぶやきながら、欄干を強く手でたたきつけ、悲憤慷慨の色を外に表した。一生の間に書いた文章を集めて、すべてを火にくべてしまった。袞の文章ははなはだ高尚で、朝鮮の学者の文集にこれに匹敵するものは少ない。しかし、その文章に巧みだという自分の長所をみずから葬ったことは、自己の悪を後世に広めることを恐れたのであろう。今、『止亭集』が残っている。これは彼の外孫である礪城君《ヨソンクン》・宋寅《ソンイン》▼7が南袞の書いたもので世間に散逸していたものを集めたもので、家に残っていた原稿ではないのである。

▼1【沖庵・金浄】一四八六〜一五二一。李朝前期の文臣、烈士。字は元沖、号は仲庵、本貫は慶州。十歳で四書に通じ、刑曹判書に至った。中宗が王后慎氏を廃して章敬王后を立てるのに反対して、章敬王后が死ぬと慎氏の復位を上疏して流配になったが復帰、一五一九年の己卯士禍に際し、趙光祖の一派として済州島に流され、後に賜死した。

▼2【南袞】一四七一〜一五二七。李朝前期の政治家であり文人。字は士華、号は止亭。一四九四年、文科に及第して、大提学・領議政にまで至った。金宗直の門下で学び、文章と書に秀でていた。平生、奢侈を好まず、持論も正確であったが、沈貞とともに己卯士禍をでっち上げたことを人びとに批判され、みずからも処置の過ちを悟ったため、書きためていた私稿を火にくべて焼いた。

▼3【輞川図】輞川は唐の詩人である王維の別荘があった陝西省藍田県にあった地名。輞川図は王維がその地の勝景二十を選んで描いた絵。

▼4【己卯諸賢】己卯の年（一五一九）の士禍によって粛清された趙光祖を奉じた儒者たちを言う。次項を参照のこと。

▼5【静庵・趙光祖】一四八二〜一五一九。中宗のときの性理学者。字は孝直、号は静庵、諡号は文靖。吉再の学統を継ぐ金宏弼の門人で、『小学』『近思録』を基礎として経伝の研究を行なった。平素も衣冠を正して端正にふるまい、言行も古の聖人にならって厳粛であったと言う。士林派の領袖として、中宗の信任を得て、賢良科の実施、昭格署の廃止などさまざまな施策を行なったが、自派の士林を多く登用し、言動が過激に走ったために、勲旧派の激しい反発を受けて己卯の士禍（一五一九）を招き、一派はことごとく斬罪、彼自身も綾州に流され、その地で賜死した。

▼6【沈貞】一四七一〜一五三一。中宗のときの文臣。字は貞之、号は逍遙亭。本貫は豊山。一五〇二年、進士として文科に及第、靖国功臣の号を受けて華川君に封じられ、吏曹判書となったが、弾劾されて退き、後に安塘が領議政となったとき、刑曹判書として復帰したが、またもや弾劾を受けて辞任し、その怨恨から一五一九年に己卯士禍を起こすことになる。一五二七年、右議政となり、後に左議政となるが、福城君の獄事

が起こって、金安老によって追われ、後に朴嬪と内通した嫌疑で賜死した。

▼7【宋寅】一五一六～一五八四。学者。名筆でもあった。字は明仲、号は頤庵、本貫は礪山。領議政の宋軼の孫で、承旨の宋之翰の子。十歳のとき、中宗の三女である貞順翁主と結婚して礪城尉となり、朝廷で優待され、明宗のときには礪城君に封じられた。山水と詩文を愛し、文名が高く、当代の碩学として、李退渓・李栗国なども尊敬し、晩年には宣祖がしばしば礼を尽くして諮問を請うことがあった。

第一三話……高踏生活者の曹植

南溟《ナムミョン》・曹植《チョシク》[1]は高踏的な生活を送って、世間はこぞってこれを称賛した。嶺南に隠遁して、官職を泥のごとくに嫌った。

彼がソウルにやって来て、蕩春台[2]の北側と武渓洞[3]の南側で遊んだときがあった。礪城尉（宋寅、第一二話注7参照）は駙馬（王家の婿のこと）の身分にもかかわらず、すこぶる儒学の雅というものを愛して、南溟の風を慕っていたので、渓山において一献をくみ交わしたいと思った。蔵義門の松林の中に幕を張って、南溟が通り過ぎるのを待った。礪城尉は路傍で手を組んでたたずみ、下人を馬の前で待たせた。南溟は彼が高い官職にあることを知っていながら、馬から下りることもせず、酒に酔って助けられて行く者のようなふりをして、

「長者は人を出迎えるべきではない」

と言った。礪城尉は彼が埃を立てて行く後ろ姿を仰ぎ見たが、まるで千里を行く鳳凰のようであった。

▼1【南溟・曹植】一五〇一～一五七二。字は健中（あるいは楗仲）、号は南冥。若いときから性理学を学び、人品が抜きん出ていた。何度も朝廷から出仕を要請されたが、辞退した。明宗のとき尚瑞院判官となって思

政殿で拝謁し、治乱の道理と学問の方法について表を奉り、頭流山の徳少堂で思索と研究に専念した。

▼2【蕩春台】ソウルの彰義門の外にあった台閣。燕山君の時代に造られ、しばしば宴会が行なわれた。

▼3【武渓洞】彰義門の外にあった渓谷の名前。安平大君が造った武渓精舎があった。

婚姻

第一四話……無頼の柳辰仝の人物を見抜いた李自賢

柳《ユ》辰仝《チンドン》▼1がまだ元服をすませていなかったころのこと、父と母を失い、学問もせず、日々、ソウルの悪童どもと巷を遊び歩いていた。ある夜、檻にいた豚を盗んだ。夜警に捕まらないかと恐れ、いっしょにいた仲間の一人に衣服で豚をひっくるませて背負わせ、もう一人には髪の毛を乱して哭泣させて、葬礼であるかのように見せかけた。

辰仝はいつも大道で人と戯れに相撲を取ったが、彼にかなうものはいなかった。ある時、宰相の李《イ》自《チャ》堅《キョン》▼2が先払いをさせて道を行き、辰仝を見かけ、車を止めて、じっくりとその挙措を見た。そして、前に出て来るように言って、

「お前には父母がいらっしゃるか」

と語りかけた。辰仝が、

「両親は亡くなって、今は長兄の世話になっている」

と答える。自堅が、

「どんな本を読んだか」

と尋ねると、辰仝は、

「本など、どうして読むもんか」

と答えた。自堅は辰仝のことを気をかけながら、帰って行った。

自堅の姉には娘が一人いて、ちょうどどこかにいい婿はいないものかと、物色していたところだった。自堅は家に帰って、その姉に言った。

「今日、帰り道で一人の好男子に会いましたぞ。気骨が他の者どもに抜きん出ていて、相撲を取ったら、かなう者など誰もいない。姉上が婿をお取りになるなら、あの者がよろしかろう」

姉は答えた。

「不肖の娘のために賢い婿を選びたいものですが、あなたの推薦する者を選ばずに、誰の推薦する者を選びましょうか。ただ、今まで聞いたこともございませんよ。相撲が強いからといって、婿にするなどとは」

自堅はこれに答えた。

「まあ、まあ、私の言うことを聞いて、あれを婿にして御覧なさい。後日、きっと貴人となることでしょうから」

吉日を選んで、柳辰仝を迎え入れた。

辰仝は十八、九歳になったものの、まだ無頼の生活はやまず、弓を執って、武芸だけに専念した。妻家の奴僕で自分を敬うことがなかったら、鉄の鞭でもってこれを打ち殺してしまう。姑はこれを苦々しく思い、自堅に愚痴をこぼした。

「あなたは口を開ければ、新郎はきっと大物になるとおっしゃって、それを信じて、娘婿にしたのですよ。ところが、もう分別のついていい年ごろなのに、学問しようとはしない。それに行ないもはなはだ道に悖っている。ほんとうに残念でしかたない」

自堅はこれをなだめて、言った。

「心配にはおよびません。まだなんといっても若いのです」

柳辰仝は射庁に出かけ、騎射を習ったが、その時、馬から落ちて気を失った。腹立ち紛れに、弓矢を折って、言った。

「武とは危険なことだ。君子が生業とするものではない。今後というもの、武を棄てて、文につこうと思う」

そうして、馬を走らせて、家に帰った。その途中、台諫▼3の先払いに出遭ったが、下馬することもせず、自堅の家に駆け込んで、学問の教えを請うた。それ以後、経書を読破して、終には明経科に合格して、官職は判書に至った。自堅の弟の自華《チャファ》▼4とともに、名宰相となった。その子どもは兄と弟が交互に諸道の按廉使になった。

自堅は辰仝を道で見出し、他日きっと貴人となることを予知して、これを婿に取らせた。人を見る眼が神のようであり、尋常の人間のものではない。

▼1【柳辰仝】一四九七～一五六一。明宗のときの文臣。各道の観察使、各曹の判書を務めた。文章に抜きん出ていて、竹の絵もよく描いた。書も巧みで、南大門の懸板の「崇礼門」の三文字は彼の書だと言う。

▼2【李自賢】一四五四～一五二九。文臣。字は子固。司馬試を経て、一四八六年、式年文科に乙科で及第して、承文院に入った。甲子士禍（一五〇四、第一四八話注2参照）で咸昌に流されたが、中宗反正によって復帰し、戸曹判書、知中枢府事にまで至って、耆老所に入った。

▼3【台諫】王に諫言する職責を担う司憲府および司諫院の役人を言う。

▼4【自華】『朝鮮実録』中宗十五年（一五二〇）七月に卒伝がある。前の礼曹参判の李自華が卒した。自華の性格は浮薄で、名節を検せず、放浪して酒色を好んだ。特に人々より優れた才能というものはなかったが、諧謔を好んだ。人付き合いがよくて二品に上がり亜卿となり、承宣の任に当たって、幸福を極めた。病にかかって回復せず、ついに死んだ云々。

第一五話……九十歳で子どもを得た洪裕孫

世祖《セジョ》（第六話注３参照）の御代《みよ》のこと、ソンビの洪裕孫《ホンユソン》▼1は年齢が九十歳にもなっていたが、妻がいなかった。後継ぎを得るために妻が欲しいと思って頼んだ仲人婆さんは行く所ごとに棍棒で撲られないではすまなかった。ただ一人の娘がその父母に言った。

「たとえ嫁いで一日で寡婦になったにしても、できることなら、賢者の妻になりたいものです」

父母はこれを聞いて、許した。洪裕孫は九十歳で子どもができて、その名前を志成《シソン》▼2と言った。志成は博学で知らないことがなく、世間で有名であった。後進を教えて、その門下から大勢の高官を輩出した。宣祖《ソンジョ》▼3の御代の丁酉の年（一五九七）に、八十歳近くになって死んだ。父と子の二人で八、九代の王さまに仕え、二百年になんなんとする時代を過ごしたのである。奇特なことではないか。一説には、洪裕孫が結婚したのは八十六歳のときのことで、二人の子どもが生まれ、志成はその第二子なのだとも言う。

▼1【洪裕孫】第一〇話注1を参照のこと。七十六歳で結婚して子どもを得たとある。

▼2【志成】志誠ではないか。【洪志誠】一五二八〜一五九七。字は剛中、号は仏頂山人、本貫は南陽。天性が高潔で、典雅であった。文章において読まない本はなく、後進を教えて倦むことがなかった。丁酉再乱（一五九七、第三一話注10参照）のときに倭賊に害されて死んだ。数え年で七十歳である。

▼3【宣祖】一五五二〜一六〇八。朝鮮十四代の王。在位一五六七〜一六〇八。諱は昖。中宗の孫で、父親は徳興君の昭。河城君に封じられていたが、明宗が継嗣なく死んで、即位した。李退渓・李栗国などを登用して善政を心掛けたが、東西の党争がこの時代に始まり、一五九二年には日本軍の侵略があって、義州まで避難することを余儀なくされた。前後七年にわたって日本軍に蹂躙され、国土は疲弊した。

妻妾

第一六話……かぶりものの効用

国家が泰平の折りには郷吏[1]たちはみな済羅笠をかぶる。済羅笠というのは百済と新羅の時代の方形の笠である。兪洵《ユスン》[2]には関係をもった婢がいたが、それは郷吏の妻であった。洵がいつものようにこっそりとその部屋にしのび込んで休んでいると、洵の妻が棍棒をもってやって来た。洵は壁の上に済羅笠が懸けてあったのを見つけて、それをかぶってほうほうの体で逃げた。洵の妻はそれをてっきり郷吏だと思って、自分もあわててその場から逃げ出した。

朴忠侃《パクジュンカン》[3]には馴染みの妓生（巻末解説参照）がいた。その妓生は録事[4]と私通していた。録事はいつも頂きの平らな冠をつけていたが、それが壁の上に懸けたまま忘れてあった。忠侃は夜になって妓生の家に出かけ、宿泊した。早朝に宮廷に出仕しなければならなかったが、まだ暗かったから、誤って頂きの平な冠をつけて出かけた。宮廷に近づくと、奴僕がこれを仰ぎ見て不審そうな顔をする。忠侃は間違いに気づいて驚き、あわてて馬を下りて民家に入った。

当時の好事家が詩を作った。

兪洵の妻は済羅笠を恐れて、
忠侃の奴僕は頂きの平な冠に驚く。

（兪洵妻畏済羅笠、忠侃奴驚平頂冠）

時の人々はこれを面白がった。

▼1【郷吏】中央から派遣された官僚とは別に現地採用された地方官衙の役人を言う。

▼2【兪洵】一四四一〜一五一七。字は希明、号は老圃。一四五九年、生員となり、一四六二年、式年文科に及第、一四六六年には文科重試に及第して、主簿・応教・典翰などを経て、一四七八年には副提学、一五〇三年には右議政、一五〇四年には左議政・領議政に昇進した。中宗反正の靖国功臣二等。詩賦に優れ、徐居正・盧思慎などとともに『聯珠詩格』を翻訳した。

▼3【朴忠侃】？〜一六〇一。字は叔精、本貫は尚州。蔭補で官職に就き、一五八四年、戴寧郡守であったとき、鄭汝立の謀反（第一九話注19参照）を知らせたという功績で、謀逆首発の賞として刑曹参判となり、一等功臣として商山君に封じられた。一五九二年、壬辰倭乱のときには巡検使として城を修築してソウルに進軍する倭兵を防ぎ、軍糧の補給に尽力したが、乱後には軍糧を私服したという批判も受けた。彼の訃報を聞いて王は哀悼して執務しなかったと言う。

▼4【録事】朝鮮時代、議政府・中枢院に属する胥吏の総称。記録を担当して、文書・銭穀を管掌する。

第一七話……夫人の教養

李某と金某とはたいへん仲の良い友人同士であった。李の妻は文章をよくしたが、金の妻は一字も解さない。李と金が江を渡って行って、読書をしようと思い、ともに轡を並べて数十歩ほど行ったとき、李の妻の使いの婢が汗をかきながら駆けて来て、手にしていた小さな紙片を手渡した。そこには八文字が認めてあった。

「春氷可畏慎勿軽渡（春の氷が心配です。軽々しくお渡りにならないように）」

金はこれを見て、感嘆の念に耐えなかった。

ある日、李と金とが向かい合って座っていて、李が婢を介して妻に伝言して、『古文真宝』[1]を探し出すようにと言ったところ、妻は婢に、「前集ですか、後集ですか」と、問い返させた。このことにまた、金は感嘆して、家に帰って、自分の妻を責めて言った。

「李の奥さんというのは字が読めるのだぞ。李が『古文真宝』という本を探し出して欲しいと伝えると、なんと奥さんは、『前集ですか、後集ですか』と尋ねなおしてきたのだ。お前はどうして字が読めないのだ。本の題名すらわからないではないか」

そんなことから、金は巻と帙の表にハングルで題名を書いて置くことにした。客たちがやって来たとき、金が妻に『孔叢子』[2]を探すように言いつけた。妻は婢に問い質させた。

「前孔でしょうか、後孔でしょうか」

金も客人たちもこれには口をあんぐりするしかなかった。一人の客が言った。

「前孔というのはなかなか乙なものですが、後孔というのは臭くて汚らしくて、かないませんな」

金は大いに恥じた。

▼1【『古文真宝』】宋の黄堅編と伝えられる。先秦時代から宋までの詩文を集める。全二十巻で前集十巻、後集十巻からなる。
▼2【『孔叢子』】本の名。全三巻。漢の孔鮒が孔子以下、子思などの言行を集めたものに、孝武帝のとき、孔臧がみずから作った賦と書を加えて作ったとされる。しかし、朱子が文気が惰弱で西漢のものに似ないと言い、偽書説がある。

第一八話……夫の浮気で食を絶つ

李俊民《イジュンミン》▼1は府使の文益成《ムンイクソン》▼2とは仲がたいへんに良かった。家族ぐるみの付き合いで、両家の夫人も互いに往き来して厚く交わった。家中の者たちがみな怪訝に思うぐらい、二人はしきりに会ったものだった。

益成の妻が言った。

「わが家の夫が一晩でもよそに泊るようなことがあると、わたくしは飲食を絶ち、ただ冷たい水を飲むだけです。それで、夫はあえて妾を外に持とうとはしないのです」

後になって、俊民が外に妾を囲うようになった。夫人はそのことを聞くや、食事をせずに、ただ冷たい水だけを飲んで、それが原因で、終には死んでしまった。

俊民は密かに益成の家の中を探って見た。益成の妻は何も食べていないように見せかけていたが、その実は、信頼している婢にこっそりと頼んで、大きな鉢に飯を盛らせ、おいしいおかずとともに厠にまで持って来させて、日に二度、三度と食べていたのであった。それで、咽が渇いて、水をがぶがぶ飲んだのだ。しかし、家の者たちは誰もそれに気づいていない。

俊民はそれを知って、慟哭しながら、言った。

「なんという老いぼれの女狐か。私の妻に絶食などを教えて、どうして厠でこっそりと食べていることを教えなかったのか」

ひたすら涙を流しつづけながら、妻の死を悼んだが、これを聞いて、口を覆って笑わない者はいなかった。

▼1【李俊民】一五二四〜一五九〇。朝鮮中期の文臣。字は子修、号は新菴、本貫は全義。嶺南の大学者である曺植は彼の外叔に当たる。一五四九年、式年文科に丙科で及第、一五五六年にも重試に丙科で及第、左承

旨・兵曹判書・議政府左参賛などを歴任した、人となりが剛直で、事理が通らなければ承服しなかった。倹粗な生活を心がけ、自家の教育に厳しかった。党争が激しくなると、病にかこつけて出仕しなかった。

▼2【文益成】一五二六～一五八四。朝鮮中期の文臣。字は叔斎、号は玉洞、本貫は南平。曺植・周世鵬の門下で学び、李滉から『大学』の要致を学んだ。一五六一年、文科に及第して、平壌城尹・司諫院献納などを歴任した。

気相

第一九話……人を見た目で判断してはならない

姿かたちはその人の心を表すものではない。孔子は蒙倛▼1にそっくりであったが、姿かたちで人を判断したら、きっと誤ったであろう。子羽▼2と晏平仲▼3は六尺に足りない背丈であったが、その気概は万人の男たちに抜きん出ていた。哀駘駄▼4は醜いことで天下を驚かせたが、ほんの一時でもいっしょに過ごした者は、彼から離れることができなかった。孟嘗君▼5は背が低かったが大丈夫であり、韓信▼6は顔面が黄色でも馬鹿でかく、張子房▼7の容貌は女のようであった。郭解▼8の容貌は中人にも及ばなかったし、田蚡▼9は倭小であった。

わが国では、尹弼商《ユンピルサン》▼10の風采はぱっとせず、中国人の人相見もその人物の只者でないのを見破ることができなかった。彼が大小便をするのを見て、初めて彼が只者ではないことがわかったのだ。成俔《ソンヒョン》▼11は容貌が醜かったので、時の人は、「王さまが座客にお会いになる」などと言ったものだ。昔、遊蕩者が妓生のもとに行く時には、引き立て役にわざと醜い男と連れ立って行き、それをただ座っているだけの「座客」にしたものだった。これらはすべて優れた気質が外には現れていない者たちであった。

その心と外貌が一致している人々もいる。伍員[12]は身の丈が十尺もあり、眉の間だけでも一尺あって、遂には天下のために烈々たる偉丈夫となった。項羽[13]は虎の相をもっていて、いったん怒り出すと、人々はひれ伏して、敢えて仰ぎ見ることができなかった。あるいは、人馬ともに驚いて、数里も逃げ出す始末であった。

諸葛亮[14]の眉間には山や川の秀でた景色が集っていたといい、張飛[15]は壮士で、その眼は環のようであった。許遠[16]は寛大な性質で、その容貌もまた気質そのままだった。盧杞[17]は青白い顔をして、まるで鬼神のようであり、それを見た人々はみなが笑った。

そうしてまた、わが国の趙光祖《チョクワンジョ》（第一二話注5参照）の容色は絶品であり、鏡を見るたびに、

「これがどうして男子として吉相であろうか」

と自問して、嘆息したということだ。

崔永慶《チェヨンギョン》[18]が己丑の年（一五八九）の獄[19]で捕まって、まさに殺されようとするとき、彼の風貌を見た獄卒に敬愛の念が芽生え、これを助けようと、必死に奔命して駆けつけ、間に合わないのではないかと心配した。これらはすべて外と内とが一致した例であった。

昔、中国の使者がわが国にやって来て、朝鮮国は礼儀の国であり、必ずひとかどの人物がいるであろうと考えた。平壌に至り、路傍を見ると、身の丈が八、九尺の大男がいて、髯が帯のところまで垂れていて、見るからに異相である。これとことばを交そうとしたが、通じない。そこで、手を挙げて、指で輪を作って示したところ、大男もまた手を挙げて四角にして応えた。中国人が今度は三本の指を折って示したところ、大男は五本の指を折って応じた。中国人が衣服を挙げて示すと。大男は指を口に当てて応じた。

中国の使節がソウルに着いて、その旅館の者に言った。

「私は中国にいたとき、あなたの国は礼儀の国であると聞いていたが、はたしてその通りであった」

旅館の者が、

「それはまたどうしてでしょうか」

と尋ねると、使節が答えた。

「私が平壌に着いたとき、路傍に一人の大男がいて、その容貌はまことに偉丈夫のそれであった。きっとひとかどの者だろうと思って、私は指で輪を作って見せた。その意味は、天は丸いからだ。大男はこれに対して指で四角を作って見せたが、これは大地が四角だからだ。私が三本の指を屈して、三才を示したところ、大男は五本の指を折って見せてくれた。これは五常を言ったのであろう。私が衣を挙げて見せたのは、昔から衣装を垂れるのは天下を治めることを意味している。ところが、あの大男は口に指を当てて見せた。これは末世の今は口舌をもって天下を治めている者の多いのを言ったのであろう。路傍の賤しい男ですら、このようであるとしたら、朝鮮の有識の士大夫はましてどんなであろうか」

旅館の者は手紙を平壌にやって、大男を探し出し、駅馬を馳せてソウルにやって来させた。ご馳走を食わせ、褒美をやって、尋ねた。

「中国の使節が円を示したとき、お前はどうして四角を示したのか」

これに答えて、大男が言った。

「彼は切り餅が食いたいらしかったが、餅は丸いので、指で円を作った。わしは掻き餅が食いたくて、掻き餅は四角だから、指で四角を作ったまでのことだ」

また、

「中国人が三本の指を折ったとき、どうしてお前は五本の指を折ったのか」

と尋ねると、

「彼は一日に三度食事をしたいと思ったから、三本の指を折ったのであろう。わしは一日に五度は食事がしたいから、五本の指を折ったのだ」

と答えた。そして、

「中国人が衣を挙げて見せた時、お前は指を口に当てたそうだが、いったいどういうことだったのか」

と尋ねると、

「彼の心配なのは着る物のことで、だから衣服を挙げたのだろう。わしの心配なのは常に食べる物のことだから、口を指したまでのことなのだ」

と答えたのだった。宮廷の者たちはこれを聞いて、みな大笑いしたことであった。中国の使節は事実を知らずに、ひとかどの人間だと思いこみ、これを尊敬して礼貌を整えたのであった。

ああ、長い髯の偉丈夫が中国人の使節に尊敬を受けたが、これはどうして見た眼だけに騙されたと言えるだろうか。わが国が礼儀の国だという先入観にとらわれて、こうした笑い種になってしまったのだ。

最近、相国の柳琠《ユチョン》▼20が燕京（北京）に行って、よく人相を見る者に、見てもらおうと考えた。まず、随行した僕《しもべ》は容貌がはなはだ立派であったから、これに相国の衣冠をつけさせて見せたところ、人相見はよく見た後に、笑いながら、言った。

「これは一生炭売りの爺さんで終る人間。どうして、私を騙そうとするのか」

そこで、相国が出て見ると、人相見はこれを見て、うやうやしく、

「これこそ本当の閣老ですな」

と言ったそうである。嗚呼、この人相見の人を見る眼は中国人使節の人を見る眼とには格段の差異がある。

▼1【蒙倛】追儺式のときに鬼を追うためにその像をかけた神の名。四つ目を方相といい、二つ目を蒙倛と言った。「仲尼の状、面は蒙倛のごとし」と『荀子』にある。

▼2【子羽】孔子の弟子の澹台滅明の字。『史記』「仲尼弟子列伝」では、武城の人で、孔子より二十九歳の年少であった。状貌がはなはだ醜かったので、孔子は子羽の才能が薄いのではないかと疑った。後になって、孔子は容貌で判断して誤ったと述懐したと言う。ただ、背が低かったとは見えない。

▼3【晏平仲】名は嬰。平は諡、仲は字。春秋時代、斉の国の大夫。節倹・力行の人であった。『史記』「管・

晏列伝」に、晏子が宰相になって外出するとき、その御者の妻が外出の様子をうかがうと六尺豊かな夫は意気揚々として得意げであった。妻はそれを見て離婚を申し入れる。晏子の身長は五尺に満たないがれっきとした宰相であり、対するに夫は六尺もありながら御者であり、しかもその身の上に得々としている、そんな男といっしょにはいられない、と。

▼4【哀駘駄】春秋時代の衛の人。『荘子』「徳充符」には哀駘它と見える。衛に悪人（醜男）がいて、その名前を哀駘它と言った。男子で彼といっしょにいた者は、彼を慕って離れることができず、女子で彼を見た者は、他の男の妻となるよりも、彼の妾になりたいと言った。

▼5【孟嘗君】？〜前二三九年頃。中国、戦国時代の斉の公族。姓は田、名は文。食客が数千人に上った。「鶏鳴狗盗」の徒がいた。斉の大臣になったが、後に自立して諸侯となり、薛で没した。

▼6【韓信】漢初の武将。蕭何・張良とともに漢の三傑。江蘇淮陰の人で、高祖に従い、蕭何の知遇を得て大将軍となり、趙・魏・燕・斉を滅ぼし、項羽を孤立させて、天下の形勢を決定づけた。楚王に封じられ、後に淮陰侯に落とされ、謀反の嫌疑で誅殺された。青年時代、辱められ股をくぐらされたが、よく忍耐したという「韓信の股くぐり」の故事があり、歌舞伎の助六でもその趣向が用いられる。

▼7【張子房】？〜前一六八。張良。子房は字。韓の人、秦の始皇帝の暗殺に失敗。後に黄石公から太公望の兵書を授けられ、劉邦の謀臣になって秦を滅ぼした。鴻門の会で劉邦の危機を救い、項羽を平らげて、漢を統一した後、留侯に封じられた。

▼8【郭解】漢の遊侠。『史記』「遊侠列伝」によると、生まれつき体躯短小で、若いころは残忍の意を抱いて、意のごとくならないときはすぐに憤慨し、多くの人を殺した。一方、義侠の気があり、友人のために仇に報い、亡命者を匿うこともあった。後に郭解をそしった儒生を郭解の食客が殺して、その舌を抜いた。郭解はその事実を知らなかったが、大逆無道の者として一族皆殺しの刑に遭った。

▼9【田蚡】漢の人。『史記』「魏其・武安侯列伝」によると、孝景帝の皇后（後の王太后）の同母弟で、長陵で生まれた。魏其侯竇嬰のもとに出入りし、孝景帝が崩御して、その日のうちに太子（孝武帝）が即位すると、王太后が摂政するようになり、田蚡は抜擢されて武安侯に封ぜられた。外戚として権勢を振るったが、容貌は醜悪であったと言う。

▼10【尹弼商】一四二七〜一五〇四。字は陽佐、本貫は坡平。一四四七年、司馬試に合格、一四五〇年には文

科に及第した。一四五七年、重試に選ばれた後、承旨だったとき、職責に忠実であることで、王の至極な寵愛を得て、正一品に特進した。後に領議政に至り、坡平府院君に封じられ耆社に入ったが、一五〇四年になって、燕山君の母の尹妃を廃するのに関連したとして殺された。

▼11【成俔】一四三九～一五〇四。字は磬叔、号は慵斎・浮休子・虚白堂。進士を経て、一四六二年、文科に及第、芸文館に入り、弘文館正字を兼ねる。睿宗が即位すると、経筵官（王の御前で経書を講義する役職）となり、幾度か中国に行った。大司諫・大司成を経て、礼曹・工曹の判書に至った。音楽の大事典である『楽学規範』の編纂を主導、『慵斎叢話』（作品社から刊行されている）の著書がある。

▼12【伍員】?～前四八五。伍子胥。春秋時代の楚の名族。父と兄が楚の平王に殺されたので呉に奔り、呉を助けて楚を討って敵を報じた。呉王夫差が越王勾践の降伏を許したのを諌めてきかれず、自刎を命じられ、はたして呉は越に滅ぼされた。

▼13【項羽】前二三二～前二〇二。秦末の武将。名は籍、羽は字。叔父の項梁と挙兵、劉邦（漢の高祖）とともに秦を滅ぼして楚王となった。のち劉邦と覇権を争い、垓下に囲まれ、烏江で自刎した。

▼14【諸葛亮】一八一～二三四。字は孔明。山東琅邪の人。劉備の三顧の礼に感激して臣事して蜀漢を確立した。劉備の没後、その子の劉禅をよく補佐し、有名な出師の表を奉った。五丈原で魏軍と対峙中に病死した。

▼15【張飛】?～二二一。三国の蜀漢の武将。関羽とともに劉備を助けて魏・呉と戦い、累進して西郷侯に封じられたが、呉討伐の際に部下によって暗殺された。

▼16【許遠】唐の人。安祿山の反乱に際して、玄宗に召されて睢陽太守となり、防禦使を加えられた。張巡と兵を合わせて、安祿山の兵を防いだが、数ヶ月の包囲によって食糧が尽き、雀や鼠まで食べた。城が陥落すると、張巡とともに捕えられ、屈することなく、殺された。

▼17【盧杞】唐の人。字は子良。徳宗がその才を奇とし、門下侍郎・同中書門下平章事に抜擢した。人となりは陰険で、大いに政を乱し、新州司馬に左遷され、後に澧州別駕に徙《うつ》った。

▼18【崔永慶】一五二九～一五九〇。字は孝元、号は守愚堂。曺植の門人。学問に抜きん出て名望も高く、参奉・主簿などに任じられたが、職には就かなかった。一五八四年、校正庁郎官となり、『経書訓解』の校正に参与した後、故郷に帰った。一五八九年、鄭汝立の謀叛事件（次項参照）に際して、その背後に吉三峰という謎の人物が登場すると、永慶が吉三峰ではないかと疑われて投獄された。

▼19【己丑の年の獄】己丑の年（一五八九）、鄭汝立の謀叛によって起こった獄事。一五八九年一〇月、鄭汝立が謀反を企てているとして、彼に関連した東人系の千余名が禍を被った事件。黄海道観察使の韓準などの告発が発端となり、鄭汝立自身は自決した。この事件によって、東人に対する迫害は激しくなって、西人である鄭澈が厳しく取り締まり、多くの人びとが処刑・流配された。

▼20【柳琠】一五三一～一五八九。字は克厚、号は愚伏、本貫は文化。一五五二年、進士となり、翌年には別試文科、一五五六年には重試文科にそれぞれ丙科で及第した。一五八三年、漢城府判尹となり、一五八五年には右議政に昇進した。一五八八年、謝恩使となって明に行って帰り、左議政となり、翌年には領議政となった。宣祖のとき東西に党派が分かれたが、いずれにも属さずに生涯を終えた。

朋友

第二〇話……靴作りの名人になった王孫

李玉堅《イオクキョン》▼1は王孫である。その父親は興安君《フンアングン》、▼2その祖父は漢南君《ハンナムグン》で、▼3ともに廃されたことがある。玉堅の人となりは純粋でうるわしかったものの、生きてゆくたづきというのは何も持たなかった。隣家の職人に靴を作ることを教えてもらい、やっと口を糊することができたが、靴作りが時とともに上達して、その技術は絶品となった。ソウルの子弟で相方の妓生に靴を買ってやろうという者はみなやって来たし、妓生たちもまた、

「玉堅の作った靴でなくっちゃ」

と口をそろえて言ったものだ。

その後、父と祖父の爵位が回復するとともに、廃されていた玉堅も懐川正《フィジョンジョン》を授けられて、宗室の品職となった。貂の皮の帽子をかぶり、名馬に乗って、日毎に朝廷に出仕したが、道で靴作りの同業者に会うと、必ず馬から下りて挨拶して、年上の者であれば、たとえぬかるみであっても額づいて挨拶する。靴職人たちは恐縮して、尻がこそばゆい。そこで、遠くで彼を見かけると、彼を避けるようになった。常に冠と帯をつけて正装していたが、たまたま昔の同業者と会うと、握手して、場末の草葺の粗末な酒屋にでも入って酒を汲み交して、少しも恥じるところがなかった。彼の従者や行路の人々は彼を義侠の人と考えた。

その子には義城君《ウィソングン》▼4がいた。学問を好んで、孝行でもあったから、人々はこれを敬慕した。あるとき、人と向かい合って博打をしていた。手つきがなかなか鮮やかである。それを見ていた者が、

「なんというい い手つきだ。李玉堅が靴を作った手つきを受け継いだのだ」

と言ったから、その場に居合せた者たちはみな手を打って大笑いした。

▼1【李玉堅】『璿源録』を見ると、次の父の興安君や祖父の漢南君との関係から、湖川君の李玉根が正しいと思われる。

▼2【興安君】次の漢南君の息子の李衆生。世宗の孫に当たる。

▼3【漢南君】一四二九～一四五九。世宗の四番目の庶子。名は玹。母は恵嬪の楊氏。温順で孝誠であったので寵愛されたが、一四五五年、世祖が端宗を追って即位すると、端宗の世話をした罪で母は賜死し、弟の永豊君とともに罪され、咸陽に流配されて死んだ。

▼4【義城君】『璿源録』に玉根の子として義城君・椭の名前が見える。

俳優

第二一話……俳優の貴石の機転

昔から、俳優というものがいるのは、ただ見て楽しむだけのためではない。世間を教化し稗益するのが肝心なことであって、その点、優孟[1]と優旃[2]は勝れていた。明宗は、お妃のために進豊呈[3]を宮廷の中で行なわれたが、その際、ソウルにいた俳優の貴石《クィソク》の演技がおもしろいということで召され、貴石は参上した。貴石は草を束ねて四つの包みを作った。大きいものが二つ、中くらいのものが一つ、小さいものが一つ、自分は守令と称して東軒に座し、進奉色吏を呼ぶ。別の一人の俳優が自分が進奉色吏だと言って、膝行匍匐して前に進んで行くと、貴石は低い声で、大きな包み一つをやって、言った。

「これは吏曹判書に差し上げよ」

もう一つの大きい包みをやって、

「これは兵曹判書に差し上げよ」

中くらいの大きさの包みをやって、

「これは大司憲に差し上げよ」

そして、最後に、小さい包みをやって、

「これを王様に進上せよ」

貴石はある宗室の奴であった。その主人が試芸（武芸を試験すること）に参与することになって、主人の品階が上がったものの、実職に就くわけではなく、貴石は俸禄ももらえなかった。主人には他に供回りも

娼妓

いず、自身は多くの陵や殿舎の祭祀に駆り出されて、少しの暇もなかった。

貴石は進豊呈の場に入っていって、まずすべての俳優たちと演技の打ち合わせをした。一人は試芸宗室の役で、痩せ馬に乗る。自分はその奴隷となって、馬の手綱を引いて立ち去って行く。もう一人が宰相となり、駿馬に乗って、車に従う者たちが大勢で道をふさいで歩いて行く。一行の先頭の男が先払いをして、先を行く試芸宗室がそれにひっかかる。貴石は捕まえて行かれ、地に投げつけられ、杖で打たれる。そこで、貴石は大声を上げて、言う。

「わたくしの主人は試芸宗室である。官職は高く、そちらの宰相にも負けはしない。ただ俸禄がもらえず、供回りもいず、多くの陵や多くの殿舎での祭祀に駆り出されて、一日として暇もない。こんなことでは試芸なんどにはなりたくないものだ。わたくしに何の罪があろうか」

宰相役の俳優が、そこで慌てて、貴石を許すのである。

これが終って、しばらくして、貴石の主人は実際の職にありついた。

▼1【優孟】中国、春秋時代の楚の俳優。荘王に仕えた。孫叔敖が死んだ後、その子が困窮した。優孟は荘王の前で孫叔敖にそっくりの扮装をして演技し、孫叔敖の子に封爵を得させた。

▼2【優旃】秦の小人の俳優。戯言ばかり言っていたが、それが大道にかなっていた。始皇帝が苑囿を広げようとし、二世皇帝が城を漆で塗ろうとしたとき、戯言で諷刺して、それを止めさせた。

▼3【進豊呈】王や后に豊呈、すなわち盛大に調理した料理を差し上げること。

第二話……妓生は坊主と寝てはならない

金禔《キムチ》[1]は絵画に巧みな者であったが、年をとって、禿げ頭になった。かつて洪州を通ったとき、村の守令が幼い妓生を金禔の枕席に侍らせた。翌朝、顔を洗いながら、その禿げ頭を恥じて、冠を着して妓生の行首[2]に言った。

「私は昨晩、間違って、この幼い妓生と過ごしてしまった。今、聞くと、この妓生は年老いた坊主と私通したというが、これは決して褒められたことではない。お前は知っていたのか」

行首は言った。

「これはいったいどうしたことでしょう。取り次いだ者が間違えたのですよ」

幼い妓生は怒るまいことか。しかし、金禔は断固として言った。

「お前たちは、嘘をついちゃいけない。私は事実をお見通しなのだ」

幼い妓生はますます怒り、涙まで流した。金禔はそこで冠を脱いで[3]、顔を洗って言った。

「私の頭を見てごらん。実はこの私がその坊主なのだ」

幼い妓生は大いに可笑しがって、大いに笑った。僧侶と私通することが恥ずべきことであると知らなかったのである。

▼1【金禔】字は季綏、号は養松軒・養松堂・酔眠。安老の息子であるが、画家として著名である。官職としては司圃別提となったが、科挙には意を用いず、書画に専念した。人物・山水・草虫・翎毛を描いて精妙であった。

▼2【行首】親方、頭領の意味だが、妓生を統率する頭に当たる妓生が各地域にいた。

▼3【冠を脱いで】かつての日本もそうであったが、元服以後の士大夫は人前ではつねに冠をつけていた。寝るときだけ冠を脱いだ（『源氏物語絵』では寝ていても冠をつけているものがある）が、僧侶はその方外にあった。

第二三話……妓生の二心は責めてはならない

南袞（第一二話注2参照）が観察使であったとき、馴染みになった妓生がいた。ある夜、月が明るくて、まるで昼のようであった。客舎の下人たちはみな引き下がって、ただ妓生と二人だけで庭を徘徊した。妓生に家はどこかと尋ねると、妓生は指をさして、言った。

「あの紅門の外の路が二股になったところに面して柴の扉の家があります。それがわたくしの家でございます。わたくしの家にお酒があるはずですが、夜になって、誰も気がつかないでしょうよ。いかがでしょうか、これから月の光を頼りに御一緒して、お酒に酔って帰って来れば、きっと楽しゅうございますよ」

袞はこれに同意して、手に手をとって、出かけた。客舎にいた者たち誰もこのことに気がつかなかった。妓生は母親にひそかに郡主に報せるようにいって、酒と肴をみずからの家で作ったものであるかのようにさせた。お互いに団欒して、楽しんだが、袞は知らないうちに酒に酔って、眠ってしまった。妓生は家の者に筵を窓にかけさせたから、日の光が通らない。袞は大きな鼾をかいてぐっすりと眠ってしまって、朝になったのも気がつかなかった。官吏たちが柴の扉の前に集まって来る。袞は驚いて飛び起きたが、すっかり日もたけていた。大いに恥ずかしがって、病を口実にして、役所に出ずに、ソウルの家に帰ったが、袞はソウルでも、この妓生のことがなかなか忘れられない。これを知った郡主が妓生をソウルに送って、袞は遂にこれを妾にすることができた。

袞がかつて酔った拍子に、前に家来を立てて、後から、突然にその妓生の家を訪ねたことがある。すると、一人の美男子が裏門から出て行くではないか。袁は妓生の前で座ることもせず、立ったまま、尋ねた。

「裏門から出て行った客はいったい誰なのだ」

妓生は偽りの涙を流しながら、

「あなたがわたくしに飽きたのでしたら、どうかわたくしをお棄てください。わたくしに罰を与えてください。裏門の客なんて、いったいなんのことでしょう」

と言って、小刀を取り出して、指の上に当てるではないか。一本の指をはたして切り落としてしまった。

袁は驚いて、言った。

「妓生というのは二心があって当然なもの。これを責めても仕方がない。しかし、このように弁解しようとして、とても人の真似のできないことまでをするのは、なんともけなげなことではないか」

袁は衣服を払って外に出て、翌日、妾の家に贈り物を届けた。

第二四話……柳辰仝をやりこめた平壌の妓生

柳辰仝《ユチンドン》（第一四話注1参照）が監軍御史[1]となった。平安監司が御史のために浮碧楼[2]で盛大な宴を催した。平壌の妓生たちが化粧を凝らし、媚態を尽くして、朱色と緑色とがこもごもに映えた。御史が言った。

「平壌の教坊[3]はいつなくなったのだ」

その意味は、妓生の中に見るべき人物がいないということであったが、左右の者たちは押し黙ったままであった。監司が、

「御史がお尋ねになっているのに、どうしてお答えしないのだ」

と言うと、名前が無定価《ムチョンカ》という妓生が前に出て来て、

「監軍御史はいつお帰りになるのでしょう」

と言った。これはこの御史がその職務にふさわしい人物ではないということをいったのである。監司は大いにこの返事に喜んで、この妓生に褒美を与えた。

▼1【監軍御史】軍営を監督するために中央から派遣された役人。
▼2【浮碧楼】平壌にある高麗初期の楼亭。もともと永明寺の付属建物として南軒興和尚が建立して、永明楼と言ったが、十二世紀の初め睿宗が群臣とともに宴遊したとき、李顔に命じて浮碧楼と呼ぶようになったと言う。
▼3【教坊】妓生を住まわせ、歌舞音楽を教えるところ。官設の置屋ということになる。

第二五話……口舌たくみな画師の黄順

画師の黄順《ファンスン》▼1はいつも二間ほどの蝸屋《かおく》に住んでいたが、その口舌はまさに懸河と言ったさまで、色を正して話し出せば、他の人は誰も口をさしはさむことができない。人は腹をよじって大いに笑い、ゆったりと気持ちを落ち着かせるのであった。

かつてソウルの駆け出しの妓生と馴染みになって、自分の家に呼んでしっぽりと遊ぼうと思ったのはいいが、自分のみすぼらしい家が恥ずかしい。その家は太平館▼2と背中合わせに立っていたから、太平館の裏の柴門を叩きながら、大きな声で六、七名の架空の奴婢の名前を続けて呼んだ。太平館ではこそとの音もせず、誰も返事をしようとはしない。

彼は怒ったふりをして、言った。

「奴婢たちは眠りこけてしまって、誰も返事をしようとはしない。明日になったら、きっと杖で撲りつけてやる。仕方がない。垣根を隔てて、こちら側に乳母の家があるから、ちょっと宿らせてもらおう」

こうして、妓生の手を取って、蝸屋に入って、楽しんだわけだが、妓生は何も気が付かずに、太平館こそ黄順の家の屋敷だと思っていた。

画師の仕事は多く、ソウルの人々で絵を欲しがる者がたいへん多かったから、黄順はその煩瑣さに耐えることができなかった。それで、人がやって来て、門を叩いても、返事はせず、門の閂を閉じたままにして、姓を変えて、言った。

「参奉[3]氏は外出中です」

▼1【黄順】この話にある以上のことは未詳。

▼2【太平館】朝鮮王朝時代、中国の使節が宿泊した宿館。

▼3【参奉】従九品の東班（文官）の官職名。陵園や奉常寺などに置かれた。

第二六話……鱗取りの盧禛

儒生たち六、七人が、科挙の期日が切迫していたので、銅雀江のほとりの東屋でいっしょに勉強しようとした。この時、すでに礼曹佐郎になった友人がいて、儒生たちは彼をからかいがてら、言った。

「われわれは江のほとりに出て来て、風景は申し分ないにしても、男だけでは色気に欠ける。まったく殺風景なこと、この上ない。さて、どうしたものか。どうか名のある妓生をわれわれの枕席に侍らせてはくれまいか」

礼曹佐郎はそれに答えて、

「わかった、わかった」

と言った。次の日、ソンビたちが江のほとりの東屋に座ってぼんやり江の流れを眺めていると、向こう岸では化粧を美しく施した女たち三十人あまりが船を呼んでいる。彼女たちが船に乗ってやって来たが、それは礼曹佐郎が送った妓生たちであった。ソンビたちはひそひそと相談した。

「あんなことを言ったのは、あいつをからかうつもりだったのだ。ところが、こんなにたくさんの妓生たちを送ってよこすとはな。十里の道を遠しとせずにやって来たのだ。それを一杯の酒も供せずに送り返しては、われわれの面目も立たないというものだ。食物を集めて、飯の用意をして、これを応対せずにはいられまい」

　こうして、一人の僕に飯を炊かせたが、その他には用を言いつけるべき人間がいない。そこで、仲間の内で最も年少の者を選んで、用事を言いつけた。すなわち、盧禛《ノチン》▼1が奔走して、ようやく鮮魚十四ほどを求めることができたのだった。禛はこっそりと厨房の裏手に回って、俎板がわりに木の枡を裏返して、魚の鱗をこそいだ。それをこっそりと見ていた妓生は仲間の妓生たちに御注進。妓生たちが見にやって来て、大喜びをして笑うものだから、建物も震えるほどであった。禛は恥ずかしくなって、逃げてしまった。

　まもなく、禛は科挙に首席で及第した。青い道袍（道士の着る服）を着て、桂の花を挿し、二つの日傘の下に、紅牌▼2を並べて通り過ぎる。たくさんの楽工たちが楽器を奏で、野次馬たちが道を塞いでいる中を掌楽院▼3の前の路を通り過ぎたのだが、この日はちょうど試楽の日であったから、集まっていた妓生たちが禛の一行を見物していた。一人の妓生が彼をじっくりと見て、

「この新たに及第した秀才さんは、あの東屋の鱗取りじゃないのかねえ」

　妓生たちがみな集まって来て、溜め息をついた。盧禛は恥ずかしくなって、馬に鞭を当てた。

▼1【盧禛】一五一八〜一五七八。宣祖のときの名臣。字は子膺、号は玉渓・則庵。一五四六年、文科に及第、大司諫・大司憲、あるいは諸曹の判書に至ったが、地方官として善政をしき、清白吏に選ばれた。盧守慎・金仁厚などの学者と交遊した。

▼2【紅牌】文科の会試の及第者に送られてくる証書。紅い紙だった。

▼3【掌楽院】朝鮮時代、音楽に関することを担当した官庁。燕山君のときには、数多くの妓生と楽手をおいて王の享楽のための役所と化した。

第二七話……妓生を迎えるための衾と褥

ソウルに住む貧しいソンビが平壌に出かけた。平壌は妓生の巣窟である。府尹はこのソンビを客舎に泊らせて、名のある妓生に侍らせたが、ソンビには眠るための寝具もない。外に出て、下僕にひそひそ耳打ちをして、美しい衾《ふすま》（掛け布団）を求めて来るようにと言いつけた。すると、下僕が持って来たのは、なんとも汚いぼろぼろの衾である。ソンビはその衾を裏返しにして、両膝のところに両腕をおいて、言った。

「これは本当にいい衾である」

また、下僕に命じて、官から与えられた褥《しとね》（敷物）を懸けて、冷たい壁を覆わせた。褥を裏返しにして、二度、三度と懸けても、その度に褥は落ちてしまう。ソンビは下僕を叱りつけた。

「馬鹿な奴だ、なんという体たらくだ。もう出て行け」

そうして、褥をかぶって寝た。平壌の妓生はいまだにおもしろがってこの話をしている。

巻の二　宗教篇

仙道

第二八話……呂洞賓に出逢った成俔

成俔《ソンヒョン》（第一九話注11参照）がまだ世に出ていなかったとき、郊外に出かけて遊ぼうと思い、その途中で馬を降りて鞍をやすめ、谷を望む木陰に座っていた。すると、旅人がいて、同じように驢馬に乗ってやって来て、そこで憩った。俔がその容貌を見ると、まことに怪偉であったから、俔はこれにうやうやしく挨拶をした。しばらくして、それぞれが朝飯を食べることになった。旅客の童子が風呂敷を開けて、二つの器を主人に差し上げた。その一つの器には赤い血にお玉杓子がいっぱいに浮んでいて、もう一つの器には幼子をよく煮たものを入れていた。

成俔はこれを見てたいへん驚いた。旅客に食べないかと進められたものの、成俔にはとても食べられず、ことわった。

「私にはこのようなものを食べる習慣がありません」

旅客は食事をすっかり食べ終った。成俔は不思議に思って、小便にかこつけて場を外した隙に、童子に尋ねた。

「いったいお前の主人はどういう方なのだ」

童子が答えた。

「わかんねえよ」

そこで、成俔が

「従者として侍りながら遊覧していて、その姓氏を知らないなんてことがあるものか」

と言うと、童子はまた、

「道で会って、そのまま付いて来たんで、ほんとうに知らないんだよ」

と答える。成俔がさらに問い詰める。

「いつごろから、あの方といっしょにいるのだ」

すると、童子は、

「天宝十四年（七五五）からいっしょにいるが、それから今までどれほどの歳月が経っているんだか、知らないよ」

と答える。成俔が、

「あの食事のときの二つの器に入っていたのは、いったい何だったんだ」

と尋ねると、童子は、

「一方の器は紫芝で、もう一方の器に入っていたのは人参だったのさ」

と答えた。

成俔は進められ食べなかったのを大いに悔い、席に戻って、ふたたび旅客と顔を合わせ、居住まいを正して、先ほどの食べ物をやはり試食してみたいと言った。旅客が残りをどうしたかと、童子に尋ねると、童子は、

「わたくしは疲れて、腹もへっていましたので、すっかり平らげてしまいました」

と答えた。

しばらくして、彼らは驢馬に乗って去って行った。成俔もこれについて行こうとしたが、旅客は童子を振り返りながら、

「ここを去って、昼飯は忠州の達渓でとって、夕方には鳥嶺を越えてしまおう」

と言って、鞭を軽く驢馬に当てた。決して疾駆するというふうでもないのに、駿馬に乗っていた成俔がい

くら一生懸命に追いかけても、はるか遠くに行方を晦《くら》ましてしまった。成俔は家に帰ったが、しばらくは茫然自失していた。しばらくして、彼が出会ったのは呂真人であることを知った。というのは、天宝十四年というのは、呂洞賓▼1が母の胎に宿った年だったからである。

▼1【呂洞賓】唐の人。名は嵒、あるいは巖とする。洞賓は字。黄巣の乱に遭って家を終南に移し、行方知らずになった。俗に八仙の一人と言う。

第二九話……金時習に匙を投げられた崔演

崔演▼1は江陵の人である。金時習（第六話注1参照）が僧侶となって雪岳山に隠遁したという噂を聞いて、年の若い同志五、六名とともに行って、学ぼうと願った。

金時習は他の者たちは断ったが、演だけには教えることにした。演は半年の間、そこに留まって、子弟の道理を尽くし、寝ても起きても側を離れることがなかった。いつも、夜がふけて、月が高く上ったころ、ふと目を覚まして見ると、横の枕席が空しく、時習が見えなくなっている。演は不思議に思ったものの、あえてこれを追って行くことはできなかった。

このようなことが何度かあって、やはり月の明るい夜半、時習が服を着て、頭巾をかぶり、こっそりと外に出て行く。演はその後をつけて行った。谷を越え、山を越え、叢の中に身を潜めて、様子をうかがったが、山の下に大きくて平な岩があって、そこに時習は腰を落ち着けた。二人の客人がどこからともなくやって来て、挨拶を交わした後、その岩に座って、なにやら話しをしている。その話しの内容は、遠くで聞き取ることができなかったが、しばらくして、みなが散り散りになった。演は先に帰って、眠ったふりをしていたが、翌日、時習は演に言った。

「私はお前を教えるに足る人間だと思ったが、お前の煩悩はどうにもならないな」
そうして、演は雪岳山を去ったのだった。

▼1【崔演】一五〇三～一五四九。字は演之、号は艮斎、本貫は江陵。一五一九年、司馬試を経て、一五二五年には式年文科に乙科で及第、芸文館検閲となった。一五三一年、金安老の専横を訴えて弘文官修撰となった。一五三七年の凶年には忠清道御使として農民を救済し、一五四五年の乙巳士禍（第三九話注3および第二一九話注1参照）では小尹に与して衛社功臣三等となった。承文院の奴婢二口を奪ったとして弾劾されることもあったが、一五四八年、知中枢府事・兼知義禁府事となり、翌年、中国に冬至使として行く途中の平壌で病死した。

第三〇話……運数に精通していた鄭希良

鄭希良《チョンフィリャン》▼1は運数学に精通していた。みずからの運命を推理して、艱難を知り、禍を避けた。豊徳▼2で父母の喪に遭い、喪服を着て、祖江のほとりを歩いた。そこで、江に身を投げて死んだかのように装い、密かに僧侶となって隠遁して、深い山奥にある寺に身を晦ました。しばらくして髪の毛がのびて居士となり、みずから李千年と名乗った。

当時、金輪《キムリュン》▼3という貧しい賎人がいた。希良にしたがって、運数学を学び、すでに多くの年月が経っていた。希良はかつて上・中・下の三元を立てて人名を推理して、それの記録が積み重なって書冊となった。毛髪のように細い字で書いてあるものと枡のように大きな文字でかいてあるものと、すべて百巻あって、『明鑑数』と名づけていた。ある静かな夜に山房に座って、輪とともに、玄妙なる道について話していると、突然、裏山から怪しい狐の声が聞こえる。その声の不吉なことと言ったらない。希良はしばらくの間、溜め息をついて嘆いていたが、山に向かって、呪文を唱えたうえで、爪弾きをしながら二言、三言をつぶやいた。翌朝、輪に裏山に行かせ、調べさせたところ、狐が血を吐いて倒れていた。輪は驚いて、庭に跪いて、言った。

「先生からは、長い間、運数学を伝授していただきました。しかしながら、お守りとして呪文を唱える鬼神の方術については、まだそのあらましについてもうかがってはおりません。どうか、これを教えてください」

希良はこれに対して答えた。

「お前には運数学を伝授した。一生の間、それだけで充分ではないか。どうして、こんなことを学ぶ必要があるのか」

輪がそれでもあきらめようとしないので、希良が言った。

「私がお前にその心を修めることを教えずに、もっぱらこのようなことに従事させたなら、必ず人を害し、物事を妨害することに使うことになるであろう。そんなことがあってはならない」

輪は怒って、このことは止んだ。後日、輪はこっそりと希良の三元の『明鑑数』百巻を盗み出して、逃亡した。輪はこの書物を人に売ってしまった。百のうちに一つも間違ったことは書いてなく、その霊験あらたかなこと鬼神のようであったが、今は戦乱を経て、その書物は散逸してしまった。李光義《イクァンウィ》[4]・李華《イファ》[5]・梁大軸《ヤンテジュク》[6]といった輩が筆写したものがあるが、しかし全部ではない。まったく惜しいことをしたものだ。

鄭希良は僧侶となって、三嘉に李退渓《イテゲ》[7]を訪ね、『周易』を論じた。僧侶の受け答えが流れるように淀みなく、はなはだ透徹したものであったから、退渓はこれをいぶかしんで、僧侶に尋ねた。

「鄭希良は僧侶となったという話しだが、生きていれば、きっと老人になっているであろう。現在、世間にはなんら憂うることもないはずだが、どうしてふたたび朝廷に仕えようとはしないのだろう」

すると、僧侶が言った。

「鄭希良はたとえ生きていたとしても、父母の喪に服していないので、不孝者であり、君を棄てて逃亡しているので、不忠者である。不孝、不忠で、どうしてあえてふたたび世に出ようと言うのでしょう」

そう言って、挨拶をして、別れ際にまた言った。

「裏山の叢の中に幕を張って宿ろうと思います」

退渓が時を置かずに人をやって、これを尋ねさせたところ、幕はすでに取り去られて、行方を晦ませていた。

李賀《イハ》▼8というのは京山に住む僧侶であった。若いときには、三角山の僧伽寺に住んでいた。いつも客室に起居していて、異僧に出会いたいものと考えていた。たまたま、ぼろぼろになった袈裟を着た老僧がやって来て、状貌もすっきりと秀でている。いつも夜中に厠に行くふりをしては外に出て、手を洗って嗽をした後に、北側に向かって礼拝した。賀は不思議に思い、ただ人ではないと考えた。そこで、うやうやしく仕えることとして、しばらくの間も側から離れなかった。こうして僧伽寺に長く留まったが、ある日、暁の太鼓がなる前に、鉢を一つかついで去って行こうとする。賀は遠くから後をつけて、老僧には感づかれない様にした。終日、ひたすら西に向かって歩いて行って、天磨山の知足庵に入って行った。すでに座禅をしているところに、賀が入っていって、拝礼をした。老僧は驚いて、尋ねた。

「お前はどうしてやって来たのか」

賀がそれに答えた。

「わたくしは弟子となりたいと願って、あえて和尚さまのもとを離れなかったのです」

老僧はこれを嫌ったが、しかしながら真心と礼儀を尽くして、あいかわらずに、賀は老僧に仕えた。幾日かが過ぎて、拝礼して、請うて、言った。

「わたくしは客舎にいたとき、長老方に侍ることが多くありましたが、和尚さまにはきっと奇特なことがおありなのだと承知しております。どうかお教えを請いたいと思います」

老僧は怒って、不快そうな顔色をして、言った。

「年若い沙弥の妄想にも困ったものだ。私に何の特別なところがあるものか」

それから、毎晩、賀に請われるごとに、固く断った。

多くの日々が過ぎて、初めて賀の意志が固いことに感じ入って、卜筮について教えた。賀はほぼ字を識っていたし、もともと賢かったから、あまり労せずに、理解することができた。いつも一つのことを占って、その出たところが当たったか、当たっていないかを試験する。大まかなことから細かなことまで占うようになって、最後には百のうちで一つの間違いもないようになった。そして、さらに大きな術数を教えてくれるように頼んだが、老僧は、言った。

「お前はたとえこの程度であっても修めたからには、一生の間、衣食に困ることはあるまい。それに、その他のことは、私も知らないのだ」

老僧は知足庵に住まって数ヶ月が経った夜、誰にも告げずに去って行った。賀は起き上がって、その後をつけようと思ったが、いったいどこに行ったかさっぱりわからずに、痛哭して引き返した。このことがあってから、ある事柄について占うと、符節を会わせたように、ぴったりと当たらないことがなく、その名声は四方にとどろいた。謝礼の米を袋に入れて、尋ねて来る者が跡を絶たなかったから、とうとう僧服を脱いで還俗して、ソンビたちの仲間と交わるようになった。

隣のソンビのところの奴がいなくなって、賀に行方を尋ねた。賀はそれに答えた。

「あなた一人で鈍馬に乗って南に向かって行けば、必ずその奴を探し出すことができる」

ソンビは言われた通りに、駑馬に乗って、童僕も連れずに、一人で行くと、馬が飽きて前に進もうとはしない。しかたがなく、馬から下りて灌木の茂みの中に入って行き、枝を折って鞭を作ろうとしたところ、なんと逃亡した奴隷が灌木の下に寝転がっているではないか。そうして、この奴を捕まえて帰って来た。

洪州牧使が馬をやって、李賀を迎え、家に到着すると、ともに食事をした。食事が終ろうとした時に、急に匙を投げつけて、言った。

「急用ができた。帰らなくてはならない」

その理由を問い詰めると、答えた。

「私の命は今日の午前には終ることになっている。そこで、どうか家に帰って、死にたいと思うのだ」

そうして、袖を払って立ち上がったが、その時、州の判官が再三引きとめて、ともに酒を飲もうと言った。しかも、夏の盛りに、火酒をすすめる。賀は喜んで、五、六杯と盃を干したが、ついにその場で火を吹いて死んでしまった。ある人が言った。

「賀の師匠の老僧こそ鄭希良だ」


二相の趙元紀《チョウォンキ》[9]は、まだ世に出ていないとき、鄭希良と交際があった。希良が翰林となって、元紀がこれを訪ねて行き、そこに一夜、宿泊したことがあった。翌朝、名のある貴顕や高官たちが先払いしながら訪問して来て、道を塞ぎ、その数をあえて数えることができないほどであった。客たちが去って、希良が言った。

「名のある人々が踵を継ぐかのように私を訪ねて来るが、あなたは彼らを羨ましいと思うか」

元紀がこれに答える。

「相変わらず、このように貧寒であって、門番ですら私より豊かなくらいだ、まして、あの金馬や玉堂[10]の人々を羨まないでいられようか」

希良がこれに対して、言った。

「あの者らを羨む必要はありません。ただ朝の露に異ならない、はかない身の上ですよ。あなたのような人間は、四十年間、困窮したなら、また四十年間、きっと栄華を楽しまれよう。きっと八十年の齢をまっとうされよう」

しばらくして、元紀が漢江を渡ろうとして、船が転覆して、底に沈んだ。すぐに、希良のことばを思い出して、つぶやいた。

「どうして邵康節▼11が私を騙したりしよう」

なんとかして岸にたどり着きたいと思うのだが、水の中でどちらに川岸があるかわからない。そこで、髪の毛をほどいて、どちらに水が流れているかを見極め、わざと水底で瞑目しながら、匍匐して行って、なんとか岸にたどり着いたのであるが、すでに陸地であることに気がつかない。道を行く人が怪しんで、

「あの四つん這いになって行くのは、いったい誰であろうか」

と言ったものだから、やっと目を開けて、自分が平沙院に着いていることがわかった。その後、四十歳で初めて栄達して、八十余歳の天寿をまっとうしたのは、希良の言った通りであった。

▼1【鄭希良】一四六九～?。字は淳夫。一四九二年、主席で生員となり、一四九五年、増広文科に丙科で及第した。検閲を経て、一四九七年には待教として燕山君に経筵（王の御前で経書を講義すること）を尊重することと臣下の諫言に耳を傾けるように上訴して、燕山君の恨みを買った。戊午の士禍（一四九八、第一四四話注1参照）に際して、義州、さらには金海に流配され、一五〇一年には呼び戻されたが、翌年には失踪して行方不明になった。

▼2【豊徳】京畿道にあった朝鮮時代の郡名。開城の南に位置し、高麗時代には白馬山に城があり、そこに宮闕があった。沖には江華島があり、重要な場所であった。

▼3【金輪】この話にある以上のことは未詳。

▼4【李光義】この話にある以上のことは未詳。

▼5【李華】『朝鮮実録』中宗三年（一五〇八）八月に、李華の獄事、屍体を得るといえども、その実を得ず、という記事がある。十七年八月に、釜山僉使の李華の名前が見え、同年の十月には杖百の刑を受けている。

▼6【梁大軸】この話にある以上のことは未詳。

▼7【李退渓】一五〇一～一五七〇。「東方の朱子」とも称される大学者の李滉。字は景浩、号は退渓のほか陶翁、本貫は真宝。礼安で生まれたが、七ヶ月で父を失い、母と叔父に養育された。一五二八年、進士となり、一五三三年には成均館に入り、その翌年には文科に及第した。その後、順調に官途を歩んで成均館司成になったが、辞職して故郷に帰り学問を錬磨した。しかし、朝廷から呼び戻され弘文官校理となり、一五四

五年には典翰となった。その年、乙巳士禍が起こり、彼も禍を蒙って、すぐに復職はしたものの、すでに官途に興味を失って学問に専心することを考えた。その後も朝廷からの招請があって応じることもあったが、一五五九年には帰郷して陶山書院を建て、学問と後進の指導に従事した。彼の学問は敬を重視して、内省を出発点とする。朱子の理気論を発展させ、「四端七情」について理気の互発を主張する。李栗国とともに朝鮮朱子学の最高峰であり、藤原惺窩や林羅山など日本の朱子学者たちにも多大な影響を与えた。

▼8【李賀】『朝鮮実録』世宗二十二年（一四四〇）二月に、礼賓寺尹の李賀の名前があるが、この人かどうか不明。

▼9【趙元紀】一四五七～一五三三。字は理之、諡号は文節、本貫は漢陽。一四九六年、文科に及第、典籍・修撰であったとき、燕山君が史草を見ようとしたのを拒否して罷免された。その後、復帰したが、また横城に流配になり、中宗が即位するとともに、司成となり、刑曹判書に至った。忠孝と節倹につとめ、甥の趙光祖の評判があまりに高くなったのを常に心配していた。

▼10【金馬や玉堂】漢の金馬門と玉堂殿。文学を学ぶ者たちが出入りするところで、後世の翰林院に当たる。

▼11【邵康節】中国、北宋の儒学者である邵雍。康節はその諡号。李之才に易を学び、象数易学を主張した。ここでは易学の大家である鄭希良を指すことばとして用いられている。

第三一話……諸術に通じていた北窓・鄭磏

私は参判の成寿益《ソンスイク》▼1が著した『三賢珠玉』という本を読んだことがある。その本によると、北窓先生・鄭《チョン》磏《リョム》▼2は世間の物欲の外にあって、神のような人であった。儒家・道家・仏家に通じ、そしてその他の技芸と雑術を、特に学んだというのではなかったのに、よくすることができた。磏はかつて仏家の心に通じる術について、まだ手がかりを得ないのを恨みに思っていたが、山に入って静観すること、三、四日、たちまちに開悟した。それからは、山の下の百里の外のことについてもわかるようになり、すべて符節が合って、百のうち一つとして違うことがなかった。

父親にしたがって、中国に行き、瑠璃国[3]の使臣に出会った。その使臣というのも、やはり奇異な力をもった人であった。その本国にあって、『周易』の数理でもって推理して、中国に行けば真人に会うことができると知り、路次においてもしきりに探し回りながら、北京までやって来たという。北京では諸国の邸館を訪ねたのだったが、真人に出会うことはできなかった。しかし、一度、北窓を見るや驚愕して、われを忘れ、車から降りて拝礼した。その胴巻きから小さな冊子を取り出したが、そこには実際に某年・某月・某日に中国において真人に出会うことができると記されていた。北窓にそれを見せながら、瑠璃国の使臣が言った。

「言うところの真人というのが、あなたではないとしたなら、いったい誰が真人でしょうか」

その人は易学に精通していたので、北窓は大いに喜んで、三日三晩というもの、いっしょに過ごして、『周易』を論じたが、北窓はよくその国の音に通じていて、通訳する者を側に置く必要がなかった。学ぶことがなくとも、よくことばができたのである。

北窓はいつも一室にいて、丹薬を焼いて作るときに、火加減を調節する方法を修めた。客の中に寒がっているソンビがいたが、まさに冬のさなかで、その寒さに耐ええない様子。北窓は座席の横にあった冷たい鉄片を取り出して、これを自分の脇の下に挟んで暖めて、しばらくして後に、取り出して客に与えた。すると、客はまるで大きな炉で温まったかのように汗が流れ出て、身体を濡らした。また、ある人が痼疾を患っていて、何ヶ月もの間、鍼や薬を使っていたのに、治癒しなかった。北窓が席の上にあった管草一本を取って、手でもみ、口で暖めて、これを服用させると、病はたちどころに癒えた。

不幸にも早死にして、四十四歳で一生を終えた。みずからの挽歌を作ったが、次のようなものである。

一生の間に万巻の書物を読み、
一日に千杯の酒を飲み干した。
伏羲[4]氏以前の事を高尚に論じて、

俗っぽい話しは従来から口にはしない。
顔回[5]は三十歳で「亜聖」であると称賛されたのに、
先生（鄭磏自身）の寿命はどうしてそんなに長いのか。
（一生読破万巻書、一日飲尽千鐘酒。
高談伏義以上事、俗説従来不掛口。
顔回三十称亜聖、先生之寿何其久）

その弟の鄭碏《チョンチャク》[6]というのも不思議なソンビであったが、兄のために次のような挽歌を作った。

わが兄の死を慟哭して、
心が傷み、天に問い質したい。
文章を学んで顔回に続き、
世間を嫌って、鶴に変じた。
静かに前生・今生・後生の話しをして、
その風流ぶりは万巻の書となった。
天地の間に卓越した先覚者となったが、
大きな夢もにわかに遠く過ぎ去った。
（痛哭吾兄逝。傷心欲問天。
修文継亜聖、厭世化胎仙。
寂寞三生話、風流万巻篇。
乾坤卓先覚、大夢忽悠然）

碏は早くに妻を亡くし、一人身で四十年も生きたが、一度として女色を近づけなかった。神仙の術を好んで、酒を愛し、詩に巧みであった。また医学処方にも明るくて、神秘なる効験が多かった。一生の間、官職につくことを好まず、詩に次のように言った。

白髪頭になって、参同契[7]を読み、
紅顔の時には、麹米春（酒）を喜ぶ。
（白首参同契、紅顔麹米春）

これが彼の一生であった。七十一歳のとき、にわかに病にかかり、座ったままの姿勢で死んでしまった。

北窓・鄭𥖝は高尚なるソンビで、順朋[8]の子であった。陰陽、医薬、その他の術法によく精通していた。よく身心を修養して、居所となる部屋には光明が満ち渡った。判書の洪聖民[9]が若いとき、いっしょに酒を飲んだことがある。このとき、陶工たちが焼いて作る沙器の焼酎の盃はほんとうに小さくて、それが国家の規格とみなされていた。𥖝はその盃を指差して、

「今は盃がこんなに小さいが、いずれ後日には大きな鉢のような規格になろう。その時、時事はまことに多難であろう。私はそれを目にすることはないだろうが、洪君よ、君はその苦しみを経験して、心を砕くことが多いであろう」

と言った。しばらくして、𥖝は死んだ。それから以後、世間では焼酎を飲むことが盛んになって、みな大きな鉢を用いるようになった。陶工の作る盃も小さくはなくなった。そうして、壬辰の倭乱[10]が起ったのである。聖民は王さまに扈従《こしょう》して関西の行在所に行くことになったから、北窓の先見の明をいつも称賛したものであった。

▼1【成寿益】一五二八〜一五九八。朝鮮中期の文臣。字は徳久、号は七峰、本貫は昌寧。一五五二年に生員となり、一五五九年、殿試文科に乙科で及第して要職を歴任、一五八六年には冬至使として明に行き、礼部を通して宗系弁誣《そうけいべんぶ》（明の『太祖実録』および『大明会典』には朝鮮の太祖・李成桂の系譜があやまって記載されているので、訂正するように明に申し入れたこと）を行ない、一五九〇年には光国原従功臣に冊録され、昌山君に封じられた。刑曹・礼曹の参判を歴任した。一五九七年、丁酉再乱のとき、王妃に扈従して遂安に行き、過労のために海州で死んだ。

▼2【鄭磏】一五〇五〜一五四九。朝鮮中期の儒医。字は士潔、号は北窓、本貫は温陽。一五三七年に司馬試に合格、幼いときから天文・地理・医書・卜筮に精通して、中でも薬に明るかった。そのために一五四五年、中宗の病患に際して内医院提調などの推薦で入診したこともあった。彼が日常経験した処方を集めて編集した『鄭北窓方』があったというが、遺失した。

▼3【瑠璃国】未詳だが、「琉球国」とする異本もある。

▼4【伏羲】中国伝説上の三皇の一人。人首蛇身で、燧人氏に代わって帝王になり、初めて八卦・書契・網罟・琴瑟を作り、庖厨を教え、婚姻の制度を設けたとされる。庖犧、太皞とも。

▼5【顔回】前五一四〜四八三。孔子門下の十哲の首位。字は子淵。陋巷で貧乏暮らしをしながらも天命を楽しみ、徳行をもって聞こえたが、早逝した。

▼6【鄭碏】一五三三〜一六〇三。字は君敬、号は古玉。父の左議政の順朋が李芑や尹元衡に阿諛して世を渡り、乙巳士禍が起こると尹任・柳灌・柳仁淑などを殺したのち、彼らの財産を没収、家人を奴婢にした。碏は平生、学問にはげみ、宣祖の時代に吏曹佐郎に至ったが、父の過去を指弾されて、酒で歳月を過ごした。しかし、詩をよくして、酒仙とも称された。諸芸に通じていたが、兄の磏とともに医術にも明るく、一五九六年には『東医宝鑑』の編纂にも参与した。

▼7【参同契】『周易』に関する書物。

▼8【鄭順朋】一四八四〜一五四八。中宗のときの大臣。字は耳齢、号は省斎、本貫は温陽。一五〇四年、文科に及第して、趙光祖などの士林との交流があったが、己卯士禍は免れた。明宗が即位すると、尹元衡らの小尹派に属して、大尹派を除去しようと積極的に動いて、乙巳士禍の元凶となった。後に彼が陥れて殺した柳仁淑の婢の呪詛によって死んだ。

▼9【洪聖民】一五三六〜一五九四。宣祖のときの文臣。字は時可、号は拙翁、本貫は南陽。進士として、一五六四年、明経試に及第、一五七五年、戸曹参判になり、謝恩使として明に行き、宗系弁誣《そうけいべんぶ》（本話注1参照）について明の皇帝の許諾を得て帰国した。礼曹判書を経て大司憲に至り、一五九〇年、光国功臣二等に冊録され、益城君に封じられた。翌年には党派争いに巻き込まれて富寧に帰陽したが、一五九二年、壬辰倭乱が勃発されると王の行在所に駆けつけ、復帰して、大提学を経て戸曹判書となり、死んだ。

▼10【壬辰の倭乱】日本で文禄の役、慶長の役と言っている豊臣秀吉による朝鮮侵略を、韓国では当該の干支から壬辰の倭乱（一五九二）、丁酉の再乱（一五九七）と言い習わしている。世紀が変わって、北方の後金（清）の侵略については、丁卯の胡乱（一六二七）、丙子の胡乱（一六三六）という。本来、秀吉が企図したのは「唐入り」であって、明を服属させることであり、朝鮮にはその道案内を頼んだのだが、当然、朝鮮側は拒否。日本では天下統一がなり、これ以上の領土拡張はない諸大名たちの野心もあって、佐賀県の名護屋に集結して、大挙して朝鮮に押し寄せた。初戦は日本側が圧勝して、平壌まで進軍したが、海戦で李舜臣に敗れて補給路を断たれ、明からの援軍もあって、膠着状態に陥った。小西行長と沈惟敬が明と秀吉の和議を模索したが、彼らの画策は実らず、かえって秀吉は激怒し、再戦（慶長の役／丁酉の再乱）となった。しかし、翌年の秀吉の死によって、日本軍は撤兵することになった。この秀吉のパラノイアから出た侵略によって、蹂躙された朝鮮国土は荒廃し、豊臣政権自体も崩壊を早めた。

第三二話……壬辰の乱を予見していた南師古

南師古《ナムサコ》▼1が江陵にいたとき、村人たちに言った。

「今年は大乱があって、この土地の人々は一人として生き残ることはできまい。すみやかにこの地から避難するがよい」

村人たちは師古に神通力があることを知っていて、襄陽と杵城の間に難を避けた。その年、疫病が蔓延した。無数の死亡者が出て、すっかり寂れてしまった村もあった。師古は溜め息をつきながら、言った。

「私の占術も粗雑なことだ。疫病と兵乱とを間違ってしまった」

村のソンビの崔雲溥[2]が科挙に及第して、父母のために御祝いの宴を開こうとしたとき、師古は村人たちに言った。

「お前たちも行って、ぜひ見ておくがいい。この村には今後三十年の間、こうした御祝い事はないであろう」

後に李璬《イオ》[3]が科挙に及第したが、三十一年目のことであった。

師古がソウルに行った時のことである。参判の鄭期遠《チョンキウォン》[4]はまだ幼かったが、長者について行って、師古に会った。後日、ふたたび行くと、家の中から大きな声で、

「鄭秀才が来られたな」

と言って、顚倒せんばかりに慌てて出迎えに出て来た。期遠が不思議に思って、

「どうして私が来るのがわかりましたか」

と尋ねると、

「私は前もってあなたの来るのを知っていました」

と言って、壁を指差すと、

「某月、某日、鄭某が来る」

と記してあった。

嘉靖の丁卯の年（一五六七）、師古が南山の蚕頭峰に登って、遠方を見ながら、長く嘆息して、言ったものであった。

「王気が索然としている」

そして、ややあって、

「王気が移って、社稷洞に今はある」

と言った。

しばらくして、明宗（第一一話注2参照）が亡くなって、後継ぎがなかったから、宣祖（第一五話注3参照）を社稷洞の潜邸[5]から迎えて、即位させた。

丁丑の年（一五七七）、蚩尤旗[6]が現われて、長く天を真っ二つに分けた。師古はあらかじめ壬辰の乱の起ることを知っていた。

▼1【南師古】朝鮮中期の学者。暦学、風水、天文、卜筮に通じて、予言がことごとく当たった。一五六四年、明年には泰山を奉ずるようになると言ったが、その予言通り、文定王后が死んで、泰陵で葬事を行なった。明宗末年にはすでに、一五七五年の東人と西人の党派の分裂、一五九二年の壬辰倭乱を予言していた。晩年には天文教授となった。

▼2【崔雲溥】『朝鮮実録』宣祖五年（一五七二）十月に、芸文館、翰林に薦むとして、崔雲溥の名が見え、同じく七年四月に、弘文館から五圏以上の十三人の報告があり、その中にも崔雲溥の名がある。

▼3【李璥】『朝鮮実録』宣祖三十九年（一六〇六）八月、司諫院から、各道の都事は観察使の補佐役として道内を管掌することになり、その役割は重く、その道の出身者であれば、弊害も大きくなるので避けた方がいい、いま、江原都事の李璥は家が江陵にあって、これは不都合であるので変えた方がいいという啓上があった旨の記事がある。

▼4【鄭期遠】一五五九〜一五九七。宣祖のときの文官。字は士重、号は見山、本貫は東萊。進士に合格、一五八五年には文科に丙科で及第し、戸曹・兵曹・工曹の佐郎などを経て、壬辰倭乱に際しては謝恩使の書状官として明に行った。一五九六年には倭の再侵入が迫り、告急奏聞使として再び明に行った。一五九七年、明の将軍の楊元の接伴使として南原におもむき、南原城の陥落とともに戦死した。宣武功臣として南原の忠烈祀に祀られている。文章に長け、書も優れていた。

▼5【潜邸】王が即位する以前に住んでいた邸宅。

▼6【蚩尤旗】星の名前。彗星と似て、後方が屈曲している。戦乱の兆しとされる。蚩尤はもともと中国の伝説上の人物。神農氏のとき、乱を起こし、黄帝と涿鹿の野で戦って、濃霧を起こして苦しめたが、黄帝は指南車を作って方位を示し、ついにこれを破って、殺したと言う。

第三三話……李之菡の奇人ぶり

李之菡《イチハム》▼1は李之蕃《イチボン》（第一一話注1参照）の弟であり、これまた不思議なソンビであった。いつも粗末な布の服を着て、草鞋を履き、草編み笠をかぶって、袋を肩に背負いながら、歩いていた。士大夫たちとともに遊んで、傍若無人であり、雑術において通じないということがなかった。木の葉のような小さな船の四つの隅に瓢箪を結びつけ、三度も済州島に渡ったが、風浪の被害をすこしも受けることがなかった。

みずから商人となって、人びとを教えた。空手でもって物を作り出して、数年の間に巨万の富を築き上げたが、それもことごとく散財して、貧しい人びとの救済に当てた。海に入って、瓢箪を植え、その実が数万もなった。その実を開いて、水汲みフクベを作って売り、穀物を商っては、ほとんど一千石に至ったのを、ソウルの麻浦に運送した。漢江のほとりの人びとを募って、土を積んで壁を塗り、高さを百尺にもして、小さな家を作って、「土亭」と名づけた。晩にはその家の中に宿り、昼のさなかには家の屋根に上った。その家にしばらく住んだが、にわかにそこを棄てて、帰って行った。

また、鼎を背負って旅をすることを嫌い、鉄の冠を作って、それを脱いで鍋代わりに炊飯し、洗っては冠としてかぶった。朝鮮八道を流れ歩いたが、車を借りて乗るようなことはしなかった。みずから、「賤しい者の生活を直接体験しなくては、困窮ということが理解できるわけがない。それに、私は人に撲られるということがどんなことかわからない」

と考えて、撲られてみようと、いろいろと試したことがある。ある日、民家にずかずか入って行って、夫婦の側にどっかと腰を下ろした。主人は激怒して、殴りつけようとしたが、彼があまりに老人であるために、これを追い払うだけにした。また、尻に鞭を受ける刑罰の体験をしたいと思って、高官の行列の前を犯したことがあった。高官は怒って、これを鞭打とうとしたが、その容貌の常人ならざるのがわかって、やめた。

その父母を葬るために、葬るべき山を占ったところ、父母の子孫に二人の大臣が出るが、その末子の系統は不吉であると占いに出た。その末子というのは自分自身のことであったから、之菡は我を通して、自身のその不吉の身をまっとうすることにした。甥の李山海（第一一話注4参照）と李山甫[2]は一品の位に上がったが、之菡の子どもたちは、残念なことに、栄達することはできなかった。

かつて、抱川県監となったとき、粗末な布の服と草鞋、そして布の冠のままで赴任した。官吏たちが食事を用意したが、之菡はそれをつらつらと見ては、

「食べることができない」

と言って、箸をつけなかった。役人が庭にはいつくばって、言った。

「この土地には名産品がございません。お盆の上に珍味がないのが恥ずかしうございます。さっそく、取り替えましょう」

そうして、珍味佳肴を調えて進めたが、今度もじっと見ては、

「食べることができない」

と、一言言った。官吏は恐縮して、身震いしながら、謝ったところ、之菡が言った。

「わが国の民がいまや生活に困窮して、みなが正座して飲食をするような時節ではない。私はあえてお盆に盛った馳走を食べるのを厭うのだ」

下っ端の役人に命じて五穀を交えて炊がせたのを一椀と黒い菜っ葉汁一椀を、編み帽子とともに盆に載せて持って来させた。次の日は、村の役人たちがやって来て、乾した菜の汁を進めた。役人たちは冠を脱いで匙を取り、食べたものの、口に合わずに吐いたが、之菡だけはすっかり平らげた。しばらくして、官職を去って、帰ることになった。村人たちが慕って、道をさえぎって留まるように頼んだが、どうにもならなかった。後に、牙山県監となった。

ある年老いた官吏が罪を犯した時、之菡が言った。

「お前は年をとっているが、心は子どものまま善悪の判断もできない。学びなおさなければならない」

そうして、冠を脱がせ、白髪を解かせて、童子の髪にさせた上で、硯を持って来させ、机の前に座らせた。この老官吏はこの恥目の仇を討ってやろうと、ひそかにむかでを捉まえて、酒の中にそれを入れて進めた。之菡はまだ六十にもならずに死んだ。


李之菡の祖先の墓は保寧近辺の海中の島にあった。大きな岩があって、それを墓の案山としていた。風水説では不吉であったから、これを取り去ろうとしたが、できなかった。之菡が言った。

「あの石を取り除くのは、そんなに難しいことではない」

そして、海中の島に入って行って、材木を切り出して一千尺になるように組み上げた。大きな軍艦四隻に一千尺の長い材木でその岩の四面を縛り付け、満潮になると、その潮の力で、大石は持ち上がった。船に帆を張って、海の深いところまで運んで行って、そこで大石をほどいて、海に沈めたのだった。その奇略は衆人の想像の及ばないものであって、三軍を率いる大将の資質をもっていたが、はかなく死んでしまったのである。まことに惜しむべきである。


李之菡は流民やぼろを着た乞食たちを哀れんで、餓える人びとのために穴倉を作って、そこに住まわせた。彼らに手工業を習わせ、士・農・工・商について、顔を合わせて、耳に教え諭さないということがなく、それぞれが衣食に資するようにしてやった。そうして、最も無能な者には、藁稭《わらしべ》を与えて、草鞋を作らせた。みずからその成果を計算して、一日に十足を作ると、それを市に行って売らせて、一日の作業の賃金として、一斗の米を与えないことはなかったし、その利益を推量して、衣服を作って与えた。こうして数ヶ月もすれば、衣食ともに満ち足りたはずであるが、しかるに、その労働の苦しみに耐えることができず、告げずに、逃亡してしまう者が多かった。

これでもって考えるに、人びとの生活というのは、怠惰のために困窮するのだということが、いよいよ明らかである。たとえ疲弊して、百の中で一つもよくできることがなくても、みずから進んで草鞋を作ろうというような人間はまずいない。之菡が人々に教えたことは、お手本にはなるものの、それでも難しいことだ。

▼1【李之菡】一五一七～一五七八。宣祖のときの人。字は馨伯・馨仲、号は水山・土亭など、本貫は韓山。若くして父を失い、兄の之蕃に文章を学び、後には花潭・徐敬徳の教えを受けた。雑術に通じ、一五七三年には卓行によって六品に任じられ、抱川や牙山の県監となった。奇行で知られ、奇知・予言・術数に関する逸話が多くある。李退渓にも性理学を学んだが、欲心を捨てられず、大成しなかったと言われる。一七一三年になって、吏曹判書を追贈された。

▼2【李山甫】一五三九～一五九四。字は仲挙、号は鳴谷。兄の山海と同様に叔父の之菡に学んだ。一五六七年、司馬試に合格して、翌年には増広文科に丙科で及第した。要職を歴任して、直提学だったとき、東人の弾劾を受けて、左遷された。すぐに復帰して、一五八九年には己丑の獄事（第一九話注19参照）に際し、大司諫として難局を収拾して大司憲となった。壬辰倭乱が起こると、王に扈従して吏曹参判となり、さらには判書となり、中国から来た李如松（第一三八話注2参照）を迎えた。

第三四話……田禹治の道術

宋麒寿《ソンキス》▼1が企斎・申光漢《シンクァンハン》▼2を駱峰の下に訪ねたとき、布衣の客人がすでにいて、座っている。企斎はこの客に会って、うれしそうであったが、麒寿はまだこの人とは面識がない。企斎が言った。

「君はまだこの方とは面識がなかったのか。この方こそ田禹治《チョンウチ》▼3さんでいらっしゃる」

麒寿が、

「いつも書物の中でその名前は拝見していました。その方とこのようにお知り合いであるとは、羨ましいかぎりです」

と言うと、企斎が、

「禹治どのは麒寿どのになにか術をお見せになりませんか」

と、禹治に勧める。禹治は笑いながら、

「どんな術をお見せしようか」

と言ったが、ちょうど、食事の用意ができて運ばれてきた。禹治がその食事を庭にばら撒くと、すると、それは無数の白い蝶となって、庭を舞った。

▼1【宋麒寿】一五〇六～一五八一。字は台叟、号は楸波、本貫は温津。早くから学問に専心し、諸子百家に精通した。一五三四年、文科に及第したが、権臣の金安老の排斥によって用いられることはなく、一五三七年、安老が賜死したことにより登用された。一五四五年、明宗が即位して母后の文定王后が垂簾聴政を行なうようになると、鬱憤で病になった。一五四七年、従兄の麟寿が鳳城君とともに殺されたとき、危うく自分も殺されるところだったが、生き延び、尹元衡の失脚とともに抜擢されて、知中枢府事に至った。

▼2【企斎・申光漢】一四八四～一五五五。字は漢之・時晦、号は企斎・駱峰など、本貫は高霊。申叔舟の孫。文章を読むことを嫌ったが、十五歳の時に改心して学問を初めた。一五一〇年には文科に及第して官途についたが、一五二一年、趙光祖（第一二話注5参照）一派と見なされて、驪州の元亨里に蟄居した。一五三七年には赦され、一五四五年の乙巳士禍に際しては小尹派に属して大尹派の除去に功を挙げて衛社功臣三等となった。大提学、左・右賛成に至った。

▼3【田禹治】開城出身の奇人。中宗のとき、ソウルから微官末職で招かれたが、出ることなく、隠居して道術家として知られた。

第三五話……黄轍の道術

黄　轍《ファンチョル》▼1は術士である。若いときに山寺に行ったが、ある老僧が宿患で客舎に滞在していた。夜になって、渓谷の方から鹿の鳴く声が聞える。老僧は憤って言った。

「天のような師匠がここに滞在しているのに、あの畜生はどうして、あのような大きな声で鳴くのだろうか。皆さん、どうかご覧じろ」

明朝、はたして寺の門前に大きな鹿の死体があった。轍はこれを奇異に思い、わが身を棄てて、下僕になることを願った。そうして、ことごとくその術を受け継いで、世間に出たのであった。轍には怪しむべく、驚くべく、奇怪なことが数多くあった。かつて、言ったことがある。

「私はつねづね目にしているのだが、大体、この世には人と鬼とが相交わっている。鬼神が街路を行き交うさまは、鐘路を大勢の人々が行き交うのとまったく同じで、鬼神は人を避けはしない。しかるに、人間にはそれが見えないのだ。巷で人びとが鬼神の祟りに出会ったとしても、これをうやうやしく祈れば、必ず効験があるものだ」

佐郎の金義元《キムウィウォン》▼2は宗族の甥であったが、一族の者みなが心配するような病気にかかった。そこで、轍に治してもらおうと、頼んだことがあった。轍が言った。

「これは怨讐が人の頭の骨を粉にして、一家中にふりかかろうとするものだ。鬼神が人を害そうとするものであるから、お札と呪文で治すことができるだろう」

さっそく、赤い札を壁に貼って、なにやら呪文を三度ほど唱えた。すると、蛍の火が無数に飛び交って部屋の中に満ちたが、やがて垣根の隅の方に集まって、一つの塊になった。その時というのは冬であって、蛍などがいようはずはない。家の者たちが灯火でもってこれを照らして見ると、骨片が集まって頭蓋骨の形になっていた。この頭蓋骨を適当な土地を選んで埋葬したところ、それ以来というもの、鬼の跳梁はすっかり止んだ。

ソンビの安孝礼《アンヒョレ》の▼3乳母は七十歳になっていたが、瘧《おこり》を病んで苦痛がはなはだしく、輸を呼んだ。しかし、輸はみずから行くことはせずに、言った。

「私が行くまでもないことだ。明日の昼にきっと不思議な夢を見るであろう。そして、その後は病もおのずと癒えるであろう」

果して次の日の昼になって、乳母はうたた寝をしてしまい、そこで見た夢の中で、一人の女子があわてふためきながら乳母の背中に命を留めるように頼んでいて、また一人の青い服を着た男が女の背後に回って、その女子を縛って連れ去った。夢から覚めると、果して、すっかり病は癒えていたのであった。

また、鬼神を摑まえて、箱にしまい、封をしておいたことがあった。箱の中からは苦しそうな声が聞え、箱がぴょんぴょん跳ねだした。箱に石を結んで、江に投げ込むと、その妖怪は姿を消した。

▼1【黄輸】この話にある以上のことは未詳。

▼2【金義元】『朝鮮実録』宣祖二十五（一五九二）年五月に、王の引見した人の名前に検閲の金義元の名が見え、二十八年正月に金義元を司憲府持平となすとある。同年六月には、前修撰の金義元が巡按御史だったとき、困民の訴えをことごとく記録したが、春秋館ではそれを草さなかったとある。

▼3【安孝礼】『朝鮮実録』世祖十年（一四六四）に、安孝礼は父の喪に服するに愨ろではなく、不孝であり、告身を剝奪する旨の記事が見え、『朝鮮実録』成宗八年（一四七七）四月には、承文院の旧基に離宮を造ることの可否で啓上している。

第三六話……韓無畏に出会った許筠

韓無畏《ハンムウィ》[1]は西原のソンビである。若いころには任侠を好み、西原の妓生たちと楽しんだものであったが、ある日、ある妓生の男を殺してしまった。仇を避けて、関西に逃げ込んで、寧辺に住んだ。郷校のソンビの郭致虚《クワクチホ》[2]に出会って、神秘なる方術を学んだが、それは仙道と仏道とを混ぜ合わせたようなものであった。齢八十歳になっても、両の目が炯炯《けいけい》と光って、髪の毛も鬚も漆黒であった。

許筠《ホキュン》[3]が遠接使[4]の従事官となった。その時、無畏は順安の訓導[5]であった。筠は彼と出会って、わずかに話しをして、その特異なる人物であることを知った。そこで、同宿して神仙の道を学びたいと請うた。すると、無畏が言った。

「おおよそ、神仙の道を得ようと思うのなら、陰謀や秘密の計略を弄してはならない。無実の人間を処刑してはならない。人を讒言して陥れてはならない。財産を作ろうと思ってはならない。人が困窮しているのを見て財産を与えるのを惜しんではならない。常に清廉でいて、また身を浄めて、女色を近づけて玩《もてあそ》ぶようなことがあってはならない」

無畏はやもめ暮しが四十年にも及んだ。一家が貧しかったために、わが身を辱めてまで、訓導の仕事をして、朝夕の食事の用としていたのである。常に、一善《イルソン》[6]、休静《ヒュジョン》[7]、弘正《ホンジョン》[8]などの高僧と往来して、惟政《ユジョン》[9]などは卑しいとして歯牙にもかけなかった。筠が尋ねた。

「休静和尚は女色を近づけて、杖刑を受けたのに、どうして道を修得した僧侶と考えられるのでしょう」

無畏がそれに対して答えた。

「休静和尚は巨人だよ。ずいぶん早くに得道をなさったのだ。つまらんことで、かれこれ言うべきではない。休静和尚よりも勝れていると言えるのは弘正和尚だけで、一善和尚は正統にいらっしゃる方だ」

無畏は八十歳で、病を得たわけではなかったが、座したまま死んだ。順安に葬った。しかし、その五、六年後、かつての友人の一人が香山で出会ったという。顔色はすこしも衰えていなかったから、その友人が、

「君は死んだと、みなが言っていたが、おかしいな。まったく顔色が昔のままだ」

と言うと、無畏が笑いながら、

「私が死んだだと。まちがえて伝えたんだな」

郭致虚は幻術をよくして、風を吹かせ、雨を降らせて、神秘なことが多くあった。無畏のことばはすべて許筠の心臓を貫いたが、まことに奇異なる人物であった。

▼1【韓無畏】一五一七～一六一〇。朝鮮中期の道士。号は軒玄真人・得陽子。清州の出身。十八歳のとき妓生と馴染みになり、その夫を殺して関西の延辺に逃亡した。そこで熙生校生の郭致虚に出会い、錬丹秘法を学んで得道した。草庵で弟子たちを教える一方で、許筠などと交際して神仙となる錬丹法を教えたりした。

▼2【郭致虚】熙生の校生であったが、神仙の術を習得したとされる。

▼3【許筠】一五六九～一六一八。李朝中期の文人。字は端甫、号は蛟山。本貫は陽川。曄の三男。一五九四年、文科に及第して、議政府参判になった。一六一〇年には北京に行って天主教にも触れたが、中国の小説類を耽読してみずからも小説や讖記《しんき》を書いた。庶流出身の李達に詩を学ぶためにみずからも庶民として振舞った。光海君の暴政下、大北党に加担、一六一七年に逮捕されて、翌年には斬首された。多くの著書を残したが、『洪吉童伝』は彼の思想をよくあらわした社会小説であり、韓国最初のハングル小説として文学史的意義が大きい。

▼4【遠接使】朝鮮時代、中国からの使節を遠方まで出迎えるために出した臨時の官職。

▼5【訓導】村の郷校の教員。従九品の官職。

▼6【一善】一五三三～一六〇三。朝鮮中期の僧侶。一禅とも書く。号は静観。姓は郭で、惟政・彦機・太能などとともに休静の四大弟子の一人とされる。一五四八年、十六歳のとき、禅雲のもとで僧侶となり、晩年には休静の講席に参学して、その心印を継承した。

▼7【休静】一五二〇～一六〇四。号は西山、また清虚とも。姓は崔で、本貫は完山。九歳のときに父母を亡くし、安州牧使の李思曽の養子となり、養父に連れられて上京した。一五三四年、進士科に進めず、智異山に入って、崇仁のもとで出家した。一善に具足戒を受け、霊観の法を継承した。一五四九年、僧科に及第して、判教宗事・判禅宗事を務めたが、後には僧職を辞退、金剛山・妙香山・頭流山などを遊歴した。一五八

九年、鄭汝立の事件（第一九話注19参照）に関わり投獄されたが、釈放され、一五九二年、壬辰倭乱が起こると、王の特命で八道十六宗都総摂となり、七十三歳の老齢にもかかわらず、全国に檄文を飛ばし、一万五千の僧兵を糾合し、彼らの総帥となった。一五九四年には惟政に兵事を任せ、妙香山の円寂寺で余生を送った。

▼8【弘正】弘靖の誤りではないか。『朝鮮実録』宣祖二十六年（一五九三）十一月に、僧将の弘靖の名前が見える。義兵の僧軍を率いて日本軍と戦った。

▼9【惟政】一五四四〜一六一六。壬辰倭乱のときの僧兵将。字は離幻、号は四溟堂・松雲・鍾峰など。俗姓は任氏。一五九二年、壬辰倭乱のときに休静和尚の旗下にあり、翌年には休静和尚の後をついで僧軍都総摂として大いに手柄を立てた。丁酉再乱のときにも大きな功績があった。一六〇四年には国書をもって日本に行き、講和を結んで、朝鮮の捕虜三千五百を連れて帰って来た。

第三七話……土室での修行法

月汀《ウォルジョン》・尹根寿《ユンクンス》▼1は中国語がわかった。かつて燕京（北京）に上り、彼の地で「気」を見る術法を修めた者に出会った。根寿が、

「私も気を見る方法も教わって、習得することができましょうか」

と尋ねると、その人が、

「教われば、習得できるさ」

と答えたから、

「どのようにすればいいでしょう」

と言うと、その人が言った。

「土室を作って、東、西、北を塞ぎ、南だけを開ける。その上に重ねて土室を作って、北を開けて、南を

塞ぐ。さらに土室を作って、東を開けて、北を塞ぐ。またさらに土室を作って西を開ける。またまた土室を作って、上の方を開ける。そのような構造の土室の中で静かに座るのだ。昼夜もわからないようにして、眠ることとなく、五十日を過ごせばいい。すると、五重の土室の中でも、まるで白昼のように物が見え、衣服の繊維の数まで数えることができるようになる。そうして後に、外に出てみれば、五色の天地の気が了々と目前に現われ、数百里のかなたのことまでも見えるようになる。吉凶を占っても、百に一つも間違わなくなる」

学官の李再栄《イチェヨン》[2]が燕京に出かけて、東岳廟[3]に参詣したとき、廟の中には数多くの道士たちがいた。一人の道士が土室の中で笛を吹いていたので、そちらに行ってみようと思ったが、ところが入ろうとしても、入口がない。尋ねると、道士となるための土室であった。

「土室の中にいて、四つの壁を塞ぎ、ただ小さな穴から食事を入れて、また小さな窓から光を取るだけで、三年を過ごす。そうすれば、外に出て、高い品階と手厚い俸禄を得ることができるようになるのだ」

最近の術士である朴尚義《パクサンウィ》[4]もまたこの方法を学んで、四重の土室の中で五十日間を過ごして外に出た。よく人の気を察することができ、ある客人を一目見るや、

「あなたは喪に遭っている。あなたの頭上には白い気がただよっている」

と言ったが、はたして、遠方にいる母親が死んだのだが、まだ知らなかったのである。数日して、訃音が届いたと言う。

参判の鄭期遠《チョンキウォン》（第三二話注4参照）が尚義と向かい合わせに座っていて、小便のために出て行き、パジ（韓服の男の下衣、袴）をすこし濡らして帰って来て、ふたたび座った。尚義が笑って、言った。

「ちょっと小便をちびったようだね」

期遠は大いに驚いた。

尚義は潭陽に住んでいたころ、役所の婢と私通しようとしたことがあったが、婢は強く抗った。何度も

逃げて、身を隠したが、尚義は座したまま、その居所を突き止めることができた。十度逃げて隠れても、十度とも見つかった。

ある日、尚義は客人とともにいて、外に出て、客人をよく見て、大いに驚いて、言った。

「この方向の気ははなはだ悪く、尋常ではない。恐らく弑逆の大変事が十日か半月のうちに出来するであろう。あなたはそれをようく記憶しておくがいい」

客人は目を凝らして、その気とやらを見ようとするが、見えず、まったくの狂言であると考えた。その後、二十日後になって、その方向に弑母の獄事が起こった。

尚義は八十歳になっても、胡桃と陶器の鉢を歯で噛み砕き、粉にして食べることができた。人々はこれを見て怪しみ、鬼神を呼んで幻術を使っているのだと考えた。

尚義がかつて言ったことがある。

「四重の土室に入って五十日間、眠ることもせず、禹歩で歩んで、歯を叩いて[5]、日夜、休むことがなかったら、気を見る法を修得することができる。しかし、心に狂乱が生じてしまう恐れがないでもない」

▼1【月汀・尹根寿】一五三七～一六一六。字は子固、号は月汀、本貫は海平。一五五八年、文科に及第、副修撰になったが、趙光祖（第一二話注5参照）の雪冤を請うて王の意に合わずに左遷。兄の斗寿が権臣の李樑の息子の推挙を拒否したことで、兄弟ともに譴責を受けた。樑が去って大司成となり、一五八九年、明に行って帰国後、光国功臣に冊録され海平君に封じられた。党派争いの中で兄とともに罷免されて広州に退いたが、壬辰倭乱が起こると復帰、判中枢府事として何度も中国に行って援軍を請い、一五九七年には王妃に従って遂安に赴いた。一六〇四年には扈聖功臣となった。

▼2【李再栄】許筠の庶妻の叔父とまでわかっている。許筠については第三六話注3を参照のこと。

▼3【東岳廟】中国山東省の泰山を東岳と言い、泰山の神を祀る廟を言うが、この東岳廟は燕京（北京）の朝陽門外十二里のところにあり、多くの道教の神々が祀られて人々の信仰の対象となっていた。

▼4【朴尚義】『朝鮮実録』宣祖三十二年（一五九九）七月、尹根寿が朴尚義を率いて廟の地を占わせた記事

があり、三十三年（一六〇〇）九月、朴尚義らに大行王妃の墓地を占わせた旨の記事がある。
▼5【禹歩で歩んで、歯を叩いて】「禹歩」はどのような歩き方かわからないが、歯を叩くこととともに道家の修行の方法。

第三八話……南宮斗の術法

南宮斗《ナムグンドゥ》▼1は詩と賦に巧みであった。かつて成均館で受けた試験において首席となり、ソンビたちは彼の詩文を口ずさんだものであった。ところが、不幸にも、家の中で妾と戯れていて、その妾を死に至らしめてしまった。妾の親族が知るのを恐れて、密かに死体を稲田に埋め、どこかの悪童がさらっていったと、言いふらした。一年あまり経ったころ、一人の婢が宮斗に鞭打たれたことを怨んで、死んだ妾の親族のところに行って、事実を告げた。婢に言われたとおりに、稲田を掘ってみると、果して、妾の死体が現われたが、その顔色はまるで生きているかのようであった。その祭祀において、生き返って欲しいと、人々は願ったものの、空しかった。

それ以来というもの、宮斗はふたたび科挙を受けることはせず、道教と仏教とを学ぶようになり、世俗の栄華と利益を避けるようになった。本来、才能の豊かな人である上、学ぶのにも精妙で、深く知識を加えて、一生の間、研鑽を続けた。ただ女色を完全に絶つことができなかったので、丹薬を焼いて製造する方法を習得するまでには至らなかった。しかし、空気を吸いこむだけで腹を満たし、食事を絶つことはできた。八十歳になっても、まだ幼児のような顔色をしていた。木靴を履いて、全州と恩津の間を往来したが、その歩き方の早いことと言ったら、たとえ少壮の者であっても、追いつくことができなかった。彼が部屋の中に静かに座っていると、部屋の中には紫の気が立ち上ったから、識者たちは、彼を「地上の神仙」と称した。

ある日、雷が鳴って、天がにわかにかきくもった。宮斗は言った。

「天が私を召しているようだ」

病もなく、座ったまま、死んでしまった。

▼1【南宮斗】一五二六～一六二〇。一五五五年、進士科に合格した。全羅道の臨陂に住んでいたが、姦通事件で二人を殺害して、隷に落とされた。慶尚道宣寧の庵にいたとき、道教の方術を修めた老僧に出会い、内丹修練の極致まで到達したと言う。

第三九話……口にすることもできない惨憺たる禍

李潘臣《イボンシン》[1]は風水師の中でも抜きん出た人物であった。万暦（明の皇帝神宗の年号）の丁丑の年（一五七七）、蚩尤旗（第三二話注6参照）が長く空にたなびいた。相国の李山海《イサンへ》（第一一話注4参照）が潘臣に尋ねた。

「これはいったいどういうことの予兆であろうか」

潘臣はそれに対して答えた。

「あまりに惨憺たることなので、口にすることもできない」

山海がふたたび尋ねた。

「己卯の年の禍[2]と比較して、どんなものか」

潘臣が答える。

「賢明なる臣下が一人死んだといっても、それがどれほどのことであろうか」

山海がさらに尋ねる。

「乙巳の年の禍[3]と比較して、どんなものか」

潘臣が答える。

「王子が一人死んだといっても、それがどれほどのことであろうか」

山海がさらに問い詰めても、潘臣は、

「あまりに惨憺たることなので、口にすることができない」

と答えるのみであった。山海が、

「それなら、それはいつ起るのか。早いのか、遅いのか」

と尋ねると、潘臣は答えた。

「一国の王さまの怒りであっても、その及ぼす禍は大きいであろう。ましてや、天の怒りであるから、容易に発せられるものではない。恐らくは十六、七年後のこととなるであろう」

山海が言った。

「わが国が天下で占める比重というのは、衿川がわが国の中で占めるくらいのもので、ごく小さいものだ。彗星の変事は中国の変事に該当するものであって、どうしてわが小邦に関わるものであろうか」

潘臣が答える。

「いや、そうではない。わが国は中国の燕の区分に属していて、禍福を別にしているわけではない。それに、たとえ天文によらないにしても、近ごろの霧の示すところでは、やはり大きな変故があるようで、彗星の示すところと変わらない。避けることのできない災いにどうして対応することができようか」

後日、壬辰の年（一五九二）に、果して倭乱が勃発して（第三一話注10参照）、遷都して、王さまが難を避けるような大変事であり、朝鮮八道が荒廃した。それが、十六年後のことで、潘臣の予言の通りになったのであった。

以前、南師古《ナムサコ》（第三二話注1参照）は天文をよく見ることで有名であった。ある人が尋ねた。

「国のことはいかがなりましょうか。いつになったら平和になりましょうか」

師古は答えた。

「東に泰山を封じて後、平安になるであろう」

　当時の人々には、そのことばの意味するところがわからなかった。後になって、文定王后《モンジョンワンフ》▼4が薨じて、ソウルの東側にある泰陵に葬ったが、それ以後、明宗がみずから政治を執って、国家は安寧となった。人々は、その時になって初めて、「東に泰山を封じて後」ということばが嘘でなかったことを知った。

　潘臣は師古を多少は軽んじていて、師古の識見が高いものであったとしても、自分よりは劣っているだろうと思っていた。ある日、こんなことを言った。

「最近、天象を見るに、太史星の色が変じている。これは天文を知る者が死ぬという兆しである。だから、私はまもなく死ぬことになろう」

　ところが、まもなく、師古が死んだ。潘臣はこれを聞いてたいへん驚き、あわてて鵞渓・李山海の家に駆けつけて、大声で叫んだ。

「相公、相公、南師古が亡くなった。彼が私よりも天文に精通していたことが、今になってようやくわかった。天がわざわざ兆しを示したのは師古のことで、私のことではなかったのだ」

　南師古はいつも申テカン▼5を師匠として崇めていたが、申氏は物事を感知する能力がまさに神のごとき人物であった。ある人が瓜を食べていたときのこと、申氏が言った。

「この瓜は何番目の畝の、何番目の蔓の、何番目の蔕《へた》になっていたものだ」

　実際に調べてみると、果してテカンのいった通りであった。別れの挨拶をして、門を出たと思ったら、もう行方がわからなくなっていた。人々は彼がどこで生き、どこで死んだかを知らなかった。

　その名前というのも、誰も知らず、みずからを貶めて、テカンと名乗っていた。テカンというのはもちろん厠のことである。テカンが一言でも言えば、南師古はうやうやしく唯々として従わないということはなかった。丁丑の年の天文の異状については、中国人が蚩尤旗ではなく、彗星であると言っていた。後に、天文の書物で調べてみたが、果してその通りであった。

▼1【李藩臣】この話にある以上のことは未詳。

▼2【己卯の年の禍】一五一九年に趙光祖などの士類を粛清した士禍。大勢の人が死んだが、ここで「賢明な臣下が一人死んだ」というのは趙光祖を指す（第一二話およびその注参照）。

▼3【乙巳の年の禍】一五四五年、中宗には第一継妃の章敬王后とのあいだに仁宗がいて、第二継妃の文定王后とのあいだに明宗がいた。中宗の崩後、位についた仁宗は一年もせずに崩じ、明宗が王位につくことになったが、それをきっかけに、文定王后の弟である尹元衡一派（小尹派）が章敬王后の弟の尹任一派（大尹派）を大粛清した。そのとき尹任が推戴しようとしていた自分の甥にあたる桂林君も殺された。「王子が一人死んだ」というのは桂林君を言う。

▼4【文定王后】一五〇一～一五六五。中宗の第二継妃。坡平尹氏。尹之任の娘で、乙巳の年（一五四五）にわが子の明宗が即位すると、弟の尹元衡とともに対立者の尹任一派を粛清し、「垂簾聴政」を行ない、政治を専断した。

▼5【申テカン】この話にある以上のことは未詳。

第四〇話……風のように歩く朴燁

朴燁《パクヨプ》▼1は幼いとき、私の甥の柳澈《ユチョル》▼2と仲が良かった。澈が多くの少年たちといっしょにわが家の庭で遊んでいたとき、突然、熱湯が外から降り注いできて、服や帽子を濡らした。少年たちは驚き怪しんで、

「きっと、夜になって朴燁がやって来たのだろう」

と言った。

門を出て見ると、燁が行廊の外の路上に立っていて、屋根越しに、小便をしているのだった。燁の母方の家が木川にあった。木川はソウルから二百四十里隔たっていたが、どんぶり鉢一つを袖に入

れて、午後遅くなって、袖を振るって去り、日が暮れる前には着くことができた。その歩き方はと言えば、早くもなく、遅くもなく、他の道行く人と少しも変わらない。ただ衣服の裾が風に音を立てているのが聞えた。郡邑を治めるようになって、はなはだ威厳がそなわり、仕事ぶりもそつがなく、有能だという評判であった。

▼1【朴燁】一五七〇～一六二三。光海君のときの地方官。字は叔夜、号は菊窓、本貫は潘南。一五九七年、文科に及第、内外の職を歴任して、業績を挙げた。咸鏡南道の兵使となり、城を修築して北方防備を堅固にした。黄海道兵使を経て平安道観察使となり、六年のあいだに治績が現れて名声を高めた。仁祖反正（訳者解説参照）の後、夫人が光海君の姻戚であったという理由で、虐政の罪で処刑された。

▼2【柳澈】『高興柳氏族譜』によると、柳夢寅の兄の夢獅の子。この族譜に澈についての記載は特にないが、『朝鮮実録』三十九年（一六〇六）三月、暗行御使から、瑞興府使の柳澈は政事に力を尽くし、官吏をたばね民を治めるのにけじめがあるとの報告があった旨の記事がある。

僧侶

第四一話……神僧の懶翁

懶翁《ナオン》▼1というのは高麗末の神僧である。桧岩寺▼2の住持となって赴任するとき、寺まで十里というところで、ぼろぼろの衣を着て破れ編み笠をかぶった僧が路傍に伏して挨拶をした。懶翁が誰かと尋ねると、その僧は答えた。

「私は寺の乞食僧です。太師がいらっしゃると聞いて、出迎えに参ったのです」

懶翁は僧に先導させた。僧は川をわたるときにも衣の裾を濡らさず、平地を歩くのといささかも変わらなかった。懶翁は僧が尋常の人でないことを理解した。寺の門をくぐると、その僧は行方知れずになった。懶翁は寺の中に入っても、仏に礼拝するでもなく、すぐに方丈に引きこもったので、僧たちは不思議に思った。しばらくして、まず僧たちに一抱えもある太さ数十丈の長さの麻縄を用意するように命じた。僧たちはいよいよ不思議に思った。

「大師は来られてまず仏さまに礼拝もされず、奇妙なものを用意しろと言われる。いったいどういうことだろうか」

しかし、あえて逆らうことなく、麻縄を準備してもって来た。懶翁は大仏殿に行くと、強壮な僧百人を選んで、麻縄で仏座にある丈六仏を何重にもしばりつけさせ、引き倒させようとした。寺にいた老僧たちはみな集まって合掌をして懇願した。

「この仏は霊験がはなはだあらたかで、雨を祈れば雨が降り、病が癒えるように祈れば病が癒え、子どもが欲しいと祈れば子どもを授かって、祈願することをすべて叶えてくださった。大師が入山なさって初めてなさることに人びとは耳をそばだて眼をこらしています。なのに、なんとそれが仏さまを引き倒すことなのですか。実に驚くべきことです」

懶翁は眼を瞋《いか》らせ、老僧たちを叱りつけた。

「あなた方は黙って私の指示にしたがえばいいのだ」

僧侶たちはしかたなくことば通りに、力を合わせて綱を引いた。仏は木造で金を鍍金したものであったから、それほど重いものではなかったものの、百人の僧が引っ張っても動こうとはしなかった。懶翁が眉根を吊りあげて言った。

「霊験あらたかといったのは、はたしてその通りのようだ。この仏は侮れない。大きな禍が起ころうとしている」

懶翁が榻《しじ》の上に乗って、片手でこの仏像を引っぱると、仏像はそのまま倒れた。それを引きずり出し、僧たちの前に置いて、薪を積み上げてこれを焼いた。すると、生臭い匂いが山に満ち満ちた。そうして、別の像を造って安置した。しかし、それもまた怪しい禍が前のと同じように生じたので、これもまた焼き捨てた。三度、仏像を造り安置したところ、今度は禍が生じなかった。懶翁が言った。

「およそ仏像を造って安置し、香を焚いて供養すると、山の鬼神や木々の霊もそこに集まることができ、あたかも釈迦如来の霊験のような幻術をはたらく場合がしばしばある。ある寺に神妙な仏があり、感通してすぐに効験を現わしてくださるというのも、えてしてこの類なのだ。愚かな僧たちがこうした仏を崇めて、あるいは全山が禍を被り、あるいは僧たちが理由もなく死んでしまう。恐るべきことではないか」

ああ、懶翁は神僧である。物が古くなると神秘めき、鬼神がかならずそれに憑いてしまう。その上、寺は朝夕に供養するところではないか。鬼神の中でも食べることを求めるものは、どうしてそれに集まらないであろうか。また人びとが墓のあたりにあるいは石で人の形を造って墓を守らせたりするが、歳月が経てば山の鬼神が憑いて、祭祀も代わりに受けることにもなる。最近、珊瑚の表石を使用するのも確かに一理あることとである。

▼1【懶翁】高麗時代、恭愍王のときの僧。俗姓は牙。聞慶郡大乗寺の了然禅師のもとで僧となり中国の西天の指空和尚について心法の正脈を受け継いで帰って来た。指空・無学とともに三大和尚と言われる。一三七六年、王命を受けて、密陽の瑩原寺に行き、驪州の神勒寺で死んだ。李穡が文章を書いた碑と浮屠が桧岩寺に残っている。

▼2【桧岩寺】京畿道楊州郡にある寺。一三二八年、指空の創建と伝わる。一三七六年には懶翁が手を入れ、さらに一四七二年には世祖妃の貞熹王后が完成させた。太祖が一時期隠遁して修道生活を送ったところとして有名。

第四二話……妖僧の普雨

普雨《ポウ》▼1というのは妖僧であった。さまざまな仏典に通じていたが、『詩経』や『書経』にも通じ、文章もよくした。春川の清平山にいたが、遠近の僧侶たちが彼に親しみ敬意をはらった。

嘉靖年間、▼2文定王后（第三九話注4参照）が垂簾聴政を行ない、ソウル近郊に奉先寺と奉恩寺を創建した。無遮会を奉先寺で行ない、数百石の蒸し米で僧たちをもてなしたので、四方の僧たちが雲霞のように集まった。普雨は雲の模様の絹の袈裟をまとい、僧侶たちがこれを抱きかかえるようにして上座に就かせた。

そのとき、一人の老僧がぼろぼろの袈裟を着て現われた。顔色は枯れ木のようで、錫杖をついて遠く末座に至ったが、普雨は遠くからそれを見て、駆けだしてきて礼をして、地面に顔を伏せて、あえて仰ぎ見ることもしなかった。左右にいた者たちがこっそりと窺い見ると、普雨の両の眼から涙が流れて地面に滴り落ちている。しばらくうつ伏したまま、立ちあがることもできなかった。老僧は立って、杖を彼の方に向けて言った。

「悲しいことだ、お前がこんなことになるとはな。私には思いも及ばなかった」

そうして、もう一言も言わずに立ち去って行った。普雨は索然として数日のあいだ楽しまなかった。僧侶たちはみな不思議に思い、その老僧の道号を尋ねたところ、智行《チヘン》▼3というのだった。

普雨は高僧の一善《イルソン》（第三六話注6参照）が道を備えていると考えて、手厚い礼をもって妙香山から迎えようとした。一善は一言も言わずに、次の詩を大書して与えた。

雲が秦嶺を隠し、家はどこにあるかわからない。
雪が藍関を閉ざし、馬が進むことができない。
（▼4雲横奏嶺家何在　雪横藍関馬不前）

一善はついに出て来なかった。普雨は失脚して、その身を寒渓山の岩穴に隠したが、捜索されて捕まり、済州島に流された。済州牧使は普雨に客舎の掃除をさせ、毎日のように強壮な武士四十人に一回殴らせた。普雨は武士たちの拳によって死んだ。

一善は妙香山で一生を終えた。坊舎で禅を組むときには椅子から下りることなく、たとえ高官が訪ねてきても扉の外に出迎えることはなかった。李樑《イリャン》▼5は当時、権勢のある貴族であった。妙香山を遊覧したとき、一善上人を敬って、自身の来ていた絹の服を脱いで一善にかずけた。しかし、一善は李樑が山から下りるやいなや、その服を脱いで、従者に与えて、言った。

「どうしてこんな服を着て死ねようか」

その詩集が世に伝わっている。

▼1【普雨】一五〇九～一五六五。号は虚応堂・懶庵。一五四八年、崇仏の文定王后（第三九話注4参照）の親任を得て、奉恩寺の住持となり、禅教両宗を復活させた。一五五一年、禅宗判事となり、尹元衡・尚震などとともに三百余りの寺刹を国家公認の浄刹として、度牒制によって二年間に四千人の僧侶を認め、僧科を設置した。春川の清平寺の住持になったがふたたび奉恩寺にもどり、都大禅師となった。一五六五年、文定王后が死ぬと、儒者たちの排仏の上訴があり、僧職を削奪されて済州島に流された。済州牧使の辺協によって斬刑に処された。

▼2【嘉靖年間】明の世宗のときの年号。一五二二～一五六六。

▼3【智行】この話にある以上のことは未詳。

▼4【雲横奏嶺家何在……】韓愈の七言律詩「左遷至藍関、示姪孫湘詩」の中の詩句。

▼5【李樑】一五一九～一五六三。朝鮮中期の文臣。孝寧大君の五世の子孫で、明宗の妃の仁順王后沈氏の外叔に当たる。一五五五年に賜暇読書をして、承政院承旨、弘文館修撰などを歴任した。尹元衡が戚臣であることを奇貨として専横がはなはだしくなると、これを牽制するために、明宗に重用された。明宗の信任を基

盤に執務したが、蓄財にも力を入れて、その門前は市をなした。当時の人びとは尹元衡・沈通源とともに三凶と称した。吏曹判書にまで至ったが、一五六三年、失脚して、平安道に流され、そこで死んだ。

第四三話……仏者の礼順の悟り

李貴《イクィ》▼1の字は玉汝であり、私の幼少のときからの友人である。粛川府使から嘉善大夫に昇った。一人の娘がいて、名前を礼順《エスン》▼2と言った。その夫は金自兼《キムチャキョム》▼3であるが、これは監司の金億齢《キムオクリョン》▼4の孫であり、県監の金琢《キムタク》▼5の息子である。自兼は仏道をはなはだ好み、庶孽の呉彦寛《オオンクヮン》▼6とともに仏教を学んで、▼7居所も食事も男女の区別なく過ごした。寝るときにも妻子と同じ部屋でかまわなかった。その後、自兼が病を得て死のうというとき、妻子を彦寛に托して偈を口ずさんだ。

来ても留まるところはなく、去るのは澄んだ秋の月のよう。
来るのも実際に来るのではなく、去るのも実際に去るのではない。
真常（涅槃）は本性を喜び、ただこれを真理となす。
（来時無所着去若清秋月
来亦非実来去亦非実去
真常大楽性惟此以為理）

この偈を唱え終わると死んだ。その後、呉彦寛が李礼順の家を出入りするさまはまるで親戚のようであった。彼が礼順に多くの仏典を教えたが、礼順は別の人の心を通して仏法を修得したと人びとには言った。礼順の身体からは異香が生じ、霊妙なる光彩が家の中には満ち満ちて、人びとは礼順を生き仏と呼んだ。

ある日、礼順は文章を作って文箱に入れ、その父親に別れを告げた。そして、呉彦寛に従って剃髪して、安陰の徳裕山に入り、竹を伐って庵を作って住んだ。邑の人びとはこれを敬って米をお布施にもってきた。ところが、その僕が盗賊改めの役人に捕まった。県では呉彦寛と李礼順を捕まえ、監司に報告し、それが朝廷にも伝わった。呉彦寛は名前を晃《ファン》と改め、李礼順は日《イル》と改めていたが、これは呉彦寛の死んだ妻の名前であった。ソウルに連行されたが、当時は逆獄の余熱▼8がまだ冷めやっていなかったから、彼らの行跡が疑われ、裁きの場で鞫問《きくもん》されることになった。呉彦寛は拷問されて死に、李礼順は獄に繋がれた。一首の絶句を作って弟に送った。

今や衣はすっかり黄塵に汚れはてたが、
どうして青山（墓）は受け容れてくれないだろう。
牢獄は四大からなるわが身を受け容れてくれ、
義禁府は遠くわが身が遊ぶのを禁じられない。
（至今衣上汚黄塵　何事青山不許人
圜宇只能囚四大　金吾難禁遠遊身）

その供述書は次のようなものであった。

「六、七歳のときから文章をわずかに理解しましたが、心を世間の喜びに染ませることがありませんでした。十五歳で嫁いだものの、婦女子の務めに専心することはできませんでした。そして、仏道に心を尽くして八、九年、ようやく功徳を積んで得るところがあったように思います」

また、次のようにも言っていた。

「みずから考えますと、昔、釈迦は王の太子でありながら、国を棄てて城を出て、雪山で十年のあいだ苦行をして後、この世の仏となられました。文殊は長いあいだ女子の身でしたが、それを忘れて正覚を得、道を修得なさいました。願王夫人は王の后でしたが、法を求めて遠くまで行っても到達することができないとして、みずから苦行を買って出られた、これは観音の前身です。その他にも歴代の苦行者たちをすべて挙げ尽くすことはできません。唐の代には仏法が大いに振るわず、高い門閥の婦女子たちが比丘尼となって出家したものの、その顚末がわからなくなった人びとが数多くいます。昔と今とは違うと言っても、どうして志に違いがありましょうか」

さらに続けて、

「世間には儒道、仙道、仏道の教えがあります。儒道はみずからの徳を明らかにすることで他者の徳を明らかにし、君臣と父子のあいだに五倫を選んで明らかにするものです。万物がその役割に安んじ、昆虫も草木もその恵沢を被るのは、これは道が大いに顕れていることを示します。仙道は水火でもって気を鍛え、形を養って、世間の外に飛び出て、病や悩みを近づけず、老いも死も侵すことが出来なくします。しかしながら、長い歳月を経れば、輪廻を免れることはできません。これはただ長年の栄華というに過ぎません。仏道は頓悟して、自身の性品を修めることで、まるで煌々たる月が大空に浮かぶようで、邪悪な習慣をなくし、煩悩を免れて、自在に円満な境地に到達することができるのです。神のように変化して障害がなくなり、輪廻の道も断たれ、地獄が永遠に滅し、以前の悪業が雲のように消え雨のように散ってしまうのです。いくつかの劫を過ぎれば、仇敵とも親しい人ともいっしょに悟りの岸を渡ることができます。身体が滅してもいっそう明らかになり、劫が尽きて、いっそう堅固になります。微小な塵のようなわたくし一個の境涯がこのようで、それ以上のことについては、わたくしのことばの及ぶところではありません」

「わたくしは女子の身に生まれて、たとえ儒学を学んだところで、王さまに仕えて百姓に恩沢が及ぶように努める立場に立つことはできません。仙道は造化を使役する刀を握り、大いに幻術をもてあそぶものです。そこで、わたくしは仏道を学び、ただ一本の糸のような道に固執してみずから山林の中に過ごしているのです。上には王さまの長寿を祈り、下には両親の恩恵に感謝して、一生を無駄にせぬように願っておりましたが、今となって大きな罪に当たり、死ぬことになりました。形骸が消失するのはただ靴を脱ぐようなもの、朝と夕の違いと同じことで、犯した罪もなく死んでしまいますが、死のうと生きようと、怨みはありません」

▼1【李貴】一五五七～一六三三。仁祖反正のときの功臣。字は玉汝、号は黙斎。本貫は延平。李石亨の五世の孫。若くして李栗谷・成渾の門下で学んで、文名が高かった。壬辰の倭乱の際には、都体察使の柳成竜の従事官として功績があった。光海君が即位すると咸興判官として善政を促して上疏したりしたが、讒訴によって帰郷した。光海君の暴政を嘆いて金瑬とともに綾陽君を推戴して反正を成功させた。丁卯の胡乱（一六二七）（新興の後金（清）が親明政策を取る朝鮮に侵入してきた事件）の際には崔鳴吉とともに和議を主張して、台諫の弾劾を受けた。後に金が明を討つときに大義名分上、明に加勢をするべきだと主張したが、明と金のあいだで苦渋した。

▼2【礼順】李礼順。『光海君日記（太白山本）』六年（一六一四）八月に、この女性と金自兼および呉彦寛との話が記されている。

▼3【金自兼】前項の『光海君日記』に見えるが、この話にある以上に詳しいわけではない。

▼4【金億齢】『朝鮮実録』明宗十三年（一五五八）十一月、金億齢を正言となすという記事があり、十五年五月、司諫院の正言の金億齢らが自分たちは庸劣疲慵の人間で職責を果たすことができない、一刻も早く辞めさせてほしいと啓上したが、受け入れられなかった旨の記事がある。また、宣祖二十年（一五八七）十月には、広州牧使の金億齢は沈酒することが治まらない、免職すべきだという啓上があったとする。

▼5【金琢】『光海君日記』（鼎足山本）十年（一六一八）正月に、幼学の金琢の名前が見え、西宮（仁穆王后）の処遇について議論していることが見える。

▼6【呉彦寛】前項の『光海君日記』に見えるが、さらに同年の十二月、逃げ出してまた捕まった旨の記事がある。

▼7【居所も寝所も男女の区別……】朝鮮の伝統的な家屋では、男性は舎郎房に、女性は内房に住んで男女の居住空間は厳密に分けられ、寝室はもちろん別であった。この話では、仏教信心のあまり、儒教で重視する男女の区別を超越したというところに眼目がある。

▼8【逆獄の余熱】一六一三年、金悌男が逆謀を謀っているとして殺され、永昌大君が江華島に囲籬安置され

（翌年、殺される）、その母の仁穆王后の廃母論が起こった。

第四四話……妻が密通して家を出た郭太虚

寧辺の学生である郭太虚《カクテホ》▼1は定虜衛▼2に所属する金無良《キムムリャン》▼3の甥である。はなはだ仏教を好み、多くの僧たちとも交流があった。太虚が外出したとき、妻が僧の一人と私通した。太虚が外出先から帰ると、僧が太虚の胸を抑えつける。太虚は力が弱くて跳ね返すことができない。僧は刀を取ると、郭太虚は手で刀をつかみ、地面に投げ捨てた。僧が太虚の妻に向かって、

「あの刀をもってくるのだ」

と言うと、妻は手が刀に届かないので、足で刀を僧の方に押しやった。そのとき、犬が横に寝ているのをみた郭太虚は悲しげな声で言った。

「犬よ、犬よ、お前にもしことばがわかるなら、この刀をもって行け」

犬はこのことばを聞いて、すぐに起ち上がり、その刀を口にくわえて出て行って放り、ふたたび戻って来て、僧の喉笛に喰いついた。僧は死んでしまった。郭太虚は妻に別れを告げて、犬を連れて出て行った。すでに河を渡り、峠を越えた。その家では大声で呼び戻そうとしたが、郭太虚はそれに応じず振り返りもしなかった。妻の実家では妻の首を木にくくりつけ、その胸を大きな杭で突き刺した。

▼1【郭太虚】この話にある以上のことは未詳。
▼2【定虜衛】北方の防備のために設置された軍隊。
▼3【金無良】この話にある以上のことは未詳。

巫覡

第四五話……甥の柳瀟の誕生

参判の李沢《イテク》[1]というのは私の死んだ兄の夢彪の妻の父親である。嘉靖の壬亥の年（一五六三）、平安道観察使となって、親族一同が彼に従って行き、寧辺の官舎に住まった。

その邑に愚かな人間がいて、目に一文字もなかったものの、鬼神と通じ合ってムダン（巫女）となった。自身を漢の丞相の黄覇[2]の神霊だと称し、吉凶禍福を占ったが、それが必ずと言っていいほど、当たるのだった。李沢の家の者がこれを役所に呼んで、占いをさせた。神霊を招いて伺いを立て道案内する声が蒼蝿の羽音のようで、それが遠くから近づいて来て、軒先まで至った。ムダンはすぐに庭に下りて平伏してこれを迎えた。

一人の下役人が罪を犯したとして、それをお白洲で笞打つことになったが、笞の数を数える声が蝿や蚊の羽音のようでありながら、雷のようにも聞こえた。そのとき、兄嫁は妊娠していて、まだ安定した状態ではなく、腹部に痛みを覚えて毎日薬湯を飲んでいたのだが、なかなか効き目があらわれなかった。神霊が言った。

「三年おいた芋の茎を使って粥を作って食べれば、かならず治る」

みなが、

「農家では芋を掘って、その茎を干すにしても、一年以上はおくものではない。どうして三年ものがあろうか」

と言うと、神霊は、

「魚川の駅卒某の家の竈の上の簀にそれが懸けてある。行ってもらってくるがいい」

と答えた。下人がその家に行くと、確かに三年たった芋の茎があって、それをもらって帰って来た。それを細かく刻んで粥を作って食べると、たちまちに兄嫁の腹部の痛みは治まった。

家人が生れてくる子は男か、女かと尋ねると、神霊は答えた。

「田の下に力と出ている。その子はきっと貴となろう」

翌年、はたして男子が生れた。現在、嘉善大夫で大司諫の柳潚《ユスク》▼3がそれである。

▼1【李沢】一五〇九～一五七三。李朝宣祖のときの文官。字は沢之、本貫は固城。一五三一年、司馬に合格、一五三八年、文科に及第した。文書をよく書いたので、常に承文院にいて、礼曹参判に至った。清廉な人柄で、家では倹約に努め、交遊を楽しまなかった。弓を射ることに巧みで武人に一歩も譲らなかった。また書も当時に名高かった。

▼2【黄覇】漢の人。さまざまな官職を歴任したが、夏侯勝のことに連座して投獄された。すぐに復帰して潁川太守に抜擢され、ふたたび丞相となった。漢時代、人びとをよく治めた人物としては黄覇が第一とされる。

▼3【柳潚】一五六四～一六三六。文臣。字は淵、号は酔吃。一五八八年、司馬試に合格、一五九七年、殿試文科に及第し、検閲になった。副提学、大司諫、兵曹参判などを歴任したが、一六二三年、仁祖反正の後に、柳夢寅の獄事に連座して、嶺嶠に流された。以下、族譜によれば、乙亥の年（一五三五）に、清を迎え撃つために赦されて兵曹参判となり、丙子の年（一六三六）六月二十一日に卒したとある。清が押し寄せるのは十二月のことだから、戦死したわけではないようである。

第四六話……ムダン嫌いの鄭文孚

同知の子虚《チャホ》・鄭文孚《チョンムンブ》▼1が咸鏡評事であったとき、倭乱があって、二人の王子▼2が捕虜となり、大小の邑の役人と両班たちはみな土地の者たちに縛られ、倭の将軍のもとに送られた。子虚は変装をして夜道を行ったが、途中で巡羅している倭の兵士に出遭った。後ろ手に縛られ倭の将軍のもとに連行されるところだったが、監視している者が油断している隙に縄をつけたまま逃亡した。倭の兵士は追い駆けてきたが、捕まらなかった。子虚は身分を隠し、雇われ人のふりをして糊口をしのいだ。あるムダン（巫女）が彼を下僕としたので、背に鼓を負って民衆の中に入っていった。夜になれば、祝文を上げ、残った酒と食事を食べた。ある日、ムダンがその夫に言った。

「旦那さま、あなたは紺色の新しい衣服をお召しになりたくはありませんか」

夫は尋ね返した。

「どういうことだ」

ムダンが言った。

「ある家の主人の両班が紺色の服を着ていますが、私がこれを奪ってあなたにお着せしようと言うのです」

夫が言った。

「そうか、そうか」

その翌日、ムダンは鄭文孚に鼓を背負わせて民家に行ったが、その家の主人の両班がはたして紺色帖裏を着ていた。ムダンが服の袖で鼓をおおうと、鼓は撃っても鳴らなくなる。そこで鬼神の声をしぼって禍々しい災いの予言をして怖れおののかせる。主人が大いに怖れ怯えると、その服を脱がせて災いを祓うと言うのである。ムダンはまんまとその服を持って帰り、自分の夫にこれを着せた。子虚はこれを見てはなはだ憤った。

間もなく、朝廷から命令が下って、彼は防禦使となり、銀帯と緋衣を下賜された。また、吉州牧使と安辺府使に任命された。

それから後も、子虚はムダンと鼓撃ちを大いに嫌って、苦役で彼らを疲労させ、少しも容赦せず、命令に従わない者たちには厳しい刑罰を与えた。

▼1【鄭文孚】一五六五～一六二四。朝鮮中期の文臣。字は子虚、号は農圃、本貫は海州。一五八八年、生員となり、式年文科に甲科で及第した。一五九二年、壬辰倭乱が起こると、会寧で鞠景仁が反乱を起こして敵に投降したので、山中に身を隠して官民合作の義兵の大将となり、鏡城を回復、会寧に進撃して、二人の王子を倭軍に渡した反乱軍と鞠景仁の叔父の世弼を殺して反乱を平定した。一五九七年、吉州牧使となった。一六二四年、李适の乱に連座して殺害された。後に無実であることがわかり、左賛成を贈られた。

▼2【二人の王子】宣祖の王子である臨海君と順和君を言う。一五九二年、壬辰倭乱の際に、東北地方に避難したが、加藤清正の軍に捕らえられ人質として行軍をともにすることを余儀なくされた。

夢

第四七話……成宗の夢に現れた竜

成宗《ソンジョン》▼1が成均館でソンビたちに試験をなさることになったが、夜の夢に一頭の竜が成均館の西側の庭の柏にうずくまっていた。夢から醒めて不思議に思い、官奴にこっそりと行って見て来させた。すると、一人のソンビが胴巻きを枕に柏の木の下で眠っていた。官奴はその顔を見て記憶した。ソンビたちを試験したところ、壮元（首席のこと）は崔恒《チェハン》[2]であった。顔を見ると、まさに柏の木の下の人物であった。それ以後、その柏の木を「壮元柏」と言うようになった。

崔恒は大臣の位に至った。

▼1【成宗】朝鮮第九代の王。在位、一四六九～一四九四。この話の崔恒の活躍年代に合わないので、ここは世宗（在位、一四一八～一四五〇。詳しくは第六話注2参照）とあるべき。

▼2【崔恒】一四〇九～一四七四。字は貞父、号は幢梁・太虚亭。本貫は朔寧。一四三四年、謁聖試で壮元及第、一四四三年、集賢殿学士として『訓民正音』の作製に参加、一四五三年、癸酉靖難（世祖が政権奪取のために敵対する金宗瑞や安平大君らを排除し粛正したクーデタ）の功績で靖難功臣第一等となり、都承旨に任じられた。右・左議政を経て領議政に至った。『東国通鑑』『経国大典』の編集にもかかわった。

第四八話……祖父忠寛の夢占い

私の祖父の司諫であった忠寛《チュンクワン》[1]は別試[2]に合格して、殿試[3]に臨まれようとしていた。その日の夜、申判書[4]の家に泊られたが、参判の鄭彦慤《チョンオンカク》[5]もまた申判書の甥であった。祖父よりは年上であったが、なかなか及第できず、初試すらも合格せずに、祖父とともに同じ部屋に寝ているのだった。祖父は夜中に夢をご覧になった。一本の松の木をよじ登り五番目の枝に座っていて、上下には女子だけがいるという夢であった。明け方に目が覚めて、その夢を話すと、鄭参判は伏したまま、その夢を判断して、言った。

「松の木というのは棺のことだ。五番目の枝というのは五年を意味しよう。上下に女子がいたというのは、君が二人の娘を持つものの、二人ともに死ぬということだろう」

祖父は大いに怒り、彼に殴りかかった。もともと力の強い人で、鄭参判はその痛さに堪えることができなかったが、それでもなお屈服せずに言いつのった。

「もし庭に鶏と薬酒をもってくれれば、寿ぎごとでもって災厄を祓おうではないか。そうしなければ、状況はけっして変わらない」

鄭参判は鄭希良《チョンフィリャン》（第三〇話および同話注1参照）の甥であったから、占いもお手のものであったのだ。祖父は了承して鶏と酒をもっていき、彼をもてなした。鄭参判は食事をすべてたいらげたにもかかわらず、また不吉なことを言った。そこで、祖父は彼をとりひしいでまた殴りつけた。鄭参判は初めて屈服して、その夢判断を改めて言った。

「松の木というのは『十八の公』ということになる。今回、及第者が十八名選抜される。君が五番目の枝に座っているということは、第五等になるということで、上下に女子というのは安氏の姓をもった人が上下にいるということだ」

祖父が殿試に臨むと、策問が出された。頭の中にあった文章を一気に書いて、第五等で及第した。十八名が同時に及第したが、安玹[6]が第一等で、安瑋[7]が末席、すべて鄭彦慤のことば通りであった。

その後、祖父には二人の娘が生まれたが、二人ともに早逝し、祖父もまもなくして亡くなったから、ひとしお不思議に思われたことである。

▼1【忠寛】『韓国人の族譜』（日新閣）によると、一五二一年、庭試文科に丙科で及第して、弘文館校理を経て司諫に至った。権奸の金安老を面責して朝廷を驚かせたという。『高興柳氏族譜』によると、錦山郡守となり、承政院都承旨を後に贈られている。

▼2【別試】朝鮮時代、国の慶事があったとき、あるいは丙年ごとに行なわれた科挙（詳しくは巻末付録解説1参照）。

▼3【殿試】朝鮮時代、二次試験に当たる覆試で選抜された者に王がみずから臨んで行なわれた三次試験（詳

しくは巻末付録解説1参照)。

▼4【申判書】この時代に判書にまでなった申氏としては、高霊申氏の申公済、申光漢、あるいは平山申氏の申鏛などが考えられるが、未詳である。

▼5【鄭彦慤】一四九八〜一五五六。朝鮮中期の文臣。一五一六年、生員となり、一五三三年、別試文科に乙科で及第し、官途についた。一五四七年、副提学だったとき、良才駅壁書事件(第一六七話注1参照)をでっち上げて、その後、権勢を振るうようになり、都承旨・全羅道観察使などを歴任した。一五五一年、他家の奴婢を略奪したとして罷免。翌年、同知中枢府事として聖節使となり明に行った。一五五六年、京畿道観察使だったとき、落馬して死んだ。宣祖のとき、官位を剝奪された。

▼6【安玹】『朝鮮実録』明宗十五年(一五六〇)三月に左議政・安玹の卒伝がある。人となりは恭謹倹素であり、奉公して懈《おこた》ることなく、常に礼法をもって身を処した。医薬に詳しく、人の治療をよくしたので、これに頼る人が多かった。しかし、仕事がやや遅く滞ることが多かった。それを短所とする識者もあった、と。

▼7【安瑋】中宗九年九月に、富平府使の安瑋は病気が治らないので免職にすべきだという議論があったが、病気が治ったらまた勤務することにして、しばらく休職にした旨の記事がある。

第四九話……不吉な夢を見て名前を変える

正郎の柳東立[1]の最初の名は惺である。癸酉の年(一五七三)か甲戌の年(一五七四)、彼が十六、七歳のときのこと、夢を見た。夢では、献納[2]の官職にある柳惺が罪を犯して朝廷で死刑に処されるというのであった。柳惺は禍々しい夢だと思い、名前を東立に変えた。

後日、柳惺[3]という名前の人物が現れた。柳永慶[4]の甥で、官職は献納であった。万暦の戊申の年(一六〇八)、朝廷では柳永慶を逆謀のかどで論罪して、柳惺もそれに連座して三水に安置(流罪)になった。柳東立は初めて自分が名前を変えた理由を明らかにしたが、人びとは不思議なことだと思ったものである。

柳東立が病を得て死んで、その六、七年の後、丙辰の年（一六一六）に、朝廷では柳惺に罪を加えて死を命じた。柳東立が幼いときにみた夢が、死んだ後になって、実現したことになるが、なんとも不思議なことではないか。

▼1【柳東立】『朝鮮実録』宣祖二十七年（一五九四）十一月に、刑曹正郎の柳東立は性行悖戻《はいれい》であり、罷免すべきだとあり、王は許可したとある。二十八年には按伴官の柳東立が倭営に入ったとある。日本との交渉に当ったか。また四十年（一六〇六）には前正郎の柳東立は賤隷を殴打し、婢子を傷死せしめた。近古にこのようなことはない、寒心に堪えないとある。ともかく乱暴な人であったらしい。

▼2【献納】朝鮮時代、司諫院の正五品の官職。正言の上、司諫の下。

▼3【柳惺】一五七二～一六一六。字は子敬、本貫は全州。参判の永吉の子。一五九九年、進士として庭試文科に丙科で及第、注書・大同道察訪を経て献納となった。小北に属し、鄭仁弘などの大北が権力を握ると、三水に流配となり、一六一六年には死を賜り、後に剖棺斬屍の憂き目に遭った。一六二三年、仁祖反正（訳者解説参照）があって、伸冤された。

▼4【柳永慶】一五五〇～一六〇八。字は善余、号は春湖、本貫は全州。一五七二年、春塘台文科に及第して要職を歴任した。一五九二年、壬辰倭乱が起こると義兵を募って活躍し、一五九三年には黄海道巡察使として海州で倭賊の六十の首級を挙げた。一五九七年の丁酉再乱の際にはまず家族を避難させたとして罷免されたが、後に復帰した。戦後、党争が激化する中にあっても、濁小北派の彼は宣祖の在世中には権力を振るうことができたが、光海君の世になって、大北派の李爾瞻らにより流され賜死した。

第五〇話……死んだ祖父に危機を救われる

兪大修《ユテス》▼1というのは亡くなった判書の兪絳《ユカン》▼2の孫である。官職が正言であったとき、喪に遭って墓の側に廬《いおり》を作って過ごしたが、墓守の奴が彼を恨んで殺そうとした。大修は夜中に夢を見たが、夢の中で兪絳があわててやって来て、窓を開けて告げるのだった。

「すぐに目を覚まして、倒れ伏しているのだ」

おどろいて目を覚ますと、汗がしとどに流れて身体を濡らした。恐ろしいことと言ったらない。窓の方を向いたままおののきながら臥していたが、枕に頭を載せ布団をかぶってもけっして眠ることはなかった。すると、男が窓を開けて物を両腿の間に刺し込んで、布団と衣服のあいだを探って、傍らに座りこもうとした。大修は大声で叫び、奴僕たちは逃げる賊を追いかけた。賊は墳墓の上をよく走ることができずに転んだ。これを縄で縛って連れて来て、灯りをつけると、一家の墓守の奴であったから、杖で打ち殺した。人びとは言ったものである。

「俞絳の霊が墳墓の上で転倒させて逃げることができなかったのだ。まことに神妙で、不思議なことだ」

▼1【俞大修】一五四六～一五八六。朝鮮中期の文臣。一五六四年に司馬試を経て、翌年には謁聖文科に丙科で及第し、要職を歴任した。一五八四年、安東府使となったが、翌年には濫杖の罪で弾劾され、罷免された。
▼2【俞絳】一五一〇～一五七〇。李朝中期の文臣。字は絳之、本貫は杞渓。一五四一年、文科に及第。官途を歩み、中宗・仁宗・明宗・宣祖に歴事して戸曹判書となった。地方長官として出ると、その地方をよく治めたが、関西地方に転任すると朝廷に建議して義州城を築き、西の防備を固めるとともに、平壌に人材を集めて教育、文風を起こし、このときから関西地方から科挙に及第して官界に進出する者が多くなった。

第五一話……夢で両鬢を金物が突き抜ける

昔、牛の夢を見て、祟りで死んだ者がいた。あるいは大きな鬼神の夢を見て穀食を口にすることができずに死んだ者がいた。あるいはまた玉が話をする夢を見て朝夕のうちに死んだ人がいた。夢というのはほぼんやりとして分明ではないものだが、夢を信じて災いがその身に及ばないものでもない。

むかし、慶尚左水使（慶尚左道水軍節度使の略）が海営にいたとき、倭賊たちがわが海の境界を通り過ぎて行った。兵船を整え、水兵たちを選抜して載せ、その水路を断って賊らを捕縛しようとした。客の中に慶尚道の水営にたまたま訪れていた者がいて、弓を持ち、羽矢を背負って舟に乗りこもうとした。水使はこれを見咎めて言った。

「兵は凶事だ。私は国事として敢えて行かざるを得ないが、君はなぜ行こうとするのか」

客は言った。

「私は幼いときに、両側の鬢に金貫子[1]をつけて水使になった夢を見たことがある。私が大きな功績を挙げて高い官職に就き、両鬢に金貫子をつけるのは、まさにこのときに相違ない」

ついに海に出て倭賊を追撃して、両方の舟が出くわした。客は弓を引き絞って船首に立ち、敵に向って喚声を上げ、船中の兵卒みなを指揮していた。すると、にわかに敵船の中から青い煙が立ち上って、砲声がこれに続いた。鉄丸一個が客の左の鬢から右の鬢に突き抜けて、客はどっと水の中に倒れた。これは今に到るまで水軍のお笑い種《ぐさ》になっている。

富平に一人の人がいて、夢の中で銀の冠かぶり、銀の頂子[2]をつけていた。しばらくして、川を渡ろうとして、氷が割れて死んだ。これも同じ部類である。

▼1【金貫子】貫子は網巾の紐を通すための小さな輪。玉・金・銀・角などで作る。金貫子は正・従二品の官職の者がつける。

▼2【銀の頂子】頂は冠の上の飾り。金・銀・玉・水晶など、品階によって異なる。

霊魂

第五二話……蘇った明原君

明原君《ミョンウォングン》▼1は宗室の人である。中年で疫病にかかって死んだが、三日後に蘇って、言った。

「最初に全身に痛みを感じたが、しばらくして、その痛みは治まった。身体が窓の隙間から抜け出て行き、広い野原に出たが、そこは茫々として涯がないほどであった。薄暗いところを行くと突然にある場所に着いた。笙や鼓の声が聞こえ、ムダン（巫女）が私を呼んだ。おずおずと入って行こうとすると、鬼神たちは私を追いやって、

『新たに死んだ鬼神がわれわれの宴に参加することは承諾できない』

と言った。庭には櫟の葉っぱが並べてあり、その上には粟飯が盛ってあった。鬼神たちは私にそれを食べるように勧めたが、私は怒って食べなかった」

すっかり生き返って元気になった後に、子弟たちに言った。

「私が死んだ後には肉体は外の物となる。私が死んでも灰にしたり、強固な外おおいを用いたりしないでほしい。霊魂になっても食べることができるので、けっして祭祀のお供えを廃してはならない」

数十年の後に死んだが、墓は楊州の西山にある。西山の人たちは今に到るまで、そのことばを伝えているという。

▼1【明原君】明原令孝桂という人物が史書に出て来るが、この人か不明。

第五三話……酒を求めて現れた洪貴達の幽霊

竜泉駅というのは黄海道の街道にあって、燕山君《ヨンサングン》のとき、洪貴達《ホンクィダル》▼1がここで殺された。貴達の字は兼善《キョムソン》であった。

後に、宋軼《ソンイル》▼2が中国からの使臣を迎える慰労使としてその駅に行くことになった。軼の字は嘉仲《カチュン》である。夜になってなにやら寒気が遠くから近くにやってくる。彼は肥っていたが、その寒気に耐えることができなかった。すると突然、戸の外から、

「嘉仲よ」

と呼ぶ声が聞こえた。宋軼はその声を聞いて、それが洪貴達のものであることがわかった。

「君は兼善ではないか」

「そうだ」

童子を呼んで椅子をもって来させ、床の下で挨拶をして座るようにうながしたが、何ものかが椅子の上にあって、寒気がいっそう募った。そのものが話した。

「私が死んだときは厳しい寒さだったから、今になってもその寒気が解けないのだ。私のために酒を温めてくれないか」

そこで酒三杯を温め、肴とともに椅子の前に置いた。しばらくして、洪貴達が言った。

「私の寒気はやや収まった。貴君に感謝する。私がいつも酒を求めて寒気をはらおうと思い、そこで使臣が宿舎に着くのを待って現れ、話をすると、使臣たちはそのたびに驚き恐れて死にいたる。私がわざとやったことではない。貴君は福祿が大いにふるい、子孫は繁栄する。憂える必要はまったくない」

そうして、挨拶をして去って行った。後日、宋軼は領相となり、子孫の多くが卿相となった。礪城君《ヨソングン》・

宋寅《ソンイン》（第一二話注7参照）、判書の宋言慎《ソンオンシン》▼3、参判の宋駰《ソンイル》▼4などが彼の子孫である。

▼1【洪貴達】一四三八～一五〇四。兼善は字。幼いときから聡明であったが、家が貧しく、書物を借りて学んだ。一四六〇年、別試文科に及第して、官途についた。一四六六年、李施愛の乱を平定するのに功があった。要職を歴任したが、春秋官編集官となり、『世祖実録』を編纂した。都承旨のとき、燕山君の生母の尹氏の廃黜に反対して投獄された。その燕山君に孫娘の入内を迫られて拒絶したために、杖刑を受けて流配になり、途中で絞殺された。

▼2【宋軼】一四五四～一五二〇。朝鮮中期の文臣。字は嘉仲。一四七七年、生員試と進士試に合格、同年、殿試文科に及第して、弘文館の正字となり、官途についた。黄海道観察使だったとき、その地方に流行った疫疾の治癒に力を尽くし、平安道観察使だったときには、北方の国防に功績があった。一五〇六年、中宗反正（一五〇六年、乱政に陥った燕山君を追いやって中宗を擁立したクーデタ）のとき、礼曹判書として靖国功臣三等に冊録され、礪原君に封じられた。領議政に至った。

▼3【宋言慎】一五四二～一六一二。宣祖のときの文臣。字は寡尤、号は壺峰。弱冠の年齢で仏教を排斥し、僧の普雨（第四二話および同話注1参照）を殺害すべく上訴した。李退渓に学んで、一五七七年には文科に及第して、内外の職を歴任して、吏曹判書に至った。宗廟を建てるとき、大司憲として工事を主管した。郭再祐が道教を、許筠が仏教を推称するのを処罰するよう上訴した。光海君のときには罷免され、田舎で過ごした。

▼4【宋駰】一五五七～一六四〇。朝鮮中期の文臣。一五九五年、別試文科に甲科で及第して官途につき、内外の職を歴任した。知中枢府事に至り、耆老所に入った。

第五四話……祭祀の順を間違えて現れた先祖の霊

黄大任《ファンテイム》▼1は順懐世子《スンフィセチャ》▼2の嬪の父親である。黄嬪は生まれて外家（母の家）で育ったが、その家は城内にあり、宗家は城の南の万里峠にあって、距離が離れていた。黄嬪が初めて宮廷に入ることになって、祭祀を行なうことを家中に告げたが、人びとが誤って場所の遠近を考えて、城内（外家）を先にして、城郭の外（宗家）を後にした。外家で宮廷の内人たちが饗応を受ける有り様は、行列を作り、垣根をなすようで盛大であったが、宗家の方では人が少なく寂しいかぎりであった。

するると突然、祀堂《サダン》（巻末付録解説２参照）から荒々しい声が聞こえ、奴僕を祀堂の扉のところに呼びつけた。奴僕たちは縛りあげられ、激しく鞭打たれて拷問を受けるようであった。家内の人はいったいどうしたのかと尋ねた。

霊が答えた。

「すぐに大任を呼んでくるがよい」

黄大任はすぐに駈けつけて祀堂の扉の前にやって来た。祀堂の中からまた怒った声が聞こえた。

「お前たちは、祭祀をまず外家の方でやって、わが宗家の方でやらないのはどういうわけだ」

黄大任が答えた。

「家に大きな慶事があって、宮廷から盛大な下賜がありました。家の者が誤って、宮廷の内人をまず近いところにお招きし、遠いところを後回しにしたのですが、この罪は万死に値します」

すると、霊が言った。

「大きな慶事、大きな慶事とな。いったいどんな大きな慶事と言うのだ。二度と大きな慶事などと言うではない」

しばらくして、宮廷からの下賜品が宗家の方にも届いた。王さまの厨房で料理されたご馳走で盛大な宴を行なった。宴が終わった後、ふたたび家の者を呼ぶ霊の声が聞こえた。

「以前の私の初終のときには屍衣もそろわず、青い絹の団領（襟を丸く作った官服）を着せることもなかった。それで、こちらの冥界で宴がある度に宰相として着るべき衣服もなく、参席できないでいるのだ。すぐに衣服をそろえて私に着せるのだ」

家の人が申し上げた。

「この世とあの世とでは路を異にしており、どうすればそちらの世界に衣服を贈れましょう」

霊が答えた。

「祀堂の前の庭で衣服を焼けば、それがこちらに贈ることになるのだ」

ついに、命令して、美しい絹で青い団領を作り、役人の服一揃いも作って、祀堂の前の庭で焼いた。

その後、黄嬪は夭折し、順懐世子も病にかかって死んだ。またしばらくして、朝廷では黄大任がひそかに世子嬪の五条[3]をいつわり、朝廷をだましたとして、数十年のあいだ遠方に帰郷させた。

▼1【黄大任】『朝鮮実録』明宗二十年（一五六五）九月に、文定王后は前の領議政の妾が夫人に昇るのを許して長くたったものの、その子の黄大任を叙任することはなかったという記事がある。また宣祖二十一年（一五八八）閏六月に、咸鏡道観察使から、道内の罪人を放免したという報告があり、その中に君をだました国家の罪人の黄大任の名前が見える。

▼2【順懐世子】一五五一～一五六三。名前は暊。明宗の子で、母は仁順王后沈氏。一五五七年、世子として冊封され、尹元衡の配慮で黄大任の娘が世子嬪に選ばれた。しかし、黄氏の娘は病弱で、嘉礼を延期して行なうことなく、一五五九年、護軍の尹玉の娘を世子嬪として婚姻は挙げられた。しかし、間もなく、世子は十三歳の若さで夭折した。

▼3【五条】五柱。年号と四柱を合わせて言う。この四柱をいつわったという事実は『宣祖実録』十六年正月丙子、二十年九月辛卯に見える。

第五五話……李慶流の亡霊

壬辰の倭乱（第三一話注10参照）のとき、兵曹佐郎の李慶流《イギョンリュ》[1]は防禦使の従事官となったが、戦に敗れて賊に討たれて死んだ。その兄の慶濬《キョンジュン》▼2も武将であったが、賊が平壌にあったとき、大軍を率いて順安を守った。まさに賊軍が押し寄せようという日には、心を鎮め、斎戒してひとり坐っていた。すべての部隊を城内に退かせ、それぞれの部署に着かせたところ、突然、陣幕と壁のあいだから泣き声が聞こえてくる。振り返ったが、なにも見えない。李慶濬が不思議に思っていると、しばらくしてまた人のかぼそい声がして訴えるように言った。

「兄上、わたくしが来ました」

見ると、慶流の亡霊であった。慶濬は泣きながら尋ねた。

「お前はどこから来たのか」

慶流が答えた。

「わたくしは兄上のいらっしゃるところを訪ねて参りましたが、兵士たちが厳重に防御していて、なかなか入ってくることができませんでした。今、兵士たちが退き、兄上がひとり従容となさっているのを見て参ったのです」

慶濬が言った。

「お前がどこで死んだのか、くわしく聞かせてくれ。お前の亡骸は納めてちゃんと葬られているのか」

慶流が言った。

「戦に敗れた日、混乱の中から逃げ出し、草の中に身をひそめました。翌日、山寺に登って行く道で賊に出遭い、殺されました。刀剣の難に遭って、魂魄は飛散してしまい、死体がいまどこにあるかもわかりません」

慶濬がまた言った。

「お前が私のところに来るのはいいが、父上と母上のいらっしゃるところには行ってはならない。父上と母上はいっそうお心を傷められる。お気の毒だ」

それに対して、慶流が言った。

「そういたします。わたくしも父上と母上がお悲しみになるのに堪えられません」

その後、兄弟のあいだで往来して家の中のことを話し合うのは、今までとまったく同じで、心を通わし合った。そうして、三年のあいだ止むことがなかった。当初、家中では戦に敗れた日を命日にしていたが、そのことばによって、翌日に死んだことがわかり、その日を命日にするようになった。

▼1【李慶流】一五六四〜一五九二。朝鮮中期の文臣。字は長源、号は伴琴。一五九一年、式年文科に乙科で及第したが、翌年、壬辰倭乱が勃発すると、兵曹佐郎として出戦して、尚州で尚州判官の権吉とともに戦死した。後に弘文館副提学を贈られた。
▼2【李慶濬】『韓山李氏宝鑑』に北厓公・増の三男として慶濬の名前が見える。

第五六話……わが子が戦死した李舜臣

万暦の壬辰の年（一五九二）と癸巳の年（一五九三）、統制使の李舜臣《イスンシン》▼1は閑山島に駐屯した。その息子が従軍して忠清道に行き、賊に出遭って三、四人の首級を挙げた。逃げて行く賊たちを追いかけ、叢に身を伏せていた一人の倭賊に不意を突かれて、馬から落ちて死んだ。舜臣はそれを知らなかった。

後に忠清道防禦使となり、倭賊十三名を捕虜にして、生きたまま閑山島に連行した。その夜、舜臣ははっと眠りから目を覚まし、初めてその息子が死んだのではないかと疑った。そして、いくばくもなく、訃報が届いた。連れて来た倭賊に尋ねた。

「ある日、忠清道のある場所で赤と白の混じった馬に乗った人物にお前たちは出くわしたのではないか。お前たちはその人物を殺して、その馬を奪ったであろう。その馬はいったいどこにいるのだ」

倭賊の一人が出て来て言った。

「ある日、赤と白の混じった馬に乗った少年に出遭った。われわれを追撃して三、四人を殺した。私は叢に身を潜め、急に出て行って彼を討ち、馬を奪った。その馬はわが軍の将軍に献上した」

他の倭賊にも尋ねたところ、それは事実であった。李舜臣は大いに哀しみ、倭賊を獄に閉じ込め斬殺した。息子の招魂の儀式を行なって、祭文を作って祀った。

▼1【李舜臣】一五四五～一五九八。朝鮮半島の歴史を通して最大の英雄。字は汝諧、諡号は忠武。一五九一年に全羅左道水軍節度使となり、一五九二年、壬辰倭乱が起きると亀甲船を造り火砲を用いて日本軍を大破した。翌年、三道水軍統制使に任命されたが、一五九七年には中傷によって逮捕された。丁酉再乱の勃発で再び統制使に任じられて活躍したが、一五九八年十一月、露梁海戦で戦死した。

鬼神

第五七話……山寺の怪物

翰林の鄭百昌《チョンペクチャン》▼1がまだ若かったとき、山寺で読書をした。彼は僧侶たちが無駄話をするのを嫌い、いつも仏像の前にある机の後ろで書物を読んだ。仏像の前の机の下にはただわずかに空いた穴があるだけで、窓はなかった。仏像などの物を蔵っておくためであった。

ある夜更け、大きな物が出て来て、机の前に打ち伏した。生臭い匂いが鼻をついた。鄭百昌が子細に見ると、その物は目が飛び出ていて、鼻はすぼんでいる。口は耳のところまで裂けて、耳は垂れ下がって、髪の毛は逆立っている。二つの翼をもっているようで、身体は赤く青い。形ははっきりせずに、いったい何物なのか、判然としない。鄭百昌はまさに怪鬼である思ったが、少しも驚かず、泰然として読書を止めなかった。そのまま数刻が経っても、なお泰然自若としていた。その物もまたなかなか出て行こうとはしなかった。

鄭百昌はついに房にいる僧侶たちを呼んだ。夜も更けて、みなよく寝込んでいる。三、四度呼んで、やっとのことで応答があった。その物はふたたび机の穴に入って行った。鄭百昌は起ち上がって、僧坊に入って行き、酒を探し出し、大きな器に注いで一気に飲み干して、やっとのことで気持ちを落ち着けることができた。そうして固く握りしめていた手を開いて見ると、爪が掌に食い込んで甲を突き破っていた。

▼1【鄭百昌】一五八八〜一六三五。仁祖のときの文官。字は徳余、号は谷口・玄谷、本貫は晋州。生員・進士に合格、一六一一年には文科に及第して、史局に入った。その史筆は厳正で、光海君の時代、さまざまに歴史記録の歪曲の圧力があったものの、それをはねつけた。そのために削職されたが、仁祖の即位とともに復帰して、京畿観察使に至った。

第五八話……申叔舟に憑いた青衣の童子

申叔舟《シンスクジュ》▼1がまだ若かったころ、謁聖試を受けた。

ある夜、友人とともに成均館に行ったが、その途中である物が口を大きく開けて路を塞いでいた。その上唇は天に向い、下唇は地面に着くばかりである。同行した友人はこれを恐れて、よけて他の路を取って行った。叔舟はまっすぐに唇の中に入って行った。すると、青衣の童子が現れて、挨拶をして、言った。

「これからはあなたに従おうと思います。あなたが指示なさる通りに致します」

申叔舟はこれを許した。

その後、童子は申叔舟に付き従い、わずかの間でも離れることがなかった。やがて申叔舟は甲科で及第したが、童子はもし吉凶があれば、事に先だってそれを告げないということはなく、童子が言う通りにすれば、不吉なことを避けることができた。

申叔舟が海を渡って日本に行ったとき、風はおだやかで、海は凪ぎ、何ごともなく帰ってくることができた。その後、世祖をたすけて一等功臣となり、地位も台鼎をになう▼2ようになったが、つねに童子が吉なることを指示した。申叔舟が重い病を得て後、童子は泣く泣く暇乞いをして去って行ったが、その後、間もなくして、叔舟は死んだ。

かつて古い書物を読んでいて、李林甫▼3には神童がついていて、安祿山▼4には神兵がついていたというくだりがあった。この類であろうか。

▼1【申叔舟】一四一七～一四七五。朝鮮初期を代表する文人政治家。字は泛翁、号は保閑斎、本貫は高霊。幼いときから聡明で、熱心に学問をして、読まない本がなかった。一四三八年、進士・生員となり、翌年には文科に三等で及第して、集賢殿の副修撰となり、要職を歴任し、「訓民正音」の創成には大きな役割を果たした。一四四二年には日本に使節として渡り、そのときの見聞をもとに、『海東諸国記』を著している。文宗崩後の後継者争いでは、首陽大君（世祖）の側につき、その即位年（一四五五）には佐翼功臣一等、芸文館大提学となり、領議政にまで至った。

▼2【台鼎をになう】「台鼎」は三台星と鼎足の意味で、ともに三公、すなわち三人の大臣を言い、大臣を歴任する、の意味になる。

▼3【李林甫】唐の人。人となりは狡猾で、権謀術数に長けていた。玄宗のとき、官職は兵部尚書同中書門下三品兼中書令に至った。巧妙に宦官・妃嬪たちと結託して皇帝の同情を買い、上申し回答することがすべて皇帝の意にかなった。朝廷にいた十九年のあいだ、政治を牛耳り、ついには安祿山の乱を引き起こした。

▼4【安禄山】唐代の人。胡人。平虜節度となって、朝廷に出入りし、玄宗の寵愛を得た。楊貴妃の養子となり、逆謀の心を抱くようになった。雲中大守、河東節度使となって、三道を管轄するに及んで、ついに反乱を起こした。長安を陥落させ、みずから雄武皇帝と称したが、翌年には末弟の安慶緒と李猪児に殺害された。

第五九話……天女のくれた墨

全頴達《チョンヨンダル》▼1は文官であり、若いときから文名が高かった。まだ官職につかないとき、旅人として完城に行き、池亭に泊った。青々とした蓮の葉が池の水をかぶり、月の光がおぼろげに光っている。二間の亭子には内と外とに閤門（小さな扉）があった。全頴達は酒に酔って、ひとりで眠っていたが、足音がして、それが近づいてくる。やがて内と外との扉を開いて入って来たのを見ると、何とも美しくあでやかな女である。全頴達は酔いから眼を覚ましたが、ふたたび瞑目して眠った。美人は扉を閉めて出て行き、夢の中に現れて言った。

「ああ、無粋な人だこと。わたくしが心の中であなたの風貌と才能を慕って、無理をおして出てきたのに、酒に酔って眠りこけているとは。恨めしいけど、出て行きましょう。詩を蓮の葉の上に書いて、墨一つを置いて行きます。この墨は大切にしまってけっして失ってはなりません。後日、あなたはきっと科挙に合格して、高い官職におつきになりますが、この墨を失えば、不吉なことが起きます」

全頴達が朝に起きて外の扉の中を見ると、茎から折り取った蓮の葉があり、その葉の上に詩が書いてあった。

　遠方からの客人は酒に酔って、呼んでも目を覚まさず、
　ただ池の蓮が月光に揺れて波紋が生じる。

今夜のすばらしい出会いを天も惜しんでくださり、
光山に一片の雲がたなびいている。
（遠客沈酱喚不聞、水荷揺月舞波紋。
今宵佳会天応惜、留与光山一片雲）

その蓮の葉に一丁の墨が添えて置いてあったが、「光山片雲」という文字が刻んであった。蓮の葉は墨を弾くはずなのに、これは文字が鮮明にあらわれていたので、全顗達ははなはだ不思議に思った。その墨を手にとって封をして署名をした後に錦の袋に大切にしまった。

後に科挙に及第して、官途につき、地方の州郡を回った。夜伽に薦められた一人の官妓が顗達の酔って眠っている隙に錦の袋を開け、墨のあるのを見て、ひそかにこれを偸んで自分の袋にしまい込んだ。夜更け前、顗達は夢を見て、かつての池亭の美人が現れ、怒りを成して彼を叱責した。

「わたくしはあなたを思慕して墨を贈り、けっして失わないようにと戒めました。どうしてそれを守ることができなかったのですか」

顗達が夢から覚めて袋を開けて見ると、はたして墨がない。傍らに寝ている妓生に尋ねた。

「私の袋の中にあった物がなくなっているのだが、馬鹿なことをしてはならない」

妓生は驚いたふりをして、笑いながら言った。

「どうしてわたくしが盗んだりしましょう」

顗達があまりに熱心に尋ねるものだから、妓生は不思議になり、返そうと思って、言った。

「わたくしが冗談であなたの袋を開いて見ると、墨が入っていました。今ちょうどわたくしは墨をなくしていて、こんなものくらいと思って、こっそりと拝借して自分の袋に入れてしまったのです」

妓生が自分でその袋を開いた。封はそのままであったのに、その墨はもうなくなっていたのだった。不思議なことであった。顗達が言った。

「神女がくれたものを疎かにして失くしてしまった。神は怒って私を許すまい」

その後、頴達は栄達することはなかった。

▼1【全頴達】『朝鮮実録』宣祖二十二年（一五八九）十二月に、司憲府から、江陰県監の全頴達は訴訟において賄賂を納め、被害者のためにせず、人命を尊ぶこともない、一日も職にとどめておくべきではないので、免職にすべきだと啓上があり、聞き届けられた旨の記事がある。

第六〇話……鬼神も避けた権擘の義気

権擘《クォンラン》▼1が若かったとき、友人が伝染病にかかった。その家内の人びとがもう助からないと言っているというのを聞いた。その家に行ってみようとすると、みなが引き止めて言った。

「わが身を顧みずに、火の中に飛び込んで人を救おうとしても、災いが家中に及んでいる。いったい何ができると言うのか」

権擘が言った。

「死生というのはただ天にある。友人が死のうとしているのを見ても、見ぬふりをして、助けようとしないのは、義とは言えまい。薬をもって行って看病をしよう」

その家に入っていくと、童僕たちの死体が横たわっている。友人が権擘の手を握って泣くので、擘はそこにいっしょに泊ることにしたが、目を覚ますと、友人はすでに姿を隠してよそに行った様子であった。擘は帰ろうとしたが、まだ夜は明けないので、数多くの死体を外棟に出して、自分は衣服をかぶって眠った。そのとき、にわかに雨がおさまり、月の光がおぼろげにさした。すると、二匹の鬼神が蓑笠を斜めにかぶり、垣根を越えてやってきて、ずかずかと部屋の中に入ってきて、言った。

「あの者は逃げてしまったようだ。外に出て探そう」

権擥がいるのを見て、もう一匹の鬼が言った。

「その者はここにいるではないか」

もう一方の鬼が言った。

「この方は違う。権政丞だ。けっして触れてはならない」

二匹の鬼はふたたび垣根を越えて出て行った。権擥は衣服をはいで追い駆けていき、曲がり角に至った。

鬼が言った。

「あの者はここにいた」

二匹の鬼が扉を飛び越えて入っていってしばらくすると、哭き声が聞こえてきた。

高興柳氏（著者の柳夢寅自身）は言う。

「権擥は天を信じて迷うことなく、自身を棄てて人を救おうとした。その福徳は後々にまで及んで、ついには台鼎にまで昇ったのは、これは当然のことであった。その友人は権擥が自己を救おうとした恩恵を顧みず、権擥を鬼神に売って自分の身代りにしようとして、わが身を隠した。その心根は無残で鬼神が殺したのも、これもまた当然のことであった」

▼1【権擥】一四一六～一四六五。文臣。字は正卿、号は所閑堂、本貫は安東。権近の孫で、権踶の息子。文宗のときに親索に及第し、一四五三年、金宗瑞などを殺すときに先頭に立ち、一四五五年、世祖の即位にともなって、吏曹参判となり、続いて佐翼功臣一等として、芸文館大提学となり、一四六二年には領議政にまで昇りつめたが、蓄財に余念がなく、生活は奢侈であった。『国朝宝鑑』の編纂に当たった。

第六一話……客舎を汚した祟り

韓浚謙《カンシュンキョム》▼1が平安道観察使であったとき、父親の喪に服した。鳳山を通って送られた柩を客舎に置いた。護喪する者が夢魔に出遭って気を失い、しばらくして息を吹き返して、言った。

「一人の長官らしき役人がいて、それに大勢の者が従っていた。羅卒たちに命じて私を捕まえて来させ、私を尋問して、『わが郡で客を迎えて応接する官舎は使命を帯びた者が泊って休むところであり、土地の霊たちが護っているところである。なのに、どうして死体を置いて汚すのか。ただちに主喪者を連れて来い』と言いました。そこで、鬼神の数十人の卒たちが行って、帰って来て、『主喪者は観察使の韓浚謙です。官舎の下には扉を守る神霊たちと護衛の兵卒たちがはなはだ大勢いて、入ることができません』と告げました。役人は大いに怒り、『以前、李寿俊《イスジュン》▼2が燕京（北京）に行って帰ってきたが、この官舎で死んで、死体を暫らく置いて官舎を汚した。今またこのようなことを見逃すわけにはいかない。もし観察使を捕まえて連行することができなければ、ただちにその息子でも連行しろ』と言うのでした」

その日の晩、韓浚謙の息子の韓昭《カンソ》▼3も同じような夢を見て、時も置かず、病もなくにわかに死んでしまった。

かつて姚崇▼4と宋璟▼5が微賤な身分であったとき、道中、客店に泊ったところ、鬼神の手下の王君昻▼6がそこを守護していて、二人を放そうとはしなかった。宰相が泊るところにはかならず鬼神がいて守護しているものである。どうして不思議なことがあろうか。夢を見たのは宣沙万戸の許隻《ホチョク》▼7であり、護喪差使員として随行したのである。

▼1【韓浚謙】一五五七～一六二七。字は益之、号は柳川、本貫は清州。生員・進士となって、泰陵参奉となり、一五八六年には文科に及第して、史局に入って検閲になった。宣祖が出題して作文させたとき、首位に

なり、豹の皮を賜った。一五九七年には承旨として、麻貴の率いる明軍の食糧補給に当たった。一六一三年、癸丑の獄事（第九八話注5参照）に関連して流配されたが、復帰し、仁祖反正（訳者解説参照）の後には王の舅として領敦寧府事となり、西平府院君に封じられた。一六二七年の丁卯胡乱のときには世子とともに全州に避難したが、まもなくソウルに帰って死んだ。

▼2【李寿俊】一五五九～一六〇七。李済臣の子で、成渾の門人。一五八九年、司馬試を経て、翌年、増広文科に丙科で及第した。壬辰倭乱のときには江華島に行き、四散していた兵を集めて防戦に努めた。一六〇六年、正朝使として明に行き、その翌年の帰途、鳳山で死んだ。

▼3【韓昭】この話にあること以上は未詳。

▼4【姚崇】唐の人。字は元之。玄宗が即位すると宰相となり、権力者の後ろ盾および僥倖で官を得た者たちを抑えた。節倹につとめ、宋璟とともに政を補佐し、開元の治を成した。

▼5【宋璟】唐の人。武后のとき、御史中丞となり、睿宗のとき、太平公主を外に出さんことを奏上して左遷された。姚崇の推薦によって宰相になり、ともに開元の治を成した。

▼6【王君昂】この話にある以上のことは未詳。

▼7【許隻】この話にある以上のことは未詳。

第六二話……木々に取り憑いた鬼神の声

壬辰の倭乱（第三一話注10参照）のとき、統制使の李舜臣《イスンシン》（第五六話注1参照）が戦船を造ろうとした。水軍を動員して閑山島で材木を伐らせたが、木の上から鬼神が訴える声が聞こえた。

「お願いだから、この谷の木を切り倒さないでくれ。死んだ兵士の鬼神が大勢この谷の木々に取り憑いている。今、お前たちがやって来てわれわれを追い出せば、われわれは他の谷の木に移らなければならない。お願いだから、この谷の木を伐らないでくれ」

兵士たちが尋ねた。

「お前はいったい何者なのだ」

「私は全羅道のソンビで孫某という者だが、戦争で一家全員が死んで、今はこの木に取り憑いているのだ」

水軍は他の谷に移って行った。

第六三話……取り憑かれた家

万暦の癸未の年（一五八三）の冬のことである。参奉の申友顔《シンウアン》▼[1]は若年であったが、楷書を巧みに書いた。正言の李元輿《イウォンヨ》▼[2]の家を借りて宿ったとき、夜中に行方知れずになった。隣の人びとが、

「夜中に得体の知れぬ、人のようではないある物が現れて、垣根の外から参奉を呼んで、連れ去って行きました」

と言って、首をかしげていた。家の中の人びとは彼を探しまわったが、なかなか見つからなかった。何日かが経って、盤松池という池のほとりに彼が見つかったが、紫色の衣服が網に引っ掛かっていたのである。その宿った家というのはソウルの西小門の外にあったが、死んだ宰相の李忠元《イチュンウォン》▼[3]の家であった。

李忠元には一人の娘がいたが、ある日、行方が知れなくなった。数日が経って、大川の橋の下で見つかったが、蓆をかけられて横たわっていて、半ば死にかけていた。家に運び込んではみたものの、やがて死んだ。行方知れずになったその娘を探しあぐねていたとき、あるソンビが橋の下を指し示して、探し出すことができたのである。

そのソンビはその夜中に夢を見た。ある者が現れて言った。

「私は新たに美しい女を手に入れて、これをはなはだ愛していた。ところが、お前のせいで、この女を失

うことになった。お前の妻を代わりに連れて行くから、そう思え」

夢から醒めて見ると、傍らの妻がいなくなっていた。数日してその妻が返されて来た。夢の中にまたその者が現れて言った。

「当初は、私はお前が私から女を奪ったことに腹を立てた。そこでお前の妻を奪ったが、あの女が帰ってきた。お前の妻を返してやろうじゃないか」

ソンビが人を遣って李宰相の家を訪ねさせてみると、はたしてその娘はすでに死んでいたのだった。

▼1【申友顔】この話にある以上のことは未詳。
▼2【李元興】『朝鮮実録』仁祖十一年（一六三三）五月に、李元興らの囲籬を撤せよという命令が出ている。罪を犯して蟄居していたことになる。
▼3【李忠元】一五三七～一六〇五。字は元甫・円甫、号は松菴、本貫は全州。徳泉君・厚生の玄孫。一五六六年、別試文科に壮元及第、修撰となった。一五九二年、壬辰倭乱のときには刑曹参議として王に扈従《こしょう》し、帰京後、兵曹参判に特進した。その後、完陽府院君に封じられ、工曹判書にまで至った。書をよくした。

第六四話……警魂石

元士安《ウォンサアン》▼1は宣祖朝の文官として名のあるソンビである。その兄の妻の南氏は早く死んだ。元氏兄弟の妹はまだ結婚していなかったが、ある日にわかに精神に異常をきたし、おかしなことを口走るようになった。自分を南氏だと言うのである。元士安の兄弟が「妹よ」と呼びかけても、元氏は、

「私はあなた方の妹ではない。嫂の南氏ですよ。あなた方の妹の魂は、ほら、あちらにいますよ」

と言って、窓の外の空き地を指すのであった。思うに、南氏の魂はどこか別のところにあったのに、元氏

の身体に入りこんでしまったのだ。その声と立ち居振る舞いはまったく南氏のものであった。その魂が行ったり来たりして、魂が離れると突っ伏してうめき苦しみ、魂が帰ってくると居住まいを正して南氏として話をするのだった。そのようにして、一年が過ぎて、元氏の精神も気運も日ごとに衰弱して、もう手の施しようもないほどになった。

　原州というのは元氏の本貫であり、そこに昔の別荘があった。元氏の父母はその娘を原州に連れて行って、その鬼神の祟りを斥けようとしたが、鬼神もともについていってしまって、祟りはいっそうはなはだしかった。ある日、その鬼神が出て行って、帰って来なかった。すると、ある髯も眉も真っ白になった、尋常ならざる風貌の人が現れて、正堂に降りてきて言った。

「私はこの家のお前たちの祖先である。聞けば、お前たちは鬼神のたたりに遭って災難を被っているという。お前たちによい処方を教えようではないか。驪州と原州のあいだに牛湾という名の江がある。この江に数十歩入ると、紫色に光る石がある。長さは二寸、幅は一寸ほどのものだが、それが数十個はある。お前たちの家の兄の士容《サヨン》▼2は凡庸で、このことを任せられない。士安が行って石を取って来るがよい。私がその中から選ぼう」

　元士安は言われるままに牛湾に行った。江の中に砂州があって、はたして紫色の石がたくさんあったので、数十個をもって帰ってきた。祖先の霊が叱責して言った。

「どれも本物ではない。もう一度行って見て来るのだ」

　元士安はふたたび牛湾に行って、探した。江の中の浅瀬にまた数十個があったので、みな取って、帰ってきた。祖先の霊は自分の手で選りわけながら、一つを取り出して見せて言った。

「この石こそ霊魂を覚醒させる警魂石だ。雌と雄があって、つねに竜王の机の上にあり、瞬時も離れることがない。ところが、最近、竜王が湖のほとりに遊覧に出た。その雄の方はお前が探しているのを知って逃げ、湖水の底深くに行ってしまった。今、ここに手に入れたのは雌の方だ。残念なことだ、お前が雌雄の二つを手に入れることができなかったのは。しかし、この石の霊異なることは比較するものがなく、すべての鬼神がその影を見るだけでも逃げて行くものだ。よろしく、衣服の腰に帯びて、瞬時も放してはならない。他の者が欲しがっても、けっして与えてはならない」

その後、妹の元氏は一日中この石を腰に帯びた。鬼神が扉の外に来てうろつくことはあっても、中に入ってくることはなかった。そして、やがて行ったきり、ふたたび来ることはなくなった。その後、ソウルの士大夫の家で鬼神に祟られることがあると、この石の霊異なることを聞き知って、貸して欲しいと懇ろに頼む者が引きも切らなかった。元氏の家では断ることなく、これを貸し与えたが、霊験はたしかにあらたかだった。

元氏の家では常に一個の宝物としてこの石を壁の上に掛けておいたが、あるとき、どこにあるのか分らなくなった。しばらくして酒甕の中から見つかったが、壁から酒甕の中に落ちたのだった。それ以後というもの、霊験は減じてしまった。

▼1【元士安】生没年未詳。朝鮮中期の文臣。一五八六年、賀聖節使の尹自新と賀冬至使の成寿益が明に行き、会同館で失火したとき、裵三益とともに王命を受けて陳謝した。しかし、冬至使の成寿益が方物を失ったことを十分に調査して記録しなかったとして、司憲府から弾劾を受けて取り調べられている。

▼2【士容】この話にある以上は未詳。

第六五話……野鼠の肉を食べて死んだ鬼神

ソウルの小公主洞は南部にあるが、そこに申莫定《シンマクジョン》▼1の家がある。その家はいつも空いていて主人もいず、ときおり他の人が借りて住んでいた。その理由を尋ねてみると、最初は主人が新しく買って住んではみたものの、鬼がいて、昼夜を分かたず、けっして左右を離れようとしない。話すことばは普通の人のようだが、ただその姿を見ることはできないのだった。鬼は主人を主翁と呼んで、奴僕が主に仕えるように振舞って、仕事は言われるままにしたものの、その時となく、いつも食事を求めて、与えなければ、怒り出して怪異をなした。毎夜、主人夫婦と同じ部屋に寝て、いつも二人の振舞いを笑うのだった。主翁はこれを苦にして、別のところに移ろうとしたが、鬼もまたそこに付いて行こうとした。

主翁が言った。

「お前はわが家に住みついてすでに長い歳月が経ったのに、姿を見せることがない。この壁に姿を描いてくれまいか」

鬼神が言った。

「ご覧になると、きっと驚かれる。私は主翁を驚かせたくも、こわがらせたくもありません」

主翁が言った。

「だが、ためしに描いてみるがよい」

しばらくして、壁の上に絵が描かれたが、頭が二つあり、目が四つ、長い角がそびえ、口は避けて、鼻は曲がっている。そして四つの目は赤々と血走っていて、その姿は瞬時も見るに堪えないものだった。主翁は顔面を覆って、すぐにこの絵を拭いさらせた。

主翁はひそかに方士にこの鬼神を殺してしまう術について尋ねた。

「鬼神が腹をすかして食事を求めるときに、野鼠をつかまえてその肉を焼いて食べさせれば、かならず死ぬ」

そのことば通りに、野鼠の肉を手に入れて棚板の上に置いて、鬼神の来るのを待った。鬼神が外からやって来て、言った。

「今日は遠くまで行って、腹も減った。主翁はどうか私に食事を用意してもらえまいか」

主翁が言った。

「たまたま良い肉が手に入ったので、お前が来るのを待っていたのだ」

その肉を与えると、鬼神は一度にその器にあったものをたいらげ、時を置かずに泣きだしながら、言った。

「主翁は私を騙したのか。これは野鼠の肉ではないか。私は死んでしまう」

鬼神は慟哭しながら出て行って、ふたたび帰ってくることはなかった。それ以来、鬼神は家からいなくなった。主翁もあちらこちらと居を移して、その家にはふたたび住まおうとはせず、他の人に貸して、その貸し賃を受け取った。私の末の兄がその家を借りて住んだことがあり、主人の下女にくわしく聞いた話であるから、まったくの虚言ではあるまい。

▼1【申莫定】 この話にある以上のことは未詳。

第六六話……古狐に憑かれた黄建中

黄建中《ファンコンジュン》▼1というのは黄宕《ファンダン》▼2の息子である。ソウルに住んで花柳界を闊歩した。先祖の別荘が鉄原にあったので、行き来して、そこに一年の半ばほどは留まったが、その別荘に一人で寝ていた夜のことである。突然、一人の美人が帳を開けて入ってきた。姿かたちが何ともあでやかで美しく、おもむろに近くに座って、艶然と笑いかけた。そして掛け布団を上げて枕を並べたが、黄建中はぼっとして精神が定まらない。欲望を抑えることができないものの、しかし、時節は厳寒であるのに、女が着ているのはすべて細い葛か麻をおった布である。どう考えても奇怪であり、その女を退け続けた。女は巧みに甘ったるいことばを吐き、さまざまに嬌態をつくして、夜のあいだけっして去ろうとはしない。夜明けになってやっとのことで立ち去ったが、その後も、宵には現れ、さまざまな方法で中に入ってくる。

黄建中はそれが人ではないことをさとり、ついに合歓することをしなかった。妻を右側にいさせると、その女は左側にやって来る。そこで下女を左側にいさせると、女は枕の上に横たわる。もう一人の下女を枕の上にいさせると、今度は足下に横たわった。下男を足下にいさせても、女はけっして遠くに行くことはなかった。道士とムダン（巫女）を招いて追い払おうとすると、女は怒りをなして言った。

「わたくしはあなたを苦しめようとしているわけではない。ただ亡くなったあなたの祖先のご恩に感謝してあの世からその恩に報いようとしているのです」

「どういうことだ」

「わたくしは鉄原の弓裔《クンエ》▼3のときの宮人でしたが、泰封の都が陥落したとき、その戦のさなかに死にました。あなたの先祖でいらっしゃった黄継允《ファンケユン》▼4様がわたくしを西都山から十里のところに埋葬してくださいました。その時節ははなはだ暑くこの細い葛・麻で織った布の衣服を着ていました。それで今もそのときの服を着たままなのです。お願いですから、わたくしを怪しまないでください」

黄建中はその女から離れることができないと考えて、その女を置いてソウルに行った。女は彼を追って、ソウルの家までついて来て、彼につきまとうことは以前と同じようであった。黄建中はそれでも女を固く遠ざけた。女は犬を怖がった。家中で犬をたくさん飼うことにして、鈴をつけて可愛がった。そうして二月ほどたったとき、女は泣きながら暇乞いをした。

「あなたは胡乱にも怒りだしてわたくしを遠ざけようとなさる。わたくしとあなたの因縁はこれで尽きました。これでお暇をして、他のところにまいります」

黄建中が言った。

「お前は私の側にながく留まったが、私に仕えるのに十分な礼を尽くしたとはいえない。今、別れようとしているが、置き土産として、来年の吉凶を教えてはくれまいか」

女子はただ五文字の一句節を述べただけであった。

「金色の鶏が家の屋根の梁にいる（金鶏屋上梁）」

家の者みながその意味を解することができなかった。その後、黄建中は不良少年どもとつるんで巷を横

行し、国の法律に触れて牢獄に繋がれた。その牢獄の梁の上に黄色い鶏一羽がいた。建中が同じ房の罪人に尋ねると、

「牢獄の中にいると、夜が長く、夜の明けるのを知ることができない。この鶏を飼っていると、時刻を知ることができるのだ」

と答えた。黄建中は初めて女子の以前のことばの意味を理解した。

野史氏（柳夢寅）は言う。

「女は狐の精霊であるために犬を恐れた。野狐が宮人の墓穴に入り込んで祟りをなすようになったのだ。それで、弓裔の時代のことにも精しかったのだ」

▼1【黄建中】この話にある以上のことは未詳。
▼2【黄宕】この話にある以上のことは未詳。
▼3【弓裔】?～九一八。新羅王の庶子だと伝えられる。新羅末期の混乱の中で、開城を根拠地として、九〇一年、後高句麗を建国、摩震と国号を改めて、徐々に国家体制を整えていった。九〇五年には鉄円（鉄原）に遷都し、九一一年には国号を泰封と改めた。しかし、やがて暴君と化し、部下の王建（高麗の太祖）にとって代わられた。
▼4【黄継允】この話にある以上のことは未詳。

第六七話……成均館の幽霊

わが朝鮮朝の初めに成均館に東斎と西斎それぞれを十間の広さに造ったが、当時は床に煉瓦を敷いただけで、オンドルはなかった。だから、宿泊するソンビたちは寒さに耐えかねて掛け布団を何枚も掛け、と

もに寄り添って寝て暖をとったのである。

西斎には進士の宿所があった。一人の年若いソンビがいて、容姿が秀麗で、いつも『離騒経』を読んでいた。二人の進士が彼と寝ようと争った。たがいに彼の股をもって引っ張ったので、股が裂けてついには死んでしまった。このことがあって後、進士の宿所では天気が悪く雨がしとしとと降っているような晩には、

「皇帝の高陽氏の苗裔である」[1]

と読む声が聞こえ、それが一年ものあいだ続いた。成均館の儒生としてここで寝泊まりする者は、必ずと言っていいほど、夢でうなされた。

その後、燕山君が市井を微行して、夜間通行の禁止を犯すことがあった。あるいはみずからを李進士と称したが、捕盗の役人はそれを燕山君の微行と知って、あえて訊問しようとはしなかった。燕山君は生員や進士というのは世の中で幅を利かせていて、人びとはよけて通るものだと思い込み、出かけるときにはいつも生員や進士に自分の輿を担がせた。燕山君はまた、成均館の食堂を廃止して武官の詰め所を作らせ、東斎・西斎には大勢の妓生たちを住まわせた。ある妓生が進士の宿所で寝ていたところ、急に気を失って死んでしまった。このことがあって後、進士の宿所で寝る人はかならず夢魔に襲われた。

万暦の戊寅の年（一五七八）の六月の十五夜に、成均館の官員が焼酎と焼いた犬の肉を用意してソンビたちに振る舞った。生員の中に張彦球《チャンオング》[2]という人がいたが、湖外の人で進士の宿所に起居していた。その日、同僚たちが勧める焼酎を飲み過ぎて死んでしまった。翌年の六月十五日にもまた成均館の官員が焼酎と犬の肉をソンビたちに振る舞うことになっていた。

進士の李哲光《イチョルクワン》[3]が進士の宿所で寝ていた。夢の中に一人のソンビが現れたが、知らない人物だった。そのソンビが言った。

「私は生員の張彦球です。明日、成均館の官員が焼酎と肴を用意してソンビたちに振る舞うことになっています。私にも分けて振る舞ってください」

李哲光は夢から醒めて不思議に思い、いっしょに寝ていた人びとに尋ねた。

「生員の中に張彦球という人物はいますか」

みなが答えた。

「そんな者がいた」

「明日、成均館の官員がゾンビたちに酒と肴を振る舞ってくれるのですか」

「その通りだ」

「張彦球は生きているのですか」

と尋ねると、みなが答えた。

「去年の、そう、明日にあたる日に、酒を飲み過ぎてここで死んだのだ」

李哲光は驚き、恐ろしくなって夢の話をした。翌日の朝、飲食をするとき、列に並んで、一皿の肉をもらい、一杯の焼酎をもらった。座中に高々と座って、長く手を拱き、膝まずいて、一串の肉も一杯の酒も口にしなかった。側にいた人びとはたがいに肘をつつき合いながら笑って言った。

「張生が君に一杯の酒を勧める。世間にどうして万年の生員がいようか。李生が君に一串の肉を勧める。世間にどうして万年の進士がいようか」

▼1【皇帝の高陽氏の苗裔である】屈原の『楚辞』離騒の冒頭、「帝高陽の苗裔、朕《わ》が皇考を伯庸と曰う。摂提孟陬に貞《ただ》しく、惟《こ》れ庚寅に吾以て降《くだ》れり」から。
▼2【張彦球】『司馬榜目』には張彦玖と載る。鉄寿の子で、明宗二十二年（一五六七）、式年進士に合格した。
▼3【李哲光】一五四六〜？。本貫は竜仁。僩の子で、宣祖十二年（一五七九）、式年進士となった。『朝鮮実録』宣祖三十九年（一六〇六）八月、法を犯して蓄財している官人の中に帰厚別提の李哲光の名前が見える。

第六八話……死へ誘うもの

李執中《イチプチュン》▼1は蔭官である。あるとき、社稷祭に選び出され、祭官の某とともに斎戒するための部屋で寝たが、某は眠れなかった。李執中は熟睡していたが急に起きあがり、みずからの帯を解いて首をくって両の手で引っ張ったのだった。某は不思議に思って、李のすることを見ていたが、少しして、ぎゃぎゃという声が出たので、某は彼を捕まえて呼びかけ、首に巻きつけた帯をほどいた。李執中はしばらくして眼を覚ました。

「夢の中にある客人がやって来て、自分自身の生活の楽しさについて口をきわめて話し、いっしょに行こうと私に繰り返した。話を聞くと楽しそうで、みずから帯で首を絞めると、客人が両の手で強く引っ張ってそれを手助けしてくれた。少しも苦しみなど覚えなかった。君がいなければ、この世に留まることもなかったろう」

また、私が家の兄に聞いた話である。兄の家は駱山を背にしていたが、山の上には松の木があって、枝が横に延びていた。村の子どもが、父母もそろって、何の苦労もなかったはずなのに、その枝に首をつって死のうとした。村人がこれを助けおろした。子どもが言った。

「ある人が私を誘って、あちらの生活は楽しいよと、口をきわめて言ったんだ。それを聞いてちっとも苦しまなかった」

私はこのはなしを不思議に思ったものだった。

▼1【李執中】『光海君日記』（太白山本）七年（一六一五）十月に、瑞山郡守の李執中はもともと失性の人で人事を省みることがない云々の記事がある。

第六九話……山中で育った子ども

金偉《キムウィ》▼1というのは松都の人である。子どもが一人いたが、聡くて賢かったから、これをはなはだ可愛がった。ある日、行方知れずになった。ある男子がさらって行ったのである。山や谷を登ったり下ったりして険しく深い岩穴にこれを置いた。腹をすかせれば、食べ物を探して来て、いつも牛乳を固めた乳酪のようなものを一碗与えた。寒くて衣服が必要となれば草を編んで作って身体をおおった。

ある日、松都の人が載寧の長寿山に鉄を採掘しに入って、岩穴に人がいるのを発見して、おどろいてよく見ると、以前に行方不明になったソンビの子どもだったのである。いなくなって六年もたち、父母は虎に食べられたものと思って、なげき悲しんで、木で位牌を作っては祭祀を行なっていたのだった。その鉄採掘人が松都に帰って告げると、金偉は大いに驚いて、家の者を引率して、その子どもに会いに行った。身体はやせ細ってはいなかったが、精神はまるで白痴同然であった。家に連れて帰って養ったところ、人の生活に復しきれなかったのか、二年ほどで死んだ。

▼1【金偉】史書に現れない巷間の人物かもしれないが、史書に現れる人物としては、『朝鮮実録』明宗十六年（一五六一）五月に、金偉を侍講院司書としたとあり、細注がある。不学無名にもかかわらず、科挙に及第したので、人びとは怪しんだ、と。宣祖二十八年（一五九二）四月にも、中国からの使節に対する迎慰使として金偉の名があり、礼物を贈ったとある。

俗忌

第七〇話……父母に害をなす

大司諫の洪天民[1]は五月五日生まれである。若いとき、司馬遷の『史記』を父親の副提学・洪春卿[2]に学んだが、「孟嘗君列伝」で「五月五日生まれの子どもは成長して背丈が戸の高さまでなると、父母に害をなす」という文章に出会って、大いに驚き、髪の毛はそばだち肌には粟を生じた。さらに「人が生まれるのは、命を天に受けるのでしょうか。戸の高さに受けるのでしょうか」と言い、「戸を高くすれば、誰がそこまで届きましょうか」というところにくると、心がやや落ち着いたが、それでも怖れおののく気持ちを捨て去ることができなかった。十五歳になって、近隣の少年たちと城門の東の郊外で花を手折りながら逍遙して、道成庵に至った。大勢の僧侶たちが疫病に掛かり、顔は汚れ、鼻血を流して寝ていた。大司諫はこわくなって帰ったが、そのとき、頭痛がして仕方がなかった。家に帰ると病気になり、熱が出て、ほとんど死にかけたが、やっとのことで回復した。しかし、母親がその病に感染して死んでしまった。大司諫はいつもこれを自分の責任だとして咎め、終天の痛みとした。

▼1【洪天民】一五二六～一五七四。朝鮮中期の文臣。字は達可、号は栗亭、本貫は南陽。成渾の弟子で、十八歳のとき、生員・進士となり、一五五三年に文科に及第、工曹・吏曹の参議など要職を歴任して都承旨に至った。文章に抜きん出て、教旨の作成にたずさわった。清廉であったという。

▼2【洪春卿】一四九七～一五四八。朝鮮中期の文臣。字は明仲、号は石壁、本貫は南陽。一五二二年、司馬

試を経て、一五二八年、式年文科に乙科で及第、一五三六年には文科重試に壮元となった。一五四一年、聖節使として明に行き、左承旨・吏曹参議となり、一五四五年には崩じた中宗の誄文を作った。人となりは剛直で、時の権勢家に屈することがなかった。

第七一話……禁忌にこだわる

世間では忌み憚ることが多くある。中国人は船に乗るときには「駐」という文字を忌む。これは「箸」という文字と音が同じだからである。「箸」[1]という文字の意味は「快」ということになるが、「快」というのは速いという意義に他ならない。中国語で物の重いのを「沈」というが、船の中の人はこの「沈」を使わず、「重」を使うのは、やはり意味を憚るのである。

近年、わが国の儒生たちの中で科挙を受ける者はいつも「落《ナク》」という文字を使うのを嫌う。そこで、ソンビたちが『落』ということばを使った者はみんなで殴ることにする」と約束した。あるソンビが科挙のときに食事のために絡蹄《ナクチェ》（たこ）を焼いたが、他のソンビが箸を取って、

「焼きイプチェ（立蹄）を食べさせてくれ」

と言った。試験場のみなが大いに笑ったものだった。あるいは科挙に及第しないあいだはたこを食べない者もいたが、これは落第《ナクチェ》と同じ音であるために、これを避けたのである。

柳熙緒《ユフィソ》[2]が司馬試を受けようとしたとき、夢の中で駿馬に乗って出かけたものの、途中で落馬した。夢から醒めて憮然として自失した。柳熙緒は駿馬を好んで、武人たちの馬を借りては広くソウルの花柳界を訪ねまわったが、急に馬が風におどろいて跳ね、馬から落ちてしまった。彼はわが身の傷も忘れて、その夢が本当の落馬で実現したのを喜んだ。翌日、司馬試を受けて、こちらは合格した。

申塾《シンスク》[3]が試験を受けるとき、いつも猫が目の前を横切れば、かならず合格した。中試を翌日に控え、一日

中、猫を見かけることがなかった。そこで友人の家を訪ねることにして、夜更けに路傍の店の前に病んだ猫が寝ているのを見た。そこで、扇をはらって猫を驚かせた。猫はびっくりして道を横切って立ち去った。申塾は大いに喜んで、家に帰って寝た。翌日、科挙を受けて、はたして及第した。

ああ、禁忌などにこだわるのは婦女子の常であるが、ソンビは道理をわきまえているにもかかわらず、どうして怪しげな話に惑わされるのか。ただし、ソンビたちの習俗として科挙を重視するのは、賤しい人たちが生死を重視するのと異なるところはない。おかしなことではある。

▼1【「籌」という文字の意味は……】このあたりの「籌」が「快」であるとの文意、不明である。

▼2【柳熙緒】一五五九～一六〇三。文臣。字は敬承、号は南麓、本貫は文科。一五七九年、進士となり、一五八六年、謁聖文科に丙科で及第、一五九二年の壬辰倭乱に際しては、柳成竜の従事官として明の軍隊との外交的な事務に当たった。都承旨、開城府留守となった後などを歴任した後、一六〇三年、儒城君に封じられたが、翌年、捕盗庁に行き、盗賊団に殺された。

▼3【申塾】『司馬榜目』には申熟として出る。本貫は平山、一五三七年生まれ。明宗十九年（一五六四）、式年生員試に合格して、一五六九年には文科に及第した。

第七二話……青眼の交わり

李忠義《イチュンウィ》▼1には二人の息子がいた。兄を仁祥《インサン》と言い、弟を孝祥《ヒョサン》と言った。大きくなって、幼名を変えることになり、兄の仁祥を覧《ナン》▼2とし、弟の孝祥を覔《ミョク》としようとした。兄を「覧」としたのは一方の目がすが眼だったからである。孝祥は父母に訴えた。

「お兄さんは一方の目が見えないのに、『覧』と名付け、わたくしはと言えば、両方の目がよく見えるのに、「不見」となさるのはおかしいです。わたくしの名を変えてください」

父母は笑いながら、孝祥の名を「覚《ヒョン》」[3]とした。両方の目がともに明らかであるという意味である。李覧はその人となりに気概があって豪胆であった。一方の目が見えず、窪んでいた。彼は元彧《ウォンウク》[4]に会ったことがあるが、元彧もまた一方の目が見えず、その瞳は凸形に付き出ていて青白色をしていた。李覧は扇で自分の顔の半分を隠して元彧に言った。

「君の眼を見ると、その瞳が出ていて珠玉のようだ。色も青白く、そして視力はない。不吉なのではあるまいか。どうして死んだ瞳を残しておいて、他の人に与えようとはしないのだ」

元彧は最初のうちは恥じらいを面に浮かべていたが、しまいには怒りを浮かべて李覧を睨みつけた。ややあって、李覧は扇をのけて言った。

「もしやむをえずに目が見えないのなら、私のように窪んで痕跡がないようにすればいいではないか」

元彧は喜んで、大笑いし、その後、二人は「青眼の交わり」[5]を結んだ。後に、元彧は折衝将軍となって頭に玉貫子を頂くに至り、李覧もまた科挙に及第して三品官になった。李覚の方は今、刑曹参判となって、功臣に封じられ、完昌君になっている。

▼1【李忠義】『朝鮮実録』中宗三十年（一五三五）九月に、石城県監の閔世良の不法が訴えられ、李忠義が世良の訊問に当たったことが見えるが、この人か不明。

▼2【覧】『朝鮮実録』宣祖三十二年（一五九九）五月に、李覧を礼曹正郎となすとあり、同じく三十九年五月には、通川郡守になすとある。ところが、四十年十二月には、通川郡守の李覧は赴任以来、酒浸りで仕事を怠り、役人たちも好き放題のことをして、人びとはその害を受けているので、罷免すべきであるという啓上があったという記事がある。

▼3【覚】『朝鮮実録』宣祖三十年（一五九七）二月、王が別殿に御して、周易を講じた。そこに司諫の李覚と掌令の柳夢寅が、黄廷彧のことについて啓上したとある。同じく三十二年八月、李覚を右副承旨にするという記事がある。『光海君日記』（太白山本）九年三月に昌衍の党としての李覚の名前が見える。

▼4【元彧】宣祖三十二年（一五九九）五月に、元彧を成均館典籍となすとあり、同じく三十七年十二月に、元彧を軍器寺僉正となすとある。また三十九年三月には、韓山郡守の元彧には子がいるが乱暴で郡の人は困っているとある。

▼5【青眼の交わり】青眼は親しい人を迎えるときの目つき。白眼に対する。阮籍は人を迎えるのに青白眼をもってし、礼俗の士の嵆喜を嫌ってこれを白眼をもって迎え、その弟の嵆康が酒と琴を携えてくると青眼をもって迎えた。『晋書』阮籍伝による。

風水

第七三話……墓穴を占って死んだ風水師

蘇世譲《ソセヤン》▼1の三人の兄弟が両親のために葬地を占った。隣に風水家が住んでいたが、その術法はまるで鬼神のようであった。一つの墓地を占って、言った。

「この土地は明堂である」

蘇家ではそこに墓を掘ることになったが、その夜、世譲の末弟がひそかに風水家の家に忍び込み、壁に耳を当てて聞くと、風水家の妻が言った。

「今日、蘇世譲のためによい場所を占ったのですか」

風水家はこっそりと言った。

「その土地には確かに最適の墓穴があるが、そこを占って指定した者はかならず死ぬことになるようだ。それで、私は最適の地の南数尺ばかりのところをわざと教えた」

妻が、

「いったいどういうことでしょう」

と尋ねると、風水家は言った。

「その最適の墓穴には三匹の霊虫がいる。三人の兄弟はみな高官に出世するであろう」

末弟は家に帰って盗み聞きしたことを世譲に告げた。墓穴は北に数尺ばかりずらして掘ることにした。

風水家は、

「北に移すのは大凶です。絶対になさってはならない」

と言ったが、蘇は聴かずに言った。

「昨夜、お前たちの話をすっかり聴いたのだ」

風水家は命乞いをして言った。

「この地面の下には大きな蜂が三匹います。これが飛び去らないようなさってください。一匹が飛び去れば、三兄弟の一人は高貴になれず、二匹が出て行けば、二人が高貴に至ることができません。わたくしはかならず死ぬことになりますが、墓穴を掘るのは、わたくしが家に帰るのを待ってからにしてください」

そうして、馬にまたがって帰った。こうして蘇家では土を取り除いて墓穴を掘ると、はたして石があり、その石の下には大きな蜂が三匹いた。拳ほどの大きさがあった。棺を置いてすぐに土をかぶせようとしたものの、その前に一匹だけ飛び去ってしまった。風水家がまだ家の門にたどり着く前に、頭の後ろを蜂が刺した。風水家はどっと倒れて地面に転げ落ちて死んだ。その後、蘇兄弟のうち二人は出世して高官に至ったが、一人だけは出世することなく終わった。

『春秋左氏伝』▼2に言う。

「謀りごとが夫人の耳に入っては死ぬことになっても仕方がない」

▼1【蘇世讓】一四八六～一五六二。文臣。字は彦謙、号は陽谷、本貫は晋州。一五〇九年、式年文科に乙科で及第、端宗の母である顕徳王后権氏の復位を建議して顕陵に移葬させた。一五二一年、遠接使の李荇の従事官として明の使節を応接し詩文で応答して、文名を高めた。全羅道観察使であったとき、倭寇に対する防備を怠ったとして罷免されたが、後に復帰して大提学に至った。星州の史庫が焼けると、王命で春秋館の実録を書写して納めた。仁宗が即位すると尹任一派（大尹）の弾劾を受けたが、乙巳士禍（一五四五）で尹任一派が粛清されると、ふたたび復帰し、後に辞職して益山で隠居生活を送った。

▼2【謀りごとが夫人の耳に入っては……】『春秋左氏伝』桓交十五年、鄭伯が雍糺に舅の祭仲を殺させようとした。それを知った雍糺の妻の雍姫が自分の母に、「夫と父のどちらが大切か」と尋ねると、母は「誰でも夫になれるが、父親はこの世に一人きりだ」と答えた。雍姫は父に夫の謀りごとを告げたので、雍糺は祭仲に殺された。そのときの鄭伯のことば。

第七四話……先人の墓は避けるべし

府院君の朴応順《パクウンスン》[1]は前代の王さま（宣祖）の国舅である。彼が死んだ後に葬地を占ったが、その墓穴というのはもう誰のものかわからなくなった古い墓穴であった。土を掘ると、中から碑碣が出てきたが、かつての府院君のものであった。そこで、王さまに啓上して、それを移すことを請うたが、許可されなかった。今時、漆原府院君・尹孝文[2]が風水家の朴尚義（第三七話注4参照）に父親の副正公[3]の墓地を占わせた。尚義が言った。

「この墓は鬼門穴を侵してして、穴の中には妖気が充満しています。速やかに移されるがいい。さもなければかならず災厄がふりかかります」

そうして墓穴を掘って見ると、穴の中には木で作った人形があり、男の奴の人形にはみな髭が生えており、女の婢の人形の頭には髪の毛が長く数尺にもなっていて、風が吹くとなびいた。はなはだ不思議に思って、その髪の毛を抜きとってみると、その根が白く、生きている人間の皮膚から抜き取ったもののようであった。これを不祥のことと考えて、他の場所にあらためて墓地を定めることにした。穴の中から墓誌が出てきて、これはやはり以前に副正を務めた人の墓であったことがわかった。

『荘子』に

「▼4霊公を埋葬しようと土を掘ると石郭が現れて、洗って見ると、すでに銘が刻まれていた。『私の子はあてにならぬ。墓守もろくにできず、霊公がこの墓を奪って自分の身を埋めるだろう』と。この石郭の銘に霊公の文字がすでに久しい以前からあったのだ」

どうして霊公の前に古の霊公がいなかったと言えよう。府院君の前に府院君が、副正の前に副正がどうして墓をつくっていなかったと言えよう。土地の理というのは推しはかることができない。

▼1【朴応順】一五二六〜一五八〇。朝鮮中期の文臣。字は健仲、本貫は潘南。高麗末の名門の末裔で、宣祖の妃の懿仁王后朴氏の父。一五五五年、進士試に合格して、翌年には義禁府都事に推挙された。一五五九年、司僕寺主簿となったが、違法行為があったとして、罷免された。後に復帰して、娘が后になるにおよんで、潘城府院君となり、領敦寧府事となった。平生の生活は質素で、貧しいソンビと変わらなかった。外戚として政治に容喙することがなかった。

▼2【尹孝文】尹氏に「府院君」の称号をもらったような孝文はいない。異本には尹孝全とあり、こちらを選びたいが、この人にも「府院君」の称号はない。ちなみに、孝全については以下の通り。【尹孝全】一五六三〜一六一九。朝鮮中期の文臣。字は詠初、号は沂川、本貫は南原。一六〇五年、県監として増広文科に丙科で及第して、王子師輔となり、翌年には忠清道観察使となった。一六一三年には翼社功臣二等に冊録され、大司憲、知義禁府事を経て、慶州府尹に至った。

▼3【父親の副正公】尹孝全の父ということになるが、不明である。

▼4【霊公を埋葬しようと……】『荘子』則陽篇にある。孔子が衛の霊公はどうして霊公という諡をもってい

るのかと、三人の太史に尋ねたところ、大弢は無道だったからだと言い、伯常騫は三人の妻といっしょに風呂に入りながら臣下に会うような人物だったからだと答えるが、最後に狶夷が、「夫れ霊公の死するや、故墓に葬らんことを卜するに不吉なり。沙丘に葬らんことを卜するに吉なり。之を掘ること数仞にして石槨を得たり。洗ひて之を見るに銘有り。曰はく、『其の子に憑まず。霊公奪ひて之に埋めん』と。其れ霊公の霊公為ること久し。之の二人、何ぞ以て之を識るに足らんや」と答えた。ただ、柳夢寅は、前にも別の霊公が葬られていたのだということに解しているか。

天命

第七五話……天か王か

太祖[1]が豊壌の行宮に出かけられた。昼、座ったまま居眠りをなさったとき、侍っていた宦官がひそひそ話をした。

「人の栄光と没落とは天にかかっているのか、王さまにかかっているのか」

甲は天にかかっていると言い、乙は王さまにかかっていると言い、しばらくの間、議論を続けた。太祖はうとうとしながらその話を聞かれていた。目が覚めて、密書を書かれた。

「使いの者に高官を与えるように」

厳重に封をして乙に与え、定宗[2]のもとへ届けるよう、お命じになった。乙は封書をいただいたが、急に身体の加減が悪くなってしまい、ひそかに甲に封書を与えて自分の代わりに定宗のもとに行かせた。甲が封書を定宗に差し上げると、開いてご覧になった後、この使いをした甲に高官をお与えになる書状を書いて封をなさった。甲が帰って来て復命したが、太祖が封書を開いてご覧になると、甲を昇進させることが書かれていて、乙をではなかった。不思議にお思いになり、乙を呼んでお尋ねになると、乙はありのままにお話しをして、謝罪した。太祖は嘆息しながらおっしゃった。

「先日、甲と乙とが論争して、栄光と没落は天にかかっているか、王にかかっているかと言い合っていた。そこで、私はみずからの力を示そうとしたのだが、今日はじめて天に力があって、私になどないことを思い知った」

第七六話……死は天命である

▼1【太祖】一三三五〜一四〇八（在位、一三九二〜一三九八）。各王朝の始祖を太祖と言うが、ここでは朝鮮国を建国した李成桂。もと高麗の武将であったが、倭寇や北方の女真族の侵入の防備に功績を上げて力をたくわえ、自分たちが擁立していた恭譲王を廃して、みずから王となり、朝鮮を建国した。明を宗主国とし、崇儒廃仏、農本民生の三つを柱として、首都を開京から漢陽（今のソウル）に遷した。八人の王子たちがいて、継承問題で骨肉相食む様相を呈し、世子の芳碩が死ぬと、芳果に王位を譲って、政治に興味を失った。

▼2【定宗】一三五七〜一四一九（在位、一三九九〜一四〇〇）。李朝第二代の王。初名は芳果、謚号は恭靖。太祖・李成桂の第二子。勇略に富んでいた。高麗時代にすでに将相に進み、父の李成桂に随って多くの戦功を挙げた。芳遠（後の太宗）の乱の後、太祖は芳遠を世子にしようとしたが、芳遠は人びとの矛先を交わす深慮から王位を芳果に譲った。官制を改革し、兵制を整え、楮幣を発行して経済流通の振興を図った。陵は厚陵。

司僕正の尹暹《ユンソム》▼1は尹又新《ユンウシン》▼2の息子である。生まれて数ヶ月のころ、大庁（広い板の間、付録解説2参照）に臥して、父母がそれに対座していた。急に泣き騒いで母を求めたので、夫人はこの子を抱き上げた。すると、しばらくして壁土がくずれて今まで寝ていたところに落ちてきた。尹暹の泣き声は家中に響き渡ったが、身体には何事もなかった。

成人して科挙に及第し、清班▼3に列したが、壬辰の倭乱（第三一話注10参照）のさいに倭人の手にかかって死んだ。ああ、死は天命であり、たとえ一日を生き延びるのも神の助けによらねばならない。ましてや数十年の栄光を享受するのはいかばかりの天の加護であろうか。

▼1【尹暹】一五六一～一五九二。宣祖のときの武人。字は汝進、号は果斎、本貫は南原。一五八三年、文科に及第、正字、司憲府持平などを経て、一五八七年には書状官として明に行き、『改正宝典』を持ち帰った功で光国功臣に冊封された。壬辰倭乱に際しては、老母の世話をしていた友人に代わって戦闘に出て行き、巡辺使の李鎰は逃亡してしまったが、朴篪や李慶流とともに最後まで善戦して戦死した。世間ではこの三人を三従事と呼んだ。諡号は文烈。

▼2【尹又新】『韓国人の族譜』（日新閣）によると、南原尹氏に、字は善修で、郡守を務めた人がいる。

▼3【清班】清廉な班列という意味だが、学問・文芸などの職責を言う。地位も低く、禄も多くはないが、後には高位につくことのできる官職で、諫官、待講などを言う。

第七七話……人の死地はすでに定められている

私の甥の承旨の柳渫《ユヒョク》▼1は喪の最中に娘を失った。葬礼を春川で行なったが、夜となく昼となく哀しみに堪えなかった。中国から逃亡して来た兵士の劉大慶▼2が隣に住んでいて、渫の家を訪ねて来て、言った。

「中国にこんな話が伝わっています。あなたのためにそれを話し、いささかでも悲しみを和らげていただきたいと思います。

わが国に弓矢を負って辺境を守っている人がいましたが、にわかに北方の賊たちが襲ってきて、城塞は陥落して一軍が壊滅してしまいました。その人は全身に血を浴びながら、積み重なった死体の下に身を横たえて刀の切っ先を避けることができました。真夜中になって、一人の将軍が兵士たちを引き連れてどこからともなくやって来ました。死体を調べて、死体ごとに『張某や』『李某や』と呼びかけると、その一つ一つ、応答しないものはありませんでした。将軍は帳簿を開いて応答した者を点検して、『なにがし、なにがし、そしてなにがし』と名を挙げていきましたが、すべてこの戦で死んだ者たちでした。名が呼び続けられて、死体の中に隠れていたその人の名が呼ばれたとき、その人も応答しました。すると、将軍は『この者はこの地で死ぬ運命ではない。後日、浙江の関王廟の中で腹の病によって死ぬことになっている。どうしてこの積み重なった死体の中に紛れ込んでいるのだろう』と言いました。やがて東の空が明るんで、将軍は兵士たちを従えて出て行き、どこに行ったかわからなくなりました。

北方の賊たちも退却して、その人も死を免れましたが、後には年老いて、大勢の商人たちとあまねく旅をしながら物を売り歩いていました。それがあるところに到って関帝廟に泊ることになったとき、にわかに腹痛に襲われ、その痛みが激しく、もう生き延びることはできないと悟りました。その所の名を聞くと、浙江ということでしたので、忽然とかつての神将のことを思い出し、家に手紙を書いて家内の事の処理を行なうように命じました。商いで得た金を同行の人に托し、家に伝えてほしいことばを遺して死にました。人の命が前もって定まっていることはこのようで、意味なく心を悼めるのはやめるべきです」

柳渋はこの話を聞いて釈然として心を慰めたのであった。

▼1【柳渋】『高興柳氏族譜』によると、柳夢寅の兄の夢彪の子。字は浩叔、号は壺垌、または汶士翁。隆慶丁卯（一五六七）に生まれ、万暦辛卯（一五九一）に生員となり、丁酉（一五九七）に別試文科に及第した。丙辰（一六一六）には重試に及第して、官は左承旨に至った。

▼2【劉大慶】この話にある以上のことは未詳。

巻の三　学芸篇

文芸

第七八話……朝鮮人の漢詩文

中国の文士たちには文章を鑑識する眼があった。明国の使臣であった朱之蕃[1]が言った。

「朝鮮はたとえ小国であっても、宰相にはかならず高い文章能力をもっている者を選ぶ」

首席の閣老である柳永慶《ユヨンキョン》（第四九話注4参照）の文章ははなはだ優れていて、彼の詩を見るたびに、朱之蕃は机をたたいて、

「東方第一の文章だ」

と称賛するのであった。

しかし、その当時、領議政の柳永慶はいつも同知の崔岦《チェリプ》（第一一話注5参照）に文書を作らせていて、『皇華集』[2]に柳永慶の名前で載っている作品はすべて崔岦の手になるものである。崔岦はかつて二人の宰相と連名で遼東に文章を呈したことがある。当時、都御使であった顧養謙[3]が輿の上で開いて見て、三人の宰相に前に出て来るように言った。

「まことに見事だ、これはいったい誰の文章なのだ」

「第二宰相のものです」

顧養謙は熟視して、文章の上にしるしの点を打ちながら、言った。

「このような文章は中国においてもなかなか見られない」

私がかつて中国に行ったとき、わが国に思いがけなく喪事があったので、宴会に出なくて済むよう、礼

部に文書を呈して懇請したが、礼部ではかたくなに斥けて許そうとはしなかった。七人の郎官が私の文章を順に見て、たがいに顔を見合わせて色を失った。通訳官が庭に立って、朝から日が陰るまで待っていても埒があかず、庭をぐるぐると回るだけであった。通訳官がついにたまりかねてその文章を私につき返すことにすると言うと、郎官が言った。

「やはり礼部に提出しよう」

その日に鄭経世[4]が文章を礼部にもっていくと、郎官がすばらしい出来だと称賛して、私の要請を許そうと言った。

「ことは前例がなく、はなはだ困難なことではあるが、使臣の文章があまりに見事な出来栄えなので、特別に許可するのだ」

郎官たちはこの文章を称賛して口ずさみながらも、言った。

「この文章はたしかに見事だが、以前やって来た柳某の文章には及ばない。彼の文章の高古なることはこの文章に二倍する。しかし、そのときには事態がままならず、その要請を受け容れることができなかった。朝鮮にはまことに優れた文章家が多い」

その年、私は永平府の万柳庄を通り過ぎることになった。この万柳庄というのは鴻臚丞の李浣[5]の別業である。私は七言排律十六韻を壁に書きつけた。すでに日は暮れて灯を手に掲げながら書いたのであったが、一人の老秀才がやってきて、言った。

「ああ、なんともすばらしい作品だ。すばらしい、すばらしい」

御史の韓応庚[6]は李浣の妻の弟である。隣に住む文士である翰林の白瑜[7]とともにやって来て、私の作品を見て、板に刻んで壁に掛けた。昔から中国の文士たちはわが国の人を低く見ていて、数百年のあいだ、数千里の道にわが国の人の詩はただ一篇も懸けることなどなかった。中国での懸板は実に私から始まるのである。これは私の栄誉であると言わねばならない。

翌年、鄭文孚（第四六話注1参照）が北京から帰って来て、李浣の家に所蔵している『節孝編』というのを私に寄こした。この書物は御史の姉の韓氏に関するものである。

私はその事跡を詩に作り変えて朝廷の士大夫たちに回覧した。私が見るところ、万柳庄を題材に書かれた詩は前後して数百篇に上るであろう。私の作ったものも特別なものではないが、中国ではただこれだけを壁に掲げていて、文章を鑑識する眼もわが国の文士たちとは異なっている。

私は杏山を通り過ぎたとき、ある家の主人に「方言歎」一篇を作って書いて与えた。後にわが国の使臣がそこを通り過ぎたとき、主人が紗籠▼8を取り出し、その詩を自慢した。おそらく以前はその主人の家ははなはだ貧しくて、その壁を塗り込めて装飾することができず、このときになって初めて、文字のあいだを漆喰で埋めて紗籠をかけたようである。

「題万柳庄」を次に掲げる。

黄河のほとりの車は装いをこらして北京をめざし、（巾我河車指玉京）
天ははてしなく、まさに仙人の住まい。（諸天無涯是三清）
朝に来て道を失い青雲ははるか、（朝来失路青霞逈）
世俗の外に衣を濡らして白い露が結ぶ。（物外霑衣白露生）
谷間の怪しげな石は老虎がうずくまる姿、（怪石当磎蹲老虎）
澄んだ鐘の音は城郭に轟きまるで鯨の声。（清鍾殷郭吼長鯨）
茅竜▼9が尾を延ばしたような清い谷川の流れ、（茅竜展尾紆清澗）
遼東の鶴▼10が羽を広げたように色鮮やかな甍は高い。（遼東舒翮抗画甍）
日をさえぎり涼しげな木陰に酒店があり、（翳日涼陰蔵小店）
天を払って高くそびえる柳が野原に満ちている。（払天高柳満平洞）
風になびいてゆらゆらと柳の枝は揺れ、（臨風裊裊斉垂線）
地面をぐるりとめぐって若い芽が盛んに伸びる。（匝地森森乱擢茎）

若葉は紅濃く女人が織った錦のようで、（嫩葉正濃紅女織）
新しい枝が伸び茂って柳の幹は傾く。（新枝初暢葆蕤傾）
酔った顔して繋いだ馬を探すのも一興、（酡顔繋馬尋芳興）
玉のような手で枝を折って別れを惜しんでくれる。（玉手攀条惜別情）
柳絮が落ちて道には白い絨毯をしいたよう、（径糝白氈飄落絮）
門には翠の幕を張ったようで鶯がわたり鳴く。（門張翠幄擲流鶯）
秋霜が降りてキツツキの鳴き声はけたたましく、（凋霜啄木秋声急）
残された緑陰で鳴く蜩の声に夕べの風は涼しい。（残緑寒蜩夕吹軽）
万里の道を三度行くことを人は知らず、（万里三遊人不識）
天は高く地ははるか、私はどこに行くのか。（天高地迥我何征）
遙かなる神仙よ、私は今ここにいて、（神仙縹緲吾身是）
山も海もはるか遠くで上界に届くのか。（山海微茫上界行）
絹の扉と赤い門は真昼にも閉じていて、（綉闥朱門清昼掩）
寒々とした森の枯れ草の上で鳥の鳴く夕べ。（寒林衰草暮鴉鳴）
風にただよう淡い霧に山の色は愁異に包まれ、（風煙淡淡愁山色）
すすり泣くような歌声が河の音に加わる。（歌哭悠悠送水声）
翌朝には鶴に乗って北極におもむこう。（鶴背明朝忝北極）
蓬莱山からの帰り道、東海は涯しない。（鼇頭帰路杳東瀛）
霧の中の夢は盧竜塞で断たれるが、（煙波夢断盧竜塞）
故郷からの客は幼馴染の名前を尋ねよう（郷客応尋旧姓名）

また「方言歎」というのは次のようなものであった。

窓の外はどうして騒がしいのか、（窓前何喧喧）
様子を見ると隣近所が集まっている。（観状四隣集）
ある者は私の頭巾と衣装を見て、（或閲我巾裳）
ある者は私の笠を指す。（或指我簦笠）
あるいは腹を抱え、あるいは胸を抑えて、（坦腹而頳胸）
門を押して垣を廻らすように立っている。（排門環堵立）
人びとのおしゃべりは蟬がなくようで、（群言競啁啾）
大笑いしては互いに応酬する。（諸笑互酬答）
音楽の音の速さは暴風のようで、（五音疾如颷）
理解しようとしても私にはできない。（欲弁吾不及）
みな文字によってわかろうとするが、（皆従文字来）
清音と濁音が紛らわしくて嘆くしかない。（清濁紛嘘歙）
女・子どもは鶯のように舌を転がして愛らしく、（児女鶯囀嬌）
男は蛙のような声でけたたましい。（丈夫蛙咈急）
年寄りの話しは夕暮れの鴉のように騒がしく、（老語暮鴉聒）
子どもたちの声は燕の雛がさえずるよう。（稺語新燕澁）
調和して律呂にかない、（雍容中律呂）
争い怒って噂をしあう。（闘怒相噂喳）
私は翻訳のすべを知っていて、（而我解訳翻）
翻訳官の仕事を苦労としないはずだが、（不労象胥業）
まるで耳玉が耳を塞いでいるようで、（猶如瑱在耳）

百を聞いて十もわからない。（百不能暁十）
秋に露が結ぶときに蟬の声を真似ようとし、（欲学秋露蟬）
人に会えば常に口を閉じる。（逢人口常合）
角端▼11は八方のことばを使い、（角端八方語）
秦吉▼12はまたおしゃべりをする。（秦吉亦喋喋）
私一人が翻訳官を借り、（我独仮舌人）
百事の弁論を聴くものの、（百事聴捭闔）
まるで鬼神のことばを聴いているようで、（如聆神鬼語）
巫女たちを通して接しているよう。（巫覡憑相接）
天地はおのずから性情を備え、（天地自性情）
遠近にしたがって気質も習俗もちがう。（邇遐殊気習）
鶴と梟とがそれぞれの分際で悲しみ、（鶴梟各自悲）
牛と馬とはさかってもつがわない。（牛馬不相渉）
五帝は政治を世襲することなく、（五帝不襲治）
三王は法が同じではなかった。（三王不同法）
品のないことだ、どうしたものか、（陋哉可奈何）
私は礼節と義理を誤らないようにしたい。（礼義吾不乏）

▼1【朱之蕃】中国の使臣。一六〇六年、皇太孫誕生詔使として梁有年とともに朝鮮にやって来た。
▼2【『皇華集』】朝鮮時代、中国から使臣たちが頻繁にやって来たが、朝鮮の文人たちと詩文のやり取りをした。それを収めた詩文集。後の第八一話を参照のこと。
▼3【顧養謙】宣祖二十七年（一五九一）正月に、明は顧養謙を経略として、兵砲手十万を発行させ、鴨緑江

に駐屯して、すぐにでも渡ろうとしている、という記事がある。壬辰倭乱（第三一話注10参照）の際に明兵を率いて奮戦した。

▼4【鄭経世】一五六三〜一六三三。字は景任、号は愚伏・一黙・荷渠。柳成竜の門人で、性理学に明るかった。理気説においては李滉の説に反対して、李珥の説に立ち、特に礼論に明るく、金長生とともに礼学派と呼ばれる。

▼5【李浣】一六〇二〜一六七四。孝宗のときの文官。字は澄之、諡号は貞翼、本貫は慶州。人となりは剛直で、読書を好み、兵法に明るく、戦略に長けていた。一六三六年、別将として正方山城で功を立てた。孝宗は瀋陽で人質生活を送った屈辱を晴らそうと「北伐計画」を計画して、北伐のイデオローグである宋時烈・宋浚吉を登用、実際の軍備については李浣が訓練大将として事に当たった。しかし、孝宗の死去とともに、この計画は挫折した。続く顕宗の時代、宋氏たちは斥けられたが、李浣だけは右議政に至り、一人残って重用された。

▼6【韓応庚】この話にある以上のことは未詳。

▼7【白瑜】この話にある以上のことは未詳。

▼8【紗籠】壁にかける名士貴人たちの詩を保護するために覆った薄い絹。

▼9【茅竜】中国、漢中の占い師の呼子仙が乗ったという竜の名前。

▼10【遼東の鶴】漢の時代、遼東の丁令威が神仙の術を学んで鶴になったという。『捜神後記』にある。

▼11【角端】一日に一万八千里を行き、人のことばを理解して文書を伝えたという珍獣。

▼12【秦吉】人のことばをしゃべる鳥。

第七九話……中国女性を漢詩でくどく

李穀《イコク》▼1が書状官として中国に行ったとき、道の側にある青楼の上を見ると、一人の美しい女が朱色の簾の中に身を隠して、李穀に向って水をかけた。李穀はすぐに嚢の中から白い紙を貼った扇子を出し、絶句一首を書いて贈った。

二、三人の美女が夕陽を愛でて、
青楼の朱色の簾の側にいる。
理由もなく晴れた空から雨が降り、
朝鮮の御使の衣を濡らす。
（両両佳人弄夕暉、青楼朱箔共依依。
無端一片陽台雨、飛洒三韓御使衣）

李穀が振り返ると、美人がうまい酒と珍しい肴を用意して路に出て来て挨拶をした。

近年、書状官の趙徽《チョフィ》▼2が燕京（北京）に行ったとき、途中で薄い絹で顔を隠して歩いている美しい女性に出会った。趙徽が絶句一首を作って扇子に書いて贈った。

恥じらいながら路を行くのに薄絹で顔を隠し、
晴れた空に浮かんだ雲から月光が漏れるよう。
蜂のように腰はくびれてほんの一握り、
絹のチマは石榴の花を切り取ったよう。
（惹羞行路護氷紗、清夜軽雲漏月華。
約束蜂腰纔一掬、羅裙新剪石榴花）

趙徽は放蕩の人物で、女を家まで追った。女の美しさは卓絶していた。紅の絹でパジを作ってくれるなど、趙徽をまごころこめてもてなした。

また、わが国のある文士が中国に行ったとき、道で驢馬の引く車に乗った美人に出会った。文士は門に寄りかかって二つの句節の詩を作って与え、それに応答するように求めた。その文士の句節、

心はあでやかに化粧した美人を追いかけ、
身体はからっぽになって門によりかかる。
（心逐紅粧去　身空独倚門）

美人は驢馬を止め、これに続く句節を作って立ち去った。

驢馬は車が重くなったと怒っている、
一人の男の魂が乗り込むものだから。
（驢嗔車載重　添却一人魂）

▼1【李穀】一二九八～一三五一。高麗末の学者。号は稼亭。牧隠・李穡（第八〇話注1参照）の父親。元の制科に二等で及第して翰林国史院の検閲官となった。帰国後、政堂文学となり、韓山君に封じられた。李斉賢とともに『編年綱目』を増修して、忠烈・忠宣・忠粛の三代の実録を編集した。

▼2【趙徽】『朝鮮実録』宣祖九年（一五七六）三月に、司憲府から、工曹佐郎の趙徽は性格が浮雑で、ソウルを往来して失することが多いので罷免すべきだという啓上があり、聞き届けられた旨の記事がある。

第八〇話……「僧笑」と「客談」

李穡《イセク》▼1は中国に行って科挙を受け、甲科で及第して、その名声は中国に鳴り響いた。ある寺に行くと、その僧が礼をして言った。

「あなたは高麗のソンビとしてわが国の科挙に首席で及第なさったと聞きましたが、今日は幸いにもお会いすることができました」

しばらくして、別の人が餅をもって来てもてなした。僧が一つの句節を作った。

僧笑（餅）が少しやって来て僧が少し笑った。

（僧笑小来僧笑小）

李穡にこれの対句を作るように言った。「僧笑」というのは餅の別名である。李穡は急には続きを作ることができず、後日を約束して立ち去った。

「後日、きっとうかがって対句を披露します」

その後、李穡は千里の遠くはるかに旅をすることがあったが、宿の主人が瓶をもってやって来たので、それは何かと尋ねると、

「客談と言います」

と答えた。「客談」というのは酒の別名であった。そこで、前日の句の対ができた。

客談（酒）がたっぷりやって来て客の話がはずむ

（客談多至客談）

半年の後に前の寺に足を運んでその僧にその句を披露すると、僧は大いに喜んで言った。

「およそ対句というのはぴったり照応することが重要です。遅くなっても何が問題でしょうか。また一句

のために千里の道を遠しとしないでやって来られた。これも奇の中の奇と言うべきです」

▼1【李穡】一三二八〜一三九六。号は牧隠、本貫は韓山。高麗末の有名な学者で、「麗末三隠」の一人。元の庭試に選ばれ、翰林知制誥となった。帰国後、鄭夢周・金九容などとともに明倫堂で学問の講論をし、朝鮮性理学が起こった。朝鮮建国後の一三九五年、太祖・李成桂はその学識を尊び、韓山伯に封じ、礼を尽くして出仕をうながしたが、固辞して出なかった。その翌年、驪江に行く途中で急死したが、死因には疑惑がもたれる。高麗末から朝鮮初期の学者の多くが彼の門下から出た。

第八一話……中国の使節たちの詩文

『皇華集』というのは世間に久しく伝来した書物ではなく、またけっして有名なものでもない。中国からの使臣たちの作品について、その巧拙を論ずることなく、一つとして除くことなく収めて刊行されたものである。

わが国では中国の使臣で詩をよくする人を称賛するときには、かならず「龔用卿」という人に比するが、朱之蕃（第七八話注1参照）に尋ねると、かつてそのような姓名を聞いたことがないということであった。祈順▼1や唐皐▼2は到達した詩人とは言えない。張寧▼3というのはわずかに清麗なところがあるが、脆弱で取るべきところがなく、ついには小家であると言うしかない。その他に論ずるべき人物はいない。

徐居正《ソコジョン》▼4が祈順と向かい合ってあえて詩を吟じて挑戦を試みたようである。しかし、「百済の土地の形成は水に臨んで尽き、五台山の山脈は天から下りて来る（百済地形臨水尽　五台山脉自天来）」という句節から苦境に陥った。後日、李栗国《イユルグク》▼5がこれを誇って言った。

「四佳はまるで相撲をする人間が最初に相手の脚に脚をかけたものの、逆に相手に倒されてしまったもののようだ。わが国の人は中国の使臣に対するときには、まずは相手のものを受けて、それに酬和すればいいのだ。どうしてこちらから吟じる必要があろうか」

これこそまことに名人の言である。わが国で中国の使臣を応接するときには、当代の文人の中でも特に詩をよくする者を選んで事に当たらせている。それゆえ、拙い詩で中国の使臣たちに笑われるようなことになっては、どうしてそれを恨みとしないでいられようか。

鄭士竜《チョンサリョン》▼6は文学の首領として称賛されていたが、その作品には完成されたものがなく、疾病がおのずと露呈している。ただ一人李荇《イヘン》▼7だけが渾然として整ってはいるが、語調と律格が低くて科挙の答案のような文章である。いつも詩を作るときにはしばらく屋根の上をながめ、手に任せて滞ることなく作って、その対句は宛転として欠点がないようにしなくてはならない。平素に心がけていなければ、できることではない。

朱之蕃の詩は粗雑で形をなさず、熊和▼8の作品が委縮して脆弱なのにも優っているわけではない。蘇世譲《ソセヤン》▼9や李希輔《イフィポ》▼10は当時の文学の一人者であったと言うわけではないが、現在の朝鮮の文章を読んで、四韻に習熟している柳根《ユグン》▼11のような者でも肩を並べることのできないものである。文章が次第に劣ってゆくのは水が低きに流れるのと同じで溜め息が出るばかりである。

▼1【祈順】一四七六年、中国から冊立皇太子詔使として朝鮮にやって来た。

▼2【唐皐】一五二一年、中国から世宗登極詔使として朝鮮にやって来た。

▼3【張寧】一四六〇年、中国から勅諭使として朝鮮にやって来た。

▼4【徐居正】一四二〇〜一四八八。字は剛中、号は四圭亭、あるいは亭亭亭、本貫は大邱。一四三八年、生員・進士の両方に合格、一四四四年には式年文科に乙科で及第した。その後、顕官を歴任して、一四六五年には抜英試、続いて登俊試にも及第して、『経国大典』の編集にも参加した。この時代の国家的な文事、『東国通鑑』『東国輿地勝覧』『東文選』などの編纂に中心的な役割をなし、『太平閑話滑稽伝』『筆苑雑記』（ともに作品社より既刊）などの稗史小説集がある。一四七六年、中国から冊立皇太子詔使として祈順・張瑾な

どが朝鮮にやって来たときの遠接使としてここの話には出る。

▼5【李栗国】一五三六～一五八四。李珥。「東方の聖人」と呼ばれる李朝の代表的文臣。字は叔献、栗谷は号、他に石潭・愚斎の号があり、本貫は徳水。父は李元秀、母親は画家の申師任堂。十六歳で母を失い、虚無感から三年喪を終えて金剛山に入って仏教を学んだが、儒教に戻った。生員試・文科に壮元（首席のこと）で及第し、要職を歴任して政治家としても活躍した。彼は理気二元論をとり、理の優位を認めつつ、李退渓とは異なり、理の運動性は否定した。門下たちは畿湖学派を形成し、退渓門下の嶺南学派と対立した。『栗国全集』がある。

▼6【鄭士竜】一四九一～一五七〇。明宗のときの文臣。字は雲卿、号は湖陰、本貫は東萊。一五〇九年、文科に壮元及第、内外の要職を経て、大提学・判中枢府事に至った。詩文に優れて、音律にも明るく、中国からの使節を幾度となく接待した。李樑の党となり、正一品にまで昇りつめたが、李樑の失脚とともに、官職を削奪された。一五三七年、中国から皇太子誕生詔使として龔用卿・呉希孟などが朝鮮にやって来たとき、および一五四六年、仁宗賜諡使として劉遠・王鶴がやって来たとき、両度の遠接使を務めた。

▼7【李荇】一四七八～一五三四。中宗のときの大臣。字は択之、号は容斎、本貫は徳水。一四九五年に及第、一五一五年、大司諫として、廃妃慎氏の復位を主張する朴祥・金浄に反対したが、一五一七年、誣告を受け、官職を投げ棄てて沔川に退いた。一五一九年の己卯士禍（第一二話およびその注参照）の後に復帰して、右・左議政に至ったものの、一五三二年、金安老と対立して咸従に帰郷して病死した。一五二一年、中国から唐皐・史道などが世宗登極詔使として朝鮮にやって来たときの遠接使。

▼8【熊和】一六〇九年、中国から宣祖賜諡使として朝鮮にやって来た。

▼9【蘇世譲】第七三話注1を参照のこと。一五二一年、中国から世宗登極詔使がやって来たときに李荇とともにこれを応接し、一五三九年にも冊立皇太子詔使として華察・薛廷寵がやって来たときの遠接使であった。

▼10【李希輔】一四七三～一五四八。文人。字は伯益、号は安分堂。一五〇六年、直提学となったが、燕山君のときに宦官の張緑水に阿諛したという、司憲府からの弾劾を受けて罷免、中宗がしばしば大司成に任命しようとしたが司憲府の反対で実現しなかった。一五三六年にやっと大司成となった。

▼11【柳根】一五四九～一六二七。字は晦夫、号は西坰、本貫は晋州。司馬試を経て、一五七二年、別試文科に壮元となり、賜暇読書し、一五八七年には文臣殿試でふたたび壮元であった。日本から玄蘇が来ると、宣

慰使として応接した。一五九二年、壬辰倭乱が起こると、王に従って義州まで避難し、明との交渉役として活躍した。終戦後、晋原府院君に封じられ、大提学・左参賛に至ったが、光海君の時代には官爵を削奪された。仁祖反正で復帰、一六二七年、丁卯胡乱（新興の後金（清）が親明政策を取る朝鮮に侵入してきた事件）のとき、王に従って江華島に避難する途中で死んだ。

第八二話……私の作った瘧を払う詩

以前、私が連山に住んでいたとき、幼い下僕が瘧《おこり》を患った。私は戯れに四韻の律詩一首を作って下僕の背中に貼りつけたところ、瘧は癒えた。

土伯はでこぼこと九回も曲げた身をもち、
高々と突き出た二つの角は天を貫くよう。
千尋の釜で竜の脂をぐつぐつと煮立て、
一万の神兵が激しく鉾先を交わし合う。
嘴を開き息をついて渤海に塵をはらい、
拳を振って一たび打ち砕けば崑崙山も粉となる。
可憐なる水帝の幼い鬼神よ、
星のように昇り風のように馳せて地の外に出て行け。

（土伯盤困九約身　嵯峨双角柱穹旻
竜脂乱沸千尋鑊　虎戟交攙万甲神
哆啄吸来塵渤海　張拳打破粉崑崙

可憐水帝孱兒鬼　星鶩風馳地外論）

おおよそ、瘧の鬼神というのは水の鬼神であり、土は水に克つ。そこで『楚辞』に出てくる土伯の語[▼1]を用いたのである。

その後、家の中で瘧にかかった人がいれば、その詩を書いた紙片を伝えていて、背中に貼りつければ、すぐに治らないことがなかった。そこで、近隣では、この病にかかった人はこの詩を書いて貼り付けて治し、村々がすべてこれをまねるようになった。恩津・石城・扶余・公州・鎮岑・錦山といったところではこの詩を伝えて用い、たとえ長いあいだ癒えなかった瘧でも一片の紙で効き目がないということがなかった。おかしなことである。

▼1【『楚辞』に出てくる土伯の語】「土伯九約す。其の角は觺たり。敦脄血拇、人を逐うこと駓駓たり」（『楚辞』招魂）から。その意味は、地下の国の支配者の土伯が身を九曲してその角は鋭く、背中が厚く、血だらけの親指でつかみかかり、人を逐ってすばやく駆け回る、となる。

第八三話……月蝕詩

盧仝《ノドン》に[▼1]「月蝕詩」というのがある。

一つの星（天市星）と四つの星（宦者星）は太陽の横にあり、
一つの星と四つの星（勢星）は天市星の横にある
（一四太陽側　一四天市傍）

注釈がなく、私はこの句の意味を理解できなかった。僉正の車雲輅《チャウンロ》▼2もまた文士であるが、この句の意味を解釈できなかった。後になって天文に関する書物を閲覧したところ、天市星の横には宦者星四つがあって太陽の側に在り、城の横を守る勢星四つがあって、人びとを去勢する刑を主管している。当時の宦者たちが勢力を振って人の威福を心のままに行なったが、この詩にはそれを隠してはっきりとは明示しないのである。私が『天文類抄』を参考のために読むと、はたしてその説が正しかった。読書人は読まない書物がなく、昔の人の作品に対しても論じることができるのである。

車雲輅の兄の車天輅《チャジョンロ》▼3もまた文士である。古書に精通していて、益州の夫子廟碑▼4と庾信《ユシン》▼5の「哀公南賦」のすばらしい注釈を作って世の中に用いられるようになった。一人の通訳官がそれをもって行き、中国人のソンビに見せたところ、この二つの文には昔の人も注釈をすることのできなかったものであったから、ソンビは大いにもてはやし、良質の絹七匹でもってこれを購った。通訳官は帰国して酒と肴を盛大に振舞って車天輅をもてなして謝礼をした。

▼1【盧仝】中国、唐の人。号が玉川子。学問を好み、博覧、詩に巧みであった。仕官の意志がなく、少室山に隠れた。「月蝕詩」を作って元和の逆党を謗って、韓愈にその巧みであることを称された。甘露の変に宦官によって殺された。

▼2【車雲輅】一五五九〜?。字は万里、号は滄洲、本貫は延安。一五八三年、文科に及第、校理に至った。兄の天輅とともに文章・詩・書に抜きんでていた。

▼3【車天輅】一五五六〜一六一五。字は復元、号は五山・蘭嵎、本貫は延安。一五七七年、文科に及第、一五八九年には、通信使の黄允吉にしたがい日本に渡った。さまざまな官職を経て、奉常寺僉正に至った。文章に巧みで、外交文書はもっぱら彼の手になり、壬辰倭乱の際の明に援軍を求める文書も彼の手になった。

▼4【夫子廟碑】中国の益州にある孔子廟の石碑を言う。

▼5【庾信】北周、新野の人。字は子山。文藻が豊かで、梁に仕えて右衛将軍を拝命したが、後に周に招聘さ

れ、明帝・武帝は文学を好んだので、厚遇され、驃騎大将軍・開府儀同三司に昇った。『庾開府集』がある。

第八四話……王世貞の弟子であった朱之蕃

王世貞[1]は一生のあいだ文章を学んだ。

家には五つの部屋があったが、妻が中堂に住み、他の四つの部屋にはそれぞれ妾たちを住まわせていた。その一室には儒家の本が置いてあり、儒家の客が来れば、その部屋に通して、儒書を論じ、妾には儒家の食事を用意させて客をもてなした。またもう一室には仙家の本が置いてあり、道家の客が来れば、その部屋に通して道家の書物を論じ、妾には道家の食事を用意させてもてなした。さらにもう一室には仏典が置かれ、仏家の客が来ればこの部屋で仏教について論じ、妾には仏家の食事を用意させて客をもてなした。他の最後の部屋には詩書が置かれていて、詩人の客とはその部屋で会って詩を論じ、妾には詩人のための食事を用意させて客をもてなした。それぞれの部屋で主人と客のあいだには紙と筆と硯を用意しておき、つねに文章でやり取りをして、ことばを交わすこともなかった。客が帰ると一冊の書物が出来上がった。

ある日、幼馴染がやって来たが、貧しいソンビであった。しばらくすると、総兵官がその父母のために碑文を書いてくれるよう求めてきて、その値として三頭の千里馬、絹四十四、白金四千両を用意してきた。王世貞は使いの者を立たせたまま、紙をひろげ筆を振るって碑文を書きあげた。碑文の対価は万金になったが、すべて貧しいソンビに与え、みずからは何一つ手にしなかった。

翰林学士の朱之蕃（第七八話注1参照）はその弟子であり、王世貞が客と会っている席にいたことがある。客がその父母のために碑文を書いてくれるよう頼んだが、その行状は大部の巻物になって数万字にも及んだ。王世貞は一通り目を通して、その巻物を置き、筆記させる者に筆を執らせ、口述するままに書きとるように命じて、その間、一度も巻物を顧みなかった。一仕事を終えて、朱之蕃に読ませて行状の巻物と対照させたが、その人の一生の履歴、年月、官爵などに一つの誤りもなかった。その聡明で強記であることはこのようであった。

▼1【王世貞】?〜一五九〇。明、太倉の人。忬の子。字は元美、号は鳳洲・弇州山人など。嘉靖の進士、父の忬は獄死したが、隆慶の初めに父の冤を訴えて、その官を復した。後、刑部尚書となった。詩・古文に巧みで、李攀竜とともに古文辞を唱えた。日本の荻生徂徠の学問の源流にある人である。

第八五話……私の学問方法

私は幼くして孤児となり学問をしなかった。十歳になって初めて『十九史略』を学んだ。三番目の兄[1]が第一巻を読んでいたが、わが家には他の本がなく、家兄が私に第六巻の宋紀を教えてくれた。読んだのはまだ四張ばかりに過ぎなかったとき、李覧（第七二話注2参照）が兄たちと賦を作った。私もまたともに作りたいと思ったが、「之」・「而」・「於」・「乎」の文字を置くすべを知らなかった。李覧に教えてほしいと頼んだが、李覧は「うんと勉強すれば自然にわかるようになるさ」と言うばかりであった。私は引き下がって、四張の中から「之」・「而」・「於」・「乎」を書きだし、その諺文の解釈を参考にしたが、おおよそ似たようなものであり、大して難しくはないと思った。そこで、賦と論を作らせて欲しいと頼んだのだった。文字はすべて四張の中にあるものだけを使い、上と下を省略し、全句節を書くことはしなかった。李覧は言った。

「これは天下の文章だ。後日、君はきっと大家になろう」

後日、教官の李聖錫[2]公が私の話を聞いて、敷衍して「自牖篇」を作った。文字の中に口訣を取って

「伊《イ》」・「尼《ニ》」・「隠《ウン》」・「乙《ウル》」・「厓西《エソ》」などで作ったが、三十文字の順を逆にした諺解の方法と似ていなくもない。おおよその意図するところは初学者たちが学びやすくするためである。

李公は多才であった。木牛流馬を作ったことがあったが、その木牛流馬はよく歩いて人の命令にしたがった。役所に勧めて大牛馬を作ったが、身体があまりに大きくてうまく歩くことができなかった。当時の人びとは笑った。

李公が「自牖篇序」を作るように請うた。私はすぐに書いて送った。

「昔、伏羲氏は一篇の文章も読まなかったが、八卦をよく描き、当時、竜馬が図を負って出現した。私の表兄（外四寸兄）の李聖錫氏もまた一篇の文章も読まないで、よく『自牖篇』を作ったが、それは竜馬ならぬ木馬が図を背負って出現したものか」

相国の李恒福▼3がかつて夜にこの序を口ずさんで、覚えず一人寝ころんで感嘆したという。後年、私は李相国の推薦を受けて教官になり、「自牖篇」を使って幼い子どもを教えたが、すこぶる効果が上がった。最初は笑っていた者たちが後には大いに不思議がったものであった。

▼1【三番目の兄】柳夢熊。生員となったが、壬辰倭乱の際に、日本人が母親に切りかかろうとしたので、母親に覆いかぶさり、切られて死んだ。『於于野譚』（作品社）の第一話にある。

▼2【李聖錫】『光海君日記』（鼎足山本）九年（一六一七）十一月に、教官の李聖錫の名前が見える。『朝鮮実録』仁祖五年（一六二七）十月に、李聖錫を宗簿主簿になすという記事がある。

▼3【李恒福】一五五六～一六一八。字は子常、号は弼雲・白沙など。高麗の文人である李斉賢の子孫。悪童であったが、母親の叱責を受け、また母親の死に遭い改悛して学問に励むようになった。一五八〇年、文科に及第して官途につき、銭穀の出納に明るいと称賛された。一五九二年には王にしたがって臨津江を渡り、鰲城君に封じられた。さらに平壌にまで至って刑曹判書に特進した。日本軍が平壌に迫ると、義州に避難し、日本と朝鮮が合力して中国を攻めようとしているという流言を利用して中国の出軍をうながした。光海君の時代、臨海君および永昌大君を助命しようとして王にうとまれ、北青に流されて死んだ。

第八六話……朴忠元の作文法

賛成の朴忠元《パクチュンウォン》[1]は文章を書くとき、草稿を作っておくことがなかった。しばらく沈思して、一枚の紙を開いたかと思うと、下に点をうち、あるいは円を描いたりもし、あるいは折れた画を作り、あるいは「雖」・「而」という文字を書き、あるいは「大抵」と書き、あるいは「嗚呼」と書いた後に、試紙に清書をして一字として間違うことはなかった。ある人が尋ねると、それに答えた。

「おおよそ文章を作るのに難しいのは構成であり、文字というのは筆に任せればいい」

▼1【朴忠元】一五〇七～一五八一。字は仲初、号は駱村、本貫は密陽。一五三一年、文科に及第、湖堂に入った。一五四一年、寧越郡守となったが、寧越は魯山君（端宗）が亡くなった後、七名の郡主たちが続いて急死していたので、凶地とされていた。忠元はお供えをして祭文を作って祭祀を行なったが、その晩、忠元は一度は死んで、ふたたび蘇った。その後、寧越には怪異はなくなったという。吏曹判書、知中枢府事に至り、密原君に封じられた。

第八七話……人それぞれの作文法

司諫であった私の祖父（柳忠寛、第四八話注1参照）は文章を作るとき草稿を書かなかった。細心に大小の曲折を考えると、紙面に対して筆を振るい、文章を作った。

正郎の申熟（第七一話注3参照）は対策の草稿を作るとき、枕を高くそばだてて臥し、冠を脱いで顔を覆い、酔っているようでもあり、眠っているようでもあったが、いきなり起き上がって文章を書きつけ、それで対策の半分は成った。そうしてまた同じように臥して残りの半分を仕上げたのだった。私は朴忠元（第八六話注1参照）、祖父、そして中熟の三者のそれぞれのやり方を試してみた。大小の曲折一つ一つを腹案に置いていたものの、あるいは忘れることがあって情けない思いをし、しかたなく天に任せて書き始めた。すると、文字というのは果たして筆の先にあるのであり、朴忠元のようにするのがよかった。

私が何度か試験場で試験を受けると、見る者が私を壮とした。

相国の李浚慶[▼1]の子弟が試験場にやって来て対策を書いて家に帰った。相国が草稿をもってくるように言うと、

「試験紙に直接に書いたので、忘れてしまい、記憶に残っていません」

と答えた。相国は苦笑いしながら、言った。

「お前の学問は完成されていると言うのか。私の若かった時分、試験場で対策を作るときには、原稿をみな完成して、さらに別の紙に楷書で書いた上で、二度、三度と読んだ後に、やっと試験紙に書き写して提出したものだ。お前は草稿もなく試験紙に直接に書いたと言うのだな。お前の学問はすでに完成していると言うのか」

これは子弟をなじったのである。

その相国が及第した後に詩を作り、鄭士竜（第八一話注6参照）に見せて言ったという。

「詩は昔の人に伍することができようか」

すると、鄭士竜が言った。

「昔の人に比較することはできないが、友人と袂を分かつほどの詩ではある」

相国はそれ以後というもの、二度と詩を作ろうとしなかったそうである。

▼1【李浚慶】一四九九〜一五七二。宣祖のときの領議政。字は原吉、号は東皐。本貫は広州。一五〇四年の

甲子士禍（第一四八話注2参照）に際しては父祖とともに禍に遭ったが、熱心に学問をして、一五三一年には文科に及第した。金安老ら「三凶」に禍をこうむったが、彼らの死によって、中央の政界で活躍、領議政に昇った。一五六七年、明宗の臨終の際には枕元に呼ばれて、後継ぎの相談を受け、宣祖を推戴した。

第八八話……鄭士竜の詩作の始まり

鄭士竜（第八一話注6参照）が初めて及第して、まだ詩など作らなかったころのことである。弘文館正字として宿直室にいたとき、典翰の李思均《イサキュン》▼1が外から酒に酔って帰って来た。しばらくして、役人が紙をもってやって来たが、数十丈の巻紙のようであった。離別詩や挽歌の要求に応じようと、役人にその紙を展かせた。少しも構成を練ることなどなく、一気に筆を振るって、あるいは絶句、あるいは短律、あるいは長篇古詩を書いた。わずかの間に書き下ろす様子は風が吹いて雷がとどろくかのようであった。典翰が鄭湖陰（湖陰は士竜の号）をにらみつけて言った。

「お若い正字殿も詩をよく作られるか」

鄭湖陰は黙ってその詩を見ていたが、それらにはいいものもあれば、よくないものもあった。しかし、伸び伸びとして敏捷であることでは肩を並べる者がなかった。出て来て、人びとに言った。

「詩は文の精髄である。どうしてあのように軽々しい心で手を弄んでいる者が後世に残るようないい詩を作れようか」

しかし、彼は心の中では典翰を欽慕することをやめなかった。彼が詩作を始めたのはこのときからである。

▼1【李思均】一四七一〜一五三六。字は重卿、号は訥軒、本貫は慶州。一四九八年、文科に及第、一五〇四

年、副修撰であったとき、廃妃尹氏の復位の不当であることを主張して帰陽。一五〇九年には校理として重試に首席で合格して加資された。己卯士禍で趙光祖をはじめとする新進士類が粛清された後、副提学となったが、趙光祖一派であるという告発を受けて左遷された。

第八九話……杜甫自筆の原稿

万暦（明の皇帝神宗の年号）の丁酉（一五九七）・戊戌（一五九八）年間に中国から水軍を出動させて倭賊を防いだ。中国の将帥の陳璘などが南海に到着して停泊したとき、鰲城府院君《オソンブウォンクン》・李恒福《イハンボク》（第八五話注3参照）がこれを待っていた。中国の一人の将帥が箱の中から絹で何重にも包まれた宝物のように納められたものを取り出して、順に包みを開いて見せた。その中に一篇の文があって、それは杜甫自筆の原稿で、「倚江柟樹草堂前」▼1という古詩であった。句々字々すべてが改められ、改められていないところがなかった。ただ「東南飇風動地至」という句節だけが変更されていなかった。その他のところはみな濃い墨で消されて書き換えられていて、その字体はすこぶる拙劣であった。杜甫が字句にこだわって辛苦し、詩によって痩せ衰えたというが、まさに詩聖と言われる所以である。彼はかならず草稿を作成して、何度も添削して一字たりとも疎かにしなかった。ましてや、後世の人は彼よりも水準は劣る。千倍、百倍も劣っているにもかかわらず、心のおもむくままに書画を書くが、そのときはいいとして、それが後世に伝わることを思うと背筋が凍りつく。

▼1【「倚江柟樹草堂前」】杜甫の七言歌行「柟樹の風雨の抜くところとなるを嘆く」の冒頭の句。「江に倚る柟樹、草堂の前、故老相い伝う、二百年と。茅を誅り居をトするは総て此れが為なり。五月髣髴、寒蟬を聞く。東南の飄風、地を動かして至る。江は翻り石は走りて、雲気流る。幹は雷雨を排して猶力走するも、根

は泉源に断ゆ、豈に天意ならんや」と続く。

第九〇話……青雲の志をもった人に托す

黄汝献[1]は文章において世間では名声を得ていた。しかし、豪放で気勢をふるい、当時の人びとに排斥されることが多く、その文章で今に残るものは少ない。湖陰・鄭士竜（第八一話注6および第八六話・八七話参照）は、その行実について嘆息するべきところがなく、むしろその高潔さによって排斥されたものの、その作詩があれば、かならず李退渓（第三〇話注7参照）に校正を受けた。退渓がもしその誤っているところを指摘すると、みずからの意見が正しいと意地を張ることがなかった。

また蘇斎・盧守慎（第六話注8参照）とたがいに厚い友情を交わし、蘇斎が珍島に流配されていた十九年のあいだ、湖南の奴婢が貢いだ五、六人分の年貢を蘇斎に送り続け、蘇斎はこれをはなはだ有難く思った。蘇斎が朝廷に戻ってくることになったが、その当時、湖陰が世に受け容れられなくなって久しかった。その文章が重んじられていなかったのを、蘇斎がこれを盛大にもてはやして推奨したので、やがて大いに流行するようになった。太史公が言っている。

「青雲の志をもった人に托さなければ、どうして後世に名を残せよう（非附青雲之士、悪能施於後世哉）」

まことに至言である。

▼1【黄汝献】字は献之、号は柳村、本貫は長水。領議政の黄喜の五世の孫。一五〇九年、文科に及第、三司に歴事して、湖堂に選ばれ、官職は吏曹参議に至った。一五三三年、事件にかかわり、金山の獄に繋がれたが逃亡して、ふたたび捕まり、杖配が決定したが、逆に鄭公清の罪を告発して赦された。筆法と文章に優れ

ていて、蘇世譲・鄭士竜とともに当代に名高かった。

第九一話……金時習に「渭川釣魚図」詩を依頼した韓明澮

韓明澮[1]が「渭川釣魚図[2]」を手に入れて、みずからは筆を執らず、有名な人物の詩を求めようとしたところ、みなが言った。

「五歳[3]でなくては、この絵に釣り合う詩は書けない」

そこで、五歳に来てくれるように頼んだ。五歳は開城からやって来て、筆を執ってすぐに次のような詩を作った。

風と雨が寂しく釣り場に吹きつけ、
渭川の魚も鳥も欲念の虚しさを忘れてしまう。
さてどのようなものか、年老いて鷹揚[4]の将軍となり、
空しく伯夷と叔斉[5]だけが薇《ぜんまい》を食べて餓えて死ぬ。
（風雨蕭蕭払釣磯　渭川魚鳥却忘機
如何老作鷹揚将　空使夷斉餓採薇）

この詩には気品と韻が抜きん出ていて、句々は風流の意を湛えていないものの、思わず悵然とさせられる。

▼1【韓明澮】一四一五～一四八七。字は子濬、号は鴨鷗亭。一四五三年、首陽大君（世祖）を助けて金宗瑞

を惨殺した後、右承旨になり、さらに成三問など「死六臣」を死刑に処した後、都承旨・吏曹判書など経て、各道の体察使を務め、領議政まで務めた。一四六七年、李施愛の乱が起こると、一時投獄されたが、すぐに釈放された。娘二人が章順王后（睿宗妃）・恭恵王后（成宗妃）となった

▼2【「渭川釣魚図」】太公望・呂尚の故事を絵に描いたもの。渭水に釣糸を垂れて世を避けていたが、猟に出た西伯（文王）に認められ、師として迎え入れられた。

▼3【五歳】金時習の号。金時習については第六話注1を参照のこと。世祖の王位簒奪に積極的に加担した韓明澮が、その王位簒奪を嫌ってけっして出仕しようとせず、韜晦しつつ狂者のような人生を送った金時習に作詩を依頼したというのが、この話の味噌となる。

▼4【鷹揚】『詩経』大雅の「文王之什」の大明に、「牧野洋々たり　檀車煌々として、駟騵彭々たり　維れ師尚父　時に維れ鷹揚し　彼の武王を涼け　大商を肆伐す　朝に会し清明す」とある。「鷹揚」は殷の臣であった呂尚が周の武王を助けて殷を討つために意気揚々と行軍するありさまを言う。

▼5【伯夷と叔斉】孤竹君の子の伯夷と叔斉の兄弟は、周の武王が殷の紂王を討つに当たって、臣が君を弑することの不可を説いて諫めたものの、聞き入れられなかった。周の天下統一後、周の粟を食らうことを潔しとせず、首陽山に隠れて薇を食べ、ともに餓死をした。金時習は呂尚の生き方をよしとせず、伯東・叔斉に自己の範を求めたことになるが、皮肉なことに王位簒奪者の世祖は即位前には首陽大君を名乗っていた。

第九二話……道を得た人　張応斗

張応斗《チャンウンドゥ》▼1は湖南（全羅道）の古阜の人である。文章をよくしたが、科挙のための学問はないがしろにした。茅の庵を作って四方に垣根をめぐらし、静かに暮らして性品を養って、人に依頼したり、謝礼をしたり、友人と往来することを好まなかった。かつて「蜃楼記」を書いたとき、監使の李浚慶《イジュンギョン》（第八七話注1参照）が大いにおどろき、世間にまたとない高雅な文章だと評した。若いころから企斎《キチェ》・申光漢《シンクワンハン》（第三四話注2参照）と付き合っていた。

企斎は元凶たちに▼2恨みを抱いて官職を棄てて駱峰の麓に住んだが、あるとき麻衣を着た人がやって来て面会を求めた。門番が彼を追い払おうとすると、門を押し開けてずかずかと入って来た、それがまさに張応斗であった。企斎は小さな書斎を新たに作っていたときで、企斎は文字を書きつける板を差し出して応斗に詩を書くようにいった。応斗は少しも時を置かず、即席に筆を振るって詩を書いた。

駱洞の村の中には年老いた居士がいて、
駱洞の村の中に茅の庵を作る。
身体は村の外に遊んで、心は村の中にあり、
村には青々とした松が岩にしっかと根を下ろす。
岩の心は落ち着いて松は節義を通すが、
岩も松もともに心の中を映し出したもの。
心の中の事がらはこのようにあり、
権勢に屈することのないのを私は知っている。
騒々しい子どもたちはそれを知ってか知らずか、
松はいよいよ青々と岩の上に立っている。

（駱洞中老居士　駱洞洞中来卜築
身遊洞外心在洞　洞有蒼松与岩石
岩以鎮静松以節　岩松倶是心中物
心中所有物如此　吾於勢力知無屈
紛紛小児豈知此　松自蒼蒼岩自立）

張応斗は詩を書き終えると、挨拶をして帰って行った。その詩を見ると、まことに道を得た人のことば

である。ある日のこと、家で過ごしていた応斗が、畑を見回って、途中で引き返して来て、言った。

「私は途中で足を踏み外し転倒してほとんど死ぬところであった。私の精神は半ば朦朧としている。来年の某月の某日に死ぬことになろう」

そうして、そのことば通りに死んだ。

▼1【張応斗】この話にある以上のことは未詳。
▼2【元凶たち】己卯士禍（一五一九）を起こして新進士類を弾圧、粛清した、沈貞や南滾などの一派を言う。

第九三話……詩は未来を予見する

詩は性情から出るものである。無心に発しても最後にはその験が現れる。曹孟徳▼1は「短歌行」で次のように歌っている。

月は明るく星は少ない。
烏と鵲が南に飛んでいき、
木を三度まわっても、
止まる枝が見つからない。
（月明星稀　烏鵲南飛
繞樹三匝　無枝可依）

この詩のために赤壁で敗れたのである。

蘇舜欽▼2に次のような詩がある。

身体は空蟬のように長椅子の上に在り、
夢は楊の花のように千里を駆ける。
（身如蟬蛻一榻上　夢似楊花千里飛）

これは夭折の兆しと言うしかない。

山の蟬の声がかしましく扉を穿って入って来て、
葛の蔓は青く茂って延び窓を破って入って来る。
（山蟬帯響穿疎戸　野蔓蟠青入破窓）

これは貧賤の兆しである。
蘇東坡▼3は「松醪賦」で次のように吟じている。

ついにここより海に入って、
はるかに天に翻る雲の波濤。
（遂従此而入海　渺翻天之雲濤）

彼は間もなくして南海に帰郷した（流された）。
明の文皇帝▼4には次のような句がある。

風が馬の尻尾を吹きあげて千本の糸となり、
（風吹馬尾千条線）

これに建文皇帝▼5が対句を完成した。

雨が羊の毛を濡らして一片の毛氈を作る。
（雨湿羊毛一片氈）

その煩瑣な様子と索々たる様子とが隔絶している。私がかつて兎山を尋ねて行き、壁の上を見ると、金欽▼6の一句があった。

腰のあいだにある一物はまさに私に祟りをなす
（腰間有物真吾祟）

これは腰に帯びる官印を嫌がっているものであるが、金欽は遂には賊の刀剣によって死んだ。たとえそのようになることが予期できないときに発した語であっても、ことば通りになってしまうのである。発語のときには慎重にならざるをえない。

▼1【曹孟徳】中国、三国時代の魏の始祖の曹操。一五五～二二〇。孟徳は彼の字。権謀に富んで、詩もよくした。後漢に仕えて黄巾の乱を平定し、袁紹を滅ぼし、華北を統一して、魏王となった。その子の丕が帝を称するようになり、曹操は武帝と追尊されることになる。赤壁の戦いでは呉・蜀の連合軍に敗れた。

▼2【蘇舜欽】中国、宋の人。字は子美、若くして慷慨、大志があり、古文詩歌をよくし、草書に巧みだった。

范仲淹に推薦されて集賢、校理となり、公金を使って妓楽を召し、賓客を会したことから蘇州に流され、後に湖州長史となって死んだ。

▼3【蘇東坡】蘇軾。一〇三六～一一〇一。北宋の詩人・文章家。唐宋八家の一人。字は子瞻、東坡は号。父の洵、弟の轍とともに三蘇と呼ばれる。王安石と合わず、地方官を歴任、後に礼部尚書に至ったが、新法党に陥れられ地方に流謫した。書画もよくした。

▼4【明の文皇帝】明の三代皇帝の成祖・朱棣を言う。一三六〇～一四二四（在位、一四〇二～一四二四）。そのときの年号から永楽帝とも。太祖の洪武帝の第四子。燕王に封じられていたが、太祖の孫の第二代恵帝のとき、北平で叛し、軍隊をひきいて南京に入り、恵帝を追いやって皇帝となり、都を南京から北京に遷した。内政に意を用い、また北方にも親政して領土を拡大した。英名かつ果断な君主であったが、その皇位簒奪の残虐さは際立つ。

▼5【建文皇帝】明の二代皇帝の恵帝・朱允炆。燕王が反乱を起こして南京を占領してみずから即位したが、その過程で恵帝の行方は不明、どこで亡くなったかわからない。

▼6【金欽】一五三七～?。字は居敬。一五六一年、進士となった。『光海君日記』（鼎足山本）八年（一六一六）六月に、罪人の金欽に訊問を加えるが服そうとはしないとある。この人とすれば、やや高齢のようにも思えるが、ありえなくもない。

第九四話……僧侶の休静の詩情

休静（第三六話注7参照）はみずから清虚道人と号したが、わが国の有名な僧である。彼が金剛山にいたときに書いた詩がある。

月の光に浮かび上がる痩せた仙人のような千丈の桧の木、
林を隔てて聞こえるコムンゴ（韓国固有の琴）の音は清いせせらぎのよう。

金剛山の真面目を知ろうと言うのなら、
白い雲が積み重なった中にそびえる一群の峰々。
（舞月耀仙千丈桧　隔林清瑟一声灘
欲識金剛真面目　白雲堆裡列群巒）

彼がまた妙香山にいたときの詩もある。

万国の都城はただ蟻塚のようで、
どの家門の豪傑といえども酒壺に浮かぶ虫けら同然。
全天を明るく照らす月がわび住まいの枕の上に映え、
松風の音は木々それぞれに途絶えることがない。
（万国都城如蟻垤　千家豪傑尽醯鶏
一天明月清虚枕　無限松声韻不斉）

第九五話……水に解けてしまった死体

学官の朴枝華《パクチファ》▼1の号は守庵《スアム》である。若いときから有名な山を遊覧しては、松の葉を食べて穀物を断った。学者たちと一緒に山寺で過ごしたときがあったが、一月のあいだ同じ麻の衣を着続けて、夜は書物を枕にして眠るのであった。十五晩は左を横にし、十五晩は右を横にして、衣にはしわが寄らず新たに熨斗を当てたようであった。

儒教、道教、仏教の三つを学んで、いずれも深奥を極めたが、特に礼に精通した。文章も博識に裏付けられて、詩と文いずれも高尚で抜きん出ていた。駙馬の光川尉《クワンジョンウィ》▼2の挽詩を作ったとき、詩人の鄭之升《チョンチスン》▼3がこれを引用して称賛してやまずに言った。

「この人物は家門が低くとも、文章家としての地位は最も高いところにある」

その詩というのは次のようなものである。

織女星と牽牛星はもともと東と西に分れていたが、
人間世界にどうやら五福を得たようだった。
子どもを産みうどんを食べて使臣として旅することなく、
笛を吹く台でともに鳳に乗ろうと言うのか。
男たちは礼をそなえて儀式を行なったが、
華麗な家に雲がつらなって不祥事が生じた。
家は沁園▼4と相向うところにあって、
堪えがたく春の草が繁茂している。

（天孫河鼓本東西　贏得人間五福済
湯餅当年曽拭玉　簫台此日共乗鸞
諸郎秉礼厥儀挙　華寝連雲象設迷
家在沁園相望地　不堪春草又萋萋）

七十歳になって門を閉じ、城市に起居していたが、一つの部屋に終日のように危座していた。友人である鄭宏偕《チョンクィンヘ》▼5とともにいたとき、倭賊がやって来た。鄭宏偕は家族を連れて避難したが、守庵は彼と離別することになって、言った。

「私は年を取っていっしょに逃げることができない。後日、きっとここに私を探してくれ」

しばらくして倭賊がやや撤退したので、鄭宏偕は守庵を訪ねて行ったが、守庵の姿は見えず、川のほとりの木の枝に小さな紙が結びつけてあった。それには杜甫の五言律詩一首が書かれていた。彼は石を抱いてその木の下方の川に身を投げて死んだのだった。

長安も洛陽も雲もはるか山の外にあり。
ここ成都には手紙もぴたりと来ることがない。
心を通わせて賦を作った客を思い、
力も尽きて台に登り故郷の方を眺める。
病も篤く、江の辺に伏せば、
親しい友は日暮れにやって来よう。
白い鷗はもともと水辺に宿るが、
何事に哀しみを遺すことがあろう。

（京洛雲山外[6]　音書静不来
神交作賦客　力尽望郷台
哀疾江辺臥　親朋暮日回
白鷗元水宿　何事有余哀）

この詩を見ると、事ごとに思い当たるところがあって、まさしく守庵が挽詩として書きつけたものに違いなかった。鄭宏偕がその死体を探して斂葬して帰ったというが、あるいは水に解けてしまっていたかも知れない。道教の書物に屍解には五種があって、金・木・水・火・土である。

▼1【朴枝華】『朝鮮実録』中宗十五（一五二〇）年七月、朴枝華が仲間たちとともに新来（新人官僚）を迎

えて酒を飲んで酔い、新来の金克達を殴る蹴るの狼藉を働いた。この新来いじめの悪習はすでに禁じてあるにもかかわらず、翰林・宣伝官・監察などではまだ続いている。痛打される新来の悲鳴が宮廷にまで届くようなことはあってはならない。首謀者を罷免して義禁府に下せという命令が下っている。

▼2【光川尉】この話にある以上のことは未詳。

▼3【鄭之升】第一〇一話および第一〇八話にやや詳しい話があるが、その人生をつまびらかにできない。

▼4【沁園】公主（王女）の庭園を言う。光川尉は駙馬、すなわち公主の婿なので、こうした表現をとることになる。

▼5【鄭宏偕】この話にある以上のことは未詳。

▼6【京洛雲山外　音書静不来……】杜甫の「雲山」と題する五言律詩。成都にあって成都にゆかりの司馬相如や王勃の詩賦を踏まえる。

第九六話……二人の兄たちの書き付けた詩

万暦の壬辰倭乱（第三一話注10参照）のとき、私は質正官として中国に行った。帰って来て平壌の行在所に至り、三番目の兄の夢熊《モンユン》（第八五話注1参照）がこの乱の中で死んでしまったことを知った。暇乞いをして母のもとに急いだ。豊徳の奴介《ノケ》山の近くの江の畔の農家にたどり着くと、その家の壁に兄の書いた詩があった。

稲積の中でいつになったらよい知らせを聞けようか、
介山の深い霧の中で賊の再び襲うのを避けよう。
（蓬庭幾時聞吉語、介山煙幕免重来）

二番目の兄の夢彪《モンピョ》▼1もまた杜甫の詩◆2を壁に書きつけていた。

風景はもの悲しく暮れてゆき、
江の畔に人影もない。
村に碓を搗くような雨が降りだしてせわしく、
隣家の焼ける火のために深夜もなお明るい。
野蛮な者たちはどうしていつも騒ぎ立てるのか、
漁師や樵として生活を営めばいいものを。
中国にはまだ兄弟がいる。
万里の外でいつも気に掛かる。

（風色蕭蕭暮　江頭人不行
村春雨外急　隣火夜深明
胡羯何多乱　漁樵寄此生
中原有兄弟　万里正含情）

二人の兄がともに前年に書いた詩を見るに及んで、私は不覚にも声を失って泣いた。しばらくして、火《ファ》荘浦《チャンポ》の守備軍が敗れて倭賊の軍が江を渡って来た。私は慌てて馬に乗り、敗走する兵たちとともに北に逃げた。数里ほど行って後ろを振り返ると、農家の焼ける煙が天を覆っていた。倭賊どもがすでに火を放ったのである。

三番目の兄は秋の収穫の心配をなさったために、このような詩を書かれたが、ついによい知らせを聞くこともなく亡くなられたのは悲しい。二番目の兄が書かれた詩は乱が起こったことを知って、私がまだ中国にいて帰って来ないのを心配なさってのものである。杜甫の古い詩であっても、自己の感懐を記したものであるに違いない。

この詩と先の朴枝華の書いた杜甫の「京洛雲山外」はともに状況にぴったりと符合している。これを思うと私は常に胸が締め付けられるようで、そこで書き記しておくのである。

▼1【夢彪】柳夢寅の次兄。『高興柳氏族譜』によると、童蒙教官、兎山県監などを務めた。補祚功臣として、領議政を贈られ、興城府院君に封じられた。

▼2【杜甫の詩】杜甫の成都浣花渓の草庵で作った詩の一首。朝鮮の人々は倭人の侵略による避難を、安史の乱を成都に避けた杜甫の体験に托したことになる。

第九七話……なぜ東と西に分かれるのか

柳克新《ユクシン》（第三話注5参照）は柳夢鶴《ユモンハク》（第三話注6参照）の息子である。夢鶴は蔭官として司憲持平となった後、襄陽府使となって地方に出た。克新もこれに従ったが、その当時、国論は東人と西人とに分かれ、ソンビたちも両派に分かれてしまった。克新は東人に属したが、つねに状況を概嘆していた。一行が弥秀坡《ミスパ》に到達したとき、克新は詩を作った。

弥秀坡で東と西に分かれる水流は、
東は東海に注ぎ、西は黄海に注ぐ。
ああ、ああ、歎かざるをえぬ、
いったい誰がここに涙を流さずにいられよう。
私はまさに穹氏の三人の兄弟に会い、

万の壺の美酒と千の鼎で煮た竜の肴でもてなす。
天吼山は千丈にも万丈にも峰々がそびえているが、
青い大空の外にこれをちょいと爪で弾き飛ばすがよい。
二つの流れは一つの流れになって、
東の漢江のほとりソウルに到るだろう。
広く広く蕩蕩として万万年の栄えあれ。

（坡東坡西二流水　東流東海西流西
嗚嗚咽咽嗚不已　誰人到此不垂涙
吾将邀穹氏三兄弟
旨酒万鍾烹竜千鼎以為礼
天吼山千丈万丈幾個峰巒
持爪一弾青天外　乃使二流為一流
東注漢江江城頭　浩浩蕩蕩万万秋）

長渓《チャンケ》・黄廷彧《ファンチョンウク》[1]は文章の人であるが、この詩を大いに奇異だとして、

「これこそ本当の文章である」

と言った。ある人が穹氏の三兄弟というのは誰のことかと尋ねたところ、克新は盤古氏の祖先であると答えた。克新は豪傑で雄弁でもあったが、また毒舌家でもあった。李昇《イスン》[2]という人物は弁才があったが、その容貌は商人と異ならなかった。

「昇よ、こちらに来い。最近、物価はどうだ」

李昇が答えた。

「最近の市中では、黍と米半升であれば、南行台諫[3]の五、六人と交換できます」

柳克新には返すことばがなかった。居合わせた者たちは抱腹絶倒した。

▼1【長渓・黄廷彧】一五三二〜一六〇七。宣祖のときの文官。字は景文、号は芝川、本貫は長水。一五八八年、文科に及第、長いあいだ侍講を務めたが、忠清道観察使となったとき、明で『大明会典』が刊行されることになり、選ばれて敷奏使として明に行き、歴代の課題であった宗系弁誣《そうけいべんぶ》（第三一話注1参照）に成功した。帰国後、同知中枢府事、戸曹判書に昇った。一五八九年、鄭汝立の謀叛（第一九話注19参照）に連座して追われたが、復帰した。一五九二年、壬辰倭乱が起こると、江原道・咸鏡道をまわって義兵を募ったが、加藤清正の捕虜となってしまった。倭軍の撤収とともに解放されたものの、捕虜になったことで罪に問われ、後に釈放された。

▼2【李昇】『朝鮮実録』宣祖三十二年（一五九六）九月、李昇を刑曹佐郎としたが、すぐに辞めさせられている。また『光海君日記』（鼎足山本）十一年（一六一九）十月に、前府使の李昇は二品に昇ったが、財貨をむさぼり、息子の基安を逆臣の李和老の娘と結婚させようとしている。官爵を削って懲らしめざるをえないとする記事がある。

▼3【南行台諫】蔭官である柳克新を言う。南行は父祖の七光りで官職につく蔭官を意味し、台諫は王への諫言を責務とする司憲府および司諫院の役人を言う。

第九八話……李士浩の詩に表れた野心

私がかつて鶴駕[1]にしたがって洪州に行ったとき、わが身に余るような文学の職責にあった。年を取った儒生に李士浩[2]という人物がいたが、上疏してみずから都元帥となって倭賊を討伐することを願い出た。その文章を見ると高古で、かの戦国時代に合従連衡[3]を行なった者たちの文章を彷彿させた。私は弼善の尹暾[4]とともにそれを称賛して嘆服した。李士浩に私は言った。

「国には人を登用するのに法があって融通が利かず、官職にはまた階級がある。一介の布衣がどうして都元帥になどなれようか。軍に随行して陣幕の中で作戦を練って国家のために志を果たすがよい」

　李士浩は衣服の裾を払って出て行って、その後、数十年のあいだ行方も知れなかった。それが、辛亥の年（一六一一）の生員試に首席で合格した。しかし、科挙には意を用いず、付き合うのはおおむねソンビたちであったものの、専ら軍事に従事した。そして、にわかに徐羊甲▼5の獄事にかかわって、宮廷の前庭で死んだのである。

　私はそれを不思議に思っていたが、その詩の一絶を読んで、そこにすでに謀叛の兆しを見せているのを知った。

男子が功名を遂げるか遂げないか、
高きに登って四方を見る目は星のよう。
のんびりと釣り糸を江上に垂れているが、
臥して天地の風雨の音に耳を澄ます。
（男子功名成不成　登高四望目如星
閑来垂釣滄江上　臥聴乾坤風雨声）

「高きに登って四方を見る目は星のよう」というのは厲鬼の兆しである。「臥して天地の風雨の音に耳を澄ます」というのは乱を幸いとする意を表している。これを吟ずると、髪の毛が逆立つのを感じざるを得ない。

▼1【鶴駕】王世子ののりものの意味だが、ここではとくに壬辰倭乱のさいに、王室を保持するためにソウルを逃れて北行する王と別れた光海君の行路を言う。

▼2【李士浩】『光海君日記』（鼎足山本）五年（一六一三）五月に、李士浩・梁応河に刑を加えるものの、服

せずとある。同じく六年十月に、前の県監の李安義から、刑死人の李士浩は宗姓近属を称しており、これを逆魁として、その妻子にも刑を加えたい旨の告発があったが、王はこれに答えなかった旨の記事がある。

▼3【合従連衡】蘇秦の主張した合従説と張儀の主張した連衡説。戦国時代、趙・魏・韓・燕・斉・楚が連合して秦に対抗しようとした攻守同盟と秦とそれぞれ六国が単独に同盟を結ばせようとした政策を言う。

▼4【尹暾】一五五一〜一六一二。字は汝昇、号は竹窓、本貫は坡平。克新の息子で、李退渓の門人であった一五七九年、進士となり、一五八五年には式年文科に及第した。一五九一年、吏曹正郎として建儲問題で流された鄭澈の党人の白惟咸・柳拱辰などを学官に推薦したとして削職された。翌年、復帰して、壬辰倭乱のときには王に扈従して、顕官を歴任した。一六〇八年、宣祖が亡くなると、山陵都監提調となり、後に礼曹判書となったが、長雨で山陵が崩れて罷免された。

▼5【徐羊甲】?〜一六一三。牧使の徐益の庶子。才能に恵まれていたものの、庶子であるため官職に就くことができないことに不満を抱いていた。鳥嶺で銀商人を殺害して金品を強奪した。捕縛されると、生命を救おうという李爾胆など大北派に指嗾され、仁穆王后の父の金悌男などと共謀して永昌大君の擁立を計画したと虚偽の陳述を行なった。そのために一六一三年の癸丑の獄事が起こり、永昌大君や金悌男が殺され、自身も処刑された。

第九九話……詩讖だった禹弘績の詩

禹弘績《ウホンチョク》▼1は若い時分から才能が抜きん出ていて名前を知られていた。七歳のとき、年長の人が「老」の字を使って聯句を作らせた。禹弘績は次の聯句を作った。

老人の頭の上の白い雪は、
春風が吹いても消えない。
（老人頭上雪　春風吹不消）

人びとは大変すばらしい出来だと感心したが、識者は口を閉ざした。彼が夭折するのではないかと考えたのである。友人である鄭象義《チョンサンウィ》[2]が永崇殿[3]の参奉となって平壌に赴任した。弘績は次のような詩を作って与えた。

鄭虔《チョンコン》[4]のような人物も才名が知られたのは三十歳のとき、
秋風に任せて馬は西の関に向って行く。
愁いが大同江を渡って象義の心を侵し、
白雲千里のはるかかなたに漢南山がある。
（鄭虔才名三十歳　秋風匹馬向西関
愁絶浿江干象義　白雲千里漢南山）

この詩の意味のわかる人は誰もいなかった。鄭象義が平壌に到着して間もなく、親族の不幸があったという知らせが届いたが、そのときこの詩は詩讖（詩による予言）だったのだと考えた。禹弘績は進士に首席で及第したが、父母のために乱の中で死んだ。当時の人びとで哀惜しない者はいなかった。この話は『三綱行実』[5]に出ている。

▼1【禹弘績】一五六四～?。字は嘉仲。一五八二年に進士となった。
▼2【鄭象義】『朝鮮実録』宣祖二十七年（一五九四）三月に、ソウルでは飢えがはなはだしく、人びとは雑草を食べるありさまである、五場の役人たちがその任を果たしていない。中場の監官の鄭象義は配給することをせず不当であり、人びとが怨嗟している。これを罰するべきだという記事がある。
▼3【永崇殿】平壌にあった朝鮮の太祖の御真を祀った殿閣。

▼4【鄭虔】唐、栄陽の人。家が貧しく、書を学ぶのに紙がなく、木の葉を代用した。玄宗がその才能を愛し、広文館を設置して博士に登用したという。

▼5【『三綱行実』】ここでは『東国新続三綱行実図』を言う。『三綱行実図』は中国と朝鮮の書籍から君臣、父子、夫婦の三綱に模範となる忠臣、孝子、烈女を集めて編集したもの。世宗十三年（一四三一）に集賢殿副提学の偰循などが王命によって作った。『東国新続三綱行実図』は『三綱行実図』・『続三綱行実図』の続編として、王命によって一六一七年に完成した。壬辰倭乱以後の孝子・忠臣・烈女などの事実を記録したもの。本の終わりに柳夢寅の図跋がある。禹弘績は孝子篇に見える。

第一〇〇話……嬋妍洞の中の魂魄にはなってはならない

相国の沈守慶[1]は若いころ、直提学として巡撫御史となり、関西地方に行った。平壌である妓生とねんごろになった。箕城門の外に嬋妍洞というところがあったが、それは妓生を埋葬するところであった。

紙いっぱい縦横に書かれたのはすべて誓いのことば、
死んだらきっと一つの墓に眠ろうと。
いかな丈夫でも遂には死を免れぬ、
できれば嬋妍洞の中で魂魄になりたいものだ。

（満紙縦横摠誓言　自期他日共泉原
丈夫一死終難免　願作嬋妍洞裡魂）

後に忠清道観察使になったとき、土地の妓生が歌謡を書いた巻物を差し出したが、それは権応仁[2]が作ったものであった。そのことばは次のようであった。

人生で出世するのに南北はないが、
嬋妍洞の中の魂魄にはなってはならない。
（人生得意無南北、莫作嬋妍洞裡魂）

相国はこれを見て笑いながら言った。

「権応仁がこの地に来ているのだな。はやくこちらに呼んでくれ」

権応仁がやって来て、挨拶をした。相国は応仁に詩を作るように言った。応仁の詩は次のようであった。

歌謡は「白雪」の曲だけが伝わって友人とは長い付き合い、
青い雲が路を隔てて顔を見るのが遅くなる。
（歌伝白雪知音久　路隔青雲識面遅）

平壌の妓生は親族に言っていた。

「わたくしが死んだら、墓にはかならず『直提学沈守慶妾之墓』と書いてくださいな」

妓生が死んで、沈守慶の官職はすでに高くなっていたが、親族は妓生の墓に標を立てて「直提学沈守慶妾之墓」と書いた。当時、国の法では平安道と咸鏡道の人たちが別の地方に移住することが許されていなかった。沈守慶が呼びよせると約束をしておきながら、その約束を果たすことなく死んでしまったのである。

▼1【沈守慶】一五一六～一五九九。字は希安、号は聴天堂、本貫は豊山。一五四六年、文科に及第、直提学・監司などを歴任、宣祖のときに右議政になった。壬辰倭乱の際には三道都体察使となり、義兵を募って

指揮して戦った。後に領中枢府事となり、一五九八年に致仕した。文章と書に秀でていた。
▼2【権応仁】『朝鮮実録』明宗十七年（一五六二）十一月、前漢吏学館の権応仁はよく詞章をなすので、宣慰使にされたいという啓上があって、受け入れられた旨の記事がある。

第一〇一話……若くして死んだ鄭之升の詩

鄭《チョン》之升《チスン》▼1がまだ若く、結婚していなかったころのことである。之升には馴染みになった妓生がいた。父母は妓生が学業の妨げにならないかと心配して、冠と沓を取り上げ、之升を密室に閉じ込めた。友人が妓生からの手紙をもって来たので、之升は詩を作ってこれに答えた。

梨の花が咲くとき雨と風のために門を固く閉ざしているが、
便りをもってきた使者はきっと涙の痕を見るだろう。
死んだとしてもどうしてこの離別を忘れることができよう。
あの世に行ってもずっとお前を思い続けよう。
（梨花風雨掩重門　青鳥飛来見涙痕
一死何能忘此別　九原猶作断腸魂）

鄭之升は舅とともに徳川に行った。最初は魚川察訪とともに文章を論じ、手紙で安否を尋ね合った。世間の普通の手紙の文章のことばで詩を作った。

謹んでお見舞いの手紙を拝し心を慰めました。

無事に過ごしているのもすべて貴殿に気に掛けていただくおかげ、
細柳営の中で初めて面識を得てからというもの、
生陽舘の中ではふたたび灯の芯をかき上げ、
ただ一つ浮かぶ雲と沈む夕日がたがいに思いを交わしました。
ただ一斗の酒と長篇の詩はともにあること難く、
望むことはみなの平安をいつまでも考える心をもって、
伏してお願いするのは鄭之升でございます。

（謹承書問慰難勝　保拙無非下念仍
細柳営中初識面　生陽舘裡更挑灯
孤雲落日同相憶　斗酒長篇並不能
余祝万安懐縷々　伏惟尊照鄭之升）

彼がことばを発すれば、それだけで詩が出来上がる、その才気の蕩々たることはこのようであった。
当時、一人の僧がいた。逍遙山から妙香山に行って帰ってきた。鄭之升が徳川の街道でその僧に会い、
その詩巻に次のような詩を書いた。

貴僧は西からやって来て、私もまた西からやって来た。
春風は木の一枝を高下させて路をさえぎる。
ある年の月の明るい夜の逍遙山の寺で、
東の林の中で杜鵑《ほととぎす》の鳴くのをともに聴いたのだった。

（爾自西来我亦西　春風一枝路高低
何年明月逍遙寺　共聴東林杜宇啼）

ああ、惜しいことだ。このような才能をもちながら、名を成すにいたらず夭折してしまったのである。

▼1【鄭之升】第九五話、第一〇八話にもこの人物が出てくるが、どのような人物かつまびらかにできない。

第一〇二話……女好きの許筠をからかう詩

許筠《ホボン》[1]は女好きであった。甲山に流されたが、帰ってきて、金大渉《キムテソプ》[2]の家の婢女の徳介《トクゲ》と懇ろになった。儒士の洪可臣《ホンカシン》[3]は彼を「風馬（浮気者）」と言ってからかい、その弟の慶臣《キョンシン》[4]に筆をもって来させ、韻を踏んで即席に「風馬引」を作った。

千牛衛[5]の閣下では天使のための儀式を開き、
太液[6]の朝に美しい仙女の掌を執る。
馬の首を縛りつけて黄金の轡は地面に映え、
徘徊する姿を青い雲の上に照らす。

（千牛閤下開天仗　太液朝暉暎仙掌
絡首金羈照地光　徘徊玩影青雲上）

青い雲の上ははるか遠く登ることはできず、
一生の夢は玉門関[7]で断たれてしまう。
玉門関の西側には黄河が流れ、

そのあたりには芳しい草が茂っている。

（青雲迢迢不可攀　一生夢断玉門関
玉門関西河水流　萋萋芳草生其間）

夏が長けて南風と北風が交互に吹きわたり、
浮気な雄馬が千頭の雌馬と戯れて平野を駆ける。
君は聞かなかったか、砂漠ではむしろ憔悴し痩せ衰えるが、
富貴な家の儀式用の馬になどなってなんになる。

（南風北風吹長夏　笑領千群戯平野
君不聞寧為沙漠憔悴骨　莫作金門仗前馬）

また、許銗は徳介を迎えるために馬をやったことがあった。徳介はその主人に阻まれてくることができなかった。洪可臣・慶臣の兄弟は婢女が気の毒になって、題目を選んで、許銗に韻を踏んで詩を作るように言った。

華麗な堂屋には白い壁が満ちて、
絹で覆った柱には黄金をめぐらす。
春雨が東風とともに降り始めて、
珠の簾の奥深く、奥深く……

（華堂満白壁　繍柱囲黄金
春雨随東風　珠簾深復深）

つがいの燕がむつまじく夕陽の中を飛び回るが、
相思う春の心を託する術もない。
春の心はすでに尽きてそぞろ寂しく、
夢も絶えはて空しく錦の布団に眠る。
（双燕呢喃下夕陽　相思無路托春心
春心已矣空怊悵　断夢虚労入錦衾）

豪放かつ繊細な詩であるが、『荷谷集』には載っていないので、ここに記録しておきたい。

▼1【許筬】一五五一〜一五八八。字は美叔、号は荷谷、本貫は陽川。女流画家の許蘭雪軒および朝鮮最初の小説である『洪吉童伝』の作者の許筠の兄にあたる。一五六八年、生員に一等で合格、一五七二年には文科に及第した。一五八三年、典翰となり、続いて昌原府使となった。李珥の職務上の過失を弾劾したが、逆に甲山に帰陽した。一五八五年、復帰したが、白雲山・仁川・春川などを放浪し、一五八八年には金剛山に入っていった。酒が好きで、飲み過ぎがたたって病になり、客死した。詩をよくし、文章に巧みで、『伊山雑術』、『朝天録』、『海東野言』など多くの著作を残している。

▼2【金大渉】一五四九〜一五九四。字は子亭。本貫は安東。一五七三年、司馬試に合格したが、病のために文科への応試は断念した。一五九二年、壬辰倭乱が起こると、義州の行在所にまで王を扈従した。翌年には義禁府都事、造紙署別提となった。折から中国からやって来た宋応昌の接待任務にあたり、尹根寿のもとで外交にかかわる雑多な仕事をして、激務のために病死した。

▼3【洪可臣】一五四一〜一六一五。字は興道、号は晩全堂・艮翁、本貫は南陽。幼くして四書・三経と百科に通じ、また筆法と詩文にも長けていた。一五六七年、進士に合格、刑曹佐郎・持平を歴任、水原府使として善政を行ない、表彰を受けた。一五九四年には洪州牧使として李夢鶴の反乱を平定して、靖難の功一等に冊録され、光海君のときには寧原君に封じられた。一六一〇年、兵曹判書になった後、官職から退き、牙山で死んだ。『晩全集』、『晩全堂漫録』などがある。

▼4【慶臣】洪慶臣。一五五七～一六二三。字は徳公、号は鹿門。一五九四年、別試文科に丙科で及第して官途を歩み、一五九八年、明の将帥の陳璘の接伴使たちが接待を理由に京義街道沿道の邑々から馬と食糧を過度に徴発して、邑々は疲弊の極に至っているのを知って徴発をやめるように上訴した。一六〇九年、戸曹参議になり、続いて兵曹参議・承旨などを経て、一六二三年、副提学となったが、その妾に毒殺された。

▼5【千牛衛】宮廷で王を護衛する官職。

▼6【太液】漢、長安の未央宮の西南にあった池の名。

▼7【玉門関】西域に向かう関門。甘粛省の敦煌県にある。

第一〇三話……私、柳夢寅の詩文

参議の権韠《クォンピョク》▼1はつねに詩のことを考えていて、詩の鑑識眼にも優れていた。人びとの詩文を一度見れば、その作者が都育ちか田舎育ちかを判断することができ、その判断は百に一も過たなかった。ある人が徐益《ソイク》▼2の詩を見せた。権韠はそれを一度見ただけで言った。

「この詩は、半ばは田舎育ちで、半ばはソウル育ちの人が書いたものだ」

徐益はもともとソウルの人であったが、礪山《ヨサン》出身の妻と結婚して数年が経っていた。その詩の鑑識の力はこのようなものであった。

権韠には『習斎集』十巻があるが、彼の子孫が貧しくて、最初は一巻だけを刊行した。滄洲《チャンジュ》・車雲輅《チャウンロ》（第八三話注2参照）が言った。

「近来、東方の詩の中では『習斎集』が第一である。円熟していて誤ったところを見出すことができない」

私も『習斎集』を求めて、見ると、はたしてそのことば通りであった。

私は二十歳のとき、山寺で読書をした。ソウルから来たソンビたちでまだ官職に就かない者たちが大勢いたが、それが今はひとかどの文士になっている。そのとき、吟じ、応答し、文章を続けて篇を成し、あるいは絶句となり、律詩となった。権擘の息子の権韐《クォンキョプ》▼3もその仲間にはいて、家に帰って、そのときの詩を父親に見せた。権擘は私の詩を取り上げて言ったという。

「この人は今はまだ未熟とは言え、後日、きっと大家になるであろう。私の文集は私がまだ精選して編集することができずにいるが、後日、版を開いて後世に残すことにすれば、この人に委ねることにしよう」

月汀《ウォルチョン》・尹根寿《ユンクンス》（第三七話注1参照）が権擘に会い、尋ねた。

「最近の文章の優劣について、人びとは新進の中では柳某が優れていると言っていますが、彼の文章と東《トン》皐《コ》・崔岦《チェリプ》（第一一話注5参照）の文章とではどちらが優っているでしょうか」

権擘が答えた。

「崔岦の文章は昔の人の作品を模倣したもので、みずから創造したものとは言えない。柳夢寅の文章は過去の典範を模倣したものではなく、すべて心の中で造化して出てきたものだ。これははなはだ困難なことであり、崔岦の文章などの及ぶところではない」

また、私はかつて五山《オサン》・車天輅《チャチョンロ》（第八三話注3参照）が私の文章と崔岦の文章を論じているのを聞いていたが、その見解も同じようなものであった。死んだ友人の成晋善《ソンチンソン》▼4がいつも言っていた。

「私の見るところ、君の文章というのは、孟子・荘子・司馬遷・班固・韓愈・柳宗元の文章などを学んで、みずから造化して創り出したものであり、昔の人の作品を模倣したものではない。崔岦の文章は『史記』と『漢書』、韓愈の碑文、柳宗元の文章から選んで、文体と格式とを模倣したものであり、幅が狭く、君の文章にはけっして及ばない」

成晋善がかつて許筠《ホキュン》（第三六話注3参照）に尋ねたことがある。

「柳夢寅の文章と崔岦の文章とではどちらが優れているだろうか」

許筠はしばらく黙って考えた後に答えた。

「崔岦の文章のもつ老練かつ神妙なところには、柳夢寅はどうも及ばないようだ」

私はかつて欧陽修の文章を低く見ていたし、李穡《イセク》（第八〇話注1参照）の文章が科挙試験の類型的な文章と似ていることを不満に思っていた。李奎報《イキュボ》▼5の文章は柔弱で、その詩と賦には及ばないが、その詩を好むようになって、私の詩体も次第に似るようになった。

玄翁《ヒョンオン》・申欽《シンフム》▼6はつねに文章のことを考えていて、流罪になった後には鑑識眼がいっそう冴えわたるようになった。権韐は権擘の息子として文章に対する鑑識眼を受け継いでいた。この二人がともに私の詩文をこの朝鮮では肩を並べる者がいず、ただ李奎報ひとりが相上下するだけだと述べた。車雲輅《チャウンロ》は天輅の弟であり、文章に造詣が深かったが、私の詩の全帙を見てくれて、何日か深く鑑賞をしてくれて後、

「今日、世間にはこうした文章を理解できる者はいない。ただ知る人ぞ知るのであり、この文章は世間に例がない」

と言った。私は彼に朱筆でもって撰び、私が刊行する際に便利なようにしてほしいと言ったが、彼は辞退して言った。

「たとえ軽い気持ちで戯れに書いたものであっても、二、三句は他人の及ばないところがある。もったいなくて、棄てることができない」

権韐にも撰んでくれるように言ったが、彼もまた辞退して言った。

「先生が選ぼうとなさるのは刊行の困難さを考えてのことでしょう。紙の調達、費用の節減のためであれば、今からは作品を作らない方がよろしいでしょう。これまでの作品は全帙に一首も棄てるべきものはありません」

また戎汝学《ソンヨハク》▼7に一帙の中から選び出してくれるように頼んだことがあるが、彼は批点と貫珠を加えて、選別することはできないとして言った。

「詩の中で削除することのできるものがあるとすれば、先生がご自分で選んでください。他の人はあえて手を下すことができません。私はわが国の多くの人びとの文集を見ましたが、先生のような大家はいませんでした。それにしても、今の世の中で誰が文章を知っていると言えましょう。詩と文章をたくみに作っ

たとしても、大衆はそれを鑑賞する術を知らず、小説や叢話の類をもてはやすだけのことです。世間を強化するに資するものがなければ、大衆はただ楽しむだけです」

私もそのことばの通りだと考えて、見聞するままに『於于野譚』を作って、今は十巻余りになった。

ああ、曽西[8]は管仲[9]と晏子[10]に比較されることを恥じた。韓信（第一九話注6参照）は樊噲（第九話注10参照）に伍すべきもないことを恥じた。諸葛孔明（第一九話注14参照）はみずから管仲と楽毅[11]ほどの功績は立てようと誓い、杜甫はひそかに稷と契[12]に比した。甯戚の「浩浩乎白水」[13]は管仲でなければ理解することのできないものであり、大工の石が斧を振るって風を起こしたの[14]と伯牙の「高山流水」[15]はかならず自分を理解してくれる人間の出現を待とうという意味合いを示している。後世にどうして揚子雲[16]を待つことができようか。残念ながら、仕方のないことだ。

太学士の柳根《ユクン》（第八一話注11参照）が私の詩を見て、言った。

「私にこうした文集があれば、どうして選別などしようか。全帙を刊行すればいいのだ」

残念だ。わが家は貧しい。どうして五、六十巻におよぶ本をみな刊行することができようか。壁を貼る紙にさえ不自由するくらいなのに。

▼1【権擘】一五二〇〜一五九三。字は大手、号は習斎、本貫は安東。一五四三年、進士試に合格し、同年、式年文科にも及第した。弘文館正字となり、安民世・尹潔などと交友したが、彼らが乙巳士禍で禍を被ったのをきっかけに、学問だけに励んだ。明宗の即位とともに、要職につき、春秋館記註官となり、『中宗実録』・『仁宗実録』、そして『明宗実録』などの編纂にも参与した。書状官あるいは冬至使として二度におよんで中国に行き、遠接使として中国の使節の応接にも当たった。一五七二年には、光国原従功臣に封じられた。詩文に長じ、当代の人々に高く評価された。

▼2【徐益】一五四二〜一五八七。字は君受、号は万竹軒、本貫は扶余。一五五四年、十三歳で郷試に合格、一五六四年には生員となり、一五六九年、別試文科に丙科で及第した。要職を歴任して、外職としては安東府使・義州牧使などを務めた。文章と道徳、そして気節に抜きんでていた。李珥や鄭澈などと交わり、義州

牧使であったとき、鄭汝立に弾劾を受けた李珥を弁護して免職になったこともあった。

▼3【権鞈】字は汝明、号は草楼。詩文に巧みで、文名が高かった。蔭補で宗簿寺主簿となった。

▼4【成晋善】一五五七～？。字は則行、号は烟江、本貫は昌寧。一五九四年、殿試文科に応試し、弟の啓善とともに丙科で及第した。一五九七年、全羅道都事として刑杖を乱用する弊があったとして免職になったが、すぐに復帰した。一六一三年、仁穆王后の廃母論が起こったとき、息子の夏衍や甥の李生寅などがその先頭に立ったが、みずからは加わらなかった。大司諫・弘文館副提学・承政院右承旨などを歴任した。

▼5【李奎報】一一六八～一二四一。高麗時代の詩人。若いときには不遇で下級官僚にとどまっていたが、武人政権の権力者である崔忠献に詩文の才能を見いだされて頭角を現し、文学界の第一人者となった。『東国李相国集』五十三巻がある。

▼6【玄翁・申欽】一五六六～一六二八。仁祖のときの名臣。字は敬叔、号は玄軒・象村・放翁など。一五八六年、文科に及第、要職を歩んだが、一六一三年、永昌大君の獄事が起こると、官職を追われ流配された。仁祖反正（訳者解説参照）の後、官に復帰して、領議政となり大提学にまで至った。六経を基礎として文章に巧みで、書も優れていた。李恒福らとともに『宣祖実録』を編纂した。

▼7【成汝学】字は学顔、号は鶴泉・双泉。成渾の門人で、詩をよくし、李睟光と親しい詩友であった。五十余歳となって司馬試に合格、官職は別座に止まった。

▼8【曽西】孔子の弟子の曽参の子。曽西は自分が子路と比べられたときは、自分の父の曽参でさえ尊敬した人物であると恐縮したが、管仲に比べられたときには憤ったという、孟子のことばが、『孟子』公孫丑上にある。

▼9【管仲】中国、春秋時代の斉の政治家。名は夷吾。友人の鮑叔牙の推薦で桓公に仕え、富国強兵策を推進して、桓公を中原の覇者に推し立てた。しかし、孟子にとっては、それは覇道にほかならず、みずからの説く王道政治からすれば、恥ずかしくもいやしいものとなる。

▼10【晏子】春秋時代、斉の宰相の晏嬰。字は仲、霊公・荘公・景公に仕え、賢人とされるが、孟子によれば、「その君をもって顕れしめた」のみに過ぎなかった。『孟子』公孫丑上による。

▼11【楽毅】中国、戦国時代の武将で、魏の人。燕の昭王の将軍となり、斉を破り昌国君に封じられた。昭王が没して恵王が立つと趙に逃れて重用された。魏の夏侯玄の「楽毅論」があり、王羲之の楷書の模本があり、

また正倉院には光明皇后のものもある。

▼12【稷と契】ともに堯の臣下として仕えた。稷は后稷、字は棄で、周の始祖となる。母の有邰氏の女の姜原が野で巨人の足跡を踏んで妊娠、一年後に子を産んだが、不吉なことだと思って路地裏に棄てた。それが字の由来になる。契は殷の始祖、母の簡狄が一族の婦人三人で川で水浴びをしているときに燕が卵を落とし、それを飲むと妊娠し、契を生んだ。

▼13【甯戚の「浩浩乎白水」】甯戚が斉の桓公に目通りしたいと思ったが、つてがなかった。そこで、人の下僕になって牛の角をたたきながら、「浩きかな白水（浩浩白水）」とうたった。桓公はその意味を管仲に尋ねるが、管仲にもわからず思案していると、妾の婧が、古詩を引いて解釈した。古詩というのは、「浩きかな白水、躍り上がる魚、君は私を呼ぶが、私は落ち着くさきがない。国も家もまだ定まらず、さてどこに行ったものやら（浩浩白水、鯈鯈之魚、君来召我、我将安居、国家未定、従我焉如）」というものであり、甯戚が仕官先を求めていることを、妾の婧が教える。『列女伝』弁通にある。

▼14【大工の石が斧を振るって風を起こした】荘子は恵子の墓を訪れて、自分はよき理解者を失ったことを述懐する。「郢の男がはえの羽ほどにうすく白土を自分の鼻先にぬりつけ、名工の匠石に『これを斧で切り落としてみよ』という。匠石は斧を振り回して風を切る音をたてた。その男はびくともせず、なすがままに任せた。匠石はその白土をすっかり切り落としたが、鼻は無傷のままだった。それを聞いた宋の元君が匠石を召し出して、同じことをやって見せてくれないかといったが、匠石はあの相棒は死んでしまったので、もうできないと答えた。それと同じく、私は語るべき相手を失ってしまった」と。『荘子』徐無鬼篇にある。

▼15【伯牙の「高山流水」】琴の名手の伯牙が高山を思って琴を弾くと聞き手の鍾子期は峨峨たる高山のごとしと評し、流水を思って弾くと洋々たる流水のごとしと評したという「知音」の故事を言う。『列子』湯問にある。

▼16【揚子雲】前五三～後一八。前漢末と王莽のとき学者である揚雄。子雲は号。博文多識で、『易』に擬して『太玄経』を作り、『論語』に擬して『法言』を作った。「揚子方言」「反離騒」「甘泉賦」などがある。

第一〇四話……蔡禎元の詩の鑑識力

蔡禎元《チェチョンウォン》[1]は儒学を学ぶソンビである。古文を好んで、みずから作ることについては学ばなかったが、他の者の文章を論評することはできた。あるとき、彼が言った。

「司馬長卿[2]の『長門賦[3]』はある一日のあいだのことを記録したものである。蘭台に登って蘭台から下り、朝には几帳の手入れをし、夕べには君王に近侍することを夢見る。昼には暗く、夜には明るく、心を砕いて、畢星と昴星が現れると、ふたたび煌々と輝きだす。これはすべてある一日のあいだのことなのに、これでもって一年のことのように感じられ、君王のことがけっして忘れることができないと終わっている。そこが妙所である」

また、「舞鶴賦[4]」を論評して、その清冽な味わいについて口をきわめて嘆称している。

「『黄河は氷が閉じて、山々は雪に覆われている（氷塞長河　雪満群山）』とあり、『星がかがやいて銀河がめぐり、明け方の月は沈んで行く（星翻漢回　暁月将落）』とあるが、寒冷の気運は冬に極まり、清冽さは暁に極まっている。昔の人の構想ははなはだ抜きん出ている。後世の人びとの文章を考えてもみるがいい」

また誰かが李白と杜甫の優劣を尋ねたところ、次のように答えた。

「李太白の詩は『柳の色は黄金で美しく、梨の花は白雪のように匂っている（柳色黄金嫩　梨花白雪香[5]）』と言い、杜甫の詩は『紅色が桃の花に沁み込んで美しく、青い色が柳の葉に戻って新鮮だ（紅入桃花嫩　青帰柳色新[6]）』と言って、花と柳を歌ったところは同じである。しかし、李太白の方は自然であり、杜甫は彫琢を多く施している。優劣はおのずから明らかであろう」

箇斎詩[7]を論評して言った。

「『洞庭湖の東の江は西に流れる（洞庭之東江水西）』という句節の下はその楼台の優れた景色を歌うのがよさそうだが、『軒先の旗の影が動かず、夕陽がなかなか沈まない（簷旌不動夕陽遲）』と続けている。どうも続け具合が悪いようだ。すでに『登って眺める（登臨）』としていて、また『徘徊する（徙倚）』と言い、『はるかに眺めて険しいところに寄りかかる（望遠憑危）』とも言っている。ことばの意味がたがいに重複していて、水準がはなはだ低いと言わざるをえない」

▼1【蔡禎元】この話にある以上のことは未詳。

▼2【司馬長卿】司馬相如のこと。前一七九〜前一一七。長卿は彼の字。四川成都の人。梁の孝王の客となって「子虚賦」を作り、武帝に知られた。賦という形式の大成者で、「上林賦」「大人賦」「封禅書」などがある。

▼3【「長門賦」】『文選』の中の「長門賦」には序が付されていて、その序は以下のように言う。前漢の孝武皇帝の陳皇后は嫉妬心が強かったために離別されて長門宮に住み、憂い悲しんでいた。司馬相如が天下に優れた文章家であるのを聞いて黄金百斤でもって酒を買い、悲愁を解くための辞を作らせた、それが「長門賦」であるが、これを読んだ孝武皇帝は陳皇后への寵愛を新たにした、と。

▼4【「舞鶴賦」】鮑照（四一一？〜四六六）の賦。『文選』に載る。鮑照は南宋の文人。字は明遠。文帝のとき、中書舎人であったが、文帝はみずから文書を好み、自分に及ぶ者はいないとうそぶいた。そこで、鮑照はその旨を悟って、鄙言累句の多い作をものして、世間は鮑照の才能は尽きたと評した。臨海王の子項が荊州を治めるとき、前軍参軍となり、子項が敗れると、乱軍の中で殺された。「舞鶴賦」は本来、仙境の生き物である鶴が人間の世界にやって来て、冬、天上の故郷を思い出して清らかな声を挙げて、美しく舞う姿を描く。

▼5【柳色黄金嫩　梨花白雪香】李白の「宮中行楽詞八首其二」の中の詩句。

▼6【紅入桃花嫩　青帰柳色新】杜甫の「奉酬李都督表丈早春作」の中の詩句。

▼7【簡斎】宋のときの詩人、陳与義。字は去非、簡斎は号。徽宗の政和三年（一一一三）、二十四歳で官途につき、北宋の滅亡に至る十数年の詩のうち、七言絶句の連作「墨梅」五首は徽宗に称賛された。北宋の滅亡以後、金の兵を避けつつ、河南、湖北、湖南、浙江などを転々として、杭州の高宗に招かれて参知政事にまで昇った。『簡斎集』がある。

第一〇五話……中国の僧の詩の鑑識眼

鄭子竜《チョンサリョン》（第八一話注6参照）が中国に行き、山寺を逍遙して詩をよく理解する一人の僧侶に会った。四韻律数首を書いてその僧に見せた。鄭子竜が自負していたものであったが、僧はまったく認めようとはしなかった。鄭子竜はこの僧は詩を理解しない者だと考えて、金時習の四韻律四首を書いて見せた。僧は一度目を通すと、すぐに起ち上がり、奥に入っていった。そして、香炉と洗面器をもって出て来て、衣冠を整えて手を洗い、香を焚いて、うやうやしく机の上に置いて読んで、言った。

「この作品は物外で高尚に遊んでいる人のものです。あなたの作品ではありえない」

鄭子竜は事実を白状して、謝った。

その僧の鑑識眼は鬼神のようであり、平凡な俗人の類ではなかったのであろう。

第一〇六話……金宗直の詩才、金守温の鑑識力

佔畢斎《チョンピルチェ》・金宗直《キムジョンチク》▼1は嶺南の人である。

十六歳のときソウルで科挙を受けた。「白竜賦」を作ったが、落第した。金守温《キムスオン》▼2が大提学として落第した者たちの試験紙を手にしたが、その中に佔畢斎の試験紙に書かれた「白竜賦」があった。これを読んで奇特に思って言った。

「これは後日、きっとわが国の文衡となるべき人の手になるものだ。今回、落第したようなのは、まことに残念だ」

その試験紙をもって行き、王さまにお見せすると、王さまも見事だと思いになり、霊山の訓導の職を与えるようにお命じになった。そのとき、漢江のほとりの済川亭の柱に次のような詩を書いた。

雪の中の寒梅と雨の後の山は、
見るのは容易だが、描くのは難しい。
人びとの眼には入らないのを素早く悟って、
むしろ臙脂を手に取り牡丹でも描くがよい。

（雪裡寒梅雨後山　看時容易画時難
早知不入時人眼　寧把臙脂写牡丹）

後に金守温が済川亭に遊んで、この詩を見て、感心して言った。
「これは先日の『白竜賦』を書いた人と同じ筆跡である。後日、私に代わって文衡に当たるのはきっとこの人であろう」
書いた人を調べると、確かに佔畢斎であった。金守温の文章を鑑識する力は鬼神のようであった。

▼1【金宗直】一四三一〜一四九二。字は老盥・季昷、号は佔畢斎。本貫は善山。一四五九年、文科に及第、成宗のときに刑曹判書に至った。文章と経術に抜きん出ていて多くの弟子を育てた。その中には金宏弼・鄭汝昌などがいる。既存勢力である勲旧派と対立し、死後に起こった戊午士禍（第一四四話注1参照）により、剖棺斬屍の憂き目に遭い、著書も焼却された。

▼2【金守温】一四〇九〜一四八一。字は文良、号は乖崖・拭疣、本貫は永同。一四四一年、文科に及第、承文院校理として集賢殿で『医方類聚』を編纂した。世祖が即位すると、一四五七年、重試で選抜され、成均司芸、春秋院府事などを務めた。仏教にも造詣が深く、『金剛経』をハングルに翻訳した。当時の高僧であった信眉は彼の兄に当たる。永山府院君に封じられた。

第一〇七話……誰にも理解されない老詩人の嘆き

李希輔《イフィポ》（第八一話注10参照）は万巻の書物を読んだ。幼いときから年をとるまで、手から書物を離したことがなかった。

彼が若かったとき、長老が友人たちを集め、山の上に会場を作って席を用意し、馬をやって李希輔を呼ぶことにした。李希輔は本を読んでいて、まったく行く気はなかった。むりやりに連れて行ったものの、着くとおもむろに袖から本を取り出したので、居合わせた人びとは目を見張った。そのとき、ある者の腕の上にいた鷹が下に飛び下りて席の近くにいた雉を引っさらって行った。李希輔は一顧だにしなかった。彼が書物に耽溺していた様子が想像できよう。

遠接使の李荇（第八一話注7参照）の従事官となって、中国からの使臣を碧蹄館で餞別した。中国の使臣が詩の一節を吟じた。

干で賢明な宰相たちに送別のことばを送る。
（寄語于干諸賢相）

鄭士竜（第八一話注6参照）と蘇世譲（第七三話注1および第八一話注9参照）などはその意味を理解できなかった。李希輔は一度見て冷笑して言った。

「公たちは読書をあまりなさらないので、この意味が理解できないのだ。『詩経』に『干で飲んで餞別する（飲餞于干）[1]』とあり、諸公がここに集まって餞別することを言っているのです」

鄭士竜と蘇世譲には恥じらう色が見えた。

燕山君が寵愛した婦人が死ぬと、朝廷の文士たちに詩を作らせた。李希輔も次のような詩を作った。

宮廷の扉は固く閉ざして月の光は薄暗い。
十二律の鍾の美しい音色が夜中に響く。
どこの青い山に玉の骨を埋めたのか、
秋風に散る落葉の音は聞くに堪えない。

（宮廷深鎖月黄昏　十二鍾声到夜分
何処青山埋玉骨　秋風落葉不堪聞）

燕山君はこの詩を見て、涙を流したが、このことから、当時の人びとは李希輔を燕山君におもねる浅はかな人物だと考えた。後に、彼は昇進が停滞した。すっかり年老いて酒を飲みながら涙を流した。子弟たちがおどろいて理由を尋ねると、李希輔は言った。

「私はこれまで万巻の本を読んで、著述したものを人びとは容易には理解できない。今日の人びとは広く読書をしないので、私の文章が理解できず、粗忽に扱う。世間の人びとはみな愚かで、誰が私の詩が陳簡斎（第一〇四話注7参照）のものより優れていることを理解しようか」

死んで、後継ぎがいなかった。『安分堂集』十二冊が出版されずに、外孫に伝わったが、今は乱を経験して、よく保存されているか、されていないか、知ることができない。

▼1【飲餞于干】正確には、『詩経』邶風の泉水に「干《かん》に出宿し、言《げん》に飲餞す　載《ここ》に脂さし載に舝《くさび》うち　車を還し言《ここ》に邁かん（出宿于干　飲餞于言　載脂載舝　還車言邁）」とある。意味は、干の地に旅宿りをし、言の地に飲餞して、娘を嫁に送り出す。そこで油をさしてくさびを打ち込んで、車をめぐらせて帰ってゆこう、ということになる。

第一〇八話……詩を論ずべき人、鄭之升

私が若かったとき、舅の申氏の家で詩人の鄭之升《チョンチスン》▼1に会って、尋ねたことがある。

「鄭士竜（第八一話注6参照）が金剛山を逍遙したときの詩には佳作がありません。ただ若干の絶句のみが絶唱だと言いますが、事実でしょうか」

鄭之升が答えた。

「昔の人たちは楓岳を賦すときに、楓岳の姿を描写することをしない。湖陰の詩に、

万二千の峰々を巡覧して帰ろう、
秋風に散る黄葉が旅人の衣に落ちる。
冷たい雨が降る正陽寺で香を焚く夜、
蘧瑗▼2がまさに四十以前の過ちに気付く。
（万二千峰領略帰　蕭蕭黄葉打征衣
正陽寒雨焼香夜　蘧瑗方知四十非）

とあるのは、まことにいい詩である。この詩はただ香林・浄土で吟じてもいい詩ではないか。香林と浄土というのは二つの寺であり、京山にある世俗の寺刹である。権近《クォンクン》▼3に二つの句節がある。

亭亭とそびえたつ千万の峰々、
海の雲が開けて玉芙蓉が姿を現わす。

（削立亭亭千万峰　海雲開出玉芙蓉）

これこそが金剛山の真の姿を描いたものであろう」

今、鄭之升の言ったことばを味わってみると、まことに彼こそがともに詩を論ずべき人物だと思われる。

▼1【鄭之升】第九五話、第一〇一話も参照のこと。

▼2【蘧瑗】中国、春秋時代の衛の大夫。「君子なるかな蘧伯玉、邦道有れば則ち仕へ、邦道無ければ則ち巻きて之を懐にす可べし」（『論語』衛霊公）。あるいは、蘧伯玉は六十歳になるまで六十回の心境の変化があった。最初は正しいと思ったことも、最後にはこれを過ちとして退けないことは一度としてなかった。だから、六十歳になった今でも、これが正しいとは言いきれないとする。『荘子』則陽篇にある。

▼3【権近】一三五二〜一四〇九。朝鮮時代初期に活躍した学者。初名は晋、字は可遠・思叔、号は陽村、本貫は安東。高麗の恭愍王のとき、十八歳で丙科に及第、高麗の官僚として簽書密直司事にまで至り、使臣として明に行った。朝鮮建国以後、太祖に認められて臣下となり、成均館直講、芸文館応教などを歴任して文名を上げた。著書に『陽村集』、『入学図説』、『五経浅見録』があり、楽章作品として『霜台別曲』がある。

第一〇九話……鄭氏兄弟の菊花の詩

北窓《ポクチャン》・鄭礦《チョンリョム》（第三一話注2参照）が九月二十日も過ぎたころに「晩菊」について吟じた。

十九日も廿九日もみな九日、
九月の九日は決まっているわけじゃない。

世間の多くの人たちもそれと知らないが、
階段にぎっしり咲いた菊花だけは知っている。
（十九廿九皆是九　九月九日無定時
多少世人皆不識　満階惟有菊花知）

その弟の鄭碏《チョンチャク》（第三一話注6参照）がこの詩に応答した。

世間の人びとは重陽の節を最も重んじるが、
重陽の節だけが興趣のあるものではない。
黄色の花を見ながら清酒を傾ければ、
秋の九十日、いずれが重陽の節でないだろう。
（世人最重重陽節　未必重陽引興長
若対黄花傾白酒　九秋何日不重陽）

かつて朝廷で役所を設置してわが国の詩を選ぼうとしたとき、鄭磏と鄭碏のこれらの詩について言及する者がいた。大提学の柳根（第八一話注11参照）が鄭碏の詩を採ったが、鄭磏の詩を棄てて、平仄が合っていないとした。

ああ、鄭磏は音律を知る者であるが、柳根ほどには知らなかったのであろうか。いずれにしろ、昔から知音を得るのは難しいものだ。

第一一〇話……倭人でも鄭礥の詩の良さはわかる

鄭礥《チョンヒョン》▼1が海州牧使になったときのことである。芙蓉堂の懸板にある何篇かの詩を見て、すべて取り払わせ、客舎の下人に渡して言った。

「叩き割って薪にして風呂を沸かしてくれ」

そして、自身の絶句一篇を書いて大きい梁に掛けさせた。

蓮の香りがただよい、月の光は空に澄みわたる。
ほかにも誰かがいて笛を吹いてもてあそぶ。
十二の屈曲のある欄干に夢を見て眠れず、
青い城の秋の思いははるか遠くに馳せる。

（荷香月色可清霄　更有何人弄玉簫
十二曲欄無夢寐　碧城秋思正迢迢）

その詩は当時、人口に膾炙したが、鄭礥の傲慢さは人の憎むところとなった。後日、壬辰の倭乱（第三一話注10参照）の際、倭寇が海州にやって来た。芙蓉堂の懸板にあった詩はすべて破棄され、ただ鄭礥と金誠一《キムソンイル》▼2の詩だけが残された。金誠一は詩をよくする人ではなかったが、日本への通信使となって行ったとき、剛直なことで重んじられたために、その詩は残されたのであった。鄭礥の詩は倭人でさえもそれが優れた作品であることを理解して残したのであった。

倭賊はまた江陵に至った。役所の懸板を見て、何篇かの詩をほとんど残して行ったが、ただ林億齢《イムオクリョイン》▼3の古詩長篇だけを船に載せて帰って行った。倭人もまた詩がわかると言うべきか。

第一一一話……鬼神の作った詩

尹潔《ユンギョル》▼1が五言絶句一首を作った。

石門洞への路にさしかかり、
詩を苦吟して夜の道を歩く。

▼1【鄭磼】一五二六～?。字は景舒、号は万竹軒・歳寒堂など。本貫は温陽。礦（第三一話注2参照）の弟で碏（同話注6参照）の兄にあたる。一五四五年、明宗が亡くなると、彼の父の順朋が李芑や林百齢などが乙巳士禍を起こしたとき、弱冠二十歳の彼も積極的に立ち回って大尹一派の粛清に功を挙げた。一五五二年、進士試に合格して、忠勲府経歴となり、後に大護軍となった。一五六〇年、朝廷で尹元衡の官爵削奪が主張されるようになると、元衡を擁護したが、容れられなかった。詩文に巧みで、書にも秀でていて、多くの碑碣を残した。

▼2【金誠一】一五三八～一五九三。字は士純、号は鶴峰。李退渓の弟子。一五六八年、文科に及第、史局に入って湖堂を経て副提学に至った。一五九一年、通信副使として黄允吉とともに日本に渡った。允吉が日本の侵略の意図を報告したのに、誠一は人心の動揺を心配して日本に侵略の意図はないと報告した。一五九二年、壬辰倭乱が勃発すると、王の怒りを買って罰されるところだったが、赦されて従軍した。義兵を募って晋州城を死守したが、戦死を遂げた。

▼3【林億齢】?～一五六八。字は大樹、号は石川、本貫は善山。一五二五年、文科に及第した。広い学識を持ち、仕事に敏捷で、文章も巧みであった。一五四五年の乙巳士禍に際して、弟の百齢が権勢家におもねって多くの士類を陥れたので、億齢は百齢に手紙を書いて戒めたが、百齢は聴かなかった。後に錦山郡守、江原監司となったが、諫院の弾劾に遭い罷免された。

一晩中谷側の砂は白く、
　山は青く一羽の鶯が鳴く。
　（路入石門洞　吟詩苦夜行
　月午澗沙白　山青啼一鶯）

車軾《チャシキ》▼2に言った。

「この詩はどうであろうか」

車軾は二度、三度と朗々と吟じた後に言った。

「この詩は人が作ったのではなく、まちがいなく鬼神の作ったものだ」

尹潔が言った。

「これははたして私が昨日の晩に夢の中で作ったものだが、たしかに神の助けがあったのだ」

▼1【尹潔】一五一七～一五四八。字は長源、号は酔夫、本貫は南原。一五三七年、進士となり、一五四三年には文科に及第した。明宗の初めに琉球の風俗記を作った。李芑や鄭順朋が権勢をふるった時代に、酒を飲んで具思顔とともに時代を怨望する言を吐いたことが知れて、具思顔は自殺し、尹潔は杖死した。

▼2【車軾】一五一七～一五七五。字は敬叔、号は頤斎、本貫は延安。雲輅（第八三話注2参照）・天輅（同注3参照）の父に当たる。十歳で四書をそらんじ、文学を徐敬徳に学んで経史に精通した。進士となり、一五四三年には文科に及第した。三十年勤めて、官位は四品にとどまったものの、少しも意に介さなかった。産業に意を用いず、もっぱら書物を読んで、後進を育てた。

第一一二話……音律に明るかった尹春年

尹春年▼1は音律を理解しているというので、鄭湖陰（鄭士竜。第八一話注6参照）が楽府を作って尹春年に見せた。尹春年が言った。

「わが国の人びとは音律を知らず、昔から楽府の歌辞を作って来なかった。君も文章を学んだとしても、五声と六律が調和していない」

鄭湖陰が清平調の「洞庭西望楚江分」を模倣して絶句一首を作った。文字ごとに「礼部韻」と同じ韻の文字を書いて春年に見せた。春年は一度吟じてみて言った。

「この一節は音律が合っているようだ」

鄭湖陰が言った。

「昔のどんな楽章と音律が合っていると言うのか」

尹春年はしばらく熟考して言った。

「李白の清平調の『洞庭西望楚江分』の一節と律が同じだ」

湖陰はにわかに立ち上がり、称賛して礼を言った。それからというもの、二度と楽章を作ることはなかった。

▼1【尹春年】一五一四〜一五六七。字は彦文、号は滄洲、本貫は坡平。一五四三年、文科に及第し、一五四五年、尹元衡とともに上疏して乙巳士禍を起こし、尹元老たち一派を退けるのに成功した。後、要職を歴任して、李朝・礼曹判書に至ったが、一五六五年、元衡が罷免されると、春年も罷免され、宣祖の時代には故郷に追われた。性格が軽薄で自負心が強かったが、酒席を好まず、比較的に清廉でもあった。

第一一三話……幼い者の透明な目

「藤王閣序」[1]に、

「関山は越えるのに難しいが、誰が路を失った人を悲しんでくれよう（関山難越　誰悲失路之人）」

という句節がある。知事の李忠元（第六三話注3参照）が幼かったとき、文章を読んでいて、この題目に到ると疑問を抱いて言った。

「『悲』の文字は『非』の文字の間違いではないのか。対句が『すべてこれ他郷の客（尽是他郷之客）』となっていて、『是』の字は『非』の字の対となるからである」

幼い者の見る目ははなはだ透明で、昔の人の発見しなかったところを発見したと言えよう。

▼1【「藤王閣序」】藤王閣は唐の太宗の弟の藤王・李元嬰が江西省南昌に建てた楼閣。唐初の詩人の王勃の詩「藤王の高閣　江渚に臨み　佩玉鳴鸞　歌舞罷みたり」で有名。ここの「藤王閣序」が誰のものをさすか不明。

第一一四話……詩とは志である

詩とは志である。たとえ詩がことば巧みに作ってあったとしても、志を失っていれば、詩を理解する者はこれを取らない。前の王さまのとき、桃花馬という馬がいた。何人もの臣下たちにこれを吟じるように命じられたが、鄭士竜（第八一話注6参照）の詩は次のようなものであった。

望夷宮の中では天真爛漫さを失い、
桃源郷に駆けて行っては暴虐な秦の政治を避ける。
背中に落ちた花をそのままに払うこともせず、

今日に至ってなお武陵桃源の春を帯びている。

（望夷宮裡失天真　走入桃源避虐秦
背上落花仍不掃　至今猶帯武陵春）

鄭士竜はみずから自分の原稿を三度選び直し、三度ともこの詩を削除して、その結果、湖陰の文集の中にはこの詩は入っていない。この詩は「桃花」を吟じるのに巧みだということはできても、しかし、志の帰結するところがない。「望夷」や「虐秦」ということばがどうして王さまの命令に応じて作る作品にふさわしいだろうか。削除するのが当然なのである。

第一一五話……詩は生活を反映する

おおよそ万物を彫琢するに当たって万物にそれぞれその表象を付与するのは天の才能であり、造化を弄んで万物を模倣するのは詩人の才能である。その手並みがもっとも巧妙なのは天であって、どのような詩人が天の技巧を盗むことができようか。そこで才能のある者の寿命が短いことが理解できる。これは天が損なうところであり、天もまた嫉妬するのである。才能を与えておいて、またどうしてそれを奪うのだろうか。

私の友人の成汝学（第一〇三話注7参照）は詩を書く才能において今の世に肩を並べる者がいないほどであるが、六十歳になる今まで最下級の官職にさえ就くことができない。私はいつも首をかしげている。彼の詩に次のようなものがある。

草に露が降りて虫の声も湿っぽく、

林に風が吹いて鳥の眠りを妨げる。
（草露虫声湿　林風鳥夢危）

あるいは次のようなものもある。

顔を見て昔の友人であると知るが、
封祿をもたないのは大夫の哀しみ。
（面惟其友識　食為大夫哀）

あるいはまた吟じている。

雨の意志はただ夢を侵そうとして、
秋の日差しは詩を染め上げようとする。
（雨意偏侵夢　秋光欲染詩）

彼の詩ははなはだ巧みであるものの、その冷やかな措辞とわびしい雰囲気は栄達した貴人の気象であるとは言えない。どうして詩だけがわびしいことがあろうか。詩はその生活のわびしさを反映するのである。李廷冕▼[1]というのは李洪男▼[2]の孫である。背丈が低く、顔に瘡があった。あるとき、雨が降って、その後に詩を作った。

庭の水たまりに小さなミミズが横たわり、
壁の日当たりに寒蝿がたかっている。

（庭泥横短蚓　壁日聚寒蝉）

彼の友人の李春英[3]は文人である。いつも廷冕の詩の巧みなことを称賛していたが、その貧乏たらしさを嫌っていた。後にはたして李廷冕は科挙に及第したものの、いくばくもなくして死んだ。庭の水たまりにミミズが横たわっているのは賤しさの兆しであり、壁の日当たりに寒蝿がたかっているのは早死にの兆しである。

私は修撰の尹継善[4]とともに詩人の李孝原[5]の家で酒宴を張ったことがある。継善は即興で一聯の詩を作った。

千里はるかの地方官に甘蔗のような甘みを味わい尽くしたが、
この世のことは一春の花が落ちるように慌ただしい。
（宮遊千里蔗甘尽　世事一春花落忙）

その席にいた者はみなこの詩の美しさを称賛したが、私は言った。

「まだ年も若い人間がどうしてこのような詩を作るのか」

はたして、まもなく彼は夭折したのであった。

ああ、詩というものは、本性と感情が虚心坦懐に出て来るものである。まずは夭折することと卑賤の身の上であることがそのままに現れ、それはそう意図せずとも、おのずとそうなるのである。詩が人を窮迫させるというのではなく、人が窮迫しているために詩がおのずとそうなるのである。また才能のある者は天がまた嫉妬するので、世間の人びとがどうしてうらやむ必要があろうか。それにしても、哀しいことには違いない。

▼1【李廷冕】李廷亀（第一五五話注2参照）の誤りではないかとも思うが、わからない。

▼2【李洪男】一五一七～?。一五三八年、別試文科に及第、賜暇読書を経て、一五四六年には重試文科に丙科で及第した。翌年、大尹派の余党を一掃しようとした小尹派の李芑・鄭順朋などが丁未士禍（第一六七話注1参照）を起こし、父の若氷が賜死し、彼もまた流配された。一五四九年には平素から仲の悪かった弟の洪胤が謀叛を企んでいると密告して死に追いやり、そのことで復帰したが、後にまた失脚して職を削られた。

▼3【李春英】一五六三～一六〇六。字は実子、号は体素斎、本貫は全州。一五九〇年、文科に及第、検閲に在職中、鄭澈が建儲問題で流配されるのに連座して三水に帰郷した。一五九二年、呼び戻されて礼曹正郎に登用されて、持平・掌令を経て奉常寺僉正に至った。詩文に秀でていたが、性品は豪胆放縦で、歌詞も激烈であったために、人びとに排斥されて出世の妨げになったとされる。

▼4【尹継善】一五七七～一六〇四。字は而述、号は坡潭。礼曹・兵曹の佐郎を経て、兵曹正郎となり、要職を歴任して、修撰として検討官を兼ねた。文章に抜きんでていた。

▼5【李孝原】この話にある以上は未詳。

第一一六話……相国の鄭惟吉の風致

私が若い時分のこと、いつも漢江のほとりの夢賚亭《モンレジョン》で遊んだが、この夢賚亭は相国の鄭惟吉《チョンユギル》▼1の亭子であった。当時、相国は散官として江湖に住んでいることが多かった。窓と扉にはすべて春帖子▼2が貼ってあったが、その最初には次のように書いてあった。

仕事のない役職で漫然と過ごしても世の誰が咎めよう、
夢賚亭の中に白髪頭の老人が横たわる。
これも国家に何事もなく泰平なしるし、

小舟に乗って春の漢江で釣りを楽しもう。
（官閑身漫世誰嗔　夢賚亭中白髪人
頼是朝家無一事　扁舟来釣漢江春）

二番目の詩は次のようであった。

梅の花も開こうとして柳も芽吹きだし、
澄んだ漢江の流れはゆったりと青く波立つ。
もう年老いた臣下は国家の安危にかかわらず、
ただ宮廷に向って万年の春をお祝いする。
（梅欲粧稍柳欲顰　清江水闊緑潾潾
老臣無与安危事　惟向楓宸祝万春）

三番目の詩はまた次のようであった。

前の王さまに仕えたこの白髪の判書は、
閑暇も急忙も分に応じてくつろいで過ごす。
隠棲者が漢江の春の来るのが遅いと言うが、
花の季節になる前に鯉の刺身を勧めよう。
（白髪先朝老判書　閑忙随分且安居
幽人報道春江晩　未到花時薦鱖魚）

これらは私が若いときに記憶して、いま年を取っても忘れないのである。毎晩、一度口ずさんでみて、宰相の風致を思い浮かべるのである。

▼1【鄭惟吉】一五一五〜一五八八。宣祖のときの大臣。字は吉元、号は林塘、本貫は東萊。一五三八年、文科に壮元及第して、官途につき、要職を歴任した。一五七二年、礼曹判書として明の使節の接伴使となり、巧みな詩文と酒とで明の使節と知己の間柄となった。四代の王に仕えて左議政にまで至った。書にも長じて林塘体という評を受けた。

▼2【春帖子】立春の日に柱に書いて貼り付けた柱聯。朝廷では製述官に命じて祝賀の詩を作らせた。蓮の葉と蓮の花の模様を描いた紙に書いて貼り付けたが、この風俗は民間にも伝わった。

第一一七話……雨の音と聞き違える

私がかつて松泉精舎に滞在していたとき、夢を見て覚めると、音が聞こえたが、まるで雨の音のようであった。その寺の僧に尋ねると、僧が答えた。

「あれは滝の音だ。雨の音ではない」

私は即興で詩を作った。

三月の山はまだ寒く杜鵑《ほととぎす》の声もまばら、
旅人は雲の中に伏して従容として煩悩もない。
一夜深い林の中で雨が降る音を聞いたと思ったが、
僧侶が言うには、滝が岩を打ちつける音。

(三月山寒杜宇稀　遊人雲臥静無機
中宵錯認千林雨　僧道飛泉洒石磯)

後日、ある僧侶がやって来て、松江《ソンガン》・鄭澈《チョンチョル》▼1が一首を吟じた。

ひっそりした山中に木の葉の落ちる音、
誤ってにわか雨かと思う。
家童を呼んで門の外を看させれば、
月が渓谷の南の木にかかっている。
(空山落木声　錯認謂疎雨
呼僮出門看　月掛渓南樹)

この詩人と私の意図するものは同じであると言える。

▼1【鄭澈】一五三六～一五九三。宣祖のときの名臣・文人。字は季涵、号は松江。本貫は延日。金麟江・奇大升に学んで、一五六二年、文科に及第して、成均館典籍となって、一五六七年には李珥とともに湖堂に入ったが、すでに東西の党争が激化していて、鄭撤は西人の領袖となり、東人の李溌一派と争った。一五八〇年には、反対党派に退けられて江原道観察使となって出て行き、関東八景を友として過ごした。翌年には朝廷に戻り、右議政にまで昇ったが、東人の勢力が強くしばしば帰郷を余儀なくされた。一五九二年には壬辰倭乱が起こり、平壌の王の下にかけつけて国難に当たったが、江華島で死んだ。「関東別曲」「星山別曲」「思美人曲」などの歌辞の傑作がある

第一一八話……年老いて棄てたにしても

宰相の李俊民《イジュンミン》（第一八話注1参照）の詩がある。

老人が功名心を棄てるのは年老いた妻を棄てるのと同じ、
別れるのは簡単だが、その後に恋しくなる。
（老去功名如老妻　不難離別別還憐）

後にまた李姓のある人が次のような詩を作った。

老人が詩と書を棄てるのは美人をあきらめるのと同じ、
私はお前を忘れないが、お前の方は私など覚えていない。
（老去詩書如美女　我非忘爾爾無情）

これも二人の詩人の意図するところは同じである。

第一一九話……崔慶昌の山中詩

孤竹《コチュク》・崔慶昌《チェキョンチャン》▼1が寺に僧を訪ねたときのことである。谷間に入って、すぐに道に迷ってしまい、一首の絶句を口ずさんだ。

そびえる岩のあいだを一本の細い径が通り、
白い雲はおのずと仙人のありかを隠す。
吊り橋の北にも南にも尋ねる人がなく、
葉の落ちる木も冷たい水も谷間はどこも同じ景色。
（危石纔教一逕通　白雲猶自秘仙蹤
橋南橋北無人問　落木寒流万壑同）

その道に迷って困り果てた気持ちがことばの中に現れていて、吟じると侘びしくなる。

▼1【崔慶昌】一五三九～一五八三。字は嘉運、号は孤竹、本貫は海州。人品は豪邁で学問に抜きんでていた。李珥・宋翼弼などとともに八文章と称される。一五六八年、文科に及第して、要職を歴任した。一五八三年、防禦使の従事官に任命され、上京の途中で死んだ。詩と書に抜きんでていて、笛をよく吹いた。若いころ霊岩に行って、倭寇に遭ったが、洞簫を物悲しく吹いたので、倭人たちも郷愁に駆られて立ち去ったという。

第一二〇話……若くして死んだ奇童・河応臨

河応臨▼1は十歳のときに奇童と称された。ある大人が「竹筍」を題にして韻を踏んだが、それにすぐに応じた。

平地に忽然と生じた子牛の角、

岩のあいだに隠れていた竜が腰を展ばす。
どの節を折って長笛を作ろうか、
その笛で太平行楽の調べを吹こう。
（平地忽生黄犢角　岩間初展蟄竜腰
安得折爾為長笛　吹作太平行楽調）

河応臨は若くして科挙に及第して、当代に才能のある人間を挙げるとすれば、まずその筆頭と見なされた。彼が西の郊外で客人を餞別した詩がある。

草の茂った西の郊外での離別、
春風の中でまず酒一杯を酌み交わす。
青い山には人の姿もなく、
傾く夕陽の中に一人で帰ってくる。
（草草西郊別　春風酒一杯
青山人不見　斜日独帰来）

当時、王維の「山中で君を見送った後、日が暮れて柴の扉を閉ざす（山中相送罷　日暮掩柴扉）」[▼2]と比して称賛されたものだが、識者たちはその年も姿もまだ幼いことを知っていた。間もなくして、彼は死んだ。彼の友人が湖右（忠清北道）に旅をしたとき、日が暮れて、青坡に至った。すると、橋のたもとで河応臨に出遭った。応臨が馬を止めて安否を尋ね、家の中のことを頼んだ。友人が帰って来て、その家を訪ねてみると、応臨は死んでいて、すでに葬儀も済ませていた。

▼1【河応臨】一五三六～一五六七。字は大而、号は菁川、本貫は晋州。進士となり、一五五九年、文科に及第、検閲・修撰などを歴任した。詩文に抜きんでていて、当代の学者の中でも声望が高かった。蘇東坡の文章を特に愛した。

▼2【山中相送罷　日暮掩柴扉】唐の王維の五言絶句「送別」の中の詩句。

第一二二話……江陽君と韓恂の臨終の詩

江陽君《カンヤングン》▼1の人となりは磊落かつ温雅であり、詩にたくみで、梅の花を愛した。病に掛かり危篤に陥ったとき、窓を開けて梅の花が初めて開くのを見て、侍婢に一枝折って来させた。それを机の上に置いて、紙を置き、筆を取って書いた。

年齢もすでに五十歳、病がたがいに催促して、
家の隅では心配する幼子の招魂の哭声が聞こえる。
梅の萼は人の事などお構いなく、
一枝がまず開いて芳しい香りを送る。
（年将知命病相催　屋角悠々楚些哀
梅萼不知人事改　一枝先発送香来）

これを書いた後に死んだ。

韓恂《ハンスン》▼2は志と気概があって、心を事物の外に遊ばせていた。三十三歳で死んだが、死ぬときに臨んで、妻と子を呼んで、紙をひろげ筆を濡らして書いた。

火を焚き飯を食べて三十三回の春、
宇宙を愛撫して今ぞ長逝する。
（落烟火三十三春
撫宇宙而長逝）

筆を投げうって死んだ。

▼1【江陽君】『朝鮮実録』には江陽君潚という人物と江陽君瀜という人物がいる。そのどちらか不明。

▼2【韓恂】一五〇六年、中宗反正に功を立てて秉忠奮義靖国功臣の号を得た。その年に正朝使として明に行ったが、義州で病を得て帰って来た。一五〇七年、事件にかかわって免職になったが、翌年には復帰、一五二一年には進香使として明と往来するなど、外交で大きな貢献をした。

第一二三話……崔慶昌と李達の詩

近ごろ、漢詩を学ぶ者たちはみな崔慶昌《チェギョンチャン》（第一一九話注1参照）と李達《イタル》▼1を称賛する。いまここに特に優れた詩を記しておこう。崔慶昌が昔の宰相の李長坤《イチャンゴン》▼2の屋敷の前を通って作った詩がある。

門前の車も馬も煙のように消え去ったが、
大臣の繁華からまだ百年もたたない。
田舎の集落もものわびしく寒食▼3を過ぎ、

茱萸の花だけが昔の垣根に咲いている。
（門前車馬散如烟　相国繁華未百年
村巷寥寥過寒食　茱萸花発何墻辺）

また中国に行き、ある将軍が戦死したので、その挽歌を作った。

雲中[4]では日が暮れて山を赤々と照らすが、
単于の兵は鹿頭関[5]の近くにいる。
将軍は千人の兵士を連れて行き、
夜中に瀘河[6]を渡って戦い、還って来ない。
（日暮雲中火照山　単于兵近鹿頭関
将軍自領仙人去　夜渡瀘河戦未還）

李達は崔慶昌に茂長で会ったが、李達にはなじみの妓生がいた。李達は商人がその妓生に紫色の絹を売ろうとするのを見て、その絹にすぐに筆を走らせて崔慶昌のもとにやった。

外国人の商人が江南の市場で絹を売っていたが、
朝日に映えて紫色の煙が立ち上るよう。
美しい婦人が君のために衣と帯を作ろうとして、
嚢中を探るがびた一文ももっていない。
（胡商売錦江南市　朝日照之生紫烟
佳人欲作君衣帯　手探嚢中無直銭）

崔慶昌がこれに答えて言った。
「もしこの詩を評価すれば、どうして千金に値しないであろうか。貧しい村にいて財は乏しいが、ただ一篇の詩に白米十石を添えて、合わせて四十石をお送りしよう」
そして、寒食を賦した詩がある。

白い犬が前に立って黄色の犬がそれに付いて行く。
野と畑の草の間には墓がたくさんある。
老人たちは祭祀をやめて畑で酒を酌み交わし、
日が暮れて子どもたちが酔った老人を背負って帰る。
（白犬在前黄犬随　野田草除塚累々
老翁祭罷田間飲　日暮小児扶酔帰）

また客船の中で次のような詩も作った。

空のような青い海に雲の影が浸り、
白い鷗がおびただしく苔むす岩にとまる。
山の花々は散りつくして帰ってくることはなく、
家は石峰、漢江の南にある。
（碧海如天雲影涵　白鷗無数上苔岩
山花落尽不帰去　家在石峰江水南）

また次のような詩もある。

ものさびしい林に立ちこめる霧の中から鷺が飛び立ち、
漢江のほとりの人家は竹の扉を閉ざす。
日が傾いて橋の上には人跡も絶えて、
全山は青々として雨粒がぽつりぽつりと落ちる。
（寒林烟壁鷺鷥飛　江上人家掩竹扉
斜日断橋人去尽　満山空翠滴霏霺）

また崔慶昌が詩を作っている。

茅の庵は白い雲の中にあって、
長老は西方に赴いて久しく帰ってこない。
色づいた木の葉が落ちるとき通り雨が降り、
ひとり侘びしい風景の中で秋山に宿る。
（茅庵寄在白雲間　長老西遊久未還
黄葉飛時疎雨過　独敲寒磬宿秋山）

いずれも清淡の味わいを連想させるものだが、ただこの人たちは短詩を専らにした。根本の学問が充分ではなかったために、昔の人のように名声を轟かせるには至らなかったのは、まことに惜しまれる。

▼1【李達】一五三九～一六一二。号は蓀谷。庶子であったために、早くから科挙に応試することは断念、性

格は自由奔放で、世間の人々に疎まれた。彼の詩は身分制度への恨みと哀傷を基本情緒としつつも、温かみをそなえ、絶句に特に長じている。『洪吉童伝』の著者の許筠（第三六話注3参照）は彼の弟子にあたり、『蓀谷山人伝』を書き、また『蓀谷集』を編纂した。

▼2【李長坤】一四七四〜一五一九。中宗のときの文官。字は希剛、号は琴斎・鶴皐・寓湾、本貫は碧珍。体格・容貌が優れて、幼いときから将軍の器だと言われた。一五〇二年、文科に及第して校理となり、明の忌避に触れて巨済島に流されたが、燕山君がさらに罪を加えるのではないかと恐れて逃亡した。一五〇七年、南袞に呼ばれて兵曹判書となったが、南袞・沈貞などが士禍を起こそうとしているのを知って、これに反対、削職された。

▼3【寒食】中国で冬至の後百五日目の日は風雨が激しいとして火の使用を禁じて冷食を行なった風俗を言う、転じて冬至後百五日目を言う。

▼4【雲中】中国、今の山西省北部。歴代、北方異民族との接触地域。秦では雲中郡、唐では雲中都護府が置かれた。

▼5【鹿頭関】四川省徳陽県の北にある関門。

▼6【瀘河】雲南省を水源にして四川省を通り長江に注ぎ込む河。

第一一三話……二十歳ですでに名声が高かったものの

副提学の洪慶臣《ホンキョンシン》▼1は弱冠二十歳ですでに詩作で名声が高かった。万暦の乙未の年（一五九五）に三角山に登って二首の詩を作った。

五、六人の春の衣は清潔で、
緑の山を木靴を履いてゆっくり歩く。

白雲台には崔瑩将軍の像があり、
石室は恭愍王の居室であった。
緑の木の中には鳥が隠れて鳴き、
清流には魚たちが戯れる。
花を愛でて路に迷ってしまい、
どこに秦の遺孽を訪ねることができようか。

（五六春衣潔　青山歩屧徐
雲台崔瑩像　石室愍王居
緑樹蔵啼鳥　清流出戯魚
迷花不知路　何処訪秦余）

春二月、遊ぶにはまだ早く、
緑の山にもまだ杜鵑《ほととぎす》はいない。
人が流れる水にそって入っていくと、
寺はおちこちに聳える峰の前にある。
夜露が滋く三つの峰を浸し、
天の風は万年ものあいだ吹き続ける。
高僧がこのとき私を訪ねてきて、
相語らって眠ることもできない。

（二月春遊早　青山無杜鵑
人随流水入　寺在乱峰前
夜露滋三秀　天風動万年

高僧時過夜　相与不知眠）

この詩の格調は唐詩に近いものがあり、もし精進して中断することがなかったならば、今日の洪慶臣に留まったであろうか。彼の詩を伝えないわけにはいかない。

▼1【洪慶臣】『朝鮮実録』仁祖元年（一六二三）十月に、奇妙な記事がある。亡くなった副提学の洪慶臣は妾に殺されたのではないかというのである。慶臣は宣祖のときに文学を以て称せられたが、年老いて妻を亡くし、妾を得てはなはだ愛した。その妾は良家の出ではなく、慶臣は病にかかり死んだが、その死体は青黒かったので、親族の者は毒殺を疑って訴えたという。

第一二四話……鄭碏の即興詩

鄭碏《チョンチャク》（第三一話注6参照）が若かったころ、ある年配者について漢江のほとりの楼閣で遊覧した。下を眺めると、江の畔の砂の上に二個の物体がぼんやりと見えて、それが徐々に近づいてくる。あるいは人のようでも、あるいは白鷺のようでもあったが、突然、笛の音が聞こえて、初めて人であることがわかった。年配者は鄭碏に詩を吟じさせた。鄭碏はすぐに応じて詩を吟じた。

遠くはるかに沙上の人、
初めは白鷺かと疑った。
風が吹いて横笛の音が聞こえ、
寂寥たる余韻に夜の幕が降りる。

（遠遠沙上人　初疑双白鷺
臨風忽横笛　寥亮江天幕）

第一二五話……祖父と孫の応答詩

蔡寿[1]には孫がいて、蔡無逸[2]といった。ある夜、蔡寿がまだ五、六歳の無逸を抱いて臥しながら、詩句を作った。

孫は毎夜、書物を読み、
（孫子夜夜読書不）

蔡寿は無逸に対句を作るように言った。

お爺さんは毎朝、薬酒をがぶ飲みする。
（祖父朝朝薬酒猛）

また、雪の中で無逸を背負って行き、一句節を作った。

犬が走って梅の花が落ち、
（犬走梅花落）

それに無逸が対をつけた。

鶏が通って竹の葉が伸びる

（鶏行竹葉成）

▼1【蔡寿】一四四九～一五一五。字は耆之、号は懶斎、本貫は仁川。一四六八年、生員試に合格、翌年には文科に壮元で及第した。要職を歴任したが、廃妃尹氏を擁護して罷免されたことがある。燕山君のときには地方官を希望して身を保全し、一五〇六年の中宗反正に功績があって、中央に戻ったが、後輩たちとの宮仕えが煩わしくなり、慶尚道咸昌に隠退して読書と風流ごとで余生を送った。

▼2【蔡無逸】一四九六～一五五六。字は居敬、号は逸渓。父は典牲参奉の胤権。姑母の夫である金安老とそりが合わず、安老は無逸が科挙に及第して、自分に反抗することを恐れ、一五三四年には排除して帰郷させたが、一五三七年には文科に及第して、漢城庶尹にまで昇った。経史と易に精通していただけでなく、書画・音律・医学・卜筮にも明るく名声があった。中宗が崩じた後、その絵を描いて出来栄えが人々を感嘆させた。

第一二六話……三句書堂、四句翰林

東湖に読書堂▼1を設置して、文書を学ぶソンビたちを選抜して休暇を与え、読書をさせた。選抜された人びとというのは才能と徳望とがともに抜きん出ていた。李誠中《イソンジュン》▼2はその選抜に入るには、やや才能が不足していると言われた。一人の先生が言った。

「李誠中の詩は次のようなものだった。

絹の窓近く雪中に月が映え、
消えそうな灯火が光彩を放つ。
一樽の酒を珍重して、
夜も更けたのにまだ帰らない。
（紗窓近雪月　滅燭延清輝
珍重一樽酒　夜闌猶未帰）

これは選ばずにおくことはできまい」

そうして、李誠中は選抜された。「滅燭延清輝」というのは李白の詩句である。四句の中の一句が古詩であるとすれば、李誠中は三句書堂と言われるべきであろう。

南省身《ナムソンシン》▼3が翰林として推薦されようとしたとき、異議が多く出た。柳潚《ユスク》（第四五話注3参照）は副提学であったが、翰林の先生に言った。

「南生が四韻詩を作ったことがあったが、その聯の中で四句に、

一万二千の峰の上の路を、
壬寅の年と庚子の年の間に行く。
自然は眼下に今日の境地をひろげ、
笙鶴は空中で昔のままの声で鳴く。
（一万二千峰上路　壬寅庚子年間行
風烟眠底至今色　笙鶴空中猶旧声）

とあった。このような詩を作る人が翰林になれないと言うのか」

この異議によって、南省身は選抜に入ったが、「四句翰林」とあだ名をされた。

▼1【読書堂】若い文臣のための読書・学習のための施設。一四二六年（世宗八）、文臣の中で徳と才を備えた者を選んで暇を与え、蔵義寺で勉強をさせたのが初めで、世祖のときにこれを廃したが、一四九一年、復旧して、竜山の廃寺で文章を読ませるようにして、「読書堂」という懸板を懸けるようになった。中宗のときには豆毛浦にも読書堂をおいたが、壬辰倭乱で火災に遭い、光海君がふたたび設置したが、丙子胡乱（一六二七年の丁卯胡乱に次ぐ二度目の後金（清）による朝鮮侵略、一六三六年）によってなくなった。

▼2【李誠中】一五三九〜一五九三。字は公著、号は坡谷。一五七〇年、文科に及第、大司諫・大司憲を経て副提学となったが、党争によって辞職した。一五九二年、壬辰倭乱のさいには、統禦使として馬に乗って王を追い、義州まで至り、戸曹判書に就任した。一五九三年、軍糧の補給のために嶺南に下り、その後、咸昌に至って心身の疲労のために死んだ。扈聖宣武功臣の号が下り、完昌府院君が追贈された。

▼3【南省身】『宣祖実録』の末尾に編纂者の一人として、「務功郎芸文館奉教兼世子侍講院説書臣南省身」の名前が見え、仁祖元年（一六二三）四月に、かつて光海君の時代に廃母の論議を首唱した人物としても南省身の名前が見える。

第一二七話……門前がひっそりしていた李後白

李後白《イフペク》▼1がまだ科挙に及第していなかったとき、監察司の行列を侵したことがあり、営門に連れて行かれた。みずからは儒生だと言ったが、監察司が呼びよせ、彼に詩を作るように言った。その詩は次のようなものであった。

傾いた夕陽が橋を照らして東と西がわからず、
塵沙が顔に吹き付け夕べの風が渦を巻く。
将軍の旗を見誤ったことが恨めしいとも思わないが、
浪仙[2]が今日からは韓公[3]を知ることになる。
（断橋斜日眩西東　撲面塵沙倦夕風
誤触牙旌知不恨　浪仙従此識韓公）

監察司は喜んでこれを褒め称え、その後、親しく交わった。
後白は科挙に及第して御史となった。南原府に行って妓生の末真と寝所をともにし、情愛も深まったものの、別れを惜しみながら帰ってきた。谷城に到って雨に会い、三日のあいだ足止めを食らった。そこで、次のような詩を作った。

御史の風流は杜牧之[4]に似て、
昨日は帯方（全羅北道の南原のこと）の妓生の家で過ごした。
年はとっても恋心はつきることがなく、
明け方になって翠の袖が涙に濡れる。
江には無情にも色鮮やかな舟がもやい、
角笛の音は怨むようで征伐に行く兵を送る。
浴川（谷城の別称）に三日のあいだ人を足止めする雨、
笑うべし、天人が事を遅滞させるのを。
（御使風流杜牧之　青楼昨過帯方時
春心至老消難尽　翠袖侵晨涙欲滋

江水無情移画舫　角声如怨送征旗
浴川三日留人雨　堪笑天公見事遅）

後白は後に吏曹判書となったが、すべてに通り一遍な方策だけをとって、人の依頼を受け付けなかった。ある人がやって来て官職につけて欲しいと頼んだが、公は私的な名簿を見せて言った。

「本当はあなたを官職につけようとして記録していたのだ。いまあなたみずから職を求めたのは残念至極だ」

そうして、筆を取ってその人の名前を消した。それ以後というもの、誰も私事でもって公に願い事をする者はなくなって、門前はいつもひっそりとしていた。

▼1【李後白】一五二〇～一五七八。字は季真、号は青蓮居士、本貫は延安。一五五五年、文科に及第、さまざまな官職を経て戸曹判書に至り、延陽府院君に封じられた。仁聖王后が亡くなった後、朝廷の服制について異論が噴出したが、後白が三年喪を主張して、宣祖の裁可を得た。幼いときから文章をよくして、湖南で名望が高かった。一五七三年、奏請使として明に行き、宗系弁誣《そうけいべんぶ》（第三一話注1参照）の功で、死後の一五九〇年、光国功臣に冊録された。

▼2【浪仙】唐の賈島の字。驢馬に乗って洛陽を行き、「僧推月下門」の句を得たが、「推（おす）」を改めて「敲（たたく）」にしようかと迷いながら、京兆尹の韓愈の前を犯した。その理由を尋ねられて、詩句のことを言うと、韓愈はしばらく迷って、「敲」の字がいいと助言し、二人は道みち詩を論じながら行ったという。

▼3【韓公】韓愈のこと。七六八～八二四。字は退之、号は昌黎。唐宋八家の一人。儒教を尊び、特に孟子を激賞した。柳宗元とともに古文の復興を唱え、韓柳と併称される。詩は険峻と評される。憲宗のとき、「論仏骨表」を奉って潮州に左遷された。

▼4【杜牧之】晩唐の詩人の杜牧。八〇三～八五三。牧之は字。剛直で気節があり、豪放な詩風であった。杜甫に対して小杜とも言われる。行書と絵画にも秀でていた。

第一二八話……絶代の勝事、光州の宴

呉謙《オキョム》[1]が光州牧使であったとき、高峰《コポン》・奇大升《キテスン》[2]と青蓮《チョン》・李後白《イフペク》（第一二七話注1参照）がともに南中にいたが、文章はともに当代に冠たる人たちであった。呉謙はこの二人に会うのに士林としての奇抜な応接をしてみようと、邑の役人たちに命じて、妓生たちに絹の服を新調させ、華麗に化粧させて侍らせることにした。盛大な宴会を用意し、趣向を凝らした演しものも計画して、二人を招いた。奇大升と李後白がいっしょにやって来た。酒宴もたけなわになって、呉謙が杯を取って言った。

「きょうお二人を招いたのは、世間話をして情誼を分かち、酒の飲みくらべをしようというのではない。私はソウルにいたときから、お二人を儒林の頭領と目していました。そこで今日は、文壇を騒がせる詩の合戦でもして、百年のあいだの壮観を成してみたいのです。お二人は辞退なさらないでほしい」

奇大升はすぐに幼い妓生に墨を磨らせて紙をひろげさせ、筆を濡らして七言の四韻律詩八篇を書いたが、一字として間違えなかった。あふれる意志が筆を振るわせるようであった。李後白もまた画帳を肩の高さまで積み上げて、思いのままに筆を振るって書いて、教坊の八十名の妓生それぞれに与えた。長篇、短篇、律詩、古詩が意のままに成った。ともに歓を尽くして終わった。

その翌日、呉謙は華麗で豪華な器具はみな取り払い、別の部屋に酒と簡単な肴だけを用意した。酒にすこし酔うと、呉謙は言った。

「昨日はお二人の詩の合戦を爽快に見せていただきました。きょうは千古の話をしながら、それぞれが見聞きしてきたことを物語ろうではありませんか」

李後白は『綱目』[3]にもっとも熟達していて、主立ったところのほかに、百五十冊の中の目立たない章のほんのちょっとした句節であっても口ずさむことのできない箇所はなかった。奇大升もまた『綱目』の中で李後白が論難する箇所について、よく本紀と本伝の由来するところを挙げ、広く諸家の大小の学説までも関係するところ、あるいは全篇、あるいは数十行を暗誦して、ほぼすべての文字について貫通して目前に列挙できないということがなかった。呉謙は席を移して、礼をして、言った。

「きのうの詩の合戦では季真（李後白）がよく明彦（奇大升）に勝ち、きょうの合戦では明彦が季真に勝ったと言うべきであろう。この二日間の集いは士林における絶代の勝事と言うべきだ。たとえ洞庭湖の鈞天広楽（天上の音楽の意味）であっても、月の虹彩もチマの翻るさまもこの光州の宴にはかなうまい」

▼1【呉謙】一四九六～一五八二。字は敬夫、号は知足庵、本貫は羅州。一五三二年、司馬試に合格、一五三二年には別試文科に乙科で及第した。一五五〇年に錦陽君に封じられ、要職を歴任、『明宗実録』の編纂に参与し、右議政に至った。

▼2【奇大升】一五二七～一五七二。性理学者。字は名彦、号は高峰、本貫は幸州。一五五八年、文科に及第して大司諫に至ったが意に染まず、病を得て帰郷し、古阜で客死した。若いときから独学してよく古今に通じ、李退渓との書簡のやり取りの中で、「四端七情」を明らかにしようとした。

▼3【『綱目』】『資治通鑑綱目』を言う。司馬光の『資治通鑑』に基づいて綱目を作った史書。宋の朱熹撰で五十九巻からなる。朱熹は綱（大要）のみを挙げて毀誉褒貶の意を示し、目（細目）は弟子の趙師淵が書いた。朝鮮では重んじられ、世宗のときに校註した思政殿訓義本の『訓義資治通鑑綱目』が何度も刊行された。

第一二九話……魚叔権の比類のない学識

湖陰《ホウム》・鄭士竜《チョンサリョン》（第八一話注6参照）と魚叔権《オスククォン》▼1は学官として親しくつきあった。魚叔権が鄭士竜に言った。

「閣下は文章をよくなさるが、古文を精密に理解しているかと言えば、どうも私には劣るようだ」

鄭士竜が言った。

「どうしてそんなことがあろうか。一度、試してみようではないか」

手を伸ばして書架から杜牧之の「阿房宮賦▼2」を取り出して開いた。魚叔権が尋ねた。

「『鼎璫』、『玉石』、『金塊』、『珠礫』というのは何を言うのか」

鄭士竜が言った。

「鼎と鍋、玉と石、金のかたまり、そして珠の破片ではないか」

魚叔権が言った。

「いやはや、そうではない。秦は驕って、鼎▼3をただの鍋のように考え、玉はただの石ころ、金は土くれ、真珠は砂粒のように考えたということを言うのだ」

鄭士竜は言った。

「いや、たしかにそうだった」

魚叔権が続けた。

「棟▼4を支える柱は南の畑で働く農夫たちよりも多く、梁を架ける椽《たるき》は機織りの女よりも多く、釘の頭が並ぶことは倉庫の穀物の粒よりも多く、屋根にぎっしりと敷かれた瓦は絹布の繊維より多く、縦と横の欄干は九州の城郭より多く、管弦の奏でる音は市場の人びとのことばよりも多いというのは、どんなことだ」

鄭士竜が答えた。

「すべてに多いということではないか」

魚叔権が言った。

「そうではない。無用の物が有用の物よりも多いということを言うのだ」

鄭士竜は言った。

「それも、たしかにそうだ」

しばらくして、幼い子が『十九史略▼5』を脇挟んで小走りにやって来た。これを前に来させて、本を開かせると、祖逖▼6が鶏の声を聞いて起きあがり舞いを舞ったことが書いてあった。魚叔権が尋ねた。

「夜中に鶏の声を聞いて、どうしてこれは悪い声ではないとして起きあがり、舞いを舞うことまでしたのか」

鄭士竜が答えた。

「まさに世間が乱れているとき、どうして夜中にそのように深い眠りに陥ることができようか。鶏の声を聞いて起きあがったが、それは不吉な声ではなかったのだ」

魚叔権が言った。

「そうではない。古文に『夜に鶏が鳴けば世間はかならず乱れる』とあるし、『荘子』の在宥篇に『禽獣[7]の群れが散り、鳥が鳴く』とある。李白の詩にも、『群[8]の鳥がみな夜に鳴く』とあり、これはみな世の中が乱れる兆しである。祖逖は乱を幸いとする人であり、まさに世が乱れようとするのを知って喜んで舞いを舞ったのだ」

鄭士竜は憮然として、

「そうだ、そうだ、たしかにそうだ」

と言って、顔には恥じらう色があった。

▼1【魚叔権】号は也足堂、本貫は咸従。吏文と中国語に長じ、一五二五年、吏文学官となった。詩評・詩論に秀で、李珥を教えた。著書に『稗官雑記』がある。

▼2【杜牧之の「阿房宮賦」】杜牧之については第一二七話注4参照。酒と女におぼれたデカダンスの詩人だが、「阿房宮賦」は秦の始皇帝の阿房宮を題材にした賦。その壮麗さと宮中の人びとの豪奢な生活ぶりをうたいつつ、その虚しさを言い、またそれは唐の社会への諷刺ともなり、その滅亡への予感をも表現している。

▼3【鼎をただの鍋のように考え……】ちなみに「阿房宮賦」のこの部分は次のようになる。「鼎は璫、玉は石、金は塊、珠は礫、棄擲邐迤たり。秦人之を見るも、亦甚だしくは惜しまず（鼎璫、玉石、金塊、珠礫、棄擲邐迤、秦人視之、亦不甚惜）」

▼4【棟を支える柱は……】この部分、「阿房宮賦」の原詩は次のようになる。「使負柱棟之柱、多於南畝之農

夫、架梁之椽、多於機上之工女、釘頭磷磷、多於在庾之粟粒、瓦縫参差、多於周身之帛縷、直欄横檻、多於九土之城郭、管絃嘔啞、多於市人之言語」

▼5『十九史略』日本で親しまれた曽先之の『十八史略』を言うのではなく、中国の十八史に元史を加えて簡約したものを言うか。

▼6【祖逖】中国の晋、范陽の人。字は士稚。慷慨の人で節義があり、劉琨とともに州主簿となり、その英気を競い合った。元帝に召されて軍諮祭酒となり、ついで予州刺史に移った。しばしば石勒の兵を破ったので、黄河以南がことごとく晋土となった。

▼7【禽獣の群れが散り……】『荘子』「在宥」に次のようにあるのを踏まえるか。鴻蒙曰わく、「天の経を乱し、物の情に逆らへば、玄天成らず。獣の群れを解きて、鳥は皆夜に鳴き、災は草木に及び、禍は昆虫に及ぶ。意、人を治むるの誤ちなり」と。

▼8【群れの鳥が……】李白の「古風」三十四に、「羽檄流星の如く、虎符専ら城にて合はさる。喧呼して辺急を救はんとし、群鳥皆夜鳴く……（羽檄如流星、虎符合専城、喧呼救辺急、群鳥皆夜鳴……）」とある。

第一三〇話……詩友を迎えるには

高敬命《コキョンミョン》▼1の字は而順《イスン》である。光州で閑暇に過ごしているとき、徐益《ソイク》（第一〇三話注2参照）が隣の郡の郡守であった。一人の僧侶が除益と親しく付き合い、その郡でしばらく過ごしたが、光州に行って高敬命に会ってみたいと言い出した。徐益が言った。

「私もいずれ高君を訪ねて行き挨拶をしたい。よろしく伝えてほしい」

僧侶が光州に行き、高敬命に会って、徐益のことばを伝えたところ、敬命ははなはだ真心をもって応接して、巻紙の中の詩に韻を次いで言った。

「徐君は最近はどのような詩を作っているのだろうか」

僧侶が答えた。

「四韻詩四首を作りました」

敬命が尋ねた。

「貴僧はその韻を記憶していらっしゃるか」

僧侶が答えた。

「記憶しています。雲、濆などの文字で韻を踏みました」

高敬命が考えるに、君受《クンス》（徐益の字）がもしやって来たら、きっと酒と詩を挑みかわすことになろう。私が即席で応じることができないようにして、自分はあらかじめ数首を用意してくることであろう。客僧の四首というのは、当日の酒席で挑むための用意なのではないか。そこで、敬命もまた韻を使って、あらかじめ六首を準備して待った。

その日、徐益は酒を携えて約束通りにやって来た。酒に酔って徐益が言った。

「鯉を釣る人は蝦を餌にして釣ろうとし、鹿に接近する人は狩りをしようとするのだ。私がまず試みよう」

そう言って、四つの韻を使った五言律詩一首を書いたが、それはまさしく僧侶が話した韻であった。高敬命は思いを凝らすようなふりをして一首を作って応答した。徐益がふたたび韻を用いると、高敬命もまたふたたびその韻を次いだ。このようにしてすでに四首を済ませた。そして大きな杯を互いに勧めて何巡もしたが、それでも乱れなかった。高敬命が言った。

「礼には応答しないわけにはいかない。私もまた詩を作って酬いることにしよう」

そうして、韻を踏んで詩を作った。

かすかな香りが狭い谷に満ち、
不思議な物が広い江に浮かぶ。
（幽芳窮谷裡　怪物大江濆）

高敬命が言った。

「こんなところだろうか」

徐益は躊躇して、目をつむり、杯を投げ棄て、泥酔したふりをした。そして、酔ったことを口実にして起ち上がり、侍婢に自分の手を引かせて出て行き、衣の裾を払って馬に乗り、そのまま帰って行った。

▼1【高敬命】一五三三～一五九二。字は而順、号は霽峰、本貫は長興。官は東萊府使に至った。壬辰倭乱のときには六十歳の老人であったが、柳彭老とともに義兵六、七千を率いて、宣祖の行宮のある平安道まで行こうと北上したが、錦山で倭軍に出会い、激しい戦闘の中で戦死した。

第一三一話……梨泥棒の罪を詩で贖った鄭子唐

かつてわが国では士林の禍▼1が頻繁に起こり、多くのソンビたちは放誕でみずから渦中に飛び込んだ。鄭《チョン》子唐《チャダン》▼2というソンビがいた。その平素の人となりは豪逸で、文才も抜きん出てならぶ者もいないほどであった。当時の宰相の家の庭園にいい梨の木があって、秋になって実がよく熟した。鄭子唐が友人とともにその庭園の外側を歩いていて、たがいに言い合った。

「どちらがこの梨を盗めるかな」

鄭子唐が答えた。

「私が盗める」

そして二人ともに言った。

「この宰相の性格は暴虐で、奴婢たちに罪があれば鞭打って殺してしまうようだ。もし梨泥棒が露見したなら、そのような辱めを受けることもあるかもしれない。そのときにはどうするのだ」

鄭子唐は言った。

「私がどうしてあの者らを恐れようか」

とうとう衣服を脱いで布袋をもち、垣根を越えて、梨の木によじ登って梨の実を採り、嚢を一杯に満たした。そのとき、月の光が明るく、まるで昼のようであったが、宰相の家には貴人の客が来ていて、梨の木の下に毛氈を敷いて月見をしていた。侍婢たちに酒と肴の盤をもってこさせ、客にも勧めさせて、杯がなんども行き来した。一人の侍婢が客の前に出て杯を勧めようとして思わずに失笑してしまった。相国ははげしく怒って男子たちの中に引きずり出して尋問した。

「身分の高い客人の前でどうして笑いだしたのだ」

侍婢は膝まずいて答えた。

「お許しください。お許しください。礼を失した罪は死に値しますが、木の上にいる裸の人を見て、わたくしはそのことを言い出すこともできず、それでも、とてもたまりかねて、ついつい笑いだしてしまったのです」

相国は木の上を仰ぎみて、おどろいた。たしかに裸の男がいる。大声で下りるように言いつけると、鄭子唐は木から下りて挨拶をしたが、傍若無人のありさまで、まったく悪びれた様子もない。姓名を尋ねると、平然と答える。

「鄭子唐と言います」

当時、鄭子唐は文章をよくするという名声があり、貴人も庶民もそのことを知らない者はいなかった。

宰相は叱責して言った。

「お前は夜に人の家の垣根を乗り越えて梨の実を取ろうとした、不行跡にもほどがある。はたしてソンビであると言うなら、文章でもって贖罪するがよい。『新鬼体[3]』とやらを見せてもらおうではないか」

下僕に命じて、手を後ろで縛らせ、地面と一寸ばかりの距離に首をかがめさせ、「新しい風が郊外の岡に吹く（新涼入郊墟）[4]」を題目に八角律賦[5]を作らせた。鄭子唐が途絶えることなく連呼すると、わずかのあいだに一篇が出来上がった。主人も客人もはなはだ感心して席から下りて上座に迎え、一晩中、歓談して酒を酌み交わしたのだった。その賦というのは次のようなものであった。

蘇子瞻[6]が窓辺で読書をすれば、
松風が吹き山の雨は一晩中降りつける。
白楽天が江のほとりで客人を見送り、
楓の葉が燃え荻の花が咲くうら寂しい秋。

（蘇子瞻読書窓畔　松風山雨夜浪浪
白楽天送客江頭　楓葉荻花秋琴瑟）

その他については忘れてしまって思い出せない。当時は人口に膾炙して今に至るまで伝わり、わが国の書物には載っている。

後に、鄭子唐が科挙に及第して弘文館正字となったとき、市場を通り過ぎると、一人の女子が窓の中にいて、窓の外の盤の上に緑豆の油餅を並べていた。鄭子唐も食べたくなって馬から下り、簾の葦を一本抜き取って、扉の横に立ち、餅を釣り上げるようにしてみな食べてしまった。主人の女は油餅をみな焼いて出てみると、盤の上には何もなくなっている。大いに驚いて、隣人をののしった。隣人が、

「とんだ濡れ衣だ。扉の横で餅竿をもっていた人があやしい」

と言ったので、子唐をつかまえ、袖を引いて連れてきて、大声でがなり立てた。子唐は笑いながら言った。

「私は生まれつき餅が大好物で、酒は飲まないのだ。これこれ、おかみさん、私の服をそんなにひっぱらないでおくれ」

鄭子唐は帰郷することになり、漢江のほとりに宿をとったが、夢の中で王さまに拝謁して、感激して詩

を作った。

心の中で思う素晴らしい方に夢の中で逢った。
たがいに驚いたのは昔の姿よりも憔悴していたこと。
目が覚めて見ると、わが身は高楼の上にあり、
風が広々とした江の上を吹いて月が峰に隠れる。

（情裡佳人夢裡逢　相驚憔悴旧時容
覚来身在高楼上　風打空江月隠峰）

しばらくして、鄭子唐は死んだ。

▼1【士林の禍】朝鮮時代、科挙によって登用され、新たに力を持つようになった儒者官僚たち（士林派）と太祖・李成桂の建国に功績があって既得権利をもっていた家柄の人びと（勲旧派）が対立した。発端はさまざまであるが、おおむね勲旧派が士林派を抑えつけようとして行なったのが士禍であり、戊午士禍（一四九八）、甲子士禍（一五〇四）、己卯士禍（一五一九）、乙巳士禍（一五四五）を四大士禍と言う。

▼2【鄭子唐】鄭子堂という人が成宗年間にいる。たとえば、『朝鮮実録』成宗二十三年（一四九二）七月に、文臣と宣伝官を集めて試射を行なわせたところ、著作の鄭子堂が首位であったので、馬一匹と浜弓一張を与えたという記事がある。

▼3【新鬼体】朝鮮の司憲府、承文院などで一時期はやったという詩体。

▼4【新涼入郊墟】韓愈が息子の符に読書を薦めた詩「符読書城南」に「……時秋にして積雨霽れ、新涼郊墟に入る。灯火稍く親しむべし。簡編巻舒すべし（時秋積雨霽、新涼入郊墟、灯火稍可親、簡編可巻舒）」とある。「灯火親しむ秋」の語源ともなった詩の一節。

▼5【八角律賦】漢詩を作る際の規則、あるいはその規則を用いて出来上がった詩句。詩会などで漢字八字を

選んで、参加者はそれぞれ一字を選んで詩句を作る。一説には、韻字八字が押韻された律賦であるとも言う。八角、あるいは八角詩とも。

▼6【蘇子瞻】蘇軾のこと。子瞻は字。号は東坡。第九三話注3参照。

第一三二話……『太平広記』を読まなくてはならない

李洪男《イホンナム》（第一一五話注2参照）と羅世纘《ナセチャン》▼1がたがいに酒を酌み交わしながら詩句を吟じていた。「簫」という字を韻として、句の下には二人の姓の「李」と「羅」を使い、最後には李洪男が「簫」字でもって韻を次いで吟じた。

ラリリラリリ、
二人が太平簫を吹く。
（羅李李羅羅李李　両人相作太平簫）

羅世纘は筆を投げ出した。

私はいつもこの句節をおもしろいと思っていたのだが、後になって『太平広記』▼2を中国で読み、「羅李」を簫の音にするのは中国人の発想であることを知ることができた。

李洪男は若いころから才能があるとして有名であった。大人が半月を指して韻を「魚」の文字で踏むようにいった。すこぶる難しい韻であったが、李洪男はすぐに応じて口ずさんだ。

半円形の玉がおぼろに光って海の魚が出現する

（半璧依稀出海魚）

また「蛆」の文字で韻を踏んでも、すぐに応じて口ずさんだ。

澄んだ醤油に影が映るのは浮かんだ蛆虫

（薄醤清影照浮蛆）

その才能の早熟ぶりはこのようであった。わが国の文章を学ぶソンビたちはみな『太平広記』を学習したので、李洪男もまたこれを読んだのである。

▼1【羅世纘】一四九八～一五五一。字は丕承、号は松斎、本貫は羅州。一五二八年、文科に及第、一五三六年、文科重試に壮元で及第して、奉教となった。当時、金安老の専横がはなはだしく、対策文の中でそれを批判する内容があったことが安老の耳に入り、固城に囲籬安置された。安老の死後、復帰して、吏曹参議・大司成を経て、漢城府尹として同知春秋館事を兼ね、『中宗実録』の編纂に参与した。

▼2【『太平広記』】宋の李昉らが勅を奉じて、漢から五代までの小説・奇聞の類を事項によって分類集成した書物。全五百巻。九七八年に成った。

第一三三話……趙士秀に招かれた人びとの詩

趙士秀《チョサス》▼1は洪暹《ホンソム》（第三話注4参照）・趙彦秀《チョオンス》▼2・鄭惟吉《チョンユギル》（第一一六話注1参照）・鄭士竜《チョンサリョン》（第八一話注6参照）とともにその家の裏の松の生えた岡に登って酒を飲んだ。鄭士竜が詩を作った。

華やかな招待に似合わぬよぼよぼの老人がやって来て、
外と中の城門からははるかに眺望が開ける。
馬夫はまっすぐに畳み重なる峰の上に登って行き、
笙の音と歌声が満開の花の中を帰ってくる。
名前は峴山のふもとに残って遠くに伝わり、
詩は臨川に到ってことばは更に磨かれる。
前年の春の酒宴の借りを知って返し、
花と樹々の緑を空しくすることを教えてはならない。

（嘉招不合到衰翁　表裡城闉眺望通
騶御直凌重嶺上　笙歌還訪百花中
名留峴首伝応遠　詩到臨川語更更
酬了一春知有債　莫教紅緑旋成空）

主人の趙士秀は即座に韻を次いだが、他の人びとはみな翌日になって出来あがった。それらの詩は松の生えた岡の家の壁に残っていた。乱で家はなくなったものの、その孫の右尹であった趙存世《チョジョンセ》[3]が諸公の末句を書きとめていた。鄭惟吉の詩句は次のようなものである。

おそらくは明朝、朝廷の太史が申し上げる、
戒めの星の兆しがはるか遠くの空に集まっている、と。

（却恐明朝太史奏　厳家星象聚遙空）

趙士秀のものは次のようなものであった。

怪しんではならない、夜が更けて灯心が見えなくなったのを、
明日の朝は雨風が一しきり春を吹き払おう。
（莫怪夜深禁燭跋　明朝風雨一春空）

洪暹のものは次のようなものである。

庵の壁の麗しい詩篇は空の上まで響きわたる。
（壁間華篇響摩空）

その残りは記録できなかったようである。しかし、湖陰の末句の「紅緑旋成空」というのはよくない。三月ともなると、もう緑陰が空しいだろうか。

▼1【趙士秀】一五〇二〜一五五八。字は季任、号は松岡、本貫は漢陽。一五三一年、式年文科に甲科で及第して官途についた。一五三九年には敬差官として星州史庫の火災原因の調査に当たった。知中枢府事・左賛成に至った。

▼2【趙彦秀】一四九七〜一五七四。字は伯高、号は信善堂、本貫は楊州。一五三五年、文科に及第、芸文館に入った。聖節使として中国に行き、帰国後、礼曹参判になり、一五六〇年には刑曹判書となった。高官を歴任したものの、清廉で一軒の家をもつのみで財産はなかった。花潭・徐敬徳と同年輩で親交があった。

▼3【趙存世】一五六二〜?。字は善継、号は聴湖。一五八二年、生員となり、一五九〇年、増広別試に丙科で及第した。一五九二年、春秋館記事官となったが、壬辰倭乱が起こり、王が平壌に避難した際には扈従した。さらに王が義州に逃げようとしているという話を伝え聞くと、同僚たちと密議して、史草を焼いて脱出

した。還都の後、そのことで罪を問われて失職したが、後に復帰して、工曹参判にまで至った。

第一三四話……非命にして死んだ林亨秀の長詩

林亨秀《イムヒョンス》▼1は若いときから文章が巧みなことで、人びとに認められていた。文章を作るときにはすぐに出来あがって、筆を執って一度振るえば、数千字となった。人となりは豪放で、気勢が盛んであった。多くの小人たちは目をそばめた。

当時、陳復昌《チンポクチャン》▼2が権勢をふるい、悪逆な政治を施して、目障りな賢明な人びとを一網打尽にしようとしたが、林亨秀の才能が自分よりも秀でているのを妬んで、中傷し、謀略でもって関北に追い払い、会寧判官▼3に左遷させた。会寧は別名を鰲山と言うが、亨秀はそこで「鰲山歌」を作った。その地域では今も歌い継がれている。その歌辞は次のようである。

鰲山が天の一方にあって、（鰲之山兮天一方）
北は沙漠に連なり、南は海洋が広がる。（北連沙漠南海洋）
戦争は幾年も続いて、何度も戦場となり、（干戈幾年征戦場）
今に至るまで白骨が堆く積まれた。（至今白骨堆陵崗）
英雄の事業はまことにあまねく繰り広げられ、（英雄事業信恢張）
私は坐して、荊棘の道が平安になったのを見る。（丛見荊棘為康荘）
今や咸鏡道の辺境に官職をもち、（版籍今牧戎虜郷）
春の光が強く青空を輝かせる。（春光大烈凌穹蒼）
続いて起ち上がった豪傑たちはいかにも強く、（継起豪俊何洸洸）

山河を分割して治める計策はなかなかのもの。（宰割山河籌策良）
江に臨む見張り台は無頼漢の跳梁を制御し、（臨江亭障制跳梁）
万里に築いた城ははるかに海まで続く。（築城万里連海長）
わが王さまの聖徳は虞舜[4]を凌いで、（吾王聖徳邁虞唐）
仁徳と威勢は遠くに及んでオランケ（女真族の蔑称）を包み込む。（仁威遠曁包夷羌）
王さまの宮殿に拝礼して山を登り河を渡り、（彤階稽顙自梯航）
戦士は戈を棄てて故郷で田を耕し桑を植える。（戦士放戈帰耕桑）
去年、辺境の民は日照りと蝗に苦しみ、（去歳辺氓罹旱蝗）
老人を連れて幼子が歩きながら倒れ、（扶老携幼行且僵）
子どもは孤児、男は鰥夫、女も寡婦。（子孤夫鰥女又孀）
宮廷では心配して王さまもみ心をいためられた、（九重惕惕宸心傷）
誰か私のために人びとの病を癒してくれまいか……（疇能体余医民恙）
お前が行けという王命を畏まって承り、（往哉汝欽臣兢惶）
再拝稽首して王宮に暇乞いをする。（再拝稽首辞明光）
天の恩に感謝して両の眼から涙が滂沱、（感荷天恩双涕滂）
東の郊外に出る馬はにわかに勇み立ち、（東郊征馬忽騰驤）
腰に帯びた一尺の刃鋭い剣が光る。（腰間尺剣揺寒鋩）
駅亭を出る車と馬は垣根のように連なり、（離亭車馬如堵墻）
柳の枝が袖や袂に触れて折れ、玉の杯が行き交う。（摻袂折柳飛瓊觴）
曲ごとに惜別を歌う妙齢の少女がいて、（曲曲陽関唱妙娘）
珠玉の文章百篇を旅中に求める。（瓊琚百篇需行装）
初秋の景色はますます凄涼として、（新秋物色転凄涼）

行こうとして行けずに彷徨する。（欲去未去仍彷徨）
関山（関所のある山）ははるか遠くて見ることができず、（関山迢遞不可望）
道はソウルに戻って魂が飛んで行くよう。（路転岏甸魂飛揚）
母上よ、国事に仕えてお世話をできず、（母兮靡盬不遑将）
はげ山[5]に登って涙を流すだけ。（陟屺有涙垂寒眶）
山頂にはゆっくりと登って馬に池の水を飲ませ、（弭節山椒馬飲塘）
二つの県を過ぎて淮陽[6]に当宿する。（二県言邁投淮陽）
峨峨とした鉄嶺の関は太行山よりも高く、（峨峨鉄関高太行）
峠の九十九折りの道では車の下で木の枝が折れる。（嶺路百折摧車轒）
険しい山に雷が落ちて俄に土砂降りの雨が降り、（窮山雷雨忽霶霈）
天と地は秋ともなれば昼も夜もうら哀しい。（乾坤昼夜秋悵悵）
富野の土地にはおぼろに霧が立って霙が降り始め、（富野微茫暮雲霙）
岐山の南のどこで周の文王に会えるのか。（岐陽何処謁周昌）
竜珠里[7]は千年の後にも古い集落が残り、（湧珠千年余旧坊）
文雅の家が十軒ほど街道筋に残っている。（文道十室官道傍）
垣根はこぼたれて人びとは疲れはて、（籬落蕭条民物戕）
双城（咸鏡道永興の旧名）の東には海が広々と広がっている。（双城東畔海泱泱）
高楼に登りソウルの方を眺めると化粧した美人がいて、（高楼望京羅紅粧）
鼻白山の前には秋草が黄色くしおれている。（鼻白山前秋草黄）
鶴仙亭の下を行く人はせわしなく、（鶴仙亭下行人忙）
咸山の盛んな気運は王を元気づけ、（咸山佳気鬱興王）
楼台の金と碧の色はたがいに映えてまばゆい。（楼台金碧相輝煌）

庭には撃毬▼[8]の趾が残って王さまの印章があり、（場留撃毬相竜章）
洞内には鼠と兎が尽きて蟷螂だけが侘びしい。（洞訖兎鼠哀蟷螂）
天兵▼[9]の神妙な計略を誰が見ぬけよう。（天兵神籌何何量）
西の夷も北の狄も成湯▼[10]がうらめしく、（西夷北狄怨成湯）
路は険しく咸関嶺の樟の木は生い茂る。（路峻咸関森頎樟）
三撤▼[11]の城は勇壮として陣営が並び、（城雄三撤排営廂）
侍中台▼[12]に登って徘徊して思う、（侍中台上為倘佯）
謀叛の臣下はどうしてみずから災厄を招いたか。（蘖臣如何自招殃）
川原の草木は血の色に染まって、（川原草木染殷盃）
今も折れた戟が戦場跡には埋っている。（至今折戟埋戦場）
端山（咸鏡道の端川）には光を秘めた宝玉を蔵し、（端山含輝宝玉蔵）
万の銭をもって絶えず異国の商人がやって来る。（万銭絡繹来胡商）
二つの山の頂は高々と天の中央にそびえ、（二嶺崔崔挿天央）
人が倒れ馬も倒れる羊の腸のような危ない路。（人僵馬仆愁羊腸）
峠の上で詩を吟じて玉皇上帝を驚かせ、（岑上戦詩驚玉皇）
巨大な神霊も竦んで山の傍らに隠れる。（巨霊瑟縮蔵山傍）
山の背後は満州族と国境を接しているが、（山後山夷接界壃）
気勢を上げる鎮の関門の防禦は固い。（占勢列鎮厳関防）
勇壮な城は昔から人びとが強く、（雄城自古民豪強）
苛斂誅求の役人どもが賄賂を多くとる。（邇来掊克官多贓）
貪泉▼[13]にはまだ伯夷・叔斉をやって飲ませていず、（貪泉未遣夷斉嘗）
怪しんではならない、鳩麦の讒言▼[14]を負ったことを。（莫怪薏苡讒言彰）

白山が皓皓と天の扉にそびえ、（白山皓皓忝天閶）
六月に降る雪は激しい風に飛び散る。（六月飛雪随驚颷）
東は鏡城の役所が屹立する城塞としていて、（東臨鏡府屹城隍）
鎧を着た勇猛な兵士たちが斧を携えている。（貔貅万甲羅斧斨）
豪放無双の元帥は高堂に坐し、（桓桓元帥儼高堂）
客を招いて酒を置き、笙簧を演奏する。（延客置酒陳笙簧）
徘徊して高所に登れば見通しは良く、（徘徊登眺歎莫喪）
旧領の割譲を論じていかほど心配したことか。（議割旧壃何其恇）
竜城（咸鏡南道徳源にある地名）を境界とするのも良策ではなく、（竜城為界計未臧）
どの主張がいいか私にもわからない。（孰主張是吾未詳）
寧山（咸鏡北道富寧の旧名）の北に行くと路は高く低く、（寧山北去路低昂）
境界に入り轡を取って行く心ははるか。（入境按轡心茫々）
ああ、風俗を尋ねて流亡する身に感慨も新たに、（咨嗟問俗感流亡）
父老は喜んで迎え酒と肴を用意する。（父老欣迎羅酒漿）
弓袋と胡籙を負った数万の騎兵が駆け、（櫜鞬万騎駆彭彭）
先導する紅旗が風にたなびく。（紅旗前導随風颺）
譙楼の帳幕の中では美人の赤いチマが光り、（譙楼帳幕照紅裳）
将軍が出て迎え刀と槍を置く。（将軍出迎羅刀鎗）
行宮の厨では玉の皿に鰱魚と魴魚を調理して、（行厨玉盤斫鰱魴）
鹿の胎を熊の脂に混ぜる。（錯以鹿胎而熊肪）
詩と舞の宴を催して琴瑟を奏で、（文筵秩奏琴瑟琤）
金の樽に羅浮春▼15の酒の香りがただよう。（金樽瀲灩羅浮香）

王さまの恩恵ははるか遠方をも雨露のように潤し、（洪恩遠覃雨露瀼）
飢えを飽食に変え、災いを吉に換える。（飢変為飽災為祥）
雨が降れば雨が降り、日が照れば日が照り、（日雨而雨暘而暘）
すべての田畑で豊作の実りの秋。（満疇華実秋穰穰）
太平の歳月が百年続いて、穀物も足り、（昇平百年足稲粱）
刁斗[16]の音に驚かず人びとは傷つくこともない。（刁斗不驚民無創）
支流が豆満江に注いで滔々と流れ、（江流豆満去湯湯）
山は白頭山まで続いて跳ね返ってくるよう。（山馳白頭来回翔）
幹木河[17]で洗って煮ることもでき、（幹木之河可濯湘）
雲頭城[18]の昔の城壁は山の横を囲っている。（雲頭古堞囲山旁）
勇壮なこの辺境は昔から防禦は万全、（雄藩自古壮保障）
オランケたちを手なずけるのに牛や羊のよう。（駕御胡羯如牛羊）
穀物が倉庫に数万箱も貯えられ、（紅腐千倉更万箱）
剣と槍が太陽に輝き澄んだ音は霜のよう。（剣戟燿日凝清霜）
厳粛なる文廟に翼のような郷校があり、（有厳文廟翼序庠）
再拝し謁見すると佩玉が鳴る。（再拝展謁鳴佩璜）
儒教にソウルと田舎で違いがあろうか。（吾道何曽間遐荒）
遺された教えは広く及んで麗しい倫理を維持する。（遺教偏及扶彛綱）
辺境の兵馬は日々に駆けまわって、（窮辺夷馬日劻勷）
ふたたび読書の声の朗々と響くのを喜ぶ。（更喜読書声琅琅）
人びとは知らない、太守の私の気が狂っているのを。（吏民不知太守狂）
玉皇上帝の香り立つ机の前で風雅な郎官とともに言う。（共道玉皇香案郎）

かつては袞衣を召す王さまを諫める地位にいて、（供奉何曾袞職匡）
遠く近く私をみそなわす恩恵を受けた。（遠邇活我恩波汪）
ああ、私の本来の性格は怠け者なのが恥ずかしい。（嗟余懶性本披倡）
どうして人びとは私をあおぎ頼るのか。（惟爾依望何敢当）
早くから散漫で姿は道化のようなもの、（早年落拓形倡佯）
それが敢えて聖なる宮廷に上がって登用を約束された。（敢与聖朝期登敭）
ソウルの居酒屋で鷫鷞の衣を質に入れて、[19]（長安酒肆典鷫鷞）
藜と莧の飴のように甘い酒で腹を満たす。（充腹藜莧甘如餹）
十年間を今のように名誉の馬轡を執って過ごし、（十載如今落名韁）
自然はまだ膏肓[20]を直してはくれない。（泉石尚未医膏肓）
湖水は舟を浮かべるのにふさわしく、（江湖端合駕舟艎）
一生を生きるのは鳥が高い帆柱に憩うのと同じ。（一生契活随鳥檣）
菱と蓮の葉を編んで菰の実を飯にして、（製芰荷兮飯菰蔣）
名月を天に頂いて郷木をたたく音を聞く。（載明月兮聴鳴郷）
さもなければ、分際を守って帰り、前の田を耕して、（不然帰分南畝秧）
鋤をかつぎ妻を連れて、えのころ草を抜く。（荷鋤帯婦治莠稂）
老いて辛味を好めば桂皮と生姜を使い、（到老辣性任桂薑）
[21]斥鴳とともに蟬が楡枋の木にとまるのを楽しむ。（甘与斥鴳槍楡枋）
残る齢を巻耳《おなもみ》と菖蒲に任せ、（収取残齢寄苓菖）
塵のような世間を離れて蟬しぐれの中。（遠離塵世喧蜩螗）
富貴を望むことなく岩廊に登って、（不分富貴登岩廊）
上は堯舜を補佐して麒麟と鳳凰とが来り、（上佐堯舜来麟凰）

八種の珍味を並べて焼いた羊の肉を食べる。（羅前八珍飫炰□（欠字））
珠を飾った服と玉の箱をもって北邙山[22]に帰るが、（珠襦玉匣帰北邙）
ただ私の血気がつねに壮んなゆえに、（只縁吾方血気剛）
この明るい世にあえて北風と寒雪[23]を歌わない。（昭世不敢歌雪雱）
人才を探すのに垂木や梁たりえないのを恥じ、（自愧才難任桷宋）
鉤を成して真っすぐな鋼たりえないのが恨めしい。（作鉤恨不如直鋼）
強いて一隻の舟を進めて瞿塘[24]を渡れば、（強撑孤艇済瞿塘）
移文を送る孔徳璋[25]のような者がいないかと怖れ、（却怕移文有徳璋）
王さまの恩を米糠のような身で忝くしていながら、（聖恩何幸不簛糠）
不才にして長く国家の倉から盗むばかり。（不才久容盗太倉）
黄金の宮殿、玉の台に空しく佩玉の音を響かせ、（金墀玉殿漫鳴璫）
努めて口を閉ざして賢人たちの路を防ぐのを恥じたが、（僶黙常慙賢路妨）
浅薄な私がかつて政治に益したことがあったろうか。（譾薄何曽与賛襄）
願わくは、節を通して松や篁のごとくであることを。（庶幾一節如松篁）
王が耳と目を寄せられた恩は尋常の事ではなく、（寄我耳目恩非常）
この身が死なない限りどうして忘れよう。（此身未死何敢忘）
平生、文章を学んですずろに時を過ごし、（平生文墨謾趨蹌）
軍事についてはまったく経験がない。（軍旅之事初未遑）
『詩経』『書経』でどう山犬や狼を治めるのか。（詩書安敢鎮豺狼）
幸いにも王は努めて外敵を追い払われ、（幸頼吾王勤外攘）
ふたたび自らの魯鈍さを戒め警戒しつつ、（更策駑鈍戒交相）
なんとか王の御恩に報いたいと思う。（聖主洪恩期一償）

願わくは、赤子を母親の下で育てさせ、（庶令赤子養于孃）
ともに天寿を全うして早死にさせぬように。（共躋寿域無夭殤）
春の日には蚕を飼い、女たちは籠をとり、（春日宜蚕女執筐）
夏の日には田植えして、男たちは草刈り鎌をもつ。（夏日宜稼男把橿）
夫は耕し、妻は機織りをし、それぞれが勤しむ。（夫耕婦織各自蘘）
幸いに私の贅肉は削げ、ものもらいは無くなった。（幸無剜肉医眼瘡）
豊年を望んで天に火を焚いて祈ることなどなく、（歳稔無労焚巫尪）
税が公平で隰萇を憂うることなどないようにし、（賦均且莫歌隰萇）
痩せた土地でも収穫した稲束が車に満ちる。（満車汚邪惟我穰）
天と地の神霊は恩恵を垂れて牛と羊の肉を存分に食べ、（神祇垂休飫羶薌）
人びとが充分に食べてこそ軍隊にも食糧がある。（斉民有食軍有糧）
軍隊はこの百年のあいだ乱を経験せず、（兵事百年無搶攘）
ならんだ陣営の将軍たちは揃って腹帯をして、（列陣諸将聯佩纕）
韔《ながえ》を揚げて毎日を楽しんで過ごす。（韔門日々相娯康）
烏号▼26の矢で弓を引き絞って柳の葉を貫通する。（烏号彎月較穿楊）
地面を震動させる彩った太鼓の音はドンドンと、（殷地画鼓声鏜鏜）
黄色い犬を牽き、蒼い鷹を肘に止まらせて駿馬に乗る。（牽黄臂蒼跨驌驦）
銀の鞍に玉の鐙、そして金を嵌めこんだ馬の額の飾り。（銀鞍玉鐙金鏤鍚）
弦の音に驚いて鶚と丹頂鶴が落ちて来て、（驚弦落鵰下鶖鶬）
陰山では一矢で二頭の獐鹿を仕留めた。（陰山一発双麕獐）
制勝亭▼27では胡床にどっかと座り、（制勝亭上倚胡床）
絵のような江と山を前に本をひもとく。（江山如画開縑緗）

駆けて来て柳に繋がれた馬は頭をしきりに動かし、（馳来繋柳馬駠駠）
近くに座る美人の顔は海棠の花のよう。（狎坐紅顔如海棠）
金の樽に入った旨い酒に脂ののった牛肉を焼いて、（黄金美酒炙肥膷）
したたかに酔って歌い舞うとき、楽工たちが並び立つ（爛酔歌舞陳伶倡）
友人とともに行くところ、美しい景色で出迎えてくれ、（朋友随処償年芳）
その景色を歌った詩を集めて奚嚢（詩文を書く紙を入れておく袋）に満たす。（収拾美景盈奚嚢）
いったい誰が窓の下で鳴く虫（ひぐらし）を羨もう。（何人窓底怨鳴螿）
残して来た妻が夢の中で独り寝の寂しさを訴えた。（香閨夢裡愁鴛鴦）
弓を鳴らし剣を振るって悲憤慷慨を歌うと、（鳴弓弾剣歌慷慨）
私の髪の毛は青い海の波濤のよう。（幸我鬢髪等滄浪）
馬を養い、糧食を貯えて、（期将養馬而峙粻）
単于▼28の背中をなでて首を締めあげよう。（撫背単于振其吭）
漢の朝廷ではやむを得ずに王昭君▼29を送ったが、（漢廷無頼送王嬙）
道中で武器を洗うのに銀河の水を傾け、（永洗甲兵傾天潢）
帰還して宮殿に拝すると、玉佩の音がいんいんと響く。（帰拝北闕玉佩声瑲瑲）

この歌辞ははなはだ勇壮、奇異、かつ華麗であり、押韻に拘束されることなく、後世に伝わった。惜しいことだ、このような才能をもちながら、非命にして死んだとは。後に済州牧使となって赴く途中で死を賜った。文章の才能でもって奸邪な人びとに疎まれ、罪なくして死ななければならなかったのは、いきどおろしいことである。その子どもたちには読書などしないようにと遺言したという。

▼1【林亨秀】一五〇四～一五四七。字は士遂、号は錦湖。幼いころから聡明かつ剛直であった。一五三一年

に進士となり、一五三五年には文科に丙科で及第、会寧判官を経て副提学に至った。一五四五年、良才駅の壁書事件（第一六七話注1参照）が起こり、小尹の尹元衡によって大尹の尹任一派として退けられ、絶島に安置された後、賜死された。後に伸冤された。文章に優れていて、多くの人々に称賛された。『錦湖遺稿』がある。

▼2【陳復昌】?〜一五六三。字は遂初。戚臣であり、勢道家であった尹元衡の心腹となり、乙巳士禍のとき、大尹派の士林の粛清に活躍して、多くの人々が禍を被ったので、史官たちに「毒蛇」と記録された。一五五〇年には自分を推薦してくれた具寿耼まで賜死に追い込み、尹元衡が嫌う人間がいれば獄事を起こして「極賊」と言われた。一五六〇年には工曹参判になったが、尹元衡自身から奸凶、陰険な人物として排斥を受け、流配されて、配所で死んだ。

▼3【会寧判官】会寧は咸鏡北道の郡。豆満江延安の国境の町として満州との交通・交易の要地で都護府が置かれた。判官は監営・留守営および重要な町におかれた官職で、従五品。

▼4【虞舜】古代中国五帝の一、舜のこと。虞の人で、有虞氏。父は舜の異母弟の象を愛し、常に舜を殺そうとしたが、舜はよく両親に仕えた。堯に知遇を得て摂政となり、その二人の娘の娥皇と女英を妃とした。堯の没後、帝位に就き、天下は大いに治まった。

▼5【はげ山】「彼の屺に陟《のぼ》りて　母を瞻望す　母は曰《いわ》ん　嗟、予が季よ　役に行きて夙夜寐ぬること無かれ
上《こひねが》はくは旃《これ》を慎めや　猶ほ来れ　すてらるること無かれ」（『詩経』魏風・陟岵）「屺」ははげ山のこと。

▼6【淮陽】江原道の邑の名前。咸鏡道との境界にある。

▼7【竜珠里】咸鏡道徳源都護府にある地名。太祖・李成桂の高祖の穆祖が全州から移って来て住んだ。

▼8【撃毬】馬に乗って球を撃つゲーム。ポロ。咸鏡道には若いころの太祖が撃毬をした場所があって、憲宗十五年、その場所に撃毬亭が造られた。

▼9【天兵】ここでは李成桂の率いる兵士たちを言う。

▼10【成湯】中国、殷の初代の王。本名は履、または太乙。夏の桀王を追って王位につき、亳に都を置き、国号を商とした。

▼11【三撤】北青を言う。元が支配したときの地名。

▼12【侍中台】関東八景の一つとされる。江原道通川郡歙谷面にある。

▼13【貪泉】人がその水を飲めば貪欲になるという泉。中国の広東省にあったという。晋の呉隠之がその水を飲んでも性格は変わらず、詩を賦したという。その中に「試みに伯夷叔斉に飲ましめん、終に心を易えざるべし（試使夷斉飲、終当不易心）」の詩句があるという。

▼14【鳩麦の讒言】後漢の馬援が交趾を征して帰ってきたとき、鳩麦を積んできたのに、これを非難する者たちは真珠を積んできたと言った。『後漢書』馬援伝にある。

▼15【羅浮春】宋の蘇軾が恵州の羅浮山で作った酒の名。

▼16【刁斗】兵士用の飯盒のようなもの。銅で作り、昼は飯を炊いて食べ、夜には警戒のために鳴らす。

▼17【斡木河】咸鏡道会寧都護府について、『新増東国輿地勝覧』は、もとは高句麗の旧地であり、胡のことばでは斡木河、一名は吾音会であると説明している。

▼18【雲頭城】咸鏡道会寧府の西五十里にあった城。周一万七千四十尺と『新増東国輿地勝覧』にある。

▼19【鷫鷞の衣を質に入れて】鷫鷞は鷫鸘とも。司馬相如が卓文君とともに成都に帰ったとき、貧しかったので、着していた鷫鷞の裘を質に入れて酒に代え、歓を尽くしたという。

▼20【膏肓】膏は心臓の下、肓は鳩尾を言う。膏肓の間とは心臓と胸膜の間で針も薬も効果をあらわすところがない場所になる。晋侯の病が重くなり、医師を秦に頼むと、秦は名医の緩をよこした。緩がまだ到着する前に、晋侯の夢の中に病が二人の童子の姿をとって現われ、童子たちは、名医の緩がやってきてひどい目に遭わされるのはいやなので、「肓の上、膏の下」に隠れようと相談する。緩が到着して晋侯を診断したが、すでに病が肓の上、膏の下に入ってしまっているので、手の施しようがないと言う。『春秋左氏伝』成公十年にある。「コウコウ」が正しいが、誤って「コウモウ」で通用している。

▼21【斥鴳とともに……】九万里の上空を飛んで南に向かうという大鵬を見て、蜩と斥鴳《みそさざい》とが笑って言う。「我決起して飛び、楡坊に槍《いた》るに、時に則ち至らずして地に控《こう》する已矣《のみ》。奚《なん》ぞ九万里に之きて南するを以て為さんや」と。斥鴳や蜩は大鵬の心をしることができない、小知は大知に及ばないことを言う。『荘子』逍遙游。

▼22【北邙山】中国河南省の洛陽の北方にある丘陵の総称。漢・魏・晋・唐の歴代の皇帝陵が多くあった。

▼23【北風と寒雪】「北風　其れ涼《さむ》く　雪雨《ふ》ること其れ雱たり（北風其涼　雨雪其雱）」『詩経』邶風・北風。北風も雪も虐政を言うというのが伝統的な解釈。

▼24【瞿塘】長江が四川省奉節県から湖北省宜昌に至る間の三つの渓谷、いわゆる三峡の一つ。ほかに巫峡と西陵峡がある。航行の難所とされた。
▼25【移文を送る孔徳璋】孔徳璋は、中国、南斉の人、名は稚珪。徳璋は字。記室参事に召され、累進して都官尚書に至った。『古文真宝後集』に「北山移文」がある。六朝の宋の周顒は初め江蘇省江寧府にある鍾山に隠れ住んだ人であったが、後に詔に応じて北斉の朝廷に仕えて、会稽郡の海塩の令となり、鍾山（北山）に立ち寄ろうとした。孔徳璋は周顒が隠逸の志を変えて朝廷に仕えたのをいやしんで、鍾山の神霊に仮託して、官府の移文（ふれぶみ）の形をとり、周顒のような汚れた人間が来ると、山川草木が汚れるという理由で、立ち入り禁止を宣した。
▼26【烏号】良弓の名。黄帝が竜に乗って去ったとき、百姓はこれに従うことができず、黄帝の落した弓を抱いて号泣したことからこの名がついた。また一説には桑柘の木は堅勁だが、烏が止まって飛ぼうとすると枝が撓んで飛べずに号呼するので、この木の枝で作った弓を言うともいう。
▼27【制勝亭】亭子の名。咸鏡道会寧都護府の客館の東にあったという。『新増東国輿地勝覧』。
▼28【単于】前三世紀から後五世紀までのあいだ中国を悩ませた北方民族の匈奴の君主の称号。
▼29【王昭君】前漢の元帝の宮女。名は嬙、字は昭君。元帝の命で前三三年に匈奴の呼韓邪単于に嫁し、夫の死後はその子の妻となった。

第一三五話……対をなす地名

ある人が言った。

「中国の地名はもちろん文字を使用しているが、詩人がそれを使って対を作っている。たとえば、『不夜城－無風塞』、『黄牛峡－白馬江』、『黄姑渚－白帝城』、『黄草峡－赤甲山』、『魚竜川－鳥鼠山』、そして『烏巒－白狄』や『鳳池－麟閣』などのようなものは、すべて『青』と『白』などの色彩を配慮して地名で対を作っている。ところでわが国のことばで地名を歌っても、対を作れないのではなかろうか」

これを難ずる人が言った。

「それはそうではない。わが国の地名でもいたるところに対をなすものが多い。『牛峰－兎山』、『青山－黄澗』、『竜岡－魚川』、『青岩－碧沙』、『羅州－錦山』、『珍原－宝城』、『豆毛－安骨』、『燕岐－鴻山』、『釜山－鉢浦』、『鰲樹－鶏林』、『老江－少農』、『金井－石城』、『木川－草渓』、『陰城－陽川』など、このようなところを数え上げればきりがない。文字ではなく、わが国のことばで言うなら、『ノルモク（老奴項）－ペアムコル（背岩洞）』、『コリョンサ（高嶺寺）－クリガ（求理街）』、『タンパハン（唐坡巷）－ハンジョンドン（漢井洞）』、『ミジョハン（弥助項）－スリリョン（愁里嶺）』などの類がないわけではない。しかし、わが国には詩人が少なく、このようなものを対にする人が稀なのだ」

言い出した人は返すことばがなかった。

第一三六話……接続字が属するのは上か下か

中国のソンビが書物を読んで句を作るとき、「而」や「則」や「於」の文字はすべて下の句の頭に付ける。というのも、昔から句が切れるのは上の句だからである。わが国の句読はすべて上の句の最後に属させることになっていて、もし下の句につけて読むと、人びとは笑って、間違っていると指摘する。

『楚辞』に「三秀を採るのは山の中において（採三秀兮於山間）▼[1]」というところがあり、また「雲が波立つようにして下にある（雲溶溶兮而在下）▼[2]」という句節もある。「於」「而」がもし上に属しているとしたなら、どうして「兮」の文字の後に置かれているのか。

わが国の人びとは「何則」の「則」を読むとき、「チュク」と読む。これはどこに根拠があるのだろうか。『荘子』の文字に「何」と「則」の二つの字のあいだに多く「也」の字を書いてある。とすれば、「何」は上の句に属し、「則」は下の句に属するものであることがわかる。

最近ではひとり洪至誠《ホンチソン》▼3だけが「而」と「則」の字を下の句に属させ、人びとはそれを笑って言うのである。

「『視力はぼんやり、髪の毛は白く、歯はぐらぐら（視茫茫而髪蒼蒼而歯牙動揺）』というのは一つの句であるのに、どうしてこれを三つの句に分けて読むことができようか」

私は深山の寺に住む僧侶が読経するのを聞いたことがある。たとえ、句が三、四言で短くても、もし「而」や「則」の字があれば、間をおいて、かならず下の句に属させていた。私はそれが正しいと考え、それ以来、世俗の誤りを正そうと考えているのである。

「寛容であり、それでいて厳正。率直であり、それでいて温雅。家に入れば、すぐに孝行。外に出れば、すぐに謙虚。依拠するのは仁愛において。世に立つのは礼義に基づいて（寛而栗　直而温　入則孝　出則悌　依於仁　立於礼）」というのは、「而」・「則」・「於」を下の方に属させて読むのがいいのである。

▼1【採三秀兮於山間】『楚辞』山鬼に、「三秀を山間に采るに、石磊磊として、葛蔓蔓たり。公子を怨んで悵として帰るを忘る。君我を思いて間を得ざるならん」とある。年に三度咲く霊草を山間に採ろうとすれば、石は重なり、蔦ははびこって、進むことができない。私は貴公子のあなたに会えぬことを怨んで、心もうつろになって帰ることも忘れてしまった。あなたは私を思っていても、来る暇がないのであろう、という意味になる。

▼2【雲溶溶兮而在下】同じく『楚辞』山鬼に、「表《たか》く独り山の上に立てば、雲溶溶として下に在り。杳として冥冥として羌昼晦く、東風飄として神霊雨降らす」とある。高くひとり山の上に立てば、雲は流れて目の下にある。どんよりとあたりも見えず、昼なお暗く、東風は吹きめぐって神霊は雨を降らせている、という意味になる。

▼3【洪至誠】一五二八〜一五九七。字は剛中、号は仏頂山人、本貫は南陽。天性、高潔かつ端雅であったが、その振舞と人との接し方が浮世離れしていたので、人に嘲笑されることもあった。読まない書物がなく、後進を教えるのに倦むことがなかった。夜中になって、門人たちが疲れて眠っても、至誠は端然と座って、思索にふけったという。古文のどのような難解な個所であれ、解釈を施し、疑義を残すことがなかった。丁酉

の再乱（第三一話注10参照）のときに殺された。

第一三七話……金継輝の古今に類のない聡明さ

金継輝《キムケフィ》▼1の聡明さは古今に類のないほどである。書物を読むとき、十行ほどを同時に読み下して、文字の意味をほぼ理解することができた。

かつて方伯となったとき、公文書や上訴文が数千帖にも及んだ。文字の読める役人に数十帖を蝉や蜂が鳴くように一時に読ませて、そしてその文書は自分の眼には見えぬようにさせておいた。役人たちが読み終えて、その本旨を尋ねることもなく、文書に対する題字を書いて与えたが、ことばも意味もすべてぴったりで間違うことはなかった。もし重ねて訴え出るような者がいれば、その者の名前を尋ねるだけで、その奸邪であることを摘発した。人びとはこれをはなはだ不思議に思い、彼を神のごとくに考えた。

中国に赴き、通州の大路で『十九全史』全六百巻を売っている人に出会った。一度通して見て、灯りを点したようにはっきりと理解できないところはなかった。すべての巻の中から抜き出して試しに尋ねてみても、分明にまるで目の前の事のように答えることのできないところはなかった。また、市場の人たちに宣言をして、市中のおもしろい書物をもってくれれば、買いたいと言った。人びとが列をなして書物を背負って旅館にもってきた。金継輝は一晩だけそれらの書物に目を通すと、次の日には言った。

「買うだけの価値はない。これは戻すことにする」

そうして市中のほとんどの書物を十日ほどで読みつくして、人びととあって論じたり話したりするとき、ごく細かなところまで網羅して理解していたのだった。

▼1【金継輝】字は重晦、号は黄岡、本貫は光州。一五四九年、文科に壮元で及第、一五五五年、吏曹佐郎の

ときに、西人の金弘度の一派として追われたが、一五六三年には復職、後に重試に首席で合格して、要職を歴任した。一五八一年には、宗系弁誣《そうけいべんぶ》（第三一話注1参照）にかかわる交渉のために奏請使として明に行った。高い識見をもち、博学で万事に精通していた。

第一三八話……李徳馨のすぐれた記憶力

李徳馨《イトクヒョン》▼1が提督▼2の接伴使だったときのことである。軍中にあった数百字の機密文書を提督の部下がこっそりと見せてくれた。李徳馨ははなはだせかされ、ただ一度目を通しただけで、提督の部下はその文書をもって行った。李徳馨はすぐさま書状を作成して王の行在所▼3に提出して報告した。後にその原本が明らかになってみると、李徳馨の書状には一文字として間違いがなかった。

▼1【李徳馨】一五六一〜一六一三。字は明甫、号は漢陰、本貫は広州。幼い時から沈着で才能があり、蓬萊・楊士彦（第二二五話注2参照）と莫逆の交わりを結んだ。二十歳で文科に及第、官途について吏曹佐郎となり、一五八八年、日本の使臣の玄蘇と平義智が来ると、その接待に当たり、彼らの尊敬を受けた。壬辰の倭乱が起こると、日本との交渉、あるいは明への救援の要請などで奔走し、明の救援兵とともに、平壌を奪取、ソウルも回復した。丁酉再乱の際にも明の楊鎬とともにソウルの危機を救い、蔚山まで進軍した。この間の功績で扈聖・宣武功臣の号を受け、領議政にまで至った。光海君の時代、弾劾を受けて処刑されるところだったが、光海君は免職だけにとどめた。竜津で病を得て死んだ。

▼2【提督】壬辰倭乱の際に明から派遣された李如松をここでは言う。李如松（?〜一五九八）は明の将軍。遼東の鉄嶺衛の人だが、祖父はもともと朝鮮半島の人だった。軍職について指揮使となり、一五九二年、壬辰倭乱が起こると、提督として防海禦倭総兵官となって兵四万を率い、朝鮮軍と連合して平壌城を包囲して回復した。一五九三年、碧蹄館に至り、小早川隆景・立花宗茂などに反撃されて大敗、開城まで後退したが、

平壌に駐屯していた沈惟敬を送って、小西行長と和議を結ばせた。後に明に帰り、遼東総兵官となったが、翌年、土蕃を攻撃して戦死した。

▼3【王の行在所】壬辰倭乱の際にソウルから避難した宣祖は平壌に、そして義州に逃れた。

第一三九話……暗記と朗誦が得意だった姜宗慶

姜宗慶《カンジョンキョン》▼1は暗記と朗唱が得意であった。その妻の弟である申橚《シンスク》▼2が数百の文字を集めて文字ごとに転倒させて混ぜ合わせ、文意が通りにくくした。一度だけそれを見せて取り去り、姜宗慶に別の紙を与えて書かせてみた。元のものをもって来て対照させてみると、一字も違っていなかった。

▼1【姜宗慶】一五四三～一五八〇。字は仲業、号は梅墅・青墅、本貫は晋州。一五七〇年、成均試を経て、一五七二年には別試文科に丙科で及第した。検閲となり、学諭に至った。儒学者たちと親交を結び、特に成渾と親しかった。父の喪が終わると母の喪に服することになり、悲しみのあまり盧幕で病を得て死んだ。暦学・書画に優れていた。

▼2【申橚】この話にある以上のことは未詳。

第一四〇話……十九年の流配生活を送った盧守慎

蘇斎《ソチェ》・盧守慎《ノスシン》（第六話注8参照）は珍島で十九年のあいだ流配生活を送った。冬には洞窟に住まって読書にふけり、読まない本がないくらいであった。特に『論語』と杜甫を読んで、その回数は二千回にも及んだ。また、柳宗元の文章と韓愈の碑文と『国語』を好んだ。

復帰して丞相となっても読書はやめず、生活ぶりは倹素であったが、酒を好み、侍婢を呼んでは、寒い夜にもかかわらず、灯りを点させ、酒の燗をさせた。心に不安を抱えていて、仏寺に参っては蔓荊《はまごう》に火を点させた。荊を世間では明可木《ミョンカモク》と言っている。これを膏に浸して壁に挿しておき、寝室にはそれぞれ銅で作った火炉、酒瓶、そして斟を置いた。斟は世間では酒煎子《スソンチャ》と言っている。夜が更けて眠れなければ、起きあがって蔓荊を取って火炉の火をかき立てるとすぐに火がついて灯りとなった。そしてみずから銅の斟に酒をそそいで火炉の上に置き、燗をして飲んだ。そして、書架にある本を取り出しては気ままにそれを読んだ。毎晩、一瓶の酒を飲み、数巻の書物を遺し、死ぬときまで読書をやめなかった。ほぼ八十歳になって死んだ。

若いときに「玉堂封事▼1」のことで譴責を受けたが、その率直さが士林たちのあいだで鳴り響いた。朝廷に呼び戻されて宰相の地位にまで昇ったが、建議することに特別なことはなかった。その点について、守愚・崔永慶（第一九話注18参照）がなじっている。

「盧宰相の唾は腫れ物を直すのにはいいかもしれない」

腫れ物を直すにはまだ話をしない前の唾がいいと言うからである。

▼1【「玉堂封事」】「玉堂」は弘文館の別称。「封事」は封筒に入れて封をした文章で、王だけが読めるようにした文章を言う。

第一四一話……書物をどう読むか

蘇斎《ソチェ》・盧守慎《ノスシン》（第六話注8参照）が閑暇に過ごしていたとき、朴光前《パククヮンチョン》▼1という人が山寺から下りて訪ねてきた。蘇斎が尋ねた。

「山寺ではどのような書物を読まれたか」

「韓退之（韓愈。第一二七話注3参照）の書物を読みました」

「何度読まれたか」

「五十回、読みました」

「どうしてそんなに少ないのか」

「心を傾け、その語の意味を吟味しながら、ゆっくりと読むからです」

「それなら、一々を心に刻んで読んで、空しく読むということはないということか」

「文章を読むときには一行につき十回は考えようとしますが、たとえ放心することを抑えようとしても、ぼんやり読むことが半分はあります」

「そのことなのだ。誰だとて同じようなものだ。だが、おおよそ読書するときに散漫な考えが生じたとしても、読むことが千回、万回にもなれば、たとえ精密な読み方ではなくとも、最後には自分自身の身につくものなのだ。たとえ心を集中して読んだとしても、ただ五十度くらいでは、自分の身につくものではない。読書する方法としてもっともいいのは、やはり何度も繰り返して読むことなのだ」

私は公の場で宰相の西崖・柳成竜▼2と会ったことがある。そのとき、西崖が言った。

「君の文章を見ると、はなはだ高雅である。どんな書物を読まれたのか」

たがいに問答を交わしたが、私が蘇斎のことばを引用すると、西崖は大いに違うと言った。

「思いというのは心の田である。読書というのは心の田を耕す者が一寸、一尺の土地を掘り起こしているようなものなのだ」

二人の宰相の言ったことばにはそれぞれ得るところがある。ただ私が試してみて、放心することのないようにするのが学問をするときもっとも難しい。蘇斎のことばが理致にかなっているようだ。

▼1【朴光前】『朝鮮実録』宣祖四年九月、全羅道観察使から、朴光前ら六十三人の善行の報告があり、まず光前ら六人に相当の職が授けられた旨の記録がある。

▼2【西崖・柳成竜】一五四二～一六〇七。李退渓に学び、壬辰倭乱の際、左議政・領議政・兵曹判書・都体察使をつとめる。一五九一年、豊臣秀吉の侵略の危険を察し、金誠一を日本に派遣、李舜臣を登用するなど、防衛体制を整備した。しかし、国内の動揺を避けるため、日本に侵略の意志なしと主張して、開戦後、失脚した。やがて復職して内政・外交に努力し、日本軍の撃退に功籍をあげた。その著『懲毖録』は、壬辰・丁酉の乱（第三一話注10参照）の経緯を知る必読の書。

第一四二話……西伯の小説の教訓

今年の春に新たに刊行された中国の書籍『七十小説』の別の題目は『鍾離葫蘆』[1]という。西伯[2]から来たもので、淫蕩で猥褻なところが多く読むに堪えないものである。ただ二つほどは世間の教戒になるところがある。

その一つは次のようなものである。

ある人が病気になって死に臨んだとき、子どもたちが遺言を聞こうとしたので、次のように言った。

「私が死んだら、かならず銅で作った取っ手の輪を四個、棺の横に付けておくがいい。お前たちは風水家の意見を聞いて、あちらに移し、こちらに移し、何度も墓場を変えるだろうから」

もう一つは次のようなものだ。

ある愚か者が鋤を田に忘れて帰ってきてしまった。彼の妻がどこに行っていたのかと尋ねると、大きな声で田の何番目の畝にいたと答えた。妻が、

「そんな大きな声で言うと、誰かが聞いて、先にそこに行って鋤をもっていってしまうではないか。そしたら、どうするんだい」

と言った。愚か者の鋤ははたしてなくなってしまっていた。愚か者は家に帰って来ると、妻にそっと耳打ちした。
「鋤はもうなくなっていた」

▼1【『鍾離葫蘆』】『朝鮮所刊中国珍本小説叢刊 8』（上海古籍出版社）に収められている。正確には七十八話から成るが、その提要に、明代の佚名氏の編集するところの笑話故事集であり、中国本土では伝わらないものが、韓国の雅丹文庫に朝鮮で翻刻された本が伝わっていて、それを翻刻する旨が記されている。フランスで言えば、ファブリオに当たるが、それぞれ数行に満たない猥雑な話からなる。

▼2【西伯】韓国の翻訳では西伯利亜としている。シベリアのつもりのようだが、セベリアなのかもしれない。あるいは西班牙（スペイン）であり、『七十小説』から、マルグリット・ド・ナヴァールの『エプタメロン（七十小説）』の中国訳があったかと当初考えてもみたのだが、二つを読み合せてみると、まったく別物である。

第一四三話……蟬も蛙も鶯も典籍を読む

世間では蟬が『論語』を読むという。蟬は「チチウィチチ　プチウィプチ　シチヤ（知之為知之　不知為不知　是知也）」と鳴く。また蛙は『孟子』を読んでいるので、「トクアクラク　ヨジュンアクラク　スクラク（独楽楽　与衆楽楽　孰楽）」と鳴く。朝鮮鶯は『荘子』を読んでいるので、「イチユチチピチ　プルヤクイピチユチチピチヤ　イマユマチピマ　プルヤクイピマユマチピマヤ（以指喩指之非指　不若以非指喩指之非指也　以馬喩馬之非馬　不若以非馬喩馬之非馬也）」と鳴くことになる。朝鮮鶯を世間では「プルグ（負鑪口）」と言い、田の中にいて急に飛び出して来ては鳴いて、その鳴き声が様々に聞こえるのである。

万暦の癸巳の年（一五九三）、私が江西の行在所にいるとき、中国の浙江省の儒士である黄伯竜とともに話をしたが、私は中国語をあらあら理解した。黄伯竜が言った。

「わが国の人たちは経書は一つだけを専門としますが、あなたの国ではいくつもの経書を学ぶのですね」

私は答えた。

「わが国の人たちは三経、あるいは四経を学びます。はなはだしきは蟬や蛙や朝鮮鶯までもが経書の一つは専門にしているのです」

「いったいどういうことですか」

「蟬は『論語』が専門なので、『チチウィチチ　プチウィプチ　シチヤ』と鳴きます」

私が言い終える前に、黄伯竜が言った。

「蛙は『孟子』を専門に学んでいて、だから『トクアクラク　ヨジュンアクラク　スクラク』と鳴くのでしょう」

私が驚いて、

「どうしてそんなことを知っているのですか」

と尋ねると、黄伯竜が言った。

「わが国でも同じような話をするのですよ。北京の官話では『ドク（独）』を『トゥ（豆）』と発音し、『ヨ（楽）』は上に来るときは『ヨ（夭）』、下に来るときは『ロ（路）』と発音します。そして『スク（孰）』は『ス（睡）』ですので、北京官話で『孟子』の一節を読んでも、蛙の鳴き声のようではなく、江南方言で読めば、蛙になります」

わが国の漢字の音は江南の音を多く使っていることになる。

第一四四話……早世が悔やまれる金馹孫の才

金駙孫《キムイルソン》[1]は若いときから才能があるという評判であった。武人の宰相がこれを迎えて婿にしたが、駙孫が表向きは文をよくしないふりをしていた。書斎で読む本と言えば、『十九史略』だけで、山寺に登って学業を磨いた。その舅に手紙を書いたが、短いもので、そっけなく、別のことばもなく、ただ、

「文王が没して武王が出た。周公周公。召公召公。太公太公（文王没武王出　周公周公　召公召公　太公太公）」

とあった。舅はその手紙を見て喜ばず、袖にしまった。そのとき、一人のソンビが座っていて、金駙孫の名前を聞き覚えていたので、その手紙を見せて欲しいと言った。舅は恥ずかしくて手紙を隠したのだが、あまりに強いるので、しかたなく、それを取り出して見せた。ソンビはしばらく見ていたが、やがておどろいて身を震わせて言った。

「これは天下の貴重な人材だ。文王の名前はチャン（昌）で、武王の名前はパル（発）である。わが国の音では、履の底をチャンと言い、足をパルと言う。だからこれは靴の底が破れて足が出るという意味なのだ。周公の名前は旦（朝）、召公の名前は奭、そして太公の名前は望である。朝ごとに夕べごとに望み望むということなのだ」

舅ははなはだ喜んで、新しい靴を買って駙孫に与えた。

金駙孫は妻の兄弟たちとともに東堂試を受けに出かけた。初場では酒に酔っていて、白紙を出して帰って来た。中場でも酒に酔っていて、白紙を出して帰って来た。終場には三場の試験紙をみな貼り継いで数十幅を連ねて入って行った。試験官が策問に「中興」を題目にして、「宋の高宗[2]は歴代の中興にあたる（宋高宗歯於歴代之中興）」とした。その題目を巻いて手に持ち、中に入って、試験官の前で言った。

「宋の高宗は細々とほんの一隅の平安を維持しただけで、父母を忘れて怨みを解こうとし、犬や羊のような群れに平和を乞いました。どうして殷の高宗[3]や周の宣王[4]などと並べて中興の王の列に入れることができましょうか。問題を変えてください」

試験官はすっかり恥じ入って、下の文字を、彼の言うままに変更した。金駙孫は半ば酔って、その酔いに任せながら筆を振るい、数十幅を書き上げて出て行ったが、日はまだ傾いていなかった。舅は息子たち

に尋ねた。

「金生は今日も白紙を出したのか」

「今日は何やら妄言を吐き、妄りがましい話をしながら、試験場を汚して出て行きましたが、いったいどんなことだったのかわかりません」

掛榜の日になって、人を行かせて発表を見に行かせたが、金馹孫が見に行く人に言った。

「お前が見に行くがよい。まず首席を見て、そこに私の名前がなければ、その他は見ずに帰ってくるがよい」

行って見ると、はたして第一等であった。妻の家では大いに驚き、はじめて敬意を示してもてなした。金馹孫は文章をよくしても、つねに自らの身をかがめて、二人の兄に譲った。二人の兄が及第した後に、自分はその後の席につくことで満足した。

文章を作るときには腹の中でことばを連ねて、墨を磨り、筆を一たび振るえば、文章は成ったが、それを一字も変えずに箱の中にしまいこんで、数ヶ月後にふたたび出して改めた。ある者がその理由を尋ねると、

「最初に草案を起こすときには、心の中にまだ私意があって、その短所が自分では見えない。しばらく時間が経った後にはその私意も消えうせて、公正な心でもって、純粋にその瑕疵をはっきりと見ることができる」

三十三歳でこの世を去ったが、その文業が大成することができなかったのは大いに悔やまれてならない。

▼1【金馹孫】一四六四～一四九八。燕山君のときの学者。字は季雲、号は濯纓、本貫は金海。金宗直の弟子、一四八六年、文科に及第、成宗朝に春秋館の記事官となって成宗実録の史草を書いた。一四九八年、成宗実録が編纂されたとき、馹孫の書いた史草のなかに世祖の王位簒奪を諷刺した弔義帝文と勲旧派に対する批判があるのを見て、李克墩らが本来的に文人の嫌いな燕山君に告発、戊午士禍を招いた。馹孫は金宗直を初め

とする嶺南学派の学者とともに粛清された。

▼2【宋の高宗】徽宗の子で南宋の初代皇帝に当たる高宗は金軍の攻撃によっておこった靖康の変によって皇位についたが、秦檜を登用して岳飛を退け、金と屈辱的な和約を結ぶことを余儀なくされた。

▼3【殷の高宗】殷の第二十代の王の武丁。衰退した殷を復興させようとして、囚人であった傅説を登用し、国は大いに治まった。

▼4【周の宣王】周の十一代の王。名は静。厲王の時代に衰えた周を、文王・武王・成王・康王の遺風にのっとって復興し、諸侯はふたたび周を宗室として敬った。

第一四五話……変わることのない掛け声

おおよそ人はその性情から言語を発するのである。昔から身体が痛み疲れて、悲しければ、父母を呼ぶ。これは天性のものである。中国の人は「ヤヤ（爺爺）」と呼ぶが、「ヤヤ」は父親を言う。わが国の人は「アマ（阿嬷）」と呼ぶが、「アマ」は母親のことである。母親を先にして、父親を後にする風俗は、中国の伝統を見失ったものであるが、おもしろい現象である。

今日、ムダン（巫女）やパクス（男巫）の類が「アワンマンス（我王万寿）」と叫ぶのは中国の遼東の東寧衛から出たものである。高麗時代、王が中国に行って罪を犯し、本国に帰れなくなった。元はそのまま瀋の土地に封じて王とした。▼1 当時の従者たち数百人もみな瀋に留まって帰って来なかった。今の瀋陽の東寧府がこれである。その風俗として、男の子が生まれれば、まずわが国のことばを教え、鬼神を祭るときには「我王万寿」と祈るのは、根本を忘れていないのである。今日もなお序班の職には東寧衛の人びとを使っているが、これは彼らがわが国のことばを理解するからである。

また、今の人びとが家を新しく作るとき、杵を執り、声をかけて力を合わせて、地固めをするが、これは昔の人が臼を搗く時の掛け声と同じである。大体、「わが王の城には苦労が多い（我王城多苦）」と声をかけるのだ。昔、城を築く労役に多くの人びとが駆り出されて苦労したので、この掛け声が生まれたのである。あるいは秦の始皇帝が長城を築いたときに始まるのだとも言うが、どちらが正しいかわからない。

また、辺境の城の道の各所で倉庫を巡察するときに、みなが声を出して、「オモミルダ　チョチャカラ（吾謀密多　猪子加羅）」と言うが、これは「私が盗賊を防ぐ計略は緻密で方法も多い。お前たち盗賊、猪の子のようなお前たちは早く行ってしまえ」という意味である。わが国のことばで「カラ」は「去れ」の意味になる。

成均館で雑用をする童子が儒生を呼ぶとき、また儒生が覆講・宿直・飲福・勧飯などで堂中に座っているとき、日直などが大きな声で長く伝喝するときには、長くわめいて何を言っているかわからない。しかし、その声は昔から今に至るまで変わることがない。盧守慎《ノスシン》（第六話注8参照）が珍島に十九年間もいて、ソウルに戻って来て、成均館の日直の声を聞いて言ったものだった。

「十九年ものあいだ外にいて帰って見ると、何もかも変わらないものはなかったが、成均館の日直の声だけは変わっていなかった」

識鑑

▼1【瀋の土地に封じて王とした】高麗二十六代の忠宣王は元の世祖の娘の斉国大長公主を母として、モンゴル名をイジルブガといい、モンゴルで過ごすことが多かった。友人でもあった懐寧王ハイシャンが皇帝の位につくと、元の皇室との距離は狭まり、瀋陽王に冊封され、高麗王とを兼ねることになった。

第一四六話……愚鈍を装った斉安大君

斉安大君《チェアンテグン》▼1は安平大君《アンピョンテグン》▼2やその他の王子たちがその終わりを全うすることができなかったのを見て、うわべはひたすら愚鈍をよそおい、禍を避けようと考えた。また、子どもたちがいれば、彼らが禍を招くことになるのではないかと恐れて、平生、女色を近づけることがなく、

「女陰など肛門の近くにあって、汚くて触れるものではない」

と言っていた。

母夫人が美しい女子を大君の寝室に忍びこませると、目を覚まして、大いに怒り、その女子を鞭打った。このことがあって後、婢女たちであえて近づこうとする者はいなかった。

成均館のある進士が家の奴僕のためにみずから鍛冶屋に刀を求めようとした。鍛冶屋は斉安大君の屋敷の中に住み込んでいたので、進士は屋敷にやって来て、みずから鉄を打つのを手伝った。斉安大君はその姿を見て、

「あの者は誰だ」

と尋ねると、傍の者が成均館の進士だと答えた。当時の人びとはそれぞれ気概をもっていて、名のある儒生たちは権門にあえて近づこうとはしなかったので、斉安大君は進士を見て珍しく思い、うやうやしく接待した。進士を前に招いて分庭の礼（対等の礼）で接して大庁（広い板の間、付録解説2参照）に上げ、席に座らせた。方丈の広さの卓に料理の皿をずらりと並べて酒を飲んだ。

しばらくして、正一品の三名の王族が刺を投じて面会を求めた。進士は坐を下ろうとしたが、斉安はそれを止めて言った。

「わが客人は席を下ってはならない」

王族たちが入って来て、庭で拝礼をした。大君は階段の上に席を用意して座らせた。進士がまた下ろうとすると、それをふたたび引き留めて、

「わが客人は席を下ってはならない」

と言った。進士は恐縮して汗を流し、酔って扶けられて帰って行った。

▼1【斉安大君】一四六六～一五二五。睿宗の第二子の李琄。四歳のときに父の睿宗が死に、王位継承候補の筆頭にあったが、幼な過ぎるという世祖妃の貞熹王后の反対によって者山大君（成宗）が位についた。一四九八年に母の安順王后が死ぬと、それ以後は独りで暮らし、女色を遠ざけたという。愚かな人物だという評もあるが、一方で王位をめぐる宮廷の争いの中で愚かさを装ったのだという評もある。

▼2【安平大君】一四一八～一四五三。世宗の第三王子の李瑢。朝鮮第一の書家とされる。世宗の死後、兄の首陽大君（世祖）と争って敗れ、江華島に流されて死んだ。彼が夢に見た桃源郷を画員の安堅に命じて画かせた「夢遊桃源郷」は朝鮮絵画の最高の傑作とされ、日本の天理大学が所蔵している。

第一四七話……私の外戚の閔氏の家風

同知中枢府事の閔泮《ミンパン》▼1の夫人の朴氏は朴去疎《パクコソ》▼2の娘である。昭憲王后《ソホンワンフ》▼3の姪であり、平陽君《ピョンヤングン》・朴仲善《パクチュンソン》▼4の妹に当たる。また領議政の平城府院君《ピョンソンフウォングン》・朴元宗《パクウォンジョン》▼5の叔母に当たる。人となりは明敏で礼法をそなえていた。


私の外家の奴婢たちは、私の亡くなった母親の顔立ちはこの朴氏に似ていたと言っていた。朴氏は亡くなった両親のためにその墓の側に廬をつくって生活したが、祭祀に用いる豆腐がなくなっていたことがあった。婢女たちはたがいに詰索してなじり合い、騒いでいた。朴氏は、

「見つけ出すことは難しくない」

と言って、すぐに婢女全員を庭に並んで座らせ、水を汲んできて、嗽をさせて、水を盆の中に吐き出させ

た。祭祀のお供えをこっそりと食べた者が吐き出した水には豆腐の屑があって、奸邪な行ないは隠すことができなかった。その明察する知恵はこのようであった。

朴元宗はいつも朴氏のもとを見舞ったが、かならず婢女たちには宮廷風の髪の形に整えさせ元宗を迎えさせるようにした。その家の中の礼節も行きとどいていた。

閔同知の家は銅峴の麗墻里にあったが、私の外叔父の閔匡世[6]がその家を売り、双門里に移り住んだ。佐郎の鄭士雄[7]が銅峴の家を買って、そこに住んだ。毎晩、夢の中で年老いた白髪の宰相が竹の杖をついて現れ、山婢という者を呼びつけて、

「今は誰が私の家に住んでいるのだ」

と言った。このようなことがしばしばあったので、元の主人に尋ねてみた。すると、夢の中の老人はまさしく同知の閔泮であり、山婢というのは仕えた婢であったのだ。鄭士雄は恐ろしくなって、その家を売り払って出て行った。

閔匡世の孝行と友愛は人並み外れていた。家では高尚なソンビとして振る舞い、世間の人びとの及ぶところではなかった。平生、栄達を望まず、官職につくことなく死んでしまった。まことに残念なことである。

▼1【閔泮】『朝鮮実録』燕山君五年（一四九九）十二月に閔泮を執義になすという記事があるが、九年（一五〇三）八月には、閔泮を黄海道観察使にする議論があり、人柄は優れているがまだ昇進して間もなく、人望も得ていない、時期尚早ではないかとある。十二年（一五〇六）六月には星州牧使の閔泮などが衣粧の価を送ってこないとある。

▼2【朴去疎】『朝鮮実録』端宗即位年（一四五三）十月に、朴去疎の話が見える。知敦寧府事の姜碩徳と副知敦寧府事の朴去疎は二人ともに沈温の娘婿であり、去疎が妻とともに死んだ後、子どもは碩徳の家で長じた。文宗が碩徳に命じてこの子に娶らせることにした云々。また、さかのぼって文宗即位年（一四五一）七月に、副知敦寧府事の朴去疎の妻の沈氏に米豆合わせて四十石を賜った、沈氏は昭憲皇后の妹である、とあ

る。

▼3【昭憲王后】一三九五～一四四六。世宗の妃。本貫は青松。青川府院君の沈温の娘。一四〇八年、嘉礼を挙げて敬叔翁主に封じられ、一四一七年には三韓国大夫人となり、翌年には敬嬪に封じられ、後に恭妃に改封された。一四三二年には王妃に昇った。八男二女がいて、第五代王の文宗、第七代王の世祖はその子ども。

▼4【平陽君・朴仲善】一四三五～一四八一。字は子淑。本貫は順天。早く父親を亡くしたが、先生を探して学問を行なった。一四六〇年に武科に首席で及第して、訓練院の副使に抜擢、兵曹参判に至り、一四六七年の李施愛の乱のときには先鋒を担って功績を挙げ、平陽君に封じられた。一四六八年には南怡を誅殺した。寡黙な人であったという。

▼5【平城府院君・朴元宗】一四六七～一五一〇。字は白胤、本貫は順天。若いときから気骨があり、書物を読んで大義に通じるとともに、射御にも巧みだった。蔭官で宣伝官となり、武科に及第、長らく王の側近にあった。燕山君の時代、国事が紊乱を極めると、成希顔らと燕山君の廃位を断行した。領議政にまで昇った。

▼6【閔匡世】この話にある以上のことは未詳。

▼7【鄭士雄】一五三六～?。字は景賓、号は耐菴、本貫は温陽。一五八九年、増広文科に乙科で及第、兵曹・礼曹の正郎を歴任した。詩に長じていて「老詞伯」とも呼ばれた。

第一四八話……燕山朝を生き延びた許琮と李長坤

許琮《ホジョン》▼1は燕山朝の領議政である。初めて大司諫になったとき、先王（成宗）がまさに尹氏▼2の処遇をお諮りになり、朝廷の議論もすでに廃妃の方向に定まった。許琮は朝早く宮廷に出て、王さまに啓上しようとしたが、その前に姉の家に立ち寄った。姉は経典と歴史に詳しく、渉漁しなかった本はなく、『資治通鑑綱目』に最も精通していた。姉は弟の許琮を見て言った。

「公にはどんな心配事があるのですか。また、どうしてこんな時刻に訪ねて来たのですか」

許琮が答えた。

「朝廷の議論はすでに廃妃ということに決まりました。私は諫言の長の職責を忝くしています。今日はその職務を全うしなければならず、それで心を悩ませているのです」

姉が答えた。

「これまでの歴史を考えるに、子どもが王位を継承することになって、その母親が廃されていたなら、そのことを議論した者たちに禍が及ばないことがどうしてありましょうか。決して、行かないことです」

許琮はそれで決断して、途中でわざと馬から落ちて気を失ったふりをした。下役人が政庁に走って行き、それを報告し、医者を呼んで薬を求め、許琮は輿に載って家に帰った。宮廷ではその日のうちに新たに李某▼[3]を諫議に選んで、そのことに当たらせた。後に燕山君が即位すると、そのことに当たった人々全員を殺した。李某の罪は一族にまで及んだが、許琮は免れた。

その当時、弘文館の校理である李長坤《イチャンゴン》（第一二二話注2参照）が逃亡して、朝廷ではすぐに彼を逮捕しようとした。李長坤は微服して徒歩で逃げたが、はなはだ疲労して、路傍で眠っていた。後を追った役人がそっと窺ってみると、靴があまりに大きく異常に思ったが、

「足の大きいのは李長坤に似ているが、麻の衣と草の帽子は、どうもそうではない」

と言って、そのままに棄て置いて、立ち去った。

李長坤は途中で腹が空いて前に進むことができなくなった。時は夏である。川辺に人が大便をしているのを見ると、麦飯が半ば消化されずに残っていた。それを拾って川水で洗い、ごくりと飲み下した。すると気力が蘇り、立ち上がって民家に至り、隠れて生き延び、そこの婿におさまった。

李長坤は身体は大きかったが、畑仕事はまったくできなかった。人びとはこれを見咎めて言った。

「お前は身体が大きく、服を作るのにも布をたくさん使うのに、仕事はまったくできない。いったいどういうことだ」

燕山君が廃されたという話を聞いて、李長坤は舅に頼んで、校生に紅衣を貸してもらい、邑の首領に会

いたいと言うのであった。隣人たちは笑いながら言った。

「百姓の婿がみだりに邑の首領に会いたがる。礼を失い、棍棒でぶちのめされたいのか」

だが、刺を邑の首領に投じると、首領は衣をひるがえし、靴も右左を履き違えて出迎えた。客館の上席につかせて、料理を調べ、味見をした上で、丁重に食事を勧めた。村の人びとは大いに怪しんだ。朝廷に報告され、王さまが召還令を出されたので、最も早い駅馬に乗ってソウルに帰って行った。後に大官となり、官職は二相にまで昇った。

▼1【許琮】一四三四～一四九四。本貫が陽川。生員に合格して、一四五七年、文科に及第、世子右正字として月食があったとき、王に疏をたてまつったことがきっかけで、たびたび経筵（王の御前で経書を講義すること）を行ない、政治改革に当たった。一四六七年、李施愛の乱の平定に功績があって、敵愾功臣に冊録され、陽城君に封じられた。右議政に至った。人となりは剛直で、学識に富み、文官でありながら、武職をも務めた。

▼2【尹氏】尹起畝の娘。成宗の後宮に入り、燕山君を産んだものの、嫉妬深く、奢侈な振る舞いが多かったとされる。一四七七年には砒礵《ひそ》を使って王や後宮たちの殺害を企てたとして王と母后に疎んじられ、一四七九年、廃妃となり、庶民に落とされた。一四八二年には、議政府などの議論を経た上で、左承旨の李世佐に命じて、賜薬され、殺された。燕山君はその間の事情を知らずに育ち、即位後に母が処刑されたことを知って、それにかかわった臣下たちを粛清した。それが甲子士禍（一五〇四）である。

▼3【李某】李世佐のことと思われる。李世佐は、一四四五～一五〇四。字は孟彦、本貫は広州。僉正として、一四七七年、文科に及第、翌日には大司諫となった。官職は判中枢府事に至り、広陽君に封じられた。一四八二年、廃妃尹氏に毒薬を渡した当人として、一五〇四年の甲子士禍では金宏弼など十余名とともに禍を被った。巨済島に流配される途中の良浦駅において死刑の命を受けて首を吊って死んだ。

第一四九話……愚者として振る舞って難を逃れた沈義

沈義《シムウィ》▼1というのは沈貞《シムジョン》（第一二話注6参照）の弟で、文章が巧みであった。兄の沈貞の行実が良くないのを見ても、ともにその是非を考えようとせず、愚かなふりをして誤った言行をほしいままにしていた。彼が学問を始めようとして、友人たちに尋ねた。

「おおよそ人に文理がそなわれば、どんな兆《きざ》しが現れるのか」

友人はその愚かさを笑って言った。

「文理がそなわれば、フィクという音が出てくるのだ」

そこで、門を閉ざして外出せず、文章を読んで、フィクという音が出てくれば、止めることにした。文章を読むこと五、六年が過ぎてもフィクという音は出てこない。ある日、婢女が欠けた磁器の皿に火を載せて台所の方から出て来たが、そのときフィクという音が出た。沈義がついに肘を叩いて舞い出しながら、言った。

「私の文理は今日ついに整った」

そして、初めて科挙を受けて及第した。

彼が喪に服することになり、沈貞とともに山の下で侍墓の生活をすることになった。あるとき、忽然と夜中に起きあがって座り、哭を行なった。沈貞がどうしたのか尋ねると、沈義が答えた。

「夢を見て、父上と母上にお会いしました。父上と母上は、『悲しいことだ、愚かな息子よ、どうやって生きてゆくつもりだ。どこに田があり、どの奴に子どもがいるのか、お前がそれを所有するのだ』とおっしゃっていました。それで哭していたのです」

沈貞はこれを憐れんで、ついに文書を作って、沈義にこれを与えた。

翌日、沈貞もまた田と奴僕の利得を貪ろうと、その愚かな弟を騙そうと考えた。夜中に起きて哭を行ない、沈義がおどろいて彼に尋ねると、沈貞は言った。

「今、私も夢を見て、父上と母上に会った。父上も母上もおっしゃった。『悲しいことだ。長男よ、何でもって祭祀を上げてくれるのか。どこに田があり、どの奴婢に子どもがいるのか、お前がそれを所有するがいい』とおっしゃっていたのだ。それで哭したのだ」

沈義が言った。

「お兄さんの夢はまことに春の夢です」

隣に一人の婦人がいて、夫が死んだのに、まだ葬式を行なっていなかった。殯所にいて白い幕を垂らし、絹の褥を敷いて、酒と料理を供えて、朝夕となく哭した。沈義は全身黒い服をまとい、暗闇に乗じて中に入って行き、褥の中に臥した。寡婦は婢女たちを連れて食事を供え、哭を上げて言った。

「ああ、悲しい、旦那さまの霊魂は、いまどこにいらっしゃるのでしょう」

沈義は幕の中から黒い手を出して振り、

「私がどこにいるか、だと。私は今、ここにいるではないか」

寡婦も婢女たちもみな哭を止めて、逃げ去った。沈義はそこで料理と果実をもって垣根を越えて逃げ去った。

申光漢《シンクワンハン》（第三四話注2参照）が沈貞の別荘である逍遥堂について詩を書いた。

落ち葉は秋の谷を埋め、夕陽は山の半ばを照らす

（落葉蔵秋壑　斜陽抉半山）

沈貞が賈似道[2]や王安石[3]のようであるのを嘲弄しているのである。沈貞はそれを覚らなかったが、沈義にはわかった。そこで、沈義はひそかに威嚇して言った。

「お前が私の兄に言おうとしているのはまことに結構なことだ」

中光漢は謝った。このようなことがしばしばあったが、ついに外には漏れなかった。彼の行為はこのようなものであり、愚かさは装っていたものなのである。

その家の中が禍に巻き込まれて、沈義も逮捕されることになり、尋問を受けて、宮廷で数十回の杖打ちにあった。沈義は狂ったように叫び、取り留めもないことを言って、ついには釈放された。

若いときから愚かさを装ったことが、宮廷での杖打ちを免れることになったのである。いわゆる「その愚は及ぶべからず（愚不可及者）[4]」ということではあるまいか。

▼1【沈義】一五〇七年、進士から文科に及第、一五一四年、湖堂に昇り、賜暇読書した後、吏曹正郎となった。文章に抜きんでていて、徐敬徳と交誼があった。
▼2【賈似道】南宋末の人。字は師憲。姉が理宗の貴妃となって、右丞相となり、権勢を得た。度宗のとき、太師となって軍務に携わり、魏国公となった。元が鄂州を破ると、領土を割いて和を結び、そのために弾劾され、循州に流され、その道中、鄭虎臣に殺された。
▼3【王安石】一〇二一～一〇八六。北宋の政治家、学者。字は介甫、号は半山。神宗の信任を得て宰相となり、青苗法・禁輸法・市易法・募役法などの新法を実施して富国強兵策をとったが、批判者も多く、志半ばに地位を去った。唐宋八大家の一人。
▼4【愚不可及者】『論語』公冶長の中の孔子のことば、「甯武子は邦に道有れば則ち知、邦に道無ければ則ち愚。其の知は及ぶ可き也。其の愚は及ぶ可からざる也」を踏まえる。甯武子は小国の衛の宰相として、時には知者として、時には愚者として振る舞った。その知者として振る舞うのは容易だが、愚者として振る舞うのは難しいという意味。

第一五〇話……洪天民と朴応男

洪天民《ホンチョンミン》（第七〇話注1参照）は朴応男《パクウンナン》▼1とは莫逆の友人であり、姓は異なるものの、兄弟と異ならなかった。洪天民の妻の柳氏が窓の隙間からこっそりと覗いて言った。

「あなたはいつも朴を心からの友人だと言っていますが、あなたを滅ぼすのも朴ですよ。気をつけてください」

後にはたして朴応男のために、洪天民は排斥されることになった。

▼1【朴応男】一五二七～一五七二。字は柔仲、号は南逸・退庵。本貫は潘南。一五五三年、文科に及第、大司憲に至った。このとき、国政を専断していた李樑の罪を弾劾して帰陽したが、王の特赦を受けて呼び戻された。中宗の薨後、成祖の即位に功績を挙げた。甥の応順の娘が成祖の妃となった。性格は剛直であり、大司憲の在職中、忌憚なく論駁をして、人の恨みを買うことも多かったが、士林たちの支持も得ていた。

第一五一話……才に恵まれた逆賊の許筠

逆賊の許筠（第三六話注3参照）は聡明で英敏であった。九歳でよく詩を作って、それもすばらしいできであった。大人たちは称賛して言った。

「この子は他日すばらしい文章の士となるであろう」

ただ姉の夫である諫議の禹性伝▼1だけがその詩を見て言った。

「後日、文章のたくみなソンビになったとしても、許氏の宗家を転覆させるのもきっとこの子であろう」

許筠が従事官となって遠接使の柳根（第八一話注11参照）にしたがって義州に到着した。そのとき、迎慰使の申欽（第一〇三話注6参照）と毎日のように会った。許筠が広く古書、はなはだしきは儒・仏・道の三種の文章のようなものまで暗誦して、触れるものごとにすらすらと読み下せないものはないのを見て、申欽は許筠に肩を並べる人はいないと嘆息しながら言った。

「この人は人間ではない。その様子もわれわれの部類ではなく、狐か狸、蛇か鼠の精気なのではあるまいか」

これは識者の明鑑と言うべきであろう。

私はそのとき都司迎慰使として中国の使臣である朱之蕃（第七八話注1参照）を待っていて、この話を聞いたのである。私は文章を好む者だが、許筠とは平生一度も会ったことはない。

▼1【禹性伝】一五四二～一五九三。南人の巨頭として、一五九一年、北人の策動によって官職を削奪された。翌年、壬辰倭乱が勃発すると、京畿道で数千名の義兵を集めて戦功を立てたので、大司成に特進した。引き続き、義兵将として活躍して、退却する倭人たちを追撃して、過労によって病を得、帰路で死んだ。

第一五二話……鳥銃の操作の方法

西崖《ソエ》・柳成竜《ユソンリョン》（第一四一話注2参照）が都体察使となって各地に公文書を送ることになった。公文書を作成すると、駅吏に渡した。三日が経って、その公文書を回収して文章を修正したいと思った。駅吏が公文書をもって来ると、相国が叱りつけた。

「お前は公文書を受け取って三日も経っているのに、どうしてまだ各地に配ることができていなかったのか」

駅吏が答えた。

「世間では『朝鮮の公事は三日』と言っています。私は三日後にはふたたび変わることがあろうかと、時日を延ばして今日に至ったのです」

相国は彼に罰そうとしたが、考え直して言った。

「そのことばを世間の戒めだと考えよう。私が間違っていた」

そうして、その公文書を修正して各地に配布することにした。

当時、倭賊がまだ国内に留まっていて、朝鮮八道では毎日のように操練を行なった。柳成竜は領議政として都訓練事を担当し、児童砲兵隊を設置して教習させた。武官が訓練都監にやって来て、綿布百匹をもって駿馬百頭を購うことにしたいといった。柳成竜が不審に思って、理由を尋ねたところ、その武官は言った。

「布一匹あれば新たに生まれた子馬一頭が買えます。三、四年、うまく育てれば、児童砲兵隊が成長したときに使用する馬に充てることができます」

柳成竜の顔には喜ぶ色が浮かばなかった。当時は敵の堡塁と対峙しながら、訓練を行なっていた。剣で打ち、槍で刺す子どもたちの訓練がまるで遊戯のように行なわれていたのである。その後、今日に至るまで数十年のあいだ、科挙を実施して武士を選抜し、武芸が成就して、最近では中国を援けてヌルハチの征伐までしたのだ。わが国の兵士たちは火砲をたくみに扱い、オランケたちはわが国の兵士を怖れ、中国人たちはわが国の兵士たちに頼っている。

勾践の胎教の法[1]こそまことに兵家の模範である。昔、王の車が永柔[2]に留まり、緊急に科挙を実施して、武士二百名を選抜した。そのとき、鳥銃が試験科目にはあったが、応試者は鳥銃を手にしても、その操作の方法を知らなかった。

あるいは兵士たちに火をつけさせたが、砲声が急に轟くと、手を置くところを忘れてしまうのであった。私はそのとき司憲府の持平として監試官であったが、そうした姿を見ながら冷笑を禁じ得なかった。

「重大な国家の試験であるのに、どうして兵士たちの火をつける才能を試そうとするのか」

そのとき、武将の李溢[3]も試験官で、その場に居合わせ、独りごとを言った。

「今、国家では鳥銃でもって人を選んでいるが、十年も経たないうちに必ず国中にその技術が行きわたるのを見ることになろう」

現在、わが国は軍事については度外視するとして、鳥銃を操作する技術だけはすこぶる発達した。李将軍のことばが実証されたのだ。

▼1【勾践の胎教の法】勾践は越王。呉王の夫差が越王の勾践を討って父の仇を報じようとして薪の中に臥し、勾践は呉を討って会稽の恥を雪ごうと、苦い肝をなめて報復を忘れまいとした「臥薪嘗胆」の故事は有名。「胎教」については、胎児のときから武術を教えるということのようだが、未詳である。
▼2【永柔】平安道の地名。壬辰倭乱の際に王は避難して、この地で緊急に兵士を募るために武科の科挙を行なった。
▼3【李溢】李鎰か。李鎰は、一五三八～一六〇一。宣祖のときの武将。一五五八年、武科に及第、一五八三年、胡賊の尼湯助が乱を起こして慶源を陥落させると、慶源府事に任命されて賊を追い、翌年にも二万余騎を率いて来襲する尼湯介の軍を殲滅した。壬辰倭乱の際には先鋒の大将として平壌を修復、引き返してソウルを包囲した。

第一五三話……洪淵の明察

益城君の洪聖民（第三一話注9参照）はかつて洪淵[1]と倭賊はどうすれば防御できるか議論したことがある。洪淵が言った。

「倭人どもは上陸する前なら水軍で防ぐことができる。上陸してしまえばわが国は持ち堪えられず、好きなようにやられてしまおう」

益城君が言った。

「上陸した倭人どもは水を離れた魚と同じだ。たやすく除去することができると思うが、貴君はそうは思わないのか」

洪淵が答えた。

「絶対にそんなことはない。万が一そんなことになれば、その難しさがわかるだろう」

壬辰の倭乱（第三一話注10参照）が勃発するに至って、わが国は船戦では勝つことができたが、陸上の戦いではなすところなく敗戦が続いた。洪淵は敵の力を明察していたことになる。洪淵は儒臣であったが、平時、軍職に推薦されたことがある。

▼1【洪淵】明宗十六年（一五六一）十二月に、平壌庶尹の洪淵が大党の金山を捕縛したので、加資して、安州牧使となしたという記事があり、同十八年十一月には、前府使の洪淵は、庶尹をわずかに務めて牧使となり、それもわずかで堂上となって、北方の要地に赴任した、天恩に感謝しなくてはならないにもかかわらず、すぐに飽きて、六鎮が水害をこうむり、振給を考えなくてはならないのに、怠っているので、罷免すべきだという啓上があった。

第一五四話……加藤清正の度量

倭の将軍の加藤清正は旗下の武士たちを厳しく統率した。一人の武士がいて、清正に厳しく叱責を受けて怨みが生じた。清正が陣営に来るように命じると、身を呈して清正に刀剣で切りつけた。清正も刀を抜いてこれを防ぎ、一本の指を切られたものの、刀刃がその身に及ぶのは免れた。部下の者たちがこの武士を捕縛して首を切ろうとすると、清正はあわてて声を出して、それを止めた。

「いま、われわれは陣を設営して敵に対している。この者は一介の匹夫として大将軍に立ち向かおうとした。事を任せるに足る人物だ」

そうして、彼を赦免して、指示して重要な仕事を任せることにし、副将とした。清正は豁達でどんな豪傑をも包み込む大きな度量をもっていた。平秀吉はこの人物を見込んで大事を委ねたのである。秀吉も人を知る人と言ってよい。

衣食

第一五五話……唐の風俗を遺したわが国の風俗

以前、わが国が倭人どもに侵略されたとき、十万もの明の兵士が救援するためにやって来たが、わが国の人の装束が大きくて緩やかなのを見て大いに笑った。わが国の人は侮辱されて困惑したが、確かに広い袖の大きな上着は馬に乗って弓を射るのには適さなかった。王は行在所から諸地方に公文書を送って衣服の制度を改めさせた。当時、私は侍講院文学司書の黄慎《ファンシン》▼1、説書の李廷亀《イチョンク》▼2らとともに講学のことに当たっていて、侍郎の宋応昌《ソンウンチャン》▼3の軍門にいたが、中国のソンビの呂栄明▼4がわが国の衣服の制度を変えるべきだというのを聞いて、はなはだ困惑して言った。

「私は中国に行ったことがあり、そのとき、ある人が昔の道具と昔の衣服を蒐集しているのを見る機会がありました。それで、わが国の日常に使う大小の器や外出着・日常着はすべて唐の時代の制度を尊んでいることがわかりました。そこには古人の風貌がうかがえます。今日の中国の衣服の制度は窮屈になった上に奢侈であり、道具もまた古の姿を失って、かつての古朴さには及びません。結局のところ、それぞれの国がそれぞれの風俗にしたがって今の姿があり、かならずしも模倣する必要はないのではありませんか」

そのとき、提督の李如松（第一三八話注2参照）もまたわが国の衣服の制度を見て、それが古風に近いのをすばらしいと考えていた。

「貴君たちの国の衣服の制度は古風に近いのに、どうして今日の中国の制度を真似しようとするのか」

おおよそ、わが国では新羅のときから中国と通交し、唐王朝の礼法と制度を多く学んだ。そこで、その道具や衣服が唐の模倣をしていることは、以上の通りである。わが国の人はそれを忘れてしまっていて、ただ中国人で古の風俗について博識の者だけが理解できるのだ。呂栄明と李如松のことばに触発されて、これを書くのである。

▼1【黄慎】一五六二～一六一七。字は思叔、号は秋浦、本貫は昌原。成渾・李珥の門人。一五八二年、進士となり、一五八八年、謁聖文科に壮元で及第して、官途についたが、建儲問題で免職になったが、復帰して、壬辰倭乱に際しては世子（光海君）に従って南下した。一五九六年、和議を結ぶために日本に行ったが、決裂して帰国、明に援軍を請うことにして嘉善大夫となり、後に工曹・戸曹判書を歴任した。癸丑の年の獄事（第九八話注5参照）に誣告を受けて、甕津に流配され、そこで死んだ。

▼2【李廷亀】一五六四～一六三五。字は聖徴、号は月沙、本貫は延安。諡号は文忠。一五九〇年に文科に及第、一五九二年、壬辰倭乱が起こると、王の行在所に行き、兵曹参知となって明の救援兵をよく引導した。一五九八年、明の兵部主事である丁応泰の誣告事件が起こると、「朝鮮国弁誣奏文」を書いて陳奏副使として明に行って、丁応泰を罷免に追い込んだ。丁卯胡乱（新興の後金（清）が親明政策を取る朝鮮に侵入してきた事件）のときも王にしたがって江華島に避難して和議に反対した。左右議政に至った。朝鮮中期の漢文四大家の中の一人に数えられる。

▼3【宋応昌】明の神宗のときの兵部右侍郎。壬辰倭乱に際して、朝鮮から明に対して救援の要請があり、応昌は経略防海備倭軍務となり、救援軍の総指揮に当たったが、遼東に軍をとどめて、提督の李如松が平壌と開城を奪還するまで動かなかった。如松が平壌を奪還すると、如松を誣告した。

▼4【呂栄明】呂永明ではないか。『朝鮮実録』宣祖二十六年（一五九三）十一月に、参軍の呂永明の名前が

見える。

第一五六話……中国人の飲食物、わが国の人の飲食物

飲食については風俗とは違って、中国人の好むものをわが国の人は必ずしも尊重しない。中国人は茶を七碗も飲みつくすと古書に出ている。

通判の王君栄[1]が私に一、二碗を勧めたが、はなはだ爽やかで気運も満ちた。ところが、三、四碗目ともなると、とても堪えられなくなった。王君栄も勧めるのを止めてしまったが、これはもう「水厄」とも言うべきものであった。

『家礼』[2]には麺の料理と米の料理とが分けてあるが、私は当初はその意味を理解しなかった。中国の人が食事をするときには、別途に麺の料理を用意して、米飯にそえて勧めるのである。また、麦の粉を用いて水に和えて焼き、寝かせて、大きさが掌くらいのものを十余片重ねて、米飯を食べるときにそれを勧めるが、とても食べ切れたものではない。これよりもさらにはなはだしいことがある。わが国の宋儒真《ソンユチン》[3]と李夢鶴《イモンハク》[4]が反逆罪によって殺され、その五体は切り刻まれて各地に分け与えられた。そのとき、明の将帥がソウルにいて、なんと、その肉を切って焼いて食えと命令したのである。問安使の李忠元《イチュンウォン》（第六三話注3参照）に勧めて、

「これは仇をなした者の肉である。明の人はこれを食べることを憚らない」

と言い、みずから一皿をたいらげ、忠元にもしきりに勧める。李忠元はやむをえず一切れを食べた。

蝦醤《コンチェン》とキムチは世俗では「感動醢《カンドゥンヘ》」と言っているが、わが国では下等の味である。かつて中国の使臣が海州を通ったとき、蝦醤とオイチ（漬け物）が出され、涙顔になって食べることができなかった。遠接

使が不思議に思って、理由を尋ねると、中国の使臣は言った。

「私には年老いた母親がいるが、いまは万里を離れていらっしゃる。これがあまりに美味しくて、母上にも食べさせたいと思って、嚥み下すことができないのだ」

遠接官は海州の役人を訪ねて、これを分けてもらい、使臣に贈った。使臣は言った。

「感動のあまり、ことばも出ません」

このことがあって後、この料理を「感動醢」と言うようになったのである。

魚得江《オトゥクカン》▼5という者がいた。康靖大王（明宗）の時代の名臣である。滑稽をよくしたが、人を中傷することも多かった。その友人が蝦醤と漬け物を贈ると、魚得江は次のような返事を出した。

「すこしも感動しないぞ」

友人がふたたび手紙を書いた。

「君は滑稽をこととして人に批判されるが、もうその心配はしなくていい。今からは権丁《クウォンチョン》（がみがみ屋）と言うべきだろう」

権丁と蝦醤《コンチェン》の音が似ていたからである。

『礼記』の「内則」に八つの珍味▼6が挙げられているが、これは老人を保養するためのものである。ためしに今、食べてみると、すこしもおいしくはない。

今、わが国の水陸の食材をすべて記すことはできない。

山人や奴婢たちの素朴な食事の中にも絶品というものがある。頭流山の僧たちは竹の実を摘んで飯をつくるが、また栗の粉と柿の屑を混ぜて餅をつくり、そして八味の茶をつくりだす。八味というのはもともとの五味茶に人参と麦門冬と蜂蜜を加えたものである。

金剛山の僧は当帰の茎と葉、山葡萄、石のあいだにある白蜜をとって木の樽の中に入れておく。喉が渇き、気が塞ぐとき、心ゆくまでこれを飲む。妙香山と金剛山の僧などは毎年の秋八月には油醤と麺類をもって深い渓谷に入っていき、松茸狩りをして焼いて食べる。ソンイ（松茸）というのはソンシム（松蕈）ともソンチ（松芝）とも言う。松の木の下の落ち葉の積んだところに生じる。大きなものは拳の大きさほどもあるが、若い松茸はきれいな形をしている。僧たちがみなで力を合わせて採集して、軒の高さまで積み上げているところが数ヶ所にもなる。笠になったところを十の字に切って、その中に小麦粉と油醤をつめ、茅でくくって束にし、『礼記』にいわゆる敦牟[▼7]のようにして、泥を塗って薪を積んでそれを焼いていい匂いがするまで待つ。それを開くと、香りが谷間に満つほどである。僧侶たちはそれを思う存分に食べるが、その味は天下の逸品と言ってよい。

▼1【王君栄】『朝鮮実録』宣祖二十六年（一五九三）三月十一日の早朝、王が王通判に謁した、王通判は昨日議政に会ったが、情を尽くすことができなかったと言ったという記事がある。この中国から来た通判が王君栄だと思われる。

▼2【『家礼』】儒教の基本である礼に関する経典は『礼記』『儀礼』『周礼』とあり、そこに冠婚葬祭の諸規定が記されているものの、それは紀元前の周代の規定であり、社会にそぐわなくなったものを、宋の朱熹が改正してまとめた書物。『朱子家礼』とも『文公家礼』とも言う。日本にはまったく影響を及ぼさなかった本だが、朝鮮の冠婚葬祭はこれにのっとって行なわれた。

▼3【宋儒真】?～一五九四。反逆者。ソウル出身。壬辰倭乱の混乱によって散らばった兵士たちと一五九四年の凶作によって飢えた人々をひきいて各地に出没しては略奪行為を行なった。その数は二千名にも達して、当時のソウルの守備が手薄なのを見て、ついには反乱を起こし、みずから義兵大将を称した。呉元宗・洪瑾などとともに牙山の兵器を略奪して、正月十五日にソウルを襲う計画を立てていたが、部下たち十名余りとともに逮捕され、処刑された。

▼4【李夢鶴】?～一五九六。反逆者。王族の後裔、ソウル出身であったが、父に勘当されて全羅道を転々とした。壬辰倭乱のとき、募粟官の韓絢の部下となり、彼とともに反乱を謀議、倭人の再度の侵入に対して防備するための義兵を募るという名目で壮丁を集めた。一方でまた同甲契会という秘密結社を組織、一五九六年、忠清道で僧俗の軍六、七百名を率いて反乱を起こした。

▼5【魚得江】一四七〇～一五五〇。字は子舜、号は子游・混沌山人など。本貫は咸従。一四九二年、進士と

なり、一四九五年、式年文科に丙科で及第した。地方の職を経て、献納、校理となり、一五二九年には大司諫、一五四九年には嘉善大夫に昇って、上護軍を辞職して後、出仕しなかった。『東洲集』がある。

▼6【八つの珍味】『礼記』ではなく、『周礼』に「八珍」として「淳熬・淳母・炮豚・炮牂・擣珍・漬・熬・肝膋」などを挙げる。そして、『礼記』内則にこれらの食べ物の調理法が説明されている。「淳熬」は塩辛を熱して陸稲の飯の上に加え、その上に脂を注いだもの。「淳母」はやはり塩辛を熱して黍の飯の上に加へ、その上に脂を注いだもの。「炮豚」・「炮牂」については、豚もしくは牂（雄羊）の肉を割いてはらわたを取り出し、その腹中に棗を詰め、葦で編んだものでこれを蔽い、土を塗って火にかける。そしてその土をこそげ落とす。米粉に水を差して糊のようにしたものを、すでに焙った肉にまぶし、それを鼎で熱した脂の中に入れる。その鼎をさらに大きな釜の湯の中に入れて、鼎に湯が被らないようにして、三日三晩煮た後に酢や塩辛で味付けをするのだという。「擣珍」は牛・羊・麋《おおじか》・鹿・麕《のろ》などの数種の背肉をよくたたき、筋を取り除いて、よく煮て、薄皮を取りさって柔らかにした肉を酢や塩辛で味付けをする。「漬」は新しく殺した牛の肉をうすく切り、その筋は断って美酒に一昼夜浸したもの。「熬」は牛肉をたたいて薄皮を除き、葦を編んだ布に乗せ、肉桂と生姜を粉にして肉の上にふりかけ、塩味をつけて乾かす。「肝膋」は犬の肝臓を用意して、膋（腸の外側の膏）で蔽い、それを火にかけて焦がすくらいに焼いたもの。これで粥を作るには、米粉に水を加えてよくかきまぜ、オオカミの胸の脂肉を加えるのだという。

▼7【敦牟】黍稷《しょしょく》を盛る器。人はそこから手でつまみ取って食べる。『礼記』内則には、「敦牟卮匜は、餕に非ざれば敢て用ふること莫れ」とある。ここでは父母や舅姑の使った食器は残り物を受けて食べるとき以外は使わない、と書かれているだけである。

第一五七話……国によって食べる物はちがう

他日、十万の中国の兵士たちがわが国にしばらく留まった。風俗の違いをたがいに馬鹿にしては笑ったりした。わが国の人は膾を喜んで食べるが、中国人たちは唾を吐いていやがる。わが国のソンビが言った。

「『論語』の中で孔子が『膾は細きを厭わず』[1]と言っている。その注釈には『牛や羊や魚の生の物を薄く切ったのを膾と言う』としている。孔子さまも嗜まれたものを、どうしてあなた方は間違っているとなさるのか」

中国人が言った。

「牛の胃と反芻胃とはどちらも汚物を入れるもので、切って膾にすれば、どうしてわれわれの腹が痛まないだろうか」

また、肉を串に刺して焼いたものから血がにじみ出して流れるのを見て、それを投げ棄てて言った。

「中国人はよく焼けていない肉は食べない。肉にもし血が滴っていれば、これはオランケたちの食べるものだ」

わが国の人が言った。

「膾であれ、串焼きの肉であれ、昔の人は大いに好んで食べたものではないか。どうして害があろうか」

わが国の人が夜、暗い部屋に座っているとする。中国の人が門の外から入ってきて匂いを嗅ぐと、

「きっと高麗人がいる」

と言う。これは生臭い匂いを出しているからである。わが国の人は魚を食べるので、自分ではわからなくとも、生臭い匂いが身についてしまっているのである。

ところで、遼左地方の人は虱をとって食べ、荊南地方の人は蛇を食べる。陝西地方の人は猫を喜んで食べ、南方の朝士は蟷螂を好んで食べる。また世間の人びとは蟇蛙をよく食べて、わが国の人びとでこのようなものを見て唾を吐かない者はいない。

最近、中国の南の人と北の人とがたがいに言い合っていることがあった。蟇蛙を食べるのは南方の人から始まったが、全国でこれを禁じた。ところが、「蟇蛙が変化して蟹になる」と言って、蟹を食べることまで禁じてしまった。蟹は中国の昔の人たちが好んで食べたものであるのに、これをどうして禁じてしまったのだろう。これはいわゆる「羹に懲りて膾を吹く」の類であって、こんなことでは食べるものがなく

なるのではなかろうか。これも極端なはなしである。

蟇蛙は南蛮人が食べるもので、韓愈はこれを食べて、柳宗元はそれをなじった。蟷螂を食べるのはまた昔の人の非難したことである。どうしてこのようなことが人為的に中国に入って来たのだろうか。牛の胃や反芻胃の膾や、虱や蛇を食べることなどとともにすべて禁じることができようか。

▼1【「膾は細きを厭わず」】『論語』郷党篇に「食は精を厭わず、膾は細きを厭わず（食不厭精、膾不厭細）」とある。孔子は飯は精白されたものをよしとし、肉類の膾は細く切ったのをよしとしたという、それは健康に注意をしたのであろうというのは、朱子の注釈である。

第一五八話……まて貝と牡蠣

万暦の戊戌の年（一五九八）と己亥の年（一五九九）には中国の将帥たちがソウルにあふれた。南以信《ナムイシン》▼1が礼曹承旨であったが、ある中国人の将帥が下人を承政院に送って言わせた。

「この春、この国ではまて貝が大量に発生したようです。味もよく、なにより脾腹にいいものです。わが将軍がこれを食したいと言っています。接待の都監にも言ったのですが、都監はどうしても用意してくれません。そこで、国王に啓上して食せるようにご配慮を願いたいということです」

南以信が言った。

「まて貝というのはわが国にはないものです。都監とていったいどこを探せば差し上げられましょうか」

そう言って、国王に啓上しようとはしない。下人は大いに怒り、地団太踏んで言った。

「まて貝はあんたらの国にはありふれたものではないか。どうして嘘をついて食べさせないのだ」

南以信が言った。

「もしわが国に産するものであったなら、どうして将軍に差し上げずにいよう。どうしてわずかの費用を惜しんで隠したりしよう。まて貝のことなどこれまで聞いたことがないので、ありのままに申し上げているのです」

下人はさらに憤慨して言った。

「市中にはたくさん出回っている。あなたはどうしてそんな嘘を言うのか」

南以信は言った。

「もしそれが本当なら、あなたはそれをもって来て、私に見せて下さらないか」

下人はすぐに市場に行って、一つの小さなものをもって帰ってきて、それを差し出しながら、言った。

「これがまて貝ではないか」

南以信が子細にそれを見ると、牡蠣であった。以信は笑いながら言った。

「わが国ではこれは牡蠣と言います。まて貝はまた別です。これはわが国ではまことにありふれた産物です」

都監にはたっぷりと用意させるようにした。そうして王さまに啓上に上がった。

▼1【南以信】一五六二〜一六〇八。字は自有、号は直谷、本貫は宜寧。一五九〇年、増広文科に丙科で及第、官途を歩んだ。一五九九年、承旨・兵曹参判を経て、翌年には京畿道観察使となり、奏聞使いとして明に行き、帰国後ふたたび京畿道観察使となったが、楊州・広州一帯に出現する虎の被害が甚大で、それに対策を講じなかったことで司憲府の弾劾を受けた。一六〇六年には同知春秋館事となり、一六〇八年には大司諫になった。

第一五九話……蓴菜と鱸

わが国の人は蓴菜《じゅんさい》と鱸《すずき》については本物か偽物か判断できない。口が大きくて鱗が細かく、それでいて大きければ、わが国ではで民魚《ミンオ》と呼んで、鱸だと認識している。だが、ある者は言っている。

「銀口魚《ウンクオ》も大きな口と細かな鱗をもっていて鱸ではあるまいか。昔、術士の左慈が膳の上に松江[1]の魚で鰓が三つあるのを釣りだして鱸だと言った。今、銀口魚を見るとやはり鰓が三つある」

また、ある者が言った。

「遼左地方には銀口魚が多く、遼東の人びとはそれを秋生魚と呼んでいるが、これは鱸ではあるまい」

中国の使臣の梁有年[2]がわが国にやって来たときのことである。有年は松江の人であった。民魚を見せると、彼はこれは鱸だと言った。水蓴を示すと、

「これは蓴菜ではない。中国にもこのような菜があるが、小水蓮と名付けている。中国人もこれを喜んで食べないわけではないが、本当の蓴菜ならば陸地に生えていて、水草ではない」

私が『文選』を読んでいると、鮑明遠[3]の「蕪城賦」に、

「沢葵が泉のそばに生えている（沢葵依井）」

とあり、その注釈に、

「沢葵は蓴菜である。蓴菜は粘っていて、葵のようで、葉もまた葵に似ている。沼に生えている」

としている。また、古詩に、

「蓴菜の粘りが銀線のようだ」

とある。わが国で蓴菜と言っているものが本当は蓴菜ではないとしたら、いったい何であろうか。

私の考えでは、名前と実体があやまって伝わることに、昔と今の違いがあろうか。中国の使臣の梁有年が間違っているのである。

▼1【松江】中国、江蘇省にある川の名、太湖の支流で、現在は呉淞江。鱸の名産地とされる。

▼2【梁有年】一六〇六年、皇太孫誕生詔使として、朱之蕃（第七八話注1参照）とともに朝鮮にやって来た。

▼3【鮑明遠】南朝の宋の人の鮑照。字が明遠。文章に優れ、文帝のとき中書舎人を授けられた。文帝はみずからの文章に、人及ぶなしと自信をもっていた。鮑照はその意を悟って、鄙言累句の多い文章を作り、世間では才能が尽きたと評された。臨海王の子頊が荊州を治めることになると、その前軍参軍を授けられ、子頊が敗れると、乱軍に殺された。

第一六〇話……鼠の糞もかまわずに飯を食べる鄭惟吉

　朝廷の官吏が試験官として選び出され、落点[1]されると、礼賓寺[2]で食事をもてなされて送り出される。復命する日にも同じように食事が供されるが、その食事は粗末なものである。試験官は箸をつけるだけで卓に対して礼を失わないようにすればいいだけである。ところが、朴大立《パクテリプ》[3]と鄭惟吉《チョンユギル》（第一一六注1参照）はすっかり食べて何も残さなかった。当時の人びとは言った。

「林塘・鄭惟吉が食べるときには宣飯（役所で役人に定時に提供する食事）の鼠の糞を取り除き、判書の朴大立が食べるときは宣飯の鼠の糞も取り除かない」

　このことばの意味は、礼賓寺の飯には鼠の糞が混じっているが、鄭惟吉が食べるときには匙でこれを取り除き、朴大立は匙で飯を一塊りの大きさにして口に放り込み、中に鼠の糞があろうか無かろうがかまわなかったというのである。

　宰相の鄭惟吉はいつも宴の席に出かけるときには、夕食を食べずに行ったが、家の人が勧めると、次のように言った。

「友人が私のために食事を用意して待ち迎えるのに、わが家で腹いっぱいに食べてきて、ご馳走を見ても箸をつけなかったなら、主人は私がその食事をまずいと思っていると考えるであろう。それではあまりに礼を失するのではあるまいか」

そうして、家の主人が食事を用意すれば、うまいかまずいかなど構わずに、大いに食べたから、主人は大いに喜んだ。昔、魏の大夫が[4]「あるとき、酒はいただいたのですが、夕食はふるまわれなかったことがあります。今、接待していただきましたが、食事が足りないのではないかと心配しました」と言ったというが、彼はここに依拠していたのだろうか。

▼1【落点】官吏の採用の際には、三人の候補者の名前を書いたリストが差し出され、王は適任者の名前の上に点を打った。それを落点と言う。

▼2【礼賓寺】朝鮮時代、賓客の応接と大臣たちの饗応に当たった役所。一三九二年、太祖が高麗の制度を継承して置いたが、一八九四年、高宗が廃止した。司賓とも言う。

▼3【朴大立】一五一二〜一五八四。字は守伯、号は無患・無違堂。本貫は咸陽。一五四〇年に文科に及第したものの、はなはだ不遇で地方の閑職に長らく甘んじた。領議政の沈連源の推挙でソウルにもどり、一五六七年、冬至使の書状官として明に行き、翌年、副提学となった。その後、顕官を歴任して吏曹・刑曹の判書に至った。篤行・孝友・倹素な人柄で、権力におもねらなかった。

▼4【魏の大夫が……】『春秋左氏伝』昭公二十八年にある。魏子が賄賂を受け取ろうとするのを諫めるために、閻没と女寛が言ったことば。魏子が食事を勧めるのに、二人は三度もため息をついた。その理由を魏子が尋ねると、二人が答えた。まず一度目は食事が少ないのではないかとため息をつき、二度目は食事が次から次へと出てくるので、疑ったことに対してため息が出てきて、三度目は腹が満ち足りたらこんなに余裕が出てくるものかとため息をついた、と。そのことを言ったので、魏子は賄賂を断った。

第一六一話……咸鏡道の人びとを手なずけた金宗瑞

節斎・金宗瑞《キムジョンソ》▼1は国家のために六鎮を開拓したが、人びとの怨みをわが一身に引き受けた。咸鏡道の人びとの性向は勇敢ではあるが、もともと恨みを抱きやすく、変わりやすかった。金宗瑞は死を恐れることなく、身を呈して事に当たった。

ある夜のこと、金宗瑞が灯りを点して座っていると、矢が飛んで来て壁に突き刺さったが、金宗瑞は顔色も変えなかった。供せられる飯には虫の毒が混ぜられていたが、宗瑞は焼酎を三、四升飲んだ後にやっと食べた。酒で虫の毒を消したのだった。

六鎮がすべて成って辺境のことが終わって後、人びとはやっと彼に喜んで用いられるようになった。

▼1【節斎・金宗瑞】一三九〇～一四五三。字は国卿、号は節斎、本貫は順天。一四〇五年に文科に及第、咸吉道都節制使となって、一四三四年には六鎮を開拓して、豆満江を国境に定めた。文宗のとき、右・左議政となって、幼い端宗の補佐をした。一四五三年に首陽大君（世祖）が政権を奪取するとき、まず知略のある金宗瑞を亡き者にしようとして、家に出かけて真っ先に殺した。

第一六二話……ソンビは下品な鼈汁は食べない

李済臣《イチェシン》（第八話注4参照）、金行《キムヘン》▼1、そして金徳淵《キムトクヨン》▼2というのは若いころからの友人であった。机をともにして別試に備えて勉強したが、この三人の作った対策文（文科の試問の一種。政治に関する施策を問うた）は一冊の本となり、『焚舟榻試策』と題して世間に流布した。

金行と金徳淵は鼈（スッポン）汁が好物だった。李済臣は唾を吐いて言った。

「あのように醜悪なものをどうしてソンビたるものが口に近づけることができるのか。ソンビでありながら鼈などを口にする者は人とは言えない。オランケと同様ではないか」

金行と金徳淵は怒りながら言った。

「きっとひどい目に合わせてやる」

金徳淵は別荘をもっていたが、それは城山の湖の畔にあった。ある日、約束をして城山で釣りをして蓮の花見をすることにした。李済臣と金行の二人が約束通りに行くと、他の客たちも招かれていて、すでに多くの人たちが座っていた。金徳淵は客のために食事を用意していて、よく煮込んだ鶏の汁を出したが、それは生姜と山椒を交えて大きな鉢からおいしそうな匂いが立ち上って鼻を刺激した。三人はすっかり平らげて鉢はからになった。金徳淵が李済臣に言った。

「家が貧しく、別の料理は出せなかった。黍をついて食べた雌鶏の肉の肥えたものがあったのでそれを出したのだ」

二人の客はほんとうにおいしかったと言って感謝した。李済臣が言った。

「私はいつも鶏汁を食べているが、こんなにおいしいものはなかった」

金徳淵が、

「お代わりを差し上げましょうか」

と言うと、李済臣は、

「それでは、もう一鉢いただこうか」

と言った。それで、もう一鉢を出すと、李済臣はやはりおいしいと言って、これもすっかり平らげた。金行と金徳淵が尋ねた。

「この味は王八▼3湯と比較してどうであろうか」

李済臣が言った。

「せっかく美味しい食事を十二分にした後で、どうしてそんな汚いものの話をするのだ」

金徳淵が言った。

「ところが実は、君の食べた二鉢の汁というのは王八湯だったのだ」

その場に居合わせた者たちは大笑いをした。李済臣は驚いて、庭に降り立って、ゲエゲエと吐くふりをした。

▼1【金行】一五三二〜一五八八。字は周道、号は長浦。本貫は江陵。一五五八年、生員・進士の両試に合格、一五六六年には別試文科に丙科で及第した。若いとき、成渾の父の成守琛の門下で学び、成渾とは兄弟のように親しかった。ソウルにいるよりも、外職を好んで、一五七五年、茂長県監であったとき、安平大王の「証道歌」を刊刻した。一五八八年、光州牧使となり、さらに全羅道兵馬節度使に推薦されたが、死んだ。書に優れていた。
▼2【金徳淵】『朝鮮実録』宣祖五年（一五七二）九月に、専経の文臣を考講し、承旨・史官ら二十五人が入侍して、二十四人がそれぞれ考講したが、学録の金徳淵ひとりだけが略したとある。
▼3【王八湯】中国で王八はスッポンの異名。忘八とも。またこれは阿呆の意味でもある。

第一六三話……梅毒に効く蛇の肉

あるソウルのソンビが仕事で咸鏡道の徳原に至った。谷間で食事を取ろうとすると、一人の武夫がやって来た。容貌は怪偉、気性は豪放で、背丈がはなはだ大きかった。それに従う者たちも多く、鞍も馬も立派なものであった。彼らもまたその谷間で休憩するために揚げ幕の中で食事をしたが、ソンビを手招きしてもてなそうとした。しばらくして、武夫の従者が膾をもってきた。見事に調理して薄く白く、まるで蝉の羽根のようであり、酢と醤の味もよかった。ソンビは勧められて食べ、ともに何皿もたいらげた。

翌日も文川の野原に至ると、武夫が先に来ていて、すでに幕の中に座って、幕の後ろから膾を出させた。昨日と同じく、すっかり平らげた。

高原に到着したときも同じであった。ソンビは用が足したくなって幕の後ろに出て見ると、たくさんの蛇の頭と蛇の皮とが散乱していて狼藉たるありさまであった。それを見て不思議に思い、従者に尋ねると、従者は、

「あの武夫の奴僕が谷側の橋の下で積んだ草の葉で草笛をつくって吹くと、大きな蛇が橋の下から出て来ます。縄で輪を作ってその頭を捕まえてこの幕の後ろまで引きずってくるのです」

ソンビが尋ねた。

「何に使うのか」

従者が答えた。

「薬になるんですよ」

さらにしつこく聞こうとすると、従者が叱りつけた。ソンビは初めてこれまでの膾というのは魚の膾ではなく、蛇だったことを知り、嘔吐した。武夫は梅毒を患っていて、蛇以外によい治療薬がなかったのである。それ以後、ソンビは同道するのをやめた。

第一六四話……大食漢で大酒飲みだった金季愚

金季愚[1]は恭禧大王（中宗）の再従舅であり、官職は参判に至った。

王さまは、金季愚が大酒飲みであるという噂を聞いて、数升も入る八角の銀の杯を与え、続けて二十五杯を飲むように命じられた。金季愚ははじめて酔い、輿に座って家に帰り着いて言った。

「これまで酔ったことがなかったが、今日は初めていささか酔った」

家にいるときは五日ごとに牛一頭を殺し、夫人とともに中堂の卓の前に向かい合って座り、大きな銀の皿に牛肉が盛ってあるのを食べた。それが一日に三度、そのたびにしこたま酒を酌み交わした。酒は大きな杯を用い、皿に山のように盛った肉をことごとく平らげた。一月に六頭の牛を食べて、他の珍味は必要としなかった。夫婦はともに八十歳まで生きた。

▼1【金季愚】？～一五三九。字は景顔、号は雄飲。一五〇四年、別試文科に及第した。水原府使・同知春秋府事・工曹参判などを歴任した。学問と徳性に抜きんでていた。中宗がまだ即位する以前の師傅として、中宗の信任が篤かった。

第一六五話……旅を簡便にするには

一人の書生が驢馬に乗り、一人の従者だけをしたがえて旅をしていた。昼食を川のほとりで摂ろうとしていると、一人の役人が見事な馬が牽く車に乗ってやって来た。荷物もしたがう従者たちも多かった。その役人も川のほとりで食事を摂ろうとしたが、役人の従者たちは書生の一行がみすぼらしい様子なのを見て、無視して侮るような、傲慢な気色を見せた。

書生は小さな袋を開け、小さな傘を取り出してこれを差し、四つの脚の紅色の卓を置いて食事をならべた。すると、煮魚、焼き物、膾、豆腐、牛の胃、蓴菜の汁などがならび、緑豆の餅と麺、そして小豆の粥があり、酒も用意されていた。また別に朱色の卓も用意され、同じように料理がならべられて、これを役人に勧めたのであった。

食事を終えて拡げたものを収めて荷づくりをすると、従者一人の担う荷物ほどの大きさにもならなかった。道中をともにして、数日のあいだ、様子をうかがうと、小さな瓢に穴を穿って、豆と餅を流し込んで細麺を作り、平たく延ばして蜜に和える。赤豆を粉にして粥をつくったり、牛の胃を刻んで山椒をふりかけたり、豆腐を乾かして塩と山椒をまぶしたりした。飯の上に魚を置いて、紙のような平たい蕁菜と綿を重ねて酒を濾したもの三個と、厚紙を焼いて油醤に浸したものをちぎって、粥に入れる。針のような細いものを食べて食糧とし、終わると二つの盤を合わせて、脚のついた薄い銅で作った器をその中に入れた。

　このようなものは前代には一つとしてなかった。すべての器具が華麗な上に簡素でもあり、工夫の凝らし方が目を見張らせるようなもので、役人とその従者たちは大いに恥じ入ったものであった。

　中国では銀銭を用いていて、千里の道であっても、驢馬一頭があれば行くことができ、どのような器具でも路店に備わっている。わが国では百里の道の旅行をするのにも数駄の物資を運び、それでも充分ではない。書生のことは些細なことであるが、簡便をこころがけて、世俗を正さしめるものがある。

教養

第一六六話……ソウルで生まれた馬の子

　鰲城府院君・李《い》恒福《ハンボク》（第八五話注３参照）が言った。

「駿馬がソウルで子馬を産んだなら地方で育てるのがよく、ソンビが地方で生まれたのならソウルで育てるのがよい」

　まことに格言と言うべきである。最近、物資が不足して、たとえ駿馬であってもうまく育てることができない。駿馬の素質を完成させようとすれば、地方で育てるに越したことはない。地方で儒学を学ぶソンビたちは学問に力を尽くすことをせず、たとえ才能のある子弟であっても成就することができない。もし子どもの大成を望むならソウルで育てるに若くはない。

私が見るところ、朝廷の班列の中で犀・金・銀の帯をしている高い品階の官吏はみなソウルの人びとであるが、これは朝廷での人材の登用が偏頗だというわけではない。

近来、ソウルでの役人生活を送る苦労は地方のそれよりも大きい。朝廷の地方出身のソンビたちはソウルで長く役人生活を送ることをけっして喜ばない。ああ、都城十里四方に人材はどれほどいようか。朝廷に仕える奇特な役人がその中から出てくるだろうか。今や将来を嘱望される人材でよい官職を望む者たちはソウルを棄ててどこに行こうとしているのか。そうだとすれば、当今、地方で活躍する人士たちはソウルで生まれた馬の子に比較することができようか。

第一六七話……文字を理解しないのは幸福か

林亭秀《イムヒョンス》（第一三四話注1参照）は丁未の年[1]に非命に死んだ。文字が禍を招いたと後悔して、子孫たちには儒学を学ばないように諭した。それで、その息子の林枸《イムク》[2]は一字も理解しない無識者であった。

国家で林亭秀の冤罪を認めるに至り、林枸を定山県監に任命した。観察使が学校に勧め、儒生たちに詩作を行なわせることにして、詩賦の題目を各邑に分け与えた。その題目は秘密にして封をして、上書きに、

「県監みずからの手で開けてみること」

と書いてあった。刑吏が林枸みずからが開けて見るように頼むと、「賦」の文字を「賊」と間違えて、

「どうすれば、兵士を集めることができようか」

と、刑吏に尋ねた。刑吏はそれに答えて、

音楽

「命令の角笛を吹いて兵士を集めるのです」

と言った。そこで、角笛を吹いてこの地域の兵士数百名を集めた。刑吏は文書を見ることを乞い、それを見るや、退いて伏して、言った。

「これは賊の字ではなく、賦の字です」

林枸はおどろいて、

「どのようにして兵士たちを解散させようか」

と言った。林枸は恥ずかしがりながら角笛を吹いて、兵士たちを解散させた。

林枸は膂力があり、家の庭でみずから馬の四本の脚を握って蹄鉄を打ちつけていて、門の外に同僚の役人たちがやって来る声を聞いた。林枸は恥ずかしくなって、その馬を厩に抱えて隠し、客人たちを迎えたのであった。

▼1【丁未の年】一五四七年、「壁書の獄」と言われるものが起こった。乙巳の士禍（一五四五）によって大尹は粛清され、小尹の世の中になったが、その余波はまだ残っていて、一五四七年（丁未の年）、良才駅に「女王が執政し、奸臣の李芑などが権勢をほしいままにして、国家は滅亡に向かっている」とする朱書の落書が現れ、それをきっかけに鳳城君・宋麟寿・林亨秀などが殺された。

▼2【林枸】『朝鮮実録』宣祖十一年（一五七八）七月、司諫院から、県監の林枸は目に書を知らず、罷免すべきだという啓上があり、聞き届けられた旨の記事がある。

第一六八話……楊鎬を感動させた朝鮮の労働歌

明の将帥である経理の楊鎬[1]は倭賊を防ぐためにソウルに留まっていたが、青坡里に行軍することになった。そのとき、田んぼでは男女が鋤で耕しながら声を合わせて歌を歌っていた。経理は通訳官に尋ねた。

「あの歌にも歌詞があるのだろうか」

通訳官が答えた。

「どんな歌にも歌詞はあります」

経理が尋ねた。

「それを知ることができるだろうか」

通訳官が言った。

「俗語でできているので、文字にはなっていません」

経理が言った。

「接伴使に翻訳させて、私のところに届けてほしい」

その歌謡は次のようなものであった。

昔もこのようであったなら、（昔日若如此）
この形をどう維持したろう。（此形安得持）
この心は変化して糸となり、（此心化為糸）
曲がり曲がってまた結ばれ、（曲曲還相結）
解こう、解こうとして、（欲解復欲解）

どこが糸の端かわからない。（不知端在処）

経理はこれを見て、称賛して、言った。

「私が行軍して通り過ぎたとき、道で耳をそばだてて仰ぎ見ない人はいなかった。ところが、農夫たちを見ると、みなが鋤でたがやし手を休めることがなかった。本業である農事に勤しむだけではなく、その歌もまたはなはだ理致があって、まことに賞するに足るものだ」

青い布一匹を農夫たちそれぞれに褒美として与えた。

▼1【楊鎬】明の将軍。一五九七年、丁酉再乱のときに経理朝鮮軍務となり、摠督の邢玠、摠兵の麻貴、副摠兵の楊元などとともに援兵をひきいてやって来た。当初はソウルに留まっていたが、鳥山城の日本軍を討とうと出兵して失敗、罷免された。

第一六九話……錦水の射鹿の歌謡

以前、私は咸鏡道の高原の錦水村に難を避けた。山水が清明でまことに隠遁者が世間を避けて歳月を過ごすのに格好の土地であった。

隣には趙瓊▼1という名前を汝璣と変えた者がいたが、何度も郷試で首席を取った者であった。彼は山間の百姓が鹿を矢で射るのを歌った民謡を歌ったが、その歌辞は次のようなものであった。

ああ、なにもいないぞ。（啍無之兮）

子どものことばはあてにならぬ。（児言非兮）

花は木に下に落ち、（花落樹底兮）
牛車が走って行き、（芙衛揮兮）
門の中にもう入って、（門已入兮）
蜂がすでに刺した。（蜂乃接兮）
街道筋に出ようじゃないか。（出大逵兮）

また歌った。

ああ、なにもいないぞ。（詩無有兮）
子どものことばはあてにならぬ。（児言謬兮）
その蜂に刺されて、（懸其蜂兮）
花は開いて風に舞い、（花開飄風兮）
回り立ち、回り立つ。（回立回立兮）

おおよそ、北方の狩人たちが鹿を射るとき、まず家の子どもに明け方のまだ暗いうちに山に登らせ、鹿を探させる。鹿はつねに明け方の露に濡れた草を食べ、水を飲んで、太陽が登ると、森の中に帰って眠る。猟師は鹿が人を見ておどろいて逃げないよう、また鹿にさとられないよう、その猟師の歌を作り、隠語でもって仲間の猟師たちに鹿のありかを知らせるのである。「嘑」というのは発語の声であり、「無」というのは、いつわって鹿がいないというのである。「児言非」というのは、子どもが鹿がいると言ったのは間違いだったというのであり、「花落樹底」というのは鹿は木の下で眠っているという意味である。「芙衛」というのは北方では牛車のことを言うのであるが、網のことをごまかして言っているのだ。「門已入」というのはすでに網に掛かったということであり、「蜂乃接」というのは矢が刺さったということを言う。

「出大逵」というのは鹿を担ぎ出して平地でこれを捌こうということを意味しているのである。「懸其蜂」というのは矢を射てということであり、「花開飄風」というのは鹿が立ちあがって駆けるさまを言い、「回立」というのは、鹿を見失って帰ってくることを言うのである。

私は閑暇に山間で生活し、人の世に意を払わなかった。わが余生をここで終えようと思いながら、「錦水の射鹿の歌謡」として記録したのである。

▼1【趙瓊】『宣祖修正実録』十三年（一五八〇）三月に、大司憲の李山海らが職を辞して嫌を避け、守門将の趙瓊を訴えた旨の記事がある。趙瓊が宮廷の門を雑人が出入りするのを禁じて、司憲府の書吏を捕縛した。そのことを怒って趙瓊を罰してほしいというものであったが、王は、誤縛であっても、王宮を守る者として失態とは言えないとして許した。

第一七〇話……黄真伊の開城をうたった詩

黄真伊《ファンジニ》▼1は松都（開城）の妓生である。松都に寓居して昔の射的場に宿を取ったところ、月がかすかに明るい夜、道を行く人はいなかった。すると、白馬にまたがったある将軍が馬を止め、袖で涙を拭って、次のような歌を歌った。

五百年の都に馬が帰って来た。（五百年都邑地　匹馬帰来兮）
山川は昔のままだが、あの人びとは今はいずこ。（山川依旧　人傑何所之兮）
やんぬるかな、故国の興亡を問うて、何になる。（已矣哉　故国興亡　問之何為兮）

歌い終えると、鞭を振るって立ち去ったが、その行方は杳としてわからなかった。またそれが人であったのかどうかもわからなかった。その歌は悲壮で婦人のよく作るところのものではない。今、誤って、真伊が作ったものだと、松都の人たちは言い伝えている。

▼1【黄真伊】朝鮮時代の名妓であり詩人。妓名は名月とも。開城の出身。中宗のときに進士の庶女として生まれ母のもとで四書三経を学び、詩・書・音律のすべてに秀でていた。美しいことでも有名であり、知足禅師を誘惑して破戒せしめ、続いて当代の大学者であった徐敬徳を誘惑したが失敗して、師弟の間柄となった。当代の一流人士と関係をもって、特に碧渓守とは深い愛情で結ばれて、詩作を通して独自の恋愛観を表現した。徐敬徳・朴淵瀑布とともに松都三絶と言われた。

第一七一話……鄭磏の口笛の音

北窓《プクチャン》先生鄭磏《チョンリョン》（第三一話注2参照）は音律を理解した。縄で酒壺をぶら下げ、銅の箸の一つを酒壺に挿し、箸の一方で酒壺を叩いて美しい曲調を作ったが、それはことごとく五音六律にかなわないところがなかった。

その父親の鄭順朋《チョンスンブン》（第三一話注8参照）が江原道の観察使となって金剛山に遊覧して、摩訶衍庵に至ったとき、鄭磏もそれには随行していた。鄭順朋が鄭磏に言った。

「人びとはお前が口笛をよく吹くと言っているが、私はまだ聞いたことがない。このような素晴らしい場所で是非に聞いてみたいものだ」

鄭磏が答えた。

「邑の人びとも大勢ここにいます。明日、毘盧峰の上で吹くことにさせてください」

翌朝、鄭磏は雨を押して早く出かけようとした。僧侶たちは引き止めて、

「この雨では毘盧峰にはとても登れますまい」

と言った。鄭礦は、

「日が暮れるころには晴れよう」

と言って、藜《あかざ》の杖をついて出かけた。日暮れには果たして晴れて、鄭順朋も後を付けた。山間に笛の音が高々と澄んで響き、岩石までもが震えた。僧侶がおどろいて言った。

「山が深く世間とは隔絶したところで、どうして笛の音が聞こえるのだろう。しかも、清明で勇壮だ。きっと神仙の吹く笛の音にちがいない」

鄭順朋は黙然として理解した。はたして鄭礦の口笛で、笛の音ではなかったのである。たとえ孫登[1]が阮籍[2]に聞かせた蘇門山の口笛の音であっても鄭礦の口笛の音には及ばなかったであろう。

鄭礦は山寺に住んで、屏風で何重も囲んだ中、冠をつけず、櫛けずることも忘れ、外を窺うこともなく、一日を黙然と坐して過ごした。寺にいた僧侶がどうしたのか尋ねると、鄭礦は言った。

「今日は家の奴が酒壺をもってやって来る」

ややあって、また、

「残念なことだ。今日は酒を飲むことができない」

と言った。

しばらくすると、家の奴がやって来て、言った。

「旦那さま、申し訳ありません。酒をもって参ったのですが、峠の上で酒壺を落として割ってしまいました」

▼1【孫登】晋の人。字は公和。蘇門山に隠れて易を読み、一絃琴を鼓した。「孫登嘯」の故事があり、阮籍が蘇門山に訪れて孫登に会い、帰途、鸞鳳の音が巖谷に響くのを聞いたように思ったが、孫登の嘯く声だったという。

▼2【阮籍】二一〇〜二六三。中国、魏・晋の隠士。竹林の七賢人の一人。字は嗣宗。老荘の学と酒を好んで、俗人を白眼視した。

第一七二話……玉笛の腕で島に取り残された河允沈、命を救われた丹山守

河允沈《ハユンチン》▼1という人がいた。どこの人であったかわからないが、玉笛の名手であった。あるとき、海を渡って逆風に遭った。舟を島影に停泊させて十日余りを過ごさなければならなくなった。風の勢いはますます激しく、止みそうにない。河允沈は気分が滅入り、昼となく夜となく玉笛を吹いてみずからを慰めた。

舟の中のある人が夜中に夢を見た。白髪で痩せて背の高い神人が現れて舟人に言った。

「お前が私に順風を吹かせて欲しいのなら、河允沈だけをここに置いて出て行くのだ。それでなければ、無事に海をわたることは許さない」

その人が他の人に夢の話をすると、舟中の人みなが同じ夢を見ていて、神仙の容貌もことばもまったく同じであった。人びとは大いに恐れて、みなで相談して、食糧と必要な物を岩穴に置き、河允沈の玉笛もまたこっそりと盗み出してそこに置いておいた。錨を上げて舟を出そうとして、いつわっておどろいたふりをして、河允沈に言った。

「食糧も生活のための必需品も、それからあなたの玉笛も岩の穴の中に置いてきた。すぐに引き返して持ってくるといい」

允沈は船を下りた。人びとはみなで力を合わせて船を漕いで行ってしまった。允沈は地団太を踏んで大声で叫んだが、その後どうなったかはわからない。

今でも船人たちが往来してその島を通り過ぎるときには、霧の深い朝と月の明るい夕方には玉笛の音が聞こえるという。そこでこの島の名前を「笛吹島」と呼んでいる。

また嘉靖年間（一五二二〜一五六六）に丹山守《タンサンス》▼2がいたが、宗室の人で玉笛をよく吹くことで名が高かった。あるとき、仕事があって、海西地方（黄海道）に出かけた。日が暮れて谷間に差し掛かったとき、十人あまりの盗賊が弓矢をもって路を塞ぎ、荷物を奪った上、丹山守も連れ去っていった。谷間を数十里ほど入って行くと、色鮮やかな幕が張ってあって、大勢の人間それぞれが槍と剣をもってぐるり輪になって立っている。その中央に一人の大将がいて、赤い冠をかぶり、絹の衣服を着て、足を赤い椅子の上に延ばしていた。

当時、海西では盗賊の林巨正《イムゴクジョン》▼3が一味を率いて跋扈していた。官軍が捕まえることができず、王が送った兵たちが害を被った。ここで出遭った大将こそがその林巨正だったのである。その手下が街道を行く人を捕まえて帰って来て報告すると、林巨正は地面に伏させて尋ねるのであった。

「お前の名前は何と言う」

「王族の丹山守と言う」

林巨正は笑いながら言った。

「それなら、お前が玉笛をよく吹くという丹山守か」

「そうだ」

「お前は玉笛をもってきているか」

「もちろんだ」

林巨正が左右の者に酒と料理をもって来させたが、料理はすべて山海の珍味であった。金の杯を執って勧め、玉笛を吹くように言った。丹山守がやむをえずに二、三曲を吹くと、林巨正は愀然として涙を流した。けだし、朝廷ではこの盗賊の捕縛を急を要する大事としていて、林巨正はたとえ数ヶ月は生きながらえたとしても、いずれ死を免れないことをみずから知っていたのであろう。それで、丹山守の玉笛の曲調が悲愴なのを聞いて、悲しみが心の中にこみあげて堪え切れなかったのであろう。曲が終わると、さらに四杯、五杯の酒を勧めて、丹山守はそれを断ることができなかった。林巨正は手下に命じて丹山守を谷の入り口まで送らせた。

ああ、河允沈は笛をよく吹いたために死に、丹山守は腹を切られて死ぬようなことはなく、膝を屈することを免れなかったものの、生き延びることができた。玉笛の祟り方もさまざまである。

▼1【河允沈】この話にある以上のことは未詳。

▼2【丹山守】この話にある以上のことは未詳。

▼3【林巨正】?～一五六二。明宗のときの侠盗。楊州の白丁。党争によって朝廷の機構が乱れ、社会秩序が乱れたとき、一五五九年から数年の間、黄海道と京畿道一帯で貪官汚吏を捕らえては殺し、諸郡を荒らしまわったが、戴寧において討捕使の南致勤に捕えられ殺された。

第一七三話……鬼神をも感動させた金雲鸞の箏

金雲鸞《キムウンラン》▼1は成均館の進士であった。進士に合格した後、にわかに目を病み、両目ともに失明してしまった。本来はソンビとなるべき人間が陰陽や占いを学んで卑しい盲人の仕事をするのを恥じ、そこで箏の演奏を学ぶことに時間を費やし、その演奏はついには神の境地に達した。あるとき、月夜に眠ることができなかったので、病になって天の太陽を見ることができないこと、ふたたび科挙に挑んで大科及第することができないこと、さらには蔭仕で官職につくこともできないこと、普通の人びとのようにソンビたちと往来して交際することもできないこと、それらの限りない悲しみを箏に托して演奏したのだった。南山の麓の古い祀堂《サダン》（巻末付録解説2参照）の横の垣根のそばで曲に合わせて歌を歌うと、その声ははなはだ悲愴であった。にわかに祀堂の中の鬼神が一斉に大声を上げて哭し始めた。啾啾と地の下から沸き起こってくるような声で、金雲鸞は大いに驚き、箏を携えて逃げた。あまりに声と曲調が絶妙であったために鬼神をも感動させて、このようなことになったのである。金雲鸞には二人の息子、克誠[2]と克明[3]とがいて、ともに文章を学んで、科挙に及第した。

[1]【金雲鸞】この話にある以上のことは未詳。
[2]【克誠】『朝鮮実録』成宗二十一年（一四九〇）七月、職牒を与えられた一人として金克誠の名前が見える。
[3]【克明】『朝鮮実録』成宗十四年（一四八三）九月に、医員の金克明の叙用の記事がある。

書画

第一七四話……黄耆老と成守琛

黄耆老《ファンキロ》[1]は酒を好んだ。草書をよくして、その書を得ようとする人は盛大な宴を設けて彼を招いた。遠近の客たちがそれぞれ無地の白い絹と中国産の紙を持参したが、それは百、千の数にも上った。黄耆老は多ければ多いほど気力が満ち、筆の良し悪しを選ばないだけではなく、自身のいい筆というのも持ってはいかなかった。ただ墨を数斗磨らせて、主人の家の毛の抜けた筆、子どもたちが垣根の隅に棄てた筆、婦人たちがハングルの手紙を書いた後の筆、それらをことごとく合わせて束ね、大きな竹管の先に縄でくくりつけたものを使って書いた。

日が暮れて酒に酔って意識も朦朧としてからでないと、筆を執ろうとしない。客たちはそれを今や遅しと待つことになる。酔いが進み、赤と緑の色の区別もつかないようになって後に、指で筆を執るというのではなく、掌で竹管の端を握りしめて墨を浸し、思うままにそれを振るった。一度振るい始めると、三百帖ほどを仕上げて、日がすっかり沈む前に終わるのだった。その書は竜が飛び、虎が駆けるようで、神出鬼没の様子で千もの変化を見せて、ことばで表現しようもない素晴らしさであった。

その筆法は張旭[2]と張汝弼[3]の筆法を伝えるものであったが、その神妙さははるかにそれらを凌いで、多くはみずから獲得したものであった。たとえ中国の数百代の歴史の中にもこのような類は稀である。

当時、隠れ住んでいたソンビの成《ソン》守《ス》琛《チム》[4]はみずから号を聴松とし、また書をよくして当代に名高かった。黄耆老の書を批判して、耆老の書には余裕が見られるものの、みずから創造したという筆法は古のものとは別物で、世間の目をくらましているのだと言った。成氏の書を尊重する人は耆老の書を排斥した。

私はかつて黄耆老の書を見たことがある。「無」の字の草書で、横に点が五、六画、縦にも点が五、六画を越えていた。これは古の筆法とは言えない。ある人の批判はこのためであろうか。今、見るところ、聴松の書は鮮于枢[5]の筆法にならい、趙松雪[6]の筆法を退化させたものである。黄耆老の書は狂ったかのように思いのままに書いて、まことに朝鮮の草書の雄とも言うべきであり、どうして聴松の書が肩を並べることができよう。中国の人が聴松の書を見て、山の坊主、野の旅人の書に過ぎぬと評した。聴松は隠遁して世間を避けて過ごした人である。中国の人はまことに書を見る目をもっている。聴松は喜んで犬の尾や犬の背中の毛を用いて筆を作り、それを用いた。その毛が剛いのを好んだのだろうが、山住みの人間には筆を選ぶ力がなかったのであろう。

▼1【黄耆老】生没年未詳。朝鮮中期の名筆。字は鮐叟、号は孤仙・梅鶴亭、本貫は徳山。一五三四年に進士に合格、官職は別座に至った。草書に秀でていて「草聖」と称された。忠州の承旨李蕃の碑にその書跡が残っている。

▼2【張旭】生没年未詳。中国、唐の書芸家。字は伯高。草書に巧みであった。酒を嗜み、奇矯の行ないが多

く、頭髪に墨を含ませて書いて、世間では「張顚」と言われ、「草聖」とも称された。官は常熟尉。文宗のとき、李白の歌詞、裴旻の剣舞、張旭の草書を三絶と称した。

▼3【張汝弼】中国、金の人に張汝弼という人がいる。字は仲佐、正隆の進士で、官は尚書右丞に至ったが、名のある書家とは見えない。

▼4【成守琛】一四九三〜一五六四。字は仲玉、号は聴松、本貫は昌寧。趙光祖の門人として、己卯士禍の後は世間に出ることは考えずに、『大学』『論語』を読み、「太極図」をもとに宇宙の根本を探求しながら過ごした。しばしば宮廷から召喚され、官職も与えられたが、就くことがなかった。

▼5【鮮于枢】中国、元の人。字は伯機、みずから困学民と称した。太常寺典簿となった。意気が盛んで詞賦をよくした。行書および絵画に巧みで、その名声は趙孟頫と伯仲した。

▼6【趙松雪】趙孟頫のこと。一二五四〜一三二二。元の人。号は松雪道人。宋の宗室の末裔で、経世の学に通じ、書画・詩文をよくした。特に書が高く評価され、その号から彼の書体は「松雪体」と言われる。

第一七五話……黄耆老が書いた「後赤壁賦」

黄耆老（第一七四話注1参照）は草書をよくしたが、張汝弼を慕って「後赤壁賦」▼1を書き、それを厨に掛けて煤をつけさせ、石の箱を作ってその中に入れ、田んぼに埋めた。百姓が田を耕してそれを発見し、おどろいて役所に届けた。役人が開けて見ると、煤けた古い紙八帖が出てきたが、その終わりに「張汝弼書」と書いてあった。竜が飛び、鳳凰が翔けるようではあったが、客気が多く、筆端が拙かった。邑の役人にはそれがわからず、張汝弼の真筆であるとして世間に広まって、現在においても刊行され、倭乱を経ても失われてはいない。

おかしなことだ。黄生の書がどうしてここにまで至ったのか。ただ若いときの戯れに過ぎなかったのだが。

▼1【「後赤壁賦」】蘇軾（第九三話注3参照）には二つの「赤壁賦」があり、「前赤壁賦」の三ヶ月後、元豊五年（一〇八二）十月に、流罪の地の黄州にあって作った賦。

第一七六話……黄耆老の書はたやすく品評できない

李後白《イフベク》（第一二七話注1参照）が宋賛《ソンチャン》▼1とともに趙彦秀《チョオンス》（第一三三話注2参照）の家に行った。後白が見ると、座っている部屋の隅に屏風があって、黄耆老（第一七四話注1参照）の草書であった。そこで、趙彦秀に言った。

「わが家に三つの屏風があるのだが、これと交換してもらえないか」

趙彦秀が言った。

「どうして、そうしたいのだ」

李後白が言った。

「私ははなはだ黄耆老の書を嫌っている。そこで、わが家の屏風を君に進上して、耆老の書を焼いてしまいたいのだ」

宋賛が言った。

「それはならない。私は黄生の家に行ったことがあるが、座敷には白い絹と画箋紙が挿してあった。机に向かって、黄生が二張の草書を取り出し、私に見せてくれた。また白い紙二張をひろげて私に真似て書くようにとうながした。私も少しは書を嗜むので、黄生の書のように模倣してみた。黄生が『私は書を書いて、日ごとに数百張を下ることはなく、疲労して仕方がない。これからは君の書を代わりに用いることにしよう。普通の人の目にはどうして区別がつけられようか』と言い、私が書いたものをすでに書いておいた二張の紙のあいだに挿しこんだ。筆法を比べて見ると、すべて古の書法であって、一文字も自身の創意で書いたものはなかった。そして、私の書いた文字を指さして、『この文字とこの画は死んでいる。およそ書というのは練習を積まなければうまくはならない』と言った。黄生の書はたやすく品評できるものではない」

李後白は恥じて顔が赤くなった。

▼1【宋賛】一五一〇～一六〇一。字は治叔、号は西郊、本貫は鎮川。一五四〇年、文科に及第、一五六七年には陳慰使として、一五七三年には進賀使として明に行った。官職は賛成に至って、耆社に入った。死後に判中枢府事を追贈された。

第一七七話……絶妙の草書をものした崔興孝

崔興孝《チェフンヒョ》▼1は草書が絶妙であった。安平大君《アンピョンテグン》（第一四六話注2参照）は節を屈してこれを敬い、白い絹八幅を準備して、その書を求めた。崔興孝は大いに酔って外から帰って来て、安平大君が使わした使いの者を外に立たせたまま、戸の敷居に脚を伸ばして座り、奴に絹を広げさせ、濃い墨で荒々しく筆を振るった。あるいは点を打ち、あるいはかすれさせ、あるいは縦に引き、横に引っ張り、一字として文字の体を成さなかった。ただ墨で絹布を汚して使いの者に与えて帰らせた。安平君はそれを見て大いに驚き、また激怒した。翌朝、崔興孝が安平大君を訪ねて来ると、安平大君は気勢を上げてこれに会って言った。

「私はお前の筆法が高く絶妙であることを考え、白い絹布八幅を用意してお前の書を求めたのだ。お前は私を侮辱して、書を書かなかっただけでなく、墨をもってあの絹布を汚した。私はお前を罰さねばすまない。そうは思わぬか」

崔興孝は大いに驚いて言った。

「昨日は正体もなくあまりにも酔って、文字を書いたなど覚えておりません。見せていただけますまいか」

安平大君が取り出して見せると、崔興孝は恥じ入ってしきりに謝罪してやまない。しかし、その絹布を開いて見ると、点の打ち方、かすれ方、縦に引き、横に延ばす画がそのまま草書の体をなしている。激しい風が吹いて俄かに雨が降り、竜が飛んで虎が駆けるような様子を、ほしいままに表している。安平大君は大いにおどろき、また感嘆してやまなかった。

崔興孝が吏曹佐郎となり、荘献大王《チャンホンテワン》（世宗《セジョン》）がみずから政治を行なわれたときのことである。崔興孝が業務の文書の文字をあまりに慎重に書いて、清書をその日のうちに終わらせることができないようであった。王さまは別の人に代わって清書するように命じられた。

安平大君は崔興孝と自己の筆法が似ているのをはなはだ喜んで、頻繁にその家を訪ねた。崔興孝は安平大君が大きな禍を免れることのできない運命であるのを知り、筆法を故意に変えて、奇怪な筆法で書くようになった。安平大君はそれを残念に思い、興孝とは疎遠になったが、興孝はおかげで禍を免れることができたのである。その八幅の書は今に至るまで伝わって、世間の屛風に多く模刻されている。「紫騮行且嘶（紫の毛色の馬が駆けて嘶く）」などの文字がこれである。

▼1【崔興孝】生没年未詳。一四一一年、式年文科に及第。以後、免職と登用を繰り返し、右献納・芸文館直提学に至った。趙孟頫体の草書をよく書いた。太宗が死ぬと、その冥福を祈るために柳季聞・安止らとともに『金字法華経』を書いたという。

第一七八話……中国の使節を驚かせた安堅の竹の絵

康靖大王（世祖）の時代に中国の使臣の金湜[1]は竹を描いて世間では絶妙という評判を得ていた。その彼が朝鮮の竹を描いた作品を見たいと言い出した。王さまは広く全国から探し出すように命じて金湜に見せようとなさった。金湜はそれらを見た後に言った。

「これらは竹の絵ではない。麻か蘆を描いたものだ。本当に竹を描いた絵を見せて欲しい」

当時、安堅[2]の絶妙な絵は郭熙[3]に次いだ。中国でもその神妙かつ奇異なることを称賛していた。王さまが安堅に渾身の筆力を振るわせようとなさった。安堅が竹の絵を何幅かいくつかの画法を用いて描いたものを進上したが、それを見た金湜は、

「これは絶妙な手腕であるが、竹を描いたものとは言えない。やはり蘆を描いている」

王さまはもともと画法をご存知で、庭園の番人に命じて盆栽の竹を持って来るようにお命じになった。生い茂った葉を取り去って疎らにし、東軒の前庭に置かせた。それが夕陽を浴びた姿をそのまま安堅に描かせになり、試しにこれを金湜にお見せになった。金湜はこれを見ると大いに驚いて言った。

「これこそまことの竹です。たとえ中国に神妙な絵があったとしても、これと争うのは難しいでしょう」

王さまは大いに喜び、奇特なことだと思われた。そこで、尚方（倉庫）から白い絹布を出させ、金湜に絵を描かせて景福宮に保管することにしたが、姜邯賛と朴淵が竜馬を鞭打ったときに得た青竜の鱗の絵の一双とともに貴重な宝物となって、文武楼の上に保管されていた。後に景福宮に火が出て昔から伝わった宝物とともに燃えてしまった。

▼1【金湜】一四六四年に憲宗登極詔使として朝鮮に来ている。

▼2【安堅】朝鮮前期、あるいは韓国絵画史を代表する画家。世宗年間（一四一九〜一四五〇）に最も旺盛に活動したが、文宗・端宗の時代を経て、世祖の時代まで活躍した記録がある。図画員の従六品の善画から正四品の護軍にまで昇進していて、画員としては最高の出世であると考えられる。安平大君が夢に見た桃源郷を彼に描かせた朝鮮絵画の最高傑作「夢遊桃源図」が日本の天理大学に所蔵されている。

▼3【郭熙】北宋の画家。字は淳夫。神宗のとき、宮殿の壁画を制作した。画論『林泉高致集』があり、「早春図」（一〇七二、作）が現存している。九十余歳で没した。

医薬

第一七九話……名医・楊礼寿の医術

楊礼寿《ヤンエス》▼1は昭憲大王（宣祖）の太医▼2であるが、若いときに、鄭湖陰《チョンホウム》（鄭士竜のこと。第八一話注6参照）を宿直房で見た。鄭湖陰はいつも『陽節潘氏歴代論』▼3を読んでいて、楊礼寿に言った。

「君もまた学問をしたいのか」

そこで、その論を一度だけ教えて、本を他に置いて暗誦させた。楊礼寿がそれに応じて暗誦したが、一篇の終わるところまで、一字として間違わなかった。鄭湖陰は大いに驚いて言った。

「君の学問と才能と文章でもって私の後を是非に継いでほしいものだ」

楊礼寿は寒微な家門の人であったから、祿俸を得て急々と励み、医科に及第して名医となった。その処方としては強性医術というものを用い、すべての病を治療してすみやかに効き目が現れることは神のようであった。

ある女子があり、産後に心臓に熱が出て、狂ったような声を出した。おかしなことを口走って、「白い服を着た幼い女の子がいる」といって、物狂いがにわかに始まった。楊礼寿が言った。

「これは鬼神の祟りではない。兌は少女を象徴して、肺は白いのを尊重している。▼4 邪悪な空気が肺に入ったので、肺を治療すれば、病はすぐに癒えるだろう」

また、ある人が瘡を病んだ。扉を閉じて部屋に閉じこもると、柳の絮のようなものが部屋にいっぱい飛び交って、身体に落ちると皮膚を切り開いて入って行き、そこから瘡が生じるのだった。楊礼寿に尋ねると、楊礼寿は言った。

「この病はどの処方書にも出ていないようだ。おそらく虫の気が綿毛のように鬼神をくるみこんで邪悪なことをなすのであろう。殺虫剤と辟鬼剤を用いればすぐに効き目が現れるだろう」

楊礼寿は冗談が好きだった。ある人が来て、自分の病気について言った。

「しばらく寒いと、しばらく熱が出て、疲れ果てて、ただ眠ることだけを考える。気力が減退して冷や汗が出て、それが日ごとに激しくなる」

ちょうど春から夏に向かうときで、日も長くなり、食が細りがちなころである。その病を考えると、おおよそ食べないことから生じている。楊礼寿は言った。

「新しく搗いた米で飯を焚き、山菜の葉でつつんで大きな拳のようなお握りをつくる。そして魚を焼いて、毎日、十五個のお握りを食べれば、この病気はかならず治る」

居合わせた人びとは抱腹絶倒した。

▼1【楊礼寿】?〜一五九七。字は敬甫、号は退思翁、本貫は河陰。博学で医術に長じていたが、一五六三年、内医院首簿として順懐世子の病を治すことができずに投獄されたが、翌年には復帰、明宗が薨じたときにも投獄されたが、すぐに復帰した。一五九五年には同知中枢府事となり、翌年には太医として『東医宝鑑』の編纂に参与した。『医林撮要』の編纂にもかかわった。

▼2【太医】官職名、御医とも。王や王族の病を診療する医員。

▼3【『陽節潘氏歴代論』】元の潘栄が作った『資治通鑑総要通論』を言う。

▼4【兌は少女を象徴して、肺は白いのを尊重している】兌（☱）は『周易』の八卦の中の一つ。人としては少女、方位としては西に当てる。肺は五行としては金、方位としては西に当てる。そして西の色は白である。

第一八〇話……夢で患者を助けなかった名医の安徳寿

安徳寿《アントクス》▼1は昭敬大王のときの老練な名医であったが、年を取ってからはみずからも病がちで、人と会うことも少なくなった。それでも、病を診断して薬を処方することにかけては、百に一つも間違うことはなかった。たとえ名づけることの難しい痼疾であっても治さないことがなかった。世間では、楊礼寿は劇薬を用いて効き目は迅速であるが、人を傷つけることも多く、安徳寿はおだやかな薬を用いて効くのは遅いが、人を害することもないとして、安徳寿に軍配を上げた。ある人が邪悪な鬼神の祟りに遭って苦しみ、激しい痛みを経験して数ヶ月にも及んだ。安徳寿がこれを薬で治療した。その症状は五回変化して、薬も五回変えて、それぞれ効き目はあった。すると、夜中にある人が安徳寿の夜の夢に出てきて、言った。

「私とあの者とのあいだには幾度にもわたる深い怨讐がある。そこで、上帝に告げて、これを殺そうとしたのだ。五度にわたって症状を変え、貴公の薬の効き目を避けようとした。ところが、貴公も五度も薬を変えて治療を続けた。しかし、結局のところ、私が勝つであろう。明日、六度目に症状を変化させるが、貴公がもしもまた新しい薬を用いて治療したならば、私は怨みを移して、貴公へ祟ってやろうじゃないか」

安徳寿は夢から醒めて不思議に思った。しばらくして、その患者の家から人がやって来た。症状を尋ねると、はたしてその症状は六度目の変化をしていたので、安徳寿はみずからの病気を口実にして行かなかった。その患者はついに救われずに死んだ。

ああ、邪悪なものが人に祟りをなすことがあっても、それは血気の空しいところに因って邪悪なるものが現れるものだ。人が良薬でもって防げば、邪悪なるものも隙をついて入ってくることはできない。私は膏肓（第一三四話注20参照）の病というものに深い疑いを抱いている。医学書を見ると、膏の下と肓の上にもまた治療することのできる薬がある。秦の医者であった緩もまた病がわが身に及ぶのを恐れたであろうか。

残念なことだ。安徳寿は一度の夢に惑わされて、ついにその人を救わなかったのだ。

▼1【安徳寿】『朝鮮実録』宣祖十九年（一五八六）十月、中殿の病気の診療に当たった侍薬庁の医官たちが論賞を受けたが、その中に安徳寿の名前が見える。

第一八一話……柳肇生の呼吸法

万暦の丙申の年（一五九六）、宣伝官の柳肇生▼1は友人たちと暇に任せてよもやま話をしていて、話題は養生の方法に及んだ。ある者が言った。

「息を深く体内に蔵すれば長く生きることができる」

また、ある者が言った。

「息を吸って吐かず、気を延ばして長く保ち、一度呼吸する時間を長くすれば、年齢を延長することができる」

宣伝官は家に帰ってきて、妾と約束した。

「一度呼吸するあいだに五十まで数を数えなければならない。私が五十を数えるまでこらえることができなかったらお前の勝ちで、五十まで数えることができたら、私の勝ちだ」

最初はとても五十までもたなかったが、しばらくして余裕を持って持ち堪えることができるようになり、数ヶ月後には百を数えるまで息を継がなくてもよくなった。

このようにして、さらに数ヶ月が経って、江を渡る船に穴があいて水底に沈んでしまった。気が塞がって呼吸ができない。目をつぶって水底を歩き、なんとか江の岸にたどり着くことができた。その間、一度も水を飲むことはなく、魚の胃袋に収まることを免れたのであった。柳肇生は後に宰相になった。

宣伝庁で免新礼[2]を行なうときには、かならず「大闕門楼瓦上十神」と唱えることになっているが、一呼吸のあいだに十度唱えることができなければ許されない。この「十神」というのは、一に大唐師傅、二に孫行子、三に猪八戒、四に沙和尚、五に麻和尚、六に三殺菩薩、七に二口竜、八に穿山甲、九に二鬼朴、十に羅士頭である。

▼1【柳肇生】生没年未詳（この話の呼吸法を修得して仙化したということか?）。字は応時、本貫は全州。武科を経て官職に就いた。一六〇四年、宣祖を義州まで随駕した功績で扈聖功臣三等に録され完原君に封じられたが、翌年には田政の弊断を司諫院から弾劾されたりもした。

▼2【免新礼】新任の官員がごちそうをおごる慣習を言う。これを行なって初めて同僚と認められることになる。

技芸

第一八二話……技芸を私する

凡人たちは大小の自分の技芸を私のものとしてしまい込んで、他人に伝えようとはしない。梓慶《しけい》の鐻《きょ》、[1]輪扁の車輪、[2]大馬の鉤を捶《う》つ者[3]などがそうであり、宋の人の絖《こう》を洴澼《へいえき》する[4]などというのもすべてこの類である。わが国の素麺、松都の蕎麦、全州の白散《ペクサン》（油蜜果の一種）、安東の茶食、星州の松の実餅、仁同の油《ユ》皮障泥《ピチャンニ》（油を引いた馬のあおり、すなわち泥除け）、義州の鏤鉄釘子《ヌチョルチョンチャ》（彫刻を施した鉄釘）など、すべてその妙法を秘匿して他のところに伝えようとしない。

その昔、竜仁県の奴隷がオイチ（きゅうりの漬物）をうまく作って、代々、その作り方を受け継いできた。隣の村でも真似をしてみるものの、うまく作れない。衿川県監がその技術を教わりたいと竜仁県令に要請した。竜仁県の奴隷が役所の庭に伏して言った。

「わが村には他の特産物はなく、ただオイチだけが有名です。いま、別の村にそれを伝えることは、死んでもお断りです」

県令もそれ以上は強要することができなかった。

平山に馬の病をよく治す者がいたが、その方法は秘密にして人に教えなかった。太守の朴燁（第四〇話注1参照）には威厳があって、その威厳でもっていくら強制しても、かえって頑にその方法を教えなかった。

礪山に壺山春という酒があり、その味は最高にすばらしいものであったが、隣の村ではこの醸造法を学ぶことはできなかった。ところが、礪山の婢女が武人の羅俊竜の妾になり、羅俊竜が朔州の太守となったために、朔州にはその醸造法が伝わったのである。現在、朔州の酒は香り高く、壺山酒と変わるところがない。ああ、十里も離れていない隣村には醸造法は伝わらなかったのに、なんと、二千里も離れた朔州には伝わったのである。

これでもって考えると、赤松[5]の術法は時代の近い張良[6]が継承することができず、千年の後に洞賓（呂洞賓。第二八話注1参照）がその伝えを受けることができた。孔子の道は門下の有若[7]に伝わらず、程子と朱子が千年の後になって体得することができたのである。どうして土地が遠く、時代が離れていることが問題になろうか。

▼1【梓慶の鐻】「梓慶。木を削りて鐻を為《つく》る。鐻成る。見る者驚き、猶鬼神のごとしとす」と、『荘子』達生篇にある。魯侯がどうすればそのようにすばらしい鐻（鉦や太鼓の台座）ができるのかと尋ねたところ、梓慶は自分は一介の工匠に過ぎず、特に優れた技術があるわけではない、ただ七日のあいだ心身を清める物忌みをして、心を静めて後に仕事に取り掛かるのだと答えたと言う。

▼2【輪扁の車輪】「桓公、書を堂上に読む。輪扁、輪を堂下に斲《けず》る」と『荘子』天道篇にある逸話から。輪扁が椎と鑿をおいて、堂の上につかつかと昇って桓公に尋ねる。「公は何をしているのか」と。公は答える。「聖人のことばを読んでいる」。「その聖人はまだ生きているのか」。「すでに死んでいる」。「それでは、昔の人の残りかすを読んでいるに過ぎない。車を作る仕事でも日々に工夫をしなくてはならない、その工夫はことばにはできないものだから」

▼3【大馬の鉤を捶つ者】「大馬の鉤を捶つ者、年八十なり。而も豪芒を失わず」と『荘子』知北遊篇にある。大司馬のところに帯留めの釘を打つ八十歳になる老人がいて、その仕事ぶりは正確無比である。大司馬がその秘訣を問うと、老人は答える、自分は二十歳のときからこの仕事をし続け、他のことは何も知らない。他のことに心をとられたこともない、と。

▼4【宋の人の絖を洴澼する】絖は真綿、「洴澼」は水にさらすこと。宋の人であかぎれ知らずの薬をつくる名人がいた。その人の本職は真綿を水にさらすことであったが、本職で得るのは数金に過ぎない。あかぎれ薬の技術を旅人に百金で売ったが、その旅人は呉王に仕えて将軍となり、兵士たちはあかぎれ知らずの薬のおかげで水戦で越を大いに破ったという故事を踏まえる。『荘子』逍遙遊による。

▼5【赤松】赤松子。上古の神仙の名前。神農の時の雨師で、後に崑崙山に入って仙人になったという。

▼6【張良】～一六八。前漢創始の功臣。字は子房。韓の人。秦の始皇帝の暗殺を企てたが、失敗、黄石公から太公望の兵書を授けられて、劉邦（高祖）の参謀となり、項羽を滅ぼして、漢の統一に功績があった。留侯に封じられた。高祖自身が、はかりごとを帷幕の中にめぐらし、千里の外に勝利を決することでは、自分ははるかに張良に及ばないと認めていた。晩年は赤松子にしたがって神仙になろうとして、穀食を断ったが、呂后が穀食を強いて、八年して死んだ。『史記』留侯世家に詳しい。

▼7【有若】孔子の門人。字は子有。魯の人で、その言貌が孔子に似ていたので、孔子の没後に門人が師とし

たが、特に優れた人物ではなかった。

第一八三話……名歌手の石介

石介《ソクケ》▼1というのは礪城尉・宋寅（第一二話注7参照）の婢女であった。顔はまるで年老いた猿のようで、目は灯明のように赤かった。若いときに地方からやって来て、権門の婢女として働くことになったのである。宋寅の家は王家の親戚でもある。寅の左右には、大勢の美人たちが彩り鮮やかな衣装をまとい、美しく化粧を施して侍している。その様子はあえて記すまでもないであろう。

石介は木桶を頭に載せて水を汲みに行く。井戸に行くと、木桶を井戸の欄干に掛けて、日がな一日、歌を歌っている。その歌は曲調をなしていず、まるで樵の子どもや山菜を摘む女たちの歌に異ならない。そうして、日が暮れると空っぽの木桶を頭の上に載せて帰ってくる。鞭で打たれても、一向に改まらず、次の日もまた同じことを繰り返す。そこで今度は、石介に薬草を摘ませることにする。石介は籠を背負って郊外の野原に出ていき、小石を集め、歌を一曲歌う度に籠に投げ込む。歌いながら、小石を籠に入れ、また籠から出す、それを再三くり返し、日が暮れると、空の籠を背負って帰って来るのだった。鞭打たれても、これも変わらず、次の日もまったく同じようであった。

礪城尉がそれを聞いておもしろいと思い、この婢女に歌を学ばせたところ、ソウル第一の歌手になった。この百年間に石介に肩を並べるほどの歌い手はいなかった。彫刻をほどこした鞍にまたがり、錦衣をまとって、毎日のように貴族たちの屋敷の宴会に招かれるようになった。纏頭《てんとう》をもらって、金と絹が家に積まれて、ついには富裕になった。

ああ、天下のことは勤勉に努めて、ようやく成就するものである。どうして独り石介の歌だけがそうであろう。怠け者で努力しないでいて、どうして事を成就することができようか。その娘の玉生もまたすぐれた歌い手であった。

▼1【石介】この話にある以上のことは未詳。

第一八四話……松の木の移植法

先の王のとき、私は春坊の輔徳▼1となった。明の将帥が東関王廟▼2を造ったが、工事を終えて明に帰ることになった。王さまが慶運宮にお招きになったので、私は御前に通訳として入侍していた。明の将帥が言った。

「私は西方に帰ることになって忙しく、まだ祠堂の庭に木を植えないままにしています。できれば、私が去った後に、大きな見事な松を移して植え、土を踏み固めておいてください。私がいないからと言って、粗忽には扱わないでください」

王さまが下問なさった。

「大きな松の木を移し換えて、枯れないだろうか」

中国の将帥は答えた。

「中国では大きくなった松をよく移して植えます。移植する技法を習得していれば、百に一つの失敗もありません」

王さまがおっしゃった。

「どうすればいいのか」

将帥は答えた。

「移植の手引きには、『正月には松、五月には竹』とありますが、正月ではあまりに早過ぎて、二月の初め、あるいは中旬ころがいいようです。まず、その幹と枝を固く縛って、四方の方向を変えないで、もとの土を丁寧に落とし、大小の根を傷めないようにしてください。移して植えるときには土を掘って、底は充分に深く、平たくなるようにして、まず麦を数斗ほど敷いてください。大きな松は以前と同じ方角を向くようにして、敷いておいた麦の上にそっと根が曲がったり折れたりもつれたりするようなことはないようにして、もともとのところにあったのと同じようにしてください。上と下、横と縦、伸びていたり、縮んでいたりするところは同じようにして、また本来の土をもってきて、新しい土とは混ぜないようにしてください。土を踏み固めるのも、もともとの土地の固さと同じくらいにして、それも以前より高く土を盛らないようにしてください。あまり踏み固め過ぎて土が幹の以前に土があったところより下に来てはいけません。以前に土のあったしるしのところまでくれば、中止してください。松の木の露出した根をみな埋めれば必ず枯死してしまいます。踏み固めてしまったら、大きな柱を四隅に立て、松の木に縄を張って大風が吹いても倒れないようにします。そして朝夕に水をやることを忘れなければ、百本を移植して一本も枯れることはありません」

王さまは注書を振り返って記録するようにお命じになった。

▼1【春坊の輔徳】春坊は世子侍講院の別称で、輔徳はそこの従三品の官職。後に正三品になった。世子の教育係となる。柳夢寅が光海君と極めて親しい関係にあったことに注目せざるを得ない。

▼2【東関王廟】蜀漢の関羽の廟。いわゆる関帝廟だが、東というのは朝鮮にあるので言うか。ソウル市の東大門の崇仁洞にある。壬辰倭乱の際に関羽の霊が現れて倭人たちを撃退するのを助けてくれたとして、宣祖三十五年（一六〇二）、明の神宗皇帝の命令によって、万世徳が建立した。

占候

第一八五話……潮の満ち引き

時を占って潮の満ち引きを知るのは日常のこととして切実であり、冊子に書きとめて忘れたときのために備えようと思う。思うに、古の人が猫の目で時を知ろうとして、詩を作っている。

猫の子の眼の中には円い点が嵌めこまれ、
子と午の時刻には針がかかり、卯と酉には丸い。
辰と戌、丑と未は鶏の卵のようで、
寅と申、巳と亥は杏の種のように円い。
（猫児眼裡定天周　子午懸針卯酉円
辰戌丑未如鶏卵　寅申巳亥杏仁円）

また、李奎報（第一〇三話注5参照）が祖江にいたとき、潮の満ち引きの徴候を歌った。

三日は卯に、三日は辰に潮が至り、
三日は巳に、一日は午に至る。
三日は未に、二日は申に至る。

それから月が次第に欠け、今度は逆戻り。

（三兎三竜水　三巳一馬時
三羊猴亦二　月黒復如斯）

この詩を解説する人が言った。

「おおよそ潮の水は一日から三日のあいだは卯の時刻に満ち、四日から六日までは辰の時刻に満ちる。七日から九日にいたるまでは巳の時刻に満ち、十日の一日だけは午の時刻に満ちる。十一日から十三日にかけては未の時刻に満ち、十四日から十五日の二日間は申の時刻に満ちる。そうして満月の後は満月の前を逆にたどる」

満ち潮が卯の時刻であれば、引き潮は酉の時刻であり、かならず対になる。四方の海はかならず満ち潮と引き潮とがあるが、わが国の東海にだけは満ち潮と引き潮がない。しかし、先輩の儒学者はそこまで考えてはいない。中国の東の海がわが国の西の海ではないか。わが国の東の海は最も深い海で満ち潮も引き潮も及ばない。先輩の儒学者の見聞が及ばないのも致し方がない。

卜筮

第一八六話……占いが神妙であった金詞

金詗《キムヒョン》▼1は新たに生員となって、南方からやって来て太学に入ったが、卜筮を得意として時代に冠たるものであった。

ある宗室の人が宋祀連《ソンサリョン》▼2の婿になった。家が漢江の南にあった。金詗が占いをよくするという噂を聞いてやって来て、自分の運勢を尋ねた。金詗はあまりしゃべらず、筆を墨に浸して書いた。

なつかしいあの人、
一たび西北に去っていく。
はるかに望んで溜め息をつけば、
風はさわやか、月は明るい。
（有懐伊人　一去西北
瞻望歔唏　風清月白）

宗室はその意味を訪ねたが、金詗はただ微笑するだけで答えなかった。この年、朝廷では大いに議論が起こって、宋祀連の偽りの功績を削って、安瑭《アンタン》▼3の無実の罪を雪いだ。これより先、宋祀連は政丞だった安瑭の家の奴でありながら、変があると誣告して、安瑭を死に追いやり、僉知中枢府事にまで昇ったのであった。

ここに到って、宋祀連は功勲を削奪され、宗室の妻であった娘が安瑭の家の婢となった。安瑭の家の子女たちが捕まえ、輿の後ろに引きずるように連れて行った。宗室は江南から西北の方へ行き、壮義洞に向った。宗室は家から他の婢女を代わりに出すことを請うたが、安家では承知しなかった。宗室は秋風が吹いて月の明るい夜に溜め息をついて涙を流したのであった。まったく金詗の詩の通りになった。

金詗は科挙に及第したものの、罪されて義禁府で罰を受けることになった。ともに捕縛された罪囚たちがみな拷問を受け、次は金詗の順になった。金詗が秘かに占ってみると、午の時刻になれば、恩赦があると出た。金訶は獄卒に頼んで厠に行かせてもらい、坐り込んで、獄卒が急かしたがすぐには厠から出ようとしなかった。はたして午の時刻になると、恩赦が出て刑罰を免れた。

ある日、金訶は堂姨母（母の従姉妹）に挨拶に行った。堂姨母の家ははなはだ豊かであったが、寒微な親戚が婢女を送って、堂姨母の安否を尋ねさせた。金訶はその婢の家とは同じく親戚であった。金訶がその家の様子を尋ねると、婢女は答えた。

「若主人の奥さまが出産なさり、お嬢さまが生まれました」

金訶が尋ねた。

「どの時刻に生まれたのだ」

「某時刻のころでした」

金訶は黙々と数えながら、堂姨母に言った。

「この赤ん坊はきっと貴い身分になります。姨上の家でもこの赤ん坊によって大きな福を授かることになりましょう。できれば今、これを養女にもらってお育てになるがよろしい」

堂姨母は平素から金訶の占いが神妙であることを知っていた。すぐに人を遣って、赤子を養女に欲しいと頼んだ。貧しいその家では喜んで承知した。この赤ん坊は相国の柳㙉[4]の夫人となり、金訶の堂姨母が死ぬときまで孝行を尽くした。堂姨母の死んだのは稀寿（七十歳）を越えていたが、その二、三日後には柳㙉も死んだ。

金訶が獄にいたとき、李芑[5]もまた金安老[6]の中傷を受けて、同じく獄に繋がれていた。金訶がその運命を占って見ると、李芑はついには相国になると出た。喜んで交際を始めたという。

▼1【金訶】金洞あるいは金炯という人物がいるが、これらの人でないとしたら、未詳。

▼2【宋祀連】一四九六～一五七五。一五二一年の辛巳誣獄の密告者。安敦厚の妾の子である甘丁（安瑭の庶妹）の息子。みずからが卑賤の身分であるのを慨嘆して、親族の敵対者であった沈貞におもねって観象監判

官となった。一五二一年、オジやイトコに当たる安瑭・処謙父子を誣告して、安氏一門をなきものにして自身は堂上官になった。以後、成宗の代に至るまで仕え、その死後も一門は繁栄したが、一五八六年、安氏の子孫に訴えられて争い、宋家は敗北した。

▼3【安瑭】一四六〇～一五二一。字は彦宝、号は永慕堂。一四八一年、科挙に及第、史官を経て、中宗の代に、燕山君が廃止した司諫院が復活して大司諫となった。戸曹・刑曹・工曹・吏曹の判書となった。一五一九年、己卯の士禍に際しては革新派の士林を弁護したが、そのために罷免された。一五二一年の辛巳誣獄において、息子の処謙は奸臣がはびこるのを見てこれを排除しようとして、逆に禍をこうむって弟の処諴とともに処刑され、安瑭もまた賜死した。明宗のときに汚名をそそぎ、貞愍の諡号を受けた。

▼4【柳坱】一五三一～一五八九。字は克厚、号は愚伏、本貫は文化。一五五二年、進士となり、翌年には別試文科、一五五六年には重試文科にそれぞれ丙科で及第した。一五八三年、漢城府判尹となり、一五八五年には右議政に昇進した。一五八八年、謝恩使となって明に行って帰り、左議政となり、翌年には領議政となった。宣祖のとき東西に党派が分かれたが、いずれにも属せずに生涯を終えた。

▼5【李芑】一四七六～一五五二。字は文仲、号は敬斎。本貫は徳水。一五〇一年、文科に及第、才能の評判は高かったが、岳父の金震が貪吏であったためにいい官職に就くことができなかった。大司憲の李彦迪の力によって要職に就くようになり、一五四五年に右議政となると、尹元衡と結託して乙巳士禍を起こし、多くの士林を殺した。その功で豊城府院君に封じられたが、領議政に昇って、急死した。宣祖のときに勲爵を削られ、墓碑が引き倒された。

▼6【金安老】一四八一～一五三七。中宗のときの権臣。字は頤叔、号は竜泉。一五〇六年、文科に及第。己卯の士禍（一五一九、第一二話およびその注参照）の後、吏曹判書に昇進、南袞および沈貞の弾劾を受けて、一五二四年、豊徳に流配されたが、復帰して礼曹判書となり、沈貞と李沆を殺して政権を掌握した上で、敬嬪朴氏と福城君を死に追いやった。官職は左議政に至り、たびたび獄事を起こしては、李彦廸・李荇・鄭光弼などを流罪にした。文貞王后を廃そうとして失脚、丁酉の年（一五三七）、許沆・蔡無択とともに流配、その後、死を賜った。丁酉の三兇と言われる。

第一八七話……棺をあばかれ屍をさらされた曺偉

曺偉《チョウィ》▼1というのは名のあるソンビで、号を梅渓という。燕山朝時代に中国に行き、まだ帰国する前に罪を問われて処刑されることになった。鴨緑江を渡って帰ってくるのを待って、彼を殺すことになっていた。曺偉が遼東で陰陽をよく知る先生に尋ねると、先生は次のような詩を作って曺偉に与えた。

千重の浪の裏から身をひるがえして出て来るが、
夜に岩の前に眠ると月の光も鮮やか。
（千層浪裏翻身出　夜宿岩前月色新）

曺偉はその意味が分らなかった。曺偉が帰って来るにおよんで、議論はやや緩和され、遠方に流されることになった。流配地で死んで故郷の墓に葬られたが、またまた朝廷では議論が起こって剖棺斬屍となり、屍体を三日のあいだ曝され、また埋められた。その屍は岩の前に放置され、明るい月が出ていた。

▼1【曺偉】一四五四～一五〇三。字は太虚、号は梅渓、本貫は昌寧。一五七四年、文科に及第し、官職は戸曹参判に至った。金宗直の文集を編纂して、義帝を追慕する序文を書いたことが戊午士禍（一四九八、第一四四話注1参照）の原因になった。その年、聖節使として明に行き、帰国の途中、義州で捕えられて投獄された。先王の忠臣であったという李克均の燕山君への諫言により死を免れたものの、そのまま順天に流罪となり、そこで死んだ。性理学の大家として新進士類の指導者的立場にあった。

第一八八話……占いの名人の頭他非

乭《トル》[1]というのは、とある大臣の子どものときの名前である。

乭は隣の子の頭他非《トウタビ》[2]と竹馬に乗って遊んだ。乭が大臣になったときには、頭他非は目が見えなくなっていた。そこで、卜筮を学んだものの、才能に乏しく、評判も立たなかったので、貧しくてなかなか生計が立たなかった。

乭は気の毒に思って、生活の道を開いてやろうと考えて、ひそかに相談をして言った。

「私はいつわって馬を失ったふりをする。東門の外の道荘谷の何番目の松の木に繋いでおいて、君に占ってもらうことにする。君は占って、馬は道荘谷の何番目の松の木に繋いであるというのだ。私は数十名の私の部下に探させよう。そうすれば、君の名前は朝鮮八道に知れわたり、ソウル中の占ってもらいたい者たちは君のところに集まってくるだろう」

そのことば通りにして、道荘谷の林の中から馬が見つかった。それ以来、頭他非の名声は鳴り響いた。

たまたま王さまが玉帯を失くされた。頭他非の占いがよく当たるという噂をお聞きになって、駅馬を遣って彼をお召しになった。頭他非はもともと無能であったから、王さまのお召しがあって、その答えをまちがい、禍を被らないかと恐れた。すると、玉帯を盗んだ盗賊が秘かに人を遣って、頭他非に会わせた。

頭他非は馬に乗り、鞍に寄りかかって、溜め息をつきながら言った。

「とても口でいうことができない（不可説耳《プルガソリ》）」

これは事態を憂慮することばであったが、玉帯を盗んだのは「火狗《プルゲ》」という者であり、「書吏《ソリ》」の仕事をしていた。方言では音がそのままであり、聞いていた人は大いに驚いた。火狗は頭他非に賄賂を多く与えて、「プルガソリ」の名前を絶対に出さないように頼み、玉帯は朝廷の西の階段の下に隠しておくので、生命だけは助かるようにしてほしいと言った。頭他非がそのことば通りに階段の下を探すと、はたして玉帯があった。王さまは大いにおどろき、不思議にお思いになって、おっしゃった。

「これは巫咸や霊氛▼3に匹敵する。私はもう一度試してみたい」

そこで、厠に行って大きな蟇蛙を見つけた宦官にその蟇蛙を石で抑えさせた上で、王さまは頭他非におっしゃった。

「私はあるものを手に入れたが、それが何であるか当ててみよ。当てられなければ、お前を殺し、当てればたくさんの褒美をやろう」

そのとき、大臣が傍に侍っていた。頭他非は大いに困惑して地に伏し、相国に向って言った。

「乭のために頭他非は死ぬことになったではないか」

嘆息してやまないのは、相国がいつわりの名声を流して、自分が死地におもむくことになったからであった。しかし、王さまはそのわけをご存知ない。たしかに石《トル》で頭他非《トゥタビ》を抑えている。蟇蛙《トゥコビ》がトゥタビに訛ったと考えられて、大いにおどろかれたのであった。

「私はトゥコビ一匹を捕まえてトルで抑えておいた。これは天下の新奇な占い師だ」

そうして、頭他非に手厚く褒美をお与えになったが、それは数千金にも上った。

ああ、いつわりの名声だったのが、偶然に占いが当たって、福を得ることができた。一度ならず、二度も当たったのは、やはり天のなせるわざであり、人間の力ではないと言うべきである。

▼1【乭】この話にある以上のことは未詳。
▼2【頭他非】この話にある以上のことは未詳。
▼3【巫咸や霊氛】ともに占いをよくした人。巫咸は黄帝のときの神巫。鄭の人で、人の死生存亡、禍福寿夭を知って、歳月旬日をもって当てること、神のようであったという。霊氛は『楚辞』離騒に登場する巫覡。屈原の分身である霊均は霊氛に命じてわが身を占わせる。楚国には善悪を正しく見分ける者がいない、自分の美徳を認めてくれる者を求めるなら遠くに行くがよい、と霊氛は言う。

博奕

第一八九話……博打の名人たち

博打というのは取るに足りない才能である。しかし、賭け事のうまい人は日ごとに千金を得るという。全州に金哲孫《キムチョルソン》▼1という人がいて、絶世の美人とも言うべき妾をもっていた。賭け事のたくみなある倭人がその妾に横恋慕して、金哲孫がやはり賭け事が好きだということを知り、太陽と星を描いて真珠で螺鈿を施した宝物の鞍を取り出して金哲孫に見せた。金哲孫はその鞍を賭け物にして張り合い、勝って手に入れた。倭人はさらに財貨を賭けて鞍を取り返したいと言い、さらに何度か勝負して、もし自分が勝てば美人の妾を譲るようにと言った。金哲孫は心の中であなどって、約束を交わしてしまった。三度張り合って、三度負け、ついには妾を倭人に取られることになった。倭人はその妾を連れて船に乗って倭に帰って行った。その妾は倭人どもの中で暮らすはめになって恨めしくて堪らない。金哲孫に送る歌を作った。

全州に住む金哲孫の間抜け野郎、（全州地金哲孫）
賭け事をして鞍などに目がくらみ、（与人奕賭莫為先）
千金に値する美女を倭人の船に載せてしまった。（千金美姫載倭船）
たかが太陽と星を描いた螺鈿の鞍で、（画日画星一鈿鞍）

絶世の美人の顔と取り換えるとは。（須替妾顔看）

それから百年余り後に、西川令《ソチョンリョン》▼2という宗室の人がいた。賭け事に巧みで、わが国随一の名手と言われ、長いあいだ彼にかなう相手は現れなかった。庸役の番を務めるためにある老兵がソウルに上って来た。下道▼3から駿馬を引いて西川令の屋敷にやって来て言った。

「公子は賭け事に巧みだと聞いています。試しに私と一度なさいませんか。私が勝てなければ、この馬をお譲りします」

三度やって二度負け、その馬を譲ることになって、言った。

「公子はこの馬に秣をたっぷりやって飼ってください。後日、践更▼4の期限が満ちたなら、ふたたびやって来て賭けをして、この馬を取り返して故郷に帰りたいと思います」

西川令は笑いながら、

「そうしよう」

と言った。それ以来、この駿馬の世話をしたが、この馬に秣を食べさせると他の馬の倍は食べてひときわ大きく成長した。やがて、老卒が践更を終えてやって来て、ふたたび賭けをすることを頼んだ。西川令は三戦して三敗した。老卒は馬を取り戻して、故郷に帰って言った。

「私はこの馬が好きで、ソウルに当番を務めるために上ったが、ソウルでは秣を充分に食べさせることができないと思って、しばらく公子の家に預けたのだ。いま、公子が大切に飼ってくださったおかげで、痩せ馬が肥馬となった。感激に堪えない」

それからまた五十年後。私奴の申求止《シンクチ》▼5という者がいて、賭け事に絶妙でわが国では右に出る者がいなかった。抜きん出た才能があっても、生活は困窮して、食べるのもままならないのをいつも慨嘆していた。

当時、王家の外戚である李樑《イリャン》（第四二話注5参照）が権勢を振るっていたが、自分で賭け事ならこの天下に並ぶ者がいないと豪語していた。申求止はお会いしたいと頼みこんだが、かなわなかった。そこで、四十匹の絹布で赤い玉石と琥珀でできた冠のひもを買った。そして秘かに李樑の家に行き、その家の奴と酒を酌み交わし、何度か応酬したあとに、言った。

「相公に一度お会いしたいのだが、なんせ卑しい奴の身分でその機会も得られない。お前さんから名前を通してもらえまいか」

李樑公の家の奴が言った。

「相公には貴い身分のお客様が多く、金の璫《みみだま》や貂の尾で飾った冠をした方々が夜となく昼となく列をなしていらっしゃる。ただ、某日の忌みの祭祀のときには客がなく、閑暇に過ごしていらっしゃるはずだ。その日に来るのがよかろう」

その日になって、はたして閑暇なときに訪ねて行くと、李樑は上機嫌で迎えて言った。

「お前が賭け事の第一人者の申求止だというのか。今日は一度試してみようじゃないか」

申求止は故意に勝たなかった。李樑はうれしげに言った。

「お前の力量というのはこんなものか」

後日、ふたたび申求止はやって来て言った。

「私は博打にかけては負ける相手がいないとわが国では第一だと誇ってきました。今、その席を譲ることになって、心が晴れず、夜も眠ることができません。貴重な品物を孤注▼6としてもう一度、賭けてみませんか」

李樑も言った。

「そうしようではないか。私が負ければ、お前の望み通りのものをくれてやろう。お前が負ければ、いったい何を孤注とするのか」

申求止が答えた。

「わが家に伝わる明るい玉でできた冠の紐があります。これを差し上げることにいたします」

そうして、賭けに負けて、申求止はその冠の紐を李櫟に手渡した。李櫟はその冠の紐を手にするごとに、賓客に見せては、自慢して言った。

「いったい誰が申求止などを賭けごとの第一人者などと言ったのだ。あの者はこの品を貴重と思わなかったわけでもあるまい。だが、私が勝ってまんまとせしめてやった。あの者の賭けごとの腕など取るに足りない」

またしばらくして、申求止がまたやって来て面会を求めた。李櫟には客が多かったが、みな断って門を閉ざして、申求止に会った。

「いったい誰がお前をわが国第一の博徒だなどと言ったのだ。この冠の紐を取り返す気はないのか。今日こそ決着をつけようではないか」

申求止はこれまで負け続けたが、今度は三回立て続けに勝った。

李櫟は憮然として言った。

「今回は私が負けた。お前が欲しいと云うものは何でもかなえよう。どんなものがいいのだ」

申求止は袖の中から一束の便箋紙四、五十帖を取り出して言った。

「私には娘がいて、結婚させたいと思っています。できれば、平安道にあまねく婚資を求めたいと思います」

李櫟は言った。

「それはさほど難しいことではあるまい。お前の望むとおりにしよう」

李櫟はもともと文章を書くのが早く、たちどころに四、五十帖の便箋にびっしり書いて、それを申求止に与えた。申求止は馬と奴僕を連れて、平安道をあまねく回った。李櫟の手紙を差し出すと、どの邑でも慌てて靴を逆に履いて出迎えない者はなかった。大きな座敷を開けてくれてそこに宿泊し、まるで朝廷の使者のようにもてなされた。品物を多く手に入れて車を連ねて帰って来て、ついには長者となった。

▼1【金哲孫】『朝鮮実録』成宗二十五年（一四九四）六月に、金哲孫を欠員にしたがって叙用する旨の記事があり、同年九月に、金哲孫を免職しないわけにはいかないという啓上があった。二十七年十二月には、司諫院から、近日、金哲孫を歓道察訪としたが、哲孫の人となりは士類とは言えず、これを速やかに改めるべきだという啓上があり、聞き届けられている。

▼2【西山令】この話にある以上のことは未詳。

▼3【下道】朝鮮八道の南方の忠清道・全羅道・慶尚道を言う。下三道とも。

▼4【践更】漢代の制度。徭役に徴された人が金銭で雇った代わりの人をやること。

▼5【中求止】この話にある以上のことは未詳。

▼6【孤注】賭博師が有り金すべてを賭けて最後の勝負を試みること、またその最後の賭け物を言う。

巻の四　社会篇

科挙

第一九〇話……受験資格を保証する署名

科挙を受けるためには、あるいは四祖（父・祖父・曽祖父および外祖）の中に庶子がいないか、あるいは公賤・私賤の身分ではないか、あるいは四館▼1で科挙の受験の資格を停止されていないか、あるいは名前が罪人の名簿に載っていないか、あるいは罪を犯して名前を変えていないかなど、科挙の受験を許可されない場合があるので、六品以上の先生に署名をもらって証明してもらわなくてはならない。

時代が下るにつれ、決まりが次第に緩んで、先生となる人はソンビが科挙に応じるものと疑わず、知っていても、知らなくても、すぐに署名を与える。ソンビもまた科挙に応募する申請書を壁に向かって書き、みずから偽の署名をして、四館でもこれをあらためることはしない。

かつて林塘《イムタン》・鄭惟吉《チョンユキル》（第一一六話注1参照）が新たに六品に昇った。その署名を模倣するのははなはだ簡単で、ソンビたちの中で模倣する者たちが後を絶たず、四館では会議を行ない、真偽を弁別して、その科挙を停止して、悪習を懲戒しようとした。そして、申請書を集めて林塘のもとに送りつけ、自分の署名かどうか真偽を弁別させたが、林塘は書簡でもってそれに答えた。

「すべて私の署名したものに違いありません。あるいは座って書き、あるいは臥して書き、あるいは酒に酔っぱらって書き、あるいは寝ぼけ眼で書いたものであって、たとえ同じに見えなくても、みな私が書いたものです」

四館では書簡を開いて読み、大声で笑う声が堂中に響いた。それ以来、二度と真偽を弁別するようなことはなくなったが、これを聞いた者たちは鄭惟吉が後日きっと宰相になる器であると考えた。

▼1【四館】芸文館・成均館・承文院・校書館で、科挙合格者を最初に配置して研修させるところとなる。

第一九一話……ソンビの気概は地に堕ちた

科挙でソンビを選抜するのに、六経疑▼1と四書疑▼2とがあるが、これは節目を詳細にして人材を得ようとするものである。これには答案の使い回しが横行し、ソンビたちは多く模倣し、盗作する。そこで、あるときの科挙では一名も選抜せず、全員を落第としたので、まったく意味のない科挙となった。四書疑の課題がもっとも陳腐で、科挙に応ずる者はそれを作ったり読んだりするのを恥ずかしいことと考え、試験場に入って行って互いに模倣して真似をするのだったが、見せる者も見る者もたがいに嫌がることがなかった。

かつて、鄭惟吉《チョンユキル》（第一一六話注1参照）と李洪男《イホンナム》（第一一五話注2参照）と盧守慎《ノスシン》（第六話注8参照）がともに会試に応じることを約束したが、その勉強のために詩・賦・疑の作品百をそろえることを課程とみなした。ところが、鄭惟吉と李洪男は二人ともに家の理由があって約束を果たさず、盧守慎は疑五十、詩と賦についても同じように用意したので、当時の人びとはその忍耐心を称賛した。

その後、柳根《ユグン》（第八一話注11参照）はわが国の文章を読むことを好み、疑を三百以上も暗誦して、しばらくして殿試に臨んだ。彼はいまだかつて改治の策文など作ってみたことがなかったが、ただ三百の疑を諳んじたことで、ついに首席になったのである。

ああ、科挙の文章がたとえ拙劣であったとしても、田を耕す者には得るものがある道理で、努力しないでよく得ることのできる者はいない。しかし、頭を垂れて疑を暗誦するなど、ソンビの気概は地に堕ちたものだ。

▼1【六経疑】儒教の六つの経典、すなわち『易経』『書経』『詩経』『春秋』『礼記』『楽経』の文章を解釈させた、科挙の試問の一つ。
▼2【四書疑】朱子以後の儒教が重視した『論語』『孟子』『中庸』『大学』の文意のを説明させた科挙の試問の一つ。

第一九二話……進士試の最初の句

安自裕《アンチャユ》[1]が進士の試験を受けて、「竹宮」を題に賦を作った。そのとき、豪雨に見舞われ、自裕が試験官のいる幕の後ろに雨を避けると、試験官が話をしているのが聞こえた。

「今日の賦では『夫何一佳人兮（これはいかにも美しい人ではないか）』を初句にすれば壮元（首席のこと）が取れるな」

安自裕はこれを聴いて、そのときすでに半ばは出来ていた草稿を破り棄て、「夫何一佳人兮」を初句にしたものを提出した。はたして壮元となったのであった。

後に、黄洛《ファンラク》[2]と趙挺《チョジョン》[3]が同学として進士試を受けたとき、「迫脅上楼船（脅かされるように楼船に乗る）」が題であった。趙挺がひそかに黄洛に言った。

「私は『人生識字憂患始（人生で文字を識るのは憂患の始まりである）』を初句にしようと思う」

趙挺が筆を濡らして書こうとして、ふと筆を止めると、試験官がたがいに話をしているのが聞こえた。

「今日の詩は『人生識字憂患始』を初句にしたものが壮元となるであろうな」

ところが、応試者でこの句を書いた者は誰もいなかった。趙挺もまた落第したのだった。

▼1【安自裕】一五一七〜一五八八。字は季弘、本貫は順興。もっとも親しかった安命世が乙巳士禍（第三九話注3および第二一九話注1参照）で処刑されると、十年間、出仕しなかった。一五五六年、別試文科に丙科で及第して、翌年には注書となった。一五七四年には冬至使として明に行き、明の朝廷から宗系改定を約束された。黄海道観察使・大司憲・工曹判書などを経て知敦寧府事に至った。清廉潔白な人柄で、周囲の親族が官職に推薦されるたびに、その不当であることを主張した。

▼2【黄洛】一五五三〜一六二〇。字は聖源、本貫は長水。一五八五年、式年文科に及第、一五九三年、司憲府持平を経て礼曹正郎となったが、明から来た副総兵の劉綎の麾下の劉元祐に地図を指示し、倭軍の駐屯地、陸路・水路の里程を説明した。後に司憲府献納となって弊政を是正するよう上奏して嘉納された。一六〇一年、成均官直講となり、忠州牧使・尚宗牧使などを歴任した。

▼3【趙挺】一五五一〜一六二九。字は汝豪、本貫は楊州。進士となり、一五八三年には文科に及第し、後に重試に合格して弘文録に選ばれた。壬辰倭乱の際には世子に侍って避難し、牧使となったが、事件にかかわって罷免された。復職して接待都監郎庁となり、聖節使として中国に行った。光海君のときに右議政となったが、仁祖反正によって削られ、後に復職して耆社に入った。

第一九三話……人の初句をとって壮元となる

李穆《イモク》▼1と金千齢《キムチョンリョン》▼2はともに文名が高かったが、李穆の才能はより抜きんでていて、科挙では常に壮元（首席のこと）であった。あるとき、試験場で「三都賦」▼3が課題とされた。金千齢が李穆に初句を見せてくれないかと頼むと、李漻が答えた。

「私は枝葉をとって、できるだけ簡略にしようと思う。そこで、初句は『夏奠十二之山　虞祀九州之域（夏の禹は十二の山を境界とし、虞の舜は九つの州を治めた）』としようと思う」

金千齢は心ひそかに気にかけながら、うわべは笑って、言った。

「今日の試験では君は私に壮元を譲ることになるだろうよ。試験官がこの課題を出したのは、長安と洛陽の二つの都と蜀・呉・魏の三都の雄大な文章を見ようという意図なのに、君は昔の句節を踏襲して、老いぼれソンビのことばを吐くだけではないか」

李穆はその通りだと言い、筆を取って改めて、

「今夕何夕天雨翩翩（今日はどのような夕暮れか天から雨がふりそそぐ）」

と書いた。

金千齢は自分の席に帰って行って、最初の李穆の句節を取り、字句を簡略にして提出した。李穆の詩は百余句を費やして収拾が取れず、遂に金千齢に屈服してしまった。金千齢が壮元になったのである。

▼1【李穆】一四七一〜一四九八。字は仲雍、号は寒斎、本貫は全州。十九歳で進士試に合格して成均館儒生となったが、成宗の病気の際に、王大妃が成均館に淫祀を設置して巫覡を入れようとすると、これを追い、後にこれを知った成宗に称賛された。一四九五年には増広文科に壮元で及第して賜暇読書した。戊午士禍（第一四四話注1参照）において尹弼商の誣告により、金馹孫・権五福などとともに死刑になった。刑場に赴く際に顔色をいささかも変えなかったという。
▼2【金千齢】一四六九〜？。字は仁老、本貫は慶州。成宗のとき進士となり、一四九六年、文科に及第、玉堂に入り副応校となった。言動が宰相の忌諱に触れて左遷、免職の憂き目に遭ったが、復帰し、聖節使に従って燕京に行き、掌令となって王に建言することがあった。副提学となって、病を得て死んだ。
▼3【三都賦】晋の左思が作った『蜀都賦』『呉都賦』『魏都賦』を言う。左思は十年をかけて作ったという。これが出ると評判になり、人びとが書き写したので、洛陽の紙価を高めたという。ちなみに蜀の都は成都、呉の都は建業、魏の都は鄴。

第一九四話……君子を進め、小人を退ける

林塘《イムタン》・鄭惟吉《チョンユキル》（第一一六話注1参照）と李洪男《イホンナム》（第一一五話注2参照）は文章の才能において優劣をつけがたかった。謁聖試の表で、「請纂東国名臣言行録（朝鮮の名臣たちの言行録の編纂を願う）」が課題として出された。李洪男がまず初句を作った。

「思而学学而思　行顧言言顧行（考えて学び、学んで考える。行ないはことばを振り返って行ない、ことばは行ないを振り返って話す）」

林塘は心中でおどろき、負けたと思ったが、うわべは取り繕って、言った。

「今日の課題で、試験官は、君子を選び出し、小人を退ける説を見たいようだ。君は私に壮元（首席のこと）を譲ってくれないか」

李洪男は性格に軽薄なところがあり、すぐに変えて「進君子、退小人」を初句にした。林塘は李洪男が捨てた初句を取って壮元となり、李洪男の方は二等であった。

第一九五話……鄭礥は作り、朴忠侃はおぼえる

鄭礥《チョンヒョン》（第一一〇話注1参照）は朴忠侃《パクチュンカン》（第一六話注3参照）と同じ書堂で科挙の勉強をして、いっしょに科挙の試験場に行った。朴忠侃は出された課題を変えるように主張したが、試験官は許可しなかった。朴忠侃が言った。

「鄭礥が大同接[1]でこの課題の文章を作ったことがあるのです」

試験官が鄭礥を呼び出して尋ねると、鄭礥は言った。

「私は確かにこの課題で文章を作ったことがあります。しかし、ずいぶん以前のことなので、すっかり忘れてしまいました。朴忠侃は記憶力がいいので、忠侃に尋ねてみてください」

試験官が言った。

「君が作ったとしても、君が忘れたものを、どうして忠侃が記憶しているのかね」

鄭礥が答えた。

「私が作って棄てると、忠侃はいつも拾って読んで諳んじます。私が忘れてしまっても、忠侃は記憶しているのです」

試験官も受験者たちも大いに笑って、その声が試験場をどよもした。

▼1【大同接】各地の儒生たちが一ヶ所に集って学業の修練をすること。

第一九六話……課題が出る前に文章を書く

柳永忠《ユヨンチュン》▼1は科挙の文章を作るたびに、課題から逸脱した。崔鉄堅《チェチョルキョン》▼2は彼と同じ村に住んでいたが、朝早く試験場に入っていき、篝火の下で大声で呼んだ。

「柳永忠よ、柳永忠よ」

柳永忠が返事をすると、崔鉄堅は言った。

「君は今、どんな句を書いているんだい」

柳永忠が言った。

「課題がまだ出ていないのに、どうして句を書くことができようか」

崔鉄堅が言った。

「君はいつも課題を見てから文を書くのか」

試験場にいたみなが笑った。

大史公（柳夢寅自身）が言う。

「課題がまだ出ていないのに文を書くのはどうして永忠だけであろうか」

▼1【柳永忠】十六歳の時、進士となり、後に学行によって推挙を受けて傳説に任命されたが、赴任しなかった。文章に優れていた。

▼2【崔哲堅】字は応久、号は夢隠、本貫は全州。一五七六年、進士に合格、一五八五年、文科に及第した。参奉として位牌を失う事件を起こし、笞杖刑を受けた。冬至使の書状官として明に行った。全州を守った功があり、一六〇一年には黄海道観察使となった。

第一九七話……百里の外の夢にも現れる

私が会試の試験官となって、答案の封筒を開けたときのことである。見ると、外四寸の洪造《ホンチョ》▼1の息子の汝《ヨ》明《ミョン》▼2の名が名簿にあった。はなはだうれしくなって、首席の試験官である月沙《ウォルサ》・李廷亀《イチョンク》（第一五五話注2参照）と連署したのだった。ところが、忙しさにまぎれて、「洪造が好成績で合格してめでたい」とあやまって書いてしまった。汝明はそれを見て奇妙に思った。当時、洪造は原州にいたが、自身が進士になる夢を見たと言う。

ああ、一文字の誤りが百里の外で、夢に現れるとは、なんとも奇異なことではあるまいか。万暦（明の皇帝神宗の年号）四十三年（一六一五）三月のことである。

▼1【洪造】『光海君日記』（鼎足山本）十一年十月、備辺司の啓上の中に、洪造の名が見える。

▼2【汝明】この話にある以上のことは未詳。

第一九八話……試験に受かるのは天の運

万暦の壬寅の年（一六〇二）、昭敬大王（宣祖）が成均館でソンビたちを試験なさったとき、恐れ多いことに、私は考試官となった。尹緌《ユンチョン》[1]の論には欠点が多く、首席試験官の領相の李徳馨《イトクヒョン》（第一三八話注1参照）と大提学の李好閔《イホミン》[2]、そしてその他の試験官が議論して、次上[3]の等級を付けた。参試官が答案を読んで筆を執って書いたが、硯の中に墨がなく、文字が鮮明ではなかった。他の硯をもってきて筆を濡らそうとしたが、この硯も乾いていた。下吏に命じて水をもって来るように言ったが、下吏はなかなか戻ってこなかった。ふたたび参試官に読むように命じると、左右の人びとに異論はなく、みな先と同じ等級を付けた。しばらくして水をもってきた下吏が墨を磨って差し出した。領相が左相の金命元《キムミョンウォン》[4]に尋ねた。

「左相はどうお考えになりますか」

左相は答えた。

「私が見るところ、合格にして差し支えありますまい」

「左相の意見がそうであれば、三下[5]と書くのがよろしかろう」

多くの人びとの意見が紛糾したが、参試官は濃く磨った墨で「三下」と書いた。居合わせた人びとは大いに笑って言った。

「これも天の運、どうすることもできまい」

ああ、尹緌の書いた一枚の答案紙に、参試官が「三下」と書いたが、それはまた天の意に異なることがあろうか。天もまた多事なのである。

▼1【尹緌】『朝鮮実録』宣祖四十年（一六〇四）五月に、全州判官の尹緌の人となりは拙劣で、官庫に収斂することができず、湖南の豊かな地にもかかわらず、日々に虚疎になっている、このような人を一日でも職

に留めておくべきではないという啓上があり、聞き入れられたという記事がある。

▼2【李好閔】一五五三～一六三四。宣祖のときの功臣。字は孝彦、号は五峰、本貫は延安。延安君・淑琦の息子。一五八四年、文科に及第、応教・典翰を経て執義のとき、一五九二年、壬辰倭乱が勃発し、王に随って竜湾まで行き、さらに遼陽に行って李如松（第一三八話注2参照）に援軍を請うた。その後、副提学として中国との往来文書を主管して、左賛成に至り、扈聖功臣として延陵府院君に封じられた。光海君の時代に郊外で待罪したが、仁祖反正の後には優待された。

▼3【次上】詩文の評価の十二等級の一つ。四等の中の一番、つまり十番目で落ちたことになる。

▼4【金命元】一五三四～一六〇二。字は応順、号は酒隠、本貫は慶州。一五六一年、壮元で及第、左賛成のとき、鄭汝立を弾劾して、その功で慶林君に封じられた。壬辰倭乱のときには八道都元帥としてソウルを守ったが敗退、ふたたび臨津江を守ったが失敗したものの、平壌が陥落すると、順安に駐屯して王の行宮をよく守った。戸・礼・刑・工の四曹の判書を歴任して、一五九七年の丁酉再乱のときには留都大将として功を挙げて右議政となった。

▼5【三下】詩文の評価の三等の中の三番、つまり九番目で、ぎりぎり合格したことになる。

第一九九話……酔いの中で科挙の文章を練る

国家ではいつも丙年に重試科を設け、すでに科挙に及第した者にふたたび試験を課した。これは文官にさらに学業にはげむよう勧奨するためである。金弘度《キムホンド》▼1は科挙の文章に長け、気概に富んでいた。重試場に入っていったが、文章は作らず、文章を作ろうとする者の邪魔をして、それでも作ろうとする者がいれば、マッカリを上着の袖に浸して頬を撫でたりした。ある者が金弘度に文章を書くことを勧めると、自分の膝を指さしながら言った。

「私の膝は人に屈することなく長い年月が過ぎた」

これは彼が生員に及第したとき、壮元（首席のこと）だったので、人びとに拝礼されたことを言うのである。孫軾《ソンシク》▼2が草稿を書こうとして苦労しているのを見て、金弘度はマッカリで湿らせた袖でその頬を撫でながら言った。

「孫軾よ、お前でも文章を書くことができるのか」

孫軾は極まりが悪くなって、止めてしまった。

姜克誠《カンククソン》▼3の文名もはなはだ高く、すべての試験で壮元になるものと思われていた。しかし、金弘度が大きな酒の杯を勧めて、彼をすっかり酔わせてしまった。朝から夕方まで飲んで、姜克誠ははなはだ酔っていたが、酔った中でも、ひそかに心の中で文章を練っていた。そうして、日が暮れようとすると、にわかに紙に筆を振るって、数万字の対策文を書き上げたのだった。試験官は堂の上からそれを見ていたが、克誠が一日中酒を飲んでいたのを知っていて、金弘度のようには文章は書けまいと考えていた。

榜《ぼう》が掲げられたのを見ると、梁応鼎《ヤンウンジョン》▼4が一位であり、姜克誠は二位になった。試験官は大いにおどろき、みずからの不明を恥じた。当時、人びとは議論してこれを惜しんだが、今になって見ると、梁応鼎の対策は竜と虎を捕まえる気概があり、姜克誠のものは刺繍の文様のように美しいものの、やはり梁応鼎の下にある。ただ、酔いの中でひそかに文章を練るのなど、その才能の卓越ぶりを思わせるに充分である。

▼1【金弘度】一五二四〜一五五七。字は重遠、号は南峰、本貫は安東。一五四八年、文科に壮元で及第、つねに明宗に近侍して政治について論じ、典翰に至ったが、王の外戚である尹元衡の讒訴によって甲山に流されて死んだ。

▼2【孫軾】『朝鮮実録』明宗十二年（一五五七）十月に、司諫院から、典籍の孫軾は人となりが諂邪であり、反復の行ないが多く、公論に相容れなくて久しいのに、まだ官職にとどまっている、即刻、罷免すべきだという啓上があり、聞き入れられている。『宣祖修正実録』十三年（一五八〇）閏四月、孫軾を全羅道観察使に任命し、王の下教があった。すなわち、孫軾は近侍し、事を処するに明敏で、勤労効著であったので、特に加資する云々。

▼3【姜克誠】一五二六～一五七六。字は伯実、号は酔竹、本貫は晋州。一五四六年、進士となり、一五五三年、別試文科に丙科で及第、三年後、ふたたび重試に及第して文名を挙げた。要職を歴任したが、それは李梁に追随した結果であったから、李梁が失脚するとともに、風当たりが強くなって、弾劾されて失職した。

▼4【梁応鼎】字は公燮、号は松川、本貫は済州。生員になり、一五五二年には文科に、続いて重試に及第した。工曹佐郎であった一五五七年、当時の権臣の尹元衡によって斥けられ、一五六〇年に復職、一五七四年、慶州府尹であったとき、清廉ではないと台諫から弾劾を受けて免職された。一五七八年には工曹参判に復帰し、聖節使として明に行ったが、不正を犯した罪でまた免職になった。後に復帰して大司成に至った。文章に長けていた。

第二〇〇話……いつも二等だった李嶸

翰林の李嶸《イヨン》[1]は文章が早くから巧みで、十三歳で進士の初試に一等で合格し、二十一歳では進士に二等で合格した。喪に服しているときに、『小学』を四百回も読んで、その文章はさらに上達したはずであったのに、李好閔《イホミン》の後塵を拝して二等だったので、鬱々と楽しまなかった。

その年に別試が行なわれ、李好閔ともども名前を登録した。試験場は二つに分れ、李嶸は第一会場、李好閔は第二会場であった。李嶸は李好閔から首位を奪おうとして、門に入って行くと、成均館で登録しなおして、李好閔と同じ試験場となるようにした。日が暮れて通行禁止の時間になると、軍卒が試験紙を持って行くことになる。李嶸はすでに表は書いていたものの、論はまだ終わっていなかった。篝火の下で誰かに追い駆けられてでもいるように、急いで草稿を書き上げて提出すると、文章はいっそう立派に磨きがかかった。翌日、策文もはなはだうまく書いた。考試を終えてみると、李嶸は、表が二上、論が上の下、策が上の中であり、李好閔の方は、策一つだけが上の上で、一等となり、李嶸は二等となった。李嶸の点数を計算して見ると、三種の文章を合わせると十八分[2]であり、李好閔は九分で優等となり、一等となった。

当時、人びとは李嶸の才能を素晴らしいと思ったが、負けず嫌いを欠点だと考えた。

その年にまた殿試が行なわれ、李嶸は二等であった。そのとき、盧植《ノシク》▼3が都承旨として酒と食事を用意して李嶸をもてなした。

李嶸は酔って杯を執って盧植に言った。

「士雅よ、今、柳成竜《ユソンリョン》（第一四一話注2参照）を斬らなければ、国事を治めることはできない」

柳成竜は当時第一の宰相と見なされていたが、指弾されるべき過失は何もなかった。盧植とは仲も良かったので、盧植は言った。

「君は若輩に過ぎない身で、言い過ぎではないか。今夜は、酔いすぎている」

李嶸はにらみつけ、杯を投げつけて言った。

「私は士雅を立派な人間だと思っていたが、その愚かさがはっきりわかったぞ」

みな白けてしまって、酒席は終わってしまった。

その年、李嶸は疫疾にかかって死んだ。死んだ後、十日ほど経て、家族たちの夢に現れて、

「私はふたたび生まれる」

と言うのであった。このようなことがしばしばあって、家中の人みなが同じ夢を見たのだった。棺を開けて見ると、太っていた身体がすっかり腐り、腐臭が四方に広がった。李嶸が臨終に際してなじんだ医女の名前は命長浦であった。金行（第一六二話注1参照）は滑稽をよくしたが、彼が死んだという話を聞いて、溜め息をつきながら言った。

「命なるかな、この人にして（命の夫はこの人だ　命矣夫斯人也▼4）」

▼1【李嶸】『宣祖修正実録』十五年（一五八二）六月、王が大提学の李珥に、『資治通鑑綱目』の講義を聞きたいので、才能のある臣下を推薦せよと命じ、李珥の推薦した五人の中に奉教の李嶸の名前が見える。

▼2【十八分】表・論・策それぞれを点数化して合計したものらしいが、どのように計算したものか不明。

▼3【盧植】『朝鮮実録』宣祖四年（一五七一）九月、盧植を全羅都事となすという記事がある。また、二十一年（一五八八）正月には、韓伯厚がかつて役人の不正を啓上しようとしたところ、盧植に脅かされて止めたことがあり、盧植はすでに死んでいるものの、官職を削るべきだと訴え、聞き入れられている。

▼4【命矣夫斯人也】孔子の弟子の冉伯牛が病気になり、孔子がこれを見舞って、窓越しに手を取って、言ったことば。すなわち、「之れ亡からん。命なるかな。斯の人にして斯の疾有るや、斯の人にして斯の疾有るやと（亡之、命矣夫、斯人也、而有斯疾也、斯人也。而有斯疾也）」（『論語』雍也篇）。ここの面白さは、朝鮮時代の医女は妾の役割を果たしたことからくる。つまり、医女の命長浦の夫の李嶸が亡くなった、と。

第二〇一話……徳のある車軾、不人情の安海

庶孽▼1の姜文祐《カンムンウ》▼2が名前をいつわって科挙を受け、その偽名を書いたが、直講の車軾《チャシク》（第一一一話注2参照）と典籍の安海《アンヘ》▼3が署名をすることとなった。安海が官に告発しようとすると、車軾が引き止めようとして言った。

「姜文祐は前年にも削除したが、今また削除するのはよくあるまい。私が罪を被ることにする。告発するのは止めてくれ」

しかし、安海は聞かず、名前を削除して、科挙を受けさせなかった。翌年、安海は眼の病にかかって失明してしまったが、人びとは善を積まなかった結果だと考えた。車軾を徳のある人間として、安海を不人情だとしたのである。

▼1【庶孽】庶孽、すなわち庶子は差別されていて、両班の子どもであっても科挙に応試する資格を持たなかった。『経国大典』に厳密に定められている。しかし、この話と次の第二〇二話を見ると、法が厳密に運用されたとも言えるし、その法をかいくぐっての受験者がいなかったわけでもないことがわかる。

▼2【姜文祐】『宣祖修正実録』二十五年（一五九二）に鏡城の人で前万戸の姜文佑という人物が見えるが、別人か。
▼3【安海】字は大容。開城の人で、『中宗実録』二十六年（一五三一）に、式年進士に一等で合格している。

第二〇二話……鄭蕃の呪いのことば

庶孽の鄭蕃《チョンボン》▼1は謁聖試に及第した。壮元（首席のこと）での及第が発表されると、台諫（第一四話注3参照）が疑義を呈して、その合格を取り消させた。鄭蕃は道袍（道士の着る服）と笏を投げ棄てて進み出て言った。

「人として善でなければ、災殃《さいおう》がかならず自身の身と子孫たちに及ぶものです。台諫の中で私の科挙の及第を取り消させた者は、災殃がきっとその御子孫に及ぶことになろう」

その台諫には一人の子がいたが、翌年、死んでしまった。人びとは言った。

「天道がその死を望んだのだ。畏怖すべきことだ」

ああ、いま、権臣におもねる者は、権臣がひとたび失墜すれば、庶孽として才能がある者は鄭蕃ひとりだけでなく、子孫たちにも災厄がおよぶことになるのだ。さらに恐るべきことではないか。

▼1【鄭蕃】『朝鮮実録』中宗十八年（一五二三）九月に、鄭蕃の父は初めて賤の身分を逃れて兵曹書吏となり、原従功臣となった。蕃が生れたのは父が賤の身分を免れて後のことであり、蕃は良人と言うべきである。ところが、科挙を受けることは許されていない。蕃の学力は相当なものであり、科挙は受けることができないにしても、適当な職に就けるべきであるという記事がある。

第二〇三話……安易に流れなかった朴応男の人となり

右議政の鄭芝衍《チョンチヨン》▼1は四十五歳でようやく科挙に及第した。その友人の朴応男《パクウンナム》（第一五〇話注1参照）はすでに大司憲となっていて、吉報を聞いて駆けつけた。大司憲が輿《こし》に乗って訪ねて来てお祝いを言うと言うので、家の中の人びとははなはだ喜んで、窓の隙間からうかがった。ところが、朴応男は挨拶もせず、祝いの一言も言わず、机の上の一巻の書物を手に取って開いて見て、本の中の二、三のことばを選んで鄭芝衍と長々と議論した後、おもむろに言った。

「君は今や及第したが、国家のために死ぬことができるか」

鄭芝衍が言った。

「この無能な私がこの年になって栄達したところで、国家をどのように補い、どのように損害を与える存在たりえよう」

朴応男は目を怒らせて睨みつけ、そして言った。

「いったい何ということを言うのだ。朝鮮でソンビを選ぶのは、それだけの意味がある。君が国のために死なないのなら、いったい誰が命を棄てると言うのだ」

そうしてお祝いの一言もなく、立ち去った。その人となりは心の中を現わさず、人を威圧するのは、このようであった。

朴応男は新進の鄭琢《チョンタク》▼2が用いるべき人材だという話を聞いて、翰林に推薦した。後日、友人の家で鄭琢に会うことがあり、鄭琢の方は朴応男に対して慇懃に接した。しかし、朴応男は一言もことばをかけることなく、まったく知らない人間のように振る舞ったから、鄭琢ははなはだ恥ずかしく思った。しかし、鄭琢が要職に就けたのは、終始すべて朴応男の推薦によるのであった。

朴応男はいつも読書することを好み、壁に

「十年読書せざるを以て可とするも、一日も小人を近づくるべからず（可以十年不読書、不可一日近小人）」と大書していた。

その人となりが安易に流れず、その気勢に圧され、人びとは彼を険悪な人間だと考えたが、その言動は古の賢人に近かった。凡人ではなかった。

▼1【鄭芝衍】一五二七～一五八三。字は衍之、号は南峰、本貫は東萊。李滉・徐敬徳の門下に出入りして大きな影響を受けた。一五四九年、司馬試に合格、一五六六年、宣祖が世子であったとき、李滉の推薦で王子師傅となった。一五六九年に四十三歳で別試文科に及第して、一五八一年には右議政に至った。一五八三年、病気になって、病床からも国事について文書で具申した。死ぬとき、自分に代わる人材として李山海を推薦し、また李珥が国家の利益になる人物だとして推薦した。

▼2【鄭琢】一五二六～一六〇五。字は子精、号は薬圃・柏谷。本貫は清州。李退渓の門人。一五五八年、文科に及第、礼曹・刑曹・吏曹の判書を歴任して、左議政に至った。壬辰倭乱（第三一話注10参照）の際には、王に義州まで扈従して、西原府院君に封じられた。経史はもちろんのこと、天文・地理・象数・兵家などにまで精通して、獄中にあった李舜臣の救済に尽力した。

第二〇四話……尚ぶべき儒者の志

申応渠《シンウンク》▼1が言った。

「儒者が科挙に応試するのは当然のことであるが、試験紙を提出するころにはとっぷりと日が暮れて、兵士たちに侮辱されることははなはだしい。これなどは、ソンビの気概を大いに傷つけるものである。おおよそ提出するのはたそがれ時で、兵士が早くしろとどやす中で、試験紙を折りたたんで嚢の中に放り込んで出て来る。私の先生である金雲《キムウン》▼2は学問を好んで、また励んだ方だった。かつて会試に応じて、経を講ずることがあったが、経典のことばがどうしても思い浮かばない。それで、長いあいだ席に座り続けていると、揚げ幕の中で試験官が言ったそうだ。

『長いあいだ座ったまま立ち上がろうとせず、苦しんでいるようだ』

金雲先生はそこでみずから『不』[3]と書きこんで出て行ったが、台官がこれを惜しんで言ったそうだ。

『年老いたソンビが平生は苦しむことなどなかったのに、苦しんでいるようだということばを耳にすると、立ち上がって出て行った。この志は尚ぶべきだ』

ああ、今の世には心の中で得失だけを考え、黄金を得ることを夢見て、羞恥心を忘れ去った者が多い。朴応男（第一五〇話注1参照）と金雲の二人はともにこの風俗を戒めるものである。

▼1【申応榘】一五五三～一六二三。字は子方、号は晩退軒、本貫は高霊。一五八二年、司馬試に合格、学問にだけ専心して、推挙で掌苑となり、郡守・参議・牧使などを経て、一六一三年、李爾瞻などが廃母論を主張するようになると辞職して、落郷して過ごし、仁祖反正の後に復帰、春川府使となって死んだ

▼2【金雲】『朝鮮実録』成宗三年（一四七〇）五月に、書吏の金雲の名が見え、孝宗三年（一六五二）四月にも霊岩郡の領吏の金雲の名前が見えるが、時代的に合わない。柳夢寅の先生であった金雲は官界・政界に出るよりも、後進の教育に熱を注いだ人物であったか。

▼3【不】朝鮮時代、成績を「通」・「略」・「粗」・「不」で評価した。「不」は「不通」の意味で、不合格。

第二〇五話……武士を選抜する

正徳の庚辰の年（一五二〇）、武士を試験して千名を及第させた。好事家たちがみずから「武士」と称して試験に応じたが、牛に乗ってやって来て、矢を射ても当たらず、牛を止めて、その矢を抜いては、ふた

たび射た。試官所から声が上がった。

「あの応試者はどうして牛を止めたのだ」

それに対して返事があった。

「今、牛が小便をしているのです」

そのとき、廟堂（議政府）で末席にいる者を呼んで尋ねた。

「今の世間に武芸がお前よりも拙い人間がいるだろうか」

それに答えた。

「次の榜で壮元（首席のこと）になる者は私の才能に劣ります」

同時に、さまざまな質問によく返答したという。

万暦の癸巳の年（一五九三）、永柔の行在所で、武士二百名を選抜した。当時は緊急の事態で法を厳格に守ることもできず、公私の奴たちでも試験を受けて秘かに合格する者がいた。判書の李恒福（第八五話注3参照）が家で客と向かい合って座っていて、奴を呼んでもなかなかやって来ない。李恒福が言った。

「不届きなやつだ。あの者もきっと科挙を受けに行ったのだろう」

一座の者がひとしきり笑ったものであった。

その年の秋、今の王さま（光海君）が東宮として王命を受けて義州に行き、武士五百名を選抜した。そのとき、国中で飢饉が起こり、飢えで死んだ死体が山野に満ち満ちた。南道では米五升で科挙の及第を買う者が大勢いた。

第二〇六話……上がり症で実力を発揮できない者たち

羅級《ナクプ》▼1は南道の人である。生員として経学に通じていた。しかし、その性格は上がり症で、講での応答がまったくできなかった。試験場に入っていき、試験紙に判を捺してもらい、試験紙を逆に巻いて、封をするところは内側に、終わりの方は外側になるようにしたので、文章の初めを試験紙の末尾の方から書き始めて、石の階段の前の篝火の下で読み返していた。友人が言った。

「君の試験紙にはどうして最初に判がないのだ」

羅祓は驚いて試験官に訴えた。

「ソンビたちの習慣にとらわれず、私の封をしたところを切って見てください」

そうして見ると、名前が書かれたところが中にあった。また試験官に訴えて、封をしたところを開いて改めて判を捺してくれるように頼んだ。試験官たちはみな大いに笑った。

鄭士信《チョンサシン》▼2は経を講ずる席に座ると、わずかの間に清心元二錠をたのんで服用し、すぐにまた一錠をたのんだ。揚げ幕の外にいた台官が言った。

「精神安定剤二錠でもすでに多すぎる。三錠ともなるときっと心身を傷めるぞ」

鄭士信が言った。

「私が家に居るときには、毎日、清心丸をこの倍、三、四錠は服用しています」

台官と試験官たちはみな大笑いした。

生員の金球《キムク》▼3はおしゃべりだったが、また上がり症でもあった。試験場に入っていき、試験紙に対すると、「天」の字を忘れてしまった。友人に「天」の字はどう書いたか尋ねると、友人は「一」の字の下に「大」を書けばいいと答えた。金球はそこで「壹（壱）」の下に「大」を書いたが、一文字がなんとも長大であった。金球は左右の者に尋ねた。

「これは『天』の字ではなく、天使（中国の使節）たちが来たときに行なう山台行楽の『臺（台）』の字ではないか」

人々は大いに笑ったものであった。

朴大立《パクテリプ》（第一六〇話注3参照）は四書と三経のすべてに通じて諳んじてもいたが、はなはだ上がり症で、試験場に入って行くと、いつも諳んずることができなくなるという。口で諳んじようとしても、もう逃げ出したくなって、試験官が兵士に命じて彼を捕まえさせ、暗誦させたが、それが終わって立ち上がると、その席は小便でびしょびしょに濡れていた。

▼1【羅級】羅級であれば次のような人物がいる。一五五二～?。字は子升、号は後谷、本貫は安定。一五七六年、司馬試に合格、一五八五年には式年文科に甲科で及第した。壬辰倭乱の際には地方官として民心の収拾に努め、一五九六年には釜山で倭軍との講和に奔走した。翌年には書状官として明に行った。一六〇〇年、平山府使となったが、管下の胥吏の罪を厳しく罰して告発され、免職になった。死後、壬辰倭乱の際の功績を認められ、都承旨を追贈された。

▼2【鄭士信】一五五八～一六一九。字は子孚、号は梅窓・谷神子。一五八二年、式年文科に乙科で及第、壬辰倭乱の際、平壌に避難する途中で離脱して、削職されたが、その後、江原道地方で義兵を集めて多くの倭賊を殺したので、官界に復帰した。一六〇九年には文科重試に乙科で及第、判決事に至った。

▼3【金球】金絿（一四八八～一五三四）という朝鮮を代表する書家がいるが、それとは別人か。

求官

第二〇七話……官職を得るには知恵と大胆さが必要

郎官（各曹の正郎（正五品）および佐郎（正六品））はそれぞれが書吏をもち従者のように扱うことができるが、

兵曹の郎官に従う者の利益がもっとも大きかった。そこで、この地位を求める者は、唇を乾かし、額に汗をたらし、足を折ってまでも先を争ったものであった。

銓曹（人事権をもつ吏曹と兵曹）で兵曹の郎官を注擬（官職候補者を三名挙げて王に推薦すること）するときには、年が若くて容姿が美しい、従者となるのにふさわしい者たちが衣服の裾をたくし上げて林のようにならび立ち、王さまの落点（決定）を待つのであった。そうして、落点がなされれば、最初に走り着いた者がその地位を得る。郎官もまた最初に到着した者を受け入れる。もしすべての書吏たちが一時に到着するようなことがあれば、まず冠を脱いで、門の中にそれを投げ入れた者がその地位を得ることになっていて、これは書吏の世界では昔から伝わった仕来りであった。

かつて、銓曹で三望[1]を推薦したが、沈友正《シムウジョン》[2]が首望となり、閔夢竜《ミンモンリョン》[3]が副望となった。沈氏の家は南大門の外にあり、閔氏の家は成均館の横にあった。沈氏に落点されると、一人の書吏が大きな声で偽って言った。

「閔某に落点された」

そこで、若い書吏たちがいっせいに成均館の方に走っていったが、一人だけが南大門の方に走っていった。南大門の楼閣の上にもまた一人の書吏がいて、そこで人が来るのを待って眺めていたが、紅衣を着た人が松峴の方から転びそうになりながら走って来るのを見て、自分から楼閣を降り、靴を脱いではだしで走り、沈氏の家に入って行き、名刺を投じて出て来て、休んだ。しばらくして、大勢の書吏たちが冠を脱いで先を争って門の中に投げ入れた。

ああ、どうしてこれは書吏だけのことであろうか。官職を求めるのは士大夫とて同じことである。

昔、官職を求める者は銓曹の判書に一斉に謁見した。金貂（金の璫《みみだま》と貂の尻尾で装飾した朝臣たちの冠）が大堂に満ち満ちたものの、みなが臆してもじもじとするだけで敢えて前に進み出る者がいない。末席にいた一人の蔭官が他の客たちより先にことばを発したが、話し終えるとすぐに挨拶をして出て行った。判書が大いに喜んで言った。

「まさにこのようにあるべきである」

そして翌日、その者にまず官職を与えた。

この座中で最初にことばを発した人というのは南大門の楼閣に登っていた人と同じである。

▼1【三望】官職の候補者三名に、首望、副望、末望と優先順位をつけて推薦すること。

▼2【沈友正】一五四六～一五九九。字は元択、本貫は青松。若いころは身体虚弱であったが、十七歳から読書して進士になり、一五八三年、魁科で及第して官途を歩み、一五八九年、漢城府尹として上官の恨みを買い左遷され、善政を敷いたが病気にかかって帰京した。一五九二年、壬辰倭乱に際し、都元帥の金命元の従事として漢江・臨津江で防衛したが敗れた。後に広州牧使となり、山城を修築して、明の兵士たちの食糧を調達に努めた。

▼3【閔夢竜】一五五〇～一六一八。字は致雲、号は雲窩、本貫は驪興。一五八四年、文科に丙科で及第して官途を歩んだ。一五九九年には大司憲に至ったが、折から党派争いが活発になり、北と西、北の中で大北と小北、あるいは骨北と肉北に分かれて反目、暗躍を繰り返した。その中を夢竜は巧みに泳ぎ切り、光海君の時代にも要職を歴任、一六一八年、右議政として廃母論を強力に主張し后の名称を剝奪したが、にわかに病を得て死んだ。その妻も長男も横死した。

第二〇八話……李浚慶の人材登用

相国の李浚慶《イチュンギョン》（第八七話注1参照）が観察使となったとき、それを知った者たちの中で軍官の職を求める者がはなはだ多かった。相国はそれを嫌った。一人の武士が名のある宰相の手紙をもってやって来た。相国は奥の部屋に座って扉を閉じ、従者にその武士を連れて来るように言った。まっすぐな通路を使うことなく、ぐるっと回って多くの扉を通って入って来させ、その武士を見ておもむろに尋ねた。

「この部屋のどちらが南だろうか」

武士は通って来たところが曖昧だったので、答えることができなかった。李浚慶は怒って、この武士を叱責した。

「某宰相の推薦した武士は東西南北もわからないのか。願いを聞き入れるわけにはいかない」

このとき以来、自分のいいと思う人間だけを登用したのだった。

第二〇九話……賄賂を喜んだ尹元衡

尹元衡《ユンウォンヒョン》（第一一話注3参照）が兵曹判書だったとき、ある武人が北道の辺境の将軍の地位を求めたので、権管（鎮の属する武官の正九品の職）とした。武人は任地におもむき、貂の皮数百枚を手に入れ、矢筒に入れて送った。尹元衡は怒りを為して言った。

「私は矢を射ることなど学んだこともない。矢筒を何に使えと言うのだ」

そして、これを楼の上に放り投げてしまった。しばらくして、武人が任期を終えて帰って来て、拝謁を乞うと、元衡は目を怒らせて睨みつけた。武人が言った。

「任地におりましたとき、矢筒を一つお送りしましたが、閣下にはいかが思し召されたでしょうか」

元衡が言った。

「私は矢など射ないのに、矢筒をどうしろというのか。楼閣の上に放っておいたわ」

武人が言った。

「筒の中の品物を御覧にならなかったのですか」

元衡はいぶかしく思って、侍婢に命じて、持って来させた。矢筒の蓋を引きぬくと、貂の皮が飛び出して天井に当たり、床におびただしく散らばった。柔らかい皮を筒にぎゅうぎゅうに詰め込んで蓋をしたので、蓋を取ると貂の皮が飛び出したのである。元衡は大いに驚き、喜んで、この武人をすぐにまた富裕な郡の守令に任命した。

尹元衡が死んだ後に、一人の人がその家に仮寓した。壁に飯粒で貼りつけた一枚の紙があり、よく見ると、

「白米三百石と大きな荷船一隻をいっしょに納めます」

と書いてあった。元衡が人に財貨を要求する様子はこのようであった。元衡が吏曹判書となったときに、ある人が繭二百斤を贈って参奉の職を求めた。尹元衡は執務に疲れて眠気に襲われ、郎官は筆を執ったまま待った。尹元衡が長いあいだ名前を言わないので、郎官がにわかに尋ねた。

「誰を首望として推薦しますか」

尹元衡は驚いて目を覚ましたが、まだぼんやりとしたまま、言った。

「コチにしよう」

コチというのは繭の俗語である。落点がなされると、吏曹の下吏が高致《コチ》という者を探しまわったが、どこにも探し出すことができない。はるか遠方に貧しいソンビが住んでいて、その名前が高致だったので、そのソンビが参奉に任命されたのだった。元衡はこれについては何も言わなかった。

野史氏（著者、柳夢寅自身を指す）は言う。

「尹元衡が権力を専横して賄賂を喜んだのを今さら責めようとは思わない。ただ人の運数は死ぬことに定まっていて、たとえ権臣であっても、これはいかんともしがたい。痛歎せざるをえない」

富貴

第二一〇話……鄭士竜の富豪ぶり

清原君の韓景祿《ハンキョンロク》▼1は前の王さまの駙馬（婿）であったが、ソウルでも第一の長者であった。礼曹判書の鄭《チョン》士竜《サリョン》（第八一話注6参照）が東方の第一長者であるという話を聞いて、行って顔を見たいと思った。韓景祿は何度か行って名刺を投じた。表門の外に門番が二人ならんで立っていたが、黒い糸で編んだ笠をかぶり、白い苧麻の衣に青く巾の広い帯を結んでいる、容貌と風采の美しい者たちであった。彼らが走って来て出迎える一方、中の小門の二人の門番に伝えた。その中の門番の衣冠も同じく華麗で端然としていた。また屋敷内にはあでやかに化粧して真珠や翡翠で身を飾った侍婢がいる。判書はなかなか出ては来ない。駙馬がはるか遠くを見ると、庭園の上の方に長い行廊三十余間に仮の建物があり船に使う筵でおおってあった。

「これは何のための建物だろうか」

「楼閣のような倉庫が別にあるのですが、土ぼこりや湿気もあり、鼠もまた多いので、仮屋を作って、木綿をここに移し風に当てているのです」

駙馬が尋ねた。

「何同くらいあるのか」

「同」というのは五十四のことである。奴が答えた。

「まずこの建物に移したのは六百同ほどです」

「倉庫にはまだどれくらいあるのか」

「まだ三分の一も移していないので、どれくらいあるかわかりません」

駙馬は奴や婢や門番たちの姿が自分の屋敷の者たちとはまるで違っているのを見た。また木綿の数量を尋ねてみて、わからないという答えにもおどろいてしまった。そこに、判書が出て来て堂上に招くと、左右の侍奴が手拭いとはたきと扇を捧げ持って、両側に数十人ずつ並んだのであった。

　判書が言った。

「閣下にはよくぞいらっしってくださいました。わが家の薄い酒でも召しあがってください」

　すると、揚げ巻き姿の美しい少女が珍羞盛饌をいただいてすぐに出て来たが、方一丈もの机にぎっしりと並べたのであった。また、奴たちがそれぞれ楽器をたずさえて東西に分れて外の廊を通ってやって来て堂の下に並んで座った。また絹の服をきちんと着込んだ女子たちが琴《きん》と瑟《しつ》とさまざまな楽器をもって屋敷の中から出て来て、堂の上に座った。水陸の珍味佳肴が杯とともに勧められたが、それらはすべて金や銀の中国の華麗な器に盛られていた。駙馬はとてもすべてを食べ尽くすことはできなかったが、それでも長く座ってその料理を味わってみようと考えた。日が暮れて、続けざま三回、四回と料理が運ばれたが、それらもまた珍味であった。自分の家は太刀打ちができないことを知って、挨拶を交わして帰って来た。

　後に、思菴《サアム》・朴淳《パクスン》▼2が郎官となったとき、公の用事があって、名刺を判書の屋敷に投じた。判書は横の行廊の扉の中で彼を迎えた。その座布団、帷子、幕、屏風、書、そして絵画などすべてが燦爛として目にまぶしかった。思菴が公文書を出すと、判書が手を払って言った。

「しばらく棄て置かれるがいい。まだ会ってすぐではないか。従容と時を過ごそうではないか」

　そして、侍婢を振り返りながら、言った。

「大したものはないかもしれないが、料理を用意して進ぜよ」

　しばらくして、侍婢たちがそれぞれ器をもって現れたが、珍羞佳肴を進めて、予期しない客ににわかに用意したにもかかわらず、すべて東方では見られない食物であった。判書が杯を執って、注文した。

「今日は公の仕事はさておき、文事の会といたそう。最近の美しい詩句を聴きたいものだ」

　思菴は田舎の人であったから、その器具や風流ぶりは初めて目にするものであった。そこで必死になって辞退して、言った。

「私がたとえ幸い科挙に及第したとしても、どうして一句節のことばであえて閣下の澄んだ眼目を曇らせるような真似をいたしましょうか」

思菴は判書のことばがねんごろなのを知って、初めて一、二の句を暗誦してみせたところ、判書はこれを称賛してやまなかった。思菴はもともと酒を飲むことを知らず、数杯だけで片づけることを請うたので、判書は料理だけを続けて出させようとして雲った目で見て――鄭士竜は一方の目が白く曇っていたのである――、笑ったが、言辞が丁重で風流ぶりは際立っていた。揚げ巻きの童女に墨を磨らせて、牒を開かせて沈吟して韻を次ぎ、墨痕も鮮やかに書いて、これを与えた。すべての料理をすっかり食べ尽くすように勧められたが、思菴はただいくつかに箸を付けただけであった。

後日、思菴がふたたび公の用事で行くと、今度は別の部屋に招かれた。今回出てきた道具は前回のものとは別のもので、華麗さはさらに倍し、そしてしきりに飲みかつ食べるように勧めるさまは前回と同じであった。

後に、判書が東郊に排斥されたとき、当時の議論は彼を激しく非難したが、思菴の地位は高くなっていて政局を握っていた。思菴は氷玉のように清廉な人物で、自己の生活はすこぶる淡白であった。意志と気慨においてたがいに合わないところがあっても、鄭士竜を敬い慕う感情を忘れることはなく、人びとの中に湖陰（鄭士竜）を批判する者がいれば、かならず彼をかばって言ったものである。

「人びとは湖陰が富者として仁たらざる人として罪を与えようとするが、湖陰はみずから家業を起こしたのであり、人から奪い取り、苛斂誅求をしてそこに至ったわけではない。そのうえ、彼の文章はわが国では抜きん出ていて、けっして侮ってはならない人である」

人びとは思菴のことばは公的な立場から出たものだと考えたが、実際には若いときの恩に感謝する感情があったことを知らなかったのである。

▼1【韓景祿】『朝鮮実録』明宗六年（一五五一）四月に、清原府院君の韓景祿が、昨日、諸功臣がわが家に集まっていたところ、王さまは酒と伎楽をくださった、感恩に堪えないと感謝している。また同じ十八年六

月には、清原君の韓景祿は一品の王室の婿ではあるが、素行に収まらないところがあり、放蕩沈酒し、挙句は流罪者について流罪地まで往還する始末、罪すべきだという啓上があったという記事がある。

▼2【朴淳】一五二三〜一五八九。宣祖のときの宰相。字は和叔、号は思菴。徐敬徳に文章を学び、同じく門人の李退渓と交わった。一五五三年、庭試に壮元で及第した後、一五七二年には右議政、一五七九年には領議政となった。西人の旗頭であったが、東人と西人の党争を嫌って永平白雲山に隠遁した。松雪体の書をよくした。

第二一話……鄭士竜は朴元宗の富豪ぶりをうらやんだ

湖陰《ホウム》・鄭士竜《チョンサリョン》（第八一話注6参照）が及第して正字となった。公務で功臣の朴元宗《パクウォンジョン》（第一四七話注5参照）の家に行くことになった。朴元宗が出て来て、彼に会って、言った。

「早くから正字のお名前をうかがっていたが、今日やっとお会いできた」

そうして、侍婢に命じて、ささやかな宴席をもうけるように命じた。そのことばが終わりもしないのに、美しく端正な姿をした数十名の行列が手拭いとはたき、扇、琴と瑟などを携えて出て来た。みなそれぞれに美しく化粧をして黛を塗り、真珠や翡翠で身を飾って左右に立ち並んでいる。男子の楽工たちはそれぞれ弾き、撃ち、拍つ楽器をもって長い廊下を通ってやって来て、階段の上に座った。端正で美しい侍婢二人が足のついた卓をもって出て来て、そこには山海の珍味が燦爛と光り輝く玉の器の数々に盛ってあったが、卓の一辺が一丈ほどもある大きさだと、手が届かない。そこで、円形になっていて、ぐるぐると回り、箸をつけて食べることができるように工夫がなされていた。杯の献酬が交わされるとともに高雅な音楽が演奏された。にわかに用意された料理であっても、すばらしい珍味であった。

湖陰は心の中ではなはだ羨んだものであったが、自身もついには富貴となった。その祿俸と地位が上がると、厨房の人に命じて朝と夕の献立の名前を書いて出させるようにして、食べたいものを食べた。当時の公卿と宰相の家の中では湖陰の食事がもっとも豪勢であった。東郊に排斥されても、自身の食べるものは以前と異なるところがなかった。居住するところに万巻の書物を並べておいた書架の横には千匹の布が積んであり、必要に応じて使い、また不足なときに用に当てたりした。いつも夜は座ったまま眠ることなく、気付けば、明け方になっているのであった。あまりに疲れれば、掌を額に当てて支え、机にもたれてしばらくうとうとするのであった。ある者がそうする理由を聞くと、言った。

「人生は百年生きたとしても、その半分は睡眠していることになる。私は夜は眠らないことにしたい。そうすれば、もし百年生きたとすれば、二百年分を生きたことになる」

君子が言う。

「湖陰が最初に出仕して、富貴に心を奪われ、うらやんだ人は朴元宗であった。万巻の書物と夜も眠らないのは結構なことではあるが、千匹の布は何のために横に置いたのか。その意志はこのように卑しい」

ある者が重ねて言う。

「卑しいのではない。個人の文集を刊行するときの資金として書斎に置いておいたのである」

第二一二話……慎思献の家の富貴ぶり

生員・進士の試験に合格すると、三日以内に二百人の中で富裕な者を選んで、その家で斉馬首の会を行なう。

慎思献《シンサホン》▼1の家は生業がはなはだ盛んであったから、同時に合格した人びとは慎思献を選んで、その家で宴会を行なうことにした。二百人が一度に集まるので、床を広々と片付けて赤い中国の毛氈を敷き、二百の席を準備した。目も眩むような華麗な宴席であったが、二百人が立ったまま座らずに、言った。

「今は国喪中であり、この三年のあいだ、赤い毛氈の上に坐るのは礼法にもとる」

そこで毛氈を取り除けることにした。慎思献がひとこと言うか言わないかのうちに、侍婢が赤い毛氈をすべて取り除け、すぐに中国の白い毛氈をしいて二百の席を用意した。一堂の人びとは顔色が変わった。慎思献は尹百源《ユンベクウォン》[2]、具儼《ク オム》[3]などと富裕さを競った。尹百源の家には童子を数千名かかえていた。

そのむかし、卓王孫[4]は童子が数千名いて、程鄭[5]、石崇[6]は八百名ほどであったという。百源はそれに二、三倍することになる。梁冀[7]は家の中の財産が三十余万であり、董賢[8]は四十三万であった。そうすると、わが国の尹百源、具儼、慎思献、平原君・朴元宗といった人びとは、おのずと小国の雄たるに過ぎないので、寒々と震えながら周囲に物乞いをする子どもたるを免れず、笑いの種にもならない。

▼1【慎思献】一五二〇〜?。字は誠伯、本貫は居昌。一五五八年、別試文科に乙科で及第したが、このときの壮元及第者の対策文の内容が問題になって、削科された。後に、権臣の李樑によって復科された。その後、李樑の腹心として活躍したが、李樑が失脚すると、「六奸」の一人として巨済に流された。

▼2【尹百源】一五二八〜一五八九。字は巨容、本貫は坡平。叔父の尹元衡が勢力争いの果てに自分の父の元老を殺したことに恨みを抱いていた。元衡を牽制するために李樑の党に与して勢力を延ばした。李樑の陰謀が発覚すると、「六奸」の一人に挙げられ、罷免されて流された。一五八九年、家族内の不和により、家族たちによって毒殺された。

▼3【具儼】この話にある以上のことは未詳。

▼4【卓王孫】漢の臨邛の人。もとは趙の人であったが、秦が趙を破ったとき移住を強いられ、製鉄業を営んで富裕になった。娘に卓文君がいて、きわめて貧しい司馬相如に嫁した。文君が壚端で酒を売っているのを見て、これを恥じ、文君に財を分け与え、相如も豊かになった（『史記』貨殖列伝）。

▼5【程鄭】山東から捕虜となって移住して、卓氏と同じく臨邛に住み、製鉄を業とし、西南夷と交易して富を築いた（『史記』貨殖列伝）。

▼6【石崇】晋の人。元康の初期に荊州刺史となり、商人に航海させて富裕になった。河陽に金谷別荘を建てて豪奢な生活を送った。衛尉を授けられ潘岳とともに賈謐におもねり、賈謐が誅されると、罷免され、後に趙王倫に殺された（『晋書』）。
▼7【梁冀】後漢の人。梁皇后の兄。永和の初め、河南尹となり、順帝は大将軍とした。質帝のとき、その暴虐を憎んで跋扈将軍と呼ばれた。遂に帝を酖殺して桓帝を立てたが、後に誅殺された。
▼8【董賢】漢の人。哀帝の幸臣。みずから美貌を誇り、帝と起居をともにして、二十二歳で大司馬・衛将軍となったが、帝が崩じると、王莽に弾劾されて自殺した。

第二一三話……気概に富み、礼節にこだわらなかった朴啓賢

参判の朴啓賢《パクケヒョン》▼1は二相の朴忠元《パクチュンウォン》（第八六話注1参照）の息子である。はなはだ気概に富み、堅苦しい礼節にこだわらなかった。若くして宰相の座に昇り、父親の服を着て、父親の車に乗って、一家の繁栄ぶりは当時に並ぶものがなかった。二相が息子の参判を呼んで言った。

「令公、こちらに参れ。いっしょに将棋をしようではないか」

参判は大夫人が二相のために作った藍色の絹の服を見ていたので、それを賭け物にすることを願った。はたして二相が負けた。参判は立ち上がり、用を足しますといって中に入って行き、大夫人に新しい服を試してみたいと言ってみずから着て、そのまま小門を出て、父親の車に乗って出かけて行った。扇で轅をたたくと、歩卒たちが車を押して飛ぶように走って行き、道を行く人が目を奪われて、これを「斑衣舞」▼2にたとえた。

恭憲大王（明宗）が内侍（宦官）を送って、朝廷の臣下たちに酒を下されたとき、参判は酒を取り上げて漢城右尹に勧めて言った。

「あなたはどうして左尹ではないのですか」

当時、二相が左尹だったのである。右尹が答えた。

「それじゃ、あなたの父上をどの地位に置きますか」

「あの老人は判尹にしたらいかがでしょう」

朝廷中が大いに笑ったものである。中使がやって来て、このことばを王さまに申し上げたところ、翌日、特別に教旨が下って、朴忠元を判尹とし、右尹を左尹としたのである。

▼1【朴啓賢】一五二四～一五八〇。字は君沃、号は灌園、本貫は密陽。一五五二年、殿試で壮元となり、官途を歩んだ。長湍府使に在任中は多くの治績を挙げ、吏曹にいたときは人事に公正であり、尹元衡の結婚強制をはねつけた。おりから東西の党争が激しくなって弊害が現れるのを憂いながら、大司馬として死んだ。

▼2【斑衣舞】老莱子が七十歳にもなって斑衣を着し、童子の姿で老親の膝下で舞い戯れ、親に年を忘れさせようとした故事を言う。

致富

第二一四話……尹鉉の巧みな財物管理術

尹鉉《ユンヒョン》▼1は財物の管理に巧みだった。戸曹判書となったとき、使い古した蓆や青緑布などをすべて倉庫にしまっておき、非常のときに備えた。人びとは笑ったが、後になって、使い古した蓆は造紙署に送って、すりつぶして紙を造らせたところ、品質の良い紙ができた。青縁布は礼曹に与えて野人のチョゴリの紐を作らせて、端切れを棄てさせることなく、一匹を完全に使い切らせた。太倉（国家の倉庫）の穀物が腐っていた上、鼠の糞でいっぱいになっていることがわかった。中国の使臣がわが国にやって来たとき、その鼠の糞で壁を塗らせたが、鼠の糞は粘り気があってよく付着することを知っていたのである。

彼の家の中での切り盛りを言えば、薪の費えがばかにならず、厨房の人間が無節操に使うのを戒めた。また、瓦署で瓦を焼くときは、布と絹を出して丸太を買ってこさせ、そして、火をつけるときには、奴にわざと切れ味の悪い鈍い斧をもたせて丸太を割らせた。奴は額に汗しながら斧を振り挙げなければならない。それで、おのずと薪一本をまるで黄金でもあるかのように大切にするようになって、浪費を防ぐことになった。

門前に三十畝の畑があったが、野菜を植えず、すべて稷を植えたので、人びとは不思議がった。馬卒にこれを任せて、一日に一畝ずつ刈らせて秣として、一月で三十畝すべて刈り終えたが、稷は成長が早く、一月すれば、もう数尺にも伸びている。これをまた一畝ずつ刈って秣に当てたので、馬卒は外に出て秣を調達する必要がなかった。

ある日、家の中の人に言った。

「今年は綿花の値がはなはだ安い。千匹の布でもって買ってくるがよい」

綿花を買ってきて楼に積み上げ、すでに天井に達するほどになったが、その費用はそれほどのものではなかった。それから二、三年も経たないうちに、綿花の値は高騰したので、すべてを持ちだして、穀物を買ったが、その値は十倍にもなっていて、巨万の石高を得ることができたのである。そして家の中の人に言ったものである。

「見るがよい。お前たちは貨殖をこのようにするのだ」

国の場合でも、家の場合でも、財産の管理を実に緻密に行なったのである。

第二一五話……吝嗇家の高蜚

百万長者の高蜚《コビ》▼1という者は忠州の人である。性質が吝嗇で、財貨を重んじた。財物をよく管理して、販売に巧みであり、家の中の富は巨万に上った。倉庫と櫃を封じて鍵をかけるのはかならず自分で行ない、糠や屑米のようなつまらないものでもこれを黄金のように大切にした。

あるとき、遠くに出かけることになり、その帰って来る日までを計算して、妻と妾に升と斗で食糧を与え、倉庫には鍵をかけて出ようとして見ると、小麦粉数升を入れた縁の欠けた器があった。彼は出発を急いでいたので、引き返してそれを蔵にしまう時間がない。仕方がないので、みずからの顔を小麦粉に押し当てて印をつけた。

「お前たちがこの小麦粉を使って食べれば、この顔の痕が崩れるはずだ、そのようなことがあれば、死罪に値するぞ」

そうして、仕事がすんで帰ってくるとき、大雨が降って川を渡ることができず、数日も遅れてしまった。妻も妾も食糧が尽きてしまって、空腹に堪えきれない。たがいに相談して言った。

「死を待つよりも、いっそ腹いっぱいに食べて死ぬことにしましょう」

そうして、その半分を食べて、半分だけを残した。顔の痕はなくなったので、妻は自分の陰部を押し当てて痕を残した。

▼1【尹鉉】一五一四〜一五七八。字は子用または菊礀、本貫は坡平。一五三七年、進士として大科に及第、三司に歴仕して、長らく湖堂にいたが、その後、要職を歴任、使臣として中国に行った。戸曹判書であったとき、徹底した財政の立て直しを敢行した。詩文にも長けていた。

高蜚が帰ってきて、すべての倉庫の封がそのままになっているかを見る前に、まず小麦粉の器を調べた。粉の印を詳しく調べて、言った。

「わしの髭はこのように縮れていたか。わしの鼻は口の中にあったか。お前たちは盗み食いをしたのだな」

そうして、白棒をもって妻と妾を打ちすえた。

高蜚は年老いて、洞内の人びとに富者になるにはどうすればいいかと尋ねられた。高蜚は言った。

「某日、城の上の松の木のところで私を待っていてほしい。私はそこに行って教えよう」

洞内の人びとは酒と魚を用意し、幕を張って、高蜚を待った。高蜚が来ると、人びとは列を為して拝して頼んだ。

高蜚は城の上の松の木の一枝が遠く城の外にまで延びていて、その下は絶壁になっているのを指さした。高蜚は洞内の人びとにその松の木によじ登って行って、その枝をつかんでぶら下がり、片手を放して、片手だけで枝をつかんでいるようにと言った。そして、左右を避けて、ひそかにつぶやいた。

「君たちが財物を守ろうというのは、この枝をつかんでいるようなものなのだ」

他には一言もいわずに立ち去ったのであった。

▼1【高蜚】この話にある以上のことは未詳。

第二一六話……兀孔金八字——妓生の餞別で巨富を得る

俗に「兀孔金八字《オルゴンセパルチャ》」ということばがある。「兀孔金」というのは杖鼓《じょうこ》に綱をつける竜頭鉤を言い、「八字」というのは陰陽四柱の運勢を言う。

以前、全州に一人の商人がいた。船一杯に生姜を積んで、平壌の涓江に停泊した。生姜というのは南方で産する貴重な品で、関西地方では産することがないために、はなはだ高価である。一隻の船に積んだ生姜の値は布一千匹、米一千石にもなった。平壌の名のある妓生には彼に流し眼を送る者が多くいたが、中でも抜きん出て美しい妓生に彼は入れあげた。数年のあいだ、船一隻分を注ぎこんですっからかんになってしまうと、妓生は彼を遠ざけるようになった。商人は家に帰ろうと思ったが、空手では故郷の親戚に合わせる顔もない。そこでそのまま留連して妓生の家の雑用をするようになった。馬を飼い、薪を割って、手に豆ができて潰れるのもいとわず、その家の破れたぼろ服をまとい、残飯を食べた。妓生は他の男たちと寝室で戯れている。商人は台所で手脚を縮めて寝て、薪を割ってオンドルを暖める仕事をしていたが、その苦しみに堪えることができなくなった。ある日、離別を告げて去ろうとしたが、妓生はこれを憐れむ思いが生じ、旅費を与えようとした。しかし、一斗の米も一巾の布も出すのが惜しくなって、家の中を見回して長いあいだ放っておかれて塵の積もった品物を探そうとした。すると、錆ついた杖鼓の兀孔金が十六枚あった。妓生はこれを商人に与えて言った。

「これで米を買って食糧にするとよいでしょう」

商人は喜んでそれを受け取り、泣きながら別れを告げて、立ち去った。道で兀孔金を砂で磨くと、漆色に鏡のように光り、不思議に思った。黄岡の市場でこれを自慢して、その値を釣り上げて百万だと言った。

ある識者がそれを怪しんで、よく見て、おどろいて言った。

「これは本物の烏金《うきん》だ。金よりさらに十倍の値打ちがある」

充分に手厚く旅費を与えてくれたので、全州に到ってその恩に百万金で酬いた。商人は昔の仕事をそのまま続けただけでなく、遂には東方の巨富となって烏金長者と呼ばれたが、世俗で「兀孔金八字」というのはこのことである。

第二一七話……孤島に置き去りにされて福を得た火炮匠

むかし、中国へ行く使節は水路を用いた。上使・副使と書状官などがそれぞれ別の船に乗り、それぞれが一通ずつ咨文と表文をたずさえ、不慮の場合に備えたのである。

高麗のとき、上使の洪師範《ホンサボム》▼1が溺死して、鄭夢周《チョンモンジュ》（第四話注1参照）一人が中国に到ったことがあったのが、このような例である。中国に朝賀する一行は豊川の港から船に乗った。赤海・白海・黒海の数千里の海路で数多くの島じまを通り過ぎ、風と潮の流れを見極めて航路を選んだ。そして、旅行中に必要な物資と中国で売る品物を、それぞれ家財を傾けて船に積載するのであった。豊川郡の守令は柁楼楽《タルアク》▼2をはでやかに演奏して船を見送った。船が出港しようとすると、友人たちは船に取りすがらんばかりにして、声を出して泣いた。今日まで、妓生の音楽に柁楼楽の曲調が残っている。

一人の火炮匠がいて、彼もまた中国に朝賀する一行に加わることになったが、家がはなはだ貧しくて、旅費が乏しく、同行の者たちはこれを見て笑った。海中の一つの島に船をつけ、薪を集め、水を汲んだ。順風に乗じて船を出そうとすると、船はぐるぐると同じところを回るだけで進まない。船の中の人びとは言った。

「むかしから船で旅行するときは一人でも水厄があると、船の中の人全員が水災を被ると言っている。今この船の中にもかならず水厄をもった者がいるはずだ、試してみようではないか」

一人ずつ陸地に船から下りて試したが、船は今まで通りぐるぐる回るだけであった。火炮匠を下ろすと、船は沛然として滞ることがなかった。そこで人びとは相談して食糧と衣服、釜と刀剣など必要なものだけを持たせて、彼をその島に留まらせることにした。帰る時にはかならず迎えに来て、いっしょに帰国すると固く約束して、たがいに涙を流しながら、別れたのであった。

火炮匠はひとり島で日々を送った。草を編んで幕とし、雨や風、暑さ寒さをしのいだ。貝をあさり、蛙や青虫などを捕まえて空腹をしのいだ。自身の運数は絶島で死んで骨を枯らすのだと諦めた。夜ごと眠ることができず、耳を欹《そばだ》てた。夜明けにはいつも何かの声が聞こえたが、それは島の中から天を突き抜け、山を震動させて海の方に向かって入っていった。また日が暮れると、声は海の方から波濤を起こし、渓谷に入って、島の中に入っていくのであった。大いに不思議に思って、山や林の中に姿を隠してうかがった。するると、大蛇が現れ出た。その太さは梁や筏より太く、長さは数百尺ほどあるようであった。島の中の熊を飲みこみ、鹿や猪を食べ、海に入っては魚や蟹などを食べているのであった。その通る道は溝となって、大きな船を入れることも可能であった。

火炮匠は新たに大きな刀を磨き、大蛇の通る道に柄を下に刃を上にして並べ立てた。次の日の夕方、その大蛇は果たして海から島に入っていく。頭から尾に到るまで刀で割かれて、真珠・珠・玉・夜光珠などがあふれ出て、地面に道にいっぱいになっている。二、三日過ぎると、風に乗って腐った悪臭が鼻を刺激した。行って見ると、大蛇が林の中で死んでいた。その腹部を割いて見ると、車の前後を照らすほどの直径が一寸ほどの珠が何千、何百にもなった。

草を編んで袋を作り、珠を詰め込んだが、一石ほどの袋が十余りにもなり、それをぼろ布で覆った。帰って来る船を待つこと、半年ばかりであったが、突然、大きな船が帆を張って海から現われ、大きな声で叫んだ。

「火炮匠よ、無事だったか」

着いた船を見ると、中国に使臣として行き、わが国に帰る船であった。たがいに手を取り合って無事をよろこび、火炮匠は船に迎え入れられた。ともに船に乗った人びとは中国で南方の金、大貝、綾、錦を手に入れて、船に乗って帰るのである。火炮匠は言った。

「みんなは中国で貴重な財物を手に入れて帰るが、私一人は空山の枯れ木といったところだ。運数が拙いというしかない。どのような顔をして妻子に会えようか。島にいたとき、何もすることがなく、海辺の丸石を拾い集めたが、これを年老いた妻が食卓を支え機織りの道具とでもさせることにしよう」

そうして、十余りのぼろ布で覆ったままの袋を船に載せたのであった。人びとはこれをひそかに笑ったが、気の毒にも思ったのであった。

帰国して、市場に出て売ったところ、その値は百万金にも昇り、朝鮮きっての富者となった。

▼1【洪師範】？〜一三七三。本貫は南陽。紅布賊の侵入の際に、王に扈従した功で二等功臣となり、一三七二年、使臣として明に行き、蜀の平定を祝った。翌年、帰国途中、許山の沖で風浪にもまれて溺死した。

▼2【柁楼楽】舟歌の一種。船で舵をとる船室の屋根裏を「タル（柁楼）」と言う。

耐久

第二一八話……何事かを為すには十九年かかる

おおよそ人が何事かを為すには十九年が期限となるという。

晋の文公[1]は外方にあること十九年で晋に還ってきて覇者となり、蘇武[2]は匈奴の地に十九年いて、漢に帰って、麒麟閣（漢の時代、功臣の肖像を描いて安置した建物）に肖像が描かれた。張騫[3]は捕虜となって十九年を過ごして帰ってきて、博望侯に封じられて、その名が栄光に浴した。范蠡[4]は十九年に三度、千金をなし、司馬遷[5]は十九年のあいだ洛陽にあって大業を成し遂げた。わが国では盧守慎（第六話注8参照）が十九年のあいだ珍島に流配され、読書の生活を送って文章を磨き、朝廷に帰って宰相になった。越の句践[6]だけが十年のあいだ生民を集め、十年のあいだ彼らを教え、十九年に一年を足して、呉の国に復讐を果たした。十は陰数の最後の数であり、九は陽数の最後の数である。十九年というのは潤月の余りの尽きる期間である。『周易』[8]で爻《こう》は六となって変わり、三度変わって、十九となる。[7]おおよそ、事は三度成るからである。今、人びとは急に仕事を始めて急にやめ、ある日、始め、ある月、始め、そしてやめる。あるいは一年でやめ、数年以上、堪えることができず、そのことが成し遂げられないのを嘆くのだが、これはみずから限界をもうけて軽薄な人間になることではないか。悲しむべきことだ。

▼1【晋の文公】春秋時代の晋の重耳。十九年のあいだ他国での亡命生活を余儀なくされ、六十二歳で帰国して即位したが、艱難辛苦をつぶさになめた経験から善政を敷いて、国力が振るった。

▼2【蘇武】前漢の忠臣。字は子卿。武帝のとき匈奴に使臣として行って捕われ、十九年の抑留生活を経験した。昭帝のとき帰国して、後に関内侯に封じられた。

▼3【張騫】前漢の外交使節。字は子文。建元年間、前一三九年ころ、武帝は匈奴を挟撃しようとして、その西方の大月氏と結ぶことを考え、張騫は使節として派遣されたが、すぐに匈奴に捕まり十一年のあいだ捕囚され、脱走して、前一二六年ころに帰国することができた。その間は十三年でしかないが、その後も、衛青の匈奴征伐に従い功を立てて博望侯に封ぜられ、西域に使節として行き、東西を結ぶシルクロードの開発に大きな貢献を果たした。

▼4【范蠡】越王勾践の功臣。会稽の戦に敗れた勾践を助けて呉王夫差の復讐を遂げさせた後、野に下って陶の地で朱公と称して物資の交易で財を成した。十九年で三度も千金をなして、二度は貧しい友人や遠い親族に分け与えたという。

▼5【司馬遷】父の太史令・司馬談が武帝の泰山での封禅の礼に従うことができず、上古以来の歴史を書けと遺言して憤死したのが、司馬遷三十九歳のときであり、その後、李陵が匈奴の捕虜となったのを擁護して宮刑に処され、その無念の思いをこめて没頭した『史記』の著述が完成したのが五十三歳のときであった。

▼6【勾践】越王勾践は呉王闔廬を討ったが、闔廬の子の夫差は薪に臥して復讐を誓い、会稽の戦いにおいて勾践を破った。勾践は膝行し頓首して命と国をあがなうことを余儀なくされ、その屈辱を忘れまいとして、

わが身を苦しめ、胆をなめて報復を誓い、戦を起こしてついに呉を破って会稽の恥を雪いだ。闔廬を討ってふたたび夫差を討つまでがほぼ二十年である。

▼7【十九年というのは閏月の……】陰暦では太陽と月による運行日数が十九年で一段落して、それがふたたび反復する。すなわち、十九年は太陽と月による運航日数の最小公倍数として、これを一章とする。その日数は六九三九と四分の三日で、陰暦では七回の閏月がある。二九日×二三五月ということになる。

▼8【『周易』で爻は六となって変わり……】十八変によって一卦ができて、次は十九変となって新しい卦の爻を始めることになる。三変によって一爻を得るが、一卦は六爻なので、十八変によって一卦が完成する。『周易』繫辞上伝。

陰徳

第二一九話……知られずして徳に酬いる

嘉靖の乙巳の年（一五四五）に士禍[1]が起こった。その獄事に当たって逆賊とされた人びとは骨肉を残すことができなかった。その余は言うまでもない。人びとは息を殺し、肩身をすぼめて、見て見ぬふりをして過ごした。

大司諫の李霖[2]がその獄事で死んだ。その妻子たちは凍えて餓えても、訴えるところがなかった。四孟月、すなわち、正月、四、七、十月の祿俸が下される月ごとに、その家の庭の垣根の中に祿米五斗とキムチ一器を夜中にこっそりと置いていく者があった。家の人にはいったい誰の仕業かわからず、その者もみずから誰と名乗ることがなかった。このようなことが久しく続いて、世の中が落ち着いてからも、互いに知りもせず、口にも出さずに終わった。

昔の人が、知られずして徳に酬いるというのは、こういうことである。このようなことを為す者は、その子孫にきっとよいことがあろう。

▼1【士禍】朝鮮李朝の初期、太祖李成桂の建国に協力して功績のあった人びとの流れを汲む勲旧派と新たに科挙を受けて官僚となった人びとである士林派との対立があり、士林派は四度にわたって粛清を受ける。すなわち、戊午の士禍（一四九八）、甲子の士禍（一五〇四）、己卯の士禍（一五一九）、そして乙巳の士禍（一五四五）である。ここでは、最後の乙巳の士禍を言う。中宗の死後（一五四四）、まず仁宗が即位すると、その母の章敬王后尹氏の兄の尹任一派（大尹）が政権を握るが、仁宗はすぐに死に（毒殺という説もある）、弟の明宗が即位して、今度はその母の文定王后の兄弟である尹元衡一派（小尹）が権力を掌握して、大尹一派を大粛清した。それが乙巳の年（一五四五）のことであり、その余波は数年の間続いた。

▼2【李霖】?〜一五四六。大司諫となり、一五四四年、千秋使として明に行った。一五四五年、兵曹参議となったが、乙巳士禍に遭って義州に杖配され、翌年、賜死した。宣祖のとき、伸冤された。

第二二〇話……通訳の大家に収まらない、郭之元と洪純彦

郭之元《クゥクチウォン》▼1と洪純彦《ホンスンオン》▼2とは通訳の大家である。二人はともに中国語に堪能でしばしば中国の朝廷に行った。

郭之元が中国に行く道で、他の人に借金を抱えた者に出遭った。彼は田畑と奴婢をすべて失くし、乞食をしながら流浪していて、泣きながらに郭之元に物乞いをした。郭之元は嚢を探って白銀三百両を取り出して彼に与え、名前も聞かずに別れた。こんなことがあって、中国の人びとは彼を重んじた。沿路では飲み水をもって、

「郭令公がいらっしゃった」

と言って、彼を出迎えた。

洪純彦はまさに私と同郷の人である。人となりは英敏で容貌も優れていた。

彼が中国に行ったとき、以前の知り合いで、兵乱に遭って仕事を失い、その妻子をすべて売り払った人がいた。洪純彦は五百両の金を使って、その妻子と田畑を買い戻してやった。このことによってその名前は中国で知れ渡った。彼が行くところ、人びとは彼を見ると、「洪老爺」と呼びかけるのであった。

私は三度、中国に行く機会があって、通訳官の態度をよく知っている。彼らがわが身を曝しながら万里を往来するのは国家のためではなく、功名のためでもない。ただただ頭を占めているのは彼我の財貨の通商のことだけである。交易の利害関係に敏く、錐刀のような小さな利益をも鼎呂のように重大に考えている。その中で、二人の気概の奮い方は他の人のよくするところではない。どうして、通訳の大家と言うに収まる人物であろうか。昔の賢人にも稀な人物である。

▼1【郭之元】『朝鮮実録』明宗十一年（一五五六）十一月、通事の郭之元を義禁府に下すとあり、同じく十三年三月には、中国からの使節の応接を済ませて褒美を下されている。

▼2【洪純彦】『朝鮮実録』宣祖十七年（一五八四）十一月、宗系及悪名弁誣奏請使の黄廷彧および書状官の韓応寅が帰って来て、改正全文を示した、そのとき上通事の洪純彦にも加資があった旨が記されている。

第二二二話……干支に応じてやってくる洪水

嘉靖の壬寅の年（一五四二）、ソウルで洪水があり、宮廷の中の小川も水があふれた。弘文館の儒臣たちも風呂の桶に乗って出入りして、当直の交代を行なうありさまであったという、そんな話を、外叔の姑母の夫▼1である同知の李調に聞いた。

万暦の壬寅の年（一六〇二）、私が典翰として当直に当たったとき、大雨が降った。時御所▼2の溝が溢れて、弘文館に流れ込んだ。書籍が水浸しになり、当直を交代した人もみな駆り出され、書籍を背負って大わらわであった。

正徳の庚辰の年（一五二〇）、やはり洪水があって、三江（漢江、竜山江、西江）が溢れた。百年のあいだ、あるいはその水の痕にまで至ることはない。

万暦の庚辰の年（一五八〇）、私が西湖▼3に住んでいたとき、大水がにわかに出た。古老の言うことには、六十年前の正徳の庚辰の年の洪水のときよりも、水位が一丈ほど及ばないということであった。しかし、水災の悲惨さは近年にないものであった。

当時、栗島▼4に住んでいた人びとはみな桑の木によじ登ったが、桑の木の半ばは水没して、叫び声が行きかって、気が尽き、脈が尽きといったありさまであった。私は隣近所の人びとと救済に当たったが、人びとは怖がって船に乗り移ろうとしないので、私はみずから船を押して人びとを渡した。一群の侠客が明け方に出て行き、正午に帰ってきたが、桑の木の上の人が船の中に倒れ込んで、船一杯になって帰ってきた。人びとが言った。

「秀才は善を積まれたので、その蔭徳で、近年にはきっと尊いお子を授かるでしょうよ」

この年にはたして息子の瀹《ヤク》▼5が生まれた。

おおよそ、洪水や日照りというのもやはり干支に応じて計策に従うものである。衰弱と豊穰に関することばもまったくの虚偽というわけではない。

▼1【外叔の姑母の夫】この親戚関係、実はよくわからない。書かれている通りに解釈すると、まず柳夢寅の母方のおじ（李氏）であり、その人が父方のおばの夫にもなっている、ということになる。
▼2【時御所】その当時の王の住まいした殿閣。時座所、時座宮とも言う。

▼3【西湖】ソウルの麻浦から西江に至る十五里の地域に対する朝鮮時代の名称。
▼4【栗島】竜山江の下流、麻浦の南にあって、薬種や桑が植えられていたという。
▼5【瀹】『高興柳氏族譜』によると、虎山と号した。万暦庚辰（一五八〇）に生まれ、乙巳（一六〇五）に進士となり、癸丑（一六一三）に文科に及第して湖堂に選ばれた。丙辰（一六一六）には重試に及第した。以後の記述がないが、父の夢寅の獄に連座して、流されたか、殺されたか。正祖甲寅（一七九四）になって冤罪を雪がれた。

第二二二話……殺生を嫌った柳祖認

近ごろ、柳祖認《ユジョイン》▼1という人がいて、殺生をしなかった。

相国の盧守慎《ノスシン》（第六話注8参照）にしたがって漢江に遊んで、漁を見学した。生きた魚を盆にたくさん得たが、柳祖認はそれを漢江に投げ戻した。その座に居た人びとは色を失った。かつて馬に乗って行き、馬が虫を踏みつぶしたので、馬を下りて、奴に大きな椀の水を飲ませる罰を与えた。順川郡の郡守となったとき、ある人が生きた蛤を送ってきたが、祖認はとても食べることができず、江水に放った。蛤は海産のものであり、その江は海から数百里も離れていたから、郡の人びとは大いに笑った。

後に翊衛司禦《いくえいしぎょ》▼2として鶴駕に侍り、大きな川を渡ったとき、文学の南以恭《ナムイコン》▼3が泳いでいる魚を指して言った。

「泳いでいる魚を楽しもう。まさに網を投げて楽しもうではないか」

柳祖認が言った。

「楽しもうと言うのはいいが、そこで網を投げようというのは不仁ではないか。水の中を泳ぐ魚に網を投じれば、水の上で見ている人には楽しめても、水の中では三族が死ぬ惨状が出来することがわからないのか」

そのことばは仏者に近かったが、そのこころは君子であった。黄山谷▼4には次のような詩句がある。

「皮衣はたしかに暖かいが、狐と貂はかわいそうだ（衣裘雖得暖、狐貂正相哀）」

蘇東坡（第九三話注3参照）が書簡に書いている。

「牛と羊を屠殺し、魚と鼈を包丁で割けば、食べる方ははなはだうまいが、死ぬ方はたまらない苦痛である」

ああ、柳祖認の生命を尊ぶことはこのようであったが、その息子はにわかに非命に死んだ。天の理致はどこにあったのか。

▼1【柳祖認】一五二二～一五九九。字は認之、号は泛愛、本貫は文化。学問にはげんで行儀が端正であったので、同学たちの尊敬を受けた。忠孝と節義で推挙を受けて牛峰・伊川の県監となった。赴任するところごとに善政を敷いた。壬辰倭乱が起こると、みずから進んで平壌まで王に扈従し、ついで世子に侍って延平まで行った。ソウルに戻って刑曹参議に昇った。

▼2【翊衛司禦】世子翊衛司司禦の略。司禦は朝鮮時代、世子翊衛司に所属した従五品の官職で左翊衛・右翊衛それぞれに一人がいた。

▼3【南以恭】一五六五～一六四〇。宣祖のときの小北派の巨頭。字は子安、号は雪蓑、本貫は義寧。一五九〇年、文科に壮元で及第、官途を歩んで嫌韓を歴任し、吏曹判書に至った。権謀術数に長けていたという。

▼4【黄山谷】一〇四五～一一〇五。宋の人で、名は庭堅。蘇東坡の門下の四学士の一人。特に詩に抜きんでていて蘇黄と並称される。行草の書にも巧みであった。泉石を愛してみずから山谷道人と号した。

朋党

第二二三話……党派争いの行く末を占った南師古と鄭慎

鵝渓《アケ》・李山海《イサンヘ》（第一一話注4参照）が南師古《ナムサコ》（第三二話注1参照）と松亭で会って、荊で作った敷物の上に座って話をした。師古は西の方の鞍嶺を指さし、また東の方の駱峰を指さして、言った。

「後日、朝廷にはかならず東西の党ができるだろう。『駱』という文字は『各』と『馬』とが合わさった文字であり、遂には各自が散り散りになるであろう。『鞍』というのは『革』と『安』と合わさった文字だから、改革の後には平安だということであろう。また漢城の西の外にあるその党の大部分は時を失うものの、時が変わればふたたび時に乗じて、しかし、遂には滅亡することとなろう」

その後、そのことば通りに、西人を名乗る人びとは時を失うことが多かった。まず沈義謙《シムウィギョム》[1]の一党が恭憲大王（明宗）の即位に乗じて大いに隆盛し、鄭澈《チョンチョル》（第一一七話注1参照）が鄭賊の変[2]を平定したことによって興り、尹斗寿《ユントス》[3]の一党が播越の変[4]に遭って興り、また少数の人たちが今の王さまの即位によって初めて興ったのであった。東を名乗る人びとは分れて南人と北人となり、大北と小北となり、骨北と肉北となった。李山海のことば通りだったのである。

死んだ正[5]の鄭慎《チョンシン》[6]は星座をよく見て、天文にくわしかった。そのことばも実によく当たった。かつて言ったことがある。

「現在の東西の党は洛党と蜀党[7]のようではなく、住んでいる場所によるものである。しかし、ひとたび東西南北の呼称が確立すると、天の運数が関係してくる。あるときには東論が隆盛で西論が衰微し、今は東方の気運が西方のそれを圧倒している。東寇（倭寇）が大いに興ると、わが国の気運を押しやって、鴨緑江にまで退却させた。ところが、今や西論が大いに興り、東人が衰微して、西方の気運が東を圧倒している。中国の兵士が西方からやって来て、わが国の気勢を挙げたが、東萊にまで行ったものの、そこで終わっている。
これもやはり確かな議論である。

▼1【沈義謙】一五三五～一五八七。字は方叔、号は巽菴・艮菴など、本貫は青松。仁順王后の弟。旧勢力を代表する人物であったが、士林たちの間での名望も高かった。このとき、金宗直系統の新進勢力として金孝元が政界に登場して、金継輝によって吏曹正郎に推挙されると、金孝元がかつて明宗朝の権臣であった尹元衡の家に寄宿していたと知って、権臣におもねる者だとして反対した。一五七四年、結局、金孝元が吏曹正郎に抜擢され、翌年には沈義謙の弟の忠謙が同じく吏曹正郎に推薦された。すると、今度は金孝元が詮郎の職分が戚臣の私有物になってはならないと反対して、沈義謙と金孝元の対立は決定的になった。沈義謙のもとに旧勢力が集まって「西人」と呼ばれ、金忠元のもとに新進勢力が集まって「東人」と呼ばれたのは、義謙の家がソウルの西にあり、忠元の家が東にあったことによる。

▼2【鄭賊の変】己丑の年（一五八九）の獄事。鄭汝立が起こした。鄭汝立は東人に属して中央では修撰の職にまで昇ったが、故郷の全羅道に帰り、多くのソンビたちと接触する間にその名前が高くなって、いつか反逆を企てるようになった。一五八九年の冬を期して、全羅・黄海両道で一斉に挙兵してソウルに進軍する計画を立てたが、決行前に洩れて、失敗した。第一九話の注19も参照のこと。

▼3【尹斗寿】一五三三～一六〇一。字は子仰、号は梧陰、本貫は海平。一五五五年、殿試に壮元及第。詮郎として李樑が息子を推薦するのを拒否して免職になったが、李樑が失脚して修撰として復帰した。要職を歴任したが、一五七八年にはふたたび李銖の獄事に連座して罷免されたが、復帰、一五九〇年には平安道観察使として宗系弁誣《そうけいべんぶ》（第三一話注1参照）の功で光国功臣二等に冊封され、海原君に封じられた。党派争いに巻き込まれ、会寧に流配されたが、一五九二年に壬辰倭乱が起こると、宣祖に特に赦され復帰すると同時に、宣祖の西行に扈従した。一五九四年には宣祖は王室保全、あるいはわが身可愛さのためにさらに北に逃げ、世子は分かれて南下したが、斗寿は世子に従った。一五九九年、領議政となったが、党派争いの中で辞任して、南坡で余生を送った。

▼4【播越の変】壬辰倭乱の際、平壌に逃れた宣祖が世子を朝鮮にとどめ、みずからは平壌から義州に避難し、さらに明に逃れようとしたことを言う。

▼5【正】寺・院・監の長官と宗親府などの正三品の堂下官。
▼6【鄭慎】『朝鮮実録』宣祖三十二年（一五九九）閏四月に、鄭慎を広州牧使となすとあり、三十五年四月には校書館校理になすという記事がある。
▼7【洛党と蜀党】宋の哲宗の時代、三つの党派がはげしく党派争いをした。すなわち洛党、蜀党、朔党の三つだが、ここでは二つの党派、程頤を領袖とする洛党と蘇軾を領袖とする蜀党だけを挙げている。それぞれ、領袖の程頤が洛陽の人で、蘇軾が蜀の人であったからの命名になる。

第二二四話……東党の領袖の金孝元

先王（宣祖）の代の初めのころには朝廷には朋党などなかった。沈義謙《シムウィギョム》（第二二三話注1参照）と金孝元《キムヒョウォン》▼1がおたがいに批判し、排斥し合って、そのことから東西の朋党が生じたのである。東西の議論が二つに分れると、先王は大いに憤慨し、憂慮もなさり、沈義謙を退けて下道方伯（全羅道観察使）とし、金孝元を富寧府使に左遷して遠ざけられた。その当時、李珥が文章を奉った。

「二人にはたしかに罪があります。しかし、金孝元はもともと病がちであり、北の要塞に入って行けば、きっと死んでしまいます。それでは泰平盛代の処置とは言えません。できれば、別のところに移して下さい」

王さまはこのことばを聞き入れて、孝元を三陟府使にされた。三陟は遼東地方にあって豊穣な邑ではあるが、そのころ鬼神が多く跋扈して大勢の守令が死んだ。当時の銓官たちみなが沈義謙の党派であったために、わざと死地に赴かせるようにしたのである。金孝元が三陟の邑に着くと、邑の役人は金孝元を官衙の中に居住させず、邑の家に住まわせた。金孝元が不思議に思い、これを詰問すると、役人が言った。

「妖物が近年あらわれて、邑の守令が取り憑かれて死んでいます。官衙を閉鎖してすでに長い年月が経っています」

金孝元はしいて官衙を清掃させて、そこに住むことにした。ときは春分が過ぎたころのこと、家族はソウルにおいて、あえて同行はしなかった。金孝元がひとり官衙にあってうとうととして、目を覚まして見ると、扉が自然に開いた。一点の青白い火が庭の中にあるのが見えて、左に旋回すると蛍のように小さく、右に旋回するとお椀の大きさになる。それが左に行くと灯火の大きさになり、また右に動くと壺の大きさになった。こうして小さくなったり、大きくなったり、遂には大きな甕の大きさになった。その一点が急に寝室に飛び込んで来て、最初は小さいのが、後には大きくなるのは庭にあったときと同じで、寝ていた床にまで迫って来た。金孝元は衾を握りしめて起き、正座して色を正して言った。

「人と鬼神の道は異なるのに、どうして私をこのように煩わせるのだ。おそらく理由があることであろう。もし恨みごとがあるのなら、詳しく言ってみるがよい。そうでなければ、すぐに立ち去るがよい。どうしてお前をないがしろにしようか」

このことばを聞くと、火は悠然と去って行き、どこかに消えてしまった。

金孝元は扉を固く閉じて眠ったが、夢の中にある鬼神が扉を開けて入ってきて言った。

「私はこの邑の城隍神（邑の守護神として祀る神）なのだ。この邑ができた昔から、山祀堂で祭祀を受けていたが、中世になって新羅王の第二女である妖巫の鬼が小白山からやって来て、民間の人びとを幻惑し、さまざまな徴を示して、ついには私を追い出したのだ。妖巫の鬼は私から祠を奪い取った上、祭祀を受けるようになった。私の位板は取り外されて、今はこの役所の梁の上にある。これ以上の辱めはない。府使におかれてはすぐにこの鬼神を追い出して、私をその祀堂に帰していただきたい。それ以上は何も望まない」

その話を聞いて、夢から醒めた。夜が明けると、金孝元はすぐに起きあがり、馬を準備するように命じた。邑の人びとは府使は夜のあいだにかならず死んだものと思っていたので、明け方になると、みなが不思議に思って、言った。

「どこに行かれるのですか」

「城隍祀堂に行くのだ」

儒生の何名かがついて行った。

祀堂に入っていき、扉を開けて見ると、薄絹や錦繍など祭儀のための品物が供えてあった。軍卒にすべて撤去するように命じたが、みなは抗った。

「この神は霊験があり、祟りがあることは類がありません。こんなことをなされば、きっと大きな災厄があります」

みなはびくびくとして見るだけで、あえて前に進み出ようとする者はいない。あるいは後ずさりして、逃げようとしている。金孝元は数名の儒生に命じて、神の位板、幕、什器を取り除けさせ、庭に積んで焼かせてしまった。その中で、純金の簪、大きな鈴だけは焼けずに残ったので、槌で叩いて粉々に砕いて棄てた。

ふたたび官衙に帰って来て、梁の上を見ると、はたして城隍神の位板があったので、すぐに軍卒に命じて持って行かせ、祀堂に安置させ、清潔な犠牲と酒とをこれに供えた。その日の夜、城隍神がふたたび夢に現れ感謝した後に立ち去った。それ以来、邑では災厄はなくなった。

そのときの儒生の中に李瓛《イオ》（第三二話注3参照）という者がいて、今は平昌郡守になっているが、その事の顚末を詳しく話してくれたのである。

▼1【金孝元】一五三二～一五九〇。東人の中心人物。字は仁伯、号は省庵、本貫は善山。文科に及第の後、嶺南に下って李退渓・曺植のもとで学んだ。明宗のとき、沈義謙が当時の権臣である尹元衡の家に公務で訪ねたとき、金孝元の寝具があるのを見て、文名のある者が権門に阿諛しているとして軽蔑するようになり、孝元の推挙に反対した。その後、逆に金孝元は沈義謙の弟の忠謙の推挙に反対して、ことごとく反目するようになった。この二人の反目が東西の党派争いの発端になる。

誣罔

第二二五話……高麗王の血筋には鱗があった

高麗の王統を受け継ぐ者は左の腋の下にみな三枚の鱗があった。辛禑《シンウ》（第四話注2参照）は江都で死に、辛昌《シンチャン》▼1は江陵で死んだが、二人ともにその徴があった。

車軾《チャシク》（第一一一話注2参照）が高城郡守であったとき、楊士彦《ヤンサオン》▼2の丈人（岳父）である李時春《イシチュン》▼3に出会ったが、七十歳くらいの人で、いつもこのように話をしていた。

「私の曽祖母は九十余歳まで江陵で生きていた。二十歳のときに前朝の王が刑を受けるという話を聞いて、見に行ったという。刑を受けるに至って、王は人びとに叫んだそうだ。『私は王氏として本来は竜の子孫である。左の腋下に三枚の鱗があって、それがその徴だ』と言って、服を脱いで人びとに見せたところ、はたして左腋の下に大きさが銭ほどの鱗が三枚あって金色に光っていたのだそうだ。人びとはおどろき、大いに悲しんだという」

世間で言い伝えているのは、高麗の恭愍王には後継ぎがいず、広く年の若い男子を選んで都令と号して宮中に居住させた。王妃は辛吨《シンドン》（第四話注3参照）と私通して二人の男子、禑と昌を産んだが、二人は王氏ではなかったとする。

そこで、『高麗史』▼4では辛禑と辛昌と書いているのだが、江陵の人びとが三枚の鱗を見たのが真実であるなら、歴史家の方が間違っているのである。あるいは、権近《クォンクン》（第一〇八話注3参照）・鄭道伝《チョンドジョン》▼5などといった人びとは朝鮮王朝におもねって事実を歪曲したのであろうか。後世の人びとは真実か虚偽か判断することができない。車元頫《チャウォンプ》▼6の『雪冤記』を見ると、次のようにある。

「申叔舟《シンスクス》（第五八話注1参照）と成三問《ソンサムムン》▼7が王さまの命令を受けて註を施し、『姦邪な金富軾《キムプシク》▼8は私的な恨みで歴史を記述し、鄭知常《チョンチサン》▼9を墨で塗り消した』と言っている」

『高麗史』を見ると、鄭知常が悪人におもねって奸邪なことを行なったと何度も書いて、一度に止まらない。こうした歴史記述はみな金富軾のしたことであり、どうして彼が嘘をつかなかったと言えようか。歴史書などとても信じることができないのは、この通りである。

▼1【辛昌】一三八〇～一三八九。高麗三十三代の王。在位、一三八八～一三八九。禑王と侍中の李琳の娘の謹妃のあいだの子。『高麗史』は辛氏だとする。一三八八年、李成桂が威化島から回軍すると、王氏ではないという理由で禑王を廃し、王氏の中から王に推戴しようとしたが、李穡などの強力な主張によって、禑の子の昌が王となった。しかし、李成桂の権力はさらに強化されて、昌王は江華島に追われて殺された。

▼2【楊士彦】一五一七～一五八四。李朝中期の文官・名筆。字は応聘、号は蓬莱・滄海など、本貫は清州。一五四六年、文科に及第、自然の景色を愛し、みずから地方官を希望して各地を歩いた。民政に心を砕いて善政を布いたが、火災の責任を取って帰郷して二年後の帰還の途中で死んだ。清廉な官吏で子孫に財産を残さなかった。

▼3【李時春】『朝鮮実録』明宗即位年（一五四五）九月に金化県監の鄭亀朋が八脚四角の牛が現れたという返事を報告して捕まえられた。そのとき、李時春もまた預かり聴いていることだと弁明している。

▼4【『高麗史』では……】『高麗史』では禑と昌を高麗王氏と認めず、辛氏として辛禑、辛昌と記しているということ。

▼5【鄭道伝】？～一三九八。号は三峰。牧隠・李穡の門人。高麗時代末期からの文臣で、李成桂に協力して朝鮮建国の一等功臣となったが、第一次王子の乱に連座して、斬首された。儒学の大家として、軍事・外交・性理学・歴史・行政などの多方面にわたり、朝鮮の国家としての骨格を作るのに活躍した。斥仏崇儒を国是として、儒学発展に貢献した。書にも優れていた

▼6【車元頫】一三二〇～?。字は思平、号は雲巖、本貫は延安。鄭夢周・李穡などとともに名声が高く、性理学を深く探求した。朝鮮開国に際し、太祖が功臣として冊録しようとしたが、辞退して、官職にも就こうとはしなかった。河崙の恨みを買うことになり、送られた刺客のために家族およびその一党八十余名とともに殺害された。絵に巧みで、とくに梅の絵に長じていた。世宗のとき伸冤され、侍中が贈られた。

▼7【成三問】一三一八～一四五六。学者。世宗の寵臣として『訓民正音』の作製に最も貢献したが、世祖の即位に反対して車裂きの刑に処された。「死六臣」の一人。『高麗史』の編纂者としては名前が削除されている。

▼8【金富軾】一〇七五～一一五一。高麗の政治家、史学家。現存する韓国の最古の史書である『三国史記』の編者。字は立之、号は雷川。本貫は慶州。粛宗のときに科挙に及第して官途を歩んで要職を歴任した。一一二六年の李資謙の乱の後、妙清一派は西京（平壌）遷都をとなえ、また女真族の建てた金の討伐を主張して、遂には反乱を起こすが、これに理論的に対抗し、官軍を率いて鎮圧した。

▼9【鄭知常】?～一一三五。高麗時代の有名な詩人、文人。号は南湖。一一一二年、科挙に及第して、正言・司諫を経て、起居注となった。李資謙の乱を鎮圧した拓俊京がその功を頼んで跋扈し始めると、これを上疏して流罪にした。一一三五年、西京遷都を唱える妙清一派に加担して、金富軾に殺害された。書にも絵画にもすぐれていた。

第二二六話……山里で生き延びたという元績

嘉靖の乙卯の年（一五五五）、倭寇が全羅道に来襲した。節度使の元績《ウォンチョク》▼1の軍隊が珍島で敗れ、元績は戦死した。当時、世間の評判では、尹元衡が賄賂でもって元績を将軍に登用し、元績は軍の規律を知らないまま兵士を率いて敗れたのだと言っていた。元績は混乱の中で戦死して、その屍も見失われた。

壬辰の年（一五九二）にわが一家は倭乱（第三一話注10参照）を避けて伊川の古密雲に入って行った。古密雲というのは伊川の北側の山深い人跡の絶えたところにあった。村は深い渓谷の中にあり、まるで武陵桃源といったありさまであった。その土地の人が言った。

「元績は戦に負けて逃亡し、この地に住んで、八十歳になって死んだ。その子が三年喪を終えるときに、ムダン（巫女）を呼んで、夜に祭祀を行なってから、もう四、五年にもなろうか」

おおよそ、その地域の風俗がはなはだ純朴で、逃げて来た者を手厚くもてなすことを知っていたのである。

むかし、劉安▼2と姚泓▼3が死罪になったとき、刑罰を受けるために東の市場に護送された。しかし、正史にもはなはだ明瞭に、この世界を逃れて神仙になったとし、野史の類もそう述べている。現世《うつしよ》から抜け出て刑罰を逃れ、人里離れた奥深いところに隠れ住んで、霊魂を養生して、延齢保身すること、元績のような者がどうしていないであろうか。なんとも言えない。

▼1【元績】?～一五五五。一五一九年、文科に及第、全羅道兵馬節度使だったとき、一五五五年、乙卯の倭変が起こり、倭船七十余隻が達梁浦に侵攻して城を包囲した。これに抗戦したものの、城内の食糧が尽きてしまい、降伏することを倭に伝えた。しかし、倭はそれを無視して城内に押し入って、長興府使の韓温などとともに殺害した。朝廷では城を失ったばかりではなく、降伏しようとしたことを罪として、両班の籍を没収した。

▼2【劉安】?～前一二二。漢の学者。高祖・劉邦の孫で淮南王に封じられたが、後に謀反の罪を着せられて、自殺に追いやられたとされる。方術士を宮廷に招いて『淮南子』を編纂した。

▼3【姚泓】後秦の人。姚興の長子。姚興が死ぬと、帝位を僭称したが、劉裕の攻撃を受けて、建康で死んだとされる。

第二二七話……他人の福をうらやんで告発する人の性情

李渭浜《イウィビン》[1]はその人となりが傲慢で卑しかった。文字も知らず、武術も知らず、ただ名前のある人びとのあいだを奔走して、気勢を振るった。乱の後には湖西地方に流れて没落し、海辺の孟串《メンコッ》というところに居住した。近隣の賦役をよく保護してやり、彼を慕う者たちが百余戸にもなり、平穏に苦労することなく、邑の中の豪家となった。いつも賦役があるときには、号令をかければ、その声に応じて立ち上がる者たちが雲霞のようであった。邑の者たちは彼を孟串王と呼んだ。

彼に恨みを抱く者がいて、李渭浜は謀叛を企てていると告発した。ソウルで彼を尋問して、反逆の事実はなかったものの、武断でもって平安道の甑山に帰郷させた。ぼろ布をまとって痩せた馬に乗り、落ちていく姿は乞食さながらだった。咸従県令の閔汝任《ミンヨイム》[2]に謁することを請うた。閔汝任は彼の容貌が痩せて黄ばみ、身なりもみすぼらしいのを見て、戯れて、言った。

「昔日の孟串王が今はどうしてこのように疲れ果てたのか」

李渭浜には慙じる色があった。

ああ、人の心は定まりがない。栄華を望み、福祿を栄光としながら、飯釜が人より少し大きいのを見れば、その人を告発することにもなる。

万暦の甲午の年（一五九四）に進士の李哲光《イチョルクワン》（第六七話注3参照）の婢の夫が哲光の謀叛を告発した。撫軍司の宰相・李恒福《イハンボク》（第八五話注3参照）が言った。

「私は李哲光をよく知っているが、彼には謀叛を起こすような才能も気勢もない」

はたして、謀反の実態がなく、婢の夫が逆に罪された。

後日、李質粋《イチルス》[3]が温陽郡守だったとき、逆謀の獄事に関連した者を逮捕することになって、真っ赤に焼けた鉄の鋤を腿の間に挟ませて虚偽の自白を強いた。すると、逮捕されて尋問される者は、門を入って庭を見るだけで、自分は逆謀に加わったと自白してしまう始末。そうしてソウルに上京した者は数多く、いちいち記すことができない。その功績によって、李質粋は銀貫子をつけ、緋の衣服をまとう階級に昇った。

それ以来、少ないとは言えない数の者たちがこれを見習い、ちょっと気の利いた者なら、しきりに告変を行なうようになったのである。

▼1【李渭浜】李渭賓。『朝鮮実録』宣祖三十二年（一五九九）三月から十月にかけて、李渭賓の記事が見える。たとえば、三月、備辺司が、前察訪の李渭賓は逆賊の李夢鶴の造反の初めに、これを饗応しようとし、その後の心迹もまた疑いが絶えない、これをすみやかに訊問すべきだと啓上して聞き入れられた。十月には、李渭賓の罪はすでに定まった、とある。

▼2【閔汝任】『韓国人の族譜』（日新閣）によると、一五九四年、別試文科に丙科で及第し、一五九七年、丁酉再乱（第三一話注10参照）に際しては明の将軍の接伴官となった。一六〇八年、司諫、一六一四年、南原府使、仁祖の初めに工曹参判となって、清白吏に録撰され、左賛成を追贈された。

▼3【李質粋】『朝鮮実録』宣祖三十八年（一六〇五）三月に、行副司果の李質粋は、最近、逆賊が起こったのに乗じて功を上げようと考えて、鍛錬した邏卒を使って残酷な刑を用いていて、無辜の者が斃死して、その数がわからないほどである、という記事がある。

古風

第二二八話……ソンビは身なりが貧しくとも侮ってはならない

読書堂（第一二六話注1参照）を管理する年老いた役人が他の役人に言った。

「儒生がたとえ貧しく、みすぼらしい身なりをしていようとも、それをけっして粗忽に扱ってはならない。

もうずいぶん以前のことになるが、私が読書堂に勤め始めたころ、一人の若者がぼろぼろの衣服をまとい、下童を連れてやって来た。容貌は粗野で風彩も上がらない。読書堂のまわりをぶらぶらして、見て歩いているだけ。役人が彼をからかったものだった。

『生員はソウルに科挙のためにやって来られたか。いつかは及第して、ここ読書堂で勉学に励まれるがよい』

するとその人が言ったものだった。

「草深い田舎の貧しい人間が科挙に及第することはたやすくはない。いわんや、読書堂で勉学することなどどうして望めようか」

その年、新たに選ばれた人びとが休暇を賜って読書堂にやって来たのを見ると、あのぼろぼろの衣服をまとっていた貧しい若者がいるではないか。その名前を尋ねると、盧守慎（第六章注8参照）というのだった。その年に壮元（首席のこと）で選抜されたのだ。そのこと以来、私はたとえ身なりが貧しくともけっしてソンビをばかにしてはならないと自分を戒めているのだよ」

第二二九話……四柱が同じで、同じ女と同じことを

承政院の古くからのしきたりに、すべての承旨は都承旨をうやまって、一言でも冗談を言うべきではなく、もし不敬を犯したならば、罰として宴会をもうけなくてはならないというのがあった。

洪暹《ホンソム》（第三話注4参照）は名妓の兪姫《ユフィ》に入れ揚げたことがあったが、その当時、儒生の宋康《ソンカン》▼1もまた兪姫と親密だった。洪暹が都承旨となり、李浚慶《イチュンギョン》（第八七話注1参照）が同副承旨であったときに、宋康が死んだ。洪暹が溜め息をついて言った。

「宋康は私と同じ年、同じ月、そして同じ日に生まれたのだが、先に死んでしまった。困窮と栄達とは人

は同じではなく、どうしてこれを不思議とせずにいられれよう」

李浚慶が言った。

「都承旨殿は兪姫を寵愛なされ、宋康もまた兪姫を愛しましたが、四柱が同じというだけでなく、同じ女と同じことをなさった」

居合わせた承旨たちは顔を見合わせて色を失い、役人たちも目をぱちくりさせて、前代未聞の大変事だと考え、李浚慶の屋敷で七度の罰宴を開かせて、やっとのことで事態が収束した。李浚慶が言った。

「たとえこんなことでわが家が傾くことがあったとしても、話の流れで言わなくてはならないことがあるのだ」

中世以来、紀綱がゆるみ、承政院の中の古風が日に日に衰微してゆく。今に到って、ふたたび昔日を回復することはできないが、また世間が変わってゆくさまも見える。

▼1【宋康】宣祖三十六年（一六〇三）二月、功臣都監から、壬辰倭乱において最初から最後まで扈従した臣下として、宋康の名前があげられ、三十七年十月には扈聖功臣三等を与えられた人の中に宋康の名前が見える。

第二三〇話……宿直の代わりは誰もがいやがる

弘文館において輪番制で当直するのは、唐の瀛洲十八学士▼1の故事によっている。宿直の人員で、上は修撰以上を上番と言い、下は修撰以下を下番と言う。同僚に当直を代わってもらうことを頼むときには、かならず役人を送ってことばを尽くす。同僚としてソウルに住む者が、南部に住む者、東城に住む者、青坡洞に住む者、壮義洞に住む者に依頼のために役人を送る。役人があまりに遠いところを往復するあいだに雨や雪が降ってきて、泥濘にあい、靴を脱いではだしで歩き、衣服がびしょぬれになりながら、東走西奔し、まるで牛馬のように息をぜいぜい言わせている。甲に頼んだがだめなので、乙に頼んだ。張三に頼んだがだめだったので、李四に頼んだ。どこに行っても、にわかに病気だと言って当直を代わってはくれない。あるいは「私の子どもが」という言い訳をするので、人びとはひそかにそれを冗談にするようになった。日が暮れかかって宮廷の門が閉じられようとするのに、奔走して疲れ切った役人を見ると、路傍にいる人びとが、「私の子どもが」と言って、笑った。正字として新たに登用された若い官吏がいて、「彼ならきっと代わってくれるだろう」と思って、彼に頼んだところ、にべもなく断られた。無駄足を踏んだ役人が腹を立ててののしって帰って来て、言った。

「あの者こそ本当に天性の『私の子どもが』だ」

かつて姜紳《カンシン》▼2は宿直に当たって四十日続いても、交代してくれる者がいなかった。宮廷の中に閉じこもることを余儀なくされ、季節が変わってこれ以上は堪えられず、兄の姜緒《カンソ》▼3に交代してくれるように頼んだが、姜緒はいつも酔っぱらっていて代わろうとはしなかった。ところが、ある日、酔ったままやって来たので、姜紳は一方ではよろこび、一方では怨んで、言った。

「どうして兄さんは家でいつも酔っぱらっていて、わたくしだけがこのように我慢しなければならないのだ」

姜緒は怒りだして、

「私はお前を気の毒に思って来たのに、どうして私を恨むのだ」

と言って、裾をまくって逃げ帰ってしまった。姜紳はまた何日も宿直して、やっと退出することができた。

李聖任《イソンイム》▼4は弘文館に一月余り宿直することになって、李大海《イテヘ》▼5に夜に乗じて来てくれるように頼んだ。だが、大海はなかなか姿を見せてくれない。聖任は大海を待ち構えていて、宮廷の門が閉じられようとすると、

「李校理がすぐに来るから」

と言って、門を閉じないように頼んだ。李聖任は喜んで衣冠を正しながら、今か今かと門の中で待ってい

たが、李大海の姿を見ると、

「遅い、遅い。君はどうして私を待たせて疲れさせるのだ」

と怒鳴った。すると、李大海は足を一歩門の中に踏み入れたかと思うと、そのまま引き返し、馬に乗って帰ってしまった。李聖任は外に出ることはできず、そのまま帰って宿直室で職務を果たすしかなかった。

おおよそ、昔の宿直のきまりははなはだ厳しく、出る者はほっとして胸を張って晴れやかに歩き、入る者はおずおずと入って行ったものである。近年は、出て行くのも、入って行くのも、気持ちが緩み切っていて、たとえそのことで官職を罷免されようと、また朝廷で批判を受けようと、むしろ泰然として動揺しない。紀綱にかかわることでもまた世間は変化しているのをみることができる。

▼1【瀛洲十八学士】唐の太宗は瀛館という文学館を設立して、房玄齢・杜如梅など十八名の学士をおいて優待した。瀛館では十八名の学士の画像を描き、賛をつけたものが掲げられ、世の人々は彼らを欽慕して、「登瀛洲」と呼んだ。

▼2【姜紳】一五四三～一六二九。字は勉卿、号は東皐、本貫は晋州。一五六七年、主席で進士となり、一五七七年には別試文科に壮元で及第した。一五八九年、問事郎として鄭汝立の獄事（第一九話注19参照）を処理して平難功臣三等、晋興君に封じられた。壬辰倭乱の際には咸鏡道巡察使として活躍し、一五九六年には西北面巡察使・大司諫を歴任して、丁酉再乱の際には明の軍とともに倭軍を撃退した後、京畿道観察使となり、左賛成に至った。

▼3【姜緒】一五三三～一五八九。字は遠卿、号は蘭谷、本貫は晋州。一五六四年、司馬試に合格して、一五六八年、蔭叙で幽谷道察訪となり、翌年には謁聖文科に丙科で及第した。右・左承旨、仁川府使に至った。予知能力があって、鄭汝立の乱、壬辰の倭乱が起こることを予見していたという。

▼4【李聖任】一五五五～?。字は君重、号は月村、本貫は全州。一五七七年、別試文科に丙科で及第、一五八三年には聖節使の書状官として明に行った。一五九二年、壬辰倭乱が起こると、自薦して慶尚道観察使となり、兵を集めて倭軍を討伐しようとしたが、意を得ずに撤退して、さらに民兵八百を率いて前線に出て行ったものの、臨津江の前線が敗れると、敗走した。そのことを司憲府から弾劾されて免職になったが、一

五九四年には黄海道観察使となった。筆翰・文辞・言語・歌声・容貌すべてすぐれて「五玉」と呼ばれた。

▼5【李大海】『朝鮮実録』宣祖十六年（一五八三）五月に芸文館翰林として李大海の名が見え、十七年十一月に、三公にそれぞれ賢才を推薦せよとの命が下って、右議政の鄭惟吉が李大海を推薦している記事がある。二十二年十月には暗行御史として全羅道に派遣されている。

外任

第二三二話……文章のできない者が軍人になる

かつて朝廷では、軍籍に付くべき軍人を募るのに、敬差官を八道に派遣して、郷校の生徒たちに講読させた。文章をよくしない者たちを選んで格下げして、軍隊に編入させたのである。

ある儒生は年老い、顔には髭がぼうぼうであった。読む書物がなく、『類合』▼1を手にして講読をさせた。敬差官がその書物を開き、「鷲《チュイ》」の字と「鴟《チ》」の字を尋ねた。生徒が「鷲」の字を読むときには、満面の髭がみな口の周りに集まり、「鴟」の字を読むときにはその髭がまた四方に広がった。そのおかしな表情が見ている者たちを抱腹絶倒させた。

ある敬差官は駅馬に妓生を乗せて南原に至った。南の亭子《チョンチャ》に座って郷校の生徒たちに購読の試験をしようと本を開いて尋ねた。

「いわゆる程子《チョンチャ》というのは、南のチョンチャなのか、北のチョンチャなのか」

ある生徒が答えた。

「南のチョンチャです」

敬差官が大いに笑って書物を放り、妓生の膝を枕にして横になって、言った。

「君は行くがよい。軍の堡塁で弓袋でも枕にして寝るのが似合っている」

生徒は勃然として顔色を変えて言った。

「河南の程子▼2は南の程子でなくて、なんなのでしょう」

敬差官はおどろいて起きあがった。

「それでは、君は詩を作れるか」

「詩は作れませんが、歌は作ることができます」

「歌を作って見せてくれ」

そこで、生徒は歌を作って歌って見せた。


このように困難な年に軍籍とはいったい何のため。

軍籍はもともとのきまり、でも敬差官は何をする。

敬差官はもともとのきまり、でも疲れた役馬と妓生は何をする。

（此険年軍籍何為哉
軍籍固然敬差官何為哉
敬差官固然疲駑駅馬女妓何為哉）

敬差官は大いにおもしろがり、褒美を与えて、謝罪した。

▼1【『類合』】成宗のとき、徐居正が作った漢字教本。ハングル注釈をした人物は未詳だが、古語を知るのに

貴重な言語資料となり、全千五百十五字を収録している。後に、宣祖の命令によって柳希春が『進増類合』を作ったが、そちらには三千文字の意味を説いている。

▼2【河南の程子】北宋の大儒である程顥・程頤の兄弟は河南の洛陽の出身であった。

第二三三話……朴燁の試験官のもてなし方

朴燁《パクヨプ》（第四〇話注1参照）が南道の兵馬節度使だったとき、李卿雲《イキョンウン》▼1が試験官としてやって来たので、朴燁は盛大に宴をもうけて言った。

「明日、北山で大きな狩猟をしようと思いますが、貴君もまたいらっしゃいませんか」

李卿雲ははなはだ喜んで言った。

「それはいい。ぜひ同行させてほしい」

朴燁はひそかに都訓導▼2に言って、二歳になる子馬に虎の皮をかぶせ、虎の姿をさせて樹の蔭に隠れさせた。李卿雲に随行する役人には母馬に乗らせ、李卿雲の後ろについて行かせた。そして獣たちを包囲して追い立てるに至り、日が暮れかかると、虎の皮をかぶった子馬を林の中から解き放った。子馬は母馬を見るや駆けよって、すぐに李卿雲の方に向った。並んだ兵卒たちの号令が山谷をとどろかし、李卿雲が後ろを振り向くと、虎がすぐ背後に迫っている。馬を疾走させれば、従者も馬をいっそう激しく駆けて、母馬が向うところに子馬も風のように向ってついて行く。李卿雲は危険を冒して馬に鞭打ち続け、とうとう落馬してしまった。

朴燁は落馬した傷を治療するのにいちばんの良薬は狗の糞だと言った。深夜には近くに人家もなく、たやすく手に入れることもできない。そこで、狩猟犬を殺して腹を割き、糞を取り出して水に和え、これを飲ませた。李卿雲は目をつぶって一碗をすべて飲み干した。

朴燁が李卿雲をだましたのはまさに「欺くにその方をもってすべし（可欺其方）」[3]ということだ。辱めるのにその不潔さがあまりにはなはだしくはなかったか。試験官もまた王さまの命令でやって来たのである。

▼1【李卿雲】一五五六〜一六一九。字は君瑞、号は静養堂、本貫は全州。孝寧大君補の五世の孫。一五九五年、別試文科に丙科で及第、一六〇一年、敬差官として量田を正しく施行しなかったとして、領事の尹承勲から弾劾を受け、その後、礼曹左郎、平安道都事に任命された。一六一六年、内資侍正であったが、司憲府から弾劾を受けて、人となりが愚劣であり、一司の長官としては不適任であるとして罷免された。

▼2【都訓導】訓導の長。朝鮮時代、典医監・観象監・司訳院および五百戸以上の大きな邑の郷校に置かれた正九品の官職。

▼3【可欺其方】『孟子』万章篇「君子は欺くにその方をもってすべきも、罔《だま》すにその道にあらざることを以てしがたし（君子可欺以其方、難罔以非其道）」を踏まえる。後半の「罔すにその道にあらざることを以てしがたし」を引用する方が適切か。

第二三三話……琉球国に渡るための苦労

琉球国は王号を用いず、ただ世子と称していることがある。おおよそ、国王の冊封は中国の皇帝の命令をもって行なうものであるが、琉球国は海の外にあり、波濤が険しくて船の通航が難しく、詔使が行き着くことができないためである。

むかし、詔使が琉球国に行くのに、一年のあいだ福建省で四万両の費用をかけて船を造った。その船の船倉の上には一個の柩をつくっておき、銀牌を釘づけにしてあった。銀牌には「天朝使臣之柩」と書いてあった。また別に数十両から百両の銀を使って釘を作り、柩の頭の方に打ち付けてあった。悪風に出遭って船が難破したら、使臣が衣冠を正して柩の中に横たわるのである。けだし、その柩に銀の釘を打つのは、柩が流れ着いたところから、銀を費用にして、柩を送り返してもらうためであった。

海を渡ることの困難がこのようであったから、国王が死んでも、詔使が到着して新しい王を冊封しないまま数百年が経ってしまったのである。その国は貧しくて物産は乏しいが、ただ黄金と芭蕉で作った布がある。宮殿はすべて黄金で装飾されている。

こうした事実は『琉球国詔使日記』に載っている。

勇力

第二三四話……日本人は死ぬことが高尚だと考えている

倭の将軍の平調信[1]には婢妾がいた。容貌と姿態がすこぶる美しく、平調信はこれをはなはだ寵愛したが、家の中の奴がひそかに通じた。平調信は激怒した。その奴は剣を振るえば無敵といった強さだったので、五人の剣客をこれに向かわせたが、五人ともに返り討ちにあってしまった。平調信はさらに怒りをつのらせ、二十名を選んで行かせたが、これもまたすべて害されてしまった。平調信は考え込んだが、いい計策を思いつかない。三年のあいだ旗下にいた奴がいて、なんら特異な才能もなく、同僚たちは軽んじていたが、みずから行くことを請うた。平調信が笑いながら言った。

「あの者は勇猛で無敵、五人を選んで送ったが当たることできず、二十人を送ったが、これも返り討ちに遭った。今、お前は私の旗下に三年もいるが、なにか能力を発揮して称えられたこともない。お前はやめておけ。お前にはできない」

「将軍はわたくしを試してください。わたくしがもしあの奴の首を切ることができなければ、わたくしは将軍の前で剣を刺して謝罪します」

平調信は床に降りて、その者の手を捉えて言った。

「もしそうすると言うのなら、私は全軍が左右からお前の命令を聞くようにさせよう。何人の人とともに行こうと思うか。私が勇猛な武士百人を選んでお前の指示に従うようにさせよう」

「つまらない奴一人をやっつけるのに、どうして大勢の手を煩わせる必要がありましょう。一人で充分です」

そして、刀を執って行った。奴と向かい合って刀剣を交えて進退すること二、三度、決着がついて、刀の切っ先を翻らせて首を切って、帰ってきたが、自身もまた一太刀を浴びていた。平調信ははなはだ喜んで、門の前でこれを待ち迎え、礼をして、言った。

「お前がわが門下に入って三年もたつのに、天下を傾けるほどの技芸を持っているとは知らなかった。今より後は、私はあえて武士の顔を見て安易に判断すまい」

そして、数十万金の褒美を与えた。

その人は家に帰って、刀傷がもとでひどく病んだ。わが国の人で科挙にも及第した姜沆《カンハン》▼2が捕虜となって日本に行ったとき、その家に行って刀傷の具合を見舞ったことがあった。その人が言った。

「この国の風俗では死ぬことをみなが高尚なことと考えている。これがどうして道理であろうか。この国に住んでやや有能であるという名があれば、首を保って生きながらえることはまことに難しい。私はあなたの国に行って住みたい。詩書を読んで互いに恭譲して死ぬときまで武器によって害をこうむることなく過ごせれば、この上なく楽しいことではないか。あなたの国に行きたいものだ」

▼1【平調信】対馬藩の宗家の家老の柳川調信。対馬藩は地政的に朝鮮半島と近く、豊臣秀吉と朝鮮との間に

立って交渉役も担った。

▼2【姜沆】一五六七〜一六一八。字は太初、号は睡隠・私淑斎、丁酉再乱の際に全羅南道で日本軍に一族とともに捕われて日本に連行され、京都まで行った。そこでは藤原惺窩などと交わって討論を行ない、日本朱子学の発展に大きな寄与を果たした。抑留されること四年で帰国して、その見聞を著述した『看羊録』がある。

処事

第二三五話……庶子の柳子光の生涯

柳子光《ユチャクワン》▼1は監司の柳規《ユキュ》▼2の庶子▼3である。

南原に住んでいた幼いときから、才能と気性が抜きんでていて、柳規が目の前に聳えるように立っている岩を見て、柳子光に賦を作るように言った。柳子光はすぐに筆を執って書いた。

根は九泉に至り、
勢いは三韓を圧する
（根盤九泉　勢圧三韓）

柳規はおどろき、後日、子光が大成するであろうことを知った。一日に『漢書』の列伝一篇を暗誦し、蓼川で銀口魚を百匹つかまえることを日課とした。子光は『漢書』を暗誦するのに滞ることがなく、銀口魚をつかまえるのに数が足らないということはなかった。

子光は成長するに及んで、文章をよくしたが、村人たちは言った。

「お前がたとえ文章をよくしたところで、妾の子では官途に進めない。どうしようもないではないか」

庶民たちの中には同情して、彼を馬鹿にしないものもいた。康靖大王（成宗）が王妃の尹氏を廃位[4]することになった。柳子光は上疏してその不可なることを強く諫めた。燕山君は即位するに及んで、科挙を受けることを許可し、平民の服を脱いで、兵曹佐郎となり、いくつかの官職を経て、高官に昇った。

燕山君が無道であるとして、成希顔《ソンフィアン》[5]や柳順汀《ユスンチョン》[6]などがひそかに反正をくわだてて事を起こすと、ある者が言った。

「大事をなそうとすれば、柳子光をどうにかしなくてはならない」

そこで、力士に袖に鉄槌をしのばせて子光に会いに行かせることにして、言い含めた。

「柳子光の妻の母は大妃殿の侍女だ。柳子光が議論を聞いて、もしその妻子に会いに帰るようなら、鉄槌でこれを殺してしまえ。子光がそうしなければ、ともに事をなすことにしよう」

力士は左右を退けて、反正のことを話した。柳子光は大いに喜んで馬に鞍をつけるようにいって準備をさせた。力士がだまして言った。

「安危と生死を確約することはできないのに、妻子に別れを告げないでもいいのか」

柳子光は答えた。

「いやその必要はない。大事をなそうとするには、妻や子に知られてはならない」

家中には入って行かず、ただ奴に大きな油紙を持って来るように言って、謀議の場所に駆け付けた。大臣が言った。

「軍を分かつのには伝令牌がなければ、不可能である。すぐに板を刻んで伝令牌を作ろう」

柳子光が言った。

「事は急を要する。どんな時間があって、板を刻んで伝令牌を作ると言うのか」

そうして、油紙を切り分けて署名をして分け与えた。大臣が言った。

「真っ暗の闇に灯りもない。すみやかに人々に松を分けて火をつけさせよう」

柳子光が言った。

「事は急を要する。松明を用意する時間はない。宮廷の門の外の司僕寺に藁が山のように積んであり、それに火をつけたなら、宮廷の中は一気に明るくなる」

彼が事に臨んで機敏に対応することはこのようであった。事が成就して、功績を論じて封爵を行なうことになったとき、朝廷では功臣たちにみずから奴婢を選ばせた。柳子光の功績は首位であり、南原でかつて自分を侮辱して傲慢に振る舞って屈しなかった者たちをみな連れてきて奴婢にした。

柳子光はかつてある場所を通り過ぎて官舎に詩を書きつけたことがある。佔畢斎《チョンピルチェ》・金宗直《キムジョンチク》（第一〇六話注1参照）の門人の中には名のあるソンビたちが多かったが、柳子光の懸板を見て、

「柳子光はいったい自分を何者だと思ってこんなものを懸けているのだ」

と言って、懸板を外して粉々に打ち割った。柳子光はそのことで深く恨みを抱くことになった。佔畢斎が魯山君（端宗）[7]のために「弔義帝文」を作って、その門人の金馹孫《キムイルソン》（第一四四話注1参照）が注釈を付した。柳子光はそれを暴き出して、金馹孫の一党をほとんど皆殺しにした。そのとき、佔畢斎はすでに死んでいたので、その棺を暴いて死体を切り刻んだ。何とも無残な士禍であった。このことは『梅渓集』に載っている。

柳子光は自身の重ねた悪行を知っていたので、死後の仕返しのことを考えて、自分と姿の似た人間をあらかじめ探して、奴として雇って手厚く待遇してやった。その奴が死ぬと、柳子光は言った。

「この男はわが家に仕えて功労が大きかった。手厚く葬ってやることにしよう」

そうして自身で漆塗りの立派な棺をそろえ、盛り土の上には石碑も置いた。自分が死を迎えることにな

ったとき、妻子にひそかに言った。

「私の墓は盛り土などせず平らに目立たぬようにして、石碑など建ててはならない。朝廷が人を送って私の墓を尋ねたら、あの死んだ奴の墓を私の墓だと言うのだ」

彼が死ぬと、その妻子は、彼のことば通りにした。後日、朝廷の議論では、柳子光が士林に災厄をもたらし、罪のない人間を殺したとして、棺を暴き、死体を切り刻むことに決まった。義禁府では官吏を出動し、行って尋ねさせると、柳子光の家の人びとは嘘をついて奴の墓を子光の墓だと教えた。墓を掘って棺をあばくと、死体の顔かたちも髭も柳子光とそっくりで、衣服もすべて宰相のものである。これを切り刻んで、少しも疑うところがなかった。盛り土のない平らな墓はついに暴かれるのを免れた。その狡猾さには憤慨させられる。

▼1【柳子光】?〜一五一二。字は于俊、本貫は霊光。一四六八年に文科に及第、南怡・康純などを逆謀で追って殺した功で勲封された。一四九八年、李克墩とはかって、もともと燕山君が儒者を嫌っていたのを奇貨として、戊午士禍を起こして金馹孫などの士林を大量に粛清した。一五〇六年に仁祖反正が起こると、これにも貢献があったとして武霊府院君に封じられ、領経筵事となったが、その後、弾劾を受けて帰郷し、配所で死んだ。

▼2【柳規】一四〇一〜一四七三。字は景正、本貫は霊光。蔭補で啓聖殿直となり、一四二六年、武科に及第して軍器録事、晋州判官・監察などを歴任し、黄海道経歴・漢城府少尹となった。一四五七年、慶州府尹として在職中、訴訟者の中で賄賂を贈る者を杖殺して罷免されたが、一四六八年、息子の子光が翊戴功臣となると、行僉知中枢府事に登用され、さらには知中枢府事に昇った。

▼3【庶子】朝鮮時代、庶子は差別されて、両班の子であっても、科挙の文官受験資格は認められず、原則として文官職にはつけなかった。朝鮮最初の小説である『洪吉童伝』は庶子差別の実態とそれに抗う庶子出身の英雄・洪吉童の活躍を描いている。

▼4【尹氏を廃位】尹起畝の娘は宮廷に入り、成宗とのあいだに燕山君を産んだ。しかし、嫉妬深く、奢侈な振る舞いが多かったとされる。一四七七年には砒礵を使って王や後宮たちの殺害を企てたとして王と母后に

疎んじられ、一四七九年、妃を廃されて、庶民に落とされた。一四八二年には、議政府などの議論を経た上で、賜薬されて殺された。

▼5【成希顔】一四六一～一五一三。字は愚翁、号は仁斎、本貫は昌寧。一四八五年、文科に及第、弘文館正字・副修撰となった。燕山君のとき、王を諷刺する詩を作って左遷されたが、一五〇六年、仁祖反正を起こして乱政をただし、兵曹判書に特進して、後に昌山府院君に封じられた。後に領議政に至った。

▼6【柳順汀】一四五九～一五一二。『朝鮮実録』中宗七年（一五一二）十二月に、領議政の柳順汀が卒した、棺槨会葬などのことはみな朴元宗に倣えという命があったとあり、卒伝がある。すなわち、柳順汀の字は智翁、晋州の人である。風采は毅然として、文武を兼ねていた。性格は沈重で寡黙、寛大で度量があった。科挙には壮元で及第して辺境の将軍を歴任した。燕山君の末年、朴元宗および成希顔とともに義挙を起こして、時の人は三大将と呼んだ。しかし、賄賂を喜び、庄田を広げて蓄財した。兵曹判書は官吏任用の権利をもつが、賄賂の多さでもって任用した。晩年は女色に耽り、ために病にかかり、失明して死んだ。

▼7【魯山君（端宗）】一四四一～一四五七。朝鮮六代の王の李弘暐（在位、一四五二～一四五五）。文宗の子。八歳で王世孫、十歳で世子となり、十二歳で文宗が死ぬと、王位に就いた。しかし、十五歳で、叔父の首陽大君に王位を奪われて魯山君になり、さらには庶人に落とされ、その後、殺された。

第二三六話……放蕩息子の機転で禍を福に転じる

燕山君の時代のこと、ある判書の息子のソンビがいて、挙措が定まらず、はなはだ愚行が多かった。ある夜、弓場の前にある妓生の家で寝ていたところ、不良少年たちが刀を手に、門を開けてずかずかと入ってきた。ソンビはほとんど裸同然の身で逃げ、訓練院の建物の下に身を潜めた。不良少年たちは追いかけてきたが、彼を見失い、捕まえることはできなかった。それからしばらくして、十名余りの宰相たちが二、三十名の兵士を従えて、建物の上で反正の計略を謀議した。

「判書の某を殺さなければ、この反正は成功しない」

人々はいっせいに、

「その通りだ」

といった。判書の某というのはすなわちソンビの父親である。ソンビは息を殺して身を潜めていたが、その話を聞いて驚き、身を震わせた。どうしたものかわからなかったが、意を決して建物の下から這い出て来て、今やって来たかのように庭に跪いて言った。

「わたくしの父は相公のみなが義挙を行なおうとなさっているのを知って、すぐにでも駆けつけようとしましたが、にわかに攪乱を起こし、立ち上がろうとして、三度倒れてしまいました。そこで、まずわたくしに義挙に参加するように言い付けました。事態が急で衣冠を整えるいとまがなく、このような姿で参りましたことをお許しください」

宰相たちはみな喜んで、これを許した。ことが成就して、功績を論じて封爵を行なうことになり、ソンビと判書の某はともに大きな賞を得た。

ある者が言った。

「これはソンビなどではなく、庶子の具玄暉《クヒョンフィ》[1]のことだ」

第二三七話……一国の宰相はかくあるべし

▼1【具玄暉】庶子であるため、この話にある以上のことは未詳。父親は具寿永かと思われる。燕山君の時に知中枢府事、知敦寧府事であり、中宗反正（一五〇六年、乱政に陥った燕山君を追いやって中宗を擁立したクーデタ）の後も、靖国功臣として冊封され、綾川府院君に封じられている。ただし、判書になったことはない。もともと事柄の性質上、ぼかして書いている。

洪春卿《ホンチュンギョン》（第七〇話注2参照）が弘文館の正字であったとき、彼の母親が輿に乗って道を行くと、相国の張《チャン》順孫《スンソン》▼1の奴が酔っぱらって、輿の後ろについていき、婢女をからかった。そして輿担ぎを引き倒しては殴ったりする。夫人は大いに驚いた。

洪春卿は事が相国の家とかかわるので、刑曹に告げることはしなかった。直接に相国の家に赴いて拝謁を請うと、相国は彼に会った。洪春卿が事実を告げると、相国が言った。

「それはまことにけしからぬ」

そばに仕えている人間を呼んで一言二言耳打ちしたが、顔色は泰然自若としていた。洪春卿が立ち上がろうとすると、相国は、

「しばらくお待ちになってほしい」

と言って、しばらくの間、のんびりと閑談をした。洪春卿は怪訝に思いながらも、付き合って、しばらくして暇を告げて、相国の家を退出した。すると、門の側に死体が横たわって筵がかぶせられていた。あの奴だった。

相国は声も顔色も少しも変えることはなく、一言二言耳打ちする間に、奴の処断を決めていたのである。その威厳はこのようであり、一国の宰相とは、かくあるべきものなのである。

▼1【張順孫】一四五七～一五三四。字は子浩、本貫は仁同。一四八五年、文科に及第、春秋館の編集官となり、『成宗実録』の編纂に参与した。後に弘文館副提学となり、一五〇四年の甲子士禍（第一四八話注2参照）に際して、帰郷したものの、一五〇六年の中宗反正によって呼び戻された。兵曹判書として金安老の党派に属し、士類を粛清しようとしたとして弾劾を受けて罷免された。しばらくして復帰して、領議政にまで至った。

口弁

第二三八話……阿弥陀仏は念じられたくない

訳官の表憲《ピョホン》▼1が中国に使臣として行き、斗嶺を過ぎて、高三という者の家に宿泊した。高三は夜のあいだ阿弥陀仏を唱えている。茶瓶を壁の上に懸けて、喉が渇けば、その茶をすすって、念仏をやめることがなかった。高三が表憲に言った。

「朝鮮の人びとは仏教の経典に詳しい人が多いようだ。あなたもきっと聞いて知っていることが多いであろう。阿弥陀仏を称えることは前世と後世に利することがあるのだろうか」

表憲が言った。

「そんなこともないようだ。わが国に一つの話がある。ある偉い僧侶が仏を敬って、すべてをなげうって、ただ念仏だけをしていたそうだ。いつも一つの部屋に居住して、日に夜をついで阿弥陀仏を称えることだけで何年も過ごしていたのだという。すると、夢にある神人が現れて、みずからを阿弥陀仏だと称して戸を開け、その僧侶に『お前は常に私を念じてくれる。私はお前に福を授けよう。明日、観察使がお前の邑を通り過ぎる。お前は橋のたもとにいって「吉生!」と続けて十度叫ぶのだ。観察使はきっとお前に福を授けてくれるだろう』と言ったと言うのだ。翌日、僧侶はそのことば通りに、一日中、橋のたもとで待っていると、はたして観察使がその橋を通り過ぎた。僧侶はうつ伏していたが、大きな声で『吉生!』と十回余り叫んだそうだ。すると、観察使は激怒して、羅卒に命じて僧侶を捕まえてこさせ、『私の幼名は「吉生」であったが、お前はどうして私を侮って十度も呼びつけたのだ』と言って、太い棍棒で尻を八十回も打たせたのだ。僧侶は這いつくばって帰り、成り行きを不思議に思っていたが、その夜、夢にまた神人が現れて、言ったという。『お前は観察使の幼名を十回あまり呼んで、棍棒で八十度打たれた。私は観察使とどうして違おうか。どうして自分の名前を千万回も呼ばれて朝に夕に休む暇もなく何年も過ごさなくてはならないのか。今後は二度と私の名前を呼ばないでほしい』と。それ以後というもの、その僧侶は大いに怖れて阿弥陀仏を唱えることはなかったそうだ」

高三は大いに驚いて言った。

「私があなたのことばを聞かなければ、この世で杖打たれているところだった。それ以来、茶の瓶を覆して、夜のあいだ安らかに眠って、ふたたび阿弥陀仏を唱えることはなかった。後日、表憲がふたたび高三の家に泊ったとき、静かで念仏の声はなかった。表憲は崇祿大夫にまで至り、今は七十七歳になっている。若いときから年老いるまで関西を経て北京に赴いたので、妓生たちと親しく杯を交わしたものだが、愛した妓生は一人としていなかったという。みな不思議に思ったものであった。

▼1【表憲】生没年未詳。本貫は新昌。宣祖のときの御前通事として、明からの使節の応対に臨機応変の通訳をして王を苦境から救うことが多々あった。特に壬辰倭乱に際して明と朝鮮の間に起こった様々な問題の解決に力を尽くした。一五九六年には陳慰使の、一五九七年には告急使の通訳官として活躍した。

第二三九話……金仁福のたくみな話術

金仁福《キムインボク》▼1は話術がたくみで諧謔を弄することを好んだ。若いとき、街路で田舎からやって来た貧しい書生に遇った。書生は水晶の冠纓をしていたが、その纓がはなはだ短くて、やっと頤に届くかどうかであった。金仁福は馬を止め、鞭を挙げて指しながら、言った。

「すばらしい。君の冠纓はまことに天下の宝だ。わが家の財産を傾けて買おうではないか」

書生が言った。

「あなたの家はどこにあるのか」

「わが家は崇礼門の外の青坡里にある。明日の明け方、君は船橋のところまでやって来て、『金仁福の家はどこにある』と尋ねればいい。そうすれば、路を行く人で誰が知らないと言おうか」

そうして、約束を交わして、別れた。翌日の朝、金仁福がまだ目を覚ます前に、書生はすでに門の前に着いていた。金仁福が軒に出て座り、座席を設けて、書生に座るように言った。金仁福が言った。

「わが家の田は興仁門の外にあり、一斗を播けば、年ごとに三石の収穫がある。わが家には壮健な牛が二頭いて、その大きさは駱駝峰ほどもある。春の二、三月にもなって、氷が融けて泉が流れ出せば、鋭利な犂をつけて鋤かせ、土塊を砕いて、水を引き、田の一区画にいつも通り早稲の十五石を植える。そんな田を数十ヶ所もっている。秋八月になれば、三日月の形をした鎌を携えて黄色い雲のような田に入って行って、米を刈り取り、臼で搗いて篩をかけ、玉を磨き、真珠を扱うように精白し、火にかけて飯を炊けば、その滑らかさは匙をすっと通し、味が舌にまとわりつく。また、いま君が座って目にしている畑は肥えていて、野菜の栽培にもっとも適していて、三月から四月にかけて耕し、肥料をやる。それが雨露に潤えば、葉が芭蕉のように生い茂り、朱色の盤の上を青々と彩ることになる。

春の日差しが暖かくなれば、ずらっと並べた甕に醤油を流し込む。その甘さは蜂蜜のようで、その色は馬の血のようだ。市場に行って仁川と安山の沖合で網でとらえた魚が売っていれば、それを買って焼き、醤油を加えれば、その香りがこころよく鼻を打つ。掌に萵苣《ちしゃ》の葉をおいて、匙ですくった飯をよそい、これに赤くて甘い醤を乗せ、さらによく焼いた魚を乗せて、萵苣の葉を巻いて包めば、まるで釜山の倭館の小判の包みさながらで、両手でもってこれをいただけば、まるで恵任嶺の商人たちが小判包みを手にしているように見えよう。しかし、鍾楼の罷漏（夜明けの七つ頃の鐘、夜間通行禁止の解除の合図）の後になって崇礼門の門を開けるように、大きな口を開けてこれを食べようとすると、この時になって、その冠纓があまりに短くて、紐が切れて水晶が地面に落ち散ってしまうことになる。だから、たとえわが家に永安の織細な布があり、湖南と湖西の綜綿と関西の明紬と南京の彭錦と遼東の毛段が七間もある楼閣に堆く積んであったとしても、私はそれを買うことができないのだ」

書生はこの長口舌を聞いてすっかり頤がゆるみ、我を忘れてよだれを垂らしながら、立ち去った。

金仁福はいつも貂の皮でできた耳覆いをしていたが、あるとき、街を歩いていて、司憲府の禁吏（取り締まりの役人）に出遭った。禁吏が衣服の袖を捕まえて、番所に拘留して、司憲府に申告しようとするので、仁福は肘を張り、拳を振るって、言った。

「私はお前を殺してやる」

禁吏が言った。

「私は司憲府の禁吏だ。お前は私を殺してどこに行こうと言うのだ」

「お前たち司憲府の二十四名の監察など、私は狗の皮くらいにしか思ってはいない。二人の持平、二人の掌令、一人の執義、そして大司憲、そのみながわが親族なのだ。開国功臣▼[2]、定社功臣▼[3]、佐理功臣▼[4]、そして佐命功臣▼[5]などもわが一族から出ている。私がいま、拳を振るってお前の頭をぶん殴って、お前がこの路上に倒れて死んだとする。お前の親族が訴えて私が拘束されれば、ソウル中のわが一族と友人たちがそれぞれ酒瓶と肴をたずさえてやって来て、私に勧め、慰労してくれるであろう。私が酔い、牢屋に臥して雷のような鼾をかいて寝ているあいだに、担当の官庁では法を論じ、刑罰を考えることになろう。そこでは私が勲臣の嫡長孫であることが勘案され、死刑を減じて、三水甲山に流配されることになろう。

そのときには、ソウルの友人たちはそれぞれ妓生と楽工を引き連れて、東郊で私の餞別をしてくれるにちがいない。私が駅馬を乗り継いで謫所にたどり着いたならば、オランケ（女真族の蔑称）の貂の皮衣をまとい、海松の粥をすすり、白頭山の鹿の干し肉を食べ、鴨緑江の魚を膾にして腹一杯に食べることになる。そうこうするうちに、国家に大きな慶事があり、王世子が誕生され、朝鮮八道に徒刑や流刑になっている者たちが赦免されることになろう。広く金鶏が放たれ、私たちも釈放されて、東大門の郊外に至ると、東郊の道の傍らには青草の茂った墓がある。人に尋ねてみると、『司憲府の役人某が某に撲殺され、ここに死体が埋められている』と答える。つまり、お前は死んで、私は生きているというわけだ。どちらが得をして、どちらが損をするだろうか」

禁吏は大いに笑って言った。

「わかった、わかった。司憲府には申告すまい。ただ、君のはなしをまた聞かせてほしいものだ」

▼1【金仁福】『朝鮮実録』中宗十九年（一五二四）十二月に、金仁福の名前が見える。「向化金仁福」とあり、帰化した人であることになる。もと女真人であったか。日本人であった可能性もある。法によって奴婢を給付されたいと請求しているが、みずから帰化を申し出たことは立派だが、いったい何の功績があるというのか、請われるままに奴婢を給付すれば、奴婢が底を突くではないかと議論されている。また明宗十六年（一五六一）閏五月に、百姓金仁福の名前が見える。孝行で病気の母にみずからの足を切り刻んで食べさせて回復させたとあるが、これは別人か。

▼2【開国功臣】太祖・李成桂の朝鮮建国を助けた功臣。

▼3【定社功臣】太祖七年（一三九八）、王子の李芳碩の乱を平定するのに手柄を立てた功臣。

▼4【佐理功臣】成祖のとき、申叔舟以下に下された勲名。

▼5【佐命功臣】定宗二年（一四〇〇）の王子の乱のとき、朴苞一派を平定した功績で李佇などに下された勲名。

第二四〇話……口が達者な金行

金行《キムヘン》（第一六二話注1参照）は口が達者で、よく諧謔を弄した。

かつて宴会の席で、瓜は古く、スイカは未熟で、棗は熟れすぎ、柿は小さく、酒は薄いのを見て、金行は溜め息をついて、言った。

「今年はまことに豊年と言うべきだ。ドングリや栗が柿の実ほどの大きさになり、水がなんと酒の味がする。瓜がその寿命を西瓜の時期までに延ばそうとしている」

金行が友人の書生と議論をしていた。その友人の気持ちが塞いでいるのを見て気の毒に思い、しかめっ面をして、言った。

「気の毒なことだ、君は。六月の三伏の正午の時に当たって赤い直領を着て、赤毛の馬に乗って鍾楼の街を駆けるがいい。その憂鬱さはこれに過ぎるものはあるまい」

李亀寿[1]は声がか細く、身体も痩せていた。

「気の毒なことだ、亀寿は。屈原[2]の姿をして、宋玉[3]の声を出している。たとえ公子や王孫で、父母がともにそろって、兄弟が無故であっても、君のためには泣くであろうよ」

金行が午渓《ウゲ》・成渾《ソンフン》[▼]に対して話をしていた。そのことばが玉を転がすように流暢だったので、牛渓が言った。

「君の無益なおしゃべりは、世間では病気と見なしている。今や年を取って、それでもしゃべり足りないのか」

金行が答えた。

「何の問題があると言うのか。世間では徳行はあなたで、おしゃべりは私だと言っている」

▼1【李亀寿】『朝鮮実録』成宗十九年（一四八八）九月に、忠清監司の李徳栄はその子の亀寿を本道の郷試に赴かせて、不正を行なった旨の記事がある。別の地方で受けさせるべきだったのだと思われる。
▼2【屈原】前三四三頃～前二七七頃。中国、戦国時代の楚の人。その王族として生まれ、王の側近として活躍したが妬まれて失脚、湘江のほとりをさまよい、汨羅に投身自殺した。「離騒」をはじめとした楚辞文学を集大成した。

▼3【宋玉】前二九〇～前二二三。中国、戦国時代の楚の人。屈原と同郷で私淑し、「九弁」「神女賦」「高唐賦」などがある。

▼4【成渾】一五三五～一五九八。李朝成宗のときの学者。字は浩原、号は牛渓。十七歳のときに監試初試に受かったが病を得て科挙は放棄した。休菴・白仁傑の門人として若い時から学問と徳望で名高かった。李栗谷と「四端七情理気説」を議論して独自の説を主張した。幾度も要職に就くよう要請されたが辞退して、経筵（王の御前で経書を講義すること）となった。一五九二年、壬辰の倭乱が勃発すると、光海君に随って宣祖の居所まで至った。ソウルに戻って、柳成竜とともに日本との和議を主張したが、容れられず、故郷の坡州に下された。

第二四一話……魚得江の語呂合わせ

かつて日本の使臣の藤安吉▼1がやってきたとき、康靖大王（成宗）が魚得江《オトゥクガン》（第一五六話注5参照）におっしゃった。

「背中《トン》には抱く《アンギル》ことなどできないのに、どうして藤安吉《トンアンギル》というのだ」

魚得江が笑いながら答えた。

「腹《ペ》に負う《オピル》ことができなくても、裵魚皮《ペオピル》という名前があります」

わが国のことばでは背中は「トン」であり、抱くは「アン」ということになる。腹は「ペ」であり、負うは「オピン」となる。これらは天成の対語と言うべきである。

魚得江があるとき、夜遅く出て行くので、王さまは人に松明をもって彼について行くように命じられた。魚得江はほとんど転倒しそうになったものの、起きあがって言った。

「▼2不賢者《プルキョンチャ》は此《チャ》のようでも、楽しまざるなり／落ちざるなり（不楽也）」

わが国のことばでは明火を「プルキョダ」と言い、足を踏みはずのを「チャダ」と言い、「楽」は

「落」と音が同じである。その滑稽の敏速なことはこのようであった。

▼1【藤安吉】『朝鮮実録』世祖七年（一四六一）六月に、日本国西海路筑前州博多の藤安吉が来朝して、宿衛に留まらんことを請うた。特に護軍に叙し、冠帯衣韠を賜って、恩政殿で引見したとある。そのころ、他に琉球王から、また対馬の宗氏からも使節が来ているが、この博多の藤安吉の場合、みずから望んでやって来て朝鮮に帰化したものらしい。その後、成宗年間まで、通訳として活躍したことが見える。

▼2【不賢者……】梁の恵王が孟子を庭園に案内しながら、「賢者もこれを楽しむか」と尋ねると、孟子は「賢者にして後これを楽しむ。不賢者はこれを有つと雖も楽しまざるなり（賢者而後楽此、不賢者雖有此不楽也）」と答えた（『孟子』梁恵王篇上）。

傲忌

第二四二話……人の忠告を受け入れることの難しさ

文章をよくするソンビというのは、その欠点を指摘してくれる者があれば、喜んでそれを聞いて改めるのに流れる水のような人物がいる一方で、怒り出してみずからその欠点を知っていながら、けっして改めない者もいる。

高峰《コボン》・奇大升《キテスン》（第一二八話注2参照）は自分の文章を自慢して、けっして人に屈することがなかった。知製教（王の教書作製を担当する官職）として作った文章に承政院の承旨が印を付して、その欠点を指摘したところ、怒り出して下吏を罵倒し、一字一句も変えようとしなかった。

柳根《ユクン》（第八一話注11参照）が都承旨となったとき、李好閔《イホミン》（第一九八話注2参照）が作って提出した文章があった。柳根はたくさんの箇所に印をつけて変えることを要求した。李好閔は変えたところもあったが、変えないところもあった。柳根はまた役人を送って再三変えることを要求し、「欲」という字に印をつけて、いったいどんな字かと尋ねた。李好閔は筆を執って注釈を加えた。

「『文選』の中の班固の「東都賦」に「野を飲みこみ山を吐きだす（欲野歕山）」とあり、張衡の「西京賦」に「灃水を飲みこみ鎬水を吐き出す（欲灃吐鎬）」とある。欲は吸うの意味である」

それでも、柳根は役人を送って、この文字を変えることを求めたので、李好閔も怒りだしてしまった。柳根はようやく恥じて、このことがあって以来、新進の拙い文章であっても、改めることを要求することはしなくなった。怒り出されることを怖れるようになったのである。

柳根と相国の沈喜寿《シムフィス》▼1が太学士（大提学）であったとき、文章の欠点を指摘する人がいれば、すぐに顔に怒りの色が現れたので、みなが怖気づいてあえて口に出す人はいなかった。

鄭士竜《チョンサヨン》（第八一話注6参照）は自分が作る詩を人びとに見せて、誰か欠点を指摘してくれる人がいれば、欽然として虚心坦懐に受け容れて、改めるのに流れる水のようであった。いつも作った文章があれば、多くの場合は退渓《テゲ》・李滉《イファン》（第三〇話注7参照）に見せた。退渓が欠点を指摘すると、鄭士竜は筆を執っていささかも嫌がる気色もなく改めて、退渓もまた彼がなおざりにしないのを立派だと考えた。かつて庭試のときに、退渓は滕王閣を題目にした排律二十韻を作ったが、湖陰の律詩を見たいと請うた。湖陰は自分が作ったものを見せたところ、退渓がこれを詠んだ。

月の光が軒の隙から差してきてまだ暁前なのに明るく、
風が簾の間から吹き込んでまだ秋でもないのに涼しい。
（納月簷虚先暁白　透風簾薄未秋涼）

この箇所まで来ると、膝を打って感嘆して言った。

「今日の試験で君が壮元（首席のこと）でないとしたら、いったい誰が壮元になるのだ」

自分の詩は袖に入れたまま、ついに出すことはなく、そして試験紙も提出せずに帰ってしまった。

▼1【沈喜寿】一五四八〜一六二二。宣祖のときの文臣。字は伯懼、号は一松。二十一歳で成均館に入り、李退渓が死んだときには彼が祭官として送られた。一五七二年、文科に及第、一五八九年、献納だったとき、鄭汝立の獄事（第一九話注19参照）が起こると朝廷と意見が合わずに辞任、翌年には復帰した。宣祖の側に仕えて、一五九二年、壬辰倭乱の際には竜湾まで扈従し、その後、都承旨に昇進した。礼曹・吏曹の判書を経て、両館の大提学として文衡を握った。一六一六年、中国から帰って来た許筠との論戦で敗れ、屯之山に入って周易と詩で余生を送った。

驕虐

第二四三話……目をえぐり取られた武人

韓浚謙《ハンチュンキョム》（第六一話注1参照）がまだ若かったころ、楊花渡を渡ろうとしたときのことである。混み合って、船に乗ろうとして人びとが争い、気の弱い者は船に乗ることができなかった。ある武人が鞭をもって立っていて、船の乗り降りを自分の意の通りに指図した。ある若い賤しい男が彼を無視して船に乗ろうとしたところ、武人が鞭を振るって、あやまって左目を傷つけ、眼球が船板に落ちてしまった。男は抗いもせず、また非難することばを一言も発さなかった。ただ眼球を拾って江の水で洗い、目の孔の中に納めたのだった。武人はしきりに謝った。船が向こう岸に着いた。男がまず船から下りて岸辺に立った。武人が後から下りて馬に乗ろうとすると、男は武人を取りひしぎ、地面に引き倒し、胸を抑えつけて、左の眼球をえぐり取った。武人は争おうとしたが、力が及ばず、されるがままであった。

韓浚謙が見たままを私に話してくれたのである。

ああ、自分の意のままに振る舞って禍を被ることはただ眼球をえぐり取られるだけで済むことであろうか。人びとの自戒しなくてはならないことである。

第二四四話……悲運の王子たち

臨海君《イムヘグン》▼1は狗、鶏、鵞鳥、鴨、家鴨などを好み、それぞれ数千、数百を飼っていた。その家禽たちの消費する穀物が日に数十石にも上った。毎日、家人に米市場に走って行かせ、地面に落ちた穀物を拾わせた。一升の穀物のために、十倍の銭でもって購わせることもあった。奴僕はその勢力を恃んで暴虐に振る舞い、市場の人びとは眉を顰めた。

鴨の中には四季に卵を産む鴨が何百羽もいた。臨海君の弟の順和君《スンファグン》▼2は残忍な性格で殺生を好んだ。心が病んでいて、何人の人をあやめたかわからないほどであった。彼が盗む鴨の数が一日に五十羽に上り、それが何日か続いた。臨海君は彼を憎んだものの、あえて口には出さなかった。執事が言った。

「大監の威厳は国中に行なわれ、恐れ敬わない人間はいません。あの順和君はご実弟ではありませんか。どうして毎日、あのように鴨を盗んで行かれるのか。大監はどうしてみずから行って誡められないのですか」

　臨海君が言った。

「そうすることにしよう」

　輿を出すように命じて順和君の屋敷に赴いた。

　順和君は臨海君を迎え入れて、堂の上で挨拶をして言った。

「大監はよくぞいらっしゃいました。侍婢に命じて酒の杯をもってこさせ、珍羞盛饌の大きな卓を用意させましょう」

　臨海君が何かを言おうとすると、順和君が機先を制して言った。

「わが家は貧しくて、乗るための駿馬がいません。大監の家には連銭足毛がいますが、大監のところでは下等の馬です。大琅皮（鮫の皮）と黄銅でできた鞍といっしょに私にくださらないでしょうか」

　臨海君は逡巡して他の話題に変えようとした。すると、順和君は膝下で宝剣を抜いた。刃が冷たく光り輝く。そして二度、三度と振りかざして、しきりに連銭足毛が欲しいという。臨海君はしかたなく、承知してしまった。しかも、鴨のことについては口に出さず、連銭足毛に高価な鞍までつけて彼に与えてしまったのである。

　臨海君が廃されることになり、捕卒たちが門を固め、宮を包囲した。飼われていた家畜たちは餓えて死ぬか、猟犬たちの餌食になった。

　順和君は人を殺すのをやめず、先王が国士の門の外に彼を追うことがしばしばであった。彼はあらあら文字を知っていて、ある日、みずから書いて、役人に示して言った。

　高く屋根の聳える一人住まいの家に、（高聳独家）

　八方から風が長く吹きすさぶ。（八風長吹）

　これでは間違いなく、凍え死のう。（凍死丁寧）

番人が報告して、王さまは哀れを催して彼を赦免したが、しばらくして死んだ。

▼1【臨海君】?～一六〇九。宣祖の長男の李珒。性格に難があるとして世子に冊封されず、弟の光海君が世子になった。一六〇九年、光海君が即位すると、大北派の李爾瞻・鄭仁弘などが謀って、政権の邪魔になる異腹の弟である永昌大王、その外祖父の金悌男などとともに、臨海君も殺害された。

▼2【順和君】宣祖の庶子。玒。母は順嬪金氏。一五九二年、壬辰倭乱が起こると、黄廷彧・黄赫などの護衛で江原道に兵士募集に赴いたが、会寧で臨海君と出会うと、数ヶ月をそこでともに過ごした。会寧府使の鞠景仁は投降する条件として二人の王子を加藤清正に人質として送ったので、倭軍の捕虜として過ごした。倭軍が撤退するときに、海州にいた父王のもとに送り返された。

第二四五話……剛強な韓明澮と田霖

韓明澮《ハンミョンフィ》(第九一話注1参照)は性格が剛強であった。奴僕や下卒がなにか罪を犯せば、柱に繋いでおいて、これを弓で射た。そのために庭の中には柱が一本立ててあった。

当時、田霖《チョンリム》▼1は軍官であったが、命令に背いたので、柱に縛られ弓で射られようとした。ところが、韓明澮が酒に酔って座ったままうたた寝を始め、田霖はその隙をついて、繋がれた縄を引きちぎって逃げた。韓明澮が目を覚ますと、侍婢たちが前に座っている。追い駆けて捕まえるように言ったが、とてもつかまらない。すると、侍婢たちを代わりに柱に繋いで、彼女たちを弓で射ようとした。田霖はひそかに垣根のすき間からこれをうかがっていたが、襟を開き、髻を放って出て来て言った。

「将軍は人に矢を射させるという話を聞いていたから恐れて逃亡したものの、垣根の隙間に身を潜めて様子をうかがっていると、将軍はこの田霖一人のために罪のない人びとを殺そうとしている。私が死ぬのを恐れて逃げたのでは勇猛とは言えまい。死をかよわい婢女たちに押しつけたのでは義とは言えまい。将軍は私を矢で射られるがいい。私は矢を射られても逃げることはすまい」

韓明澮は田霖を義人だとして赦し、これを用いて腹心と見なした。田霖もまたその性格は剛強だった。

そのころ、海浪島に盗賊が出没して海西地方の悩みの種となっていた。朝廷では田霖を将帥として盗賊の討伐を命じた。田霖には寡婦となった妹がいたが、その妹には一人の男子がいた。田霖はこの子を軍官にしようとしたところ、妹は泣きながら言った。

「私にはこの子一人しかいない。もし軍の規律に一たび関わるようなことがあれば、お兄さんは厳正な性格だから、きっと容赦しないでしょう。この広い世の中に、他の人でお兄さんの意にかなう部下がどうしていないわけがありましょう。私のために、どうか願いを聞いてください」

田霖は妹の願いを聞きいれず、

「国家のために、断ることはできないのだ」

と言った。結局、任命して連れて行ったが、海浪島に到着すると、甥は果たして軍の規律に背いた。田霖はこれを連れてくることを命じ、首をはねて殺した。それ以後というもの、全兵卒が戦慄して、死に赴くのを家に帰るのと同じように振る舞って、盗賊どもを討ち、海浪島の巣窟を一掃して、凱旋したのだった。

韓明澮は脛が痛む病に苦しんだ。脛の骨の痛みはとても耐えられないほどであった。みずから生きながらえることはできないと悟って、言った。

「どうせ死ぬのなら、むしろこの脛骨の中の虫を殺してから死のう」

そこで、瓦の上に薦を敷いて座り、奴僕に大きな石でもってその脛をたたきつぶすように命じた。奴僕にはそれができず、韓明澮は大いに怒って、弓でこれを射殺そうとした。奴僕はやむをえずに、大石で脛骨を打ち割った。骨が砕けて、髄が流れ出た。韓明澮は手で骨の中をさぐり、親指ほどの大きさの虫を探り当てた。それを油の中に入れて、鼎で煮立てた。それでも虫はなかなか死なない。油がすっかりなくなって、やっと虫は死んだ。韓明澮も死んだ。

▼1【田霖】?~一五〇九。武臣。本貫は南陽。武科に及第して、一四八二年には全州判官となり、その後、訓練院判官・全羅右道水軍節度使・漢城府尹などを歴任した。厳格な性格で息子の狼藉を働いたとき、それを殺して泰然自若としていたという。病気になって、友人の金詮が見舞いに訪ねて来ると、大杯で酒を酌み交わして、そして死んだ。

欲心

第二四六話……走って行く鹿を見て、捕まえた兎を逃す

湖南に豪傑のソンビが住んでいて、某氏の息子であった。その志と度量が大きく、その財産も数えることのできないほど莫大であった。水田が湖南にあって種を播くのがほぼ数百石にもなったが、秋になって収穫すると数千石にも上って、湖南地方ではその家は随一の富豪であった。

ところが、百石を播く土地が湖南地方のあちこちに散在していて、山河や丘陵がそれぞれを隔てている。そのために家が旺盛には見えず、自身も没落しているように思われて、恥ずかしいと溜め息をつき、すべてを売り払って、百万の富を手に入れたいと考えていた。

そんなとき、海西（黄海道）の黄州と鳳山のあいだには芦の茂ったところが多くあって、目が及ばないくらいはるか数百里ほどに広がっている、そこに高い堤防を造って、広々と稲地を拓けば、その利益は百

倍、千倍にもなろうという話を聞いた。ソンビはさっそく湖南の古い土地を捨て去り、海西に移り住んだ。大海を臨んで朱色の楼閣を造り、千頭の壮健な牛を使って開墾した。石を籠で担いで土を盛り、周囲が数百里にもなる高い堤を造った。

夏となって、青々と稲が生い茂って雲のように広がり、見渡してもどこで果てるかわからない。ところがである。長雨が降り続け、洪水が山を崩し、岡を越えてやって来て、波濤は天まで達するかのようで、一気に堤防を崩して、赤い水がそれを越えて押し寄せた。一野の稲が乱れた雲のような幾重もの波濤に飲みこまれて、浩蕩たる大海のようになってしまった。主人は角巾をして羽根扇をかざしながら楼閣の朱色の欄干にもたれていたが、目を見開いて、笑いながら、言った。

「わが家は破産してしまった。しかし、このような大水は二度とみることのできないものだ」

ああ、おおよそ人というのは大きな利益を求めて、満足することを知らない。湖南の巨万の財産を使って、大きな潟を造っただけであった。俗諺に、

「走って行く鹿を見て、捕まえた兎を逃す」

と言うのは、まさにこのことである。

第二四七話……宰相の娘が娼婦に転落した顛末

珍福《チンボク》というのは宰相の妾が産んだ娘である。行実があまりに醜悪なので、その姓氏を今は言わない。母親は子どもの珍福を可愛がってよく抱いた。宰相がこれを見て、何人かのムダン（巫女）に占ってもらったところ、みなが口をそろえて言った。

「可愛がって育てるのはよくありません。ご両親は他の人に預けて、その養女として、別に育てさせるのがいいでしょう」

そのとき、ソウルの織組里に一人の老婆がいたが、家業は充分に賑わっていたものの、子女がいなかった。宰相の妾とは頻繁に行き来があって、いつも名節になると、品物をやり取りする間柄であった。妾はムダンたちのことばをすっかり信じ込み、娘を老婆の家に托そうと考えた。老婆は喜んで承諾しただけでなく、養女としての義理を尽くして稼業もすっかりこの子に伝えようと言った。妾ははなはだ喜んで約束を交わして、ついに娘を預けることにした。

娘は十六歳になって、容色がすこぶる美しかった。老婆はこの娘を自身の子として愛した。老婆の家には親戚が多かったが、まだ娘を養女とする以前、家業が繁盛して豊かであったのを、自分たちの息子や娘たちを後継ぎにしてくれるものと目論んでいた。ところが、自分たちの子どもを後継ぎにせず、権勢家をたよって他姓の娘を養女としたことに怒りをおぼえ、さまざまに計略をめぐらせた。甘言を弄して老婆をたらし込もうともしたが、老婆は肯ずることがなかったので、若い珍福の心を混乱させて、老婆に嫌わせるように謀りごとをめぐらせた。親戚の中でことば巧みな女を選んで、こっそりと珍福に言わせた。

「最近のこと、ある年少の文官が承政院の注書(承政院の正七品の官職)になった。なかなかの有望株といったところです。それがあなたの家の前を通り過ぎたとき、あなたが門前に立っていたのを見て、その場に釘づけになって、立ち去ることができなくなってしまった。一目惚れというわけですね。それで、善は急げとばかり、『あの人は誰の家の娘だろうか。まことに絶世の美女と言うべきだ。千金を傾けても妾にしたいものだ。許しを得られれば、日時を定めて、馬と奴僕を送って迎えることにしよう』と言っているのだそう。お婆さんは財物に貪欲で、男子の美醜は二の次、あなたを商家の息子と結婚させようとしているのでしょう。もともと宰相の家の娘なのに、どうして商人などに嫁がれましょうか。いまやあなたも嫁入りの年齢、自分で自分の身の振り方は考えた方がいい」

娘はそのことばを聞いてはじらい、すぐには何も答えることができなかった。ことば巧みな女は何度も行き来してしきりに誘いかけるので、娘は心を動かさないではいられなかった。また、心の中で羨むのは、自身の母も文官の妾となって、富貴を享受しているということである。ついには、ことば巧みな女の言うことを信じるようになった。

しばらくすると、注書が遣わしたという馬と奴僕が門の前の路地に立って待っていた。そこで、娘はさっぱりと化粧をし、美しい衣服を装って、暮れに乗じて出て来て、軽やかに馬に乗った。路地を何度か曲がり市街地を通過して、開けたところに到着すると、高い門がそびえていた。塀の前で馬を下りると、ことば巧みな女が手を引いて中に入って行った。広い庭を過ぎて高い堂と大きな蓮池があった。碧色の蓮が帯のようにぐるりと取りまき、朱色の欄干が長々と続くが人の姿はなく、大殿には屏風がぐるりと巡らされていた。ことば巧みな女が屏風の中に娘を引き入れて座らせると、ややあって、長いひげを生やした布衣の男が裸足で出て来て、いきなり珍福を抱き寄せて無理やりに犯してしまった。男は事の後は珍福をそのまま置き去りにして逃げて行ってしまった。まわりには誰もいない。ことば巧みな女を呼んでみたが、女も行方が知れない。珍福は深窓に育った処女で大事に育てられたから、門の外にも出たことがない。まして、ソウルの千や万もの道をどう歩けばいいか、どうして知っていよう。尋ねようにも人がいず、帰ろうにも道がわからない。とどのつまり、路傍で泣いているしかなかった。明るくなって、隣家の人に、この家は誰の家かと尋ねた。すると、司憲府だと答えたのだった。司憲府の中には長い髭を生やした人がいるかと尋ねると、それは司憲府の黒尺▼1だと答えた。やっとのことで、自分の家に帰ることができたが、日はすでに長けていた。老婆の家ではひどく驚いて言った。

「このことは相国の家にはけっして知られてはならない」

その後、相国はこのことを聞き及んで、この娘をわが子とは考えなくなった。そのまま家を出して、娼家にやって、好きに生きさせた。珍福はみずから身を過ち、父母にも捨てられてしまったことを知った。ついにわが身を損じて淫婦となりはて、死ぬまで決まった夫はいず、卑賤の中で困窮して死んだ。

ああ、珍福というのは河間▼2のような淫乱な女である。わが身を持することができず、ひとたび地にまみれると、一生のあいだ羞恥と汚辱にまみれて過ごすことになった。それにしても、人の心の妬みと猜疑が一人の人間の生涯をかくも台無しにしたのである。畏れないわけにはいかない。

▼1【黒尺】司憲府の奴僕。はっきりしないが、逆賊の家のもので奴に落とされ、入れ墨を施されていたか。

▼2【河間】唐宋八家の一人であり、優れた自然詩人の柳宗元が書いた『河間伝』の主人公。貞節な女性が強姦されて、性の快楽に目ざめ、稀代の淫婦となりはて、最後は骨髄の病に冒されて死んでしまう。

第二四八話……婦人は警戒を怠ってはならない

男女のあいだに生じる欲望は大きく深い。そこで、聖人は礼を定めた。内と外の法を作って、欲望を防ぐのに緻密であった。十歳から席を同じくせず、道をともに歩くこともなく、夜行には灯火を点し、灯火がなければ行かない。たとえ兄と妹、甥と姪といった近い親族であっても、むしろ互いに会うことを避ける。あるいは内房の敷居を越えることができないようにし、あるいは左の門扉を固く閉ざし、あるいは話すときにも戸を半分だけ開けて話すのが、昔の法度であった。わが国では閨房の規則が厳しく、ソンビの家の中では門柱の外と内とでは互いにうかがうことが難しかった。

近ごろ、ある栄えている家で婦人が初めて婚家から里帰りして来たが、その姿が抜きん出て美しかった。ある商人が門の外で絹を売っていて、下女たちがその値の高下を言い争っている。婦人は中門からひそかにその様子をうかがった。それに気づいた商人はわざとぐずぐずして値を決めず、横目で盗み見したが、まことに絶代の美色と言うべきである。それ以来というもの、この商人は寝食を絶して、さまざまな計略を練って、国家の法を犯すことを考えるようになった。その婦人には乳母がいた。乳母は幼い子どもを育てていたが、とても可愛かった。商人は二、三きれの絹をもってきて乳母に与え、その子を抱かせてくれるように頼むと、乳母はその子を抱かせた。商人はそのようなことをくり返し、彩り鮮やかな絹を五、六匹与えた。乳母はその幼子を抱かせながら、言った。

「世間では、主人にとっては婢の夫は奴と同じことだと言います。庭の掃除などをして、この家の奴僕のようにふるまってください」

主人の家では再三ことわったが、そのたびに絹をもってきた。その後も、ふたたび乳母と娘に品物を与えて、誠実そうにふるまい、市場の財貨をみな傾けてもいささかも惜しまないようであった。乳母は不思議に思って、その親切の理由を尋ねた。

「私のつまらない娘などあなたの心にどうしてかなうのか、このように親切にしてくださる理由がわからない」

商人は恐縮して他のことを言ってごまかしていたが、しばらくして、近くにいた人を遠ざけてから、乳母の耳に告げた。

「先ごろ、この家の門の前で絹を売っていて、中門の中にある女人がこちらをうかがっているのを見てしまったのだ。まことに絶世の美人だったが、いったい誰なのかわからない。それ以来というもの、胸が焦がれて心は惑乱して、その女人の面影が立ち去ることがない。この思いを遂げることができなければ、店棚の上の枯れ枝になるのを免れないであろう。それで、このようにあなたに礼を尽くしているのだ」

乳母は憮然として口を覆っていたが、口を開いて、

「馬鹿なことを言わないで欲しい。あの方はわが家の大切なお嬢さまなのだ」

商人は驚いたふりをして、言った。

「これは、間違った、間違った。あなたは口を閉ざして、このことは誰にも言わないでほしい」

それ以後も、多くの絹を与え、いっそう多くの品物を乳母に贈った。乳母はこれを断ろうとするものの、品物は欲しい。商人はさらに綿密に計画を練り、乳母はついに承諾した。

それから一月も経たないうちに、婦人の婿が山寺に読書のために登った。婦人は乳母とともに寝て、ほかの女たちは別のところで寝た。乳母は酔っているからと言って、頭に大きな丸い帽子をかぶり、衣服を脱いで、夫人の布団の中に入り込み、婦人を抱きしめていった。

「可愛い、可愛い、本当に可愛いお嬢さんだ。婿の書生殿も、このようなことをなさるのでしょう」

そう言いながら、たわむれに男女の行為を真似て、婦人の肌をまさぐった。しばらくそのようなことを続けると、婦人は言った。

「この婆さんの乳母はどうしたの。気でも狂ってしまったの。風病にでもかからなければ、こんなことはしないはず」

再三、押しのけようとするのだが、乳母は止めようとはいしないので、婦人もいよいよ気持ちが高ぶらないではいられなかった。そうして愛撫を続けた後、乳母は布団を抜け出して、

「用を足して、またもどって来ます」

と言って、部屋を出ていった。商人には、前もって、外で待っているように言っていたので、商人は下着だけを着て円い帽子をかぶり、乳母の格好のまま、婦人の布団の中にもぐりこんだ。婦人は乳母だとばかり思い込んでいたので、その心のままに身を任せてしまい、ついに商人は思いを遂げて、二人は通じてしまったのであった。その後というもの、明け方には帰り、夕方にはやって来て、たがいに内と外で呼応した。

家の中の人でこれに気付いた者がいて、婦人の父親に告げた。父親は官吏であったから、これを聞いて大いにおどろき、ひそかにうかがってみると、夜に商人が庭の垣根の北側を越えて忍びこんでくる。翌日、家の四、五人の奴に命じて言った。

「今晩、牛馬泥棒が北の垣根を越えて入ってくる。お前たちはあらかじめ庭の垣根の下に大きな穴を掘って、太い棍棒をもって待っていろ。泥棒がやって来たら、これをたたきのめし、その穴に放っておき、五更の太鼓の音を聞いたら、遠いところの山に埋めてしまえ。このことが外に漏れたら、お前たちがその泥棒の代わりに死ぬことになる。いいな」

夜が更けて、はたして何者かが庭の北側の垣根を越えてやって来て、掘った穴の中に落ちたので、これを打ち殺した。五更の太鼓の音を聞いて、離れた山に葬った。同時に乳母もその子どもも野原で殺して誰

にも知られないようにした。書生の夫婦はもとのままに収まり、書生はついに気がつかなかった。

男女のあいだの欲情ははなはだ恐るべきものである。その顔を一目見ただけで、心を制御することができなくなり、乳母を買収して策略を練るに至った。これは他でもない、女子がその身を隠すのにおろそかで、防備をゆるがせにしたために、男子が思いの外にも意を遂げたのであった。婦人たちはゆめゆめ警戒を怠ってはならない。

第二四九話……人妻と通じた朴燁

義州府尹の朴燁《パクヨプ》（第四〇話注1参照）は若いときに乱に遭った。あちらこちらに転々と放浪し、あるところに到った。その家の夫人を見て気に入り、たがいに目を見かわした。しばらくして、主人が入って来るのを見ると、若くて容貌もまずまずである。朴燁は計画がうまくいきそうにないと考えた。夜が過ぎて明け方近く、牛舎の中に入って行き、牛の綱を解き、牛舎の扉を開けておいた。錐でもって牛の尻を突き、牛はびっくりして牛舎から飛び出して駆けだし、けたたましい音がした。主人が、

「いったい何事だ」

と言うので、朴燁は、

「牛が牛舎の扉を破って逃げ出しました」

と答えた。主人は衣服の裾をまくって追いかけた。牛は錐で突かれて仰天してしまい、主人が追いかけて来るのを見て、さらに遠くに逃げた。

朴燁はついに計画を実行に移し、夫人とねんごろに通じたのであった。日がすっかり明るくなって、主人は霧露に衣服をすっかり濡らしながら、牛を引いて帰って来たのだった。

第二五〇話……臆病な全徳興の武勇

隆慶のころ（一五六七～一五七二）、一人の官人がいた。南方の県監に任命され、まず単身で赴任した。夫人は秋分を待って出発したが、病弱の息子もそれについて行った。道中、夫人が輿に乗り降りするのを見て、一人の僧がこれを思慕するようになった。一行の後について歩き、あるいは下女をからかったり、あるいはその輿担ぎに手を出したりもした。病弱の子は叱って阻止することもできず、ただ迷惑至極に思うだけであった。夕方になって、田舎の旅舎に泊った。僧は帳を開けて中に入って来た。侍女たちは風のように逃げてしまって、輿担ぎたちも気勢を削がれてあえて近づこうとする者がいない。

内禁衛の全徳興《チョントクフン》▼1はソウルの人であるが、膂力が抜きん出ていた。たまたま喪に服していて、旅舎の隣に休んでいたところ、人びとが彼に頼みこんだ。

「あなたでなければ、この盗人坊主にかなう者がいません」

全徳興は憤りに堪えず、袖をまくり、肘を張って、出て行った。僧は夫人に襲いかかり、夫人はおどろいて気を失っている。全徳興はその僧をひきはがし、両手を取って、胸倉に座った。僧が足で全徳興の頭を蹴ると、血が床に流れ落ちた。全徳興は左手で僧の頤をくだき、右手でその口を引き裂いた。僧はとうとう死んでしまった。

全徳興は力はあったものの、性格に臆病なところがあった。いつも武試に応じながらも、自分の名前が呼ばれると小便を漏らすのであった。

▼1【全徳興】『朝鮮実録』宣祖十一年（一五七八）四月に、都総経歴の全徳興は才能に乏しいので、罷免された旨の記事がある。

禍殃

第二五一話……沈守慶に思い死にした宮女

相国の沈守慶《シムスキョン》（第一〇〇話注1参照）は若いとき、美しい風貌を持っていた上、音楽にも堪能であった。清原の屋敷の外にある建物に病を避けて起居していたことがある。月が昼のように明るい秋の夜、蓮の花の咲く池の畔でコムンゴ（韓国固有の琴）を弾いていた。すると、年が若く、姿の美しい宮女が現れて、相国に向かい合って座った。宮女が言った。

「わたくしは一人でさびしくこの宮を守って暮らしています。中からあなたの美しい挙措を拝見しながら、心の中でいつもあなたのことを慕ってまいりました。今、端正で透明な曲調とコムンゴの音律を聞いて、恥ずかしさをしのんで、出て来て挨拶を申し上げたいと思ったのです。できれば、もう一曲、お聞かせください」

相国は心ばかりに二、三曲を弾いて、そのままコムンゴを抱いて出て行った。それ以来、その家には二度と住まなくなった。その宮女は思いが募って病んでしまい、とうとう死んでしまった。

第二五二話……権勢をふるった金安老の最後

金安老《キムアンロ》（第一八六話注6参照）は権勢を振るって、悪行が多く禍をもたらした。その息子の金禔《キムチ》（第二三話注1参照）のために婚礼を挙げ、幕を張って賓客や友人たちを招待して披露宴を催した。すると突然、鳶が飛んで幕の中に入って来て、金安老の紗帽をひっつかみ、宴席に放って行ったので、居合わせた人びとは不思議に思った。

しばらくして、禁府都事が羅卒たちを率いてその家を取り囲み、

「王命を伝える」

といい、金安老を逮捕したので、座中の地位の高い人びとは、雉が飛び立ち、兎が駆けて逃げるように、垣根を越えて逃げて行った。逃げおおせなかった者は禍網にかかって、たいがい流されるか、殺された。

金安老はかつて北京に行ったとき、名のある占い師に、自分の運命を尋ねてみたことがある。

「葛原に当たる日に鼠を見て驚く（葛原当日　見鼠驚）」

ということであったが、このときになって、帰陽（流配）されて、葛原駅に到り、死を賜ったのであった。その日は十二日で、まさしく子の刻に薬を仰いだのであった。

薬が苦く、栗を食べたいと願ったが、ついに食べることができずに死んだ。見ている者たちは憐れんだ。

第二五三話……舅孝行の嫁を選ばないと

訳官の申応澍《シムウンジュ》▼1は訳官判事の申涎《シムヨン》▼2の息子である。何度も北京に行って、官職は二品に昇った。貿易を行なって家産も潤った。

申涎は年齢が八十歳となり、みずからは家業を切り盛りすることができないようになって、子どもたちに生計を頼っていたが、申応澍とは別の家に住んでいた。申応澍はもともと質朴な性格で親孝行でもあったが、その妻は類がないほど性質が悪かった。申応澍は季節の食べ物を得るたびに、器に料理を盛って、父親のところにもって行かせるようにしていた。ところが、妻は申応澍を騙して、空っぽの器を見せて、

「お父さまはすっかり召しあがって、なにも残っていませんよ」

と言うので、申応澍はそのことばを信じた。いつも四季の初めの月に俸禄を受けるときには、分けて父母に差し上げたが、その妻はいつも白米一斗を抜き取り、白沙を入れ替えた。他のこともこれと同様であった。

申涎がある日、応澍の家にやって来た。日が長く、食事までまだ時間があったが、申応澍には行かねばならないところがあったので、その妻に言った。

「今日は日が長い。すぐに酒と飯を用意してお出ししろ」

応澍が出て行き、涎は食事をじっと待っていたが、日が暮れても嫁は何も出そうとはしない。それがわかったので、杖をつきながら帰った。応澍が帰って来て、そのことを知って責めると、妻は肘を張って、

「私がそんな失礼なことをしたら、晴れた空も曇って、雷が落ちることでしょうよ」

その翌日、申応澍が外出した後、妻と婢は竹林の倉庫にいた。すると黒い雲が四方からその場に集まって、にわかに大雨が降りだした。一里の村が墨を流したようにま昼にもかかわらず、漆黒の真っ暗闇になった。どん、どんという大きな音が申応澍の家から聞こえてきて、突然、天を割き地を割るような雷がその家に落ちた。雨が降り止み、空が晴れ上がったので、人びとが行くと、応澍の妻と婢が三人、頭を並べて死んでいた。屋根の上の瓦が飛び散り、破片が粉々になっていた。人びとは騒ぎ立てて、みなが応澍の親不孝と家内の者を取り締まらなかったのを責めた。三省▼[3]が尋問することになって、応澍は杖で打たれて死んだ。

ああ、天と人との理致にはいささかの違いもないのに、ほしいままに悪を行なってはならない。上帝は

いつもお前を見ているのだから、畏怖すべきである。申氏は実はわが家門の庶子の出なのだが、その出来事があまりに不思議なので、やむをえず、ここに記して、世間の戒めとするのである。

ある者が言う。

「罪は三人のみにあって、申応澍のあずかり知らぬことだから、雷は彼には落ちなかったのだ」

▼1【申応澍】『朝鮮実録』宣祖三十九年（一六〇六）八月に、不孝の子や不恭の弟が最近は多く、識者は寒心すること久しいとし、申応澍の例を挙げる。訳官として秩も高く、家は富んでいるのに、その父を養わず、飢えと寒さから免れさせない。父が家に来ても、応澍と妻が入れさせないのは、痛憤に堪えない。律によって罪すべきである云々。

▼2【申涎】『朝鮮実録』宣祖三十九年八月（一六〇六）に、右の申応澍の父として見える。

▼3【三省】議政府・司憲府・義禁府の三つの省庁。道徳に触れる罪に問われた人間を三つの省庁が合同で尋問した。

生活苦

第二五四話……飢えたときには急に固い飯を食べてはならない

万暦四十七年の己未の年（一六一九）、朝鮮八道は飢饉に襲われ、穀物がなくなり、飢え死にする者が多かった。

僧侶五人が物品を売ろうと市場に出かけた。街に入って、どこかで朝飯を食べようとした。大きな屋敷などを覗いて見ると、すべてがらんとしていて、外の行廊にも人の姿はない。僧たちはしばらくの間、ある家の門をたたき続けて、やっとのことで、門の中から人の声が聞こえた。そこで、僧が五人分の米を差し出して、炊いでくれるよう頼んだ。門内ではこれを受け取ったが、その人の顔はわからなかった。日が傾いて、市場もしまう時刻だった。僧が食事を催促すると、しばらくして戸の中から緑色の絹を差し出して、言った。

「わが家は士族です。下人たちがあるいは餓えて死に、あるいは流民となって逃げ散り、婦人一人が子どもたち七人とともに何も食べずに、五、六日になろうとしている。飯はたしかに炊ぎましたが、とてもその子たちのことが気になって堪らず、そちらにやってしまいました。子どもたちはすっかり平らげて、もうなにも残っていません。この絹で購いますので、お許しください」

僧たちは互いに顔を見交わして、気の毒に思い、絹を受け取ることを固く辞退して、受け取ろうとはしなかったが、ついに受け取って、市場に出かけて売ることにした。市場では穀物の価格が高騰していて、五斗以上を手に入れることができなかった。二斗を酒と食事に当てて、五人の僧は腹を満たした。一人の僧が言った。

「われらの飯の値段は絹の服より安い。あの士族の子女たちは腹をすかしても、それを告げることがなかった。どうして残りの三斗を分けずにいられれよう」

僧たちは一斉に賛成した。

そこで、ふたたびその家を訪ねていったが、門をたたいても応答がなく、入って見ると、老幼七人が首を並べて死んでいた。おおよそ、餓えたときにはまず粥で胃腸を慣らさなくてはならない。そうすれば、死なない。彼らは急に固い飯を食べたために息が塞がって死んだのである。なんとも痛ましいことだ。

盗賊

第二五五話……飢饉の年の人びとの振舞い

万暦の己未の年は朝鮮八道を飢饉が襲った。ソウルに住む一人のソンビがソウルの市場では米があまりに高いので、数百里を行って一駄の米を買って来た。峠に到ると、道の脇に大きな刀を携えた一人の男が現れて、馬の前で挨拶をした。ソンビが言った。

「お前は誰だ」

「道を行く人間だ」

「道を行く人間がどんな理由でそのように挨拶をする」

「私どもは餓えて食べるものがない。米が欲しいのだ」

ソンビがまだ答えることのできない前にソンビの奴が言った。

「駄の半分だけ分けてあげよう」

「食事をする者が多く、半駄ではとても足りないのだ。一駄まるごといただこう」

ソンビはうなずいて、一駄を与えたが、するとまた、言った。

「米は重く、かついで行くことができない。馬も貸して欲しい」

そこで、馬も貸し与えた。山を一つ越えると、その馬を返して言った。

「恩恵をもってお与えくださった米は本当にうれしく、助かりました。道を護衛してお送りしましょう」

数里を行くと、谷底には兵仗を携えた数百名の兵士が現れて道を塞いだ。その人はいった。

「このソンビ殿はわたくしに一駄の米を下さいました。将軍閣下にはわたくしをしてこのソンビ殿の護衛をさせてください」

そうして、ソンビはなに事もなく、帰ってきた。

凶年には人びとが困窮して、良民であっても集団になって盗賊となるが、人を害することはなく、物品だけを盗るものである。

後年には、行商が道で盗賊に遭えば、かえって盗賊が行商に追われることになる。行商は腹いっぱいに食べ、盗賊たちは餓えていて道に臥せっているので、商人たちは勝ちに乗じて盗賊どもを追う。そこで、盗賊どもは散り失せてしまうが、これもまた哀れなことである。

第二五六話……婢女の放屁のおかげで難を免れる

嘉靖年中（一五二二～一五六六）に一人の羅州牧使がいた。その名前は忘れてしまったが、任期を終えて帰ってくることになった。財貨を貯えて、その荷を運ぶ行列はほとんど二、三十里にも及んだ。悪党どもがこれに目を付けないわけがない。牧使の一行は街道の駅と駅との間にある酒店に泊ったが、街道筋の悪党どもを同宿させないようにあらかじめ命じておいた。そこで、盗賊どもはたがいに謀議して、朝廷に貢物として進上する沙器を運ぶ役人だと称して、おして同じ酒店に泊った。盗賊たちの荷物の数は百箱にも上った。偽役人が警戒して、互いの人と馬を近づけないようにして、言った。

「進上する貢物である沙器がもし割れたなら、その値はどれほどすると思うか」

それで、羅州牧使の奴たちであえて近づく者はいなかったが、日が暮れかかるころ、一人の婢女がそれらの箱の横に回って小便をしようとした。そこで思わず、放屁をしてしまった。すると、箱の中から二人の男のくすくす笑う声が聞こえた。婢女は走って行って、主人の老人にこのことを告げた。主人はひそかに州の役人を呼んで、相談した。

「一つの箱の中から二人の声が聞こえてきたことを考えれば、百の箱の中には二百人が隠れていることになる。彼らが深く眠っているときを見はからって、彼らをみな捕まえるのには、どういう計略を用いればいいだろうか」

年老いた役人が前に進み出て耳打ちした。

「私が酔ったふりをして、あの役人と称する者たちに喧嘩をふっかけます。あなたは怒って私とあの偽役人どもを縛ってください。大したことでもない罪で縛られたので、あの者たちも諾々として反抗をしますまい。そこで、百の箱を積み上げて縄できつく縛り挙げて、矢でこれを射れば、簡単にみなを退治することができます」

その計略を用いることにしたが、はたして、盗賊どもの首領は役人とともに縛られるのを拒まなかった。また沙器の箱を積み上げて縄で縛って、

「私は貴重な沙器をことごとく割ってしまったようだ。ソウルに行って罪に服そう」

といい、箱に向って矢を射たが、箱は躍りあがり、そこから鮮血がほとばしって庭を真っ赤に染めた。二百名がすべて捕まり、首領は県に処刑されて、死体は市に棄てられた。観察使は朝廷にこの事件を報告して、牧使には品階を加え、放屁した婢女には五百匹の布を褒美として与えた。

第二五七話……ずるがしこい人間の不正は後を絶たない

曹胤禧[1]が監察であったとき、司贍寺[2]では台臣[3]に頼んで、役所の横に揚げ幕を張り、便所を倉庫の下に作ることにした。

曺胤禧が便所に行くと、鼠の孔に木の枝があり、糸が掛かっているのが見えた。不思議に思って、その木の枝の糸を手に取ってたどると、倉庫の中から出ていて、糸の端は縄に繋がり、その縄の端は綿に繋がり、初めから最後までずっと繋がっていて切れることがなく、ほぼ四、五十匹にもなった。

これは倉庫番が倉庫を開くときを利用して、縄に結んでおいて、役所が終わった後に、これを釣り出して盗もうとしたのである。そのずる賢いやり方ははなはだ巧妙であったが、台長に告発して、倉庫番を厳刑に処した。

あるソンビが試験場に入って行き、小便をしたくなって、狗の孔に向ってしようとすると、糸が木の枝に引っかかっていて、たぐって見ると端っこには一枚の紙が結んであった。それは楷書で書かれた一篇の試文で、はなはだ優れたものであった。それを用いて答案を書き、みごとに甲科で及第した。これは文章を貸し与えようという者と試験を受けるものとがたがいに示し合わせていたものを、そのソンビが横取りしたということであろう。

ああ、人間の心というものはずる賢く邪悪であり、鼠のような輩が穴を穿ってさまざまなたくらみを行なっている。担当官がいかに厳しい刑罰と峻厳な処置を行なったとしても、なかなか止むことはないものである。

▼1【曺胤禧】『朝鮮実録』宣祖三十五（一六〇二）年四月、各司がその弊を陳奏した中に、漢城判官の曺胤禧の名前が見える。

▼2【司贍寺】太宗のときに設置された司贍署を一四六〇年に改称した。楮貨を造るとともに地方の奴婢が納める綿布などに関する事務を司った役所。丙子胡乱のときに廃止されたが、一六四四年には復活して、一七〇五年には戸曹の司贍色と合併した。

▼3【台臣】司憲府の大司憲・執義・掌令・持平などの官員。役人たちの規律を監視する職責を担う。

諧謔

第二五八話……韻がなければ詩を作れない金穎南

参議の金穎南《キムヨンナム》▼1は詩を作ることを好んで、一生のあいだの著述は数えることのできないほど多い。ただし、次韻（他の詩の韻をそのまま真似て詩を作ること）によって作るのみで、一つの韻で数十首を作って、留まるところを知らなかったが、しかし、次韻をしないとなると、からっきし詩を作ることができなかった。

判書の徐渻《ソソン》▼2がこれを誇って言った。

「君の詩というのは羅州の書生の枷のようなものだ」

「いったいどういうことでしょう」

「羅州に一人の書生がいたが、彼は十一歳で偽造印信律を犯してしまい、二十歳になるまで牢獄に繋がれていた。最初は小さな枷をつけていたが、成長するにともない、年々、大きな枷をつけることになる。座っても立っても、起居はつねに枷とともにして、それは盲人がいつも杖とともにいるのと同じであった。壬辰の倭乱（第三一話注10参照）のとき、長官が獄を開き、囚人たちを自由にした。書生は枷をつけられて成長し、ある朝、枷を外されてしまい、前後左右に頼るものがなく、歩くことさえできなかった。いま、君の詩は、韻がこの書生の枷と同じで、なければ、歩くこともできないようだ」

人びとは大いに笑って、格言だと思った。

▼1【金穎南】金穎男という人物がいる。「南」は「男」の間違いか。『朝鮮実録』宣祖二十二年（一五八九）十二月に、益山郡主として見え、同じく二十五年六月に忠清道都事として見える。壬辰倭乱が勃発して、金海府から賊倭九百人が全羅監司と称して全州に向かっている旨の情報を中央に送っている。また二十九年五月に、水原府使の金穎男は司納寺に納めるべき米三十斗を私服して、免職になった旨の記事がある。

▼2【徐渻】一五五八〜一六三一。字は玄紀、号は薬峰、本貫は大邱。大提学の徐居正の玄孫。一五八六年、文科に及第、兵曹佐郎となり、壬辰倭乱の際には咸鏡北道で鞠景仁の陰謀から王子と宰相を救い出し、後に兵曹正郎・京畿道観察使になった。光海君のときに癸丑の獄事（一六一三）（第九八話注5参照）に連累して十一年のあいだ帰郷生活を送った。仁祖反正（一六二三）によって復帰して、刑曹・兵曹の判書を務めた。

第二五九話……諧謔を好んだ李恒福

相国の李恒福《イハンボク》（第八五話注3参照）は馬を愛した。領議政であったとき、外庁で客と会っていたとき、夫人が侍婢に次のようなことばを伝えさせた。

「馬が食べる豆がすでになくなっています。一頭の馬なら十分ですが、二頭の馬には足りません。どういたしましょうか」

相国は色を正して、言った。

「馬に与える豆の多い少ないを、一国の大臣に相談しようと言うのか」

国の法で職を削られたものは、たとえ大臣であったとしても、「及第」と呼ばれるが、李徳馨《イトクヒョン》（第一三八話注1参照）も領議政を削奪されて、「及第」と呼ばれた。恒福は当時は左議政で、人びとの非難を浴びて、言った。

「私の塾の同期生がすでに及第したが、私はいつになったら及第となろう」

官職を放りだして東大門の郊外に住んでいたとき、ある人がやって来て、

「夫役《ブヨク》のために生きるのが大変です」

相国が答えた。

「私もまた戸役《ホヨク》があって生きるのが大変だ」

当時、逆賊を保護したという護逆《ホヨク》の弾劾を受けていたが、これは戸役と音が似ている。李恒福はこのように諧謔を好んだ。

第二六〇話……豪侠のソンビ 林悌㈠

林悌▼[1]というのは豪侠のソンビである。

若いころ、友人とともにあるところを通ることになったが、そこには宰相の家があった。その家では盛大に宴会をもよおし、客人たちをもてなしていたが、その家の主人とはもともと面識があったわけではない。林悌が友人に言った。

「私はこの家の主人とは古くからのなじみだ。君も私といっしょにこの宴会に出るがいい」

友人が承知すると、林悌は言った。

「君はしばらくこの門の前で待っていてくれ。私が最初に入って行って、君を呼ぶことにしよう」

友人は林悌の言うままに、門の前に立っていた。林悌は入って行き、主人と客に挨拶をした後、末席に座って黙々として一言もしゃべらなかった。酒杯が三度ほど行き来して、客の中の一人が、主人の耳に、

「ご主人はあの方をご存知なのですか」

と尋ねた。主人は当然のこと、知らない。今度は主人が全員の客に、

「あの人はどの客人のお知り合いだろうか」

と尋ねたが、客の誰ひとりとして知らなかった。聞き終わって、主人も客もみながたがいに見かわし、冷

笑した。林悌は初めて笑い、そして言った。

「みなさんは私をお笑いでしょうか。それほどおかしなことではありません。私よりもっとおかしなやつがいます。私の友人はこの家の門の前に立って、私の口だけを頼りにして、酒と肴の食べるのを今か今かと待っているのです」

主人と客たちは大いに笑いだし、林悌とともに話をしたが、すぐに林悌が豪侠のソンビであることがわかり、門の外の友人も呼びいれた。

夕方になって、宴会が終わったが、林悌の友人は、林悌と家の主人は古くからのなじみだと信じ込んでいて、突然に上がり込んでもてなされたのだとは、ついに気がつかなかった。

▼1【林悌】一五四九〜一五八七。字は子順、号は白湖・謙斎など。本貫は羅州。一五七六年、生員・進士となり、一五七七年、文科に及第した。礼曹正郎兼知製教となったが、東西両党の争いに嫌気がさし、名山を探訪して余生を送った。当代の名文章家として名が高く、豪放・快活な詩風で人びとに愛唱された。

第二六一話……豪侠のソンビ 林悌(二)

林悌(第二六〇話注1参照)は怯えるということがなかった。試験場に入って行って、一人のソンビが籠にたくさんおいしそうな梨をもっているのを見て、その人とは面識もないのに、すぐに前に行って、籠の中の梨を食べて、一籠がほとんどなくなってしまった。その人が言った。

「君はどうして私の梨を食べてしまうのか」

林悌が答えた。

「まったくひどいものだ、私の強欲ぶりは。他の人の梨をすっかり食べてしまった」

大いに笑って、立ち去った。

第二六二話……儒生の冠を着けるだけの生涯

秀才の尹希宏《ユンフィクィン》▼1はまことの儒士であり、性格は洒脱で端雅であったが、水石をこよなく愛した。双里門に住んでいて、南山の麓の巖を削って山の形を作り、苔を生わせて、そのところどころに珍しい花と香りのする草を植え、泉を引いて池を作り、そこには芙蓉を植えた。その林泉の景観はすこぶる瀟洒であった。ソウルの士大夫たちが多く訪ねてきて観賞したが、それを迎えて酒と肴でもてなした。友人の成択善《ソンテクソン》▼2が酒席にいて、戯れて言った。

「わが家にすばらしい石がある。丈が高く聳えるように巍々としており、その天然の様は人工を俟たない。君の家では、毎日のように斧を使って人の力で削ったり磨いたりしている。それとどうして比較することができよう。もし君がそれを欲しいというなら、私は君に与えよう。ただ、それを運ぶための車馬の用意をして欲しい」

尹希宏は大いに喜んで、二人で酒を酌み交わし歓楽を尽くした。翌朝、手紙をソウルに送って、車と牛を借り、明礼洞の成氏の別荘に送った。成択善は笑いながら、南山の蚕頭峰を指さして言った。

「私の家の石というのはあれだ。君にもし力があれば、かってに運んで行くがいい」

車を引いて来た下人は茫然として帰っていった。

年若いソンビである金斗南《キムトゥナム》▼3が尹希宏の家の門の中に入ってきて、石山を見ることを要求した。門番が断ると、金斗南は怒りだし、筆を執って、その門に次のように書いた。

君の家の名勝はソウル第一と言えよう、（君家名勝擅長安）

日ごとに来て遊ぶ者たちはみな栄達した官吏。（日々来游尽達官）
山の石はどうして私だけを拒むのか、（山石豈能偏拒我）
門まで来て儒生の冠を着けているのが恥ずかしい。（到門還愧着儒冠）

この詩がソウル中に広まって、尹希宏は大いに恨んだ。

鵝渓《アゲ》・李山海《イサンヘ》（第一一話注4参照）がこの詩を聞いて、言った。

「詩はいいが、詩語がよくない。ついに儒生の冠を着けるだけの生涯で終わるのではないか」

金斗南は才能のある人であったが、ついに科挙に及第することはなかった。

▼1【尹希宏】この話にある以上のことは未詳。
▼2【成択善】未詳であるが、次の第二六二話に出てくる成好善の誤りではないかとも考えられる。
▼3【金斗南】『朝鮮実録』宣祖二十八年（一五九五）六月、司諫院が啓上して、国家多難のおり、地方の守令をこれまでの格を破って採用したい旨の記事があり、三十人の採用者の中に全斗南の名前がある。

第二六三話……最高の楽しみ

李春英《イジュンヨン》（第一一五話注3参照）、尹吉元《ユンキルウォン》[1]、そして南以英《ナムイヨン》[2]が、雪の降ったとき、成好善《ソンホソン》[3]の家の碧斎で話をした。

李春英が言った。

「雪の降る中で、どんな状況にいれば、もっとも楽しいであろうか。それぞれ自分の考えを言ってみないか」

李春英がまず口を切った。

「二、三名の同志と江の畔の楼閣に上り、談論して炉を囲んで酒を酌み交わせば、どんなにか楽しいであろう」

尹吉元が言った。

「すばらしい美人といっしょに皮衣を着て、青楼のこたつで酒を酌み交わし、『白雪曲』を高らかに歌えば、その楽しみはどれほどであろう」

南以英が言った。

「童僕に酒壺をもってついて来させ、楽しみを分かつことのできる友人とともに、凍りついた江上を飛ぶように駆ける馬に乗って走れば、その楽しみはどれほどであろう」

成好善が言った。

「私の楽しみというのはみんなとは違うようだ。天山の三丈の雪の中を黒い貂の衣を着て、十万の騎兵を統率して左賢王▼4を討てば、その楽しみはどんなであろうか」

すると、李春英などはたがいに見かわして、肘を張って、言った。

「われわれにはそれぞれの楽しみがあるが、みな則優の豪放さと壮大さには及ばないようだ」

則優というのは成好善の字である。

▼1【尹吉元】『朝鮮実録』宣祖三十五年（一六〇二）六月、司憲府から、興徳県監の尹吉元は人となりが凡庸で、任地に赴いて以後、仕事もろくろくせず、役人たちも好き放題に振る舞って、民は困窮している、このような人を一日でも長く官にいさせてはならないとの啓上があり、罷免された旨の記事がある。

▼2【南以英】『朝鮮実録』宣祖三十七年（一六〇四）十月、南以英を義興県監になすという記事があるが、同四十年（一六〇七）八月には、司憲府から、義興県監の南以英は捕虜刷還人を連行してくるとき、いたるところで酒を飲んで騒ぎを起こし、迷惑この上なかった。このような人を職につけておくべきではないという啓上があり、聞き入れられた旨の記事が見える。

▼3【成好善】一五五二〜？。字は則優、号は月蓑、本貫は昌寧。一五八九年に増広文科に乙科で及第、一五九三年には兵曹佐郎となった。翌年、巡辺使の従事官として嶺南に赴任したが、黄海道に帰省して期日に遅れ、司憲府から弾劾を受けて罷免された。後に復帰、忠州牧使となったが、都体察使の状啓によって罷免された。人となりが浮雑で、諧謔を好んだという。

▼4【左賢王】匈奴の貴族の封号。太子あるいは単于の後継者として封じられたが、左部（東部）地方を分割して統治した。

第二六四話……太僕寺の藁の尽きるまで

李好閔《イホミン》（第一九八話注2参照）、韓浚謙《ハンチュンキョム》（第六一話注1参照）、そして李恒福《イハンボク》（第八五話注3参照）は若いころ、[1]中学でともに学んでいた。太僕寺[2]の万余りの藁束を見ながら、韓浚謙が言った。

「私がこの藁で一頭の馬に秣を食わせて、それが尽きるのを待つほど生きるとしたら、その寿命はいかほどになろうか」

李好閔が言った。

「私がこの草をよく刻んで、枕の中に入れることをくり返し、それが尽きるのを待つほど生きるとしたら、その寿命はいかほどになろうか」

李恒福が言った。

「私が私の足のしびれるのを待って、爪でもって草を一寸ずつ切り、唾をつけて鼻の先につけ、それが尽きるのを待つほど生きるとしたら、その寿命はどれほどであろうか」

これには韓浚謙などが手を打って大いに笑って言った。

「私と好閔の寿命は数百年にもなろう。しかし、子常（李恒福の字）の寿命は億劫を経ても終わることのないものになろう」

世俗の人びとが、足がしびれたら、草を切って鼻の先に付ければ治るというので、このようなことを言ったのである。

▼1【中学】ソウルの東・西と南、そして中央の四ヶ所に建てた学校を四学といった。その中の中央にあった学校。
▼2【太僕寺】時代によって司僕寺とも言うが、高麗時代から存在し、宮廷の乗輿・馬匹・牧場のことに当たった官庁。

第二六五話……人間の寿命の長短は人の口でどうなるものでもない

松川《ソンジョン》・梁応鼎《ヤンウンジョン》（第一九九話注4参照）が郡を治めていたとき、郡の建物を建てることになり、大工が材木を切るために斧と鋸を使っていた。松川は客人と対座して酒を飲んでいたが、お盆の上には松の実があった。童僕を呼んで、それを庭に播かせて、言った。

「後日、この松の実が育って大きな木になったなら、これを切って私の棺をつくるのだ」

客人が松川に言った。

「この松の実が育って木になり、それがまた実をつけたなら、私はその実をまた播いて、長大な木になるのを待って、私の棺をつくることにしよう」

すると、梁の上で仕事をしていた大工が斧と鋸をもって降りて来て、地面に伏して、言った。

「後日、お二人の閣下が一万歳でお亡くなりになった後、私はお二人のためにお棺を作らせていただきます」

二人は手を打って大いに笑った。松川は五石の米をもってくるように言って、その大工のことばに対する褒美とした。

ああ、しかし、人間の寿命の長短は人の口でどうなるものでもない。

第二六六話……四人契の蓮池の畔の月見

金継輝《キムケフィ》（第一三七話注1参照）、姜亀寿《カンクィス》[1]、鄭礥《チョンヒョン》（第一一〇話注1参照）、そして洪天民《ホンチョンミン》（第七〇話注1参照）はみな丙戌の年（一五二六）の生まれで、四人で契（講のようなもの）を作って、亀寿の家の南門の外にある蓮池の畔で月見をしていた。四人ともに家は貧しく、酒もまずく肴も粗末なものだった。

金継輝が言った。

「私は一日に一頭の子牛を産む雌牛が欲しいものだ」

鄭礥が言った。

「私は醸造せずとも酒が湧きだしてくる甕が欲しいものだ」

姜亀寿が言った。

「私は食べもしないし、衣服を欲しがりもしない妾が欲しいものだ」

みなでこれらを「三絶」と称して、金継輝が言った。

風流なるかな、姜大老、（風流姜大老）
温雅なるかな、洪達可、（蘊籍洪達可）
景舒（鄭礥の字）もまた詩をよく作り、（景舒亦能詩）
ただ私だけが取り柄なし。（惟我無才者）

▼1【姜亀寿】燕山君の十一年（一五〇五）八月に死んだ姜亀孫という人がいる。京畿観察使、大司憲などを経て右議政にまで昇った。この人のことではないかと思うが、わからない。

第二六七話……冷茶と提督

全羅道の霊岩郡守が役所に座り、農民たちから秋の収穫を受け取るときには、全郡の人びとがみなそこには集まっていた。そのとき、はなはだ暑くて、郡守が言った。

「冷茶《ネンチャ》[1]を私にもってこい」

茶が出てきて、郡守は涼しげに一椀を飲みほしたが、ある貧しい村人がそれを見て羨んだ。冷茶というものがいったい何かわからずに、なにか特別な飲料水の種類ではないかと思ったのである。倉庫に穀物をみな納めた後、その人は倉庫の後ろに行って、冷茶を求めたが、それは冷ましたお焦げの湯であったので、大いに笑って帰った。

しばらくして、提督教授[2]がやって来たが、提督は文官であった。役人が提督がやって来たことを告げると、村人たちは提督というのは中国人の李如松（第一三八話注2参照）と董一元[3]の両将軍のような人だと思って仰ぎ見た。ところが、邑の役人に尋ねると、郷校の訓導の別名であった。人びとは大いに笑ったものであった。

「これは冷茶《ネンチャ》と同じことだ」

▼1【冷茶】茶自体は朝鮮半島にも自生し、高麗時代には飲茶の風習があった。しかし、朝鮮時代には急速に飲茶の風習がすたれていく。「茶」ということばは残るが、ここではそれがお焦げをこそぎ落として飲み物

にしたもの（シッケという）で、茶ではなかったところがミソになる。
▼2【提督教授】朝鮮時代、教育を監督・奨励するための官員を言ったが、中国では武官職名としてあり、その取り違えがここでは話題になっている。
▼3【董一元】明の将軍。一五九七年、倭賊が再侵したとき、明の救援兵を率いて朝鮮にやって来た。朝鮮の兵馬節度使とともに一万三千の兵を率いて清州・尚州・星州・晋州の要路を経て南進したが、四川で島津義弘と激突して大敗、残った兵士とともに居昌に撤退した。

第二六八話……世間で出回ることわざ

「最初は張っていても、最後は縮むというのは鄭蕃《チョンバン》の呈才人▼1であり、あれこれ空しい思いを巡らし、実際の事に当たってしくじるのは兪涵《ユハム》の色好馬（色艶の良い馬）である。その外にはいるが、その中にはいないというのは、張杞《チャンキ》の紫の下着と紅のチマであり、事の発端は乙にあり、災殃《さいおう》は乙で起こるというのは、活人署別提▼2の罷免のようだ」

このように世俗では言っているが、これはいったいどういう意味なのか。

鄭蕃というのは庶子であったが、文章をよくし、謁聖試において壮元（首席のこと）で合格し、放榜（合格発表）のあったその日には呈才人に択ばれて馬に乗り、絹の衣服をまとってうそぶき、意気揚々と行った。ところが、その道中、庶子であることがばれてしまった。台諫が告発して及第が取り消されたことを知り、すっかり意気消沈して姿をくらました。そのことから、「最初は張っていても、最後は縮むというのは鄭蕃の呈才人」と言うのである。

兪涵というのは学問に熟達していて、四書三経を諳んじていたものの、臆病な性質でよく講ずることができなかった。講席に入って行き、七大文▼3を見てみな暗誦することができたから、今回こそは及第するはずだと思って、その後のことに思いを巡らせた。
某の家には青色の道袍（道士の着る服）があり、某の家には幞頭（紅牌すなわち合格証書を受け取るときにかぶる帽子）がある。だから、みな借りればいい。ただ色好馬だけが調達するのは難しい。以前、某は白馬に乗っていると聞いたことがあるが、青色の道袍に白馬はよく似合うであろうか。人を遣って頼みこめば、貸さないこともあるまい……。

このようにさまざまに思いを凝らしていると、帳の中から試験官が大きな声で言った。
「早くしないか。講ずべき受験生がなにをぐずぐずしているのだ」
帳の外の台諌が兵士に彼の肘をつつかせた。すると、その途端、兪涵はどぎまぎしてしまい、精神が朦朧として、記憶していたはずのことが何一つとして思い出せなくなってしまった。結果、「不通」となって落第してしまった。そこで、「あれこれ空しい思いを巡らし、実際の事に当たってしくじるのは兪涵の色好馬」と言うのである。

李挺俊《イチョンジュン》の妻の家には名前を舜花《スンファ》という婢女がいて、姿態がはなはだ美しかった。李挺俊はひそかにこれと通じてしまったが、妻が恐ろしくて、思い通りに、舜花と会うこともできない。彼は貧しいソンビの張杞と仲がよかったので、彼を招いて、一つ部屋に寝た。そして、「張生員が舜花にほれ込んだようだ」と言って、舜花の紫色の下着と紅のチマを張杞の身体にかぶせ、李挺俊自身はふとんをかぶって舜花と寝た。そこで、「その外にはいるが、その中にはいないというのは、張杞の紫の下着と紅のチマ」というのである。

万暦の乙亥の年（一五七五）の冬、舎人（議政府の正三品の官職。秘書官の格）たちが夜に凝香閣で宴会を開いていた。夜が更けて宴会も終わり、ある妓生が自分の家に帰る道で、中学（第二六四話注1参照）の儒生が道端で立ち小便をしていた。美しい妓生が夜中に一人で道を歩いているのを見て、儒生たちは道を塞いでからかった。妓生がつかまれた衣服を払うと、袖がちぎれた。妓生はやっとのことで逃げ、舎人に訴えた。舎人が怒って言った。

「中学に宿直して監督する官員がなく、出歩いている儒生が道を塞ぐというのか」

「郎ついに牌を出して吏曹郎官を呼んだ。吏曹の担当官員は、郎官に罪が及ぶのではないかと恐れて、「郎官が活人署で悪事を摘発しようとしたが、日が暮れてしまい、城郭門が閉じてしまって入ってくることができない」と告げた。郎官は口裏を合わせるために、罷漏の後の夜間通行禁止解除まで待って、活人署で悪事を告発しようとしたが、活人署の別提が宿直を怠っていて、いなかった。別提はそのために罷免されてしまった。当時の人はそのことを、「中学の学生が妓生をからかって、活人署の別提が罷免された」と言っていた。

そのことから、「事の発端は甲にあるのに、災殃は乙で起こるということを、活人署別提の罷免のようだ」と言うのである。

▼1【呈才人】宮中で舞と歌謡とを披露する人。ここでは、科挙の及第者となって、その礼で舞い、歌謡を行なうことを夢見ている。

▼2【活人署別提】活人署はソウルの医療厚生にかかわる官署で、別提は正・従六品の官職。

▼3【七大文】七書の経文。科挙の講経科では応試者が籤を引いて出てくる七書の一ヶ所を暗誦する。七書というのは四書三経。

第二六九話……年齢は新造炕

相国の沈喜寿《シムフィス》（第二四二話注1参照）は中国語がたくみであった。中国におもむき、あるところで、揚げ巻き姿の少女が門の前に立っていた。相国が

「お前の年は何歳かな」

と尋ねた。すると、

「新造坑です」

と答えた。

相国はふたたび尋ねてみようとしたが、この少女に笑われるのではないかと思って、じっくりと考えてみた。新たに造った穴には、▼1かならず湿流水が生じる。これは十六歳に音が似ている。そこで、相国は言った。

「お前の年は十六歳なのだな」

少女は笑ってうなずいた。

▼1【かならず湿流水が……】現代中国の標準語の発音で「湿流水」は《shi liu shui》、「十六歳」は《shi liu sui》となる。昔の十六歳はもう少女とは言えないかもしれない。いずれにしろ、これは猥談である。

巻の五　万物篇

天地

第二七〇話……天の意を得たなら

万暦（明の皇帝神宗の年号）四十三年（一六一五）三月一日に日食があった。

開城留守の趙振《チョチン》▼1が占いをして言った。

「今日の日食は奎の分野を犯している。昔、日食が奎の分野を犯せば、文章をよくするソンビがかならず死んだ。謝霊雲▼2と范曄▼3が死んだときにも、このような変故があった。今、僉知の車天輅《チャチョンロ》（第八三話注3参照）の容体が悪いようだが、この徴におうじているのではないだろうか」

車天輅はしばらくして死んだ。

ああ、車五山は文章の大家であった。この数百年ものあいだ、このような才能はなかったが、一生のあいだ不遇の中に過ごし、ついに困窮の果てに飢えて死んだ。しかし、その死は日食の徴に呼応するのである。

『荘子』の「大宗師」に言う。

「天の小人は世間の大人であり、世間の小人は天の君子である（▼4天之小人人之君子、人之小人天之君子）」

韓退之（韓愈。第一二七話注3参照）は言っている。

「天の意を得たなら、人の世界に失おうと、意に介すまい（▼5得於天而失於人、何害）」

▼1【趙振】一五三五〜？。字は起伯、本貫は楊州。李滉の門人で、推挙で王子師傅となった。地方官を歴任

して、一六〇五年には左議政の奇自献の受賄を暴露して、逆に罷免された。一六〇八年、光海君が即位すると、即位前に仕えた功で復帰して、漢山君に封じられた。開城留守、判中枢府事となって、八十歳で耆老所に入った。死後のことではあったが、仁祖反正の後に、光海君の寵臣であったことから、削職された。

▼2【謝霊運】三八五～四三三。六朝時代の宋の詩人。河南の人。康楽公を襲爵し、謝康楽と呼ばれる。南北朝文学の第一人者であり、美しい詩風で山水詩の開祖とされる。生活ぶりは放縦で、不遇の憂さを晴らすうちに謀反を疑われて、処刑された。

▼3【范曄】南朝末の文人。順陽の人。広く経史を渉猟して、文章に巧みであり、隷書をよくした。尚書吏部郎だったとき、彭城太妃の訃報に夜中酒を飲んで挽歌を楽しんだとして左遷された。後に太子左衛将軍に昇ったが、魯国の孔熙先と逆を謀ったとして誅された。

▼4【天之小人……】この部分、正確には、「天にとっての小人は、人の世では君子と言われ、人の世で君子とよばれるものは、天にとっては小人にすぎない（天之小人人之君子、人之君子天之小人）」（『荘子』大宗師篇）とあるべきであろう。

▼5【得於天……】韓愈の「崔群に与ふる書」に、「天の人と与《とも》にするや、当にその好悪するところの異なるは疑ひなし、天に合ひて人に乖《そむ》く、何の害あらん（況天之与人、当必異其好悪無疑也、合於天而乖於人、何害）」とある。

第二七一話……大乱のきざし

万暦の辛卯の年（一五九一）、韓孝純《ハンヒョスン》▼1が表をたずさえて燕京（北京）におもむいたとき、中国の人が、

「武器庫の武器を長年のあいだ磨かなかったが、最近、取り出して見ると光彩が数倍にもまして光り輝いていた。これは動乱の象である」

と言っていて、識者たちははなはだ憂慮していた。その年が明けて、はたしてわが国に倭乱が出来して、中国は天下の軍を動かして救援することになった。

同じ辛卯年にはわが国でも軍器寺の池の水が突然にあふれて堤を越えた。そのとき、年老いた役人が言ったものだった。

「乙卯の年（一五五五）にも同じようなことがあって、そのときには南方で倭乱[2]が生じたのだった」

壬辰の年（一五九二）になって、はたして倭乱が生じたのである（第三一話注10参照）。

伽耶山・海印寺の八万大蔵経の漆を塗った版木がみな汗を流したことがあったが、翌年にははたして疫病が蔓延した。

提督の董一元（第二六七話注3参照）が倭を討伐するために星州に軍を駐屯して、関羽の塑像を新たに造った。塑像がしとどに汗を垂らして地面に落ちたので、兵士たちは恐れたが、一月も経たないうちに、はたして泗川で敗北した。

事物が兆しを示すときに、どうして空しいことがあろうか。

草木

▼1【韓孝純】一五四三〜一六二一。字は勉叔、号は月灘、本貫は清州。一五九二年の倭乱のとき、倭軍を撃破して慶尚左道観察使に昇進して、巡察使を兼任、東海岸地域の防備に努め、軍糧調達に力を尽くした。一五九九年には鎗船二十五隻を建造した。吏曹判書・判敦寧府事を務め、一六一六年、左議政として廃母論を主張して仁穆大妃を廃し、幽閉したが、仁祖反正がなって、死後、削職された。

▼2【南方の倭乱】一五五五年五月、全羅道の達梁浦に倭人たちが押し寄せた。

人類

第二七二話……木蘭の木

公州の役所の庭に一本の木がある。香りが強く、広い葉をしていて、花の色はうすい紫色、枝も幹もともに美しい。役人たちはこの木を愛し、土を盛って大切にしていたが、その木の名前を知らなかった。万暦の戊午の年（一六一八）、中国から漂流して公州にやって来た人びとがいたので、ある人が尋ねると、みなが「この木は木蘭《もくれん》です」と答えた。この木の植樹方法を尋ねると、

「枝を折って植えれば、根付いて枯れることはない」

と答えた。公州の人が木蘭という名前を知ったのはこのときが最初である。

ああ、木蘭は中国の美しい木であるが、もともとその場所に自生していたものか、他の場所から移植したものか、わからない。あるいは、高麗時代に船が中国と往来していたときに、江南からもたらされたものなのか。庭に立ってどれほどの歳月を経て来たのか、木は答えてくれない。庭の中に珍しく、美しい木が生えていても、人びとは省みようともしないのは、どれほど残念なことであろう。わが朝鮮の人びとの目は見えているのだろうか。ただ、中国人だけがこの木の価値を知っているのだ。

第二七三話……白色は西方の金の色

文官の李玄培《イヒョンベ》[▼1]が晋州牧使だったときのことである。

あるとき、漁師が白い魚を献上した。全体が氷雪のようであった。李玄培の妾がこれを焼いて食べ、その月に妊娠して、男の子を産んだ。頭髪が白く、皮膚も玉のようで、目はやや黄色がかって白かった。十歳あまりになると、先生について学問をしたが、はなはだ聡明で、文章をよくした。

わが家にやって来ては庭で子どもたちとよく遊んでいた。日中には事物をはっきりと見ることができず、あえて太陽を仰ぎ見ることもできずに、いつも首をすくめて、地面を見ながら歩いた。

遊び仲間たちが夜にその家に訪ねて行くと、暗い部屋に座って「従政図」[▼2]を書くことができて、細かい字を一字も間違えることがなかった。識者たちは憂慮した。というのも、それは戦乱の兆しであったからである。十三歳で死んだが、はたして翌年、倭賊たちがわが国にやって来て大騒動が起こった。

私が万暦の己酉の年（一六〇九）に燕京（北京）に朝賀におもむいたとき、遼左地方で牛氏の別荘に宿泊することになった。主人には夫人がいたが、年齢は十九歳で、顔色や頭髪の色、そして手足もみな李玄培の子どもとそっくりであった。主人が言った。

「この妻は夜には細い糸でもはっきりと見ることができるのですが、明るい日中には庭と門の区別もつかず、躓いて歩くこともできません」

この夫人が生まれて十年の後には老酋の変[▼3]があった。だいたい、白色[▼4]というのは西方の金の色であって、戦争の兆しだと言うが、はたしてその通りである。

▼1【李玄培】『朝鮮実録』宣祖六年（一五七三）十月に李玄培を持平になすとあり、同じく十一月には持平の李玄培はみだりに同僚をなじるという記事がある。十一年二月には護軍の李玄培として名前が見える。

▼2【「従政図」】官職名を絵にかいて、双六のようなものを振って上がっていき、最後には領議政に至る。文字通りの出世双六。

▼3【老酋の変】一五九九年、中央から派遣された宦官たちの苛斂誅求に対して中国各地では反乱が起きた。これは播州で苗族の土司であった楊応竜の乱を言うか。

▼4【白色というのは……】アルビノに対する偏見は世界各地に見られる。日本には、大祓の祝詞の中に見えるが、前近代人の柳夢寅も、人の障碍と天変地異を結びつける思考法から自由にはなれなかった。

第二七四話……海中の巨人国

芝峰《チボン》・李睟光《イスクワン》▼1が安辺府使であったとき、海を漂流して助かって帰って来た人がいた。その人が言った。

「三人の人とともに小さな船に乗って海で漁をしていましたが、暴風に遭い、ただ西に西にと流され、七日七晩、休むこともありませんでした。すると、あるところに到って、船を岸辺に付けて、しばらく眠ることにしました。すると、湧き起こるような浪の音が聞こえて来て、それがだんだんと近づいてきて、目を覚ましました。一人の巨人が腰から下は海につかり、腰から上は海上に現わして、その背丈は三十尋(約四五メートル)ばかりもあったでしょう。その頭と顔と肢体がはなはだ勇壮で、比べるものがないほどでした。私たちは船を漕いで逃げようとしましたが、すでに巨人が舷側をつかんで船を転覆させようとしていたので、あわてて斧をとって巨人の肘に降り下ろしました。巨人は船をそのままにして、岡の上に登って行きましたので、三人はやっとの思いで船を漕いで逃げたのでした。岡の上に立っている巨人の姿を見ると、その背丈は天を突き、まるで山岳のようで、どうして人とは思えたでしょう。三人は今度は西からの風に遭い、海南の康津に着いて帰って来たのです」

『東国通鑑』▼2に、

「ある女子の死体が海をただよって流れ着いたが、その女陰が七尺ほどもあった。おそらく海の外には巨人国がある」
とあるが、おそらく防風氏▼3、長狄（北方の異民族の一種。背丈が百尺あったという）、僑如（僑陳如の略。部族名）といった一族の末裔なのであろう。

▼1【李睟光】一五六三～一六二八。字は潤卿、号は芝峰、本貫は全州。一五八五年、文科に及第、一五九二年、壬辰倭乱のとき、慶尚南道防禦使の趙儆之の従事官として竜仁で敗戦、奏請使として明と往来し、イタリアの神父マテオ・リッチに会って、天主教とともに西洋の学問を初めて朝鮮に紹介した。一六一三年の廃母論に反対して、杜門不出《ともんふしゅつ》した。一六二三年の仁祖反正の後に登用されて都承旨・大司諫となり、李适の乱が起こると、王に従って公州に行き、一六二七年の丁卯胡乱（新興の後金（清）が親明政策を取る朝鮮に侵入してきた事件）のときには江華島に避難する王に扈従した。官職は吏曹判書に至ったが、死後に領議政を贈られた。著書に『芝峰類説』がある。

▼2【『東国通鑑』】成宗の命を奉じて、徐居正が、司馬光の『資治通鑑』を見本に、新羅から高麗までの朝鮮半島の歴史を編年体に記述した書物。

▼3【防風氏】禹のときの諸侯。禹が諸侯を会稽に召集したが、防風氏は遅れて来たので、禹はこれを殺して、屍をさらした。その骨の一節が車にいっぱいだったと、『史記』孔子世家にあることから、巨人であったことになる。

第二七五話……李如松は子どものころにも朝鮮に来た

金漢英《キムハンヨン》▼1というのは義州の役所の兵士である。

洪天民《ホンチョンミン》（第七〇話注1参照）が都司迎慰使となったとき、まだ子どもであったが、挨拶をした。洪天民の息子の洪瑞鳳《ホンソボン》[2]がまた都司迎慰使となったとき、義州に到ると、金漢英がまた出迎えて言った。

「お亡くなりになったお父上が迎慰使となられたとき、李成樑[3]が黔山参将として都司に代わり、明の使臣の許国[4]に従って鴨緑江に到りました。このとき、李成樑の子どもや甥はみな総角姿の子どもでしたが、江を渡って義州を見て回り、そうして帰って行きました。そのときの子どもというのが実は李如松（第一三八話注2参照）で、まだ十三歳でしたが、容貌がすでに抜きん出て立派でした。壬辰倭乱（第三一話注10参照）が起こるに及んで、李如松が提督として十万の兵を率い、平壌の倭賊たちを撃破しました。わが宣祖に謁見して、『私は幼いころに貴国の土を踏んだことがある』と言ったのです」

わが国の人は李如松のことばを信じなかったが、金漢英のことばを聞けば、どうやら本当のことなのだ。

▼1【金漢英】この話にある以上のことは未詳。

▼2【洪瑞鳳】一五七二～一六四五。仁祖のときの大臣。字は輝世、号は鶴谷、諡号は文靖。一五九四年、文科に及第、吏曹佐郎となったが、その名望を妬む者に誣告されて免職になった。仁祖反正がなると、吏曹参議・同副承旨となり、寧社功臣として益寧君に封じられた。一六三六年、胡乱に遭うと（一六二七年の丁卯胡乱に次ぐ二度目の後金（清）による朝鮮侵略、丙子胡乱）、王とともに南漢に逃れ、敵陣と往来を繰り返して和議を調えた。領議政に至った。詩に抜きん出ていた。

▼3【李成樑】李成梁と書かれることもある。李如松の父。『朝鮮実録』宣祖二十五年（一五九二）十二月、壬辰倭乱が勃発して、明からの救援軍の李如松ははたして名将であろうかという宣祖の問いに対して、鄭崐寿は、如松は李成梁の子で、天下の名将であり、霊夏を征したときには、その父の成梁と権太重を憎んで、北京に留めておき、成功した後、霊夏侯に封じられ、位はその父の上にあると答えている。

▼4【許国】明宗二十二年（一五六七）に、穆宗登極詔使として朝鮮に来ている。

第二七六話……杯の取り方は高麗人

安廷蘭《アンチョンラン》[1]は吏文学官[2]である。

中国語が巧みで、中国にはしばしば行った。小さな帽子をかぶり、ぼろぼろの青い道袍（道士の着る服）を着て、雲の模様の靴を履いて、中国人の格好をしていた。三、四名の中国人とともに養漢官娼[3]の家に入って行っては、自分は陝西地方から来た中国商人だと称して、娼妓の家に宿泊することを請うた。養漢官娼たちは高い値段をふっかけて、外国人にはなかなか身体を許そうとはしなかったからである。安廷蘭はすこし吃る癖があったが、中国では八方広くどこのことばも同じというわけではなく、同国人であったとしても、たがいにことばが通じないことが多い。そのために娼妓たちは信じ込んで疑わなかった。娼女の家では酒と肴とを用意して応接した。盤を前に向かい合って座り、安廷蘭をよく見ると、耳たぶに穴が開けてあった。そこで初めて怪しんで、

「あなたの耳には穴が開けてあるわ。あなたは高麗人じゃありませんか」

と言った。安廷蘭は答えた。

「私が幼かったころ、父母は私を愛するあまり、女の子の服を着せ、女の子のチマを着せて、両耳の耳朶に穴を開けて耳環をつけさせた。すっかり女の子の格好をさせて、かわいがってくれたのだ。この耳朶の孔はその名残というわけだ」

娼女たちは笑いながら、その話を信じた。だが、酒杯を挙げて互いに応酬するとき、安廷蘭は杯を執るとき、親指を杯の中に入れて摑んで飲んだ。中国の人は杯を執るのに両手を使い、親指が杯の中に入って濡らすということはない。娼女たちは安廷蘭が杯を手に取る仕方を見て、大いに驚き、

「その杯の取り方はやはり高麗人だね」

と言い、安廷蘭の背中をたたいて、怒って追い出したのであった。

▼1【安廷蘭】『朝鮮実録』宣祖二十一年五月に、漢吏学官の安廷蘭の名前が見える。
▼2【吏文学官】吏文を担当する官吏の名称。吏文とは中国との外交文書の特別な文体を言う。
▼3【養漢官娼】養漢とは文字どおり男を養うことであるが、情夫がいる官娼という意味になる。

第二七七話……節婦などいない地方

万暦の己酉の年（一六〇九）、私が聖節使として燕京（北京）に到着したとき、判書の尹昉《ユンバン》▼1も使命を受けて旅館に留まっていた。彼が言った。

「中国の湖東・広東の海辺の人里離れたところでは、瘴気が多く、女性が初めて嫁に行くと、その夫はかならず癩を病んで、身体中に瘡を生じることになる。いろいろな薬を試しても効かず、死ぬことになる。その女性がふたたび結婚すると、その夫は最後までその病を発することはない。そこで、その地方の処女たちは隠れて他の地方の男子のところに嫁ぎ、その瘡が生じて死ぬのを待って、ふたたび自分の故郷の男子に嫁ぐことにしている。そうでなければ、人びとはあえて結婚しようとはしないから、その地方には節婦というものがいない」

私は聞いて、出鱈目な話だと思ったが、尹昉は言った。

「私を信じないのなら、韓序班▼2に尋ねてみればいい」

韓序班に尋ねたところ、はたして嘘ではなかった。韓序班というのは福建省の人である。

▼1【尹昉】一五六三～一六四〇。字は可晦、号は稚川、本貫は海平。一五八八年、文科に及第、一五九一年、芸文館検閲のとき、父の尹斗寿が党禍をこうむって罷免されたので、みずからも休職したが、翌年、壬辰倭

乱が起こって、斗寿がふたたび宰相として起用されると、昉もまた礼曹正郎として王駕に従った。一五九七年の丁酉再乱を経て、次男が王室の駙馬（婿）となった。しかし、王室姻戚としての恩恵を受けなかったので、光海君の乱政でも禍を免れ、仁祖反正の後にも要職を経て領議政に至った。一九三六年、丙子胡乱のとき、廟社提調として江華島に社位（位牌に当たる）四十余りを移して地面に埋めて守ったが、一つを失ったために流された。

▼2【韓序班】この話にある以上のことは未詳。中国からの帰化人か。

第二七八話……日本の野蛮な風俗

倭人というのは性急である。死ぬこと、殺すことを尊んで、睨みあうだけで、すぐに刀剣を抜く。

豊城監《ブンソンカン》▼1という者がいた。もともとは宗室の人であった。八、九歳のときに捕虜となって日本に行ったが、二十歳を過ぎて、朝鮮に帰って来た。言語とふるまいは、すでに朝鮮の習俗を忘れていて、まったく倭人に異ならず、刀剣を手にして使う動作は倭人そのままであった。

ある夏のこと、豊城監が昼寝をしていたので、親族が彼をおどろかそうと、紙縒りで彼の鼻の穴をくすぐった。豊城監は気が付いたが、目を閉じたまま、腰に手をまわした。しかし、刀がない。そこで、初めて目を見開いて、大いに笑って、言ったものだった。

「倭人たちの習俗として、起きても臥しても、けっして刀を放さず、ほんのわずかでも意にそぐわなければ、すぐに刀を抜いて切りつける。そこで、たとえ夫婦であっても、いっしょに寝ることはない。それは不意のことを避けるためなのだ。今もし私が刀を側に置いていたとしたら、あやうく親族を切り殺していた」

人びとはこの話を聞いて舌を巻いたものであった。その後、豊城監は謀叛にかかわって死んだ。教化しがたい日本の野蛮な風俗を想うべきである。

▼1【豊城監】『朝鮮実録』宣祖六年（一五七三）八月に、宗室の豊城君が卒し、一日のあいだ朝議を停止した旨の記事がある。「八、九歳のときに捕虜」となったのが、壬辰の倭乱によるものでないとすれば、この人の可能性もある。

禽獣

第二七九話……伝書鳩

昔、船で中国に往来したときには、使臣が大海を渡って、登州・萊州に到達したのだが、波濤が高く、生還を期することができなかった。

朝廷の臣下として使命を受けた人は家内の人とあたかも死別するかのように考え、家内のことをいっさい処理して旅立った。多くは家鳩をもって行き、船の中でも飼って、家に手紙を送った。手紙を鳩の脚に結わえて飛ばせば、千里のはるか遠いところでも一日の中に着いて、家の者たちは手紙を手にして、安否を知ることができた。後日、使臣が帰国して、日数を数えて見ると、一日も違っていることはなかった。

おおよそ、家鳩が主人を慕い、巣に帰ろうという本能は、海燕が故郷に帰ろうという本能と同じである。

第二八〇話……私は鷗を愛する

金緻《キムチ》▼1が左遷されて済州判官になったとき、楸子島《チュチャド》▼2に船が停泊した。天と海が相接し、東西南北を見渡して視界は千里あまりも尽きるところがない。鷗がぎっしりと海を覆って壮観であった。船頭に尋ねると、「鷗がこのように多いのは何年も見たことがありません。きっと大風が吹く兆しではあるまいか」大体、鷗というのは海や江の友と言うべきものである。李白の詩に次のようなものがある。

鷗よ、飛んで来い。
長くお前と親しもう。
（白鷗兮飛来▼3　長与君相親）

黄山谷▼4の詩は次のようだ。

江南の野の水の流れは空よりも青く、
そこに漂う鷗の閑けさは私と同じ。
（江南野水碧於天　中有白鷗閑似我）

わが国の人にも次のような詩がある。

明沙十里、海棠の花は紅く、
白鷗は対をなして雨の中を飛ぶ。

（明沙十里海棠紅　白鷗両両飛疏雨）

私は鷗を愛し、余生を鷗を友として過ごしたいと思う。家には若い妾がいるが、鷗の鳴き声をよく真似る。私がしばしば海や江が恋しくなり、しかし出かけることもできないとき、この女子に鷗の鳴き声を真似させて、憂いを解くことがある。今、金公のことばを聞くと、鷗がそのように大きな群れになることがあるのだろうか。木玄虚[5]は「海賦」で、

「羽ばたき動いて雷のようだ（翻動成雷）」

と言っているが、これは数の多いことを嫌ったのであろうか。

▼1【金緻】一五七七～一六二五。朝鮮中期の文臣。号は南峰、深谷。光海君の時代、一時は李爾瞻の心腹であったが、官職から退き、杜門不出した。仁祖反正の後、ふたたび官途に昇り、慶尚道観察使となった。学問を好み、経史に通達し、占いに明るかった。

▼2【楸子島】全羅南道と済州島のあいだの海にある島。行政区域としては済州道北済州郡楸子面となる。

▼3【白鷗兮飛来……】李白の「鳴皐歌、送岑征君」の中の詩句

▼4【黄山谷】第二二二話注4を参照のこと。引用の詩句は「演雅」の中にある。

▼5【木玄虚】晋の木華。玄虚は彼の字。文章秀麗であった。「海賦」を作った。

第二八一話……鷹の雛を盗む

鷲と鷹はともに猛禽であるが、鷹は高い山や深い谷合いの人跡途絶えたところに棲息している。雉や兎を捕まえ、羽根や毛をむしり取り、岩のあいだの冷たい水の中に浸しておく。そうしておけば、

たとえ暑い一夏が過ぎても、肉は腐ることなく、それを雛鳥に与えて食べさせる。雛の脚の爪と嘴が形をなすようになると、母鳥は肉を与えるが、数多くの雛たちが集まって争うので、母鳥はかならず巣の上をぐるぐると旋回して飛びながら、その肉を落とす。そうすると、雛の中でもっとも元気で強いものが多く肉を奪って食べ、いちはやく巣立っていくことができるので、雛の中でもっとも元気なものが好まれる。

樵夫が谷合いに至り、鷹が遠く飛び立ってまだ帰って来ないのを見計らって、巣の中の肉を盗むと、鷹はそれを知って襲い、顔をひっかいて傷つけたりする。その雛が欲しい者は母鳥がいない隙に乗じて、絶壁に縄梯子をかけて巣の中の雛を捕まえて、行纏[1]で縛っておく。母鳥が帰ってきて、その巣の中に雛がいないのを見ると、蛇や蝮や狸や猿の仕業だと考えて、巣を他に移して二度と帰っては来ない。しかし、人がもし靴を木の枝に掛けて残しておけば、母鳥は雛が人に連れられて養われるのだと知って、翌年にもまたやって来て巣をつくる。そうして、人びとは年ごとに雛を得て飼うことができるのである。

[1]【行纏】パジ（ズボン）をはくとき、脛につけ、膝の下に結ぶもの。

第二八二話……ノスリを捕まえる

私は御史[1]となって、江界から鴨緑江を船に乗って渡った。江の畔を見ると、木があって、二本の枝が対生している。特に一つの枝に向かい合っている木がある。その二本の枝のあいだに一本の枝が横にかかっている。船頭に尋ねてみると、船頭が答えた。

「胡人たちはノスリの羽根を使って矢を作りますが、ノスリの羽根は秋のものが強くていいのです。そこで、夏ころから向かい合っている二本の枝に横に枝を掛けておきます。飛んでいくノスリはかならずその横枝に止まります。その横枝に馴染んでいつもその枝に止まるようになった秋に、その枝に罠を張ってノスリを捕まえるのです」

▼1【御史】暗行御史。朝廷から任命されて微行して各地方の行政・治安を調査、その実態を報告する役目を担ったもの。野譚の中では時に水戸黄門のような役割を果たす。

第二八三話……賢い馬にも困る

張某というソンビがいた。漢城の南に住んでいた。

ある夜、誰かが二人の人を殺して、張某の家の前に棄てた。張某が考えるに、国法では、人が殺された獄事は、隣人を尋問して厳格な刑罰で自白させて後に、正犯を縄に掛けて法律で罰することになっている。張某はまず自分の家が禍を被ることになるのを恐れて、ひそかに奴に命じて、二つの死体を一頭の馬に乗せて郊外のひっそりとしたところに棄てさせた。

奴は五鼓[1]に都城の門が開くと出て行ったが、霧が深く都城十里に立ち込めていた。山間に入って行って、忽然と霧が晴れて、東方が明るくなったと思うと、大勢の人たちが道を往来している。奴はすっかり慌ててしまい、馬を棄てて逃げ帰って来てしまった。しばらくすると、馬がみずから家を探し当てて二つの死体を乗せたまま帰ってきた。殺した者に敵討をしようという人たちが跡をたどってやって来て、その死体を得た。張某は捕えられて拷問を受け、その痛みに堪えられず、すんでのところで虚偽の自白をしようとした。そのときに真犯人が捕まって、事件は解決したのだった。

▼1【五鼓】明け方の五更に撃つ通行禁止解除を知らせる鼓。

第二八四話……ヌルハチ、犬を返す

ヌルハチ（奴児赤）はオランケ（女真族の蔑称）の酋長である。部落を併合して遠近の地域が帰順するようになり、その威厳は沙漠にまで及んで、彼と戦おうとする者はいなかった。万暦年間にフルオンホア[▼1]（忽温胡児）が大きな犬を育て、その大きさは二、三歳の馬ほどにもなり、健壮かつ敏捷であること、これと並ぶものはなかった。ヌルハチはこれを五百両で買った。二つの境界のあいだに大きな江が横たわっていたが、その犬は買われたものの、江を渡らない前に、夜の闇に乗じて逃げ出し、前の主人のもとに帰って来た。ヌルハチはふたたび二百両をやって、今度は江を渡した上で犬を送るように言った。ヌルハチは秋の狩猟を盛大に行ない、その犬を放って珍獣を追わせたが、狩猟に出た車の車輪の下を離れることなく、大きな猪と大きな鹿を五頭捕えた。ヌルハチは鞍の上で満足げに大いに笑った。狩猟を終えて帰って来て、ヌルハチは言った。

「私が貴重な財貨を使ってこの犬を手に入れた理由というのは、いっとき爽快な景物を見て、犬のすばらしい才能を試してみたかっただけのことなのだ。物にはそれぞれ主人がいる。どうしてこの私がこの犬を久しく所有することができようか」

その日のうちに、犬をフルオンホアに送り返して、先に送った七百両を要求することもなかった。匈奴たちはみな心服した。

だいたい、神異なものというのは主人にでなければなつかない。ヌルハチは、犬がもしもう一度夜に乗じて主人の下に帰ったならば、オランケたちの笑い物になると考えたのではないか。

▼1【フルオンホア】『朝鮮実録』宣祖二十九年（一五九六）二月、咸鏡道観察使から報告があり、忽刺温亐知介が騎兵百を率い、曼陀軍五千名を先導して現れたという記事がある。この人物か。

第二八五話……狐峠

漢江の南にある清渓山の北には果川の官舎がある。官舎の北を大路が山の上まで通っているが、そこを狐峠と言っている。

昔、道を行く人が訪ねてみると、小さな草の小屋があった。小屋の中から何かを打つ音が聞こえてきたので、その人が覗いて見ると、頭の白い老人が木を削って牛の頭を作っていた。中に入って行って、そんなものを作って何に使うのかと尋ねると、使い道があって作っているのだと、老人は答えた。間もなく、牛の頭が完成すると、その人にそれをやって、かぶってみろと言い、また牛の皮を与えてかぶってみろといった。その人は何かの遊びだと思い、冠を脱いで牛の頭をいただき、服を脱いで牛の皮をまとった。しばらくして、老人がそれを脱げといったが、その人は脱ごうとしても脱ぐことができなかった。その人はそのまま一頭の牛となってしまった。

老人はそれを牛小屋につなぎ、翌日はそれに乗って市場に出かけた。農夫たちがこの牛を高い値段で買おうと言うと、その牛は市場中に響く大きな声で、

「私は人間であって、牛ではない」

と叫んだ。自分ではきちんと声を出したつもりであったが、牛を買おうという農夫にはなにを言っているのかわからなかった。

「この牛は家に子牛を残しているのか」

「腹の中に牛黄をもっているだろうか」

「どうしてこんな声を出すのか」

老人は高い値で売ることができて、五十端の布を得ることができた。そして牛を買った人に言った。

「この牛をけっして大根畑に近づけてはなりません。大根を食べれば死んでしまいます」

牛を買った人は牛に乗って行った。重いものを背中に乗せて遠い道を歩いたり、犂を引いて田を耕したりして、疲れ果てて休もうとしたら、鞭で打たれて、その苦痛に堪えることができない。怒りをおぼえて訴えようとしても、主人には通じない。

生き物の中で最高の霊を備えたものが本来の姿を失って獣の姿となり、死のうとしても、それもかなわず、なんとも悲しくてやりきれない。その家の牛舎は門の側にあった。子どもが大根を洗い、瓢にたくさん入れて帰って来た。あの老人が大根を食べれば、かならず死ぬと言っていたのを思い出し、口でその瓢を突っついた。大根が地面に落ちたので、すぐに数本を貪るように食べた。噛み砕いてすっかり食べると、牛の頭がにわかに落ち、牛の皮も脱げ落ちて、人の身体が現れた。主人がおどろき、不思議に思って尋ねた。その人は事の顚末をすべて話して、その後ふたたびその峠に行ってみた。草葺きの家はなく、ただ岩の下に数匹の布だけがあった。狐峠という名前はそのときから生まれたのである。

君子が言う。

「この話は荒唐無稽に見えるものの、事実の理致にかなっている。世間の人びとは事態の昏迷のあまりその方向を見失い、邪悪な罠に陥る場合がはなはだ多い。悪い人間に騙され、人に使役されることがこの牛のようになるまでは、たとえ千万のことばを費やしたとしても、人は誰も信じはしないのである。哀れなことである」

第二八六話……胡人たちの猟の方法

胡人は貂と鼬を捕まえるのに罠を用いる。

全山いたるところに罠がかけてあり、名付けて「罠で飾った山」と言っている。貂を捕まえるのには、

鱗介

毎年、冬に氷が張ると、一本の木で渓谷の上に橋を作り、縄罠を橋の上に懸けておく。貂が橋の上をわたって罠にかかって、氷の上に落ちて凍え死ぬ。それを待って、胡人はこれを捕まえるのである。

鹿を捕まえるのは、鹿が往来する渓谷を探して、落とし穴を掘り、鹿の一本の脚に縄罠がひっかかるようにしておく。縄罠の一方は長さ一丈ほどの竿に結びつけてあり、鹿が落とし穴から抜け出して駆けても、林の中の木に竿がひっかかって、鹿は林の中から逃れることができない。胡人はこれを捕まえるのである。

また木の梢を曲げて落とし穴の中まで隠し、それには縄の罠を結びつけておく。鹿がやって来て罠にかかると、梢がぴんと跳ねあがって、鹿は一本の脚を取られて宙に逆さ釣りになってしまう。胡人はこれを捕まえる。

狐を捕まえるのには、糠と粃《しいな》を通り道に播いて、さらに匂いのする餌をその上に播いておく。狐は疑い深く、その餌を食べて落とし穴にかかるのを恐れて、脚でその糠をはね、進んだり退いたりしながら、落とし穴がないかを確かめた上で、はじめてその餌を食べる。次の日も同じようにして、また次の日も同じようにして、同じことを十日余りも繰り返すと、そこにはなにも罠がないと信じるようになる。心を許し、疑わなくなった狐に対して、胡人ははじめて罠を仕掛け、餌を罠に結び付けておけば、胡人はかならず狐を捕まえることができるのである。

第二八七話……婢女が孕んだ竜の子

興陽の邑の様子というのは海の中の島のようである。不思議なことが多く、ある人はそれを竜の仕業だと言っている。

邑に住む柳忠恕《ユチュンソ》▼1は私の親族である。その家の婢女が昼に廊下の隅に座っていた。にわかに雨風が激しくなって、雷の音が聞こえた。山と家の棟をつんざいて、しばらくのあいだ世界は真っ暗になった。婢女が失踪して、行方知れずになった。

婢女は何が起こっているのかわからないまま、何ものかに挟まれて攫われて行き、ただ大火が目の前をよぎっているのが見えた。黒色が海を切って、過ぎて行く家の隅が忽然となくなって折れると、眼下には碧色の海が広がった。自身はすでに島の中に投げ出され、夢から醒めたかのようだった。

それから、婢女は妊娠して男児を産んだが、その姿はまことに奇異であった。頭には肉の塊があって角のようであった。一月もせずに歩くことができ、数ヶ月もすると両頬に髯が生えた。その俊秀かつ奇異であること並大抵ではなかった。家中の者が恐れて、あるいは災厄が家長に及ぶのではないかと怖れ、隣近所の親戚が集まって議論を重ね、ついにはこの子を育てないことにした。

惜しいことだ。その年、二頭の竜が争って、一頭の竜が死んでその島から漂流した。柳忠礼《ユチュンレ》▼2がその角を手に入れたが、その白さは玉のようであった。大司憲の尹仁恕《ユンインソ》▼3がその地に流されたとき、それを奪って帰ってきた。

▼1【柳忠恕】『韓国人の族譜』（日新閣）によると、一五九二年、壬辰倭乱に際して、義州に避難した王に扈従し、権悰の幕僚となって、幸州の戦いで多くの功を建てた後、督運官の柳夢獅とともに軍糧十余石を宣川に送った。宣武原従功臣となり、戸曹参判を追贈された。

▼2【柳忠礼】この話にある以上のことは未詳。

▼3【尹仁恕】『朝鮮実録』宣祖元年（一五六八）三月、司憲府から、大護軍の尹仁恕の性格は奸邪かつ狡猾であり、時勢にへつらい、権姦におもねって、害毒を流すことおびただしい、そのような者が官職を保っていては、物情鬱憤に堪えない、早く罷免すべきだという啓上があった旨が見える。

第二八八話……蛇にも慌てなかった子どもの洪暹

相国の洪彦弼《ホンオンピル》▼1が父母の墓の側で居廬の生活を送ったとき、まだ幼かった息子の洪暹《ホンソム》（第三話注4参照）もこれに従った。

ちょうど夏で、洪彦弼は木蔭で昼寝をしていたが、目を覚ますと、暹もまた肌脱ぎになって昼寝をしていて、蛇がその腹の上を通り過ぎようとしていた。暹はこれをじっと見ているだけで、慌てて動かず、蛇が通り過ぎるのを待って、初めて身体を起こした。その理由を尋ねると、答えた。

「蛇が通り過ぎるときに動けば、蛇はきっとわたくしの身体に噛みつくでしょう。蛇がわたくしを人と見なさず、木石と見なし、わたくし自身も人ではなく、木石と化していれば、蛇は気付かないで通り過ぎましょう。それで、見ているだけで、身動きはしなかったのです」

洪彦弼はこれを聞いて感心して、後日、かならず大成すると信じた。はたして父親を継いで相国となった。

▼1【洪彦弼】一四七六～一五四九。字は子美、号は黙斎、本貫は南陽。一五〇四年、文科に及第、甲子士禍（第一四八話注2参照）に連座して、珍島に帰郷したが、中宗反正（一五〇六年、乱政に陥った燕山君を追いやって中宗を擁立したクーデタ）の後、赦免されて殿試に合格して、様々な職を歴任したが、己卯士禍

（第一二話およびその注参照）では趙光祖一派と見なされて獄に繋がれた。しかし、鄭光弼の弁護で赦され、吏・戸・兵・刑の四曹の判書を務めた。金安老と合わずに一時は南陽に下ったが、安老が失脚するとともに返り咲き、右・左議政を務め、中宗の即位後は領議政にまで昇った。

第二八九話……生き物を暴殺してはならない

霊光にある大きな池は広い野原の中にある。周囲が何里ほどあるかわからず、深さもどれほどあるかわからない。毎年、夏から秋への変わり目には、梅雨の雨があふれて海と通じ、海の魚たちがその池の中で泳ぐようになる。水が引くと、元どおり池になるが、村人たちが船に乗って網をかけると、海の魚が多く獲れる。

太守の金畏天《キムウィチョン》▼1は武人である。その池で漁をして、勇壮で豪快な光景を演出しようと考えた。魚を漁するのに、苦い木の実を上流から流せば、魚がみな水面に浮かんで死ぬことになる。すると、網がなくても多く獲ることができる。太守は邑に命じて、提訴する人びとに、それぞれ木の実を大量に用意するように言った。それが百石あまりにもなった。

そうして、花が咲き柳の枝が青くなる季節になって、池のほとりに幕をはり、大勢の客を招待して、盛大に宴を催した。漁夫たちが集まってみなさざ波を立て、木の実をすり潰して上流でまいた。良識のある人びとは言った。

「天が造られた生物を暴殺するのは不吉なことではないか。太守はどうか網で捕まえるか、釣って捕まえるかにして、ことごとく捕まえようとはなさらないでほしい」

太守は聞く耳をもたなかった。大量にまいた苦い木の実の汁で池の水の色が変わったほどであった。しばらくして、稚魚が浮かび、卵をもった魚が浮かんで来た。指の大きさの小さなものが浮かび、掌の大きさのものが浮かび上がった。さらには、一尺に及ぶもの、一丈に達するもの、車の大きさのもの、家ほどの大きさのものまでもが続々と現れて、これを見ていた者たちは顔を見合わせて、真っ青になった。最後に一匹の魚が現れたが、大きさは人と同じくらいで、裸身の女子のようであった。皮膚が白く雪のようで、長い髪を乱して現れた。大きな池にすっかり生き物がいなくなって、残った種はなかった。

そのときから、風が吹き荒れ、雷雨がしきり、池は暗闇に包まれ、それが数十日のあいだは続いたのであった。その年に太守はその地で死んだ。嶺南の故郷で葬式を行なおうとして、棺を運んだが、その途中で風雨と雷に見舞われ、真っ暗で路が分らないほどであった。家にたどり着いて見ると、棺がはなはだ軽い。その父親が不思議に思って開けてみると、そこには死体はなかった。

▼1【金畏天】『宣祖修正実録』十六年（一五八三）三月に、王が武人を推薦させることがあって、洪淵は金畏天を推薦した旨の記事がある。

第二九〇話……魚を「草食」という風俗

東海には小さな魚がいて、全身が白い。風と波に従い岸辺に寄せて来る。人びとはこれをとって食べる。わが国の北道の僧侶はその魚を「草食」と言って、忌むことなく食べている。

ある旅の僧が北方に行くことになった。その地方に住む僧が白魚の羹をお椀一杯に盛って出したので、不思議に思って尋ねると、

「北方ではこれを草食と呼んで野菜のように食べるのだ」

と答えたという。私はそれを聞いて、笑ったものであった。

杜甫の詩に「白小」を題としたものがある。その詩には次のようにある。

白小は群を離れて天命を分ける、
天然の二寸にみたぬ魚。
細く小さく水中に住む生き物、
風俗では野菜に代えて食べる。
（白小群分命、天然二寸魚
細微霑水族、風俗当園蔬）

『賓退録』[1]は次のように言っている。

「『靖州図経』[2]には風俗が記されていて、喪に服すときには酒・肉・塩・牛乳を食さず、魚をもって蔬菜とする。今、湖北の人びとも多くはそのようにして、『魚菜』と言っている」

わが北方の風俗が古今の中国にもあるのである。

▼1【『賓退録』】諸橋轍次の『大漢和辞典』には同名の二つの書物を挙げている。すなわち、宋の趙与旹の撰で、十巻からなるもの。そして、明の趙善政の撰で四巻からなるもの。この話のものは前者で、詩を論じ、経史を考訂して、典故を弁析した書物である。『四庫全書』子部、雑家類にある。それを見ると、杜甫の白小詩はむしろ『賓退録』の中に引用されてあり、杜甫はかつて荊楚を往来したことがあり、この詩は湖北に近い夔門で作ったのではないかと述べている。

▼2【『靖州図経』】中国、湖南省靖県の地誌だと考えられるが、委細はわからない。

古物

第二九一話……松都の幽霊屋敷

高麗が滅びた後、松都に空き家となった屋敷があったが、鬼神の棲み家だと称して、人びとが住もうとはしなかった。ある商人が安く買って、そこに住むようになった。歳月が過ぎて、いつも杵を搗くときになると、壁と塀のあいだで鉦と鉢をたたく音が陰々と響いてくる。そこで、壁を壊して見ると、その壁を二重に築き上げた中に金銀の宝器が天井まで積み上げられ何百間もあった。「宦官の某が某年某日にこれを収める」などという文字も書かれていた。

高麗が滅びた際に、宦官が隠したのである。宦官が権力と王の寵愛をほしいままにして、宝貨を多く集めた。乱に遭って二重の壁の中にそれらを隠したが、戦乱の被害をこうむって、ふたたびその家に戻ることはできずに、屋敷は荒れ果てて空き家になったのである。その家に住もうとした人も金属の音を聞いて、鬼神が立てている音かと思い、恐怖に襲われ、安らかに住まうことはできなかった。商人はその宝貨を得て、家を起こし、松都に冠たる巨富となった。ある人は、この商人こそ忠臣の劉克良《ユククリャン》▼1だと言っている。

▼1【劉克良】?~一五九二。字は仲武、本貫は白川。当時の身分制度としては科挙に応試することのできない奴婢出身であったが、武科に及第した。武官職を歴任して智勇を兼備した武将として知られた。壬辰倭乱に際して、大将の申砬の戦略に従って戦ったが、あえなく戦死した。白髪を振り乱して出戦する姿にみなが涙を流したという。兵曹参判を追贈された。

第二九二話……二つの幽霊屋敷に住んだ金紐

金紐《キムニュ》▼1は文章に巧みであった。

ソウルに古い屋敷があり、その値が五千疋ほどであったものの、妖魔が多く、入った人はかならず死んだ。

ソウルには豊かな者がいても、みなこわがって、これを買おうとはしなかった。金紐は安い値段でこの屋敷を買い、自分だけが行くことにして、家の者にはついて来ないように言い含めた。役人と兵卒たちを外で待機させ、灯火を明るくして独り座っていた。夜半に七人の白衣の僧が戸を開けて入って来たが、金紐が大きな咳をすると、あわてて逃げて行く。窓の隙間から窺うと、みなが階段の上の竹林の中に入って行った。書吏を呼んで、灯りを明るくさせ、酒を温めさせて飲んで夜を明かした。朝になって、下僕たちに簣《あじか》と鍬をもって探すように命じたところ、竹林の下に金で作った仏像七体を探し当てた。どれも子どもほどの大きさがあった。金紐が言った。

「貴重な宝貨を私することはできない。と言って、すべて放棄すれば、世間におもねっているように見えよう」

そうして、二体をもって行って戸曹に納め、残りは貧しい親戚を助け、また酒食の費用に回して、盛大に宴会を催して人びとをもてなした。そうした宴会を三度、四度とくりかえし、その残った金をようやく家計に回したのであった。

また、ソウルに数百間の広さの空き家があるものの、妖魔が多く、居住する者がいず、たまたま居住しても凶事が起こるというので、安い値段でその家も買った。永年のあいだ床に積もった塵が腰まで届くほどで、下人に命じてこれを鍬でもって除かせた。すると、三座の神主があらわれ、その表面の字画は明瞭だったので、その子孫を探し出して、その神主を返してやった。

このようにして、二つの屋敷には災厄も妖魔もなくなり、金紐自身も富貴となり、宰相の筆頭に昇ったのであった。

▼1【金紐】一四二〇〜?。字は子固。一四六四年、録事として別試文科に及第、成均学諭となった。翌年には戸曹佐郎として『経国大典』の編纂にも参加、一四六六年には抜英試・登俊試にも及第して、顕官を歴任した。安孝礼や兪希益とともに都城を測量して地図を作製、『世祖実録』・『睿宗実録』の編集にも参与した。学問を好み、書に優れていた。コムンゴ（韓国固有の琴）もたくみだったという。

訳者解説

梅山秀幸

柳夢寅という人は、自己の文章について相当な自信家だったようである。第一〇三話で、当時の錚々たる鑑識者がこぞって、自分の文章をほめてくれたと誇らしげに語っている。まだ若かったころ、その詩文を見て、権擘《クォンピョク》は、この人はまだ未熟だとはいえ、後日、きっと大家になるであろうと予言し、また当時評判だった崔岦《チェリプ》と比較して、

「崔岦の文章は昔の人の作品を模倣したもので、みずから創造したものとはいえない。柳夢寅の文章は過去の典範を模倣したものではなく、すべて心の中で造化して出てきたものだ。これははなはだ困難なことであり、崔岦の文章などの及ぶところではない」

と言ったという。

また、車雲輅《チャウンロ》も夢寅本人を目の前にして、このような文章は世間に例がないと言ったので、そこで、刊行する際に便利なように撰んでほしいと、夢寅が頼んだところ、雲輅は、もったいなくて、どれも棄てることができないと言い、権擘の息子の権韐《クォンキョプ》にも撰んでくれるように頼んだが、彼もまた辞退して、

「先生が選ぼうとなさるのは刊行の困難さを考えてのことでしょう。紙の調達、費用の節減のためであれば、今からは作品を作らない方がよろしいでしょう。これまでの作品は全帙に一首も棄てるべきものはありません」

と言ったという。さらに、太学士の柳根《ユクン》もまた同じく、全帙を刊行すればいいと言ったと、夢寅は誇らし

げに語る。このあたり、まったく謙虚さなどないのだが、これらの人びととの意見を列挙したうえで、夢寅は

「残念だ。わが家は貧しい。どうして五、六十巻におよぶ本をみな刊行することができようか。壁を貼る紙にさえ不自由するくらいなのに」

と嘆く。おそらく、これを書いたのは政界から身を引いていた時期なのであろう。しかし、政府高官を歴任した人物がそれほど貧しいはずはない。「貧しい」ということばは謙虚さよりも、官僚としては珍しく清廉であったことを、これまた他に誇るための言辞と捉えることができそうである（実際には、彼はさほど清廉な人物ではなかった）。

1……本訳書の経緯について

さて、二〇〇六年に作品社から『於于野譚』を翻訳刊行したのだが、それは全五百二十二話の中から二百三十話を選んでのものであった。車雲輅や権韐や柳根が言うように、あるいは柳夢寅が彼らに言わせているように、すべて採るべきで撰ぶことはできないのに、撰ばざるを得なかったのは、まさしく、「壁を貼る紙にさえ不自由するくらいなのに」といった事情に似た事情があったからである。二〇〇六年当時、すでにテレビ・ドラマの韓流ブームは到来していたものの、韓国の古典文学に対する理解はわが国では十分ではなかった（現在でも事情はそう変わらない）。私が大邱の本屋さんでたまたま手にした『於于野譚』の面白さにその場で引き付けられ、半ばを翻訳して十社近くの出版社に打診したものの、どこからも色よい返事をもらえなかった。若者の活字離れも進んで、本などもともと売れなくなっている。出版社の多くにとっては未知数の韓国の古典文学のマーケットへの参入はやはり二の足を踏むことであったろう。たまたま作品社が引き受けてくれることになったものの、当時としては全話を収めるにはとうてい無理があり、その半ばだけでも刊行することができたことで満足するしかなかったというのが実情であった。その後、

『太平閑話滑稽伝』(二〇〇九)、『櫟翁稗説・筆苑雑記』(二〇一一)、『慵斎叢話』(二〇一三)、『渓西野譚』(二〇一六)、『青邱野譚』(二〇一八)と、それぞれ全話を翻訳したものを作品社から刊行して、どうにか朝鮮時代の稗史の刊行を軌道にのせることができ、今回また韓国文学翻訳院の助成も得ることができた。心の中に債務のようにわだかまっていた、『於于野譚』の残りの話を収録して、ようやく今回、『続於于野譚』として刊行することになった次第である。

2……『於于野譚』について

先の『於于野譚』の解説には、私自身のこの作品への興味を次のように書いた。

柳夢寅の『於于野譚』はみずからの見聞を素材として文学的に創作する様相を見せ、他の資料を使っている場合にも作者なりの観点から創意的に変改させる。その点が当時はやっていた雑録類とは一線を画し、後の時代に本格的に展開される野譚文学の新たな地平を開拓したものとして文学史的に高く評価されるといわれるのだが、実は、私は韓国の国文学者たちよりも、この作品を高く評価しているかもしれない。Que sais-je?(いったい私は何を知っているだろう)といったフランスのモラリスト哲学者モンテーニュと、柳夢寅は同時代人である。それは生きた時代がほぼ同じだというだけのことではない。その後代への影響の大きさはともかくとして、事物への広範な好奇心において、遜色はいささかも見られない。豊臣秀吉による二度にわたる朝鮮侵略は、朱子学の大義名分論を揺るがすような大事件であったにちがいないが、なぜ礼を尊ぶ文化国家である朝鮮がまるで奸盗のような倭人に縦横に蹂躙されなければならなかったのか。モンテーニュが熾烈な宗教戦争のさなか、懐疑論を打ち出し、思索の主体を自己に置くようになるのと同じく、柳夢寅にも絶対的なるものへの懐疑が生じるようになる。それが、秀吉の朝鮮侵略が朝鮮社会にもたらしたものであったように思われるが、その懐疑から翻って、朝鮮とはいったい何かという問いかけが始まるのである。

官僚たちがみずからの見聞を筆に任せて書き綴った「稗史」文学はすでに高麗時代から存在したが、自らの属する両班階層だけでなく、巷間のよりさまざまな階層の人びと、賤民身分に位置付けられる奴婢や妓生、そして僧侶たち、ムーダンと言われる巫覡までを含めた朝鮮社会のあらゆる構成者たちの、日常・非日常の営為を生き生きと描き出す。モンテーニュは淫らだとパスカルは言う。モンテーニュは実際に性について語ることを遠慮しないばかりでなく、ときにタガが外れた印象を与えるほどに淫らなのだが、カトリック一辺倒の価値観の崩壊を経て、多様な人間の在り方への放恣とまで言ってよい関心が生れる。柳夢寅にとって大勢の近親者を失い、王世子とともに逃げ回らねばならなかった倭乱の体験は、モンテーニュの宗教戦争体験以上に過酷であったはずだが、その尋常ならざる体験を通して、人事だけにとどまらず、朝鮮の風土についても、森羅万象についても、一種、エンサイクロペディク（百科全書的）と言ってもいい、旺盛な関心が生れる。ただしかし、それを作品として昇華させるには、省察の時間が必要である。生涯のほとんどを官界の一線で過ごした柳夢寅は閑暇な人ではなかった。官界を退いた晩年にその時間をもったように思われるが、しかし、最晩年はまた輪をかけて過酷であり、モンテーニュのようには平穏に過ごすことができなかっただけでなく、生涯をまっとうすることができず、処刑されることになる。

3……著者・柳夢寅について

柳夢寅について、先の『於于野譚』では『国史大事典』（三栄出版社）を引いたが、ここでは『韓国人物大事典』（中央日報出版法人 中央M＆B）を引いてみよう。

柳夢寅：一五五九〜一六二三。朝鮮中期の文臣・説話文学者。本貫は高興。字は応文、号は於于堂

・艮斎・黙好子。史官の忠寛の孫、進士の樘の子で、ソウルの明礼坊に生まれた。成渾と申濩について学んだが、軽薄だと叱責されて追われ、成渾とはそりが合わなかった。一五八二年（宣祖十五）、進士となり、一五八九年、増広文科に壮元及第して、一五九二年、修撰として、明国に質正官として行ったが、壬辰倭乱が勃発して、宣祖に平壌まで扈従した。倭乱のあいだ、彼は問安使などとして対明外交に当たり、世子の分朝にも随行して活躍した。その後、兵曹参議・黄海監司・都承旨などを経て、一六〇九年（光海君一）、聖節使兼謝恩使として、三度、明に行った。その後、彼は官職に志を捨てて、故郷に隠居しようとしたが、王に呼び戻され、南原府使に任じられ、漢城府左尹、大司諫などを歴任した。廃母論が起こったとき、これには加担せず、東北山などに隠居して、ソウルには足を踏みいれなかった。そのために一六二三年、仁祖反正のときには禍を免れたが、その年の七月、県令の柳応泂が「柳夢寅は光海君の復位陰謀を行っている」と誣告して、拷問を受けた。ついに逆律に決まり、息子の瀹とともに死刑に処された。西人たちは彼を中北派と呼んで、ついに彼を反対勢力として退け殺したことになる。彼はこのとき官職の追奪はもちろん、壬辰倭乱の功で封じられた瀛陽君の封号も削奪された。正祖のとき、伸冤されて、吏曹判書に追贈された。彼は朝鮮中期の文章家、また外交家として名が高く、篆書・隷書・楷書・草書すべてに優れていた。彼の清名を慕って全羅道儒生たちが文清という私謚をたてまつり、雲谷祀に祀った。高山の三賢影堂にも祀られた。著書としては『於于野譚』と詩文集『於于集』がある。伸冤されて後に、国家では雲谷祀を公認して、あらためて義貞という謚号を贈った。

時に厳しくはあっても、師の慈しみあふれる薫陶を受けて、弟子は学芸を写瓶《しゃびょう》のように師から相承して、終生、師への恩を忘れることのない師弟関係は理想だが、しかし、本当のところは、そのような幸福な師弟関係は稀なのかも知れない。この成渾と柳夢寅の師弟は、残念ながら、不幸であった。柳夢寅自身に確かにそういった側面があったらしいのは否めないものの、師に軽薄人士と決めつけられては、弟子としては立つ瀬がない。成渾は李退渓や李栗谷といった朝鮮朱子学の大成者に並ぶような学者ではあったが、しかし、それでも、弟子の才能に嫉妬するということも、あるいはあったのかも知れない。少なくとも、李夢寅の軽薄さゆえの行く末を案じるのはいいとしても、軽薄さと表裏の関係にある旺盛な好奇心と絢爛たる文章の才能を正当に評価することができなかったように思われる。この宇宙の生成にとって理が優先するか、気が優先するかといった空疎な議論よりも、世の中そのものに興味を示す哲学もあっていい。

所詮、「そりが合わなかった」ということになるだろうが、弟子もその不当な評価については根に持ち続けるものらしい。

『朝鮮実録』を使って、『韓国人物大事典』の略歴を補っていくことにする。宣祖三十六年（一六〇三）三月十七日に面白い記事がある。

「京畿御史の柳夢寅が啓上した。『利川前府使の申応榘が中国から使節を饗応することにかこつけて民間から米七十石を収めさせ、江の舟に積ませたものの、その行方はわからず、人びとの怨むところとなっている。応榘というのは成渾の高弟として名があり、人びとは古の中国の四皓に比しているが、その行ないは盗人と異ならない。観察使に命じて、これを逮捕して訊問し、その虚実を明らかにしてほしい』、と」

これに対して、「史臣曰く」として、歴史官のコメントも付されている。大体、人の善を言うのに、その父兄師友のことを挙げるのは道理である。人の悪を言うのに、その師友のことを挙げるなど、いまだかつて聞いたこともない。成渾はよくこのような門人を育てたものだ。しかも、夢寅と応榘はさほど離れていない親戚ではないか云々。

しかし、同じ月の二十七日に、承政院はこの事案について問いただすために、柳夢寅を召喚している。そこで、夢寅が言うには、前の兵使の金寿男、また楊根の族人である辛麟も、私と同じことを言っている。だから、私は啓上したのであり、私自身もまた虚実を知悉している。だから、朝廷では詳しく調査してほしい、と。そして、その翌日には、夢寅は弘文館の副応教に出世しているのだから、この係争ごとでは柳夢寅は勝っているのだと言ってよい。

『朝鮮実録』に見える柳夢寅は、政府の中枢を歩みながらも、必ずしも颯爽としない、むしろどこかに破綻を抱えた、あぶなっかしい人格にも見える。しかし、生きた時代が緊迫した危うい時代なのだとも言えよう。なによりもまず豊臣秀吉のパラノイアによる朝鮮侵略があった時代である。日本では文禄の役と言い、慶長の役と言うものだが、韓国の方では壬辰倭乱（一五九二）、丁酉再乱（一五九七）と呼びならわしている。柳夢寅が『朝鮮実録』に初めて名前を見せるのは、まさしく宣祖二十五年壬辰（一五九二）の十月のことである。

「柳夢寅を世子侍講院となす」

というものだが、この月の『朝鮮実録』は、

「上は義州に在り、王世子は成川に在り」

という記事を執拗に繰り返す。いつも沿岸部を荒らし、略奪しては引き上げていく倭寇の多少規模を大きくしたものであろうと高をくくっていた豊臣秀吉の軍が、朝鮮中央のそんなのんきな予想を裏切り、内陸部を破竹の勢いで北上してきた。宣祖はあわててソウルを脱して平壌に逃れ、そして王室の保全のために、自分はさらに北上して明に逃れようとし、世子の光海君は朝鮮半島に留め置いた、いわゆる「分朝」を行なったわけだが、実際に臨海君や順和君は加藤清正の軍に捕われて人質になっていたから、宣祖は光海君を見棄てたのだと言ってもいい。それが、繰り返される「上は義州に在り、王世子は成川に在り」という記事の意味である。柳夢寅がこのときに世子侍講院になったとすれば、この官職の本来の役割である世子に書物の講読を行なうということより、父王に見棄てられたに等しい世子光海君の逃避行のお供をし、護衛をすることが任務であったと言ってよい。その任務をまっとうしたとすれば、世子の光海君とは死生をともにした仲であるとも言え、その後の柳夢寅の官界での栄光にも挫折にも大きな影響を与えるのは当然だと言えよう。しかし、事情はそんなにすっきりしているようでもない。

宣祖三十五年（一六〇〇）三月には、

「柳夢寅は、壬辰の年、王さまが関西に避難したとき、平壌を脱された後にやって来た。君に遅れ、不忠の人と言わねばならない。ところが、今、顕官に就いている。奇怪である」

といった告発がある。大体、人民を捨て去ってまっさきに逐電した王にいささかも遅れずについて行くのが無二の忠臣とされ、生をまっとうして、後に扈従の臣として勲等を与えられるの対して、日本軍と戦って討ち死にした人たちが必ずしも表彰されないという「奇怪」さがこの時代の朝鮮宮廷にはあるのだが、夢寅はここで宣祖に遅れ、そこで光海君にしたがうことになったものであろうか。

さらに、宣祖三十八年十一月には、彼の人格を疑わせるような面白い記事がある。

「夢寅は壬辰の年、随駕して平壌に至ったが、賊がやって来たと聞くと逃げ去った。実に亡君の人である。かつて別星の地位にあり、関西地方に行き、都事の成安義から永柔の妾の白玉が美しいと聞き、その県に駆け付けて、別星の威力でもって脅かして犯し、奪って来た。その後、その女は趙庭堅の奪うところとなった。黄海監司であったときには、松禾県監の柳悌の婢が美しいと聞き、召し出して犯そうとした。悌はこれを幾度も拒んだが、夢寅は強引にこれを出させて、ついには犯した、その淫蕩ぶりはこのようであった……」

「別星」というのは王の命を受けて地方の視察を行なう暗行御史をさす。身分を隠して地方の民政を調査し、官吏たちの悪行を摘発する、野譚の中では時に印籠を振りかざす水戸黄門のように馬牌をふりかざし、胸のすくような活躍を見せることもある。しかし、その反面、立場を利用して賄賂を受け取ることも饗応を受けることも可能になるわけである。時の政争も絡んだ告発であろうから、額面通りには受け取れないものがあるにしても、夢寅の必ずしも清廉潔白とは言えない、好ましからざる人物像も浮かび上がってくる。だが、夢寅は学問もあり、中国語もできて、きわめて有能な官吏でもあったのであろう。その素行について告発されることがあっても、宣祖時代の彼の履歴にはいささかの陰りもないようである。

宣祖が亡くなった。光海君は世子ではあったものの、同腹の兄の臨海君がいて、また宣祖の晩年の妃である仁穆王后のあいだには永昌大君がいたから、即位への道のりはけっして平坦なものではなかった。鄭仁弘や李爾瞻など、大北派の暗躍によって、やっとのことで王となることができたのである。そこで、光海君が王としてのみずからの地位を安泰たらしめるために、まず手を付けるべき喫緊の仕事というのは、臨海君を殺し、まだ少年であった永昌大君を殺すことであった。オンドルは暖房設備としてしごく快適だが、部屋に閉じ込めたうえでどんどん薪をくべて、熱死させることもできる。

その光海君即位年(一六〇八)二月に、司憲府からの啓上があった。

「都承旨の柳夢寅の人となりは昏劣で、事を処するのに妄りでさかしまである。この国事多難のときに当たって、銀台の長として事を決するのに堪えるものではない。彼を罷免すべきである」

しかし、光海君の時代には、三年には南原府使、七年五月には大司諫、同六月には副提学と、その官途は順調で、足をすくわれるようなことはなかった。縦横無尽に国土を荒らしまわる日本軍から逃れて、生死をともにした光海君にとって、夢寅はかけがえのない臣下の一人であり、その紐帯はことのほかに強かったと思われる。光海君九年にはみずから望んでいた吏曹参判となり、翌十年七月には、その上の吏曹判書を辞めたという記事がある。一年の間にさらに昇進していたことになるが、吏曹というのはその職務として官吏の詮衡を行なうことになる。その長官ともなれば、官職を得たい人間が門前に賄賂をたずさえて列をなすことになるであろう。特に清廉な人格でなければ、はなはだ実入りのいい官職であり、また人事権を掌握していることは官僚社会において生殺与奪の権利をもっているに等しい。

柳夢寅はそれをみずから望み、またみずから辞めたことになるわけだが、その間、どのような心境の変化があったのか。

光海君にとって兄弟たちは亡き者にしたものの、目障りなのは、名目上は自分の母親であり、しかも実際には自分より八歳年下の宣祖妃であった仁穆王后金氏の存在であった。兄弟は殺すことができても、母親を殺すことはできない。そこで、「廃母」し、つまり宣祖妃であった位を削り、西宮に幽閉する。現在、ソウル市庁の隣にある徳寿宮の中に、緑青をほどこした晴れやかな色彩のものが多い宮殿建築の中で、まったくの素木でできた昔御堂という建物が遺っている。光海君はそこに廃母した金氏を閉じ込めるのである。その間のありさまを金氏に仕えた女房が書き留めた『癸丑日記』という書物がある。幽閉されて食べ物にも困り、雑草を食べて飢えをしのぐ。天然痘がはやり、手当もなされないまま、次々と人が死んでいく。

光海君十年（一六一八）、柳夢寅はこの廃母の幽閉をきっかけに吏曹判書をやめ、中央の政界からは距離を置くことになる。『於于野譚』の作成はこの時期のことであると言ってよいが、光海君十五年（一六二三）の三月、光海君および執権していた大北派を倒そうとして、息をひそめていた西人一派が綾陽君倧を王に擁立してクーデタを起こす。西人の李貴・金自点・金瑬・李适などは三月十二日を挙行の日に決め、計画を進行させた。長湍からは李曙の兵士、伊川からは李重老の兵士たちが集まってきて、弘済院で金瑬の軍隊と合流、李适が大将として、擁立した綾陽君とともに宮廷に向かって進軍した。宮廷の内側からはすでに訓練大将の李興立の内応を得ていて反乱軍は無事に宮廷を占拠したが、その途中で仁穆王后の允許を得ていて、綾陽君が王位に昇ることができた。これが仁祖であり、このクーデタを「仁祖反正」という。光海君は宮廷の後門から脱して隠れたが、すぐに逮捕され、庶人に落とされると同時に、江華島に流され、大北派の李爾瞻・鄭仁弘・李偉卿など数十人は斬刑に処され、二百名余りが流された。

柳夢寅は大北派には属さず、この数年のあいだ、ソウルからも離れていたわけだが、光海君の世子時代から、豊臣秀吉の侵略の時の避難生活の苦難を共にした寵臣であり、当然、光海君周辺の人間と見なされていた。そこで、たとえば、反正のなった後の四月の記事には、「廃母の論」に加担こそしなかったものの、

「柳夢寅は逆魁に諂附し、久しく詮衡をとりもち、黷《とく》（賄賂のこと）をむさぼって厭うことなし」

と、断罪されている。先に述べたように、吏曹参判・判書としての贈賄が問題になっているわけである。その後、官憲に追われたのに違いないが、しばらくは捕まらなかった。そうして、仁祖元年（一六二三）七月二十六日の記事——

柳夢寅は変が起こったのを聞いて亡命したが、楊州の地でつかまって、最初は逆徒に誣告されて陥れられたと供述したが、しかし、暫くして、

「みずから上京しようとしていてその路上でつかまってしまったのだ」

と言った。ほんとうは亡命しようとしたのではなかったかと問いただすために、刑を加えると、初めて本当のことを話し出した。

「子の瀹がある日やって来て、『武臣の鄭麒寿が、もし私兵を集めるのなら、若干の数は得られようし、成佑吉はかつて都監大将だったので、士卒の心は掌握している。柳瀹もまたそれに賛成した』と、私に告げた。しかし、私は、『そんなことはあってはならない』と反対して、『手に尺寸の兵がなければ、漢の高祖や明の高皇帝であっても、大事は成しがたい。今、お前たちは旧主の心に報いようとしても、いたずらに死ぬのみであろう。妄りなことを言ってはならない』と説得したのだ。廃世子がまさに死のうというとき、瀹、佑吉、麒寿、そして瀹が江華島まで追いかけて、その事を行おうとした。遼水まで行って待っていたが、佑吉の兵が集まらず、その計画は成功しなかった。私は遅れてそのことを聞き、禍が出来しようとしているのを理解した。そこで、わが子の企てている暴虐を告発しようとも考えたのだが、それも不憫で堪えうることではない。私は以前「霜婦詩」なるものを作った。

　七十歳の老いた寡婦が
　ひとり夫婦の寝室を守る。
　人びとが再婚を勧めて言う、
　いい人で顔も槿のよう。
　だが、女庭訓をいつも聞きなれ、
　妊姒の教えをあらあら知ってもいる。
　白髪頭を若返らそうとして、
　どうして厚化粧を恥じないでいられよう。

（七十老霜婦　単居守閨壺
人々勧改嫁　善男顔如槿
慣聴女史詩　稍知妊姒訓
白首作春容　寧不愧脂粉）

わが子はこの詩を好んだものだが、それでも、この挙に及んだ。私としてはもう言うことはない」

さらに役所が
「自献や湔などの逆謀については知っていたのか」

と訊問すると、

「夢にも知らなかった」

と答え、

「佑吉・麒寿・慾などとは面識があったのか」

という訊問には、

「佑吉と麒寿については知っていたが、慾についてはその顔も知らなかった」

と答えた。

そこで、柳夢寅は死刑に処された。


やはり柳夢寅は光海君の寵臣であるという立場から逃れることができなかったということであろう。他者の認識もそうであったろうし、自己の認識もそうであった。七十歳の白髪頭の寡婦は周囲から再婚を勧められても、今更化粧をして、それにしたがい、男とまみえるわけにはいかない。貞淑のお手本のような太妊や太姒の訓えを守って生きていくだけだというのは、自分にとってはただ一人の主である光海君に殉ずるまでだという意味なのであろう。不幸なことに、柳夢寅が光海君に対して忠臣であったように、息子の瀹もまた、光海君の世子の桎の忠臣でなくてはならなかった。夢寅が豊臣秀吉の侵略時にそうであったように、あるいは世子侍講院ででもあったろうか。祬は一五九八年に生まれ、一六一〇年に結婚した。光海君の即位とともに、世子となったが、一六二三年に光海君が廃位されると、ともに廃位された。その後、江華島に配流され、七月に脱出を図ったものの、つかまって、薬を賜って死んだ。この脱出計画に瀹たちも関わったのであろう。蜂起というほどのものではなかったと思われる。父親の夢寅も相談をもちかけられ、決して同調したわけではないが、息子たちの計画を密告するのも忍びなかったということになる。

柳夢寅は死刑、子の瀹も死刑。ちなみに、『興陽柳氏族譜』を見ると、次男の瀉については「墓は興陽豆原芝谷」と墓の所在のことだけが載っており、三男の瀉については「公は於于公の被禍のとき出奔、所在を知らず」とある。さらに付け加える、夢寅の甥の潚についても「季父於于公の事に座し、嶺嶠に南遷」とあり、活についても「季父於于公の事至り、関北に竄す」とあって罪は一族に及んでいる。

4……本書の翻訳について

この『続於于野譚』の翻訳の底本としては、先の『於于野譚』と同じく、伝統文化研究会の『於于野譚一、二、三』を用いた。この本の底本は「万宗斎本」と言われるもので、伝統文化研究会のものは、朴明姫・玄恵卿・金忠実・申仙姫四氏の現代ハングル訳のほかに、原本である漢文を影印して載せる。まず漢文の原文を読み込み、ハングル訳を参考にするというのが、私の翻訳の姿勢になっている。この「万宗斎本」は全五巻五百二十二話からなり、前回はそのうち二百三十話、そして今回はその残りを翻訳することになる。「万宗斎本」五巻は、それぞれ第一巻が人類篇、第二巻が宗教篇、第三巻が学芸篇、第四巻が社会篇、第五巻が万物篇として構成されており、各巻それぞれがさらにいくつかの項目に分類されて整理されている。前に述べた事情から、正・続と十年以上を間において、翻訳刊行することになったので、この構成・分類は柳夢寅のものではないとは言え、「万宗斎本」と私の『於于野譚』および『続於于野譚』とがどのような関係になるのか、「於于野譚」全話一覧表を付すことにする。

この書物は韓国文学翻訳院の翻訳および出版の二重の助成制度の恩恵を受けて出版される。韓国文学翻訳院には深く感謝したい。この九月には翻訳院の主催するヴェトナムのホーチミン大学でのシンポジウムにも招いていただき、東アジアの文学の在り方についての知見を広める手助けをしていただいた。ヴェトナムを知ることで、韓国についても、また日本についても別の視覚から認識しなおすことが可能となるようだ。また毎回のことだが、出版にこぎつけるまで、さまざまな面でお世話いただいている作品社の内田眞人氏に感謝したい。表紙はこれまでと同様に今回も金帆洙氏による金弘度の『風俗画』の復元模写を用いている。八曲屏風の八面の絵も残り少なくなってきた。金帆洙さんの変わることのない友誼に甘えているばかりだが、あらためて感謝の意を表したい。

二〇一七年九月三〇日

「於于野譚」全話一覧表

＊「於于野譚」全五百二十二話のうち、既刊『於于野譚』（作品社、二〇〇六年刊）に収録したものはA列に、本書収録のものはB列に、その話番号を示した。

		A	B
巻の一　人倫篇			
孝烈			
1	兄夢熊の死	1	
2	車軾の誡	2	
3	片目の李忠綽		1
4	虎を鏑矢で射た沃野監		2
5	孝行な子どもたち	3	
6	父の戒め	4	
7	わが家には孝子はいらない		3
8	倭人たちによる一族の悲劇	5	
9	妓生・論介	6	
10	流転の家族	7	
11	国境を越えて	8	
12	貞婦人許氏	9	
忠義			
13	禑は辛旽の子か		4
14	文天祥は模範たりうるか		5
15	金時習の人となり		6
16	豪傑・金応河将軍	10	
17	戦死した金汝岉	11	
18	趙憲の誡、秀吉の無礼	12	
19	義勇兵の将・郭再祐	13	
20	郭越——倭人に殺された一族	14	
21	豪傑僧惟政と加藤清正	15	
22	丁酉再乱	16	
23	勇者の申汝価		7

24	僧智正	17	
25	捕虜となった人々	18	
26	倭乱を生きのびる	19	
27	ソウルを守った楊鎬	20	
28	倭軍の撤退	21	
29	中国兵になった劉海	22	
徳義			
30	河西先生・金麟厚	23	
31	李栗谷の先見の明	24	
32	流されて死んだ尹弼商	25	
33	髯がさまになっていた		8
34	漢の高祖の先見の明		9
隠遁			
35	隠遁の君子洪裕孫		10
36	風流な李之蕃・山海の親子		11
37	金浄と南袞		12
38	高踏生活者の曹植		13
婚姻			
39	野鼠の結婚	26	
40	無頼の柳辰仝の人物を見抜いた李自賢		14
41	老丞相の結婚	27	
42	九十歳で子どもを得た洪裕孫		15

43	美男の新郎	28	
44	姦商・朴継金	29	
妻妾			
45	恐妻	30	
46	かぶりものの効用		16
47	夫人の教養		17
48	夫の浮気で食を絶つ		18
49	名妓・冠紅粧	31	
気相			
50	血気	32	
51	人を見た目で判断してはならない		19
朋友			
52	莫逆の友	33	
53	ひとかどの男子	34	
54	靴作りの名人になった王孫		20
55	貞淑な未亡人	35	
奴婢			
56	婢の忠節	36	
57	風流人の朴仁寿	37	
58	奴の水石	38	
59	奴の気転	39	
60	奴・潘碩枰の出世	40	
61	旧主を忘れぬ婢	41	

巻の二　宗教篇

102	神僧の懶翁		41
103	天然禅師	62	
104	四皓のこと	63	
105	祖純の見た怪人	64	
106	檜岩寺の僧が会った不思議	65	
107	妖僧の普雨		42
108	仏者の礼順の悟り		43
109	李睦の出家	66	
110	虎と出会った僧	67	
111	妻が密通して家を出た郭太虚		44
西教			
112	キリスト教とは	68	
巫覡			
113	**【前半】**甥の柳濡の誕生		45
	【後半】貧吏を罰する	69	
114	ムダン嫌いの鄭文孚		46
115	洞允のものまね	70	
夢			
116	成宗の夢に現れた竜		47
117	祖父忠寛の夢占い		48
118	不吉な夢を見て名前を変える		49
119	島の神のたたり	71	
120	死んだ祖父に危機を救われる		50

121	夢で両鬢を金物が突き抜ける		51
霊魂			
122	感謝する幽霊	72	
123	母親の幽霊	73	
124	冥界の人違い	74	
125	蘇った明原君		52
126	酒を求めて現れた洪貴達の幽霊		53
127	祭祀の順を間違えて現れた先祖の霊		54
128	李慶流の亡霊		55
129	わが子が戦死した李舜臣		56
130	復讐を請う幽霊	75	
131	死後上達した漢詩	76	
132	幽霊の帰り道	77	
133	幽霊の贈り物	78	
134	髑髏の客	79	
135	幽霊の守護	80	
136	墓と廟	81	
鬼神			
137	豪胆な成守琛	82	
138	山寺の怪物		57
139	申叔舟に憑いた青衣の童子		58
140	天女のくれた墨		59

182	朴忠元の作文法		86
183	人それぞれの作文法		87
184	鄭士竜の詩作の始まり		88
185	杜甫自筆の原稿		89
186	青雲の志をもった人に托す		90
187	金時習に「渭川釣魚図」詩を依頼した韓明澮		91
188	道を得た人張応斗		92
189	詩は未来を予見する		93
190	僧侶の休静の詩情		94
191	水に解けてしまった死体		95
192	二人の兄たちの書き付けた詩		96
193	なぜ東と西に分かれるのか		97
194	李士浩の詩に表れた野心		98
195	詩讖だった禹弘績の詩		99
196	嬋妍洞の中の魂魄になってはならない		100
197	岳父申拭の詩	98	
198	若くして死んだ鄭之升の詩		101
199	女好きの許筠をからかう詩		102
200	私、柳夢寅の詩文		103
201	蔡禎元の詩の鑑識力		104
202	中国の僧の詩の鑑識眼		105
203	金宗直の詩才、金守温の鑑識力		106

204	誰にも理解されない老詩人の嘆き		107
205	詩を論ずべき人、鄭之升		108
206	鄭氏兄弟の菊花の詩		109
207	甥の柳淡	99	
208	倭人でも鄭礥の詩の良さはわかる		110
209	洪鸞祥の詩才	100	
210	鬼神の作った詩		111
211	音律に明るかった尹春年		112
212	幼い者の透明な目		113
213	権五福の詩	101	
214	夭折した友人の崔仁範	102	
215	詩とは志である		114
216	詩は生活を反映する		115
217	相国の鄭惟吉の風致		116
218	雨の音と聞き違える		117
219	年老いて棄てたにしても		118
220	崔慶昌の山中詩		119
221	若くして死んだ奇童・河応臨		120
222	江陽君と韓恂の臨終の詩		121
223	崔慶昌と李達の詩		122
224	二十歳ですでに名声が高かったものの		123
225	風雅の人劉希慶	103	

269	虎の禍	115	
衣食			
270	唐の風俗を遺したわが国の風俗		155
271	中国人の飲食物、わが国の人の飲食物		156
272	国によって食べる物はちがう		157
273	まて貝と牡蠣		158
274	角黍	116	
275	蓴菜と鱸		159
276	鼠の糞もかまわずに飯を食べる鄭惟吉		160
277	咸鏡道の人びとを手なずけた金宗瑞		161
278	ソンビは下品な鼈汁は食べない		162
279	梅毒に効く蛇の肉		163
280	大食漢で大酒飲みだった金季愚		164
281	大食漢	117	
282	大食・大力の奴	118	
283	食を貪る愚か者	119	
284	旅を簡便にするには		165
教養			
285	ソウルで生まれた馬の子		166
286	文字を理解しないのは幸福か		167
音楽			
287	わが家の祖・柳濯が作った歌謡	120	
288	楊鎬を感動させた朝鮮の労働歌		168
289	錦水の射鹿の歌謡		169
290	黄真伊の開城をうたった歌		170
291	鄭礦の口笛の音		171
292	玉笛の腕で島に取り残された河允沈、命を救われた丹山守		172
293	鬼神をも感動させた金雲鸞の箏		173
294	夭折のきざし	121	
射御			
295	弓矢の名手だった祖父	122	
296	左利きの李夢麟	123	
297	調教の名人・僧天然	124	
書画			
298	書体の種類	125	
299	金緑の書	126	
300	黄耆老と成守琛		174
301	黄耆老が書いた「後赤壁賦」		175
302	黄耆老の書はたやすく品評できない		176
303	絶妙の草書をものした崔興孝		177
304	真を写す絵とは	127	
305	中国の使節を驚かせた安堅の竹の絵		178

344	徳のある車軾、不人情の安海		201
345	鄭蕃の呪いのことば		202
346	科挙にまつわる風習	144	
347	安易に流れなかった朴応男の人となり		203
348	尚ぶべき儒者の志		204
349	文武にすぐれた南応雲	145	
350	武士を選抜する		205
351	金轀の嘆息	146	
352	上がり症で実力を発揮できない者たち		206
353	科挙は受けるべきか	147	
求官			
354	官職を得るには知恵と大胆さが必要		207
355	李浚慶の人材登用		208
356	賄賂を喜んだ尹元衡		209
富貴			
357	鄭士竜の富豪ぶり		210
358	鄭士竜は朴元宗の富豪ぶりをうらやんだ		211
359	慎思献の家の富貴ぶり		212
360	気概に富み、礼節にこだわらなかった朴啓賢		213
361	豪気な黄汝憲	148	
致富			
362	尹鉉の巧みな財物管理術		214
363	吝嗇家の高蜚		215
364	兀孔金八字——妓生の餞別で巨富を得る		216
365	李華宗が手に入れた龍の骨	149	
366	蛇角を手に入れた申石山	150	
367	孤島に置き去りにされて福を得た火炮匠		217
368	閔山の錬金術	151	
369	還魂石	152	
耐久			
370	何事かを為すには十九年かかる		218
371	気持ちが老いてはならない	153	
陰徳			
372	知られずして徳に酬いる		219
373	通訳の大家に収まらない、郭之元と洪純彦		220
374	干支に応じてやってくる洪水		221
375	わが友、鄭協と李寿俊	154	
376	海の恐れ	155	
377	殺生を嫌った柳祖認		222
朋党			

412	シルム（相撲）の名手の命びろい	169	
413	シルムの名手　上には上が	170	
414	悲運の王子たち		244
415	剛強な韓明澮と田霖		245
416	李叔男の剛直ぶり	171	
欲心			
417	走って行く鹿を見て、捕まえた兎を逃す		246
418	たくみな詐欺師	172	
419	海人と悪魚	173	
420	犬の糞も金に見え	174	
421	宰相の娘が娼婦に転落した顛末		247
422	婦人は警戒を怠ってはならない		248
423	放蕩者のたくらみ	175	
424	人妻と通じた朴燁		249
425	李生の手管	176	
426	臆病な全徳興の武勇		250
427	山僧の許せぬ過去	177	
428	男はみな敗軍の将	178	
429	鄭麟趾の潔癖	179	
430	沈守慶に思い死にした宮女		251
禍殃			
431	没落のきざし	180	

432	権勢をふるった金安老の最後		252
433	舅孝行の嫁を選ばないと		253
434	反逆児の血筋	181	
生活苦			
435	生きる苦しみ	182	
436	金剛山の豪雪	183	
437	乙巳の年の災	184	
438	飢えたときには急に固い飯を食べてはならない		254
盗賊			
439	飢饉の年の人びとの振舞い		255
440	婢女の放屁のおかげで難を免れる		256
441	ずるがしこい人間の不正は後を絶たない		257
諧謔			
442	朴大立の剛直	185	
443	韻がなければ詩を作れない金穎南		258
444	諧謔を好んだ李恒福		259
445	豪侠のソンビ 林悌㈠		260
446	豪侠のソンビ 林悌㈡		261
447	儒生の冠を着けるだけの生涯		262
448	最高の楽しみ		263
449	太僕寺の藁の尽きるまで		264

489	虎はやはり虎	205	
490	虎と猪の戦い	206	
491	熊を妻とする	207	
492	役立つ雑知識	208	
493	狐峠		285
494	鼬の復讐	209	
495	胡人たちの猟の方法		286
496	獐がくれた薬草	210	
497	獣の毒気	211	
鱗介			
498	龍と化した鯉	212	
499	婢女が孕んだ竜の子		287
500	海上を駆ける龍馬	213	
501	龍の戦い	214	
502	龍の怒り	215	
503	龍の引っ越し	216	
504	蛇にも慌てなかった子どもの洪暹		288
505	虎を飲み込んだ大蛇	217	
506	羅君池の主	218	
507	海東青と猪	219	
508	蛇の肉を食べた農夫	220	
509	蛇酒の効能	221	
510	蛇の報復	222	

511	生き物を暴殺してはならない		289
512	鄭之升の愛した亀	223	
513	亀は神霊のもの	224	
514	鯉の恩返し	225	
515	柳克新の先祖は洪魚	226	
516	美しい人魚たち	227	
517	魚を「草食」という風俗		290
相克			
518	誰にも何か恐いものがある	228	
519	猫を負かした鼠	229	
古物			
520	石の中から出た銅の盞	230	
521	松都の幽霊屋敷		291
522	二つの幽霊屋敷に住んだ金紐		292

付録解説

1……朝鮮の科挙および官僚制度

■科挙制度

早くは新羅時代から官僚の任用に試験が採用されたが、科挙が高麗時代に施行され、李氏朝鮮ではさらにそれが制度として強化された。科挙には文科と武科、そして専門職の雑科（翻訳・医術科・陰陽・律など）の三部門があるが、朝鮮の行政を主導したのは文科出身の官僚であり、武職ですら長官は文官であることが多かった。文科の受験は両班の子弟たちにしか許されない。両班であっても庶子には門戸は閉ざされている。そこで、両班の嫡出子たちは七、八歳から書堂で漢文と習字を習い始め、十四、五歳からは、ソウルでは四部学舎、地方では郷校でさらに研鑽に務めることになる。

文科には初級文官試験である小科と中級文官試験である大科とがあって、一般的に文科というのは大科の方を言う。科挙の試験は三年に一度ずつ定期的に行なわれた。これを式年試と言う。官僚への道を歩むためにはまず初級文官試験である小科を受ける。この小科には中国の経籍が試験される生員科（明経科）と詩・賦・表・箋・策文などの作文能力が試される進士科（製述科）があった。この二つをまとめて生進科とも司馬科とも言うが、まず地方でも行なわれる一次試験（初試）を受けて、その後にソウルでの二次試験（覆試）を受けなくてはならない。それに合格した者には白牌と言って、白色紙の合格証明書が授けられ、生員・進士あるいは司馬と呼ばれるようになる。

生員・進士は下級官吏に任命される権利をもち、大科を受ける資格ももつことになる。あるいは高等師範学校《エコール・ノルマル・シュペリウール》や国立行政学院《エコール・ナショナル・ダドミニストラシオン》に当たる成均館に入学する資格も得る。中級文官試験である大科もまた地方での一次試験（東堂初試）とソウルでの二次試験（東堂覆試）があり、その結果、三十三名が選抜された。日本で赤紙と言えば召集令状だが、この三十三名は紅色紙の合格証書である紅牌を国王から下賜された。さらには国王が親臨して三次試験としての殿試が行なわれ、三十三名は落とされることはなかったが、等級がつけられた。甲科三名、乙科七名、丙科二十三名である。甲科三名の中でも首席は壮元と言い（中国では状元と言うが、朝鮮ではなぜかこの言葉を使う）、次席は榜眼、三席は探花と言った。甲科の三名は正七品の官職につき、乙科の七名は正八品、丙科の二十三名は正九品のそれぞれ官位相当の官職につくことができた。

■中央官制

太祖・李成桂が朝鮮を建国した当初の官制は高麗の官制を継承したもので、中央の最高政務は都評議使司・門下府・三司・中枢院などが担当して、礼・吏・兵・刑・工・戸の六曹の権限は後代にくらべるとはなはだ微弱であり、ただ単に実務を執行する機関に過ぎなかった。定宗二年（一四〇〇）、朝鮮建国以後、初めての官制改革が行なわれ、都評議使司は議政府に改められ、中枢院の軍事権は三軍府に合体し、王命出納の権限は承政院を新たに置いて担当することになった。また三軍府の職にある者は議政府には合坐しないことで、政事と軍事の分離が図られた。その翌年の太宗元年（一四〇一）には門下府を廃して議政府に吸収し、門下府の郎舎がもっていた諫諍の権限は別に司諫院を新設して担当させ、司憲府とともに王を諫める台諫（官）の任務を担うことになった。三司を司平府に、三軍府を承枢府に改称して、芸文春秋館を辞令の作成に当たる芸文館と政事の記録に当たる春秋館とに分けた。

太宗五年（一四〇五）にはふたたび官制の大改革を行ない、司平府を廃止して、その事務を戸曹に当たらせ、中枢院の後身として軍機と王命の出納を担当した承中府を廃して、軍機については兵曹に任せ、王命の出納については代言を設置して当たらせた。その結果、高麗時代以来の最高政務機関は都評議司と門下府を合わせて継承した議政府だけが残り、その他はすべてなくなったので、議政府が百官と庶政を総理する唯一の最高機関としての性格をもつことが明確になった。議政府の長を領議政と言い、左・右議政がこれを補佐する。これらは正一品の官職であるが、その下に左右の賛成（従一品）、左右の参賛（正二品）が配された。一方、このときまで人事行政権と宝璽符信をともに担当していた尚瑞院から吏曹と兵曹に人事行政権が移されて、従来は単なる行政執行機関に過ぎなかった六曹の権限が強化・拡大されていく。六曹の典書（正三品）・議郎（正四品）をそれぞれ判書（正二品）・参議（正三品）に改称して昇格させ、八十余りもある衙門（役所）を六曹にそれぞれ分属させた上で、衙門の長には堂上官の提調（正三品）が当たる。太宗九年（一四〇九）には王族や外戚を政治に関与させないために敦寧府を設置して別途に待遇して、領事（正一品）、判事（従一品）、知事（正二品）、同知事（従二品）を置き、後には王女の婿たちのために駙馬府も設置され（後に儀賓府）、尉（正一品〜従二品）が配された。念のために言えば、敦寧府の領事を敦寧府領事とは言わず、領敦寧府事と言い、以下、判敦寧府事、知敦寧府事、同知敦寧府事というふうに呼びならわしている。中枢府についても知中枢府事といったぐあいである。

太宗十四年（一四一四）には行政事務をいったん議政府で論議した制度を廃止し、左議政が吏・礼・兵曹を、右議政が戸・刑・工曹を管轄することになっていたものの、国家の重大事案でもなければ、議政府を経ずとも、六曹で独自に処理することができるようになった。世祖十二年（一四六六）の大々的な官制改革の後に、『経国大典』ができて（一四八五年に完成）、その後の日本帝国主義の関与による甲午更張（一八八四）までの四百年間の官制の基準になった。そこでは、国家の最高行政機関である議政府と国務を分担する六曹以外に、義禁府（長官は判事で従一品）、承政院（都承旨で正三品）、弘文館（領事で正一品、次官は大提学で正二品）、司憲府（大司憲で従二品）、司諫院（大司諫で正三品）などが置かれた。首都のソウルの行政と司法の両権をともに行使する漢城府（判尹で正二品）、高麗時代の首都であった開城の開城府（留守で従二品）なども中央官制に属した。この他に、王族や功臣に対して、宗親府・忠君府・敦寧府・儀賓府なども置かれて優遇された。

明宗のときに北方および倭寇に対する防備の重要性から備辺司が置かれるようになり、壬辰・丁酉の倭乱を経て、備辺司の権限は強化されて、議政府は有名無実化していく。ただし、備辺司の長官である都提調（正一品）は現職あるいは前職の議政が兼任し、提調（正二品）は一定の定数があるわけではなく、六曹の判書・訓練大将・御営大将・開城留守・江華留守・大提学などが兼任することになっていたから、メンバー自体にそう変わりがあるわけではなかった。それでも、軍事と行政の別のない弊害があり、高宗十八年（一八六四）、大院君は議政府と備辺司の役割を明確にして、備辺司は主に国防と治安に当たり、他の事務はすべて議政府に残して、議政府を備辺司の上に置いた。

野譚に登場する人物たちの官職名をすべて挙げて説

明することはできない。六曹について言えば、判書・参判・参議以下、正郎（正五品）、佐郎（正六品）、別提（従六品）などがいて、芸文館には領事（正一品）、大提学（正二品）、提学（正三品）、応教（正四品）、奉教（正七品）、待教（正八品）、検閲（正九品）などがいる。別称もあって、芸文館検閲を翰林と言い、翰林に入る、というのは、科挙に丙科で及第して順調に官僚の道を歩みだしたことを意味しようし、大提学を主文と言う。政府の公の文章を主管するのである。礼曹判書を宗伯と言い、吏曹判書を冢宰と言い、吏曹参判を亜詮と言ったりもする。

■地方官制

『経国大典』では朝鮮を八道に分け、それぞれに観察使（従二品）を置き、その下に四府・四大都護府・二十牧・四十三都護府・八十二郡・百七十五県が所属して、そのそれぞれに「守令」が配置された。道の長官である観察使は高麗末期以来、都観察黜陟使・都巡安使・按廉使などの名称の変動があったが、後に『経国大典』で観察使に固定された。ただし、監司と呼ばれたり、道伯あるいは方伯と呼ばれたりもするし、地域によって箕伯（平安道監察使）あるいは海伯（黄海道観察使）という通称もある。また「守令」は行政区域の長である府尹・大都護府使・牧使・都護府使・郡守・県令・県監のすべてを言うことばであり、従二品から従六品までである。行政上では上下の差別はなく、観察使の直接の管轄下にあるが、これらの守令が兼職する軍事職によっては上下の系統が生じることがある。県の下には中央から派遣される地方官はなく、自治的な組織として面（坊・社）とその下に里（村・洞）があった。

観察使は一道の行政・司法・軍事に当たり、道内の守令たちを監督する権限をもったが、これを補佐するために中央から経歴（従四品）・都事（従五品）・判官（従五品）などが派遣された。経歴は世祖のときからは留守府にだけ置かれ、道には置かれなくなったが、都事は各道に一名ずつ置かれて地方官吏の監督・糾察に当たり、判官は観察使や兵馬節度使・水軍節度使などのいる主要な地域に配置されて実際の行政を担当する責任者であった。このほかに地方行政官として交通行政に関わる特殊職として察訪・駅丞・渡丞（いずれも従九品）などがいた。観察使と守令の末端行政は中央の六曹と同じく、吏・戸・礼・兵・刑・工の六房で分担されたが、現地採用の胥吏がその実務に従事した。彼らは地方行政の実務を担当して、中央から派遣された地方官と人びとのあいだで不正行為をほしいままに行なうこともあった。軍事面では軍校がいて、警察権を行使した。有力者である地方の両班を郷任に任命して地方官の補佐役として、彼らがもつ地方での影響力を行政上に活用した。これらは、しかし、中央集権をはばむ機関だとして廃止されこともあったので、これを改革して、成宗の時代には座首・別監などの役人を置いて、体制が整えられた。

地方行政はややもすると腐敗しやすく、不正蓄財が行なわれる。むしろ、それを目的として嬉々として任地に赴く官吏たちもいる。そこで、朝廷は秘密裏に官員を派遣して、地方官の考課と土豪たちの非行、人びとの生活の実態を探ったが、これが暗行御史の制度になった。野譚では日本の水戸黄門のように役人たちの不正を痛快に糾明することになる。

■軍事制度

太祖・李成桂は高麗の軍事制度を継承して三軍都摠府を置いたが、後に義興三軍府に変え、その下に義興親軍十衛を置いた。その後、世祖三年（一四五七）に軍制を改革して、三軍を五衛に編成して五衛鎮撫所がこれを統括することにしたが、世祖十二年（一四六六）には五衛都摠府に改称した。五衛は義興衛（中軍）・竜驤衛（左衛）・虎賁衛（右衛）・忠左営（前衛）・忠武営（後衛）を言う。義興衛はソウルの中部および京畿・江原・忠清・黄海四道出身の兵士で構成され、以下、竜驤衛はソウルの東部および慶尚道出身の兵士で、虎賁衛はソウルの西部および平安道出身の兵士で、忠左営はソウルの南部および全羅道出身の兵士で、忠武営はソウルの北部および永安道（咸鏡道）出身の兵士で、それぞれ構成されていた。この五衛は形式的には李朝軍制の基本として後期まで存続したが、壬辰倭乱に際してすでにその無力さを暴露して、宣祖のときから粛宗のときにかけて、北伐（清を討つ）というスローガンもあって、訓練都監・御営庁・摠戎庁・禁営衛・守禦庁の五軍営などが順に設置された。

地方については、『経国大典』によれば、各道に兵営（陸軍）と水営（水軍）が設置され、その下に鎮営が付属してあった。兵営の長官を兵馬節度使（従二品）と言い、水営の長官を水軍節度使（正三品）と言ったが、永安道（咸鏡道）は女真に接し、慶尚道は日本と接しているために、兵営と水営を二つずつ置き、全羅道には水営だけを二つ置いた。鎮営にはその大きさによって、節制使（正三品）、僉節制使（従三品）、同僉節制使（従四品）、万戸（従四品）などが置かれたが、多くは守令などが兼職していて、平安・咸鏡道の国境地帯と海岸の要地に限って、専門的な武職としての僉節制使（僉使が略称）が配置された。

2……朝鮮の伝統家屋

朝鮮の伝統家屋では女性と男性の居住空間は分かれている。次の図は京畿道の中流の典型的な家屋だということだが、女性の居住空間であるアンチェが左側にあり、」型に男性の居住空間であるパカルチェがある。アンチェの中のアンバン（内房）は主婦と子どもたちの空間であり、その下にある台所で主婦たちが料理を作る。台所は土間でできていて、竈の焚口はアンバンのオンドルの焚口にもなっている。内房の隣にある大庁（居間）は板敷になっていて、天井を架設せずに屋根裏が露出している。家族が共用する部屋であり、家の神の成主（ソンジュ）を祀り、祖先の祭祀もここで行なわれる。大庁をはさんで内房とは反対側にコンノンバン（越房）があり、成人した子供たちが過ごす。サランバン（舎廊房）は主人の居室であり、客人の接待もここで行なわれるが、アンバンに主人以外の男性が立ち入らないように、サランバンには女性は立ち入らない。厠は日本でもそうであったように、衛生面の考慮から建物から離れてある。

上流の両班の家屋ともなれば、部屋数も多くなり、

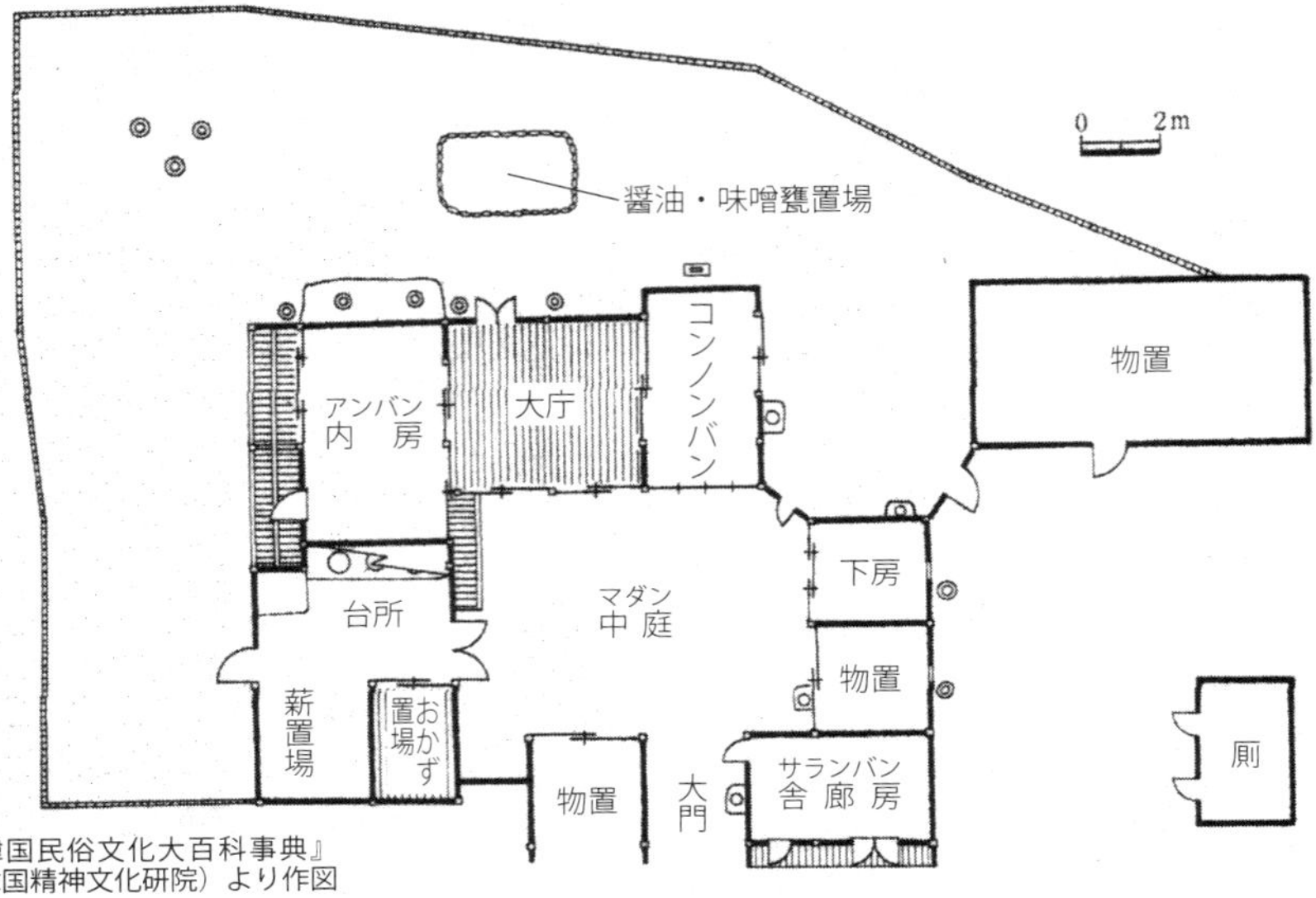

『韓国民俗文化大百科事典』（韓国精神文化研究院）より作図

アンチェとパカルチェは建物自体も分かれ、その間を厳重に塀で仕切られている場合がある。深窓の令嬢たちがその中で暮らしていたことになるが、日本の平安時代の物語では「垣間見」がしばしば取り上げられるように、男たちは手を尽くして中をのぞき込もうとしたに違いない。さらには隠居した老人のために別堂が独立して建てられる場合があり、また祖先祭祀のためのサダン（祀堂）が奥に建てられる場合もある。これらを包み込むように外周にヘンナン（行廊）が巡らされた裕福な家もあり、そこには、奴婢たちが住み、厩があり、家畜が飼われ、家内手工業と言ってよいものも行なわれたことになる。

3……朝鮮時代の結婚

朝鮮時代の冠婚葬祭は儒教の礼にのっとって行なわれる。礼とは『礼記』・『周礼』・『儀礼』にある古代中国の周時代の礼儀作法、いわばテーブルマナーの体系であるが、宋時代の朱熹がそれを時代の変化に合わせて簡略化した『朱子家礼』があり、朝鮮半島には高麗時代末にそれが入ってきて、朝鮮時代にはハングル訳されるとともに社会の制度となった。ただし、仔細に見ると朝鮮での慣行は地方により、時代により、『朱子家礼』からの変異も見られる。読者の便宜のために朝鮮社会の伝統的な結婚の節次について簡単に記しておきたい（ちなみに『朱子家礼』は日本ではなかなか手にいらない。大きな図書館にも大学図書館にもほとんどない。韓国では夜店の屋台でも売っているような本なのだが。朱子学を体制の学問としながら、徳川時代の朱子学者の誰もがまともには読まなかったと言っていい）。

結婚が成立するには、大きく分けて次の三つの段階を踏まなくてはならない。すなわち、議婚・大礼・後礼であり、その三段階の中にも細かい節次があって、それらの節次を踏まない男女の結合は、ことば本来の意味で「野合」だということになる。

(1) 議婚

①納采、②涓吉、③送服、④納幣の四つの節次からなる。

①納采　まずは仲人が男子と女子の両家を行き来して女子側の許諾を得る。その上で、男子（新郎）側の主人（婚主）が書式に従って女子（新婦）側に手紙を送る。これを納采と言う。書式は住所・官職・姓名を記し、婚姻を執り行ないたい旨を記す。新郎側ではこの納采書を認め、朝早くに家の祀堂に報告する。納采書

が新婦の家に届くと、新婦側の婚主が大門の前まで出て迎え入れ、北に向かって再拝する。こちらも祀堂に報告して、答書を認めて、新郎側に送る。新郎側では答書を受け取ればふたたび祀堂に報告する。仲人の行き来の中で慣行として四柱が新郎側から新婦側に送られる。四柱は新郎の生年月日を干支で記し、封に入れられ、さらに紅い袱紗で包まれている。新婦側では床(テーブル)の上で丁寧にこれを受け取る。四柱を受け取った段階で婚約が成立したことになる。

②涓吉　四柱を受け取った新婦の家から新郎の家に択日単子を送る。これを涓吉と言う。択日単子には奠雁と納幣の年月日時を記す。奠雁と納幣の単子は別の場合もあり、奠雁の日時だけを書いて、納幣の日時については同日先行とだけ記す場合もある。涓吉には別に許婚書を添えることもある。涓吉を受け取った新郎の家では宴を行なう場合もある。

③送服　新郎から新婦の家に礼物を送る儀式を言う(これは次の④納幣の儀式と重複し、朝鮮土俗の名残ではないかと思われる)。新婦の服地・布団・綿・名紬・カナキン・装身具・酒・餅などを目録に記して送られる。この日、新郎・新婦の双方の家で宴が行なわれる。

④納幣　新郎が新婦の家に納幣書と幣帛を送る儀式を言う。函二つにそれぞれ納幣書と幣帛を入れて送ると、新婦の家では床の上に置き、北面して再拝する。幣帛としては青緞と紅緞の彩緞であり、上記の送物という節次がない場合にはさまざまな礼物がこれに加えて函に入れられる。緋緞・布団・綿・銭、さらには富貴と子宝に恵まれるように、木綿種・炭・唐辛子などが入れられることもある。函を担うのはハムチンアビ(函かつぎ)と言って、下人がこれに当たるが、初子の生まれた福の多い人がこれに当たることもある。新婦の家では大庁に紅い布を敷いた床を置き、その上でこの函を受け取る。ハムチンアビは手厚くもてなされて送り返される。

(2)　大礼

新郎が新婦の家に行って行なわれる儀礼、すなわち①醮行、②奠雁の礼、③交拝の礼、④合卺の礼、⑤新房、⑥東床礼を含めて言う。

①醮行　新郎の一行が新婦の家に行くことを言う。一行には新郎以外に上客・後行が含まれ、子どもがついて行くこともあった。上客には新郎の祖父がいれば祖父、父、あるいは叔父、あるいは長兄がなり、後客というのは近親者二、三名がなる。一行が新婦の家のある村に着くと、新婦の家から「人接」あるいは「対盤」という案内人を送って一行を迎えて、「正方」に案

内する。「正方」は縁起のいい方角に設けられ、そこで簡単な食事が供され、新郎は紗帽冠帯に着替える。そして、改めて新婦の家に向かうが、新婦の家の大門では藁火が焚かれて不浄が清められる。

②奠雁の礼　新郎が新婦の婚主に雁（今は木製）を渡す、新郎が新婦の家に行って最初に行なう儀礼を言う。これ以後の儀式は複雑なために礼式に通じた故老が読む「笏記」に従って行なわれる。新婦の家では大門の中の中庭の適当なところを選んで筵を敷き、屏風を立てた中に紅袱を敷いた床をおく。この床を奠雁床という。新郎はその場に案内されて、笏記の指示に従って奠雁床の前に膝を屈して座る。新郎は渡された雁を床の奠雁床の上に置き、揖をして、立ち上がって四拝する。新婦の母が雁をチマで受け取って、新婦のいるアンバン（内房）に投げ入れる。その雁が立てば男の子が生まれ、横になれば女の子が生まれるという占いにもなる。

③交拝の礼　新郎と新婦が向かい合って拝礼する儀礼を言う。奠雁の礼が終わると、新郎は大礼床の前に案内されて、その東側に立つ。新婦が円衫を着て、汗衫で手を隠して、介添え役の手母に支えられて正面に向かい合って立つ。新郎は大礼床の前でかなりの長時間を待たされる。新婦は新郎が家に入ってきて初めて髪を巻き上げて用意をすることになっているためである。新郎・新婦が大礼床をはさんで向かい合った後、手母の助けを借りて新婦は再拝し、新郎はそれに答えて一拝する。ふたたび新婦が再拝すると、新郎が一拝する。それで交拝の礼は終わる。大礼床の上には燭台・松竹・鶏・米・栗・棗・瓢の盃などが置かれている。地方によっては竜餅と言って棒餅を竜の形に作って置いたり、鳳凰と言って干し蛸を鳳凰の形に作って置いたりする。

④合卺の礼　新郎と新婦が向かい合って卺（盃）を交わす儀式を言う。いわば三々九度である。交拝の礼が終わると、手母が大礼床にある瓢の盃に酒を注いで新婦に勧める。新婦はそれに口を当てる程度で、その瓢の盃は新郎の付き添いを介して新郎に勧められ、新郎がそれを飲む。その答礼として、今度は新郎の付き添いが別の瓢の盃に酒を注いで新郎に勧め、新郎が口に当てたのを、手母を介して新婦に勧め、新婦は口に当てて、下に置く。これを三度行ない、料理にも箸をつけて、合卺の礼は終わる。

⑤新房　合卺の礼が終わると、新郎と新婦はそれぞれ別の部屋に入っていき、新郎に紗帽冠帯を脱いで新婦の家で用意した道袍に着替える。そうして出て来て、新郎と上客は大床の料理の接待を受ける。これには箸をつけるふりだけをして、大床の料理はそのまま丸籠

に入れられて、新郎の家に送られる。新婦の家のアンバン、あるいは別の部屋を新房として、夕方になると、新郎がまずその新房に入る。次に婚礼服の新婦が入って来て、その後に酒と簡単な料理の置かれた酒案床が入って来る。新郎と新婦は酒を飲み交わし、新郎は新婦の冠と礼服を脱がせる。冠の紐はかならず新郎がほどかなければならない。「新房のぞき」といって、親族たちが窓障子に穴を空けて中をうかがう習俗もあるが、中の灯りの火が消えれば、みな引き下がる。翌朝、新房には松の実粥や竜餅で作ったスープが持って来られる。新郎・新婦はこれを食べて出て行き、舅・姑などに挨拶をする。

⑥東床礼　昼食の時間に前後して新婦の家の若者たちが集まって来て、「新郎いじめ」をする。これを「東床礼」と言う。新郎に答えることの難しい難問を出し、うまく答えられなければ、新郎の髪を紐でくくり、力の強い者が担ぎ上げたり、大梁にぶら下げたりして足裏を棒でたたく。新郎が声を上げると姑がやって来てこれをやめさせ、みなを食事でもてなす。

(3) 後礼

新婦の家での大礼を終えて、新郎の家に新婦を迎えて、新郎の家での儀式が行なわれる。①于帰、②見舅礼、③覲親の節次を終えて、婚礼のすべての儀式は終わる。

①于帰　新婦が媤家（新郎の家）に連れられて来ることを于帰と言う。大礼の当日に于帰することもあるが、三日後になる三日于帰がある。月を越えて、あるいは年を越えての于帰もある。昔ほど、この于帰に至る期間は長く、朝鮮半島で行なわれたかつての婿取り婚の名残だと言えるかもしれない。偉人の伝記を調べていると、母方で生まれて、そのまま成人したという例が少なからず見られる。新婦が于帰するとき、上客・ハニム（女の召使）・チムクム（荷物担ぎ）などが行列を作る。新婦の乗る籠の上には虎の皮をかぶせ、新婦の座布団の下には木綿種と炭とが置かれる。一行が新郎の家に近づくと、人びとが出て来て、木綿種・塩・大豆・小豆などを撒いて邪気をはらう。あるいは大門で藁火を焚いて邪気をはらう。新婦の籠が大門を入って来ると、大庁の前に籠を立て、新郎が籠の戸を開けて新婦を迎え入れる。続いて籠の上の虎の皮を屋根の上に放り上げて、新婦の到着を表示する。

②見舅礼　新婦が媤父母と媤家の人びとに挨拶をする。新婦の家で作り調えてきた鶏・肴・栗・棗・果実などを机の上に置いて酒を注いで勧める。挨拶を受ける順は媤祖父母がいても媤父母が先で、続いて媤祖父

母、世代順に伯叔父母などとなり、同行列の兄弟姉妹はお辞儀をする。見舅礼が終わると、新婦と新婦の上客は大床を受け取る。これも大礼のときと同じで、箸を付けるふりだけをして取り下げて、新婦の家に送る。上客や召使などはみな新婦の家に帰って行く。次の日の朝、新婦は化粧をして媤父母に問安（ご機嫌伺い）に行く。問安は三日の間は行なわれる。その間、媤母は新婦を連れて親戚の家に挨拶に行く。親戚の家では食事を用意して新婦をもてなす。新婦は三日が過ぎると台所に入って行き、家事を始める。

③観親　新婦が媤家に入って生活を始めて最初の里帰りを観親と言う。于帰の一週間の後に行なうこともあるが、かつては新婦が媤家で農事を行ない、初めての収穫物で餅と酒を造り、それを携えて観親を行なった。観親には多くの礼物をもって行き、実家で休息し、媤家に帰るときにも多くの礼物を持って帰る。新郎も観親にはついて行き、丈母は婿を連れて親戚に挨拶まわりをする。親戚の家ではこれを食事でもてなす。

以上の節次を終えて初めて婚姻が成立したことになる。

4……妓生

韓国社会における妓生《キーセン》の意味を語る川村湊氏の力作『妓生――「もの言う花」の文化誌』（作品社）がある。そちらを参照されたいが、ここでは『歴史大事典』（三修社）の説明をもとにして簡単に説明しておきたい。売色だけの存在ではなかったことに注意する必要がある。

妓生とは芸妓の称号であり、歌舞などの風流をもって酒宴の席に侍り、さまざまな遊興の行事に興をそえることを職業とした女性たちを言う。新羅時代の青年貴族集団の花郎（これは男子）の起源は源花（これは女子）だったというが、この源花を妓生の原型と説明することもある。また高麗の太祖・王建が開城に都を置いたときに百済の遺民である水尺族を奴婢として地方の各邑に隷属させ、その中の美貌の女性たちに歌舞を仕込んで芸者として身過ぎをさせたことに由来するとも言う。高麗の文宗のときには宮中の八関燃灯会に女楽を催し、唱妓戯が発展し、李朝に入ると多くの官妓が生じるようになった。官妓は医女としても活躍して裁縫も行なったが、主に宴会の席で歌曲・舞踊に従事した。李朝における官妓設置の目的は女楽と医針にあり、もちろん男たちの慰安も伴って、地方の官衙では中央から派遣された使臣と客人を接待するのに必要とされた。妓生の地方的な特色として、安東妓の「大学之道」の読誦、関東妓の「関東別曲」の唱歌、咸興妓の「出師表」の読誦、義州妓の「馳馬舞剣」、平壌妓の「関山戎馬詩」の唱歌、永興妓の「竜飛御天歌」の唱歌などは有名で、芸能・武芸を兼備した。

妓生を管掌するのは妓生庁であり、妓生は行儀・歌曲・舞・書・絵画などを習い伝えた階級として、教養人として教養を錬磨し続けた。彼女たちは風流な上流高官たち、漢学的教養の高い持ち主である儒生たちとも交わったので、行儀はもちろん、漢学の教養も備わっていることがあった。しかし、高官たちと付き合ったとしても、妓生は身分制度でもあり、あくまで賤人に属することになる。賤人の子は賤人であり、妓生の性質上、かつての祇園などもそうであったが、女系でその妓生身分は相続される。逆に言えば、妓生身分を逃れることはできず、何かの恩恵で賤人身分が贖われない限り、妓生の娘は妓生であることになる。

5……葬送儀礼

あの世の存在が疑うべくもなかった時代にあって、葬送儀礼は一個の人格のこの世からあの世への移行のために必要不可欠の通過儀礼の一つであり、この世に残された者にとって死がもたらす衝撃の激しさ、あるいは悲哀の重さによって、とりわけ厳粛に、しかも長期にわたって執り行なわれなければならない儀式であった。新羅時代にすでに仏教が入って来て、荼毘（火葬）も行なわれ、高麗時代には仏教を国家の指導理念としたものの、地理讖緯説や風水地理説なども入って来て、家相を問題とする以上に墓相をも問題とするようになった。それが朝鮮時代には社会の慣行と言っていい域に入っていることは野譚に多く見える通りである。「風水」は「蔵風得水」に由来することばであるという。風をおさめて水を得る、地気の集中した理想的な土地に墓を営むことにより、死者の子孫は大いに繁栄することができると、人びとは信じたのである。

高麗末期、忠烈王のときに朱子学が入ってきて、士大夫階級は仏教式の葬礼である荼毘を廃して、朱熹の『家礼』によって葬礼が行なわれるようになる。もちろん、その後も民間では仏教式の葬礼も行なわれ、また巫俗的な葬礼も残ったものの、社会の主導的な階層で行なわれたのは儒教式の葬礼であったから、ここでは儒教式の葬礼を取り上げることにする。フランスの中国学者であるマルセル・グラネに「Le langage de la douleur d'après le rituel funéraire de la Chine classique（古典的中国の葬送儀礼における悲しみの言語）」という論文がある。ここでいうlangage（言語）は言語以外の記号、しぐさをも含む表現全体を言う。周代よりは簡略化されたにしても、生者は死者のもたらした悲しみを三年にわたって表現しつくすことになる。

儒教式の葬送儀礼は『朱子家礼』にもとづくマニュアルである『礼書』の類ではおおよそ十九の節次からなる。すなわち、①初終、②襲、③小斂、④大斂、⑤成服、⑥弔喪、⑦聞喪、⑧治葬、⑨遷柩、⑩発靷、⑪及墓、⑫反哭、⑬虞祭、⑭卒哭、⑮祔祭、⑯小祥、⑰大祥、⑱禫祭、⑲吉祭である。しかし、実際の慣行では「斂襲」と言って、②襲、③小斂、④大斂を吸収して一つにまとめ、⑩発靷が⑨遷柩を吸収し、⑬虞祭が⑫反哭を吸収してしまっているという。さらに祔祭・禫祭・吉祭がなくなることがあり、小祥で済ませて、大祥は行わない場合もあり、おおよそ十一の節次に簡素化されることもある。社会の近代化にともなってさらに簡素化は進んでいくものと思われるが、十九の節次について簡単な説明を加えると次のようになる。

① 初終

臨終に際する習慣、招魂をし、遺体を収める、葬礼のあいだの仕事の分担を決め、棺の準備をする。人の死が近づくと、側に侍って、綿を鼻の上に置いて呼吸のありなしを確認する。息を引き取ると、哭を挙げて、続いて死者の上着を持って屋根に上り、北側に向かって上着を振り回し、死んだ人の名前を三度呼んで、招魂を行なう。その後、上着を籠に入れて降り、霊座に置く。次には帳幕を張り、遺体を隠し、遺体を遺体床に上げて、頭を南向きにする。足は固く閉じ、燕几に結んでおく。喪主は息子がなり、「主婦」は死んだ人の妻、あるいは喪主の妻がなる。家族たちは服を変え、飲食を廃す。「護喪」が棺の手配をして、祀堂に赴き訃告を行なう。実際の慣行では、臨終は大部分、本人が使用した部屋で行なう。そこに遺体床を置いて、その前で招魂を行なう。遺体床には、地方によって差異があるが、飯・銅銭・草履を置く。村人や親戚の中から護喪を選んで、葬礼準備をして訃告を終える。死体は遺体床の上に置いて動かないようにして障子紙でおおい、その前に屏風を立てて香床を置く。すべての喪制（服喪の人を言う）は死体を守るようにして立ち、弔問客を迎える。夜になると、庭にかがり火をたいて徹夜をして、女子は寿衣（経帷子）と喪服の準備をする。（以下、「哭」を挙げる局面が多々出てくる。口が二つ並んで大きな声を挙げることを意味し、下に犬の字がついて、犬が悲しんで吠えるように大声をあげて泣くことを意味する）。

② 襲

遺体を沐浴させ、衣服を着せ替える節次を言う。まず襲衣を用意して、遺体を沐浴させる。足の爪と手の爪を切って、髪を梳り、抜けた髪の毛などをそれぞれ五つの爪髪袋に入れる。次に服を着せるが、下着と足袋の順に着せる。そして、哭を行ない、飯含をする。飯含では、喪主が左袖を肩脱ぎ、米を死者の口に三回含ませ、銭と玉をそれぞれ三個ずつ入れる。そして、「幎目」で、目をおおい、「充耳」で耳をふさいで、腰帯を結び、次に「幄手」で手をつつみ、一重の掛け布団をかける。続いて霊座を設置して、霊座の右側には銘旌を立てる。実際の慣行では、後に説明する小斂・大斂とともに斂襲を行なう。遺体の上に一重の布団をかけて、上半身、下半身の順で沐浴をさせる。髪の毛とともに手・足の爪を切り、爪髪袋に入れる。遺体に収衣を着せて、飯含をする。それに続いて小斂を行なう。小斂の節次として、麻（木綿）で作った褥で遺体をおおう。次に大斂、すなわち入棺を行なう。まず棺の中に障子紙を敷き、七星板と麻の褥を敷く。その次に遺体を置いて、空いたところは白衣の類で埋める、棺の蓋を置く。

③ 小斂

正式には、小斂は襲をした次の日に行なう。小斂に使う服と衾を準備した後に小斂奠を準備する。次に服で頭をおおい、両肩で結んだ後、残った服で遺体をおおい、その姿が外に現れないように衾でおおう。これが終わると、喪人（服喪者）たちは哭を挙げる。そして男子喪人たちは麻縄を頭に巻き付け、上着の一方の肩をはだけ、女子喪人たちは竹簪を刺す。続いて小斂奠を運んで来て奠を供える。

④ 大斂

小斂の翌日に大斂を行なう。大斂に使う服と衾を用意する。大斂奠を用意して棺を運んでおく。棺の中に灰をまき、七星板を敷いて、その上にまた褥を敷く。その上に遺体を置き、古服類などで空いたところを埋め、遺体が動かないようにする。そして棺の蓋を閉め、頭のない釘を打った後に棺を布でおおって縛る。

⑤ 成服

大斂の次の日に行なう。成服というのは喪人（服喪者）が喪服を着る節次を言う。成服は原則的に五服制にしたがい、斬衰・斉衰・大功・小功・緦麻があり、また死者との関係とのありようによって正服・加服・義服・降服がある。そして親等関係によって三年・一年・九ヶ月・五ヶ月・三ヶ月の成服を着る期間が定められている。また斉衰には杖を用いるか用いないかによって杖期と不杖期がある。成服には冠・孝巾・衰衣・衰裳・衣裳・首経・腰経・絞帯・喪杖・靴などがあるが、実際には一定した規則がなく、それぞれ成り行きにしたがい、成服を行なう。普通、同じ高祖の後孫八寸までの範囲で成服を着る。もちろん、死者との関係にしたがい、成服に差異がある。この制度を五服制度と言う。喪人たちが成服をして出て行くと、喪主が祭主となって成服祭という儀礼を行なう。

⑥ 弔喪

弔問客が服喪者に会い弔問することを言う。成服の前には弔問客が来ても殯所の外で立ったまま哭を挙げるだけで、成服の後になって初めて喪人に会って正式に弔問することができる。弔問の方法は喪人が哭を挙げれば、弔問客が霊座の前に出て哭を挙げて再拝した後、喪主の前に来て、喪主が礼をすれば、弔問客も答礼をする。その後、挨拶の言葉を交わし、弔問客が立てば、喪主も立って礼をする。弔問客はこれに答礼する。

⑦ 聞喪

喪人が遠いところにいて葬事を聞いたとき行なう節次を言う。父母の葬であれば、まず哭を挙げ、服を着替えて、出発する。途中で哀しくなれば哭を挙げ、父母が縁のあったところに行きつけばまた哭を挙げ、家に帰ると、霊柩の前で再拝して、喪服に着替える。そしてまた哭を挙げる。

⑧ 治葬

葬地と葬日を決めて、葬地に行き、壙中（墓穴）を掘り、神主（位牌）を作る節次を言う。死後三月で葬事を行なうが、その前に葬地と葬日を決める。このとき、土地の相によって家に及ぶ吉凶を判断する。日を選んだ後に、喪主は朝に哭を挙げ、墓地に行き、土地神に告げる。喪主は帰って来て、霊座の前に行き、再拝して、作業員は壙中を掘る。その次には誌石と神主などを作る。実際の慣行では、喪に当たれば、葬地と択日を行ない、葬日当日に壙中を掘る。

⑨ 遷柩

霊柩を祀堂に上げて祭り、ふたたび霊柩を母屋の床に遷すことを言う。発靷の前日の朝に喪人がすべて集まり、朝奠を供えて、霊柩を祀堂に遷す。祀堂に至れば、中門の中に置き、霊座をしつらえて哭を挙げる。次の日の朝、霊柩を床に遷して代哭をする。日が暮れると、祖奠を供える。実際の慣行では遷柩の節次はほとんど消滅して、発靷の前日の夕方に日晡祭を行なう。

⑩ 発靷

霊柩が葬地に行く節次を言う。朝に葬輿を作り、霊柩を移して載せる。その後、遺奠を行なう。遺奠は霊柩が出ていくとき行なう祭祀を言う。二名の方相を前に立てて葬輿が出発する。死者と親しかった人は道端で葬輿を止めて遺奠を行なうことがある。実際の慣行では、遺奠の代わりに発靷祭を行なう。そして、葬輿が出発して友人の家を通り過ぎるときには、その友人が葬輿をとどめて、路祭を行なうこともある。

⑪ 及墓

葬輿が葬地に到着して埋葬するまでの節次を言う。葬輿が葬地に到着すると、霊柩を壙中の南側に置き、喪人たちは壙中の両側に立って哭を挙げる。その後、喪人たちは哭をやめ、霊柩を壙中に下す。雲黻翣（発靷のとき、霊柩の前後に立てて行く雲模様を描いた傅彩模様の物）と玄纁を壙中に置いた後に、喪主は再拝し喪人たちは哭を挙げる。そして、壙中の上に横板を置いて霊柩をふさぎ、石灰と土とで壙中を埋める。墓穴で土地神に告げて誌石を埋ける。土をすっかり埋め終わったら、霊座で神主に文字を書く。祝官が神主を霊輿に乗せ、魂帛もその後に乗せる。

⑫ 反哭

本家で返魂する節次。返虞とも言う。葬地で祝官が神主と魂帛を霊輿に乗せて祭った後に反哭を行なう。喪人一行は霊輿に従って家に到着するときまで哭を行なう。家に到着すると、祝官が霊座に神主と魂帛をまつる。続いて喪人たちが哭を挙げ、弔問客たちがふたたび弔問する。実際の慣行では魂帛を墓の前に埋めて、そこで祭り、反哭することもある。反魂して帰って来て、家の近くで哭を挙げる。

⑬ 虞祭

死者の遺体を埋葬した後、その魂が彷徨することを畏れて、慰安する儀式。初虞祭、再虞祭、三虞祭の三度ある。初虞祭は葬日の遅くに行ない、再虞祭は柔日、すなわち、乙・丁・己・辛・癸の日に行なう。三虞祭は剛日、すなわち、甲・丙・戊・庚・壬の日に行なう。実際の慣行では、墓所と行き来しながら行なうこともある。

⑭ 卒哭

無時哭（いつでも哭を挙げること）を終えるという意味である。三虞を行なった後、剛日に行なうが、このとき祭を行なう。そして、これから後は朝夕にだけ哭を挙げる。実際の慣行では三虞祭の翌日か、百日経ったときに行なう。

⑮ 祔祭

神主をその祖上の神主の横に祀るときに行なう祭祀。祔祭は卒哭の次の日に行なう。食事を用意して、喪人たちは沐浴して頭髪をととのえる。当日、夜が明けると、お供えの食事を並べて霊座の前で哭を挙げる。続いて祀堂におもむき、祖先の神主をうやうやしく霊座において祭を行なう。新しい神主をそれに加えてふさわしい場所においてまつる。実際には、一般的には行なわれなくなっており、行なわれるのは祀堂のある家に限られる。

⑯ 小祥

初葬から十三ヶ月となる日、すなわち一周忌に行なう祭祀を言う。喪人たちが前日に沐浴斎戒して練服を準備する。練服というのは喪服を洗濯して、整えたものを言う。準備ができると、神主を霊座に祭り、喪人らが哭を行なう。続いて練服に着替えてふたたび哭を挙げて祭祀を行なう。このときから、朝夕の哭も廃止して、朔望（月の一日と十五日）にだけ哭を挙げる。実際には一周忌に小祥を行なうが、その前日の夕方に奠祭を行なって哭を挙げる。そして、翌日の明け方に小祥を行なうが、地方によってはこのときに魂帛を焼いて脱喪を行なう。

⑰ 大祥

初葬から二十五ヶ月となる日、すなわち二周忌（日本では三周忌と言うが）に行なう祭祀を言う。節次は小祥と同じで、ただ祝官が神主を祀堂に祭り、霊座を撤廃して杖を適当なところに棄てる。実際の慣行としては、小祥のときに脱喪することも多いが、それでなければ、このときに脱喪することになる。

⑱ 禫祭

初葬から二十七ヶ月になる丁の日または亥の日に祀堂で行なう儀式。このときには禫服を準備するが、あまり華麗な色彩はまだ避ける。このときから、飲酒と肉食が許容されることになる。

⑲ 吉祭

禫祭の次の日か亥の日を選んで、行なう祭祀。日が決まれば」、三日前から斎戒して、前日には祀堂に告げる。吉服として平常時の祭服を用意して着ることになる。吉祭が済めば、夫婦がともに寝ることが許される。

6……親族呼称

中国周代の辞書である『爾雅』に現れる親族呼称から、フランスの中国学者マルセル・グラネは中国古代の社会構造を鮮やかに浮かび上がらせる（「Catégories matrimoniales et relations de proximité dans la Chine ancienne（古代中国における近親関係と婚姻カテゴリー）」）。『爾雅』の親族呼称では、父の姉妹を「姑」と言い、母の兄弟を「舅」と言う。『爾雅』ではまた「舅」と「姑」がコノタシオン（共示）をもっている。つまりシュウトであり、シュウトメであって、自己の配偶者の父と母をも意味することから、父と母とが結婚したとき、姑（父の姉妹）と舅（母の兄弟）も結婚し、二つの家で女性（男性と言ってもいいが）を交換したことになる。さらに自己はその「姑」と「舅」の間に生まれた女子を妻とすることが運命づけられている。妻の兄弟を「甥」と言い、その男子をも「甥」と言う。後者の「甥」の方が原義で、上の世代にも「甥」を使うようになったわけだが、「甥」は婿というコノタシオンも持つ。妻の兄弟が甥（ムコ）であるのは、自己が妻を迎えるときに、自己の姉妹も妻の兄弟を婿に取るからである。次の世代、自己の姉妹と妻の兄弟の結婚から生れた男子も自己の女子の甥（ムコ）になるべく宿命づけられている。二つの家は先の世代も、自己の世代も、そして後の世代も持続的に結婚を繰り返す（艶福家の自己は上の世代の姨、あるいは下の世代の出と結ばれることもある）。マルセル・グラネは『爾雅』の親族呼称の検討

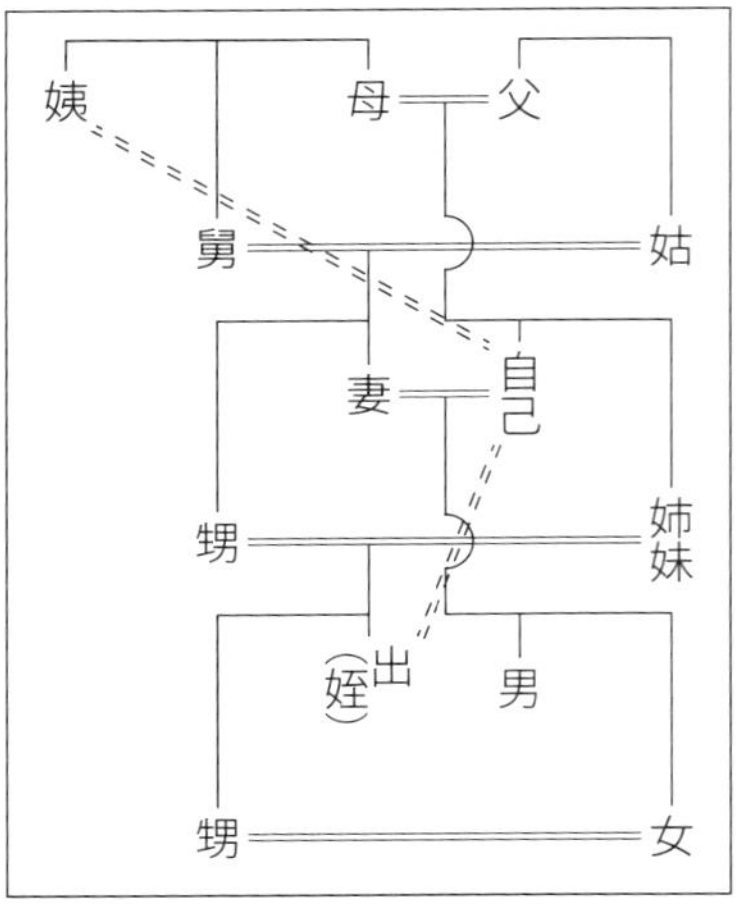

『爾雅』に基づくグラネの古代の結婚

から、中国古代における人類学でいう人類の族外婚の起源と言ってよい双分組織の存在を立証した。クロード・レヴィ＝ストロースは『親族の基本構造』の中で、グラネの仕事を評価しつつも、批判を加えている。つまり、グラネが再構築した『爾雅』の親族名辞による親族構造は、実際に中国古代のある時期に存在したものであるというよりは、中国周代の『爾雅』編纂者が想像し、机上で構築したものに過ぎないと言うのである。

　レヴィ＝ストロースの批判はともかく、整然とした『爾雅』の親族体系を、漢字の親族名辞を用いながらも、日本ではその誤用によって台無しにしている。わが国で最も古い辞書である源《みなもとの》順《したごう》の『和名抄』においてすでに誤用は行なわれている。日本では父母の世代の傍系親族を父方・母方ともにヲ（オ）ヂ・ヲ（オ）バで済ませることができる。漢字では小母・叔母・伯母などを当てたりするが、父の姉妹は「姑」とするのが正しく、伯母は伯父の配偶者、叔母は叔父の配偶者を言う。父の兄弟について、中国ではその長幼によって伯父・叔父、あるいは仲父・季父と使い分けるが、日本ではそれほど神経質な使い分けはなされない。母の兄弟は「舅」と言い、母の姉妹については「姨」と言うのが正しい。伯父・叔父と舅、姑と姨というふうに父方と母方とでことばが違うということは概念もまったく違うことを意味する。自己にとっては親族としてのカテゴリーが違い、親疎もまったく違うはずである。甘えていいのか、畏怖しなければならないのか。また姨はときとして私の妻になることもある存在である。「姨棄」伝説を単に棄老伝説と解釈すべきではない。イトコについて日本では無頓着だが、厳密には父方の従父兄弟姉妹と母方の従母兄弟姉妹を使い分けるべきであろう。

　日本における平安時代の源順にさかのぼる親族呼称の誤用は、あるいは意図的なものなのかもしれない。というのも、まったく異なる社会の親族呼称を日本でそのまま適用することはできないからである。周代の中国と朝鮮の社会も同じものであるはずがない。にもかかわらず、少なくとも韓国において、日本におけるようには漢字の使用の杜撰、あるいは誤用はほとんど見られない。もちろん、漢字の親族呼称を用いながらも時代の移り変わりとともに文字を付加したり、寸数がそのまま親族呼称と化したりすることがある。また、朝鮮語固有の親族名称もあって、相手に直接に呼びかけるにはそちらが用いられる。その分析によって朝鮮社会の構造を明らかにすることもできようが、野譚はあくまで漢字表記の文学であり、漢字の呼称がそのままに用いられていて、今はそこまで論じる必要はない

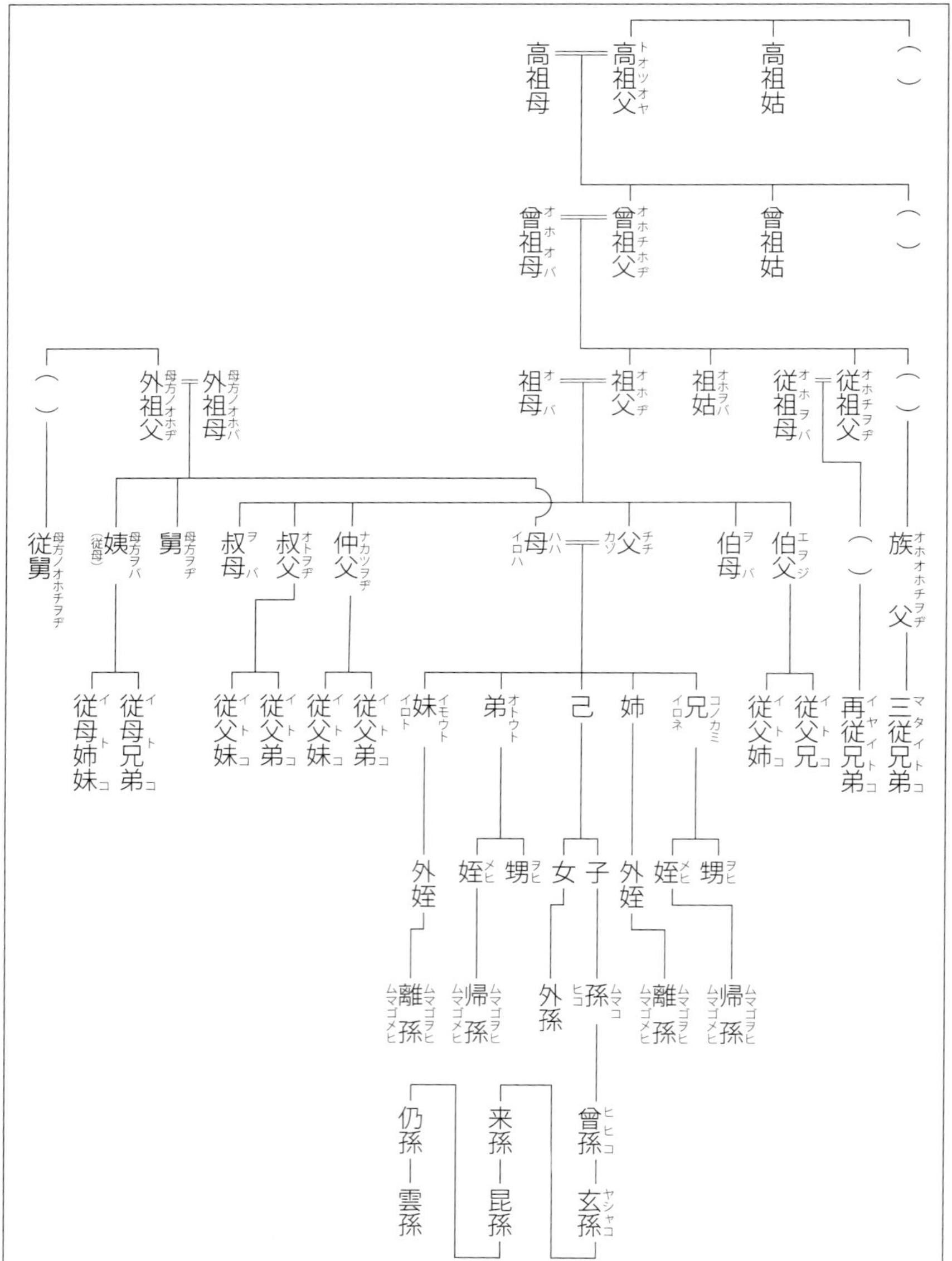

『和名抄』にみる親族呼称（『和名抄』は漢字語彙を挙げ、和名を付すものと、付さないものがある）

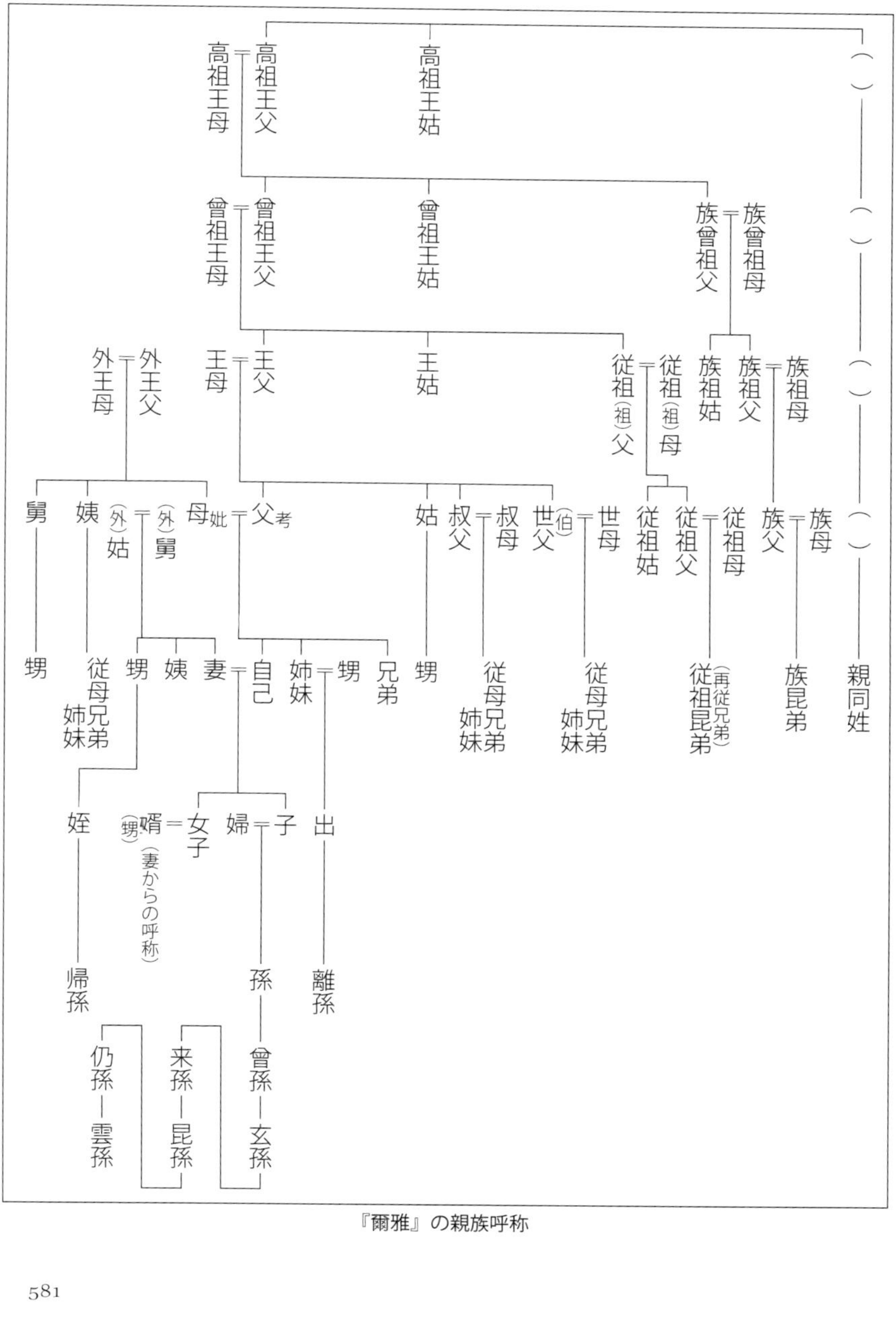
高祖王母
高祖王父
高祖王姑
（　）
曾祖王母
曾祖王父
曾祖王姑
族曾祖父
族曾祖母
（　）
外王母
外王父
王母
王父
王姑
従祖(祖)父
従祖(祖)母
族祖姑
族祖父
族祖母
（　）
舅
姨
(外)姑
(外)舅
母妣
父考
姑
叔父
叔母
世(伯)父
世母
従祖姑
従祖父
従祖母
族父
族母
（　）
甥
従母姉妹兄弟
甥
姨
妻
自己
姉妹
甥
兄弟
甥
従母姉妹兄弟
従母姉妹兄弟
従祖昆弟(再従兄弟)
族昆弟
親同姓
姪
壻(甥)（妻からの呼称）
女子
婦
子
出
帰孫
孫
離孫
仍孫
来孫
曾孫
雲孫
昆孫
玄孫

『爾雅』の親族呼称

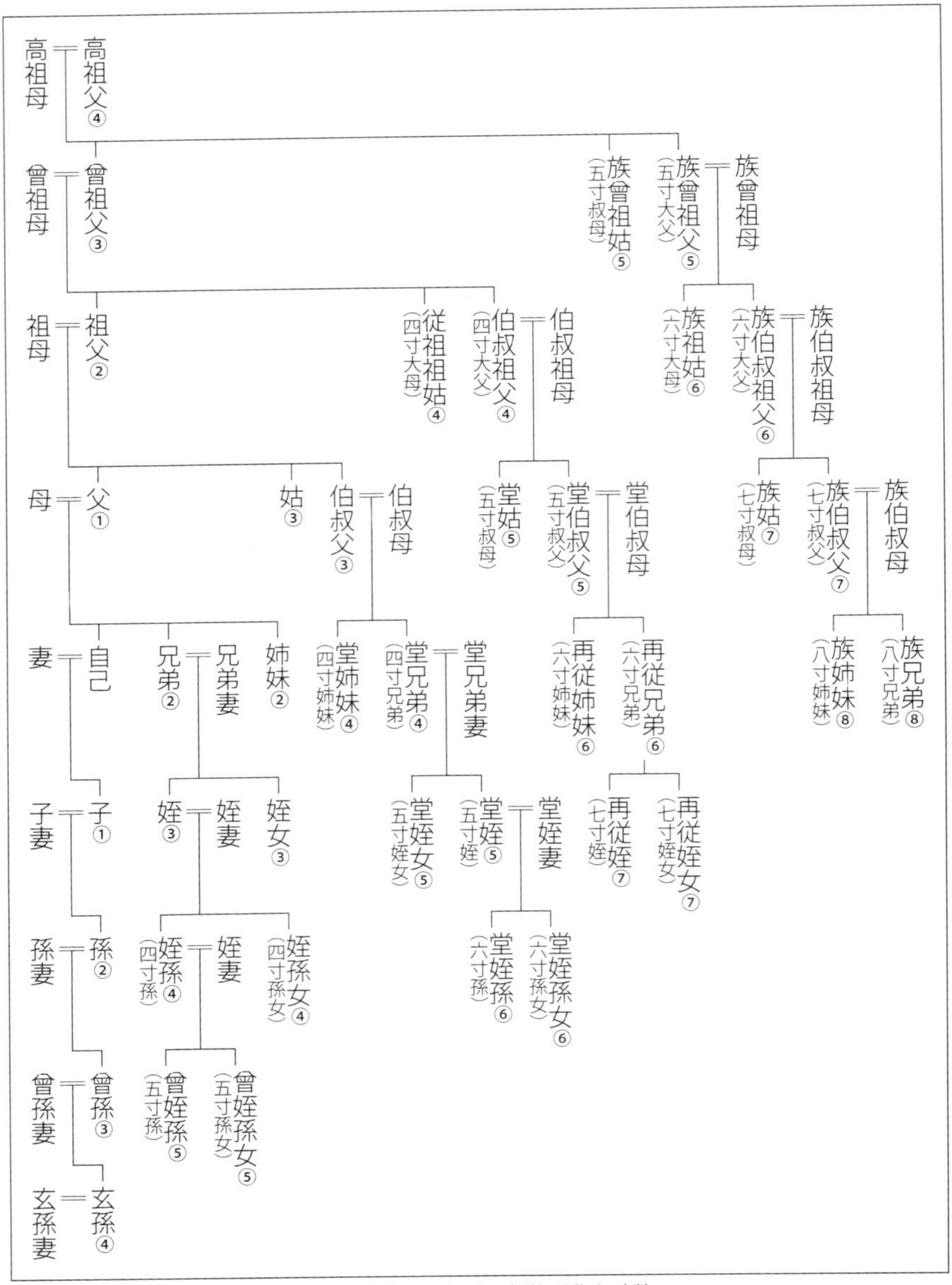

『経国大典』における親族呼称と寸数

と思われる。朝鮮の基本法典である『経国大典』の「礼典」から幸いにも親族呼称をまとまった形で抜き出すことができる。それが「礼典」の服喪規定を述べる個所であるのは、当然と言えば当然なのだが、親族とは、異性ならば結婚してはならない人びとであるという定義とともに、喪に服する範疇にある人びとというのが実は最も適切な定義であるかも知れない。右の図は『経国大典』の親族呼称をまとめたものだが、親疎を表す寸数を丸数字で付した。現在の韓国で寸数がそのまま親族呼称として用いられる。三寸が叔父をあらわし、四寸がイトコをあらわすというふうに。それがすでに『経国大典』の時代から行なわれていることがわかる。

[著訳者紹介]

◉

柳 夢寅（ユ・モンイン）

1559〜1623年。朝鮮・李朝中期の名臣。豊臣秀吉による「文禄・慶長の役」で、家族を殺害されている。陰謀渦巻く宮廷の中で生き、1620〜22年ころ、本作品「於于野譚」を編纂した。1623年、政争によって謀反を企てたかどによって、息子とともに処刑された。

波乱の人生を生きて、朝鮮の社会を見る目は透徹し、関心は多岐にわたる、そこに野譚文学の創造の契機があったかと思われる。

◉

梅山秀幸（うめやま・ひでゆき）

1950年生まれ。京都大学大学院博士後期課程修了。桃山学院大学国際教養学部教授。専攻：日本文学。主な著書に、『後宮の物語』（丸善ライブラリー）、『かぐや姫の光と影』（人文書院）があり、韓国古典文学の翻訳書に、柳夢寅『於于野譚』、徐居正『太平閑話滑稽伝』、李斉賢・徐居正『櫟翁稗説・筆苑雑記』、成俔『慵斎叢話』、李羲準または李羲平『渓西野譚』、金敬鎮『青邱野譚』（以上、作品社）、『恨《ハン》のものがたり――朝鮮宮廷女流小説集』（総和社）などがある。

続 於《お》于《う》野《や》譚《たん》

2019年 5 月10日 第 1 刷印刷
2019年 5 月15日 第 1 刷発行

著者———柳《ユ》 夢寅《モンイン》
訳者———梅山秀幸

発行者——和田 肇
発行所——株式会社作品社
102 - 0072 東京都千代田区飯田橋 2 - 7 - 4
Tel 03 - 3262 - 9753　Fax 03 - 3262 - 9757
振替口座 00160 - 3 - 27183
http://www.sakuhinsha.com

装画———金 帆洙
装丁———小川惟久
本文組版——ことふね企画
印刷・製本—シナノ印刷(株)

ISBN978-4-86182-750-1 C0098

於于野譚

［おうやたん］

柳夢寅
梅山秀幸 訳

品切

朝鮮民族の心の基層をなす
李朝時代の説話・伝承の集大成
待望の初訳!

16〜17世紀朝鮮の「野譚」の集大成。貴族や僧たちの世態・風俗、庶民の人情、伝説の妓生たち、庶民の見た秀吉の朝鮮出兵。朝鮮民族の心の基層をなす、李朝時代の歴史的古典。

櫟翁稗説・筆苑雑記

［れきおうはいせつ・ひつえんざっき］

李斉賢／徐居正

梅山秀幸 訳

14－15世紀、高麗・李朝の高官が
王朝の内側を書き残した朝鮮史の原典
待望の初訳!

「日本征伐」（元寇）の前線基地となり、元の圧政に苦しめられた高麗王朝。朝鮮国を創始し、隆盛を極めた李朝。その宮廷人・官僚の姿を記した歴史的古典。